T0267849

M

LAURA GALLEGO

TODOS LOS HOMBRES DEL REY

Montena

El papel utilizado para la impresión de este libro ha sido fabricado a partir de madera
procedente de bosques y plantaciones gestionadas con los más altos estándares ambientales,
garantizando una explotación de los recursos sostenible con el medio ambiente y beneficiosa para las personas.

Todos los hombres del rey

Primera edición en España: marzo de 2024
Primera edición en México: marzo de 2024

D. R. © 2024, Laura Gallego
www.lauragallego.com

D. R. © 2024, Penguin Random House Grupo Editorial, S. A. U.
Travessera de Gràcia, 47-49, 08021, Barcelona

D. R. © 2024, derechos de edición mundiales en lengua castellana:
Penguin Random House Grupo Editorial, S. A. de C. V.
Blvd. Miguel de Cervantes Saavedra núm. 301, 1er piso,
colonia Granada, alcaldía Miguel Hidalgo, C. P. 11520,
Ciudad de México

penguinlibros.com

Penguin Random House Grupo Editorial apoya la protección del *copyright.*
El *copyright* estimula la creatividad, defiende la diversidad en el ámbito de las ideas y el conocimiento,
promueve la libre expresión y favorece una cultura viva. Gracias por comprar una edición autorizada
de este libro y por respetar las leyes del Derecho de Autor y *copyright.* Al hacerlo está respaldando a los autores
y permitiendo que PRHGE continúe publicando libros para todos los lectores.

Queda prohibido bajo las sanciones establecidas por las leyes escanear, reproducir total o parcialmente esta obra
por cualquier medio o procedimiento así como la distribución de ejemplares
mediante alquiler o préstamo público sin previa autorización.
Si necesita fotocopiar o escanear algún fragmento de esta obra diríjase a CemPro
(Centro Mexicano de Protección y Fomento de los Derechos de Autor, https://cempro.com.mx).

ISBN: 978-607-384-305-8

Impreso en México – *Printed in Mexico*

La visita de un fantasma

Aquel estaba siendo el almuerzo más incómodo al que la princesa Felicia de Vestur había asistido en toda su vida.

Tampoco puede decirse que ella fuera una gran experta en reuniones sociales. Después de todo, había pasado quince años recluida en un castillo encantado, bajo el cuidado de su hada madrina, y, por tanto, no había tenido muchas ocasiones de alternar con otros miembros de la realeza.

No obstante, siempre había imaginado que su relación con su futura familia política se desarrollaría de una forma muy diferente.

Los reyes de Gringalot habían recibido a la pareja con perplejidad y cierta desconfianza. Habían hecho gala en todo momento de unos modales exquisitos, pero se notaba tanta frialdad en el ambiente que Felicia no podía evitar estremecerse, como si la hubiesen alojado en una caverna muy oscura y muy profunda, y aún no terminaba de comprender por qué. Dado que nadie había tenido noticias de Cornelio de Gringalot desde que un hechizo lo había transformado en piedra cien años atrás, Felicia había supuesto que la familia del joven lo acogería con la alegría de quien recibe un regalo inesperado, pero estaba claro que había algo que se le escapaba. El rey Petronio se mostraba confuso, y su esposa, la reina Brígida, parecía una estatua de hielo. A los tres príncipes tampoco los entusiasmaba especialmente la visita.

Cornelio carraspeó.

—He notado que se han hecho reformas en la torre oeste —comentó—. El nuevo tejado cónico es muy… moderno. Y coqueto, y estilizado —añadió—. Pero, sobre todo…, moderno.

—La torre original fue destruida por un rayo hace más de sesenta años —informó el rey, aún un poco desconcertado.

—Ah..., comprendo —murmuró Cornelio—. En ese caso, es lógico...

Felicia le tomó la mano por debajo de la mesa para infundirle ánimos.

Sobrevino otro largo silencio. La princesa se estaba preguntando si sería pertinente reanudar la conversación con algún comentario acerca del tiempo cuando la reina depositó la cuchara junto al plato, alzó la cabeza y miró con fijeza a su invitado.

—Hablad de una vez —le espetó—. ¿Qué habéis venido a hacer aquí?

Todos se mostraron sorprendidos ante el exabrupto, salvo el príncipe Donato, el mayor de los tres hermanos, que entornó los ojos y asintió con firmeza ante las palabras de su madre.

Cornelio le devolvió una mirada repleta de confusión.

—¿Acaso no es evidente? —respondió—. He vuelto a casa para reencontrarme con mi familia... y para presentar a mi prometida, como es costumbre.

—Habéis vuelto a casa después de cien años —puntualizó la reina—. Coincidiréis conmigo en que este ya no es exactamente el hogar que abandonasteis. Y no me refiero a la torre oeste —puntualizó, antes de que Cornelio pudiera replicar.

El joven reflexionó un momento antes de responder.

—Es cierto que todo ha cambiado mucho, y me doy cuenta de que ya nadie me esperaba, pero... aún somos familia, ¿no es cierto? Vos —añadió, dirigiéndose al rey— sois descendiente directo de mi hermana Viviana, que, según tengo entendido...

—Viviana de Gringalot fue vuestra hermana menor —interrumpió el príncipe Donato—. Vos erais, por tanto, el heredero al trono. Pero resulta... que ahora lo soy yo —soltó por fin, alzando la barbilla con gesto desafiante.

—Donato, por favor, no es el momento... —farfulló el rey, abochornado.

Felicia entendió de pronto cuál era el problema. No se le había ocurrido que la familia real de Gringalot pudiese considerar el asunto desde aquella perspectiva.

Cornelio inclinó la cabeza.

—Ya veo —murmuró.

—¿Acaso no vais a reclamar vuestro derecho a reinar después de mi padre… o incluso en su lugar? —prosiguió el príncipe Donato—. Después de todo, y aunque parezca que él os dobla la edad, en realidad vos sois cien años mayor.

Cornelio no dijo nada.

—No intentéis hacernos creer que no lo habíais pensado —acusó el príncipe.

Felicia sabía que Donato tenía razón. Durante el viaje hasta allí, su prometido no había dejado de parlotear sobre lo bien que iban a recibirlo en su reino cuando lo viesen regresar con vida, y todo lo que haría para compensar a sus súbditos por su larga ausencia en cuanto ascendiera al trono. Estaba claro que, a pesar de que él sabía que habían transcurrido cien años, en el fondo le costaba asimilarlo. Y tampoco había previsto que sus descendientes lo considerarían una amenaza a sus intereses.

—Y os presentáis aquí como si nada hubiese sucedido —continuó Donato—, y esperáis que os recibamos como si solo hubieseis estado un par de años ausente y todo siguiera tal cual lo dejasteis. Pero lo cierto es que no sois mi hermano mayor, aunque lo parezcáis, sino más bien… mi tatarabuelo, que a estas alturas debería llevar un siglo muerto.

Cornelio había ido palideciendo más y más con cada palabra de su descendiente. Pero fue lo que dijo el rey a continuación, tratando de parecer conciliador, lo que más lo impresionó:

—Tenéis que entender que, para nosotros, es como si hubiésemos recibido la visita de un fantasma.

—Pero yo… no soy un fantasma —musitó el joven—. Estoy vivo… y estoy aquí.

—Y he de añadir que Cornelio nunca ha sido particularmente inmaterial, a decir verdad —intervino Felicia, tratando de ayudar—. Por el contrario, cien años transformado en piedra lo han vuelto un tanto… rígido, podríamos decir. Definitivamente sólido —les aseguró.

Su prometido le dirigió una mirada apesadumbrada.

—Gracias, querida —murmuró, no muy convencido.

Donato volvió a tomar la palabra:

—Por otro lado, resulta muy extraño que nuestro antepasado perdido haya regresado cuando ya nadie lo esperaba, ¿verdad? Por lo que sabemos, bien podría ser un impostor.

El rey se apresuró a intervenir:

—La identidad de Cornelio está fuera de toda duda. No sé si te has fijado, pero es exactamente igual al retrato suyo que conservamos en la galería norte desde hace varias generaciones.

—Ah, sí —comentó Cornelio, alicaído—. Recuerdo ese retrato. Para mí, es como si lo hubiesen pintado el año pasado.

Pero no era así, pensó Felicia. Ella había regresado a casa después de quince años bajo la tutela de su hada madrina para reencontrarse con una familia a la que no conocía, pero que sin duda la recordaba y la había añorado todos y cada uno de los días de su retiro en el castillo encantado. A Cornelio, en cambio, no le quedaba nadie. Toda la gente que había conocido, desde su propia familia hasta el pintor de la corte, había muerto mucho tiempo atrás.

Felicia sintió que se mareaba.

—Disculpadme —musitó—, necesito tomar el aire.

Se levantó de la mesa, sin preguntarse si era o no adecuado, y se apresuró fuera del comedor.

Y seremos felices y comeremos perdices

Una vez en el pasillo, se asomó al primer balcón que encontró. Apoyó las manos sobre la balaustrada e inspiró hondo, preguntándose qué le aconsejaría Camelia si se hallase a su lado. Su hada madrina siempre parecía tener la respuesta a todas las preguntas y la solución a todos los problemas.

—¿Es verdad que Cornelio tiene más de cien años? —preguntó de pronto una voz infantil a su lado, sobresaltándola.

Felicia descubrió entonces que el menor de los príncipes de Gringalot la había seguido hasta allí sin hacer ruido. Recordó oportunamente que se llamaba Florián.

—Sí —le respondió con una sonrisa.

El niño frunció el ceño, pensativo.

—Pero te vas a casar con él. ¿No es muy viejo para ti? —siguió preguntando.

Felicia reprimió una carcajada.

—Que naciera hace más de cien años no implica que haya vivido todo ese tiempo —precisó.

Al comprobar que Florián seguía sin entenderlo, optó por empezar desde el principio:

—Hace un siglo, lustro arriba, lustro abajo, el valiente príncipe Cornelio de Gringalot acudió al castillo de una bruja malvada para salvar a todos los jóvenes que ella había encantado durante su reinado de terror. Pero falló en su empeño, y la bruja lo convirtió en una estatua de piedra.

»Pasaron los años, y todo el mundo dio por muerto a Cornelio. Sin embargo, no lo estaba: permanecía hechizado en el sótano del castillo, junto con el resto de las estatuas de la colección de la bruja, que también eran personas encantadas. Hasta que, mucho tiempo después, la bruja fue derrotada…

—… ¡Y Cornelio volvió a ser una persona de carne y hueso!

—Todavía no —replicó Felicia, imitando sin darse cuenta el tono irritado que empleaba su madrina cada vez que alguien la interrumpía cuando estaba contando una historia—. Las personas hechizadas no dejaron de ser estatuas tras la muerte de la bruja. Pero sucedió que, poco después, un hada decidió instalarse en aquel castillo abandonado para criar a su ahijada… —Hizo una pausa, esperando, esta vez sí, que el niño interviniera para decir algo como: «¡Y esa eras tú!». Pero Florián permaneció en silencio, de modo que Felicia continuó, un poco decepcionada—: Y esa era yo.

—¿El hada? —preguntó el príncipe, de nuevo a destiempo.

Felicia suspiró para sus adentros.

—No, el bebé. Mi madrina y yo vivimos en aquel castillo durante quince años. Siempre supe de la existencia de las estatuas del sótano, pero no me atrevía a entrar allí, porque sabía que una vez habían sido personas de carne y hueso. No obstante, cuando me hice mayor, perdí el miedo y empecé a visitarlas. Y allí descubrí a Cornelio, que llevaba cien años transformado en piedra, y… —Se detuvo de golpe, preguntándose si era necesario que Florián conociese todos los detalles. Decidió que no—. Y lo desencanté —concluyó—, y para él fue como si no hubiese pasado el tiempo. Y salimos del castillo juntos, y ahora vamos a casarnos. Y seremos felices y comeremos perdices —finalizó con una amplia sonrisa.

Pero el príncipe no se había quedado satisfecho con el final.

—¿Y qué pasó con el resto de las estatuas? —quiso saber—. ¿Las desencantaste también?

—Pues… lo cierto es que no.

—¿Y por qué no?

Felicia se sonrojó, evocando la colección de apuestos héroes de piedra del sótano del castillo.

—Ah, porque…, porque el hechizo no funcionaba con ellas —farfulló por fin.

Florián frunció el ceño, no muy convencido.

—Pero ¿cómo escapasteis de la bruja malvada? —siguió preguntando.

—No era una bruja malvada —puntualizó ella—. La bruja murió hace mucho tiempo, ya te lo he dicho. Mi hada madrina es ahora la dueña del castillo, y ella…

Dejó la frase a mitad, pensativa. Lo cierto era que Camelia no se había tomado muy bien la noticia de que su ahijada pretendía marcharse con el príncipe que acababa de desencantar. Enfrentarse a ella había sido una de las cosas más difíciles que había hecho en su vida, pero Felicia seguía pensando que, pese a todo, su madrina no era una mala persona.

—Pero mis hermanos dicen que los reyes de Vestur… —empezó el niño.

En aquel momento, la voz de Cornelio interrumpió la conversación:

—¡Felicia!

La princesa se volvió hacia él. Su prometido avanzaba a grandes zancadas por el corredor, pálido y con gesto descompuesto, como si le hubiese sentado mal el almuerzo.

—Cornelio, ¿qué…?

—Volvemos a Vestur —cortó él—. Ahora mismo.

—¿Qué? Pero ¿por qué?

—Te lo contaré por el camino.

La única manera de tratar con las brujas

El pequeño reino de Gringalot estaba a tres días de viaje de Vestur. Aunque Felicia sentía un gran respeto por los espacios abiertos debido a que había pasado toda su vida encerrada en un castillo encantado, había disfrutado del trayecto de ida, puesto que por primera vez se le presentaba la oportunidad de visitar otros lugares, de conocer otras gentes y de contemplar otros paisajes. Quizá debería haberse preguntado por qué sus padres los habían animado a viajar a Gringalot en primer lugar, antes incluso de que tuviese ocasión de recorrer a fondo su propio reino, pero dio por sentado que ellos entendían que el pobre Cornelio había esperado ya demasiado tiempo para resolver sus asuntos familiares.

El viaje de regreso, no obstante, se desarrolló en un ambiente muy distinto. Por lo que Felicia logró arrancarle a su taciturno prometido, al parecer las cosas se habían puesto tremendamente tensas entre él y el príncipe Donato, hasta el punto de que Cornelio había optado por abandonar el castillo antes de que los dos jóvenes acabasen enzarzados en un duelo de espadas para dirimir la cuestión dinástica.

—Seguiremos intentándolo por la vía diplomática —concluyó él con cierta brusquedad—. A distancia, por el momento.

El capitán de la guardia, que los había estado escuchando, sacudió la cabeza con pesar, pero no dijo nada. Felicia los había visto mantener una tirante conversación en voz baja, poco antes de partir de Gringalot. No sabía de qué habían estado hablando, pero tenía la sensación de que el capitán, que tenía la misión de escoltarla y protegerla durante su viaje, no estaba de acuerdo con el cambio de planes.

De modo que, durante el trayecto de regreso, todos estuvieron serios y silenciosos.

Por fin alcanzaron las fronteras de Vestur, al atardecer de la tercera jornada. Se detuvieron para pernoctar en una posada del camino, y el capitán sugirió alargar la estancia uno o dos días para que Felicia pudiese visitar con calma la región. Pero, a aquellas alturas, la joven estaba ya cansada de caras largas y silencios incómodos, y lo único que deseaba era llegar a su destino para poder consultar con sus padres el asunto de la herencia de Cornelio.

Reanudaron la marcha a la mañana siguiente, nada más salir el sol. Llegaron a la capital poco después del mediodía, pero el carruaje se vio detenido en la avenida principal por un gran flujo de gente que salía de la ciudad.

Felicia se asomó a la ventana y le preguntó a un campesino que pasaba:

—¿Qué sucede, buen hombre? ¿Es día de fiesta hoy?

—¡Han ajusticiado a una bruja, señorita! —respondió el aldeano alegremente—. Pero llegáis un poco tarde para verlo. ¡La muy malvada ya ha ardido hasta los huesos!

—No hables así —lo riñó su mujer—. No es un espectáculo edificante para una muchacha; seguro que la impresionaría mucho.

A la tierna edad de seis años, Felicia había sobrevivido al voraz apetito de otra bruja. La niña la había arrojado a un horno en llamas y había oído sus gritos de agonía a través de la puerta cerrada... hasta que dejó de emitirlos. Sabía que, a veces, el fuego era la única manera de tratar con las brujas.

Pero la aldeana tenía razón: no era algo agradable de ver.

Apartó la mirada con un estremecimiento.

—Corred la cortina, alteza —le aconsejó el capitán, tenso—. Cuanta menos gente os vea por el momento, mejor.

Felicia comprendió de pronto que aquellas personas no la habían reconocido como la princesa de Vestur.

Obedeció y se volvió hacia su prometido. Pero él también se mostraba extraordinariamente serio.

La joven oyó al capitán ordenando al cochero que diera un rodeo para evitar la multitud. El vehículo se puso en marcha de nuevo, con lentitud al principio, y fue ganando velocidad a medida que dejaban atrás el gentío.

En casa otra vez

Cuando, un rato más tarde, franquearon las puertas del palacio real de Vestur, Felicia ya se había olvidado de la bruja ajusticiada. El carruaje se detuvo en el patio delantero, y la muchacha bajó a tierra, aceptando la mano que le tendía el capitán.

Miró a su alrededor. El palacio de su familia era más grande e imponente que el castillo encantado en el que había pasado su niñez. También estaba mucho más aseado, rodeado de hermosos y pulcros jardines en los que, a diferencia del refugio de Camelia, no crecía ni un solo espino. Sin embargo, a ella aún le costaba asimilar que aquel era su verdadero hogar.

El rey Simón salió a recibirlos con paso apresurado.

—¡Felicia! —exclamó—. ¿Cómo habéis vuelto tan pronto? No os esperábamos hasta la semana que viene, por lo menos.

Sonreía, pero a ella no se le escapó la mirada interrogante que dirigió a Cornelio ni la forma en que este negó casi imperceptiblemente con la cabeza.

No obstante, malinterpretó el gesto y supuso que a su prometido le resultaba difícil confesar a su futuro suegro que su propia familia habría preferido que no lo desencantaran.

—Las cosas... no han salido como planeamos —murmuró.

El rey la miró un momento y la envolvió en un fuerte abrazo que la dejó sin respiración.

—Lo importante es que estás en casa otra vez —le dijo.

Felicia no supo qué responder. Era consciente de que sus padres la habían echado mucho de menos mientras había estado bajo la tutela de su madrina. Pero ella apenas los conocía.

Abrió la boca para decir algo, cualquier cosa, pero justo entonces el rey se volvió hacia su esposa, que acababa de salir también al patio.

La sonrisa de Felicia se debilitó un poco. La reina Asteria, una mujer de gran belleza y elegancia, avanzaba hacia ellos como si levitara sobre las baldosas del suelo. Comparada con ella, y a pesar de que había convivido desde pequeña con una criatura sobrenatural como Camelia, la princesa se sentía torpe y mundana.

—Felicia —la saludó la reina; le dio un abrazo rápido y ligero, muy diferente de la cálida bienvenida de su esposo—. ¿Qué ha sucedido? ¿No os han recibido bien en Gringalot?

La joven cruzó una rápida mirada con Cornelio, sorprendida de que su madre hubiese entendido cuál era la situación antes de que ninguno de los dos hubiese tenido la oportunidad de hablar siquiera. El príncipe frunció el ceño, un poco ruborizado. Felicia se preguntó cómo hablar de lo que había pasado sin humillarlo todavía más.

—Ya había... un príncipe heredero en el reino —empezó a explicar, con precaución—. Y otros dos de repuesto, por si acaso —añadió tras un instante de reflexión.

Al fin y al cabo, a un príncipe heredero podía pasarle cualquier cosa: una mala caída del caballo, una copa de vino envenenado, una bruja aficionada a transformar a la gente en piedra...

La reina alzó una ceja.

—Estaba al tanto, sí —asintió.

Cornelio se irguió para mirarla a los ojos.

—¿Vos... sabíais que mi propia familia me...?

«Rechazaría», adivinó Felicia que iba a decir. Pero el joven no completó la frase, y la reina tuvo la delicadeza de no hacerlo tampoco.

—Sabía que existía esa posibilidad —reconoció.

El rey, no obstante, se mostraba perplejo. Felicia comprendió que a él no se le había ocurrido en ningún momento.

—Pero... seguís siendo familia, después de todo. Esto no es muy diferente a cuando regresa un pariente tras un largo viaje por tierras lejanas, ¿no es así?

—Es diferente —replicó la reina, con un ligero tono irritado en su voz— porque, según las leyes de Gringalot y de todos los reinos civilizados, cuando un monarca muere, su corona pasa a su primogénito, salvo que este fallezca también antes de poder heredarla. Cuando Cornelio desapareció, su hermana sucedió a su padre en el trono. Los reyes actuales son sus descendientes. Pero se da el caso —concluyó, hablando despacio, como si su esposo fuera corto de entendederas— de que Cornelio no estaba muerto en realidad. Así que podría reclamar el trono si quisiera. Es lógico que tanto los reyes como sus hijos se sientan amenazados.

—Todo eso lo he comprendido —respondió el rey con impaciencia—. Pero sigo sin ver dónde está el problema. Cornelio solo ha de asegurarles que no tiene la menor intención de reclamar la corona y asunto arreglado. —Se dio cuenta de que tanto la reina como el príncipe lo miraban horrorizados, y añadió—: Podemos firmarlo en un tratado, si es necesario. Lo ratificaremos nosotros también, como valedores.

—¿Renunciar… a la corona de Gringalot? —farfulló Cornelio, pálido—. ¿De verdad… es eso lo que esperáis de mí?

—Por supuesto que no —se apresuró a aclarar la reina.

—Pero él no necesita el trono de Gringalot —replicó el rey, desconcertado—. Va a casarse con Felicia, ambos heredarán la corona de Vestur.

—¿Necesito recordarte lo importante que es la alcurnia del pretendiente de la princesa? —siseó su esposa—. ¿Precisamente a ti? ¿Después de todo lo que pasó?

—Precisamente yo sé muy bien lo que implica todo eso. Por todo lo que pasó.

Se quedaron mirándose un momento a los ojos, desafiantes, mientras Felicia y Cornelio los contemplaban con estupor. Por fin, el rey Simón carraspeó, incómodo, y apartó la mirada.

—Pero podemos hablar de todo eso después…, durante la cena…, cuando hayáis descansado un poco.

—Sí —añadió la reina, aún con la mandíbula tensa—. Tenemos que discutir todo este asunto con calma.

Una estrategia a largo plazo

Lo lamento mucho —dijo Felicia, afligida—. No conozco muy bien a mis padres, así que no sabía cómo iban a reaccionar.

Cornelio sacudió la cabeza con un suspiro. Se había acodado en el alféizar de la ventana y contemplaba con gesto abatido los jardines que se extendían a sus pies. Lo habían alojado en una habitación convenientemente separada de la de la princesa, dado que no estaban casados todavía, pero ella había ido a visitarlo de todas maneras, para poder hablar con él a solas antes de la cena.

—¿Crees que podríamos hacer lo que sugiere mi padre? —prosiguió Felicia—. ¿Lo del... tratado?

Él se volvió para mirarla.

—¿Crees que tu madre me apoyaría si reclamo el trono de Gringalot? —preguntó a su vez.

Ella avanzó unos pasos hasta situarse a su lado y apoyó la cabeza sobre su hombro.

—No necesitas la corona de Gringalot para ser mi esposo, Cornelio —le recordó—. No voy a rechazarte solo porque no puedas heredar un reino.

Él desvió la mirada, pero no respondió.

—Me han contado —prosiguió Felicia— que mi padre, el rey Simón de Vestur, fue una vez un simple mozo de cuadra, el hijo de un humilde porquero. Pero se enamoró de mi madre, que era una princesa, y tuvo que superar una serie de pruebas heroicas para demostrar que era digno de ella y, sobre todo, para compensar su origen humilde.

Se detuvo un momento, pensativa. Camelia había sido también el hada madrina de su padre, y lo había ayudado a triunfar en aquellos lances. Sin embargo, aquella historia había sido una de las pocas que nunca le había relatado a su ahijada. Durante el tiempo que la había mantenido recluida junto a ella en su castillo, de hecho, el hada había evitado hablarle de sus padres. Ahora que podía percibir por sí misma la tensión que existía entre ellos, Felicia no podía evitar preguntarse si, a diferencia de aquellas historias de amor que solía leer en los cuentos, la de los reyes de Vestur no tendría un final feliz.

Trató de no pensar en ello.

—Pero no es tu caso —concluyó—, porque, heredes o no la corona de Gringalot, perteneces a un linaje de reyes, así que no hay ningún motivo por el que no puedas casarte conmigo. Yo te aceptaría de todos modos —añadió en voz baja, con timidez—, aunque fueses el hijo de un porquero, como mi padre.

Cornelio, no obstante, arrugó la nariz con desagrado. Abrió la boca para responder, pero en aquel mismo momento un sirviente llamó con suavidad a la puerta para anunciarles que había llegado la hora de la cena.

Cuando los dos jóvenes entraron en el salón principal, se dieron cuenta enseguida de que el ambiente entre los reyes se había relajado un tanto. Parecía que ellos habían estado hablando en privado también y habían llegado a una especie de acuerdo.

Pero, pese a la obvia impaciencia del rey, su esposa no abordó el asunto hasta los postres.

—Tenemos una propuesta —empezó ella por fin—. Esperamos que el príncipe Cornelio la encuentre adecuada.

—¿Me apoyaréis en mi reclamación, pues? —preguntó el joven, esperanzado.

La reina desvió la mirada hacia el rey, que carraspeó con cierta incomodidad.

—Sin duda es legítima —respondió este—, pero tiene difícil solución. Los actuales reyes de Gringalot no cederán el trono sin más. Y, entonces, ¿qué haréis vos? ¿Iniciar una guerra?

Cornelio palideció.

—Si es necesario... —murmuró.

Felicia ahogó una exclamación y se volvió para mirarlo, sin poder creer lo que acababa de oír. La reina Asteria sacudió la cabeza con desaprobación.

—¿De verdad estáis dispuesto a ir a la guerra, príncipe Cornelio? ¿Con qué ejército? —Él no respondió, y ella prosiguió—: Vestur puede apoyar vuestra demanda, es cierto. Y quizá pudiésemos ganar. ¿Y luego? ¿Ordenaríais ejecutar a vuestra familia? ¿A los reyes? ¿A esos tres muchachos que se consideran a sí mismos herederos de Gringalot? —El príncipe desvió la mirada—. Y si hacéis todo eso, ¿qué sucederá después? ¿Creéis que el pueblo os aclamará como a su legítimo gobernante? ¿La misma gente que no os conoce, porque ni siquiera había nacido el día que desaparecisteis?

Cornelio alzó la cabeza hacia la reina, abrumado.

—Entonces, ¿qué proponéis? ¿Que renuncie al trono?

Ella arrugó un poco el entrecejo; estaba claro que la idea le disgustaba también. Tal vez por eso prefirió que fuese su esposo quien plantease la alternativa.

—Estamos pensando en una estrategia a largo plazo —empezó él—. Quizá vos no podáis ceñiros la corona de Gringalot, pero sí vuestro primogénito... si, cuando sea mayor, lo desposamos con alguna de las hijas del príncipe Donato.

—Esto se puede definir en los tratados —agregó la reina—. Podemos comprometernos a una futura alianza entre ambos reinos, antes incluso de que empiece a nacer la siguiente generación. De este modo, nos aseguraremos de que alguno de vuestros hijos heredará el trono de Gringalot.

—Pero... ¿Donato y Cornelio no son familia? —preguntó Felicia.

—Técnicamente, el primero es descendiente de la hermana del segundo —explicó su madre—. Por lo que los hijos de ambos serían más bien primos. Lejanos, añadiría yo, puesto que han pasado tres generaciones desde la reina Viviana.

—Pero, si renuncio a la corona, aunque sea en favor de mi futuro hijo —musitó Cornelio—, no seré nada. Ni rey de Gringalot ni príncipe heredero...

Felicia alargó la mano por debajo de la mesa para tomar la de su prometido, pero él rehuyó el contacto.

Los reyes de Vestur cruzaron una mirada.

—También tenemos una solución para eso —dijo el rey—. Se da la circunstancia de que tenemos vacante el título de Duque Blanco.

Cornelio hizo un esfuerzo por alzar la cabeza para escuchar con cortesía, pero Felicia tuvo la sensación de que en realidad no le interesaba mucho la propuesta.

—No está exactamente vacante —puntualizó la reina—. El Duque Blanco actual es mi esposo; pero, desde que subió al trono tras la muerte de mi padre, no ha podido dedicarse al ducado como antes.

—Lo tengo un poco abandonado —reconoció el rey, avergonzado—. El gobierno del reino nos mantiene ocupados.

—Las tierras del Duque Blanco son extensas y fértiles —prosiguió la reina—. Están situadas en la parte norte del reino, en la frontera con el Bosque Ancestral.

Cornelio entornó los ojos.

—He oído hablar de ese sitio.

—Ha cambiado mucho desde vuestra época —le aseguró ella—. Según la tradición, la misión del Duque Blanco consiste en mantener a raya a las criaturas del bosque para que no supongan una amenaza para el reino. Pero el más temible de aquellos monstruos fue… derrotado. —Felicia se dio cuenta de que su padre desviaba la mirada, como si aquella historia lo turbase profundamente—. Y ahora el ducado es un lugar seguro y pacífico, ideal para criar a futuros príncipes —añadió la reina, guiñándoles un ojo con picardía.

Su hija se sobresaltó y se sonrojó al mismo tiempo.

—¿Estás diciendo…?

El rey adoptó un gesto solemne.

—Os ofrecemos, príncipe Cornelio —anunció—, el título de Duque Blanco, con todas las tierras y riquezas que acarrea. Lo ostentaréis hasta que llegue la hora de que vos y mi hija Felicia heredéis la corona de Vestur.

La princesa se volvió hacia su prometido. Era un regalo espléndido, y ambos lo sabían. Cornelio inclinó la cabeza.

—Os agradezco vuestra generosidad, majestad, pero… no sé si puedo aceptar.

—¡Por supuesto que sí! —replicó el rey—. Tanto la reina como yo nos sentimos en deuda con vos por haber rescatado a nuestra hija.

—En realidad, fui yo quien lo rescató a él… —empezó Felicia; pero se dio cuenta enseguida de que aquella información no beneficiaba la causa de su prometido, por lo que se corrigió—: Bueno, nos rescatamos el uno al otro.

Cornelio permaneció en silencio durante un largo rato.

—En tal caso —dijo por fin—, será un honor para mí serviros como nuevo Duque Blanco de Vestur.

—¡Perfecto! —exclamó el rey Simón con una amplia sonrisa—. Mañana por la mañana celebraremos la ceremonia de nombramiento.

—Así podréis partir hacia el ducado después del almuerzo —añadió la reina Asteria.

—¿Partir? —repitió Felicia, alarmada.

—¡Por supuesto! Tenéis que presentaros ante los ciudadanos, para que conozcan a su nuevo duque y a su princesa, que estuvo tanto tiempo perdida. Además, la Torre Blanca es un bastión viejo y lúgubre que tiene serios problemas de humedad, por lo que tu padre y yo hemos pensado que lo mejor será que mandéis construir un palacio a vuestro gusto. Y eso lleva tiempo, ¿sabes? Así que, cuanto antes iniciéis las obras, mejor.

—¿Un… palacio? Pero…

—Necesitáis un lugar donde vivir cuando estéis casados, ¿no es así? —intervino el rey.

—Conozco un constructor muy competente —prosiguió la reina—. Ya he enviado un mensajero para avisarle de que iréis a visitarlo en cuanto lleguéis al ducado.

—Pero… yo no sé si… quizá… —balbuceó Felicia, abrumada.

—¡Maravilloso! —la cortó su madre, juntando las manos en un gesto que no admitía discusión—. La gente del ducado es algo peculiar… Se debe a la proximidad del Bosque Ancestral, me temo… Pero son buenos súbditos, en su mayoría. Disfrutad mucho del viaje. ¡El norte de Vestur está precioso en esta época del año!

Cornelio y Felicia cruzaron una mirada desconcertada. Si no fuera porque le parecía algo muy absurdo, la joven habría jurado que sus padres estaban deseando perderlos de vista cuanto antes.

Dime que no es verdad

El constructor que les había recomendado la reina Asteria resultó ser un individuo bajito y orondo que se balanceaba de una forma curiosa al caminar. Tenía unos ojillos pequeños y oscuros y una nariz ancha y ligeramente respingona.

Los recibió a la entrada de una sólida casa de ladrillo rojo con puertas y contraventanas pintadas de blanco. La fachada principal lucía un cartel que anunciaba, en letras trazadas con pulcritud: CONSTRUCCIONES LOS TRES HERMANOS. Felicia se dio cuenta de que su anfitrión parecía nervioso, por lo que se adelantó unos pasos para saludarlo con amabilidad:

—Buenos días; soy la princesa Felicia, y este es mi prometido, el príncipe Cornelio de Gringalot, nuevo Duque Blanco de Vestur. Hemos venido por indicación de la reina Asteria.

—Oooh, sí, sí, os esperábamos —respondió el hombrecillo—. Es solo que... quizá es algo temprano...

—Oh —murmuró ella. Lo cierto era que la Torre Blanca había resultado ser tan deprimente como le había advertido su madre, por lo que, después de pasar una única noche allí, la princesa le había insistido a Cornelio para que fuesen a visitar al constructor a primera hora de la mañana—. ¿Prefieres que volvamos más tarde?

—¡No, no, no, está bien! Pasad, altezas. Hablaremos con calma en mi taller.

Dio media vuelta y entró dando saltitos en el edificio. Cornelio y Felicia lo siguieron por un patio interior donde se oían unos fuertes ronquidos. La princesa detectó a otro individuo panzudo durmiendo a pierna suelta sobre un montón de paja. El constructor se ruborizó hasta las orejas.

—Es mi hermano menor, Gandulfo —les explicó—. En fin..., no le gusta mucho trabajar.

—Salta a la vista —comentó Cornelio.

Su anfitrión los condujo hasta una amplia sala de trabajo repleta de tablones de madera de diferentes clases.

—Disculpad si está un poco desordenado. Me han traído nuevo material de los bosques del oeste y aún no he tenido ocasión de organizarlo todo —se justificó—. No obstante, dispongo de algunas maderas nobles que serán perfectas para vuestro futuro hogar.

—¿Maderas nobles? —repitió Felicia sin entender.

El constructor asintió con energía.

—Para las paredes, recomiendo roble o nogal. Ambas son maderas muy sólidas, aunque quizá sus altezas las consideren poco distinguidas. Por eso, si me permitís la sugerencia, propondría forrar los interiores con tablones de caoba...

—Pero... ¿no deberíamos empezar por trazar los planos de la casa? —preguntó Cornelio, confuso.

—Y por elegir una ubicación, en primer lugar —añadió su prometida.

El constructor se volvió para mirarlos. Sus ojillos parpadearon con desconcierto.

—Bueno...

—Además —prosiguió Felicia—, no sé si la madera será un material apropiado para un palacio, o incluso para una casa señorial. ¿No es un poco... endeble? ¿No arde con facilidad?

Su anfitrión inspiró hondo. Parecía que las últimas palabras de la princesa lo habían herido, porque abrió la boca para replicar con gesto ofendido..., pero una voz lo interrumpió:

—¡Ranulfo! ¿Qué estáis haciendo aquí?

Los tres se volvieron para descubrir a un tercer hombrecillo que entraba con paso apresurado en el taller. Era muy similar al constructor y a su perezoso hermano, pero vestía de forma algo más pulcra y formal. Se detuvo nada más ver a los príncipes.

—¡Oh! ¡Altezas! —exclamó—. Disculpad el retraso. Soy Odulfo, el maestro constructor. He tenido que visitar una obra a primera hora de la mañana y no os esperaba tan temprano... ¿Os ha ofrecido mi hermano alguna clase de refrigerio mientras aguardabais?

Ranulfo gruñó por lo bajo de forma sorprendentemente parecida a como lo habría hecho un cerdo.

—Nosotros... estábamos hablando de maderas nobles —respondió Felicia, perpleja.

El recién llegado resopló con desdén.

—Maderas, por supuesto. —Le disparó una mirada irritada a su hermano—. No digo que no se puedan crear muebles bonitos con ellas, pero las casas...

—¿¡Muebles!? —estalló Ranulfo, ofendidísimo—. ¡No hay construcción más bella y elegante que una casa de madera!

—Madera, bah —replicó Odulfo con indiferencia—. ¡Unos buenos muros de piedra es lo que necesita cualquier castillo digno de tal nombre! ¡Sólido, firme y a prueba de lobos, ogros y brujas!

Cornelio y Felicia tuvieron la sensación de que no era ni mucho menos la primera vez que los dos hermanos mantenían aquella conversación.

—Pero no hagamos perder más el tiempo a sus altezas —concluyó el maestro constructor—. Acompañadme hasta mi despacho, si tenéis la bondad, y hablaremos de vuestro futuro castillo —les dijo a sus invitados.

Después trotó hacia la puerta con paso rápido y enérgico. Felicia se apresuró a seguirlo, aliviada. Odulfo parecía bastante más competente que sus dos hermanos juntos.

Durante el trayecto, el hombrecillo no dejó de parlotear:

—¡Es un inmenso honor para nuestra pequeña empresa familiar! Aquí, en el ducado, todos nos sentimos en deuda con vuestro padre, princesa Felicia. ¡Un gran hombre, un héroe sin igual y un magnífico soberano para Vestur!

—¿De verdad? —murmuró ella, un tanto sorprendida.

—¡Oooh, desde luego! El rey Simón acabó con el último Lobo del Bosque Ancestral, que había sembrado el terror en la región durante generaciones. Innumerables héroes y caballeros trataron de abatirlo a lo largo de los siglos, y todos hallaron la muerte entre sus fauces. Pero vuestro padre triunfó allí donde muchos otros habían fracasado —concluyó Odulfo, dejando escapar un suspiro de rendida admiración.

—Yo... no lo sabía —reconoció Felicia, impresionada.

—¿Cómo, no os lo han contado? —se sorprendió el constructor—. Bueno, esto sucedió hace años, antes incluso de que vos nacierais —prosiguió—. Pero el brazo de hierro del rey de Vestur nunca ha titubeado a la hora de luchar contra los monstruos que amenazan el reino, y eso es algo que las criaturas como nosotros nunca podremos agradecerle bastante. Sin ir más lejos, ha llegado a nuestros oídos que hace apenas un par de días se ejecutó en la capital a la malvada bruja del castillo de los espinos... ¿Os encontráis bien? —preguntó de pronto, observando a Cornelio con extrañeza.

Felicia se volvió hacia su prometido, que dejó de hacer aspavientos en cuanto ella lo miró.

—Sí, ¡ejem! —carraspeó él—. Solo estaba... espantando una avispa. ¿Podemos hablar de nuestro futuro castillo, por favor?

Pero Felicia había centrado de nuevo su atención en Odulfo.

—¿Has dicho que la bruja vivía en un castillo con espinos?

—¡No ha dicho eso! —se apresuró a intervenir Cornelio.

El constructor, sin captar las indirectas, siguió parloteando mientras sus sonrosadas mejillas resplandecían con una sonrisa de felicidad:

—¡Oooh, pero, por supuesto, vos debéis de saberlo mejor que nadie, alteza! Después de todo, estuvisteis secuestrada durante muchos años en ese horrible lugar.

El corazón de Felicia dejó de latir un breve instante mientras todo el mundo parecía paralizarse a su alrededor.

—La bruja... que quemaron en la hoguera... —musitó, casi sin aliento.

—... Era una horrible bruja malvada que capturaron en otro castillo con espinos... muy muy muy lejos de aquí —completó Cornelio.

—¿Qué decís? —replicó Odulfo, desconcertado—. ¡Todo el mundo sabe que se trataba de la misma perversa criatura que mantuvo prisionera a la princesa durante quince largos años! Incluso se celebró un juicio..., al que yo no pude asistir, por motivos de trabajo...

—Pero... no era una bruja —susurró Felicia, muy pálida—. Era mi hada madrina.

—Querida... —empezó Cornelio.

Ella se volvió con brusquedad hacia su prometido.

—Dime que no es verdad —le suplicó.

Él tragó saliva.

—No es… no es algo que deba preocuparte, Felicia —logró articular por fin.

Ella estaba ya muy asustada.

—No pueden… no pueden haberla quemado en la hoguera… Es algo… cruel e inhumano…

Cornelio carraspeó antes de responder:

—Hubo un juicio…

—Pero era mi madrina. Cuidó de mí durante toda mi vida.

—También fue mi hada madrina, hace mucho tiempo —replicó él—. Y por aquel entonces no tenía por costumbre secuestrar princesas ni cultivar zarzales asesinos, que yo recuerde. La gente cambia, Felicia. Y no siempre para bien. E incluso las hadas deben someterse a la justicia cuando utilizan sus poderes para el mal.

De pronto, ella cayó en la cuenta de lo que implicaba que aquella información no fuese nueva para su prometido.

—¡Tú…! Tú lo sabías desde el principio, ¿verdad? —susurró, mirándolo con los ojos muy abiertos.

Cornelio desvió la vista con un carraspeo, como solía hacer siempre que quería esquivar una pregunta a la que no deseaba responder.

—¿Cornelio? —insistió ella.

Él se aclaró la garganta de nuevo antes de contestar:

—Sí, estaba al tanto, pero…

—¿¡Y no me dijiste nada!? —casi gritó ella—. Espera —se le ocurrió entonces—: por eso nos fuimos a Gringalot con tantas prisas, ¿verdad? ¡Para que yo no pudiese asistir al juicio! Porque habría hablado en su favor, y ellos lo sabían.

Cornelio no lo negó.

—Lo cierto es que… tus padres pensaron… que, después de todo lo que has sufrido…, lo mejor para ti sería alejarte todo lo posible de esa mujer, para que, cuando volvieras…

—¿«Esa mujer»? —repitió ella—. ¡Fue tu hada madrina también!

—Sí, la misma que permitió que pasase cien años convertido en piedra en un oscuro sótano —señaló él con frialdad.

—¡No podía deshacer el conjuro de la bruja, ya te lo he dicho! Su magia…

—Su magia no servía para salvar a sus ahijados de hechizos malvados, pero sí para recluirlos toda su vida en un castillo encantado —concluyó Cornelio—. Comprendo.

—¡No comprendes nada! —gritó Felicia—. ¡Solo ella y yo sabíamos lo que pasó en el castillo! ¡Y ni siquiera me han permitido contarlo en el juicio!

—¿Sabes tú acaso lo que pasó *fuera* del castillo? ¿Lo que les sucedió a todas las personas que intentaron rescatarte y fueron atacadas por ese siniestro muro de espinos?

—Tú tampoco lo sabes porque, como muy bien me has recordado, estabas petrificado en el sótano —replicó ella con acidez.

—¡Pero me lo han contado!

—¡Por todos los...! —se impacientó Felicia—. ¿Sabes qué? No voy a perder el tiempo discutiendo contigo: me vuelvo a casa.

—¿A... casa?

—Con... mis padres. —Le costó un poco, sin embargo, procesar aquel pensamiento. Aún no terminaba de asimilar el hecho de que el castillo real de Vestur era ahora su nuevo hogar—. Y cuanto antes —reiteró.

Se volvió hacia el constructor, que asistía a la discusión con horrorizada perplejidad, sin terminar de comprender lo que estaba sucediendo.

—¿Podría usar vuestro espejo de viaje? —le preguntó ella.

—¿Espejo... de viaje? —repitió Odulfo—. ¿Os referís a uno de mano?

—No, no. Pregunto por un espejo mágico para viajar a lugares lejanos. En casa de mi madrina...

Recordó entonces que el castillo donde ella había crecido estaba habitado por un hada y había pertenecido anteriormente a una malvada bruja con cierta obsesión por los espejos mágicos. Era lógico pensar que no todo el mundo podía contar con objetos encantados como aquellos.

—¿Tenéis al menos una alfombra voladora? ¿Unas botas de siete leguas, quizá? —preguntó, cada vez menos esperanzada.

El maestro constructor parecía tan desconsolado que Felicia decidió no presionarlo más.

—No importa —decidió por fin—. Volveré en el carruaje, tal como he venido.

—Pero... ¿y la ceremonia de proclamación? —preguntó Cornelio con desconcierto.

Felicia se volvió hacia él, sin poder creer lo que acababa de escuchar.

—¿Cómo dices?

—La ceremonia de proclamación del nuevo Duque Blanco. Se va a celebrar esta misma tarde, querida. Todo el ducado ha sido invitado. Eres la princesa, y mi prometida: no puedes faltar.

Ella se quedó mirándolo, y tuvo la sensación de que por fin lo veía como realmente era: un príncipe egocéntrico al que le preocupaba más su posición social que ninguna otra cosa..., incluida ella misma.

Pestañeó, un tanto confundida, como si acabase de despertar de un hechizo. Se preguntó por primera vez, anonadada, si Cornelio la quería de verdad... o si iba a casarse con ella únicamente debido a su condición de princesa.

—¿Sabes? —murmuró, como si le hablara desde muy lejos—. Creo que ya no quiero ser tu prometida.

Cornelio sonrió, convencido de que se trataba de alguna clase de broma. Pero, cuando ella le dio la espalda y comenzó a alejarse sin más, su sonrisa empezó a desvanecerse.

—¿Felicia? ¡¿A dónde vas?! —le gritó, con una nota de pánico en su voz.

Ella no se molestó en explicárselo dos veces.

Un obstáculo en el camino

Felicia mantuvo la compostura hasta que se encontró por fin a solas en el interior del carruaje, de regreso a la capital del reino. Entonces hundió la cara entre las manos y se echó a llorar.

No había hablado con Camelia desde que se había enfrentado a ella para huir junto con Cornelio del castillo encantado. Pero estaba segura de que volvería a verla algún día; de que su madrina comprendería en algún momento que su joven ahijada necesitaba ver mundo y vivir su propia vida, y las dos harían las paces por fin. Nunca se le había ocurrido pensar, ni en sus más horribles pesadillas, que sus padres la prenderían, la juzgarían y la condenarían a morir en la hoguera, como una bruja cualquiera.

«Ella no era una bruja», pensó de pronto. «Era un hada de grandes poderes». Era imposible que unos simples mortales hubiesen sido capaces de acabar con su vida.

Quizá el maestro constructor estaba equivocado. Quizá sus padres habían hecho creer a todo el mundo que habían ejecutado a la criatura del castillo de los espinos para que sus súbditos respirasen tranquilos. Quizá Camelia estaba a salvo en algún otro lugar y Cornelio no lo sabía.

Se aferró a aquella esperanza.

Alzó la cabeza. Necesitaba interrogar a sus padres sobre el destino de su madrina. Y si era cierto que la habían hecho arder en la pira…, tenía que mirarlos a los ojos y preguntarles por qué.

Se dio cuenta entonces de que el carruaje aminoraba la velocidad.

Oyó que el cochero y el capitán hablaban entre ellos, pero no entendió lo que decían. De modo que asomó la cabeza por la ventana.

—Capitán, ¿qué sucede? ¿Por qué vamos tan despacio?

El hombre se inclinó sobre su montura para responderle:

—Parece que hay un obstáculo en el camino, alteza. Todavía no sabemos...

—¡No es más que un gato! —exclamó en aquel momento el cochero, aliviado.

Arreó de nuevo a los caballos para recuperar velocidad.

—¿Un gato? —repitió Felicia, estirando el cuello a través de la ventana.

—Sí, ahora lo veo —dijo el capitán—. Se ha tumbado a dormir en medio del camino.

—Pero... ¿lo vamos a arrollar?

—Ya se apartará, alteza. Y, si no, peor para él.

—¿Qué? ¡De ningún modo! —Felicia se incorporó para sacar medio cuerpo por la ventanilla—. ¡Cochero! ¡Cochero, detén el carruaje!

—¿Qué? Bueno... —murmuró el hombre, tirando de las riendas otra vez.

El vehículo se detuvo con tanta brusquedad que la princesa estuvo a punto de precipitarse por la ventana. Se aferró a la cortinilla en el último momento.

El capitán acudió al rescate, bajando de un salto de su caballo, y le tendió la mano para ayudarla a descender del carruaje. Ella la tomó, aliviada.

—Solo es un gato —refunfuñó el cochero, aún contrariado.

Felicia, sin prestarle atención, avanzó hasta la bola de pelo que dormía profundamente justo en medio del camino. Los cascos de los caballos habían estado a punto de aplastarlo, pero el felino ni siquiera se había inmutado. La muchacha se inclinó junto a él, preguntándose si estaría enfermo, y alargó la mano para acariciar su sedoso pelaje gris. Era la primera vez que veía un gato, salvo en las ilustraciones de los libros de cuentos.

Pero, antes de que llegara a rozarlo, el animal despertó, alzó la cabeza y clavó en ella sus enormes ojos verdes.

—¡Oh! —exclamó ella—. Minino, ¿estás bien? ¿Qué haces aquí, en medio del camino? Por poco te atropellamos, ¿sabes?

Como ya suponía, el gato no le respondió. Se limitó a alzarse sobre sus patas y a estirarse con un enorme bostezo. Felicia se dio cuenta de que era mucho más grande de lo que le había parecido en un principio. Trató de espantarlo con un gesto.

—Vamos, vete —le dijo—. Este sitio es peligroso; no es un buen lugar para echarse una siesta.

El gato le dirigió una larga mirada, y a Felicia se le detuvo un momento el corazón. Porque fue una mirada pensativa, extraordinariamente inteligente para tratarse de un animal. Cuando el felino abrió la boca, ella estuvo segura de que, esta vez sí, le hablaría de verdad. Pero él se limitó a bostezar de nuevo y a darle la espalda sin más.

—¡De nada! —le gritó la princesa, un poco molesta, mientras el gato se alejaba con el rabo en alto, sin dignarse a mirar atrás.

Se levantó, se sacudió un poco la falda y se dio la vuelta para regresar al carruaje, ignorando las miradas divertidas de los dos hombres.

—Ya habéis hecho vuestra buena acción de hoy —comentó el capitán con una sonrisa.

Felicia se mordió la lengua para no replicar y se encogió de hombros.

—Me gustan los gatos —se limitó a responder.

«Me gustan más que algunas personas», pensó alicaída, mientras volvía a acomodarse en el interior del carruaje. Sus pensamientos retornaron a Cornelio. Aún le costaba asimilar que había roto su compromiso con él, que ya no iban a casarse. Pero..., si era cierto lo que le había contado sobre Camelia..., si él lo sabía, lo había consentido y se lo había ocultado todo aquel tiempo...

Se estremeció y sacudió la cabeza. Durante mucho tiempo había fantaseado con la apuesta estatua de piedra del sótano, le había dado un nombre, había inventado una historia para él. Después, el príncipe petrificado había vuelto a la vida. Por descontado, era muy diferente a como ella lo había imaginado. Pero Felicia se las había arreglado para que, de alguna manera, todo eso no le importara. Porque él la quería, o, al menos, eso decía.

Ahora, ya no estaba segura de nada. Salvo que de ninguna manera podría casarse con el hombre que había conspirado para asesinar a su madrina.

Lo que debía hacerse

De nuevo, sus padres se mostraron sorprendidos y visiblemente incómodos al verla llegar al castillo a destiempo. Pero, en esta ocasión, Felicia sabía muy bien por qué.

Los encontró en el salón del trono, reunidos con una delegación de comerciantes de otros reinos. A ella no le importó interrumpirlos. Ignorando las atribuladas protestas del chambelán, cerró las puertas del salón tras de sí, empujándolas con fuerza para dejar constancia de su indignación. Sin embargo, eran demasiado pesadas y se movieron con exasperante lentitud, para acabar cerrándose con un suave chasquido, sin generar el sonoro golpe de efecto que buscaba la muchacha.

Bastó, no obstante, para que todos fueran conscientes de su presencia.

—¿Felicia? —exclamó el rey Simón con desconcierto—. ¿Qué haces aquí? ¿Dónde está Cornelio?

Los comerciantes murmuraban entre ellos y estiraban el cuello para observar a la recién llegada con curiosidad. Todo el mundo sabía a aquellas alturas que la princesa perdida de Vestur había sido rescatada de su cautiverio, pero muy pocos habían tenido ocasión de verla con sus propios ojos.

Ella los ignoró y avanzó con paso seguro. Se detuvo ante sus padres, inspiró hondo y soltó:

—¿Habéis asesinado a mi madrina?

Hubo exclamaciones ahogadas entre los presentes. La reina palideció y se llevó una mano al pecho, muy afectada. El rey se puso en pie de un salto.

—¿Cómo te atreves...? —empezó. Pero la princesa lo interrumpió:

—¿Sí o no, padre?

Aunque el soberano abrió la boca para replicar, finalmente no fue capaz. Sacudió la cabeza, dejó caer los hombros y suspiró.

—Tenemos que hablar de esto con calma —dijo—. A solas.

Condujo a su hija hasta una salita contigua al salón del trono, mientras su esposa se quedaba a atender a los comerciantes.

—¿Qué significa esto? —la interpeló en cuanto estuvieron a solas.

Ella se volvió para mirarlo. Se esforzaba por mantener una actitud seria e indignada, pero en el fondo estaba llena de miedo y preocupación.

—¿Qué ha pasado con Camelia, padre? —preguntó—. ¿Es verdad que la bruja que ajusticiaron anteayer era... era ella?

El rey suspiró de nuevo.

—Celebramos un juicio... —empezó, pero su voz murió antes de que pudiese terminar la frase.

Los ojos azules de Felicia se llenaron de lágrimas.

—Entonces... apresasteis a mi madrina... —musitó—. La juzgasteis... y la condenasteis a morir en la hoguera.

—No fuimos exactamente nosotros —puntualizó su padre—. Las leyes del reino...

—Y me enviasteis lejos —prosiguió ella sin escucharlo— para que no me enterara. Porque sabíais que jamás lo habría consentido.

—Estábamos seguros de que sería duro para ti y, de todas formas, no tenías que saberlo. ¿Quién te lo ha contado? Ha sido Cornelio, ¿verdad?

La princesa negó con la cabeza.

—¿Qué importa eso? Me habría enterado de todas maneras. ¿En serio pensabais que podríais ocultármelo para siempre?

El rey no supo qué decir. Se limitó a seguir contemplando a su hija, desolado.

—Así que es verdad —concluyó Felicia en un susurro—. Camelia está muerta. Y de todos los finales que podría haber tenido... —se le quebró la voz y tuvo que tragar saliva para poder continuar—, habéis elegido para ella una de las muertes más crueles y horribles.

—Era... lo que debía hacerse —murmuró su padre—. La ley dice muy claro que las brujas...

—¡Camelia no era una bruja! —estalló ella.

La puerta se abrió entonces y la reina entró con paso resuelto. Cerró tras de sí antes de dirigir una mirada crítica a su esposo y a su hija.

—¿Qué se supone que es todo este escándalo? —los regañó—. Felicia, debes aprender a comportarte en la corte. No es apropiado que una princesa irrumpa de esa forma en el salón del trono. ¡Y mucho menos cuando estamos celebrando una audiencia! Pensaba que tu madrina se había encargado de enseñarte buenos modales, pero en vista de...

—¡No te atrevas a volver a mencionarla! —gritó la muchacha, fuera de sí.

La reina Asteria replicó con tono gélido:

—Felicia, no te consiento que me hables así.

—Perfecto —respondió ella—, porque no voy a hablarte nunca más. Ni de esta ni de ninguna otra manera.

—Calmaos las dos —trató de interceder el rey—. Sé que estáis muy disgustadas, pero seguro que podemos hablarlo como personas civilizadas...

—Habéis asesinado a mi madrina —cortó Felicia—. No tengo nada que hablar con vosotros.

Les dio la espalda para dirigirse a la puerta.

—Pero... ¿qué pasa con Cornelio? —dijo el rey, confundido—. ¿Y vuestra casa? ¿Y la boda?

—No habrá boda —respondió ella, con la mano ya en el picaporte. Hizo una pausa y añadió en voz baja—: No tendría que haberla dejado sola. Jamás debí haberme marchado del castillo. Si me hubiese quedado..., Camelia seguiría viva todavía.

Los reyes no respondieron a eso. Con un suspiro, Felicia abrió la puerta y salió de la estancia sin mirar atrás.

Las que faltan

El país de las hadas estaba fuera del espacio y del tiempo, y sus habitantes eran, por tanto, inmortales. Los pocos humanos que tenían la suerte o la desgracia de hallar un camino hasta allí probaban un sorbo de la eternidad feérica..., pero solo hasta que regresaban a casa. Entonces se encontraban con la desagradable sorpresa de que lo que para ellos habían sido apenas unos días de magia y maravilla, en el mundo de los mortales habían supuesto largos siglos, y no quedaba ya nadie en su hogar que pudiese recordarlos.

Las hadas vivían cientos de años sin apenas cambiar de aspecto. Parecían siempre jóvenes, casi niñas, y, por mucho que visitasen el mundo de los humanos, les costaba asimilar que estos crecían, envejecían y morían con desconcertante celeridad.

La excepción eran las hadas madrinas: siete almas bondadosas que habían consagrado su vida a hacer realidad los deseos de los mortales. Ellas habían renunciado al mundo feérico por propia voluntad para instalarse entre los humanos, y por eso, aunque en teoría seguían siendo inmortales, eran mucho más conscientes del paso del tiempo.

Y, por descontado, el peso de los años había acabado afectándolas también, de una manera o de otra.

Aquella mañana se habían reunido en el Salón de la Reina, un espacio cuyo aspecto dependía siempre del humor de la soberana de las hadas: un claro en lo más profundo del bosque, un templo en lo alto de un pico montañoso, una cueva de bóveda salpicada de centelleantes estalactitas, una estancia submarina de paredes de coral adornadas con miles de perlas, un jardín de flores perfumadas. Ahora era la sala principal de un deslumbrante palacio de cristal coloreado, cuyas facetas reflejaban los rostros curiosos de la multitud que había acudido a la recepción.

La reina Crisantemo observó con atención a las tres hadas que se postraban ante ella: Orquídea, siempre bella y elegante, el alma de los festejos más frívolos de la realeza. La pequeña Lila, dulce y tímida, que escondía parcialmente su rostro sonrojado tras su melena pelirroja. Y, por último, Gardenia, cuyas facciones se habían arrugado, enmarcadas por su cabello blanco como la nieve, que llevaba recogido en un moño flojo sobre la nuca.

Las otras hadas evitaban mirar a Gardenia, porque el mundo de los humanos le había hecho algo horrible e inimaginable: le había permitido envejecer como una mortal cualquiera. Por eso también se apartaban a su paso, como si su ancianidad fuese alguna clase de enfermedad que pudiera contagiarles.

Pero la reina de las hadas no se sintió impresionada. A pesar de su eterno aspecto juvenil, Crisantemo había vivido miles de años. Y conocía muy bien el mundo mortal y a sus habitantes.

—¿Dónde están las que faltan? —preguntó.

Gardenia dejó escapar un suspiro.

—Dejaron de venir a las reuniones hace tiempo, majestad —respondió con tono apacible—. Y por eso ahora siempre nos sobra pastel.

Crisantemo alzó las cejas con perplejidad. Lila y Orquídea cruzaron una mirada apurada.

—Lo que Gardenia quiere decir —se apresuró a explicar la primera, tras un breve carraspeo— es que las tres hadas que faltan... no van a volver.

La reina inclinó la cabeza.

—Me habían hablado de Magnolia y Azalea —comentó. Buscó con la mirada a alguien entre la multitud—. ¿Dalia? Ten la bondad de reunirte con tus compañeras.

Un hada de rostro pálido y cabello de color añil avanzó hasta situarse ante ella.

—Majestad —la saludó con una reverencia.

—¡Pero, querida, qué agradable sorpresa! —exclamó Gardenia al verla—. Hacía mucho que no teníamos noticias tuyas. Temíamos que te hubieses convertido en una bruja tú también.

Dalia frunció el ceño, y las hadas reunidas en el salón murmuraron entre ellas.

—Salta a la vista que Dalia no es una bruja, Gardenia —aclaró Orquídea rápidamente—. Quizá no lo recuerdes, porque tu memoria ya no es lo que era, pero se despidió de nosotras hace ya algunos años porque deseaba abandonar el mundo de los humanos para regresar al país de las hadas.

Tanto ella como Lila observaban a su antigua compañera con curiosidad. En teoría no les estaba permitido renunciar a su sagrado deber como hadas madrinas, pero Dalia lo había hecho, y ellas siempre se habían preguntado cómo se lo habría tomado la reina Crisantemo. Esta no parecía haberla castigado por ello, sin embargo. Por el contrario, Dalia tenía mejor aspecto que nunca. Estaba más relajada, incluso radiante, y parecía haber rejuvenecido, si es que eso era posible. A decir verdad, nunca había tenido demasiada paciencia con los humanos. No era de extrañar que le hubiese sentado tan bien perderlos de vista para siempre.

—Cuando Dalia regresó del mundo mortal —dijo la reina—, me contó que tanto Magnolia como Azalea estaban usando sus poderes para el mal y se habían convertido en lo que los humanos llaman… «brujas».

De nuevo, hubo murmullos entre la multitud. Lila y Orquídea agacharon la cabeza, avergonzadas. No podían evitar sentirse culpables, porque durante mucho tiempo habían ignorado todas las señales, y habían permitido que sus compañeras se fueran hundiendo lentamente en la oscuridad…, hasta que fue demasiado tarde para rescatarlas.

—Comprendí que, si el mundo de los humanos podía transformar a un hada de esa forma —prosiguió Crisantemo—, Dalia había hecho muy bien en regresar a nuestro lado antes de que fuese demasiado tarde. —Hizo una pausa y añadió—: Confieso que estaba convencida de que vosotras no tardaríais en seguirla.

Las tres hadas madrinas contemplaron a su soberana con sorpresa.

—Si es así, ¿por qué nadie nos lo dijo? —se atrevió a cuestionar Orquídea—. ¿Por qué no enviasteis una emisaria a buscarnos?

Las finas cejas de la reina de las hadas se alzaron con desconcierto.

—Pero sí que lo hice —respondió. Reflexionó un momento y prosiguió, algo menos convencida—: ¿O tal vez no? ¡Oh! Bueno, en todo caso, pensaba hacerlo... Aunque supongo que di por sentado que, si no habíais regresado por voluntad propia, era porque deseabais quedaros en el mundo de los humanos. Es evidente, ¿no?

Lila abrió la boca, anonadada. Orquídea inspiró hondo, tratando de contener su irritación. Gardenia, por su parte, sonrió con placidez, como si lo que acababa de decir Crisantemo tuviese todo el sentido del mundo.

—Pero eso ya no importa, dado que estáis aquí —continuó la reina, juntando las manos con entusiasmo—. Os doy la bienvenida al país de las hadas, queridas súbditas. Y os ruego que me pongáis al día de todo lo que ha sucedido desde el regreso de Dalia. Contadme, por ejemplo, qué ha sido de Magnolia y Azalea. ¿Son realmente tan malvadas como dicen? ¿O solo... un poco traviesas?

Lila y Orquídea cruzaron una mirada. La pelirroja desvió la vista, turbada. Orquídea suspiró. «Como siempre, me toca a mí dar las malas noticias», pensó.

—Magnolia se dedicaba a transformar a las personas en animales —empezó—. Muchos héroes trataron de vencerla para desencantar a sus víctimas, pero ella se limitaba a convertirlos en estatuas de piedra que coleccionaba en el sótano de su castillo. También le gustaban los espejos mágicos —añadió—, y eso fue su perdición: uno de sus hechizos petrificadores rebotó en un espejo y la alcanzó de pleno. Así que ahora es una estatua más y ya no puede hacer daño a nadie.

Las hadas murmuraron entre ellas, consternadas. Dalia miró a sus compañeras con sorpresa, porque aquella información era nueva para ella.

—Es una larga historia —le dijo Lila.

—Larga y triste, sí —suspiró Gardenia.

—Pues la de Azalea es aún peor —prosiguió Orquídea sin piedad—. Después de tanto tiempo como hada madrina, desarrolló una enfermiza aversión hacia los niños... Construyó una casita de dulce para atraerlos y, una vez los atrapaba, los cebaba para engordarlos y... se los comía.

La sala se llenó de exclamaciones de espanto. Dalia se estremeció y carraspeó antes de comentar:

—Está bien que por fin os atreváis a hablar del tema abiertamente. Tal vez aún estemos a tiempo...

Pero Orquídea negó con la cabeza.

—Una de las niñas raptadas por Azalea se las arregló para arrojarla a su propio horno encendido —relató en voz baja—. Y, aunque no hubiese sido así…, aunque Azalea siguiese viva…, ¿acaso habría redención posible para ella, después de todo lo que hizo?

Sobrevino un silencio sepulcral en la sala.

—No. Por supuesto que no —declaró al fin la reina Crisantemo. Observaba a las hadas madrinas con el rostro pálido y los ojos muy abiertos—. Si hubiese sabido… —musitó.

Lila se volvió para mirar a Dalia.

—Pero tú sí lo sabías —recordó—. ¿No informaste de lo que estaba pasando?

Ella desvió la mirada.

—No di demasiados detalles —reconoció de mala gana—. No era un tema agradable para mí tampoco. Es decir, había oído los rumores sobre los… niños…, pero, en el fondo, nunca quise creer…

—Tiene gracia, porque tú siempre nos reprochabas que éramos nosotras las que no queríamos enfrentarnos a la realidad —comentó Orquídea con acidez.

—Y por eso te entendemos muy bien —se apresuró a añadir Lila, conciliadora.

La reina de las hadas, aún anonadada, volvió a centrar su mirada en las recién llegadas.

—Aún falta Camelia. Decidme, ¿qué ha sido de ella? —preguntó, con voz ligeramente temblorosa.

Las tres hadas cruzaron una mirada. Esta vez fue Gardenia quien asintió con gravedad, con una lucidez que no parecía propia de ella, animando a sus compañeras a tomar la palabra.

—Es por Camelia por quien estamos aquí —murmuró Lila por fin.

Un asunto delicado

Ella —comenzó Lila— se tomaba muy en serio su trabajo. Tenía muchos ahijados, pero siempre encontraba tiempo para atenderlos a todos y solucionar sus problemas de forma satisfactoria. Probablemente era... —Tragó saliva y continuó, con la voz rota por la emoción—: Probablemente era la mejor hada madrina de todas.

—¿Y ya no lo es? —preguntó la reina a media voz.

Lila inspiró hondo.

—Se esforzó mucho por ayudar a un... ahijado en concreto —prosiguió—. Un muchacho llamado Simón.

—Se enamoró de él —terció Orquídea, y todas las hadas murmuraron escandalizadas.

—¡No se enamoró de él! —rebatió Lila.

Su amiga se encogió de hombros.

—Ya sé que es de muy mal gusto encapricharse de un humano, pero hay que afrontar los hechos. ¿O es que crees que Camelia habría hecho lo que hizo, de ser Simón un ahijado cualquiera?

—Pero ¿qué pasó? —quiso saber Crisantemo—. ¿Qué es lo que hizo Camelia?

Lila disparó una mirada irritada a Orquídea antes de reanudar su historia:

—Simón estaba enamorado de una princesa. Surgieron... dificultades... y, al parecer..., Camelia selló con ellos un Pacto de la Vieja Sangre para librarlos a ambos de un peligro mortal.

La reina se irguió en su trono, impresionada.

—Pensaba que ya nadie recurre a esos antiguos hechizos.

Lila no vio necesidad de responder a eso. Continuó:

—Así, Camelia obtuvo un poder extraordinario, sin el cual no habría sido capaz de salvar a Simón y a su amada. Pero el Pacto de la Vieja Sangre exige a cambio un gran sacrificio. De lo contrario, la magia no funciona.

Crisantemo asintió, dando a entender que conocía las reglas.

—Camelia podría haber exigido la vida de Simón a cambio de salvar la de su princesa —prosiguió Lila—. Sin embargo, optó por reclamar en su lugar el primer hijo que engendraran. Y así, un año más tarde, se presentó en la corte el día del bautizo de la princesita Felicia... y se la llevó consigo.

—¡Oh! Estaba segura de que esas bárbaras costumbres ya no se estilaban —comentó Crisantemo, consternada—. Pero... ¿qué hizo Camelia con la princesa? No se la... no se la comería, ¿verdad? —preguntó en un susurro espantado.

—¡Oh, no, no, para nada! —exclamó Lila, horrorizada—. Se encerró con ella en un castillo encantado para criarla lejos de la influencia de los humanos. Y debo decir que Felicia creció sana y moderadamente feliz...

—... Pero, sin duda, muerta de aburrimiento —añadió Orquídea, torciendo el gesto al imaginar una vida sin fastos ni acontecimientos sociales interesantes.

La reina abrió la boca para comentar algo, pero decidió finalmente permanecer callada. Animó a Lila con un gesto a continuar.

—Los reyes de Vestur no olvidaron a su hijita, y durante ese tiempo hicieron todo lo posible por recuperarla.

—Y tomaron algunas decisiones..., digamos, cuestionables —apuntó Orquídea.

—Al final, ella misma logró salir del castillo y reunirse con su familia —concluyó Lila—. Pero los reyes apresaron a Camelia y la juzgaron por bruja.

Crisantemo entornó los ojos.

—Entonces, ¿es o no es una bruja?

Las tres hadas madrinas cruzaron una mirada.

—Hay muchos tipos de brujas —comentó Gardenia, pensativa.

—Nosotras pensamos que no lo era —se apresuró a añadir Lila—. Al menos, no si la comparamos con… las otras dos.

—Lo único que hizo Camelia fue encerrarse en su castillo a lamerse las heridas sin meterse con nadie —añadió Orquídea, encogiéndose de hombros—. Y la niña está perfectamente. Si sus padres exigieron a su hada madrina mucho más de lo que era capaz de hacer y sellaron con ella un Pacto de la Vieja Sangre…, lo mínimo era que se atuvieran a las consecuencias. Esos pactos no se pueden romper.

—Eso es muy cierto —asintió Gardenia con solemnidad.

—Entiendo —murmuró la reina—. Es un asunto delicado. Y comprendo que los mortales teman a las brujas, pero ellos carecen de autoridad para juzgar a una criatura sobrenatural. Debemos, pues, ir a buscar a Camelia y…

—¡Pero es que ya es demasiado tarde! —la interrumpió Lila, angustiada—. La justicia de Vestur la halló culpable, y después los humanos la quemaron en la hoguera.

La sala entera se sumió en un silencio sepulcral.

—Pero eso… no es posible —dijo finalmente Crisantemo con voz débil—. Los mortales jamás se atreverían… Y Camelia no permitiría…

—Le pusieron… —Orquídea se estremeció antes de poder concluir la frase—. Le pusieron unos zapatos de hierro.

Las hadas presentes dejaron escapar pequeñas exclamaciones de horror.

—Ah, sí, esos artefactos anulan nuestros poderes —asintió Gardenia—. Y los de las brujas también.

—¡Pero eso es… una tortura! —casi gritó Crisantemo—. ¿Le calzaron zapatos de hierro y la condenaron a morir en la hoguera? ¡A una de las nuestras! ¿Y se puede saber por qué vosotras no hicisteis nada para evitarlo? —exclamó, roja de ira.

Lila y Orquídea dieron un paso atrás, intimidadas. Gardenia se limitó a observar a su reina con curiosidad, como si la cosa no fuera con ella.

—Lo intentamos… Quisimos… —balbuceó Lila.

—Había un plan —cortó Orquídea—. Camelia tenía un amigo…, un zorro Ancestral que decía apreciarla mucho. Él dijo que la salvaría, que… ¿Cómo era? ¡Ah, sí! Que dejáramos el asunto en sus patas. Pero al final…, bueno…, no hizo nada. La dejó morir, sin más.

La reina Crisantemo permaneció un rato callada mientras las demás murmuraban entre ellas. Por fin alzó la cabeza para observar a las hadas madrinas. Había algo hermoso y terrible en la gélida palidez de su rostro, en la dureza de su mirada de aguamarina y en la insondable seriedad de su expresión.

—¿Cuándo sucedió todo esto? —les preguntó con voz extrañamente serena.

—Ayer mismo…, o quizá fue la semana pasada —respondió Orquídea—. Es difícil seguir el transcurso del tiempo aquí.

—Muy bien.

La reina de las hadas se puso en pie, y todas las presentes se callaron de inmediato y la contemplaron intimidadas. Por lo general, Crisantemo tenía el aspecto de una niña traviesa y superficial. Pero ahora la ira la hacía resplandecer con toda la majestuosidad de sus cinco milenios de existencia.

—Esta afrenta de los humanos debe ser vengada —anunció. No levantó la voz, pero sus palabras resonaron en todos y cada uno de los rincones de su reino—. A partir de hoy, las hadas estamos en guerra.

Un antiguo cofre de madera

—Felicia..., Felicia, por favor, déjame entrar.

La princesa no respondió. Seguía tumbada en su cama, mirando al techo, exactamente igual que el día anterior, y que el anterior, y que el anterior. Llevaba dos semanas encerrada en su habitación sin hablar con nadie. Le dejaban la comida ante la puerta, y ella solamente abría si tenía la certeza de que el pasillo estaba desierto. Dado que lo último que los reyes deseaban era que su hija muriese de inanición, habían renunciado a montar guardia frente a su puerta.

La reina Asteria había llegado a la conclusión de que Felicia se aburriría tarde o temprano y acabaría por poner fin a su encierro por voluntad propia. Pero el rey todavía acudía a visitarla todas las tardes, en un infructuoso esfuerzo por hacerla cambiar de opinión.

—Sé que estás furiosa con nosotros por lo de Camelia —prosiguió desde el otro lado de la puerta. Su hija no se molestó en responder a tal obviedad—. Pero, si me permitieses contarte la historia desde nuestro punto de vista...

—No me interesa, muchas gracias.

El rey guardó silencio durante un momento tan largo que la muchacha creyó que se había marchado. Pero entonces lo oyó decir con suavidad:

—No tienes por qué escucharme, si no quieres. Pero hay algo que me gustaría mostrarte.

Felicia no respondió enseguida. Su curiosidad natural le había acarreado problemas en otras ocasiones. (¿Cómo olvidar la vez que entró en la sala de las estatuas encantadas, desafiando la prohibición de su madrina? ¿O cuando atravesó un espejo mágico con la intención de probar un delicioso pastel y acabó dando con sus huesos en la morada de una bruja?). Pero quizá por esa razón, porque nada de lo que pudiese sucederle si escuchaba a su padre podría ser peor que algunas de sus experiencias pasadas, se encogió de hombros y decidió que no perdía nada por averiguar qué era aquello que quería enseñarle.

De modo que se levantó de la cama y fue a abrir la puerta. Solo lo justo para asomar la nariz y dirigirle al rey la mirada de adolescente despechada más despreciativa que fue capaz de componer. Pero él había retrocedido unos pasos para dejarle espacio y le sonrió con calidez al verla.

—¿Me acompañarás, pues? No te robaré mucho tiempo.

Felicia se limitó a encogerse de hombros con indiferencia y salió del cuarto sin una palabra.

Recorrieron los pasillos en silencio y se detuvieron poco después ante una amplia puerta de doble hoja, pintada de blanco y primorosamente decorada con cenefas doradas. El rey dirigió una sonrisa alentadora a su hija antes de extraer un manojo de llaves e introducir una de ellas en la cerradura.

Felicia trató de mostrarse impasible, pero sus ojos brillaban con curiosidad.

No obstante, la puerta no se abrió. Murmurando por lo bajo, el rey escogió otra llave de la anilla. Pero esta tampoco encajó en la cerradura. Colorado como un tomate, lo intentó con tres más antes de decirle a Felicia con una sonrisa de disculpa:

—Hace muchos años que nadie entra aquí. Me temo que he olvidado cuál era la llave que abría esta puerta.

La muchacha luchó consigo misma unos instantes antes de rendirse con un suspiro.

—Ya me encargo yo —le dijo a su padre, apartándole la mano con suavidad.

Se sacó del escote una cadena que llevaba prendida al cuello, de la que colgaba una pequeña llave dorada.

—Pero… —protestó el rey.

—Espera un momento —lo interrumpió ella.

Introdujo la llave en la cerradura y la hizo girar.

La puerta se abrió sin ruido. Su padre la miró asombrado.

—¿Cómo es posible…? —farfulló.

Sin embargo, Felicia se arrepentía ya de haber desvelado uno de sus secretos mejor guardados. No podía responder sin más: «Tengo una llave que abre todas las puertas», porque quizá sus padres querrían quedarse con ella. Y su pequeño triunfo ante el rey no merecía semejante sacrificio.

—Bueno, cuando tu madrina resulta ser un hada…, aprendes algunas cosas —se limitó a contestar con ambigüedad, mientras volvía a guardarse la llave con cierta precipitación.

El rey la contempló un momento, pensativo, pero no preguntó nada más. Abrió la puerta del todo e invitó a su hija con un gesto a pasar a la sala con él.

Felicia entró, mirando a su alrededor con curiosidad. Era una habitación grande y soleada, de altos techos y amplios ventanales por los que se colaban haces de luz tamizados por gruesas cortinas. Saltaba a la vista que hacía mucho tiempo que aquel cuarto permanecía cerrado. Estaba salpicado de muebles y objetos cubiertos con sábanas blancas sobre las que se había posado una fina capa de polvo. Los pasos del rey y de su hija parecían despertarlo lentamente del silencio triste en el que había estado sumido durante más de una década.

—¿Qué es este sitio? —preguntó la princesa en un susurro, algo decepcionada.

No había esperado nada tan impresionante como el sótano de las estatuas encantadas, por supuesto, pero sí alguna clase de secreto lo bastante interesante como para que mereciera la pena guardarlo bajo llave.

Su padre no contestó. Se limitó a retirar la sábana que cubría uno de los muebles, levantando una nube de polvo que hizo estornudar a Felicia. Debajo había una preciosa cuna con un dosel de encaje que caía delicadamente en ondas. La estructura de madera lucía una corona tallada y repujada en oro.

Ella lo entendió de pronto.

—¿Esto es…? —empezó.

Se volvió hacia su padre, que estaba destapando el resto de los muebles de la habitación: una cómoda, una mecedora, un armario…

Había un enorme montón de objetos al fondo de la estancia. Cuando el rey retiró los paños que los cubrían, Felicia vio que se trataba de regalos. Juguetes, prendas, muebles e incluso joyas, todos ellos adornados con lazos y tarjetones sellados con los escudos de armas de una gran variedad de casas reales y dinastías nobiliarias.

—Esto es mi habitación —murmuró la princesa, sobrecogida.

—Lo era, sí —respondió el rey, acercándose a ella—. O iba a serlo, al menos. La cuna estaba en la alcoba real, porque aún eras demasiado pequeña para dormir sola. Cuando tu madrina... —Se interrumpió para escoger mejor las palabras—: Cuando te marchaste, te buscamos sin descanso durante mucho tiempo. Por fin, tu madre asimiló que quizá nunca volverías. Y que, en todo caso, si lo hacías, no ibas a necesitar esta cuna nunca más. Por eso guardó todas tus cosas en tu habitación y cerró la puerta con llave. Y juró que no volvería a entrar aquí hasta que te tuviésemos de nuevo a nuestro lado.

Felicia se giró para mirarlo.

—¿Y... lo ha hecho? Entrar en esta habitación, quiero decir.

Su padre negó con la cabeza.

—No creo que se vea con ánimos, todavía. Este lugar le recuerda todo lo que hemos perdido..., todo lo que Camelia nos arrebató —concluyó, mirando a su hija a los ojos—. Quince largos años, Felicia. Que podrían haber sido muchos más.

Ella apartó la vista, pero no contestó.

—Lo que intento decirte —prosiguió él— es que fuiste un bebé muy querido y deseado, hija mía. Tu madre y yo jamás te habríamos abandonado. Camelia te separó de nosotros en contra de nuestra voluntad.

La joven le dio la espalda.

—Tengo entendido que firmasteis un acuerdo... —murmuró con voz neutra.

El rey suspiró con cansancio.

—Había una bestia que estaba a punto de devorar a tu madre —rememoró—. Le supliqué a mi hada madrina que la salvara. «¿Qué estarías dispuesto a dar a cambio?», me preguntó. «Cualquier cosa que me pidas», le respondí.

—¿Le prometiste «cualquier cosa que me pidas» a una criatura sobrenatural? —preguntó ella con incredulidad.

—Lo hice, sí. Y entonces ella... se transformó. Decapitó de un solo golpe a una bestia que era prácticamente inmortal..., y solo cuando estuvimos a salvo nos reveló lo que quería a cambio de su ayuda: el primer hijo que naciera de nuestra unión.

La princesa se volvió para mirarlo. De pronto, el rey Simón parecía mucho más viejo y cansado. Se había sentado en la mecedora, con el rostro enterrado entre las manos.

—Estaba convencido de que no hablaba en serio —continuó con voz ahogada—. Tu madre sí creía que cumpliría su amenaza y, cuando se quedó embarazada, acogió la noticia con más temor que alegría. Luego naciste tú…, y Camelia no vino a buscarte de inmediato, así que nos relajamos un poco. Organizamos tu bautizo —recordó, señalando con un gesto la montaña de regalos—. Y acudió mucha gente a conocerte. Súbditos de Vestur, por supuesto, pero también de otros reinos. Todos estaban invitados…, salvo las hadas. A ellas se les prohibió asistir.

Felicia se había acercado a examinar los objetos con curiosidad. Estaba leyendo uno de los tarjetones, pero alzó la cabeza para mirar a su padre cuando mencionó a las hadas.

—Eso no detuvo a Camelia, por supuesto —concluyó él—. Se presentó durante la celebración y, sencillamente…, te arrebató de nuestros brazos. Se marchó contigo y no pudimos hacer nada para evitarlo.

Se le quebró la voz.

—Eso no era motivo para quemarla en la hoguera —replicó la muchacha—. Y mucho menos ahora que ya estoy aquí. No tenía… —Se le llenaron los ojos de lágrimas. Le fallaron las piernas y tuvo que sentarse sobre un antiguo cofre de madera—. No tenía ningún sentido. Ella… me permitió marchar al final. Si la hubieseis dejado tranquila…

—Tu madre temía que Camelia regresara en cualquier momento para llevarte con ella otra vez. Esa es la razón por la que aún sigue sin entrar aquí, supongo. Teme que se repita lo que sucedió el día de tu bautizo. Los recuerdos de ese día todavía le causan pesadillas.

Pero Felicia apenas lo estaba escuchando. Acababa de darse cuenta de que el cofre que le servía de asiento, lleno de raspones y con los remaches oxidados, parecía incongruente junto a los carísimos regalos del montón. Se levantó para examinarlo de cerca.

—¿Qué es esto, padre? —preguntó.

El rey se mostró aliviado ante el cambio de tema. Era un asunto doloroso para ambos, y resultaba evidente que no iban a solucionarlo de inmediato. Se puso en pie y se acercó a su hija. Frunció el ceño con extrañeza al ver el arcón.

—Pues… no lo sé, la verdad. No imagino quién puede haber dejado aquí algo así.

—No lleva tarjeta —observó Felicia.

—No puede ser un regalo de bautizo. Nadie habría osado ofrecer una caja mugrienta a la princesa de Vestur; tu madre, desde luego, no lo habría consentido.

Ella trató de abrir la tapa, pero el cofre permaneció firmemente sellado. Descubrió una pequeña cerradura y se dispuso a sacar su llave mágica; no obstante, su padre seguía hablando, y sus palabras atraparon la atención de la princesa.

—Hubo mucha gente humilde que acudió a mostrar sus respetos, por supuesto. Pero los presentes que trajeron se guardaron en otra parte, y por otro lado… Oh —dijo de pronto—. Creo que ya me acuerdo de esta caja.

—¿Sí?

El rey se adelantó para pasar las manos por la superficie del arcón. Las yemas de sus dedos se detuvieron sobre la cerradura.

—¿Tienes la llave? —preguntó Felicia.

Su padre negó con la cabeza. Ella no necesitó más aliciente para utilizar de nuevo su llave mágica. El arcón se abrió con un chirrido…

… Revelando una bandeja acolchada con dos hileras de soldaditos de madera ordenados con pulcritud en su interior.

La joven contó doce en total. Parecían antiguos, y no particularmente refinados. Podrían haber pertenecido al hijo de un tendero cualquiera. Habían sido tallados y pintados con cierto esmero, sí, pero ya tenían los cantos desgastados, y la pintura presentaba numerosos arañazos y desconchones. Y a una de las figuras le faltaba una pierna.

—Ya lo recuerdo —dijo el rey—. Sí que fue un regalo de bautizo, después de todo.

—¿Quién le regalaría algo así a una princesa recién nacida? —se preguntó en voz alta Felicia, con desconcierto.

—Un individuo… bastante peculiar, ahora que lo mencionas.

Ella se volvió para mirarlo.

—¿Recuerdas entonces… quién trajo esta caja?

El rey Simón asintió.

Plumas negras

Quince años atrás, los reyes de Vestur habían organizado un fastuoso bautizo para celebrar la llegada al mundo de su primera nieta. Los padres de la princesita, no obstante, se sentían inquietos. Tenían una deuda pendiente con una criatura sobrenatural y temían que esta se presentase en el castillo para cobrarla precisamente aquel día.

Por esa razón, la princesa Asteria se había encerrado en sus aposentos con su hija y se había negado a salir de allí hasta el comienzo de la ceremonia. Su esposo, Simón, que por aquel entonces ostentaba el título de Duque Blanco, hacía cuanto podía por ayudar con los preparativos, aunque se sentía desbordado. Procedía de una familia muy humilde, y los usos y costumbres de la realeza todavía lo desconcertaban.

—Excelencia —lo detuvo el chambelán por el pasillo, horas antes de que diese comienzo el ritual—. Os aguardan en la sala de audiencias.

—¿A mí? —se sorprendió el duque—. Quiero decir —se recompuso—: ¿de qué se trata?

—Es alguien que afirma que tiene una cita con vos.

El corazón de Simón se detuvo un breve instante.

—No será un hada, ¿verdad? Es decir..., una joven de alas transparentes que lleva una varita en la mano...

—En absoluto, excelencia. Se trata de un hombre que dice traer un regalo para la princesita.

El duque respiró aliviado.

—Pero, si no me equivoco, la recepción está programada para esta tarde, después del bautizo —objetó.

El chambelán carraspeó.

—Dudo mucho que esta persona esté invitada a la recepción, excelencia. Por su aspecto, diría que más bien le corresponde guardar cola en el patio, con el resto del vulgo.

—Y, entonces, ¿qué hace en la sala de audiencias?

—Desconocemos cómo ha podido llegar hasta allí. Dijo que vos lo estabais esperando y, teniendo en cuenta vuestras... ejem... raíces..., me he tomado la libertad de informaros primero, por si se diera la circunstancia de que realmente lo conocierais, antes de echarlo a patadas del castillo.

—Muy... considerado por tu parte —farfulló el duque.

Pero procedía, en efecto, de una familia numerosa a la que, por otro lado, hacía mucho que no veía; así que no era del todo imposible que alguno de sus hermanos, tíos o primos se hubiese presentado allí de improviso.

Sin embargo, cuando entró en la sala y echó un vistazo al hombre que lo aguardaba en el interior, comprobó que no lo conocía de nada.

—¡Excelencia! —exclamó el visitante con una amplia sonrisa.

Aparentaba unos treinta años, tenía el rostro pálido, una nariz larga y picuda y unos ojos de un curioso tono ambarino. Su cabello, negro y espeso, se disparaba en todas direcciones, como si nunca se molestase en peinarlo. No obstante, lo más llamativo en él era su atuendo: se cubría con una capa de un negro lustroso que le llegaba hasta los pies y que parecía estar hecha de... plumas.

«Debe de ser un vagabundo, o quizá un juglar», pensó Simón. Se preguntó qué habría llevado al chambelán a pensar que ambos estaban emparentados de alguna manera. Claro que este conocía al nuevo Duque Blanco desde su etapa como mozo de cuadra, así que quizá creyese que todos los plebeyos de Vestur eran familia, en mayor o menor grado.

—¿Quién eres? —quiso saber.

El desconocido se inclinó ante él con una briosa reverencia.

—Me llamo Mork, excelencia, y he venido hasta aquí a entregar un presente para vuestra hija, la princesa Felicia.

El chambelán se inclinó junto a Simón.

—¿Lo echamos a la calle? —le susurró al oído.

El duque estaba a punto de responder; pero Mork le mostraba ahora un cofre de madera que había sacado de debajo de su capa, y de pronto sintió curiosidad por saber qué había en su interior.

Con un gesto, ordenó al chambelán que esperase. Avanzó hasta situarse ante su misterioso interlocutor y lo observó con mayor atención. «Es sin duda un buhonero», se dijo.

—Los ciudadanos de Vestur pueden entregar sus ofrendas en el patio delantero —le informó—. En estos momentos, ni la princesa Asteria ni yo concedemos audiencia.

—Ah, sí, he visto la cola al llegar —respondió Mork con desenfado—. Pero me temo que lo que traigo aquí es demasiado importante como para depositarlo en el patio del castillo sin más.

El chambelán disimuló una carcajada con un discreto carraspeo. Simón sabía que era el momento de llamar a la guardia para que expulsaran a aquel hombre desarrapado del castillo. Pero él también había sido un joven humilde una vez, y no pudo evitar preguntarse qué contendría aquel ajado cofre para que Mork lo considerase tan valioso. Tal vez se tratase de una reliquia familiar, de algo de gran valor sentimental que hubiese pasado de generación en generación y de lo que le resultara difícil desprenderse. En tal caso, no era de extrañar que no desease dejarlo abandonado en el suelo del patio, junto a las cestas de pastelillos, las mantitas tejidas a mano y los ramilletes de flores silvestres.

—¿De veras? ¿Y de qué se trata? —preguntó.

El visitante abrió la tapa del cofre y le mostró su contenido. El duque lo observó con cierto interés, pero se sintió un tanto decepcionado. Se trataba de un juego de soldaditos de madera que, obviamente, ya había pasado por muchas manos infantiles. Por mucho aprecio que pudiese tenerle Mork, no era un presente adecuado para una princesa.

Simón se aclaró la garganta, preguntándose cómo plantear aquello sin herir los sentimientos de su estrafalario interlocutor.

—Sin duda es un juguete destinado a hacer muy feliz a algún niño, pero me temo... que a mi hija no le interesará. Las princesas..., en fin..., suelen entretenerse con otro tipo de juegos.

Pero Mork sacudió la cabeza.

—Esto no es un juguete, excelencia. Si no me equivoco, vuestra hija está destinada a heredar la corona de Vestur algún día. Cuando lo haga, agradecerá poder contar con un ejército leal a su servicio.

Simón lo miró con incredulidad. Empezaba a pensar que aquel hombre no estaba bien de la cabeza, y se arrepintió de haber accedido a escucharlo.

—Esto son solo un montón de viejas figuras de madera —declaró—. Mi esposa y yo agradecemos el detalle, pero... no podemos aceptarlo. Esto... —Señaló con un gesto a los soldaditos, y especialmente al que le faltaba una pierna— no es un regalo digno de una princesa.

—Han luchado en cien batallas —se limitó a responder Mork con cierto tono de reproche. Pero cerró el cofre, ocultando de nuevo las figuritas que habían ofendido a la vista del duque—. Algún día —concluyó con una enigmática sonrisa—, la princesa Felicia agradecerá que hayáis tenido la deferencia de recibirme hoy. Y cuando ella ya no precise de los servicios de estos soldados, regresaré para buscarlos.

El duque iba a responder cuando un sirviente entró en la sala.

—Excelencia —lo llamó—, requieren vuestra presencia en la capilla, para los ensayos.

—Ahora mismo voy —respondió Simón.

Se dio la vuelta para despedir a su misterioso visitante, pero descubrió con sorpresa que había desaparecido. La única señal que había dejado de su paso por el salón eran un par de plumas negras y el viejo cofre de figuras de madera, que reposaba en el suelo, a los pies del duque.

Este miró a su alrededor, desconcertado.

—¿Dónde se ha metido el buhonero?

El chambelán se encogió de hombros, tan perplejo como él.

—Ordenaré que lo busquen por todo el castillo y que lo echen de aquí, si es que no se ha marchado aún —respondió—. Pero ¿qué hacemos con su... presente?

Simón tenía demasiadas cosas en la cabeza aquel día. El aviso del sirviente le había recordado que aún había un bautizo por preparar.

—Retíralo de ahí y escóndelo donde la princesa Asteria no pueda verlo —respondió—. Si te deshaces de él —añadió, tras un instante de reflexión—, no creo que nadie vaya a echarlo de menos.

El chambelán se inclinó brevemente.

—Como deseéis, excelencia.

Y Simón se olvidó de Mork, de su capa de plumas negras y del cofre que había traído consigo. Y no volvió a pensar más en él hasta la tarde en que, quince años después, su propia hija lo encontró en la habitación donde dormían encerrados todos los recuerdos de la infancia que nunca había tenido.

Una buena nueva

Felicia inclinó la cabeza, pensativa, mientras observaba las figuritas de madera.

—Entonces, ¿al final colocaron el cofre con el resto de los regalos? —preguntó.

—Eso parece, sí. De todos modos, poco después llegó tu madrina y..., en fin, se acabó la celebración.

Felicia no dijo nada. El rey se quedó mirándola, maravillado, como siempre desde que ella había regresado, ante el hecho de que su querida hija estuviese de vuelta en casa después de tanto tiempo. De que fuese real, y no una ilusión nacida de un hermoso sueño.

Pero era ella, sin duda. Había heredado los ojos azules de su madre, aunque el color de su espesa melena oscura, cuyas puntas se rizaban sobre sus hombros, era sin duda una herencia paterna. Igual que la forma de su rostro o sus expresivas cejas arqueadas, tan similares a las del propio Simón.

El rey se incorporó con un suspiro.

—Puedes quedarte aquí un rato más, si lo prefieres —le dijo—. Todo el tiempo que necesites. Si decides unirte a nosotros en la cena..., tu madre y yo nos alegraríamos mucho.

La princesa no respondió ni se molestó en alzar la cabeza para mirarlo. Su padre suspiró de nuevo y le dio la espalda para salir de la habitación.

Cuando Felicia oyó que la puerta se cerraba tras él, devolvió al interior del cofre las figuras que había estado examinando. Había leído suficientes cuentos de hadas (por no hablar del hecho de que había convivido con una) como para saber que los personajes misteriosos que entregan regalos extraños a los recién nacidos nunca aparecen por casualidad. No obstante, la descripción que su padre había hecho del hombre de la capa de plumas no se correspondía con ninguno de los seres feéricos que, según tenía entendido, concedían dones a los bebés humanos el día de su bautizo.

—Tal vez fuese solo un simple buhonero —murmuró para sí misma.

—Tal vez —dijo una voz tras ella—. O tal vez no.

Felicia retrocedió de un salto con un grito. Miró a su alrededor, pero no había nadie en la habitación.

Nadie... salvo un enorme gato gris que se había acomodado sobre la mecedora y que la observaba con cierta arrogancia.

—¿Cómo...? —balbuceó ella; echó un vistazo a la ventana abierta y supuso que el felino habría entrado por allí—. Espera, ¿has sido tú quien...? Pero... ¿puedes...?

—Vamos a ahorrarnos los preámbulos —dijo el felino con voz ligeramente afectada. Se incorporó y se estiró con parsimonia—. Sí, soy un gato, y sí, puedo hablar. —Los ojos de la princesa se agrandaron de pronto al reconocerlo—. Y sí, soy el mismo que te puso a prueba el otro día en el camino. Y sí, la superaste satisfactoriamente. Ahora, ¿podemos centrarnos en las cosas importantes?

Sin embargo, Felicia necesitaba asimilar primero toda aquella información. Por fortuna, sus conocimientos acerca de los cuentos e historias tradicionales le permitieron unir las piezas del rompecabezas en esta ocasión.

—¡No eres un gato cualquiera! —exclamó—. ¡Eres un Ancestral!

El felino alzó la cabeza con orgullo y pestañeó con lentitud mientras Felicia lo observaba maravillada.

—Pero... tenía entendido que los Ancestrales... podían mostrarse también bajo forma humana —recordó ella entonces.

El gato arrugó la nariz con desagrado.

—¿Y por qué razón querría yo hacer eso, pequeña mortal? —cuestionó.

Felicia no supo qué responder.

—Cuando termines de extasiarte ante mi presencia —prosiguió el Ancestral—, deberías empezar a prestar atención a mis palabras, porque no las repetiré.

Felicia se irguió y asintió, muy atenta. Pero el gato comenzó a acicalarse con esmero y no se molestó en volver a prestarle atención hasta que hubo terminado.

—Bien —empezó por fin—. Alégrate, pequeña mortal, porque he venido a compartir contigo una buena nueva.

Felicia pestañeó con desconcierto.

—¿Una... buena nueva?

—Eso he dicho, y no voy a repetirlo: tu hada está viva, princesa. Claro que ya no parece un hada, así que quizá no seas capaz de reconocerla, porque los humanos sois..., en fin, un poco obtusos en ese sentido. No es culpa vuestra, supongo. Después de todo, la sabiduría Ancestral está fuera de vuestro alcance.

—Espera —lo detuvo Felicia, aturdida—. Espera, ¿qué acabas de decir? ¿Camelia está... viva? Pero...

El gato entornó los ojos, ligeramente ofendido.

—Eso he dicho, y no pienso repetirlo —insistió.

—Pero no es posible —murmuró ella—. Fue... condenada a morir en la hoguera.

—Y, sin embargo, no murió —le reveló el gato con una larga sonrisa—. Y créeme; lo sé, porque yo mismo la ayudé a escapar.

Felicia se quedó mirándolo con los ojos muy abiertos.

—El plan no era mío —reconoció el Ancestral—. Aunque yo podría haber ideado algo igual de ingenioso, si hubiese querido. —Se encogió de hombros—. Pero, en fin, los zorros pueden ser casi tan listos como los gatos, si se esfuerzan lo bastante, así que quizá no sea tan sorprendente que saliera bien.

—¿Los... zorros?

—¡Eso he dicho! —casi gritó el gato, perdiendo la paciencia.

Otra pieza del rompecabezas encajaba.

—¿Quieres decir... que Ren, el Ancestral..., ayudó a mi madrina, Camelia..., a escapar de la hoguera?

—¡Eso he...! No, espera —se interrumpió—. No había mencionado el nombre del zorro. —Observó a Felicia con curiosidad—. ¿Lo conoces, acaso?

—Lo conocí hace algunos años —rememoró Felicia—. Sé que era amigo de mi madrina, pero después discutieron, o sucedió algo... —Sacudió la cabeza—. Ella no hablaba mucho de él. Creo que era porque lo echaba de menos, en cierto modo. Pero se había aislado del mundo y...

—No me interesan los detalles —interrumpió el gato, batiendo la cola con impaciencia—. Solo has de saber que, si quieres volver a ver al hada, tendrás que encontrar al zorro primero.

—¿Están... juntos?

—Eso es lo que he dicho —replicó el Ancestral—. Y, ahora, si me disculpas...

Se puso en pie y se estiró, arqueando el lomo en una curva imposible, antes de saltar de nuevo al alféizar de la ventana. Se quedó mirando a la muchacha desde allí, como esperando alguna clase de reacción por parte de ella.

Felicia cayó en la cuenta.

—¡Oh! Te agradezco muchísimo que te hayas molestado en venir... a darme la buena nueva —se apresuró a decir—. Ha sido muy considerado por tu parte.

El felino entornó los ojos y ronroneó, satisfecho.

—Eres una buena chica —le dijo—. Y entiendes las cosas, aunque seas un poco lenta. Y tienes buen gusto para los zapatos —añadió con una larga sonrisa.

La princesa se miró los pies, desconcertada. Calzaba unas sencillas zapatillas de raso que no tenían nada de especial. Pero el gato seguía hablando, y ella se esforzó en prestar atención.

—Por todo eso, te voy a dar un consejo —concluyó el animal.

Ante la sorpresa de Felicia, la mirada de su interlocutor se detuvo en el cofre que contenía las figuritas de madera, del que ella se había olvidado por completo.

—Guarda bien esa caja —prosiguió el Ancestral—. Te será de utilidad cuando empiece la guerra.

Ella se volvió hacia el cofre, sin comprender.

—¿La... guerra? —repitió—. Pero...

Cuando se giró de nuevo hacia la ventana, descubrió que el misterioso gato había desaparecido.

Cosas rotas

Felicia se quedó unos instantes más en la habitación, tratando de ordenar sus pensamientos, mientras su corazón latía con fuerza. ¿Sería verdad lo que le había revelado el gato? ¿Camelia, su querida madrina..., estaba viva?

Reflexionó. Se había cruzado con Ren, el zorro Ancestral, muchos años atrás. Según tenía entendido, él había intentado ayudar a sus padres a «rescatarla» del castillo de Camelia..., y después había tenido que salvarla de las garras de una bruja de verdad porque, por absurdo que pareciera, aquello formaba también parte del plan. De modo que sí, Ren era tristemente conocido por sus intrigas y maquinaciones, y por alinearse a favor o en contra de cualquiera, según le conviniera. Él y Camelia habían sido amigos durante siglos, pero se habían distanciado en los últimos tiempos. ¿Se habría molestado el zorro en intentar salvarla, después de todo?

Pero, si ese era el caso, ¿cómo lograría Felicia llegar hasta ellos?

Cerró los ojos, esforzándose por evocar todos los detalles de su horrible experiencia en la casita de dulce de la bruja. Era algo que había tratado de eliminar de su memoria durante mucho tiempo, porque aún le provocaba pesadillas en ocasiones. Pero ahora necesitaba recuperar aquella información.

Apenas había visto al Ancestral durante unos instantes, tras la muerte de la bruja, poco antes de que llegase Camelia para llevarla de vuelta a casa. Era un joven alto y pelirrojo. Felicia no recordaba sus rasgos, y no estaba segura de que pudiese reconocerlo si volvía a cruzarse con él.

Pero había algo que sí sabía: que Ren lucía una lustrosa cola de zorro que echaba a perder su «disfraz» humano. Quizá él lo prefiriese así.

Obviamente, como Ancestral, también poseía la capacidad de transformarse por completo en zorro. Y bajo aquella forma sería mucho más difícil de localizar. Felicia se preguntó hasta qué punto solía alternar con los humanos...

... Y justo entonces se acordó de la joven.

Había una chica en la casita de dulce, rememoró. Era la aprendiza de la bruja, o algo por el estilo. Al menos, eso les había hecho creer a ambas. Porque después resultó que había estado compinchada con Ren desde el principio, y solo se había ganado la confianza de su «maestra» para poder rescatar a Felicia en el caso de que las cosas se torcieran.

La princesa frunció el ceño, luchando por recordar.

«Rosaura», pensó de pronto. «Su nombre era Rosaura».

Ahora sería una mujer adulta, pero quizá le resultaría más sencillo localizarla a ella, una simple humana, que a un escurridizo zorro Ancestral.

Rosaura conocía bien a Ren. Tal vez supiese dónde localizarlo... o tal vez pudiese ofrecerle alguna clase de información sobre Camelia.

Felicia se puso en pie, muy emocionada. Cuando se disponía a correr en busca de sus padres, su mirada tropezó con el cofre de madera.

«Guarda bien esa caja», había dicho el gato. «Te será de utilidad cuando empiece la guerra».

La princesa no tenía noticia de ninguna guerra en ciernes, por lo que aquellas palabras no significaban nada para ella. Pero sí le había quedado claro que aquel cofre y su contenido eran mucho más importantes de lo que aparentaban.

De modo que, reprimiendo su impaciencia, cargó con la caja hasta su habitación y la ocultó bajo su cama, antes de dirigirse al comedor para reunirse con sus padres.

Los encontró cenando ya. A la reina acababan de servirle un plato de consomé que olía muy bien, y el rey estaba a punto de atacar un huevo pasado por agua. En la mesa había también varios platos con frutas variadas y pastelillos de hojaldre, y Felicia les dirigió una breve mirada, cayendo en la cuenta de que hacía unas cuantas horas que no comía nada.

Al parecer, los reyes no la habían esperado, lo cual no era sorprendente, puesto que ella llevaba varios días sin dirigirles la palabra. Su madre abrió los ojos con sorpresa al verla y el rostro del rey se iluminó con una sonrisa.

—¡Felicia! —exclamó—. ¿Nos acompañarás esta noche?

Señaló un lugar en la mesa donde había un servicio preparado, presumiblemente para ella.

—No he venido a cenar —respondió la muchacha—. No tengo hambre.

Pero el olor de las viandas hizo que su estómago protestara de una forma bastante audible. La reina alzó una ceja. Felicia se ruborizó y se esforzó por centrarse.

—Tengo cosas más importantes de las que ocuparme ahora mismo —declaró—. Padre, madre, por favor, prestadme atención: creo que Camelia podría estar viva.

El rey se disponía a cascar el huevo que iba a comerse; pero las palabras de su hija lo sobresaltaron, y alzó la cabeza para mirarla.

—¿Cómo dices?

—Eso es un disparate —intervino la reina—. Comprendo que te cueste asimilarlo, Felicia, pero nosotros asistimos a la ejecución y podemos asegurarte que esa bruja...

—... Que todo salió como estaba previsto —se apresuró a concluir su esposo.

Felicia apretó los dientes.

—Es posible que tuviese ayuda para escapar —explicó—. ¿Recordáis a Ren, el Ancestral?

El rey dejó escapar un resoplido.

—Cómo no acordarse de ese zorro intrigante...

—Me han informado de que tenía un plan para rescatar a Camelia...

—¿Quién te ha informado, si puede saberse? —inquirió la reina, entornando los ojos.

La princesa se sonrojó.

—Eso no os lo puedo contar —respondió a media voz.

—Por supuesto que no —replicó su madre con sorna.

Las manchas en las mejillas de Felicia se tornaron más oscuras.

—No vi al zorro durante el juicio —intervino el rey—. Si tenía intención de hacer algo por Camelia, podría haberse presentado, por lo menos. Aunque su amiga sí que estaba —recordó de pronto—. La viste al fondo de la sala, ¿verdad, querida? —le dijo a su esposa—. Pensé que había ido a hablar en favor de la acusada, pero... no llegó a intervenir. Era la misma muchacha, ¿no es cierto? La de la casita de dulce.

—Habíamos acordado que no volveríamos a mencionar ese espantoso lugar, y mucho menos delante de nuestra hija —lo riñó la reina, escandalizada—. A decir verdad, no me fijé en el populacho que asistió al juicio —añadió luego, encogiéndose de hombros con indiferencia—. Podría haber sido la misma mujer, o podría haberse tratado de otra persona. Han pasado casi diez años desde la última vez que la vimos, ¿no es así?

—No, no, estoy seguro de que era ella. ¿Cómo se llamaba? ¿Rosinda? ¿Rosalía?

—Rosaura —respondió Felicia con el corazón desbocado—. Si Rosaura estuvo aquí, en Vestur..., el mismo día de la ejecución de Camelia..., tal vez Ren se hallaba presente también. Quizá el gato... —se interrumpió de pronto.

Sus padres la miraron con curiosidad.

—¿El gato? —repitió el rey—. ¿Qué gato?

—No... no tiene importancia —balbuceó la princesa. Se inclinó hacia ellos, colocando las manos sobre la mesa—. Necesito que me ayudéis a encontrar a Ren y a Rosaura. Por favor.

Su padre negó con la cabeza.

—Ren es un Ancestral, hija. Nunca lo encontrarás si él no lo desea.

—¡Pero Rosaura es una mujer humana! Y si estuvo en Vestur hace apenas unos días..., no puede haber ido muy lejos. —La reina dirigió a su esposo una mirada de reproche—. Por favor —insistió Felicia—. Tengo que dar con ellos y preguntarles...

—... ¿Si realmente vieron morir a la bruja calcinada en la hoguera? —completó su madre con frialdad—. No los necesitas para eso. Hubo cientos de testigos, Felicia. Puedes empezar por interrogarlos a ellos.

La joven palideció ante sus duras palabras. Pero no pensaba quedarse callada, por lo que replicó:

—Si no me hubieseis alejado del reino con excusas y mentiras para que yo no pudiese asistir al juicio, tal vez ahora no tendría que interrogar a nadie.

—¡Lo hicimos por tu bien! Para ahorrarte una escena desagradable.

—¡Porque no queríais que hablase en favor de Camelia en el juicio!

—¡Naturalmente! Está muy claro que esa bruja te tenía hechizada. ¡Y, por lo que parece, los efectos que su oscura magia obraba en ti aún no se han disipado del todo!

—¡Camelia no era una bruja, y yo no estoy hechizada!

—¡Basta!

El rey puso fin a la discusión con un sonoro manotazo sobre la mesa, que hizo tambalearse la huevera. Trató de mantenerla en su sitio, pero el huevo se le escurrió de entre los dedos y cayó al suelo.

Los tres contemplaron con consternación los restos de cáscara y yema que salpicaban las hermosas baldosas del comedor.

—Perdonad mi torpeza —murmuró el rey.

—No te disculpes —replicó la reina—. Los criados lo limpiarán.

Como si acabara de invocarlo, un sirviente apareció raudo para recoger lo que quedaba del huevo. La familia real se quedó mirándolo un instante en silencio.

—Camelia solía decir —susurró entonces Felicia— que el mal que hacemos no puede deshacerse. Y que hay cosas rotas que nunca volverán a arreglarse. Pero que siempre podemos... tratar de compensarlo. Con cosas buenas. Y con cosas nuevas.

El rey apartó la mirada con un suspiro de cansancio.

—Enviaré una patrulla de soldados en su busca —decidió por fin.

El rostro de Felicia se iluminó con una sonrisa.

—¿De verdad?

—¡Pero...! —empezó la reina; su esposo alzó la mano para indicarle que no había terminado de hablar.

—Buscarán a la mujer y al zorro —prosiguió— por todos los rincones de nuestro reino durante siete días y siete noches. Si después de ese tiempo no han sido capaces de hallarlos ni han obtenido ninguna información sobre su paradero..., nos olvidaremos de ellos y enterraremos este asunto de una vez por todas. ¿Ha quedado claro?

Ahora fue Felicia quien protestó:

—¡Pero...!

—¿Ha quedado claro? —insistió su padre.

Ella inspiró hondo, comprendiendo que no tenía una opción mejor.

—Sí —murmuró por fin—. Gracias, padre.

—Siete días —aceptó también la reina, de mala gana—. Y después, cuando estés dispuesta por fin a comportarte como una verdadera princesa..., hablaremos de tu futuro.

—¿De mi... futuro? —repitió Felicia sin entender.

—De tu futuro —reiteró su madre—. Y del de Cornelio.

El estómago de la princesa se contrajo de angustia.

—No estarás insinuando...

—No adelantemos acontecimientos —se apresuró a intervenir el rey—. Lo primero es enviar la patrulla, tal como te he prometido, y esperar a que regrese con noticias. Ya tendremos tiempo más adelante... de hablar de lo que sea necesario.

—Naturalmente —asintió la reina con frialdad.

Siete días

El rey Simón cumplió su promesa: escogió a los doce mejores hombres de su ejército y los envió en busca de Ren, el zorro Ancestral, y de su discípula, Rosaura. Dividió al grupo por parejas para que pudiesen recorrer todos los rincones del reino en siete días, que era el plazo que les había dado para regresar con algún resultado.

Pasó un día, y después dos, y luego tres, y cuatro. Felicia hacía todo lo posible por contener su impaciencia. Escuchaba a su padre con cortesía cuando él le hablaba de su familia, del reino, de todas las cosas que harían juntos ahora que ella estaba de vuelta. Se esforzó por no mostrarse demasiado alarmada cuando su madre dejó caer, durante la cena del quinto día, que debería reconsiderar el asunto de su boda con Cornelio. Se limitó a esbozar una sonrisa forzada y a responder que no podía pensar en casamientos, por el momento, pues estaba pendiente de cualquier noticia concerniente al destino de su madrina. La reina asintió, con una sonrisa tirante, y no volvió a mencionar el tema.

Al menos, no aquella noche.

Al atardecer del sexto día, llegaron los dos primeros soldados.

—Hemos recorrido las aldeas de la zona centro del reino, majestades —informaron—. No hemos hallado a la mujer llamada Rosaura, ni al joven pelirrojo de la cola de zorro, ni a nadie que pudiese darnos indicios de ellos.

Los reyes miraron de reojo a la princesa. Pero ella no se desanimó.

—No pasa nada —declaró—. Aún quedan diez soldados.

Al amanecer del séptimo día, mientras la familia real estaba desayunando, se presentó el segundo par de enviados.

—Majestades —anunciaron—, hemos buscado en las aldeas del norte y preguntado en todas partes por las personas que reclamáis. Lamentamos comunicar que no hemos encontrado rastro de ellos.

El rey les dio licencia para marcharse. Felicia inspiró hondo y dijo:

—Todavía quedan ocho soldados.

A media mañana llegaron otros dos.

—Venimos de las aldeas del oeste, majestades —dijeron—. Los individuos llamados Ren y Rosaura no se hallaban allí, y tampoco hemos dado con nadie que tuviese noticia de ellos.

La princesa se encogió de hombros y musitó:

—Aún faltan seis.

A la hora del almuerzo se presentó otro par.

—No hay nuevas de Ren ni de Rosaura en las aldeas del este, majestades. Nadie los ha visto ni sabe dónde encontrarlos.

«Todavía tienen que llegar cuatro soldados», pensó Felicia. Pero ya no pronunció las palabras en voz alta.

Por la tarde llegó la penúltima pareja.

—Hemos explorado las aldeas del sur —declararon—. Hemos preguntado por la mujer y por el zorro en todas ellas, sin resultados.

Felicia no dijo nada. Solo suspiró.

Estaba ya anocheciendo cuando los últimos soldados entraron en el salón del trono e hincaron la rodilla ante los reyes.

—Majestades —dijeron—, hemos recorrido todo el perímetro del reino e incluso hemos alcanzado las lindes del Bosque Ancestral, en busca de los individuos que reclamáis. —El corazón de Felicia latió un poco más deprisa—. No hay rastro de ellos en ninguna parte. Es como si se los hubiese tragado la tierra.

Los reyes de Vestur permanecieron en silencio unos instantes, mientras su hija asimilaba las malas noticias.

El rey Simón carraspeó.

—Bien…, en tal caso, supongo que hemos llegado al fin de la búsqueda.

—Pero… —intentó oponerse Felicia—, si no he entendido mal, no han registrado el Bosque Ancestral, ¿verdad?

Los dos soldados cruzaron una mirada.

—Alteza, todo el mundo sabe que es peligroso adentrarse en ese lugar.

—Pero el monstruo que habitaba allí ya no existe, ¿no es cierto? —insistió Felicia—. Mi padre acabó con él hace años.

El rey desvió la mirada, pero no dijo nada.

—Eso es verdad —reconoció el segundo soldado—, pero aún habitan muchos seres mágicos en el bosque, y por otro lado…

—Existe un tratado —intervino el rey, de mala gana— que se firmó en los tiempos en los que reinaba tu abuelo. El Duque Blanco de entonces se comprometió a crear en el bosque un santuario para los Ancestrales y otras criaturas mágicas. Y por eso ahora los seres humanos tienen prohibido cruzar sus límites.

—¡Pero eso significa que es allí donde encontraremos a Ren! —exclamó Felicia—. ¡Y tal vez… también a Camelia!

Su padre sacudió la cabeza.

—Es posible que el zorro se oculte en el Bosque Ancestral, pero, si ese es el caso, nosotros no tenemos modo de descubrirlo.

Felicia bajó la cabeza.

—Entiendo —murmuró.

De pronto, sintió la necesidad de estar sola para pensar. Se despidió de sus padres con cualquier excusa y regresó a su habitación.

Artesanía mágica

Una vez allí, se apoyó sobre el alféizar de la ventana con las mejillas ardiendo.

—¿Qué voy a hacer? —se preguntó en voz alta.

Había pedido ayuda a sus padres para encontrar a Camelia, y ellos se la habían prestado. Pero la propia Felicia había aceptado sus condiciones, y ahora se vería obligada a cumplirlas.

Y eso significaba, en primer lugar, que tendría que dejar de buscar a Camelia y centrarse en ser una buena hija y digna heredera del trono de Vestur.

Y también que se vería obligada a afrontar el incómodo asunto de la boda que había cancelado.

Felicia había leído muchos cuentos maravillosos en los que la protagonista encontraba al amor de su vida y al final de la historia ambos se casaban para ser muy felices y comer perdices. Pero no era tan ingenua como para no comprender que en el mundo real las cosas podían ser muy diferentes. Quizá la hija de un campesino o de un tendero podía permitirse romper con su prometido sin mayores consecuencias. Pero había sido ella misma quien había despetrificado a Cornelio y lo había presentado a sus padres como el joven con el que pretendía casarse.

Y teniendo en cuenta las circunstancias y el hecho de que los reyes de Vestur no habían visto a su hija en muchos años, lo cierto era que se lo habían tomado bastante bien. Habían aceptado a Cornelio en la familia e incluso le habían otorgado un título, cuando su propia estirpe lo había rechazado, para que el joven no afrontase el casamiento con las manos vacías.

Felicia hundió el rostro entre las manos con un gruñido. Aquello era lo peor de todo, por descontado. Que Cornelio era ahora el Duque Blanco y gobernaba las mejores tierras del reino. Y todo porque iba a casarse con ella.

También tendría que afrontar las consecuencias de aquellas decisiones.

Echó de menos a Camelia, una vez más. No obstante, se preguntó con inquietud si el gato la habría engañado. Si de verdad tenía interés en que se reuniera con su madrina, ¿por qué no le había dado más pistas acerca de cómo y dónde encontrarla?

Repasó mentalmente la conversación que había mantenido con el extraordinario felino. Lo cierto era que no le había facilitado demasiada información. La princesa recordó que había dicho algo acerca de una guerra. ¿Y si sus padres revocaban el nombramiento de Cornelio y este decidía enfrentarse a sus familiares por el trono de Gringalot, después de todo?

Sacudió la cabeza. El gato había mencionado el cofre con los soldados de madera, por lo que su comentario debía de estar relacionado con él.

Se agachó para sacar la caja de debajo de la cama, donde la había escondido días atrás. Lo cierto era que aún no la había examinado a fondo, de modo que extrajo su llave mágica y la abrió una vez más.

Contempló pensativa las doce figuritas de madera. Eran todas iguales; la persona que las había tallado ni siquiera se había molestado en diferenciarlas de alguna manera ni en crear guerreros de diferentes rangos en aquel ejército en miniatura. Por alguna razón, le recordaron a los soldados que su padre había enviado a buscar a Ren y a Rosaura, y que habían vuelto con las manos vacías.

—Tan inútiles como estos sencillos juguetes —murmuró.

Quizá no lo fueran tanto, pensó de pronto. Tal vez había algo extraordinario en ellos, y ella simplemente no era capaz de detectarlo a simple vista.

Los sacó uno por uno y los dispuso en formación sobre las baldosas del suelo. A uno de ellos le faltaba una pierna y no se sostenía en pie, de modo que tuvo que dejarlo tumbado. Los observó un instante, casi esperando que hicieran algo, cualquier cosa.

Pero aguardó en vano.

Suspiró. Se disponía a devolverlos a la caja cuando reparó en que había algo en el fondo, un papel doblado, como un mensaje o una carta. Lo sacó del interior del cofre y lo desplegó para leerlo, con creciente asombro.

Eran... las instrucciones de uso.

EL MARAVILLOSO EJÉRCITO DE MAESE JÁPETO

¡Enhorabuena! Este cofre que ha caído en tus manos contiene un EJÉRCITO INVENCIBLE que luchará en tu nombre en cualquier circunstancia y jamás se rebelará contra ti. ¡Atención! NO ES UN JUGUETE ni un simple adorno. Estas figuras son piezas de la más delicada ARTESANÍA MÁGICA y se trata de objetos EXTREMADAMENTE VALIOSOS.

Para que los soldados cobren vida, debes cumplir las siguientes NORMAS:

1. Colócalos en formación AL AIRE LIBRE, o en un salón GRANDE, si es que dispones de tal cosa.
2. Asegúrate de situarlos como mínimo a DOS PASOS DE DISTANCIA unos de otros.
3. Pronuncia las palabras: «SOLDADOS, VUESTRO GENERAL OS LLAMA A LAS ARMAS».
4. ¡Observa cómo tus figuras de madera se transforman en doce PODEROSOS GUERREROS IMBATIBLES!
5. Los soldados no solo son INVULNERABLES A CUALQUIER ATAQUE, sino que, además, no se ven afectados por NINGUNA CLASE DE MAGIA, salvo la que precisan para transformarse.
6. No olvides que debes darles siempre INSTRUCCIONES CLARAS Y EXACTAS.
7. Para devolverlos a su caja, pronuncia la fórmula: «SOLDADOS, VUESTRO GENERAL OS DA LICENCIA». Asegúrate de que todos estén LO BASTANTE CERCA como para poder oír tus palabras.
8. IMPORTANTE: Los soldados son invulnerables solo bajo su FORMA VIVIFICADA. Cuando se hallan en letargo, es decir, bajo la apariencia de simples figuras de madera, son EXTREMADAMENTE FRÁGILES. Y muy sensibles al FUEGO, como

es natural. Es aconsejable, no obstante, devolverlos a su forma original después de cada batalla, para que su magia pueda renovarse.

9. En circunstancias normales, los soldados de madera pueden durar siglos en buenas condiciones. Pero es recomendable repintarlos de vez en cuando. Por razones meramente estéticas.
10. A pesar de su apariencia, los soldados vivificados NO TIENEN ALMA. No son humanos de verdad, sino simples instrumentos. Por tanto, recomendamos NO ENCARIÑARSE CON ELLOS.

¡Respeta escrupulosamente estas reglas y tus soldados vivificados te servirán para que puedas llevar a cabo las mayores gestas y aventuras! Y recuerda que solo MAESE JÁPETO es capaz de crear AUTÉNTICA ARTESANÍA MÁGICA EN MADERA. ¡Rechaza imitaciones!

Felicia no pudo evitar contemplar las figuritas de madera con cierto escepticismo. Incluso en el caso de que fuesen mágicas de verdad, pensó, le parecía algo pretencioso llamar «ejército» a un grupo de doce individuos. Pero al fin se encogió de hombros y se dijo que realmente no perdía nada por probar.

Volvió a colocar todas las figuras en el cofre y miró a su alrededor con ojo crítico. Su habitación era bastante amplia, pero no lo suficiente. Por no hablar del hecho de que tendría que dar muchas explicaciones incómodas si alguien descubría a una docena de hombres allí.

Echó un vistazo por la ventana. Era ya de noche y las puertas exteriores del castillo estaban cerradas. Probablemente no había nadie tampoco en el patio trasero. De modo que se levantó, cargó con el cofre y se dirigió hacia allí con presteza.

Se aseguró de no cruzarse con nadie en las escaleras ni en el corredor y de que tampoco la vieran salir por la puerta que conducía al patio. Una vez allí, se sentó en un escalón, justo bajo una de las antorchas prendidas en el muro, y depositó el cofre con cuidado sobre las baldosas del suelo. Inspiró hondo y lo abrió una vez más.

Los soldaditos de madera no parecían otra cosa que una colección de juguetes viejos y gastados. Pero Felicia sabía muy bien que, a menudo, las cosas más extraordinarias podían ocultarse bajo el barniz más vulgar, por lo que no dudó en sacarlos del cofre uno a uno y en colocarlos ante ella en perfecta formación, siguiendo las instrucciones que había hallado junto a ellos.

No obstante, la figura a la que le faltaba una pierna no se sostenía en pie, por lo que la princesa decidió devolverla al cofre. Quedaron, pues, once soldaditos alineados ante ella.

Felicia tomó de nuevo el papel con las indicaciones y se aclaró la garganta antes de pronunciar en voz alta:

—¡Soldados, vuestro general os llama a las armas!

Al principio, no pasó nada. Pero, unos instantes después, algo similar a un filamento luminoso envolvió las figuras de madera y las hizo brillar también. Felicia contempló, boquiabierta, cómo todos los soldaditos crecían de tamaño hasta alcanzar una estatura y constitución considerables. Entonces la luz dorada los cubrió por completo durante un instante... y, cuando se disipó, había once jóvenes en el patio, rectos como palos, con la barbilla bien alta y los brazos pegados al cuerpo. A diferencia de las figuritas de madera, de coloración desvaída y con desconchones, sus versiones «vivificadas» vestían uniformes que parecían completamente nuevos, con botas altas lustrosas, pantalones de un blanco inmaculado y chaqueta de color azul brillante, con una banda amarilla cruzada al pecho y un fajín del mismo tono ceñido a la cintura. Todos llevaban un casco rematado por una pluma blanca y una espada prendida al costado.

Sus rostros, por otro lado, eran inquietantemente parecidos entre sí, hasta el punto de que Felicia comprendió que le sería muy difícil diferenciarlos.

—¡A vuestras órdenes, general! —gritaron entonces los once como un solo hombre.

Felicia se levantó de un salto.

—¡Shhh, bajad la voz! —los detuvo, muy apurada. Miró a su alrededor, inquieta, convencida de que alguien los habría escuchado—. ¿Cómo...?

—A... vuestras órdenes..., general —farfulló entonces otra voz a su lado.

Felicia dio un respingo del susto y giró la cabeza para descubrir, alarmada, que el soldado cojo también había cobrado vida y ahora se encontraba incómodamente tendido en el suelo, con su única pierna extendida sobre el cofre abierto de par en par, donde la princesa lo había dejado momentos atrás.

—¡Ay, no! —exclamó ella, sintiéndose muy culpable. Había olvidado la información implícita en el apartado número siete de las instrucciones: para que la magia actuase, los soldados debían poder oír las órdenes. Y aunque ella hubiese devuelto aquella figurita a la caja, esta aún se encontraba al alcance de su voz.

Felicia lo ayudó a ponerse en pie. El soldado se mantuvo en un equilibrio inestable sobre su única pierna hasta que ella le alcanzó una escoba que encontró apoyada en un rincón. El soldado la aceptó con un asentimiento, pero mantuvo la mirada baja, como si se avergonzara de su torpeza. La muchacha sintió una cierta simpatía hacia él, pero se apresuró a reprimirla: después de todo, la norma número diez de maese Jápeto indicaba que no era buena idea experimentar cualquier tipo de afecto hacia aquellas... criaturas, o lo que fueran.

Tras asegurarse de que el soldado cojo no iba a caerse, se volvió hacia los demás, que giraron la cabeza hacia ella con una sincronización perfecta.

—Yo soy vuestro..., hum, general —anunció la joven, insegura—: la princesa Felicia. De ahora en adelante solo me obedeceréis a mí.

—¡Sí, señor! —exclamaron todos.

—... Señorita —los corrigió ella—. Y haced el favor de bajar la voz. Tengo una misión para vosotros, y no quisiera...

—¿Felicia? —se oyó de pronto una voz desde el interior.

La princesa experimentó un breve acceso de pánico hasta que recordó la frase exacta que rompería el hechizo:

—¡Soldados, vuestro general os da licencia! —se apresuró a susurrar.

La puerta se abrió junto a ella, y el rey Simón se asomó al patio con desconcierto.

—¿Qué haces aquí a estas horas? —le preguntó.

Ella bajó la vista al suelo. Sus impresionantes guerreros volvían a ser inofensivas figuritas de madera. La escoba que le había entregado al soldado tullido había caído sobre las baldosas porque ya nadie la sostenía.

—Estaba... jugando con las figuras, padre —murmuró, aún con el corazón desbocado.

El rey reparó entonces en los soldados de madera dispuestos en fila frente a su hija. Pestañeó con cierta perplejidad, pero sacudió la cabeza y se acercó a ella.

Felicia se inclinó para recoger las figuritas.

—No sabía que te gustaran este tipo de juguetes —comentó su padre—. ¿No eres...? —Hizo una pausa, y ella pensó que le diría que no era un entretenimiento propio de una chica—. ¿No eres un poco mayor para estas cosas? —concluyó él.

Felicia no respondió. Simón suspiró y añadió:

—Si te gustan los soldados de madera, podemos encargar un juego nuevo para ti. De mejor calidad, quiero decir. A un buen artesano, que utilice materiales nobles y que tenga buena mano con el pincel.

Felicia pensó en maese Jápeto y sonrió para sí. Ni el mejor tallista de todos los reinos podría igualar la proeza de aquel misterioso personaje. Se le aceleró el corazón solo de pensarlo y cerró el cofre con los soldados dentro, casi con desconfianza. Ningún tesoro que pudiese ofrecerle el rey estaría a la altura de aquel regalo de bautizo.

—Me gustan estas figuras, padre —replicó—. Las encuentro... pintorescas.

—Bueno, supongo que podrías considerarlas una antigüedad. Si vas a conservarlas, no obstante, convendría repintarlas un poco. ¿No crees?

Felicia se acordó de la norma número nueve.

—Me parece una buena idea —asintió—. Pero quizá más adelante. Ahora los necesito... Quiero decir que acabo de descubrirlos y me gustaría... jugar con ellos un poco más. No me importa que la pintura esté desgastada.

El rey se encogió de hombros.

—Como prefieras.

La princesa se incorporó para retirarse, y su padre se levantó con ella.

—Te acompañaré a tu habitación —se ofreció.

Felicia disimuló su contrariedad. Estaba deseando volver a invocar a sus soldados mágicos para enviarlos en busca de Ren y de Rosaura, o incluso..., ¿por qué no?, de la propia Camelia. Pero quería hacerlo en secreto, y era evidente que todo el mundo se enteraría si los doce soldados volvían a aparecer en el patio a plena luz del día.

«Volveré más tarde, cuando todos estén durmiendo», decidió. «Así, nadie me descubrirá si salgo a escondidas».

Un horrible crimen

—¡Reclamamos la presencia del rey Simón y la reina Asteria de Vestur!

La voz era vibrante y musical y, extrañamente, se oía con tanta potencia que resonaba por todos los rincones del castillo. Felicia se despertó de golpe. Parpadeó con desconcierto y tardó un poco en darse cuenta de que ya era de día.

—Oh, no —murmuró—. ¿Me he dormido?

Había tenido intención de volver a bajar al patio cuando todo estuviese en calma, pero parecía claro que la había vencido el sueño.

«Quizá ha sido eso», pensó. «Tal vez lo he soñado todo».

Frunció el ceño. A la luz del día, le parecía increíble que su juego de figuritas de madera hubiese cobrado vida de verdad. Se incorporó y se frotó un ojo, luchando por despejarse.

—¡Reclamamos la presencia del rey Simón y la reina Asteria de Vestur! —repitió entonces la voz.

Felicia se despertó del todo al comprender que aquello no había formado parte de su sueño. Intrigada, se levantó de la cama para asomarse a la ventana.

Y se quedó boquiabierta.

Había una delegación extranjera en el patio principal, cuyas baldosas aparecían ahora cubiertas por una misteriosa neblina plateada de filamentos fantasmales que se enredaban en los cascos de los caballos. La princesa contó siete caballeros, entre hombres y mujeres, que montaban corceles blancos como la espuma de mar y vestían armaduras tan relucientes que no podía mirarlos directamente. Las divisas de los estandartes que portaban no le resultaron familiares.

Se fijó mejor en ellos y se le detuvo el corazón por un instante. Porque las brillantes capas transparentes que les caían por la espalda no eran prendas en realidad…, sino alas.

Aquellos emisarios provenían del reino de las hadas.

Se había reunido una pequeña multitud en el patio para contemplarlos. El capitán de la guardia estaba amonestando a los vigilantes de la entrada, pero estos parecían muy confusos, como si no tuviesen la menor idea de dónde había salido aquella gente. Felicia sabía que, aunque los hubiesen visto llegar, los guardias no habrían podido detenerlos de ninguna de las maneras. Sencillamente, los humanos no tenían poder suficiente para enfrentarse a los habitantes del país de las hadas.

El chambelán dio un paso al frente para dirigirse al líder de la delegación. Pero, antes de que pudiese pronunciar una palabra, los reyes de Vestur salieron al patio.

Desde su puesto en la ventana, Felicia observó a sus padres mientras acudían al encuentro de los recién llegados. La reina lanzó una exclamación de horror al identificarlos como criaturas sobrenaturales. Su esposo tembló ligeramente, pero alzó la cabeza para dirigirse a ellos:

—Os encontráis en presencia de los soberanos de Vestur. ¿Quiénes sois y qué queréis de nosotros?

El protocolo indicaba que los emisarios debían descabalgar e hincar una rodilla ante los reyes, en señal de respeto. Pero el cabecilla de la delegación se limitó a observarlos desde lo alto de su montura.

—Venimos en nombre de su graciosa, magnífica y espléndida majestad la reina Crisantemo, soberana del país de las hadas —declaró, arrancando murmullos maravillados entre los presentes.

Asteria palideció, pero su voz sonó firme y clara cuando respondió:

—Puedes decirle a tu reina que vuestro pueblo no es bienvenido en Vestur.

—¡Asteria! —la reconvino el rey, alarmado.

El emisario entornó los ojos, pero no dijo nada. Los otros miembros de la delegación se mostraron imperturbables.

—Una criatura que decía ser un hada madrina secuestró a nuestra hija y la mantuvo prisionera durante años —prosiguió la reina con frialdad—. Comprenderéis, pues, que desde entonces tengamos ciertos reparos en tratar con la gente del país de las hadas.

—Nos hemos dado cuenta —replicó el emisario—. No obstante, hemos venido a entregar un mensaje de nuestra soberana, y no nos marcharemos hasta que hayamos cumplido nuestra misión.

Los reyes de Vestur cruzaron una mirada. Asteria giró la cabeza con disgusto, pero no replicó. Simón se volvió de nuevo hacia la delegación de la reina de las hadas.

—Oigamos ese mensaje —respondió por fin.

Una carta escrita con tinta plateada apareció por arte de magia entre las manos del emisario. Este la leyó con voz alta y serena:

—«A los reyes de Vestur:

»Yo, la reina Crisantemo, soberana del país de las hadas, he tenido conocimiento de un horrible crimen cometido en vuestras tierras y que, según se me ha informado, ha sido vil y cobardemente perpetrado por vosotros. Mi leal súbdita, Camelia, a la que envié a vuestro mundo para ofrecer a los mortales su magia y su sabiduría sin reclamar nada a cambio, fue espantosamente torturada y sacrificada en la hoguera por orden vuestra.

»Esta afrenta no puede quedar impune: es un asesinato injustificado, una violación de todos los tratados diplomáticos entre hadas y humanos y una ofensa que no dejaremos pasar sin respuesta.

»Por tal motivo, yo, la reina Crisantemo, soberana del país de las hadas, declaro que desde este momento nuestras dos naciones están en guerra. Y que no descansaremos hasta derrocar la corona de Vestur y asegurarnos de que no quede piedra sobre piedra en este reino cruel y criminal. Y vosotros, arrogantes reyes mortales, sufriréis las consecuencias de vuestras pérfidas acciones».

Las primeras palabras del emisario habían despertado una oleada de murmullos entre los presentes. Pero cuando pronunció las últimas frases del comunicado, se abatió sobre ellos un silencio sepulcral.

La reina no dijo nada. Se limitó a contemplar al mensajero con el rostro pálido y los labios apretados.

El rey carraspeó.

—Esto es... un terrible malentendido —murmuró—. La persona a la que ejecutamos... fue condenada en un juicio justo a causa de los crímenes que había cometido. Secuestró a nuestra hija..., la princesa heredera del reino..., y causó la muerte de docenas de bravos caballeros que trataron de rescatarla. No era un hada..., sino una bruja. Las leyes de Vestur...

—Todo eso no nos concierne —interrumpió el emisario, encogiéndose de hombros—. Hemos venido a entregar un mensaje y ya hemos cumplido nuestra tarea. Debemos, pues, despedirnos.

El rey intentó detenerlos cuando ya volvían grupas para marcharse.

—¡Aguardad un momento! ¿No llevaréis nuestra respuesta a la reina Crisantemo?

—No mantenemos conversaciones con naciones enemigas —les llegó la voz del mensajero, que ya les había dado la espalda y ni siquiera se molestó en volverse para mirarlos.

El grupo se dirigió hacia las puertas del castillo, pero no llegó a atravesarlas. Sus corceles simplemente siguieron caminando con paso tranquilo... y desaparecieron, como si se hubiesen disipado con la bruma matinal.

A la guerra

Desde la ventana de su habitación, Felicia había asistido a la escena con creciente horror. De pronto, todas las piezas del rompecabezas parecieron encajar, y las palabras del gato cobraron sentido.

Se apresuró a ponerse las zapatillas y a lavarse la cara en la jofaina del tocador, pero no se molestó en cambiarse de ropa. Cogió el cofre con las figuritas de madera y, aún en camisón, se dispuso a salir al pasillo. Cambió de idea en el último momento y abrió la caja para sacar el soldadito cojo y guardarlo bajo la almohada. Una vez hecho eso, volvió a cargar con el cofre y se precipitó fuera de la habitación.

Se topó con sus padres en la galería principal, de camino hacia el salón del trono. Iban acompañados por todos sus consejeros y se mostraban extraordinariamente serios.

—Padre, madre...

—Ahora no, Felicia —la interrumpió su madre; la observó con mayor atención y añadió—: ¿Cómo se te ocurre dejarte ver en público en camisón? ¡Vuelve de inmediato a tu habitación para cambiarte!

—¡Pero esto es muy importante! —exclamó ella—. Creo que sé cómo podemos evitar la guerra.

Los reyes cruzaron una mirada. Al fin, la reina dejó escapar un suspiro de resignación y el rey les dijo a los consejeros:

—Comenzaremos la reunión un poco más tarde.

Felicia guio a sus padres hasta una amplia sala de baile en el ala este del castillo. Una vez allí, se volvió hacia ellos y declaró:

—Creo que existe una manera de detener la guerra.

—Sí, eso ya lo has dicho antes —respondió la reina—. ¿Sabes cómo llegar hasta la reina de las hadas? ¿Conoces acaso alguna de sus debilidades? Después de todo, tú te criaste con una de ellas…

—Yo…, la verdad es que no —contestó la muchacha, un poco cohibida—. Pero la reina Crisantemo está furiosa por la muerte de Camelia. Si le demostramos que sigue viva…

—¡Felicia! —exclamó su madre, perdiendo la paciencia—. Ya hemos hablado de esto en repetidas ocasiones. Tu madrina pagó por sus crímenes y murió, y ya no hay nada que podamos hacer al respecto, salvo asumir las consecuencias y defender el reino de las criaturas que pretenden vengarla. Y si tú no tienes nada más que aportar…

—¡Sí que lo tengo! —se apresuró a responder ella—. La misma persona que me contó que Camelia seguía viva… —Se detuvo un momento, preguntándose si el gato parlante podía ser considerado una «persona». Pero, como no deseaba revelar la identidad de su informante, se limitó a sacudir la cabeza y continuar—: Me dijo también que se avecinaba una guerra. Y que esto sería de gran ayuda —concluyó, señalando el cofre de los soldaditos de madera, que había depositado en el suelo, frente a ella.

La reina alzó una ceja.

—¿Y qué es «eso», exactamente? —preguntó.

—Uno de los regalos de bautizo de Felicia —explicó el rey, incómodo—. Lo encontramos el otro día en su antigua habitación.

—Pero es… una caja de juguetes —señaló Asteria, mientras observaba cómo su hija colocaba a los soldaditos en perfecta formación—. Una particularmente vieja y mohosa, más digna de un mozo de cuadra que de una princesa.

Simón alzó una ceja y lanzó a su esposa una mirada de reproche.

—Esto es mucho más que una caja de juguetes —respondió Felicia con una sonrisa.

Se incorporó para volverse hacia sus padres.

—Retroceded un poco, por favor —les pidió—. Y prestad atención.

Ellos se mostraron desconcertados, pero obedecieron. Felicia inspiró hondo y exclamó:

—¡Soldados, vuestro general os llama a las armas!

Igual que la vez anterior, la magia de las figuras tardó unos instantes en despertar. Justo cuando la reina abría la boca para hacer un comentario al respecto, los filamentos de luz dorada envolvieron a los soldaditos de madera y, ante los asombrados ojos de los reyes de Vestur, los transformaron en guerreros de carne y hueso...

... Que se volvieron hacia su hija y exclamaron, todos a una:

—¡A vuestras órdenes, princesa Felicia!

Asteria lanzó un grito de alarma y retrocedió unos pasos.

—¿Quiénes son... estos jóvenes? —exigió saber—. ¿De dónde han salido?

—Es... un ejército mágico, madre. Normalmente parecen simples soldados de madera dentro de su cofre. Pero, si los invocas con las palabras adecuadas..., se transforman en guerreros invencibles.

Les tendió la hoja con las instrucciones. Su padre alargó la mano y la tomó con curiosidad, pero su madre, aún impactada, ni siquiera se movió.

—¿Cómo han llegado hasta aquí? —siguió preguntando.

Su esposo levantó la mirada del papel para responder:

—Fue un regalo de bautizo, ya te lo he dicho. Lo trajo un individuo muy... peculiar, pero, teniendo en cuenta todo lo que pasó después, olvidé por completo mencionarlo, y la caja se quedó abandonada en la habitación de Felicia, junto con todos los demás regalos.

Asteria se volvió para mirarlo con los ojos muy abiertos.

—¿Olvidaste decirme que a nuestra hija recién nacida le habían regalado unos soldados de madera capaces de transformarse en hombres de carne y hueso?

—Eso no lo sabía —replicó Simón—. Es un detalle que no me comunicaron en su momento, aunque Felicia parece haberlo descubierto por sí misma. —Sus ojos recorrieron con rapidez las líneas escritas en el papel—. Aquí dice que son invulnerables —observó.

—Sí, pero aún no he tenido ocasión de comprobarlo —respondió su hija.

Su padre alzó la cabeza con una sonrisa.

—Si fuera cierto..., podrían enfrentarse al ejército de la reina de las hadas —hizo notar, y su esposa lanzó una exclamación de sorpresa.

—Sí, supongo que podrían —respondió Felicia sin captar la indirecta—. No los he visto pelear todavía, pero, si las instrucciones son correctas y precisas... —Se interrumpió de pronto al entender por fin la insinuación de su padre—. Espera, ¿pretendes mandar a mis soldados a la guerra?

—¿Qué otra cosa quieres hacer con ellos, si no? —replicó su padre con desconcierto.

—Pensaba... enviarlos a buscar a Camelia. Tus soldados no pudieron entrar en el Bosque Ancestral porque son humanos, pero ellos —añadió, señalando a sus guerreros vivificados— son criaturas mágicas y, por tanto, podrán explorar...

—Felicia, el Bosque Ancestral es inmenso —la interrumpió su madre con impaciencia—. Podrían tardar semanas en regresar, y para entonces es posible que ya no quede nada del reino de Vestur.

—No sería tan rápido —se apresuró a puntualizar la princesa—. Las hadas..., no me refiero a Camelia, sino a las otras, las que no conviven con mortales..., tienen un concepto distorsionado del tiempo, o eso tengo entendido. Nos han declarado la guerra, pero es bastante probable que aún tarden un tiempo en atacar.

—De todos modos, no puedes tener la certeza de que Camelia siga con vida —intervino Simón—. Nosotros la vimos morir, ¿recuerdas? No podemos arriesgarlo todo por un rumor de dudosa procedencia. —Felicia abrió la boca para replicar, pero su padre no había terminado—. Necesitamos toda la ayuda posible para defender el reino, hija. No se trata solo de nosotros o de la corona. Si el ejército del país de las hadas ataca Vestur, morirá mucha gente inocente.

Felicia bajó la cabeza. Era cierto que no podía asegurar que Camelia hubiese sobrevivido. Y su padre tenía razón: aquellos soldados mágicos podían salvar Vestur de la cólera de las hadas. Si ella los enviaba a buscar a Camelia, el reino quedaría indefenso.

—Tal vez nos estemos precipitando —añadió el rey entonces con suavidad—. Quizá damos por sentado que son guerreros formidables, pero el caso es que... son solo once. —Frunció el ceño y volvió a contarlos para asegurarse—. Sí, once. Falta uno, ¿no es así? —le preguntó a Felicia.

—Sí, falta el que tenía una pierna rota —respondió ella—. La magia... no funcionaba con él por esta razón —mintió, sin saber muy bien por qué lo hacía—, así que lo he tirado.

Su padre pareció conformarse con esa explicación.

Los soldados vivificados habían estado siguiendo la conversación con gesto inexpresivo, limitándose a mover la cabeza para mirar al rey, a la reina o a la princesa, en función de quién estuviese hablando en cada momento. Felicia se preguntó, inquieta, hasta qué punto comprendían todo lo que estaba sucediendo.

Simón se detuvo ante uno de ellos y lo miró a los ojos. El soldado le devolvió la mirada sin pestañear.

—¿Cuándo fue la primera vez que tú y tus compañeros entrasteis en batalla? —le preguntó el rey.

El guerrero vivificado no respondió.

—¿No saben hablar? —se sorprendió el monarca.

El soldado se limitó a volverse hacia Felicia, como esperando instrucciones. Ella suspiró y dijo:

—Por favor, responde a la pregunta.

Él fijó de nuevo su mirada en el rey y contestó con voz firme pero carente de emoción:

—Luchamos por primera vez en la Guerra de los Gigantes, señor.

—Eso fue hace más de doscientos años —comentó Asteria con sorpresa—. Cuando una horda de gigantes abandonó las montañas del norte e invadió el imperio de Rutilán. El ejército del emperador logró rechazar el ataque y los expulsó más allá de sus fronteras, pero las crónicas no se ponen de acuerdo a la hora de explicar cómo lo consiguió.

—¡He leído historias sobre la Guerra de los Gigantes! —exclamó Felicia—. Conozco un cuento que habla de un asombroso ejército de estatuas que cobran vida y que permanece oculto en los sótanos del palacio del emperador. Pero siempre pensé… que se trataba solo de un cuento, y, en todo caso, la historia hablaba de un conjunto de esculturas mucho más grande y numeroso.

No añadió que aquella historia siempre le había gustado especialmente porque le recordaba a la colección de héroes encantados de su propio castillo.

—Bueno —farfulló el rey, todavía impresionado—. Aunque fuera cierto, lo más sensato sería probar sus habilidades antes de tomar ninguna decisión precipitada.

A prueba

Momentos más tarde, estaban los tres en el patio principal. Felicia seguía en camisón, pero ni a ella ni a su padre parecía importarles, aunque la reina fruncía el ceño con disgusto cada vez que la miraba, y los sirvientes que pasaban por allí apartaban la vista con una sonrisita divertida. La muchacha había devuelto todos los soldaditos a la caja para llevarlos al patio. A petición de su padre, sacó ahora a uno de ellos, lo depositó en el suelo y se inclinó para susurrarle:

—¡Soldado, tu general te llama a las armas!

El resto de las figuritas estaban bien guardadas en el cofre cerrado, pero ella no quería arriesgarse a que pudieran oír la orden desde allí.

Retrocedió de un salto cuando el soldado cobró vida. Después se volvió hacia su padre. Este había reclamado previamente la presencia del capitán de la guardia, que se presentó en aquel momento en el patio, acompañado de tres de sus hombres. Se detuvo al ver allí al soldado vivificado y lo contempló con sorpresa y curiosidad.

—Capitán —dijo el rey—, quiero que pongas a prueba a este guerrero.

—¿A prueba, majestad? —repitió él sin entender.

Simón asintió.

—Como si se tratase de un nuevo recluta muy prometedor. ¿Estos dos que te acompañan son tus mejores hombres?

El capitán, aún un poco desconcertado, dirigió una breve mirada a sus soldados.

—Sí, así es —contestó—. Y están listos para luchar, tal como habéis ordenado.

—Excelente.

El rey se volvió hacia su hija y asintió. Ella se dirigió entonces al soldado vivificado, que había asistido a la conversación con gesto pétreo y en absoluto silencio, y le dijo:

—Soldado, el capitán de la guardia desea probarte. Te batirás para demostrar tu valía contra los hombres que él designe, en los términos que establezca.

—Sí, princesa Felicia —respondió el soldado.

La muchacha recordó de pronto la norma número seis.

—No se trata de un combate a muerte —aclaró, solo por si acaso—. Si vences, inmoviliza a tu adversario, pero no lo mates ni lo lesiones.

—Sí, princesa Felicia.

Aún sin tenerlas todas consigo, ella retrocedió hasta situarse junto a sus padres y le indicó con un gesto al capitán que podía proceder.

Siguiendo las instrucciones de su superior, el soldado vesturense se detuvo ante su homólogo vivificado, no sin cierto recelo.

—¡En guardia! —exclamó el capitán.

Los dos desenvainaron las espadas. El movimiento del guerrero mágico fue tan veloz que los ojos de los presentes apenas pudieron captarlo. Su contrincante, que era por lo demás un espadachín muy competente, parecía sorprendentemente lento y torpe en comparación.

—¡Luchad! —ordenó el capitán.

Ni siquiera había terminado de pronunciar la última sílaba cuando, de alguna manera, la espada de su subordinado ya había volado por los aires. El pobre soldado se quedó paralizado, sin comprender lo que acababa de pasar.

El guerrero vivificado volvió a enfundar la espada tan deprisa como la había desenvainado.

—¿Cómo... cómo ha hecho eso? —farfulló el rey, pasmado.

El capitán se repuso de la sorpresa y transmitió nuevas instrucciones al soldado con gesto airado. Este, muy avergonzado, fue a recoger su espada y se puso de nuevo en guardia frente a su rival.

A continuación, el soldado vivificado venció sin el menor esfuerzo a todos los guerreros que se enfrentaron a él. Se deshizo en apenas unos instantes de los tres hombres que había seleccionado el capitán, y ni siquiera tuvo problemas en derrotarlos cuando lo atacaron todos al mismo tiempo. El rey mandó que llamaran a toda la guardia, pero ni entre todos consiguieron aguantar medio asalto.

Después, el capitán ordenó probar al soldado vivificado en otras disciplinas: lanza, tiro con arco, combate cuerpo a cuerpo..., pero él demostró ser aplastantemente superior a todos sus adversarios humanos, y pronto quedó claro que no valía la pena que siguiera dejándolos en ridículo.

El rey se mesó la barba, pensativo.

—Podríamos organizar un torneo de caballería —sugirió.

—Yo creo que no hace falta —opinó la princesa.

El capitán tragó saliva.

—Majestad, si me permitís la observación..., quizá sería conveniente que permitierais que vuestros hombres se retiraran a descansar... antes de continuar.

El monarca echó un vistazo a su maltrecha tropa. Constató que no solo estaban agotados y desmoralizados, sino que, además, observaban al soldado vivificado con miedo y desconfianza.

Este seguía plantado en mitad del patio, tan tieso como si jamás se hubiese movido. Ni una sola espada ni la punta de una lanza habían llegado a rozarlo siquiera en ningún momento.

—Es... sobrehumano —musitó el capitán con asombro—. ¿Quién es?

—Nuestra arma secreta contra el ejército de las hadas —respondió el rey con una amplia sonrisa—. Y tenemos otros once como él.

—Diez —corrigió Felicia a media voz.

—Extraordinario —comentó el capitán—. Pero... ¿bastará con eso? Quiero decir..., la magia de las hadas...

—La magia de las hadas no podrá hacer nada contra ellos —replicó Simón; se volvió hacia su hija, cada vez más entusiasmado—. Regla número cinco, ¿verdad?

—Correcto —dijo ella, abatida—. Los vas a enviar a la guerra entonces, ¿no es verdad?

La mirada del rey se centró en los ojos azules de Felicia.

—No tenemos otra opción, hija —respondió con seriedad.

—Pero ¿qué va a pensar la gente cuando los vea luchar? Míralos: les tienen miedo.

El rey echó un vistazo alrededor. Un grupo de curiosos se había ido reuniendo en el patio a medida que avanzaban las pruebas. Ahora señalaban al soldado vivificado y murmuraban entre ellos, pero no parecían emocionados, como su soberano…, sino más bien aterrorizados.

—Cambiarán de parecer cuando vean cómo derrotan al ejército del país de las hadas —replicó él—. Quizá no lo comprendas todavía, porque has pasado toda tu vida aislada…, pero reinar no solo implica vivir en un castillo y tener sirvientes a tus órdenes. Significa también que debes proteger a todos tus súbditos de cualquier amenaza, no importa cómo. Con tu ejército de madera se pueden salvar muchas vidas, Felicia. No solo las de nuestros propios soldados…, sino también las de la gente corriente, que sufrirá la ira de las hadas si no logramos derrotarlas en cuanto nos ataquen.

Ella bajó la cabeza. No había nada que pudiese responder a eso.

—Prométeme una cosa, entonces —le pidió a su padre—. Jura que guardarás el secreto de la verdadera naturaleza de los soldados. Norma número ocho —le recordó.

El rey asintió con gravedad, confirmando a su hija que la tenía muy presente.

Procedió entonces a dar la prueba por finalizada y a ordenar al capitán que despejara el patio.

—¿Qué hacemos con… él? —preguntó este, mirando de reojo al soldado vivificado—. ¿Se alojará en los barracones con los demás?

—No —respondió el rey—. Volverá con sus compañeros a la… posada donde se encuentran todos ellos… y regresarán a tiempo de unirse a nuestro ejército para defender Vestur de las fuerzas de la reina Crisantemo.

El capitán asintió, bastante más aliviado. La familia real se dispuso a retirarse, y el rey dirigió una mirada elocuente a la princesa. Ella lo entendió.

—Soldado, acompáñanos —le ordenó.

Y este los siguió con paso firme y medido.

Cuando se hallaron a solas en el pasillo, Felicia le dijo:

—Soldado, tu general te da licencia.

Y, ante los ojos asombrados de los reyes, el guerrero se transformó de nuevo en una figurita de madera.

Mientras la princesa lo devolvía a la caja, su padre comentó, pensativo:

—¿Existe alguna forma de darles órdenes a distancia? Me niego a enviarte a la batalla a ti también.

La reina lanzó una exclamación consternada.

—¡Por supuesto que no vas a mandar a nuestra hija al frente! —protestó—. Habrá alguna forma de delegar el mando, ¿no es así?

—No creo que haga falta —respondió Felicia con voz apagada—. Si la próxima vez que revivan eres tú quien pronuncia la fórmula mágica, serás su nuevo general. Y cumplirán tus órdenes, no las mías.

Simón colocó una mano sobre el hombro de su hija.

—Has tomado la decisión correcta, Felicia —le dijo—. Gracias a ti y a tus soldados mágicos, el reino se salvará.

Ella suspiró para sus adentros, pero no replicó. Se limitó a entregarle el cofre con su preciado ejército de madera.

—No permitas que les pase nada —suplicó a su padre—. Como guerreros de carne y hueso pueden parecer invencibles, pero bajo esta forma... son solo figuritas de madera.

—Cuidaré bien del contenido de esta caja, te lo juro —declaró él con gravedad.

Ella lo miró a los ojos y comprendió que era sincero. Asintió con una débil sonrisa.

—Y ahora, Felicia —intervino entonces su madre—, ¿tendrás la bondad de regresar a tu alcoba para cambiarte de ropa de una vez por todas?

Hoy, al anochecer

Felicia volvió a su habitación arrastrando los pies, con la cabeza gacha y las manos vacías. Al entrar, se dio cuenta enseguida de que alguien había estado allí durante su ausencia. El agua de la jofaina era nueva, las cortinas estaban descorridas, la ropa perfectamente doblada sobre la mesa y el edredón estirado sobre la cama sin la menor arruga.

«Las doncellas», comprendió, tras un primer instante de sobresalto. No terminaba de acostumbrarse a que otras personas hiciesen aquel tipo de tareas por ella.

Su mirada se detuvo sobre la almohada, bien mullida y colocada en su lugar…, y se le paró un instante el corazón. Corrió hasta la cama para buscar el soldadito que había escondido allí…, pero no lo encontró.

—No, no, no… —musitó, revolviendo las sábanas con desesperación.

Cuando se inclinaba para mirar debajo de la cama, localizó por fin la figurita de madera reposando sobre la mesilla. Se apresuró a recuperarla, muy aliviada, y la examinó para asegurarse de que no había recibido daños.

Aparte de los defectos que ya conocía, desde los desconchones en la pintura hasta la falta de la pierna, parecía estar intacta.

—Menos mal que todavía te tengo a ti —susurró.

No obstante, tuvo que admitir que eso no le serviría de nada. Había planeado enviar a sus soldados mágicos en busca de Camelia, pero, tras la intervención de la reina de las hadas, parecía claro que ya no podría contar con ellos. Y aquel pobre soldadito cojo no llegaría muy lejos con una sola pierna.

Y, mientras tanto, ¿qué iba a hacer? Hacía apenas unas horas había creído que su mayor problema era la posibilidad de que sus padres la obligasen a contraer matrimonio con Cornelio. Pero, ahora que la guerra amenazaba su reino y el hogar de su familia, se sentía más perdida que nunca. Se preguntó si no estaría aferrándose a una falsa esperanza. Si, sencillamente, se veía incapaz de aceptar que Camelia ya no volvería.

Era posible, incluso, que la conversación con el misterioso gato parlante no hubiese sido más que un sueño o un producto de su desbordante imaginación.

Se secó los ojos, y fue entonces cuando se dio cuenta de que estaba llorando.

—Bueno, bueno —maulló entonces una voz tras ella—. Soy consciente de que los mortales necesitáis un empujoncito en la dirección correcta de vez en cuando, pero debo decir que tu desidia empieza a resultarme francamente decepcionante.

Felicia se sobresaltó y se dio la vuelta. Allí, acomodado sobre el alféizar de la ventana, estaba el gato.

—¡Eres tú! —exclamó ella, con el corazón acelerado—. He intentado seguir tu consejo —trató de justificarse—. Mis padres enviaron a varios hombres a buscar a Ren y a Rosaura, pero no los encontraron. Y yo acabo de descubrir la magia de los soldaditos de madera del cofre, pero mis padres los necesitan para defender el reino del ejército de las hadas, y por eso…

—Puedes ahorrarte los detalles, porque no me interesan —interrumpió el gato—. Solo he venido a informarte de la reunión.

—¿Reunión? —replicó ella—. ¿Qué reunión?

—La de las personas que están buscando a tu hada, por supuesto. ¿O es que creías que eras la única?

Felicia se quedó sin habla un momento.

—¿Hay… más gente que quiere encontrar a Camelia? —pudo farfullar por fin.

—¡Eso acabo de decir! A veces resultas un poco obtusa, ¿lo sabías?

La princesa ignoró la pulla y siguió preguntando:

—¿Quiénes son? ¿Dónde puedo encontrarlos? ¿Cuándo se van a reunir?

—Si quieres verlos, tendrás que acudir a la cita en persona —respondió el gato enigmáticamente—. Hoy, al anochecer, en la Posada del Ogro.

—¿La Posada… del Ogro?

El gato suspiró, cargándose de paciencia.

—Eso es justo lo que he dicho. La Posada del Ogro, a las afueras de la ciudad. Lo recordarás, ¿verdad?

—Sí, pero…

—¡Magnífico! Te esperamos allí, entonces. ¡No te retrases!

—Pero…

Demasiado tarde: el gato había desaparecido.

Felicia se puso en pie de un salto, emocionada ante la perspectiva de poder hacer algo concreto. No obstante, enseguida volvió a sentarse, al comprender que no sabía ni por dónde empezar. Jamás había estado en la ciudad, salvo cuando la había atravesado en carruaje para viajar a Gringalot. Además, sabía que sus padres no le permitirían acudir sola a la cita, y mucho menos de noche.

«Tu desidia empieza a resultarme francamente decepcionante», había dicho el gato. Felicia suspiró. No era culpa suya, en realidad, pensó. ¿O tal vez sí? Quizá estaba dando por sentado que los reyes le prohibirían salir del castillo. Tal vez porque había pasado toda su vida encerrada en un lugar del que literalmente no podía salir, puesto que estaba rodeado de espinos mágicos. De niña había suplicado una y otra vez a Camelia que los retirara porque deseaba conocer el mundo exterior, pero su madrina siempre se había negado, alegando que estaba mucho más segura en casa. Al final, Felicia había dejado de preguntar.

«Debería volver a intentarlo», se dijo. «Al fin y al cabo, mis padres no son como Camelia, y este no es un castillo encantado».

El hogar de la familia real de Vestur era, de hecho, un lugar mucho más abierto, con amplios patios y grandes ventanales, por donde entraba a raudales la luz del sol. A Felicia le había costado acostumbrarse al principio, hasta el punto de que el primer día había solicitado a sus padres que la cambiasen a una habitación más pequeña, porque la suya le parecía aterradoramente grande.

«Claro que soy capaz de asistir a la reunión en la posada», se dijo, para darse ánimos. «Quizá mis padres sí me permitan ir, con la escolta adecuada, aunque sea de noche».

Pero... ¿cómo iba a explicarles los motivos de aquella expedición nocturna? Si les decía que estaba siguiendo las instrucciones de un gato, ¿la creerían? Tal vez sí, porque conocían a Ren y sabían que las criaturas como él eran muy capaces de mostrarse ante los humanos como animales parlantes.

Pero, obviamente, no se fiaban de ellos. Y, dadas las circunstancias, Felicia no podía culparlos.

A la hora del almuerzo, cuando aún estaba preguntándose cómo plantear la cuestión, su madre la sorprendió con una noticia indeseada.

—Todo este asunto de la guerra ha convertido nuestro reino en un lugar mucho más peligroso —comenzó—. No es agradable tener que reconocerlo, pero los dos pensamos que ya no estás segura en este castillo.

La princesa, sorprendida, alzó la cabeza para mirar a sus padres. Era la reina quien llevaba la voz cantante, pero el rey se mostraba serio y resuelto, asintiendo a lo que ella decía.

—Por eso hemos decidido —concluyó— que te irás a vivir con tu tía hasta que acabe la guerra.

—¿Mi... tía? —preguntó Felicia, muy perdida—. ¿Tengo una tía?

—Se trata de mi hermana menor, Delfina —siguió explicando su madre—. Vive en una mansión junto al mar, en la frontera sur del reino. No nos llevamos particularmente bien, pero no tendrá reparos en acoger a su sobrina. ¡Está deseando conocerte! Después de todo, te vio por última vez el día de tu bautizo...

—Pero...

—Pues no se hable más —resolvió la reina, sin dejarla terminar—. Esta misma tarde partirás de viaje a casa de tu tía y, si todo va bien...

—¿Esta tarde? —interrumpió Felicia—. ¡Pero no puedo marcharme! Tengo que...

No acabó la frase, y el rey alzó una ceja con curiosidad.

—¿Qué tienes que hacer?

Felicia pensó a toda velocidad. Estaba claro que sus padres seguían haciendo planes sin contar con ella. De ningún modo iban a permitirle acudir a la reunión de la posada.

—Tengo que... despedirme de todo el mundo —improvisó—. Y elegir la ropa que me voy a llevar. Y... prepararlo todo, porque va a ser... una estancia larga, ¿verdad?

—Bueno —respondió el rey—, esperamos poder rechazar al ejército de la reina Crisantemo en los primeros compases de la guerra, gracias a... nuestros aliados —añadió, guiñándole un ojo—. Pero no podemos saber cuánto tardarán las hadas en atacar ni qué pasará después, así que..., sí, me temo que puede que tengas que quedarte con tu tía más tiempo del que nos gustaría.

—Lo único que nos importa es que estés a salvo, Felicia —dijo la reina, suavizando el tono—. No podríamos soportar que las hadas... que las hadas... —se le quebró la voz, y fue incapaz de terminar la frase.

—No podemos consentir que vuelvan a amenazarte —concluyó su esposo con firmeza.

Felicia bajó la mirada, con un nudo en la garganta.

—Lo comprendo —murmuró.

Sus padres se quedaron contemplándola unos instantes, con emoción contenida.

—Quizá sí sea buena idea aplazar el viaje hasta mañana —concedió por fin el rey—. Al fin y al cabo..., las hadas se toman las cosas con calma, ¿no es así? Y no van a atacar de inmediato.

—No lo creo, padre —musitó Felicia.

—Decidido, pues —dijo la reina con un suspiro—. Partirás mañana por la mañana, para que tengamos tiempo de preparar tu viaje como es debido.

La princesa respiró, aliviada. Sin que sus padres lo advirtieran, introdujo la mano en su faltriquera, donde guardaba con celo el único soldadito que le quedaba. Acarició la figura de madera con las yemas de los dedos mientras germinaba en su mente la semilla de un plan.

Salir del castillo

Todas las tardes, al caer el sol, la mayor parte de los sirvientes que trabajaban allí durante el día volvían a la ciudad. Después, las puertas se cerraban hasta el amanecer. Felicia era consciente de que, si quería acudir a su cita en la posada, debía hacer lo posible por salir del castillo con los criados en ese preciso momento. De modo que, tras la cena, alegó que iba a acostarse temprano porque se sentía muy cansada y salió del comedor.

Pasó primero por la cocina, donde pidió a los criados que le proporcionasen algo que pudiese usar como muleta, porque, según les dijo, se había torcido el pie al bajar la escalera. El ama de llaves le dio un bastón, y ella, después de darle las gracias, se lo llevó consigo a su habitación.

Una vez allí, se puso el vestido azul con el que había huido del castillo de Camelia, que era mucho más modesto que cualquiera de los otros trajes que tenía en el vestidor. Se aseguró de que la figurita seguía bien guardada en su faltriquera, se echó un discreto chal sobre los hombros, tomó la muleta y se dispuso a salir al pasillo.

Se detuvo un momento frente al escritorio, sin embargo, preguntándose si debía dejar una nota para sus padres. Al final decidió hacerlo, solo por si acaso, aunque tenía intención de regresar a casa en cuanto terminase la reunión.

«Padre, madre», escribió, «he salido del castillo para seguir una pista que podría conducirme hasta Camelia. Regresaré en cuanto me sea posible, a tiempo para emprender el viaje a casa de la tía Delfina. No os preocupéis por mí si me retraso por cualquier circunstancia. No estoy indefensa, y volveré a casa tarde o temprano. Lo prometo».

Firmó la carta y la guardó en el primer cajón del escritorio. No deseaba que la encontraran las doncellas a primera hora de la mañana, pero sus padres debían poder hallarla con facilidad si buscaban pistas sobre su ausencia. En todo caso, contaba con que ella misma podría destruir el papel en cuanto regresara, antes de que los reyes la echaran en falta.

Logró salir al patio sin cruzarse con nadie. Una vez allí, la joven se cubrió la cabeza con el chal y, caminando muy pegada a la muralla para no llamar la atención, se dirigió a la entrada principal.

Los sirvientes ya estaban atravesando el portón, bajo la mirada indiferente de los guardias. Felicia se preguntó si podría unirse a ellos sin que nadie lo advirtiera. Sería complicado, pensó, pues aún había mucha luz. Así que, por más que tratara de ocultarse bajo el chal, acabarían reconociéndola. Seguía espiando a la gente que salía, cada vez más angustiada, cuando vio que un carromato cargado de toneles se situaba al final de la cola. Miró a su alrededor para asegurarse de que nadie le estaba prestando atención y se apresuró a correr hasta la parte posterior del vehículo. Subió de un salto y se ocultó tras los toneles para que el conductor no la descubriese. El guardia de la puerta sí reparó en ella, pero, ataviada como estaba, con el sencillo vestido y el chal cubriéndole la cabeza, no la identificó. Le echó un breve vistazo y pareció olvidarse de ella casi al instante.

Felicia se acurrucó entre los toneles con el corazón acelerado y aguardó. El carromato salió del castillo y enfiló cuesta abajo por el camino que conducía a la ciudad. El portón empezó a cerrarse tras ellos, y la muchacha se volvió para mirarlo con inquietud. Cuando por fin se cerró del todo, reprimió un suspiro. Aún no estaba segura de estar haciendo lo correcto, pero no veía otra opción.

Quinto

Bajó del carromato ya en la avenida principal de la ciudad. Se escabulló hacia el callejón más cercano, aliviada porque el conductor no había llegado a percatarse de su presencia. Una vez a solas, sacó el soldadito de madera de su faltriquera, lo depositó en el suelo y pronunció las palabras que lo devolverían a la vida:

—¡Soldado, tu general te llama a las armas!

Instantes después, un joven de carne y hueso se alzaba ante ella. Felicia le alargó la muleta de inmediato, y el soldado la cogió y se apoyó en ella para mantener el equilibrio. No dijo nada, pero a ella le pareció que sus labios se curvaban en una leve sonrisa de agradecimiento. O quizá se lo hubiese imaginado.

Inspiró hondo y se irguió para mostrarse firme y resuelta.

—Serás mi escolta mientras estemos fuera del castillo —le ordenó—. Me protegerás de cualquier amenaza. ¿Has entendido?

—Sí, princesa Felicia.

Ella vaciló un momento.

—No me llames así delante de otras personas —añadió—. Por el momento, vamos de incógnito.

—¿Cómo he de llamaros, pues?

Ella lo pensó.

—Puedes llamarme «Felicia», sin más —decidió al fin.

De inmediato se preguntó si no le estaría dando demasiadas confianzas. Pero decidió que no tenía tiempo de pensar en eso.

—Estoy buscando un lugar llamado la Posada del Ogro. ¿Lo conoces?

—No, Felicia.

—No importa, preguntaremos a los lugareños. Tenemos que estar allí en cuanto anochezca.

Echó un vistazo al sol, que ya se ponía por el horizonte. No tenían demasiado tiempo. Se puso en marcha, pues, y se detuvo solo un momento para asegurarse de que el soldado la seguía. Comprobó con agrado que se desplazaba con bastante ligereza con su muleta. Detectó también otra cosa: todos los soldados del cofre portaban la vaina de la espada sobre la cadera izquierda, lo cual indicaba que eran diestros. Pero el guerrero cojo, al que le faltaba precisamente la pierna derecha, se había sujetado el arma sobre la cadera de ese lado, para poder desenvainarla con la mano izquierda.

—¿Eres zurdo, soldado? —le preguntó.

—No, Felicia. Puedo batirme con cualquiera de las dos manos con idéntica pericia, al igual que mis hermanos. Elijo la izquierda para mantener mejor el equilibrio. Así, además, puedo utilizar el brazo derecho para apoyarme en la muleta.

—Es bueno saberlo —comentó ella—. ¿Serás capaz de pelear igualmente, dada tu... condición?

El soldado alzó la cabeza con orgullo.

—Por supuesto.

No añadió «Felicia» ni «princesa Felicia», y la muchacha se preguntó si lo habría ofendido. Pero entonces recordó la norma número diez de maese Jápeto y pensó que, si los soldados vivificados no eran humanos de verdad ni poseían alma, tampoco tendrían sentimientos.

—¿Has luchado en las mismas batallas que los demás soldados del cofre? —siguió preguntando con curiosidad.

—En la mayoría de ellas, Felicia.

—Ya veo. ¿Y has llevado a cabo alguna... hazaña particularmente notable?

—Maté siete de un golpe en cierta ocasión, Felicia.

Ella alzó una ceja, divertida.

—¿Siete moscas? —insinuó con una sonrisa.

Pero el rostro del soldado permaneció impertérrito cuando aclaró:

—Siete gigantes.

Felicia lo miró con incredulidad, preguntándose si estaría hablando en serio. Después decidió que no quería saberlo.

De modo que se limitó a asentir y continuó la marcha. El soldado la acompañó.

Siguiendo las indicaciones de varios viandantes, se dirigieron hacia la muralla que rodeaba la ciudad. La Posada del Ogro estaba situada cerca de una de las puertas de entrada, y Felicia pronto se dio cuenta de que aquel no era precisamente uno de los barrios más limpios y elegantes de Vestur. A medida que el crepúsculo iba cayendo sobre ellos, los rincones de las callejas se volvían más oscuros, y las sombras, más amenazantes.

—Si no nos hemos perdido, la posada debería estar justo al doblar la esquina —le dijo al soldado.

—Eh, chica, ¿a dónde vas tan deprisa? —preguntó entonces una voz ronca a su espalda.

—Este no es un barrio recomendable para muchachas bonitas como tú, ¿sabes? —añadió otra.

Con el corazón acelerado, Felicia se volvió de inmediato. Dos individuos de aspecto siniestro avanzaban hacia ella, sonriendo de forma bastante desagradable. Uno de ellos llevaba un puñal en la mano.

—No os acerquéis más —advirtió Felicia— o mi hermano os dará una lección.

Había intentado que su voz sonara firme, pero le tembló un poco. Los dos hombres se volvieron para mirar al soldado con desprecio.

—Solo es un pobre tullido —dijo uno—. No tiene nada...

No terminó la frase. Porque su compañero había seguido avanzando hacia Felicia, y el soldado, rápido como el rayo, había desenvainado su espada para impedírselo.

Fue visto y no visto. De pronto, el sujeto soltó el cuchillo, llevándose la mano al brazo con un alarido de dolor. Con otro raudo movimiento, el soldado lo empujó con violencia hacia atrás. El asaltante chocó contra la pared y cayó al suelo, desde donde se quedó mirándolos, anonadado, sujetándose el brazo ensangrentado.

—Si vuelves a intentarlo, te lo cortará —le advirtió Felicia. Y esta vez, a pesar de lo asustada que se sentía, su voz no vaciló.

El hombre herido farfulló una torpe disculpa mientras su compinche salía huyendo a toda velocidad. Se puso en pie como pudo y lo siguió, trastabillando. La princesa, aún con el corazón desbocado, se quedó muy quieta hasta que los perdió de vista. Después se volvió hacia su escolta.

—Muchas gracias… —Se dio cuenta de que no sabía cómo dirigirse a él—. ¿Cómo te llamas? —le preguntó—. Es decir…, ¿tienes nombre?

—Me llamo Quinto, Felicia.

—Quinto —repitió ella, un tanto perpleja—. ¿Quién te puso ese nombre? ¿Fue maese Jápeto? Y tus compañeros, ¿tienen nombres también? ¿Puedes…?

Se interrumpió al darse cuenta de que tal vez le estaba formulando demasiadas preguntas. Pero el soldado respondió:

—Sí, fue maese Jápeto. Nos numeró a todos los soldados vivificados: Primero, Segundo, Tercero…, así hasta Decimosegundo.

Felicia tragó saliva, impresionada.

—Ya veo —murmuró—. En ese caso, Quinto, te doy las gracias por protegerme.

—Actúo en cumplimiento de tus órdenes, Felicia.

Ella ya lo sabía, pero por algún motivo le resultó irritante que él se lo recordara.

—Bastaba con decir «de nada».

—De nada, Felicia.

La muchacha dejó escapar un suspiro exasperado y reemprendió la marcha sin añadir nada más.

En el sitio adecuado

En las historias que Felicia había leído, las posadas solían ser lugares pintorescos donde la gente bebía hidromiel y cantaba alegres canciones, algunas bastante picantes, otras que contenían pistas sobre alguna leyenda del pasado que resultaba ser mucho más que una simple leyenda. Allí acudían los aventureros que buscaban trabajo, las doncellas en apuros que necesitaban un campeón, los tipos misteriosos que ofrecían información interesante a cambio de un módico precio o cualquier joven que hubiese partido de casa en busca de buena fortuna y emociones fuertes. Había imaginado, por tanto, un ambiente mucho más animado que el que encontró al abrir la puerta del establecimiento, un antiguo edificio de madera en cuyo cartel de entrada apenas se distinguía ya la figura del ogro del que recibía su nombre. Pero todo lo que halló fue un pequeño salón con escasa iluminación, donde apenas un par de clientes apuraban su cena en silencio, un anciano dormitaba junto al fuego y una mujer de mediana edad limpiaba las mesas vacías.

Felicia miró a su alrededor con desconcierto. Ninguna de aquellas personas tenía aspecto de estar buscando un hada. De modo que se dirigió a la posadera y le dijo:

—Disculpa..., he venido aquí para reunirme con alguien.

Ella dejó de frotar la superficie de la mesa para dedicarle una mirada evaluadora.

—Creo que os habéis equivocado de lugar, señora —le respondió—. Aquí no suele acudir gente de vuestra condición.

A Felicia se le subieron los colores. Al parecer, no había tenido mucho éxito en su intento de disimular su origen. Por fortuna, nadie en Vestur conocía todavía a la princesa heredera, por lo que probablemente aquella mujer la habría tomado por una dama extranjera que estaba de paso.

—Si esta es la Posada del Ogro, entonces estoy en el sitio adecuado —contestó, sin embargo—. ¿Por casualidad no sabes de nadie que haya venido aquí buscando a un hada?

De pronto reinó el silencio en el salón. Los clientes que estaban cenando alzaron la cabeza para mirarla con hosquedad. Incluso el anciano dormido dejó de roncar.

—Aquí no sabemos nada de hadas, de elfos ni de duendes —se apresuró a aclarar la posadera, haciendo un rápido gesto contra el mal de ojo—. Ni queremos tener nada que ver con ellos.

—¿Por qué? —preguntó Felicia con inocencia.

—¿Que por qué? —repitió la mujer, perpleja—. ¿Acaso no habéis oído las nuevas?

—¡Esas criaturas del infierno nos han declarado la guerra! —exclamó uno de los clientes.

—Atacarán Vestur con su ejército mágico y no dejarán piedra sobre piedra —añadió el otro ominosamente.

—Se llevaron a nuestra princesa el día de su bautizo —dijo la posadera con un suspiro—. Sin duda habéis oído esa triste historia.

—Sí, pero... ella ha vuelto, ¿verdad? —respondió Felicia—. La princesa, quiero decir.

—Oh, sí. El valiente príncipe Cornelio la rescató de su cautiverio, y los dos se van a casar.

Felicia estuvo a punto de responder que las cosas no habían sucedido exactamente así, pero se mordió la lengua.

—Las hadas no lo permitirán —intervino el primer cliente—. Por eso van a atacar Vestur: para volver a secuestrar a la princesa.

—Quizá deberíamos entregársela —comentó el segundo, pensativo—. Después de todo, no nos ha ido tan mal sin ella todo este tiempo.

—No, no —lo contradijo el anciano de la chimenea, que en algún momento se había despertado y asistía a la conversación con el ceño fruncido—. El reino necesita herederos, así es como se hacen las cosas. Y no ha nacido ningún otro vástago real desde la princesa Felicia.

La aludida bajó la cabeza con las mejillas ardiendo, temerosa de que alguien acabara por reconocerla. Entonces salió de la cocina un hombre enorme y orondo, de nariz ancha y cejas pobladas, y Felicia se preguntó por un momento si no sería descendiente del ogro del cartel.

El hombre miró a los recién llegados sin dejar de secarse las manos en el mandil y preguntó:

—¿Os habéis perdido, señores?

—Dice que ha venido a reunirse con alguien —informó la posadera.

—¡Ah! —exclamó el cocinero—. Posiblemente se refiera a las personas que están alojadas en la habitación principal.

—Debe de ser allí, sí —asintió Felicia, aliviada.

Le indicaron el camino, y ella se apresuró a subir las escaleras. Se detuvo un momento para esperar a Quinto, pero él no tuvo problema en seguirla, apoyado en su muleta.

Una vez en el piso superior, llamó a la puerta que le habían dicho.

—Adelante —se oyó una voz femenina desde dentro.

Felicia abrió la puerta y, tras una breve vacilación, entró.

Todo lo que estropearon

Era, en efecto, una habitación grande, con dos camas al fondo y una mesa en el centro, rodeada de varias sillas. Había una mujer y un hombre sentados en dos de ellas, y otra persona de pie, apoyada contra la pared. Al principio, a Felicia le pareció que se trataba también de un varón, porque tenía el cabello corto y vestía como un caballero, con la espada al cinto. Pero cuando alzó la cabeza para mirarla, la joven descubrió que era otra mujer.

—Llegas tarde —le dijo esta—. Oh —añadió al ver a Felicia y a su acompañante—. Tú no eres... ¿Quiénes sois vosotros?

La princesa se quedó en la puerta, cohibida. La mujer que estaba sentada a la mesa parecía de noble cuna, con su cabello rubio recogido en un complejo peinado, su gesto orgulloso y su postura recta, aunque su vestido era práctico y sobrio, perfecto para viajar, para pasar inadvertida o para ambas cosas. El hombre que se sentaba a su lado le recordó más bien a una especie de monje o anacoreta. Vestía ropas muy sencillas, de color gris. No obstante, su actitud lo delataba como alguien importante. Su rostro habría sido hermoso y refinado, también, de no ser por la extraordinaria longitud de su nariz.

—Soy... —empezó Felicia, pero se detuvo antes de revelar su identidad y se corrigió—: Estoy buscando a mi hada madrina.

—¿Tú también? —se sorprendió la dama rubia.

—Bueno, pues ponte a la cola —murmuró la joven guerrera.

Felicia trató de justificarse.

—Me... me llegaron noticias de que la habían visto aquí, en Vestur, y...

—... Y, en resumen, estás aquí por lo mismo que todos nosotros —cortó la dama—. Ella también fue nuestra madrina, antes de desaparecer como si se la hubiese tragado la tierra... hace quince años.

—Fue vuestra madrina, no la mía —intervino el hombre, hablando por primera vez.

—Cierto, cierto, Fabricio está buscando a un hada diferente. Una que se esfumó también, igual que la nuestra.

—Había otras tres aparte de Camelia, si no recuerdo mal —dijo Felicia, contenta de poder aportar algo—. Yo las vi una vez, cuando era niña: un hada rubia, otra pelirroja y otra muy anciana.

—La mía tenía el cabello de color azul —replicó Fabricio encogiéndose de hombros.

—Parece que esas hadas eran una auténtica plaga —comentó la chica guerrera, chasqueando la lengua con disgusto.

Pero la dama se había quedado mirando a Felicia con extrañeza.

—¿Camelia, has dicho? ¿Ese era su nombre?

En esta ocasión le tocó a la princesa sorprenderse.

—¿No lo sabíais?

Los tres cruzaron una mirada.

—No recuerdo que lo mencionara nunca —respondió la joven guerrera—. Aparecía y desaparecía en un abrir y cerrar de ojos, a veces te concedía deseos, a veces no..., pero te hacía creer que estaría siempre a tu lado para apoyarte. Hasta que un día la necesitas de verdad, y entonces, simplemente..., no se presenta cuando la llamas. Eso son las hadas madrinas: una gran mentira.

Habló con amargura, y Felicia bajó la cabeza, sin saber cómo reaccionar. Por un lado, sentía la necesidad de defender a Camelia, que había sido una presencia constante en su vida casi desde el día de su nacimiento. Por otro, empezaba a comprender que quizá no todos los ahijados de su madrina habían tenido la misma suerte. Y que, tal vez..., ella los había abandonado para poder dedicarse en exclusiva a la princesa de Vestur.

—Si tanto os decepcionaron las hadas, ¿por qué las buscáis? —preguntó.

La joven morena alzó la cabeza para mirarla.

—Para que terminen todas las cosas que dejaron a medias —respondió.

—Para que arreglen todo lo que estropearon con su incompetencia —añadió la dama, y Felicia advirtió que se llevaba la mano al vientre en un movimiento reflejo.

El hombre no dijo nada, pero se toqueteó la nariz con nerviosismo.

—¿Para qué la buscas *tú*? —quiso saber la chica, dirigiendo a la princesa una mirada inquisitiva.

Ella no supo qué contestar. «Porque la quería» no parecía un argumento que fuese a satisfacer a aquellas personas. Quizá ni siquiera la creerían.

—Porque yo..., también tengo asuntos pendientes con ella —se limitó a responder, desviando la mirada.

Hubo un momento de tensión, mientras los tres evaluaban sus palabras. Por fin, la dama pareció encontrarlas aceptables.

—Bienvenida al grupo, pues. Me llamo Nereva. Fui una princesa, hace mucho tiempo. Quizá lo sigo siendo, en cierto modo. Pero una de segunda categoría.

Felicia no dijo nada. Nereva era un nombre extraño, pensó, y a ella no le resultaba familiar. Pero, de todos modos, había algunos reyes que tenían muchos hijos, y estos, a su vez, tenían hijos también, incluso aquellos que no estaban destinados a heredar el trono, porque los territorios no podían seguir dividiéndose indefinidamente para que todos los vástagos llegasen a reinar. Supuso que la dama se refería a eso.

—Yo soy Arla —se presentó la joven guerrera—. También soy princesa, aunque debería ser reina a estas alturas. Es algo que he de agradecerle a mi madrina.

Un leve recuerdo aleteó en la conciencia de Felicia, pero no fue capaz de concretarlo.

—Mi nombre ya lo conoces —dijo Fabricio. Y no añadió nada más.

Los tres se quedaron mirando a Felicia. Ella enrojeció un poco.

—Yo soy Fe... Federica —se corrigió—. Y este es Quinto, mi escolta —agregó, señalando al soldado.

Arla lo observó de arriba abajo con gesto crítico. Su mirada se detuvo en su muleta y en su única pierna, pero se abstuvo de hacer comentarios.

Felicia tuvo la sensación de que sus nuevos compañeros estaban esperando que dijese algo más. Dado que no deseaba dar pistas sobre su identidad, optó por compartir con ellos una media verdad:

—Tuve noticia de que los reyes de Vestur habían capturado a Camelia..., a mi madrina..., la habían juzgado por bruja y la habían quemado en la hoguera. Pero hace poco alguien me dijo que, en realidad, ella se las había arreglado para escapar y que seguía viva... Y esa misma persona..., o sea, ese alguien..., me aconsejó que me reuniese aquí con vosotros esta noche.

—Hablas del gato, claro —dedujo Nereva.

—Sí —asintió Felicia, contenta de poder comentar el tema abiertamente—. ¿También se puso en contacto con vosotros, pues?

—Sí, fue él quien nos citó a todos aquí —respondió Arla—. Pero se retrasa, y empiezo a pensar que lo estamos esperando en vano.

—Nunca espera en vano aquel que se cita con un felino, incluso si este no se presenta —maulló una voz desde las sombras.

Los Buscadores

Los cinco se volvieron con sorpresa. Felicia esperaba ver al gato que ya conocía, pero fue un hombre el que se reunió con ellos. Su rostro era joven y sin arrugas, aunque tenía el cabello gris, corto y lacio. Vestía con elegancia, pero sin ostentación, y calzaba unas botas de caña alta que le llegaban hasta las rodillas.

Arla, tensa, se llevó la mano al pomo de la espada de inmediato.

—¿Quién sois vos, y cómo habéis entrado aquí? —exigió saber.

El desconocido se giró para mirarla. La luz de la lámpara iluminó entonces sus facciones, y las pupilas de sus ojos verdes se estrecharon de forma muy curiosa.

Felicia lo comprendió de pronto.

—¡Eres el gato! —exclamó con sorpresa.

Sabía que los Ancestrales tenían la capacidad de mostrarse como humanos, aunque aquel en concreto nunca lo había hecho ante ella.

—No —corrigió él—. Soy el Gato.

—¿El gato? —repitió Nereva, muy perdida.

—El Gato —insistió el Ancestral, ligeramente irritado.

—Pero… hay muchos gatos en el mundo —replicó Arla con un bufido—. Sin duda tendrás un nombre menos común por el que podamos llamarte.

—Cierto, hay muchos gatos en el mundo —concedió él—. Pero yo no soy uno cualquiera. Soy…

—… El Gato, sí —completó Felicia. Pareció arreglárselas para pronunciarlo como el Ancestral deseaba, porque se ganó una mirada de aprobación por su parte.

—Ya que hemos acabado con las presentaciones —intervino Fabricio—, ¿puedes explicarnos por qué nos has reunido aquí?

—Es sencillo —respondió él. Ocupó un asiento vacío, se acomodó con las piernas cruzadas y se arrellanó contra el respaldo; Felicia habría jurado que incluso ronroneaba un poco—. Vosotros estáis buscando a las hadas, y yo quiero que las encontréis.

—¿Por qué?

—Por razones que no son de tu incumbencia, mortal entrometido —replicó el Gato con altanería.

—Si no conocemos tus motivaciones, ¿cómo sabremos que podemos confiar en ti? —planteó Arla.

—No podéis saberlo. Claro que, si eso os causa grandes tribulaciones, podéis decirlo ahora y me marcharé por donde he venido, para que vosotros sigáis buscando a las hadas por vuestra cuenta. Salta a la vista que habéis tenido mucho éxito hasta el momento.

Ninguno respondió, aunque Fabricio le dirigió una hosca mirada.

—Es lo que pensaba —asintió el Gato con una sonrisa de complacencia.

—Nosotros planeábamos... buscarlas en el Bosque Ancestral —intervino Felicia con timidez.

—Vosotros —repitió el Gato. Entornó los ojos y observó con atención a la princesa, reparando en su acompañante por primera vez—. Curiosa elección —comentó al fijarse en su única pierna.

Ella recordó de pronto que el Ancestral sí conocía su identidad, y rogó por dentro para que no la revelase al resto de sus compañeros.

No obstante, los gatos saben ser discretos cuando quieren, y él se limitó a apartar la mirada de ellos sin añadir nada más.

—Pero a los humanos no se nos permite entrar allí —prosiguió Felicia, más tranquila.

—Ya veo —comentó el Gato, fijando de nuevo sus ojos de pupilas verticales en el soldado vivificado.

La princesa se preguntó si habría adivinado su intención de enviarlo en busca de Ren y de Camelia. Pero no importaba, en realidad, porque ella ya estaba reelaborando el plan sobre la marcha.

—Pero tú, como Ancestral, sí que puedes hacerlo —le recordó con una sonrisa esperanzada.

—Podría, sí —respondió el Gato, encogiéndose de hombros—. Si quisiera. Pero el caso es que sois vosotros los que tenéis interés en encontrar a las hadas, no yo.

—Acabas de decir que tú también quieres encontrarlas.

—No —la contradijo el Gato—. He dicho que quiero que *vosotros* las encontréis. No es lo mismo.

—Un momento —interrumpió Arla—. ¿Qué es eso del Bosque Ancestral? ¿De qué estáis hablando exactamente?

Felicia se volvió hacia sus compañeros.

—Según el Gato, Camelia escapó de la hoguera gracias a su amigo Ren, el zorro Ancestral. —Se quedó mirando a las dos mujeres, pero ninguna de ellas dio muestras de reconocer el nombre—. Por eso pensé que quizá se habían refugiado en el bosque que hay en los confines septentrionales de Vestur, donde habitan las criaturas como ellos, y donde los humanos tienen prohibido entrar debido a un decreto que mi ab... que el antiguo rey firmó hace años.

Arla, Nereva y Fabricio acogieron aquella información con interés, pero el Gato sacudió la cabeza.

—No los encontraréis si ellos no desean ser encontrados —replicó—. Debéis buscar a la única persona mortal que podría ponerse en contacto con ellos, si quisiera.

—Rosaura —adivinó Felicia—. Pero el rey mandó buscarla por todo Vestur, y sus hombres no lograron dar con ella.

—Aaah, eso es porque ella no está ya en Vestur. Partió poco después del juicio de Camelia y, desde luego, se dio mucha prisa en rebasar las fronteras del reino.

—¿De qué estáis hablando ahora? —interrumpió Arla, perdiendo la paciencia—. ¿Quién es Rosaura?

—La discípula de Ren, el zorro —respondió Felicia—. Es posible que ella sepa dónde se encuentra Ren, y cómo contactar con él. Si logramos localizarla...

—Toda esta historia me interesa bastante poco —declaró entonces Fabricio, torciendo el gesto—. Ya veo que esa tal Camelia dejó muchos asuntos pendientes, pero ninguno de ellos tiene que ver conmigo. Si no podéis ofrecerme información sobre mi madrina, me iré para continuar mi búsqueda en solitario.

Y se puso en pie, dispuesto a cumplir su palabra.

—Bueno, el caso de Camelia es el más complicado —replicó el Gato, encogiéndose de hombros—. Pero el de tu madrina es muy simple: se fue al país de las hadas y no volvió.

Fabricio pestañeó, perplejo.

—¿Y cómo se supone que voy a encontrarla? —se quejó.

—Hay caminos para llegar al reino de las hadas, pero cambian para siempre a los mortales que están dispuestos a seguirlos. —El Gato clavó sus pupilas verticales en Fabricio y le preguntó—: ¿Y tú? ¿Correrías el riesgo?

Él apretó los dientes.

—No —reconoció al fin, desviando la mirada.

—¡Pero no pongas esa cara! —exclamó el Gato, con una amplia sonrisa que dejó al descubierto unos pequeños colmillos afilados—. La buena noticia es que la soberana de las hadas ha declarado la guerra al reino de Vestur. ¡Así que es posible que no tengas que ir a buscar a tu madrina, después de todo! Porque ella se presentará aquí, junto con las otras, cuando la guerra comience.

—¿Y mi madrina? Es decir..., ¿Camelia? —interrogó Nereva—. ¿Saldrá ella también de su escondite, entonces?

—Ah, no, me temo que eso no es tan sencillo. Camelia está muerta para el mundo, y así seguirá, a menos que tenga un buen motivo para volver.

—Las hadas nos han declarado la guerra porque piensan que Camelia fue ejecutada —dijo Felicia—. Si ella vuelve y su reina comprueba que está a salvo, ya no tendrán ninguna razón para atacarnos.

—Parece que a Camelia se le da muy bien provocar guerras —murmuró Arla, desviando la vista.

Había hablado en voz baja, probablemente para sí misma, pero Felicia la oyó de todas formas y se volvió para mirarla, sorprendida.

El Gato disimuló un bostezo de aburrimiento.

—En fin, ya os he dedicado bastante más tiempo del que merecéis, así que me despido aquí —declaró—. ¡Buena suerte en vuestra misión, Buscadores!

En el tiempo que dura un parpadeo se había transformado de nuevo en un gato de verdad. Saltó desde la silla hasta el alféizar de la ventana, que estaba entreabierta, sin molestarse en mirar atrás.

—¡Espera! —lo detuvo Felicia—. No nos has dicho dónde podemos encontrar a Rosaura.

El Gato se quedó quieto sobre el alféizar.

—Claro que sí —le dijo por encima del hombro.

—No, solo nos has dicho que no la encontraremos en Vestur.

—Oh, bueno, viene a ser lo mismo. Trabaja como sirvienta en el castillo real de... ¿Mondrago? ¿Moncarlo? —Chasqueó la lengua con disgusto—. Estos estúpidos nombres humanos...

—¿Mongrajo? —sugirió Nereva.

—¡Eso es! —exclamó el Gato, encantado—. ¿No os parece una adorable coincidencia?

—Ya lo creo que sí —masculló la dama entre dientes.

Pero el Gato no se había dirigido a ella, sino que contemplaba a Felicia y a su acompañante, alzando las cejas como si los tres compartieran un gran secreto que nadie más conocía.

No obstante, la muchacha no tenía ni la más remota idea de lo que pretendía insinuar el Ancestral. Miró a Nereva con desconcierto, pero ella no parecía dispuesta a comentar nada más. Felicia se volvió entonces hacia el Gato... y descubrió que él ya se había esfumado.

Se sintió insegura de pronto, pero no tardó en comprobar que nadie más echaba de menos al Ancestral.

—Muy bien, pues —dijo Arla, incorporándose—. Mongrajo no está lejos de aquí. Si partimos de inmediato, podremos llegar al castillo en un par de días.

—¿De inmediato? —repitió Nereva—. ¿No vamos a pasar la noche en esta posada? —Pero miró a su alrededor y pareció cambiar de idea—. Mejor no, supongo.

—Es peligroso recorrer los caminos de noche —opinó Fabricio—. Hay ladrones y bandidos.

—Llevo mucho tiempo en busca de las hadas —replicó Arla—. No pienso perder ni un minuto más.

Felicia asistía a la conversación con interés, pero como si la cosa no fuese con ella. Entonces Arla se volvió para mirarla.

—¿Y vosotros? ¿Os uniréis finalmente a... los Buscadores? —le preguntó, repitiendo el término que el Gato había utilizado para referirse al grupo.

La muchacha se mostró un tanto sorprendida.

—Yo... no estoy segura... Mis padres...

Pero se interrumpió de pronto. Los reyes de Vestur no le permitirían emprender aquel viaje de ninguna de las maneras. Si regresaba al castillo a pedirles permiso, se lo denegarían. Eso si es que no se limitaban a enviarla a casa de su tía sin escucharla siquiera.

Reflexionó. Era bueno saber que otras personas estaban buscando a Camelia también. Podía simplemente desearles buena suerte, despedirse de ellos y volver a casa confiando en que lograrían encontrar al hada a tiempo de evitar la guerra. Pero no debía engañarse con respecto a sus intenciones: las dos mujeres tenían cuentas pendientes con Camelia y casi seguro que el destino de Vestur no les importaba lo más mínimo. Y, si no había entendido mal, a Fabricio, de hecho, incluso le convenía que el ejército del país de las hadas se presentase allí, para buscar entre ellas a su madrina de cabello azul.

Felicia también podía unirse a los Buscadores y acompañarlos hasta Mongrajo. Después de todo, era la única del grupo que conocía a Rosaura y podría identificarla si se cruzaban con ella. O, al menos, eso pensaba.

Se le aceleró el corazón. Sus padres se preocuparían muchísimo si se marchaba. Además, les había dejado una nota en la que indicaba que regresaría a tiempo para el viaje.

Les había dejado una nota, recordó. Lo cual significaba que, si no regresaba, ellos sabrían que se había ido por propia voluntad y que no la había secuestrado nadie.

«Tu desidia empieza a resultarme bastante decepcionante», había dicho el Gato. Aquellas palabras le habían dolido más de lo que estaba dispuesta a admitir. Había crecido leyendo historias sobre heroínas que partían de casa en busca de un futuro mejor, que se enfrentaban a grandes peligros y que al fin triunfaban sobre sus enemigos gracias a su ingenio, valentía y buen corazón. ¿Y ella se sentía incapaz de emprender un viaje de dos días hasta un reino perfectamente civilizado para reunirse con una persona a la que ya conocía?

«Si me quedo», comprendió de pronto, «mis padres decidirán el resto de mi vida por mí, como hacía Camelia cuando vivíamos en el castillo. Primero me enviarán a casa de mi tía y después me presionarán para que me case con Cornelio».

Tenía que demostrarles que ella tenía criterio propio y era muy capaz de hacer sus propias elecciones.

Alzó la cabeza y dijo con firmeza:

—Sí. Os acompañaremos a Mongrajo a buscar a las hadas madrinas.

Por el camino

Resultó que Arla y Nereva habían acudido a caballo sobre sus propios corceles, pero Fabricio tenía una carreta tirada por un asno, donde al parecer cargaba con sus escasas pertenencias, contenidas en un baúl, un morral y unas alforjas. Felicia se sintió muy aliviada al ver el vehículo. No solo porque ella misma no contaba con ningún caballo, sino también porque, de todas formas, nunca había aprendido a montar. Y tampoco estaba segura de que Quinto pudiese cabalgar con una sola pierna.

—¿Podemos ir contigo en el carro? —le preguntó a Fabricio esperanzada.

El hombre, que ya se había acomodado sobre el pescante, asintió sin una palabra y la invitó con un gesto a subir al vehículo. Ella tomó asiento a su lado y observó a Quinto con preocupación. Lo más práctico sería transformarlo de nuevo en una figurita para guardarlo en su faltriquera, pero tampoco quería que sus compañeros descubrieran su auténtica naturaleza.

Sin embargo, Quinto no tuvo problema en subir a la parte posterior del carro; se alzó sobre las manos y tomó la muleta después, una vez que estuvo acomodado. Con un suspiro de alivio, Felicia se volvió hacia las dos mujeres.

—Y vosotras, ¿habéis llegado a Vestur solas o acompañadas? —quiso saber.

Lo cierto era que le sorprendía que ninguna de ellas trajese escolta. Por lo que había entendido, ambas eran de noble cuna, como mínimo.

—Yo cuento con una compañía de guerreros a mis órdenes —dijo

Arla—, pero hoy no los he traído conmigo. No los necesito para esta misión.

Nereva la miró con curiosidad, pero no hizo ningún comentario.

—Yo sí traje escolta —explicó—, pero los despedí nada más llegar a la ciudad. —Se encogió de hombros—. No quiero que ninguno de ellos le cuente luego a mi esposo a dónde he ido ni para qué.

—Dejemos la cháchara para otro momento —intervino Fabricio con gesto agrio—. Cuanto antes partamos, antes llegaremos.

De modo que se pusieron en marcha. Cuando franquearon las puertas de la ciudad, Felicia se cubrió la cabeza con el chal, pero el adormilado guardia de la puerta apenas le echó un vistazo.

Quien sí se fijó en su actitud fue Arla, que la observó con suspicacia desde su montura. No obstante, la joven guerrera no dijo nada, y Felicia no fue consciente tampoco de su silencioso escrutinio.

Avanzaron por el camino que conducía a la frontera oeste de Vestur, en dirección al reino de Mongrajo. Era de noche, pero Fabricio había colgado un farol en una esquina del carro para iluminar sus pasos. Felicia, inquieta, se arrebujó en su chal. La presencia de Quinto en la parte trasera del carro contribuía a tranquilizarla un poco, pero no podía evitar preguntarse si había hecho bien en abandonar el castillo para partir de viaje junto con un grupo de desconocidos. Se repetía a sí misma que, después de todo, aquella expedición había sido idea del Gato, un sabio y poderoso Ancestral que sin duda sería capaz de guiarlos hasta Camelia, si quisiera. «Todo saldrá bien», pensaba.

Felicia estaba exhausta, y sus compañeros, por otro lado, no parecían dispuestos a darle conversación. De modo que, adormecida por el rítmico traqueteo del carro, acabó por caer rendida al sueño.

Cuando despertó, estaba ya amaneciendo. La princesa abrió los ojos, aturdida, y miró a su alrededor. Estaba acurrucada en la parte posterior del carro, donde sin duda se habría acomodado en algún momento la noche anterior, aunque ella no lo recordaba. Se incorporó de golpe. ¿Cómo había podido dormir tan profundamente en aquellas circunstancias?

No tardó en darse cuenta, sin embargo, de que no se había perdido gran cosa. Cerca de ella dormía Nereva, envuelta en una gruesa capa de terciopelo. Su caballo avanzaba junto al carro, atado al pescante por las riendas. Felicia vio que Fabricio seguía conduciendo el vehículo, casi en la misma posición que la última vez que lo había visto. Y Arla cabalgaba a su lado, alerta y concentrada, dispuesta a entrar en acción ante el menor asomo de peligro.

Felicia se levantó para volver a ocupar su lugar en el asiento delantero, junto a Fabricio. Este la saludó con un breve gesto, sin sonreír siquiera. Ella procuró no tomárselo como algo personal.

—Buenos días —le dijo—. ¿Has pasado aquí toda la noche, sin dormir?

—No. Me he turnado con Nereva para poder descansar un rato —respondió él—. Ella es la que no ha pegado ojo en toda la noche —susurró, señalando con un gesto a Arla—. Esa mujer no duerme nunca... Quiero decir, que yo nunca la he visto dormir —se apresuró a corregirse, tocándose la nariz con inquietud—. Y tu soldado, ¿qué? —le espetó de pronto a Felicia, un tanto malhumorado—. ¿Tampoco necesita echar una cabezada de vez en cuando?

Ella se volvió hacia Quinto, que seguía sentado en la parte posterior de la carreta, muy serio y tieso.

—Ah, eeeh... Tiene el sueño ligero —se apresuró a responder—. Posiblemente sí ha echado alguna cabezada, pero no os habéis dado cuenta —explicó con una sonrisa forzada.

Fabricio clavó sus ojos grises en ella.

—Estás mintiendo, *Federica* —declaró, pronunciando su nombre falso con un acento burlón.

—¿Qué? ¡No! Yo no...

—No me importa, en realidad —cortó él, encogiéndose de hombros—. Todos tenemos secretos que preferimos no revelar. Algunos pueden ocultarlos mejor que otros.

Felicia no supo qué decir.

—¿Qué tal si nos ahorramos las preguntas? —intervino Arla, ceñuda—. Está claro que los cinco estamos aquí porque tenemos un pasado relacionado con las hadas madrinas. Ninguno de nosotros queremos hablar de ello.

Felicia sentía mucha curiosidad por conocer las historias de sus acompañantes, pero tenía que admitir que, si no quería atraer atención sobre sus propias circunstancias, debía mostrarse discreta y abstenerse de intentar averiguar más.

Se acomodó sobre el carro con un suspiro de resignación. Sus compañeros habían vuelto a encerrarse en un silencio entre hosco e indiferente, y ella había comprendido que el viaje se le iba a hacer muy largo...

Sin noticias

Aquella mañana, los reyes de Vestur aguardaron a la princesa en vano a la hora del desayuno.

—Se está retrasando, ¿no crees? —dijo el rey con inquietud.

—Habrá tenido otro de sus berrinches —respondió la reina con indiferencia.

—¿Subo a ver si se encuentra bien?

Asteria reprimió un resoplido de irritación.

—Solo quiere llamar la atención. Que es justo lo que conseguirá si vas a buscarla.

Simón suspiró.

—Pero, si no parte de viaje antes del mediodía, se le hará de noche por el camino —razonó.

La reina se masajeó las sienes, como si aquella cuestión le estuviese causando un terrible dolor de cabeza. Tiempo atrás, había perdido a su hija cuando apenas era un bebé. Ahora la había recuperado y se sentía feliz y agradecida por ello, pero la vida no la había preparado para enfrentarse a la adolescente en la que Felicia se había convertido sin que ella fuese testigo del proceso.

—De acuerdo —accedió por fin—. Pero no vayas tú; envía a una doncella en tu lugar.

La criada regresó sola, cosa que Asteria ya había anticipado. No obstante, las noticias que trajo la tomaron completamente por sorpresa.

—¡Majestades, la princesa... no está en su habitación!

—¿Cómo que no? —barbotó el rey, alarmado.

Acudieron los dos a la alcoba de su hija para comprobarlo en persona y, naturalmente, la hallaron vacía. Mientras Simón daba instrucciones para que buscasen a Felicia por todo el palacio, su esposa se dedicó a registrar la estancia.

—No puede haber ido muy lejos —manifestó después—. Ni siquiera se ha molestado en hacer el equipaje.

Su esposo se volvió hacia ella con desconcierto.

—¿Crees de verdad que ha salido del castillo? Pero ¿cómo?

La reina señaló la cama de Felicia.

—Está sin deshacer. Es evidente que nuestra hija no ha pasado la noche aquí.

—Pero... ¿y si solo estaba nerviosa por el viaje y no ha llegado a acostarse?

Asteria no se molestó en responder. Estaba abriendo los cajones del escritorio en busca de alguna pista acerca del paradero de su hija, y halló de inmediato la nota que ella les había dejado.

La desplegó y la leyó con atención. Simón se acercó para echar un vistazo por encima de su hombro.

—Tenías razón —dijo él al final, anonadado—. Se ha marchado del castillo... ¡sola! Pero la buena noticia es que no se ha escapado, ¿verdad? Dice que tiene intención de volver.

Pero la reina no compartía su optimismo.

—Tendría que estar ya de vuelta —murmuró.

—Aquí dice que, si se retrasa...

—No lo entiendes —cortó ella. Se volvió para mirarlo, con los ojos muy abiertos—. ¿Y si resulta que Felicia tenía razón después de todo? ¿Y si Camelia se las arregló para salvarse de la hoguera y sigue viva, en algún lugar?

El rostro del rey se iluminó con una sonrisa de esperanza. Sin embargo, Asteria no había terminado.

—¿Y si Felicia consigue encontrarla... y Camelia se la lleva lejos otra vez? —Inspiró hondo, mientras la sonrisa de su esposo se transformaba en una expresión de horror—. ¿Y si no volvemos a verla nunca más?

—No nos precipitemos —dijo él, aunque le temblaba un poco la voz. Tomó a Asteria de las manos y la miró a los ojos—. En la nota ha escrito que regresará, ¿verdad? Démosle un voto de confianza a nuestra hija.

La reina suspiró y se recostó contra el pecho de su esposo, apoyando la cabeza sobre su hombro.

—Ojalá tengas razón —susurró.

Los reyes de Vestur aguardaron hasta el mediodía, pero la princesa Felicia no volvió. A la hora del almuerzo, y en vistas de que seguían sin noticias de su hija, empezaron a debatir sobre lo que debían hacer a continuación. Asteria sugirió que enviasen el ejército de soldados mágicos a buscarla. Pero Simón temía dejar el reino desprotegido ante el inminente ataque de las hadas.

—Tenemos un ejército de soldados humanos —le recordó a su esposa—. Podemos enviar algunas patrullas a buscar a Felicia...

—¿Para que tengan tanto éxito como cuando los mandaste tras los pasos del zorro? —Asteria negó con la cabeza—. Si Felicia está con Camelia, no podrán llegar hasta ellas.

Simón se quedó mirándola.

—¿Crees en serio que ella podría estar viva? —La reina no respondió de inmediato, y él añadió—: La vimos morir en la hoguera, Asteria. Es más que posible que Felicia esté siguiendo una pista falsa y no tenga ya manera de recuperar a su madrina.

—Entonces, ¿por qué no ha vuelto todavía?

—Puede haberse topado con otra clase de peligros... más mundanos.

Asteria inclinó la cabeza, considerando aquella posibilidad.

—Muy bien —se rindió por fin—. Enviemos a los soldados a buscarla. Por toda la ciudad, por el momento. Si no la encuentran..., ya decidiremos qué hacer.

—Ahora mismo voy... —empezó el rey, pero ella no había terminado.

—Y manda también a tu jinete más veloz a la Torre Blanca, para buscar a Cornelio.

—¿Quieres que se una a la búsqueda de Felicia? —preguntó él con sorpresa.

—Aún no —respondió Asteria—. Por ahora, tengo otros planes para nuestro Duque Blanco.

Simón la miró interrogante, pero ella no dio más detalles.

Mongrajo

El camino discurría entre páramos grises y llanuras desangeladas. Se veían algunas granjas y casas de labranza a lo lejos, pero no parecía, en general, un lugar muy animado.

—Así que esto es Mongrajo —comentó Felicia, no demasiado impresionada—. ¿Qué se le habrá perdido a Rosaura en este sitio tan deprimente?

—No todo el reino es así —le explicó Nereva de inmediato—. La capital, a donde nos dirigimos, es una ciudad grande, y la corte es famosa por su riqueza y refinamiento —suspiró con cierta nostalgia—. Habría dado cualquier cosa por crecer en un lugar semejante, pero supongo que algunas tienen más suerte que otras —comentó con cierto desdén.

Arla movió la cabeza con desaprobación.

—En sus orígenes, Mongrajo era un reino guerrero. Aquí nacían los héroes más audaces, los mejores soldados, los caballeros que protagonizaban las historias épicas más famosas. Todos sus príncipes y princesas eran educados en el arte de la espada.

—¿También las princesas? —se asombró Felicia.

Arla le dirigió una sonrisa sesgada desde el lomo de su montura.

—Especialmente las princesas —respondió—. Para que fueran capaces de luchar por su propio destino, en lugar de tener que esperar, encerradas en su torre, a que llegase un caballero a rescatarlas.

Nereva enrojeció, como si aquel dardo hubiese estado dirigido a ella. Pero Felicia también se dio por aludida. Después de todo, ella era una de esas princesas que habían crecido como flores de invernadero, protegidas del mundo tras los muros de su castillo, incapaces de hacer nada por sí mismas. No se trataba solo de que no supiera pelear ni manejar una espada o una simple daga; es que ni siquiera era capaz de montar a caballo. Camelia no le había enseñado nada de eso, porque al hada no le hacía falta. Al fin y al cabo, contaba con su magia.

Pero Felicia era una simple mortal que lo único que había hecho en su vida había sido, básicamente, leer y soñar. Y escapar de su madrina junto con Cornelio, que ni siquiera había resultado ser el amor de su vida, aquel con quien podría vivir feliz para siempre, perdices incluidas.

Contempló de reojo a Arla, admirándola en secreto. La joven doncella guerrera se parecía mucho a las heroínas de las historias que ella había leído. Valientes, decididas y muy capaces de arreglárselas solas. Felicia se descubrió a sí misma deseando ser como ella. Se preguntó si sería demasiado tarde para aprender a pelear, y si Arla estaría dispuesta a enseñarle. Pero en el fondo sabía que su compañera no encontraría tiempo para tomar una pupila bajo su cargo; tenía una misión que cumplir, una tarea quizá relacionada con la salvación de su propio reino, por el que había partido en aquella búsqueda.

—Si quieres saber mi opinión, yo creo que Mongrajo era un reino *demasiado* guerrero —dijo entonces Nereva, encogiéndose de hombros—. Se volvieron tan belicosos que se convirtieron en una amenaza para los reinos vecinos. Y hubo guerras, claro. Batallas que se desarrollaron en estos mismos campos. —Señaló el paisaje con un amplio gesto de su mano—. Y que los reyes de Mongrajo acabaron por perder espectacularmente, debo añadir.

Arla levantó la barbilla con orgullo, pero no dijo nada.

—Creo que es bueno para Mongrajo que hayan cambiado las armas por el lujo y la elegancia —prosiguió Nereva—. Una corte que vale la pena visitar siempre atrae más prosperidad que las conquistas por la fuerza de la espada. Aunque su reina sea más presuntuosa que un pavo real —comentó, frunciendo el ceño.

Felicia la miró con curiosidad.

—¿Conoces a la reina de Mongrajo?

La arruga en la frente de Nereva se hizo más profunda.

—No en persona, pero he oído hablar de ella. Mucho más de lo que me gustaría.

No dio más explicaciones, y Felicia se quedó con las ganas de conocer aquella historia.

A medida que avanzaban hacia el corazón del reino, los páramos fueron sustituidos por pastos, campiñas y tierras de labor. Cada vez había más granjas y haciendas, y también cruzaron algunas aldeas, más grandes y prósperas cuanto más cercanas a la capital. Nereva dirigió un par de miradas de suficiencia a Arla, como si aquello probara su argumento, pero ella la ignoró por completo.

Los Buscadores llegaron a la ciudad al caer la tarde. Estaba protegida por una inmensa muralla que parecía antigua, una reliquia, sin duda, del pasado guerrero del reino. Pero las puertas estaban abiertas de par en par, y un animado flujo de viajeros y comerciantes entraba por ellas para refugiarse tras los muros al caer el sol.

—¿Qué hacemos primero? —preguntó entonces Fabricio—. ¿Vamos al castillo o buscamos una posada?

Felicia se sobresaltó un poco al oírlo hablar, porque su compañero de viaje era un hombre de pocas palabras. Cuando abría la boca, no obstante, solía ser brutalmente franco y directo, diciendo lo que pensaba sin ninguna clase de filtro, por lo que la muchacha casi prefería que permaneciese en silencio.

Nereva reflexionó.

—Vamos primero a buscar a Rosaura —resolvió por fin—. Quizá podamos encontrarla y hablar con ella antes de que cierren las puertas del castillo. Para buscar alojamiento siempre estaremos a tiempo.

Enfilaron, pues, por la calle principal, hasta alcanzar la morada de los reyes de Mongrajo. Sus gruesos muros y torreones almenados sugerían que había sido erigida en la misma época que las murallas de la ciudad, aunque los sucesivos monarcas habían realizado distintas ampliaciones y reformas para adaptarla a los nuevos tiempos. De modo que ahora contaba también con extensos jardines, amplios ventanales y esbeltas torres de tejado cónico.

—No nos dejarán pasar si vamos armados —dijo entonces Arla—. Quinto y yo esperaremos aquí con el carro; vosotros tres, entrad en el castillo y preguntad por Rosaura.

—De acuerdo —asintió Nereva, pero Felicia no se movió.

—No, Quinto tiene que venir conmigo —objetó.

Arla dejó escapar un suspiro de impaciencia.

—Ya sé que es tu escolta, tu protector o como quieras llamarlo, y que te sientes más segura a su lado. Pero sigue siendo un hombre armado, y tendréis que responder muchas preguntas si intentáis cruzar esas puertas con él.

Felicia enrojeció, herida porque Arla la consideraba una damisela incapaz de dar un paso sin protección.

—Bien, pues, en ese caso, espérame aquí —ordenó por fin a Quinto, ligeramente irritada—. No tardaremos en volver.

Bajó del carro y se reunió con Nereva y Fabricio, que ya se dirigían a la puerta del castillo. Había un hombre de armas montando guardia, y los miró con curiosidad.

—¿Quiénes sois, y qué buscáis? —les preguntó.

—Venimos de Vestur a visitar a una pariente que trabaja aquí como sirvienta —respondió Nereva.

El guardia se encogió de hombros y les indicó con un gesto que podían pasar.

De camino a las cocinas, se detuvieron en el patio para interpelar a una joven que barría el suelo con energía.

—Disculpa... —empezó Felicia.

—¿Qué es lo que queréis? —preguntó ella a su vez, dirigiéndoles una mirada recelosa—. ¿Buscáis trabajo? Porque, si es así, me temo que aquí no nos sobra —concluyó con un gruñido.

Felicia parpadeó, perpleja.

—No, nosotros... hemos venido a ver a una joven llamada Rosaura. ¿La conoces?

—¿Que si la conozco? ¿Que si la conozco? ¡Por su culpa acabaremos todos mendigando en los caminos, no os digo más! ¡Fijaos bien si la conozco, aunque preferiría no haberlo hecho!

Como la joven criada no parecía dispuesta a darles más detalles, el trío siguió su camino hasta las cocinas.

Esperaban hallar allí una buena cantidad de sirvientes yendo y viniendo, pero se sorprendieron al encontrar a una única mujer que trajinaba entre los fogones como una abeja hacendosa, aparentemente ocupándose de varias tareas a la vez, mientras canturreaba para sí misma una alegre tonada.

Había pasado mucho tiempo, pero Felicia la reconoció de inmediato, porque aún conservaba aquella mirada despierta y se recogía su larga melena oscura en una trenza que le caía por la espalda. Se le iluminó la cara al verla.

—¡Rosaura! —susurró.

Una maldición

La mujer se volvió hacia ellos y los miró con desconcierto. Felicia comprendió que aún no la había reconocido. Pero no tardaría en hacerlo, de modo que susurró a sus compañeros:

—Dejadme hablar con ella. La conozco, y también al zorro que estamos buscando.

Fabricio se encogió de hombros con indiferencia. Nereva cruzó los brazos y dirigió a la muchacha una mirada ceñuda.

—Está bien, pero no olvides contárnoslo todo después.

Ella asintió y se separó de ellos para acercarse a la cocinera, que los observaba con curiosidad, aunque sin dejar de trabajar.

—Rosaura —repitió Felicia, con una tímida sonrisa—. No sé si te acordarás de mí. Nos conocimos hace algunos años, en la casita de dulce.

Los ojos castaños de la mujer se abrieron como platos al reconocerla por fin.

—¡Fe...!

—¡Estoy de incógnito! —la interrumpió ella con un susurro apresurado—. Para mis compañeros de viaje, que han venido hasta aquí buscando lo mismo que yo, soy... Federica.

Rosaura dirigió una breve mirada a Fabricio y Nereva, que aguardaban junto a la puerta, y después volvió a observar a la muchacha con atención.

—¡Has crecido mucho! Claro que es lo normal, supongo, con los años que han pasado. Pero ¿qué haces aquí? —le preguntó, también en voz baja—. Tenía entendido que habías vuelto con tus padres y te ibas a casar con un príncipe...

Felicia respiró hondo.

—Las cosas no son tan fáciles. —Se preguntó si debía plantear de inmediato la cuestión de Camelia, y optó por tratar de ganarse primero la confianza de Rosaura con una confidencia—. Cornelio y yo hemos roto nuestro compromiso. Resulta que había... diferencias irreconciliables entre nosotros.

—Oh, Fel... Federica, lo siento mucho.

Dejó el cucharón para envolver a la muchacha en un cálido abrazo, cosa que a ella la tomó un poco por sorpresa. Se lo devolvió, un tanto cohibida.

Pero de pronto Rosaura olisqueó en el aire y la soltó con una exclamación de alarma. Volvió a tomar el cucharón para remover el contenido de los tres peroles que pendían sobre el fuego antes de que se quemase. Después asintió satisfecha, tomó la pala que reposaba junto al horno de leña y rescató de su interior tres hogazas de pan doradas y crujientes. Alimentó el fuego con un par de maderos más e introdujo en el horno un lechón que había preparado con anterioridad.

Desconcertada, Felicia la observó moverse por toda la cocina con una gracia casi sobrenatural, como si fuese perfectamente capaz de estar en varios sitios a la vez. Cuando la vio cerrar la puerta del horno, sin embargo, se estremeció.

—Todavía tengo pesadillas a veces —murmuró—. Sobre la bruja, su casita de dulce y aquel horrible horno.

Rosaura se volvió hacia ella, muy seria. Las dos cruzaron una mirada de entendimiento.

—Creo que nunca llegué a darte las gracias por todo lo que hiciste por mí —añadió Felicia—. Por rescatarme de la casa de la bruja y por evitar que me devorara. Ni a ti ni a tu amigo, el zorro... Se llamaba Ren, ¿no es así?

Ella le quitó importancia con un gesto.

—Fue culpa nuestra que cayeras en sus garras en primer lugar. Teníamos un plan para devolverte con tus padres, pero... no salió como esperábamos.

—Bien, pues ahora ya he vuelto con ellos, y lo primero que hicieron fue prender a mi madrina y condenarla a morir en la hoguera, por bruja —soltó Felicia sin más.

Rosaura se estremeció, pero no respondió. Se limitó a darle la espalda para volver a atender los peroles. Felicia avanzó hasta situarse a su lado.

—Camelia fue tu madrina también —le recordó—. Y si estoy aquí es precisamente por ella. Porque me han dicho que sigue viva.

—¿Qué? —Rosaura la miró con perplejidad—. ¿Quién te ha dicho eso?

—Me han contado —prosiguió ella, sin responder a la pregunta— que tu amigo el zorro la ayudó a escapar de la hoguera sin que nadie se diese cuenta.

Rosaura reflexionó.

—Sí, es cierto que Ren tenía intención de ayudarla a huir —confesó con cierta precaución—, o, al menos, eso me dijo. Pero después me enteré de que la habían ejecutado de todas formas, así que imaginé... que no lo había logrado. ¿Cómo sabes...?

—Si ella hubiese sobrevivido —interrumpió la muchacha—, ¿a ti no te gustaría saberlo?

Rosaura vaciló.

—No sé...

—Yo no soy la única persona que busca a Camelia, o a otras hadas madrinas que desaparecieron sin más —continuó Felicia, señalando a sus compañeros—. Hemos venido hasta aquí con el único propósito de encontrarla. Si tú no sabes nada de ella, ¿nos ayudarás al menos a llegar hasta el zorro? Solo él puede responder a nuestras preguntas.

Rosaura reaccionó.

—No, no. Yo no puedo... —Se llevó la mano a un curioso colgante que llevaba prendido al cuello y que parecía un silbato, un reclamo o algo similar; pero la apartó de inmediato, y Felicia entornó los ojos, suspicaz—. Me despedí de él para siempre después del juicio. Ya sabía que no volveríamos a vernos, y acordamos que no intentaría buscarlo después, salvo en caso de emergencia.

—¡Esto es una emergencia! —exclamó Felicia—. No se trata solo de nosotros: la reina de las hadas está furiosa y ha declarado la guerra a Vestur. —Rosaura dejó escapar una pequeña exclamación de sorpresa—. Arrasará nuestro reino en venganza por la muerte de Camelia.

Pero, si ella sigue viva y logramos encontrarla..., tal vez podamos evitarlo.

Rosaura parecía indecisa. De nuevo se llevó la mano al reclamo y lo soltó casi enseguida.

—No puedo ayudaros —dijo por fin—. Aunque supiese cómo llegar hasta Ren..., no puedo abandonar el castillo, ¿sabes? Tengo mucho trabajo que hacer.

—¿Mucho trabajo? Pero...

—¿No lo ves? He de preparar la cena para toda la familia real y hoy estoy yo sola en la cocina... Y luego debo limpiar, y acostar a los niños, y adecentar el salón cuando todo el mundo se haya ido a la cama. Y mañana haré el desayuno, por supuesto, y ventilaré las habitaciones, y mulliré los colchones, y fregaré los suelos. Y las chimeneas, por descontado. Nunca hay que olvidarse de las chimeneas...

—Pero ¿no hay más criados, aparte de ti? —preguntó Felicia con perplejidad.

Rosaura le dirigió una mirada desconcertada, como si no entendiese del todo lo que le estaba preguntando.

—¿Más criados? —repitió—. Supongo que sí, no lo sé. Pero ¿qué importa eso?

Felicia iba a responder, pero entonces una mujer oronda y enérgica entró en la cocina, hablando en voz muy alta.

—¡Muchacha! Muchacha, ¿qué pasa con la cena? ¿Por qué no está servida todavía? —Antes de que Rosaura pudiese responder, el ama de llaves se volvió para mirar a Felicia y a sus compañeros—. Estos deben de ser los parientes que me han dicho que tienes de visita. Bien, señores; como podéis ver, la muchacha está ocupada. Así que marchaos de aquí y dejadla trabajar, antes de que la reina se enfade de verdad. ¿Te ha quedado claro a ti? —le espetó a Rosaura.

—¡Sí, señora! —respondió ella con jovialidad.

Felicia se quedó mirándola, perpleja. Era muy evidente que la estaban sobrecargando de trabajo en aquel castillo, y a ella no solo no parecía importarle, sino que se mostraba... feliz. Quiso preguntarle algo más, pero el ama de llaves la espantó con gestos y ella se vio obligada a reunirse con sus compañeros.

—¿Y bien? —le preguntó Nereva con impaciencia—. ¿Qué te ha dicho?

Antes de responder, Felicia se volvió a mirar a Rosaura, que había regresado a su trabajo entre los fogones, esta vez asistida por el ama para compensar el retraso.

—Creo que podría llevarnos hasta Ren —contestó por fin—. No está dispuesta a hacerlo de buenas a primeras, pero pienso que podría convencerla. El problema es —añadió, alzando la cabeza para mirar a sus compañeros con desconcierto— que ella no quiere marcharse. No sé qué clase de acuerdo tiene con los dueños de este castillo, pero...

—Está hechizada —dijo de pronto Fabricio, con los ojos fijos en Rosaura.

Felicia y Nereva se volvieron de inmediato hacia él.

—¿Cómo dices?

—No creo que sea un hechizo en realidad —se apresuró a matizar él, toqueteándose la nariz—. Pienso que se trata más bien de una maldición... Pero lleva ahí mucho tiempo, probablemente desde que era niña. Porque, si fuese reciente, ella misma se habría dado cuenta de que su comportamiento no es normal en absoluto.

—Ya veo —murmuró Nereva, pensativa—. ¿Quieres decir que se siente obligada a... trabajar?

—O a encargarse de las tareas del hogar como si ese fuese su único propósito en la vida, sí. Y no es de extrañar que otras personas se aprovechen de ello.

Felicia contempló a Rosaura con sorpresa. La vio vertiendo el contenido de uno de los peroles en una delicada sopera de porcelana. Todo lo que estaba cocinando olía deliciosamente, y a ella se le hizo la boca agua.

—Entonces, ¿qué podemos hacer?

—Podríamos tratar de secuestrarla, pero se las arreglaría para escapar y volver aquí para seguir trabajando —respondió Fabricio.

—Pero no lo entiendo. Rosaura estuvo bajo la protección de Camelia primero, y de Ren después: un hada madrina y un Ancestral. ¿Por qué ninguno de ellos la... ayudó?

—No lo sé. Pregúntales a ellos cuando los encuentres..., si es que los encuentras, claro.

—No nos vamos a quedar de brazos cruzados —resolvió Nereva—. Hemos de convencerla para que nos guíe hasta el zorro. Quizá nos lleve tiempo —admitió—, así que tendremos que quedarnos aquí.

—¿Aquí? —repitió Felicia—. ¿En el castillo?

Pero Nereva apenas la escuchaba. Había interceptado al ama de llaves, que ya se encaminaba hacia la puerta cargando con la sopera humeante.

—¿Por qué seguís aquí? ¿Qué es lo que queréis?

—Mi familia y yo estamos buscando trabajo…

—No necesitamos a nadie más. ¿No lo ves? Esta muchacha vale por diez.

—Sería de forma temporal —aclaró Nereva—. Solo precisamos comida y un techo, y quizá podamos aportar algo… diferente.

El ama les echó un rápido vistazo. Pareció apreciar algo interesante en ellos, porque respondió por fin, con un gruñido:

—Muy bien. Quedaos por aquí, si queréis, y no molestéis. Os atenderé cuando hayan cenado los señores.

¿Qué sabes hacer tú?

Fabricio condujo su carro hasta el patio del castillo mientras Nereva informaba a Arla de las novedades. La joven guerrera optó entonces por buscar una posada en la ciudad. Se marchó sola, puesto que Quinto parecía haberse esfumado. Felicia, con una sonrisa forzada, les comunicó a sus compañeros que le había dado licencia para que buscase alojamiento por su cuenta. Lo cierto era que había vuelto a transformarlo en una figurita de madera cuando nadie miraba, y ahora lo mantenía a salvo en el interior de su faltriquera.

Después, los tres disfrutaron de una agradable cena en la cocina. Rosaura les sirvió los restos de la comida que había preparado para los señores del castillo, ya que, por fortuna, había cocinado de más.

Ahora estaba ocupada recogiendo la mesa, y entraba y salía de la estancia, cargada con cacharros, mientras el ama entrevistaba a los recién llegados.

—Entonces, ¿qué podéis ofrecer? —les preguntó, lanzándoles una mirada evaluadora.

—Podemos ayudar a Rosaura con las tareas —sugirió Felicia—. Salta a la vista que está siempre muy ocupada.

—Ya os he dicho que ella no necesita ayuda. Teníamos antes otras criadas y tuvimos que despedirlas cuando llegó esta muchacha, porque era muy capaz de hacerlo todo sola. Y las demás se pasaban el día holgazaneando y chismorreando en la cocina. Vosotros, en cambio, parecéis gente de buena cuna, y tal vez instruidos —añadió, examinándolos con detenimiento—. Quizá sí pueda encontraros acomodo en este castillo. Aunque me pregunto por qué lo necesitaríais, en primer lugar.

Nereva dirigió a sus compañeros una mirada de advertencia que quería decir: «Dejadme hablar a mí», y respondió con cierto dramatismo:

—¡Oh, señora! Somos una familia que ha tenido que abandonar su hogar a causa de una desgracia. Mi esposo, mi hija y yo vivíamos en una hermosa casa, y poseíamos también cabezas de ganado y tierras de labor..., pero un pavoroso incendio arrasó con todo y nos vimos obligados a buscar fortuna en otro lugar. Hemos venido a Mongrajo porque sabíamos que Rosaura, que es sobrina mía en segundo grado, había encontrado trabajo aquí..., y esperamos acogernos a la benevolencia de la reina Afrodisia, de quien hemos oído contar mil maravillas.

Torció un poco el gesto al pronunciar esta última frase, y Felicia esperó que el ama de llaves no se hubiese dado cuenta. Fabricio, por otro lado, se mostraba claramente incómodo. Mantenía la vista baja y se toqueteaba la nariz con nerviosismo.

—Hum —murmuró la mujer por fin, dirigiéndoles una mirada ceñuda—. Supongo que podré hacer algo por vosotros. Si has criado una hija, me imagino que tienes experiencia con niños, ¿no es así? —le preguntó a Nereva—. La reina tiene cuatro, de edades comprendidas entre los dos y los siete años. Necesitamos una niñera para ellos.

Nereva palideció y se llevó la mano al vientre, murmurando algo por lo bajo.

—¿Hay algún problema? —preguntó el ama, alzando una ceja.

Nereva inspiró hondo.

—Ninguno en absoluto —mintió, y Fabricio reprimió un carraspeo.

El ama de llaves centró entonces su atención en él.

—¿Qué sabes hacer tú?

—¿Hay biblioteca en el castillo? —inquirió él a su vez—. ¿Una biblioteca en la que no entre nunca nadie, repleta de libros polvorientos que sea necesario catalogar?

—Oh, entiendo. Eres un erudito.

Fabricio se encogió de hombros.

—Me gustan los libros —se limitó a responder.

—Bien, tenemos una biblioteca como esa, en efecto. Si de verdad eres capaz de poner algo de orden allí, consideraré que te has ganado techo y sustento. Pero nada de haraganear, ¿de acuerdo?

—¡Oh! —exclamó Felicia—. ¿Puedo trabajar en la biblioteca yo también?

—Con un erudito tenemos suficiente, muchas gracias —replicó el ama, con cierto tono burlón.

—Vaya —murmuró la joven, decepcionada.

En el fondo, no obstante, estaba preocupada. ¿Qué sabía hacer ella, aparte de leer? Evocó su infancia en el castillo encantado, jugando por los pasillos, devorando volúmenes de cuentos y dejándose hechizar por la magia de su madrina, que le proporcionaba toda clase de entretenimientos cuando empezaba a aburrirse. Se preguntó de pronto qué habría sido de sus muñecas, las únicas amigas con las que había compartido su niñez. Y se le ocurrió una idea.

—Yo sé coser y bordar —dijo.

Camelia podía ofrecerle trajes y vestidos sin fin para sus muñecas, pero, mucho tiempo atrás, Felicia había descubierto que era más divertido y satisfactorio confeccionarlos ella misma.

—Oh, ¿de verdad? —El ama de llaves la miró con interés—. Pues mira, eso es lo único que, al parecer, nuestra muchacha no es capaz de hacer. Es curioso, ¿no creéis?

Aquello suponía un increíble golpe de suerte para Felicia. Se volvió para mirar a Nereva con una sonrisa de alivio; pero la dama seguía con el ceño fruncido, sumida en sus propios pensamientos.

—Muy bien —concluyó el ama—. Tendréis comida y alojamiento en el castillo a cambio de realizar las tareas que os encomendaré. Si no quedo satisfecha con vuestro trabajo, deberéis despediros de vuestra pariente y continuar vuestro camino. ¿Queda claro?

—Sí, señora —murmuró Felicia.

Sin los zarzales

El castillo encantado en el que Felicia había pasado la mayor parte de su vida se hallaba ahora silencioso y vacío. Durante muchos años, una infranqueable muralla de espinos lo había mantenido aislado del mundo exterior. Pero ahora, tras la rebelión de la princesa que habitaba en su interior y la derrota de su hada madrina, los zarzales se habían desintegrado sin más, creando un desierto de polvo y espinas que formaba un siniestro anillo en torno al edificio.

La reina Asteria de Vestur se detuvo antes de pisarlo. Ella y sus compañeros se habían arriesgado mucho al acudir hasta allí. Para alcanzar el castillo había que atravesar el Bosque Maldito, un lugar que rezumaba vestigios de una magia cruel y retorcida, capaz de transformar en animal a cualquier incauto que se alimentase de sus frutos o bebiese de las aguas de sus arroyos. Por esa razón una buena parte de las criaturas del bosque, de las musarañas a los corzos, habían sido personas alguna vez, aunque lo hubiesen olvidado. Y vagaban por la espesura como almas en pena, añorando algo que no recordaban y que de todos modos eran incapaces de comprender.

Se trataba, en definitiva, de un lugar triste y sombrío, y al mismo tiempo engañosamente plácido. Asteria lo sabía muy bien; había dedicado mucho tiempo a estudiarlo durante los últimos años, puesto que era el primero de los obstáculos que se interponían entre ella y su hija perdida. Llevaba la cuenta de los héroes, guerreros y caballeros que habían sucumbido en aquel bosque, en un vano intento por rescatar a la princesa de Vestur. En las ocasiones en las que la reina misma se había arriesgado a adentrarse en él, había estado también muy cerca de no regresar a casa.

Y, no obstante, el cementerio de espinos que rodeaba el castillo se le antojó todavía más espeluznante que el bosque embrujado que acababan de dejar atrás.

—Hacía mucho tiempo que no veía el castillo así, sin los zarzales —murmuró.

El príncipe Cornelio de Gringalot se adelantó hasta situarse a su lado. Vestía ropas blancas, como correspondía a su nuevo rango, pero se cubría con una discreta capa de viaje de color gris. Dirigió una mirada curiosa a la mujer que había estado a punto de convertirse en su suegra y le preguntó:

—¿Habíais estado aquí alguna vez... antes del secuestro de Felicia?

La reina negó con la cabeza.

—En realidad, no, pero mi esposo vino en busca de un objeto mágico hace años, cuando el castillo estaba habitado por otra bruja —recordó—. Yo seguí su aventura desde Vestur, a través de un espejo que me permitía observar lo que sucedía en lugares lejanos.

—El extraordinario Espejo Vidente —asintió el príncipe—. He oído hablar de él. ¿Todavía lo conserváis?

—No. —Cornelio se mostró desconcertado ante lo escueto de su respuesta, y Asteria añadió—: Es una larga historia.

Él optó por no seguir preguntando. Se volvió hacia el castillo, que se alzaba lóbrego y silencioso ante ellos, y dijo:

—¿Pensáis de verdad que Camelia ha regresado?

—No lo sé. Pero, si de verdad sobrevivió a la quema..., si sigue viva..., este es el primer lugar donde a mí se me ocurriría buscarla. Si ni ella ni Felicia se encuentran aquí, por otro lado..., tal vez hallemos entre sus muros alguna pista acerca de su paradero.

Sonaba bastante lógico, pero a Cornelio se le había puesto la piel de gallina cuando ella lo había propuesto unos días atrás, allá en Vestur. El rey Simón lo había considerado una locura.

—Solo nos acercaremos para asegurarnos de que el castillo siga deshabitado —insistió Asteria—. Si no hay nadie, no tenemos nada que temer.

—El bosque está embrujado, y es posible que en el castillo queden… trampas mágicas o criaturas…, cosas muy peligrosas —declaró Simón—. De ningún modo vas a ir tú sola.

—No pienso ir sola. Es cierto que tú debes quedarte aquí por si se presenta el ejército de las hadas, pero Cornelio puede acompañarme. —El joven dio un respingo al oír sus palabras—. Y también alguien más.

Cruzó una mirada significativa con su esposo.

—Ah —murmuró él, comprendiendo.

—Llevamos días buscando a nuestra hija por todo Vestur, sin resultado —prosiguió ella—. Es hora de ir un poco más allá…, antes de que vuelva a ser demasiado tarde.

Simón desvió la mirada, pero no puso ninguna objeción.

A Cornelio, sin embargo, todavía le sorprendía que él hubiese accedido a dejar marchar a su esposa con la única compañía del Duque Blanco y aquel misterioso escolta. Lo observó de reojo: se trataba de un soldado alto y tieso que apenas hablaba. Cornelio no dudaba de que debía de ser un guerrero muy competente, probablemente uno de los mejores del ejército de Vestur. Pero seguía siendo un solo hombre.

No obstante, tenía que reconocer que había hecho un gran papel. Siguiendo las instrucciones de la reina, les había impedido a ambos beber del arroyo o comer moras o manzanas silvestres cuando el bosque los tentaba. El soldado, por otra parte, parecía inmune a sus efectos. No solo no mostraba deseos de alimentarse de aquel lugar maldito, sino que además era heroicamente comedido con las provisiones. Cornelio, de hecho, no recordaba haberlo visto comer ni beber ni una sola vez.

Puede que estuviese encantado también, pensó el príncipe. Si fuese un caballero famoso, reconocido por su valor y sus hazañas, se lo habrían presentado. Por el contrario, el soldado actuaba casi como un criado, obedeciendo órdenes con celeridad y sin cuestionarlas, y siempre exhibiendo aquel inquietante… estoicismo. Cornelio había interrogado a la reina al respecto, pero ella respondía con evasivas…, lo cual solo contribuía a aumentar el recelo del joven.

La voz de Asteria lo devolvió a la realidad.

—Estás muy callado, príncipe. ¿Tienes miedo de acercarte al castillo? No sería extraño, al fin y al cabo; la última vez que te adentraste en él, tardaste cien años en salir.

Cornelio sacudió la cabeza.

—No, no se trata de eso. La bruja que me transformó en piedra ya no puede hacerme daño, y en cuanto a Camelia..., tengo la sensación de que, si hubiese regresado, los espinos estarían protegiéndola de nuevo. Y no es el caso.

Asteria consideró aquel punto de vista.

—Es probable —admitió—. No obstante, ya que estamos aquí, deberíamos registrar el castillo. Además, a ti, como Duque Blanco, te interesa tomar posesión de él cuanto antes.

—Ah, ¿sí? —preguntó Cornelio con curiosidad—. ¿Por qué?

Antes de responder, Asteria se volvió hacia su escolta.

—Síguenos —le ordenó.

Y echó a andar sobre la tierra polvorienta, flanqueada por Cornelio y por el soldado, que llevaba de la brida los caballos de los tres.

—¿Conoces la historia de este lugar? Antes de que fuera una morada de brujas, quiero decir.

—Apenas. Vine aquí para probar mi valía, como tantos otros héroes de mi generación. Solo sabíamos que en este castillo habitaba una bruja que hechizaba a la gente, y había que derrotarla.

La reina lo miró con curiosidad.

—Pero tú eras el príncipe heredero de Gringalot —recordó—. En aquella época, al menos. No tenías que probar nada.

Cornelio se encogió de hombros.

—Puede, pero quería impresionar a la hija del rey de Corleón. Uno de sus hermanos estaba petrificado en el sótano de este castillo, y yo pensé... En fin, da igual. Ella murió hace ya mucho tiempo, y sin duda hoy en Corleón reina alguien mucho más sabio y sensato de lo que yo habría podido llegar a ser. —Se rio sin alegría.

—En realidad, hay una guerra de sucesión en Corleón —puntualizó Asteria—. Pero comprendo lo que quieres decir. —Hizo una pausa para mirar a su alrededor—. Este castillo y estos bosques —prosiguió— fueron en el pasado el corazón del floreciente reino de Dragonís.

Cornelio se volvió para mirarla, alzando una ceja con interés.

En el olvido

Los reyes de Dragonís —prosiguió Asteria— tenían tres hijos varones. Valientes, apuestos y sagaces. Como era costumbre en aquella época, un día partieron los tres en busca de fama y fortuna. Pero tuvieron la mala suerte de cruzarse en el camino de una bruja que transformó en osos a los dos mayores.

»El menor logró escapar de ella mediante un ingenioso engaño, y regresó a Dragonís para reunir refuerzos. No obstante, la bruja lo persiguió hasta aquí.

Asteria se detuvo un momento para contemplar el castillo, evocando sin duda los tiempos en los que aquel tétrico lugar había sido un próspero reino. Se levantó el extremo de la falda con cuidado para evitar arrastrarlo por el polvo y reanudó su camino.

—Nadie pudo detenerla —continuó—. Convirtió en animales a todos los sirvientes del castillo y petrificó a los reyes y al joven príncipe que se había salvado. —Suspiró y movió la cabeza con pesar—. Por desgracia, su historia no tuvo un final feliz.

—¿Ellos fueron entonces las primeras víctimas? —preguntó Cornelio con interés—. ¿Las primeras estatuas de la colección?

—En efecto. Después la bruja se instaló en el castillo y encantó también el bosque que lo rodeaba. Los campesinos huyeron de sus tierras y el reino fue abandonado y cayó lentamente en el olvido.

»Pero resulta que, aparte de lindar con Vestur, Dragonís compartía también frontera con el reino de Mongrajo. Sus sucesivos monarcas enviaron héroes y caballeros a conquistar el castillo. Aunque no lo consiguieron, fueron poco a poco ocupando las tierras abandonadas que sabían que la bruja, recluida en su fortaleza, no iba a reclamar.

»Llegaron hasta los mismos lindes orientales del Bosque Maldito, pero no fueron capaces de ir más lejos. De modo que construyeron allí una torre para señalar la nueva frontera. Se la encomendaron al más valiente de sus caballeros, junto con la tarea de defender el reino de cualquier amenaza que saliera del bosque... o incluso conquistar el castillo que se alzaba en su centro, si algún día hallaban la manera de derrotar a la bruja.

»Y a aquel caballero lo honraron con el título de Duque Rojo, que heredarían sus hijos, y los hijos de sus hijos, hasta que su misión se completara.

—¡Ah! —comprendió entonces Cornelio.

Asteria le dirigió una media sonrisa.

—Nosotros también tenemos un Duque Blanco que protege nuestra frontera con el Bosque Ancestral. Tengo entendido que en Kalam hay un Duque Negro, cuya torre se alza en los límites del Desierto de los Delirios. Es un oficio noble y antiguo, como ves.

—¿Somos aliados, pues? ¿O quizá... rivales? —adivinó Cornelio.

Asteria se encogió de hombros.

—Ha pasado mucho tiempo desde el primer Duque Rojo. Más de doscientos años, según creo. Ante la imposibilidad de cumplir su misión, su estirpe acabó por vivir de espaldas al bosque. Tal vez recuerden que el rey de Mongrajo prometió a su antepasado que le regalaría el castillo de Dragonís si algún día lo conquistaba, pero también puede que lo hayan olvidado. En todo caso, no tardarán en reunir valor para adentrarse en el bosque y presentarse aquí para reclamarlo.

—Y por eso tenemos que hacerlo nosotros primero —comprendió Cornelio.

—En efecto. Mi esposo y yo no hemos pasado los últimos quince años atacando este castillo sin descanso, con todas las pérdidas humanas y materiales que eso ha supuesto, para que ahora llegue un lacayo de la reina de Mongrajo a reivindicar antiguos derechos que no han ejercido en generaciones.

—Me parece justo y razonable —asintió el príncipe.

Asteria lo miró con aprobación.

—Veo que tienes la cabeza bien amueblada, Cornelio. Es una lástima que mi hija no haya sido capaz de apreciarlo. Tal vez, cuando logremos encontrarla y traerla de vuelta a casa, mi esposo y yo podamos hacerla cambiar de opinión.

Cornelio le dedicó una deslumbrante sonrisa.

—Me sentiría muy honrado si eso llegara a suceder, mi señora.

—No me cabe duda —respondió ella, sonriendo a su vez.

Vacíos y abandonados

La puerta se abrió con un chirrido sin oponer resistencia. Antes de decidirse a entrar, Asteria se volvió hacia su escolta una vez más.

—Soldado, deja los caballos y pasa tú primero.

Cornelio los observó intrigado, pero no hizo ningún comentario. El escolta ató las riendas de los caballos a los restos resecos del tronco de un espino y se adelantó para entrar en el castillo. Mantenía la postura alerta y la mano en el pomo de la espada, pero no parecía asustado. Cuando el príncipe se dispuso a seguirlo, la reina lo detuvo:

—Aguarda. Podría haber alguna clase de hechizo defendiendo el castillo.

Si el soldado oyó estas palabras, desde luego, no dio muestras de que lo afectaran. Se internó en la penumbra del vestíbulo y lo recorrió despacio, mirando alrededor.

—Parece despejado, majestad —informó entonces.

Asteria se recogió las faldas y franqueó el umbral. Cornelio se apresuró a acompañarla.

Giró sobre sus talones para contemplar la enorme puerta que acababan de cruzar. Apenas unas semanas atrás, había tratado de escapar de allí con Felicia. Los espinos lo habían atacado con ferocidad, y una rama lo había atravesado de parte a parte. Pero la princesa se las había arreglado para curarlo; al parecer, poseía un brebaje mágico capaz de sanar cualquier herida.

—Este lugar parece abandonado —estaba diciendo la reina.

Cornelio volvió a la realidad.

—Yo no me confiaría, majestad —respondió—. Es un castillo bastante grande.

—Explorémoslo, pues.

Hallaron un enorme salón en la planta baja, y una cocina equipada en consecuencia. Pero ambas estancias parecían frías, desangeladas y cubiertas de polvo, como si llevasen mucho tiempo sin usarse.

Asteria frunció el ceño, pero no dijo nada.

Subieron por la escalinata hasta la primera planta. A ambos lados del pasillo se abrían algunos dormitorios. La mayor parte de ellos también estaban vacíos y abandonados. Pero al fondo encontraron una biblioteca bien surtida, con los libros cuidadosamente colocados sobre los estantes, y los suelos y las paredes tapizados con mimo. La reina pasó un dedo por la superficie de la mesa de lectura.

—No tiene mucho polvo —dijo—. Esta habitación se usaba a menudo hasta hace poco.

—Hasta que prendisteis a Camelia —comprendió Cornelio.

—Eso parece.

Prosiguieron su inspección. Junto a la biblioteca encontraron una salita de estar con una mesa y dos sillas, y una alacena que contenía una vajilla sencilla y funcional.

—Creo que era aquí donde comían —murmuró Asteria—. Tiene cierto sentido, si solo eran dos personas. Pero ¿dónde cocinaban?

—A las hadas no les hace falta cocinar —respondió Cornelio—. Recuerdo que, cuando yo era niño, mi madrina solía hacer aparecer mis platos predilectos simplemente agitando la varita.

—¿De verdad? Qué conveniente.

La siguiente estancia también parecía habitable. Se trataba de un dormitorio femenino, agradable y acogedor. Media docena de muñecas, primorosamente vestidas y peinadas, montaban guardia sobre la cama de dosel. Había un escritorio con un taburete, y una pequeña estantería con varios libros. Asteria se llevó la mano al pecho, emocionada.

—Esta era la habitación de mi hija —susurró—. Pero salta a la vista que... no ha vuelto a este lugar —añadió con tristeza.

Cornelio, que se había quedado junto a la puerta, se abstuvo de interrumpirla y salió de nuevo al pasillo, con discreción. Pasó entonces a examinar la siguiente estancia, un amplio dormitorio bien acondicionado con una chimenea, una cama con dosel, un tocador, una mecedora y un pequeño estante con un par de docenas de libros. Había también un baúl en un rincón, pero el príncipe no fue capaz de abrirlo.

—Así que aquí era donde dormía la criatura que secuestró a Felicia —dijo entonces la reina desde la puerta.

El príncipe se volvió hacia ella.

—Confieso que esperaba algo más... mágico —comentó—. Con objetos encantados y cosas parecidas.

Asteria ladeó la cabeza con interés.

—Tal vez los guarde en otro lugar. Vale la pena echar un vistazo.

Cornelio se fijó en la fina capa de polvo que cubría los muebles y se encogió de hombros.

—¿Por qué no? Aquí ya no vive nadie.

El resto de las habitaciones de la primera planta no les aportaron nada interesante. Daba la sensación de que la última dueña del castillo se había esforzado mucho en librarse de cualquier cosa que pudiese sobrarle.

—Este castillo estaba mejor amueblado cuando la otra bruja vivía aquí —evocó Asteria—. Recuerdo una habitación en particular...

Frunció el ceño, tratando de recuperar aquella información de lo más profundo de su memoria.

—Solo pude verlo a distancia, a través de mi espejo mágico —prosiguió—. Camelia y Simón entraron en el dormitorio de la bruja. Allí, sobre el tocador, había un espejo, un cepillo y un peine, y ella dijo que los tres eran mágicos. Se llevó solo el primero, que era lo que había ido a buscar..., pero los otros objetos los dejó allí. Además —recordó de pronto—, había otros espejos en la habitación. Dos o tres de cuerpo entero, seguro, y alguno más colgado en la pared. Camelia no les prestó atención, pero estoy convencida de que eran mágicos también. Me gustaría echarles un vistazo.

Como recordaba bastante bien el camino, no tardaron en llegar a la estancia que estaban buscando. Pero, de nuevo, se quedaron decepcionados, porque estaba vacía. La única decoración que quedaba era un pequeño cuadro en la pared del fondo, que representaba a un hada que descansaba al pie de un árbol con una plácida sonrisa en los labios. Parecía incongruente en aquel lugar silencioso y abandonado, pero ninguno de los dos se molestó en mirarlo dos veces.

—¿Y los espejos? —se preguntó Asteria, perpleja—. ¿Qué habrá hecho con ellos?

Cornelio la miró con curiosidad.

—¿Habéis venido aquí a buscar a vuestra hija... o a saquear los tesoros de la bruja?

Ella levantó el mentón, un tanto ofendida.

—No pienso renunciar a nada que me ayude a encontrar a Felicia. Si hallamos aquí algún objeto mágico que podamos utilizar...

—Entiendo —asintió el príncipe.

Sospechaba que la reina echaba de menos el Espejo Vidente, que ya había mencionado en varias ocasiones. Sin duda, si todavía contase con él, le sería mucho más sencillo localizar a su hija.

—Felicia me contó que una vez, cuando era niña —rememoró el joven—, logró salir del castillo a través de un espejo mágico. Camelia la encontró y la trajo de vuelta. ¿Y si después decidió deshacerse de todos los objetos encantados para evitar que su ahijada escapase de nuevo?

La reina inclinó la cabeza, pensativa.

—Es posible. Pero ¿los destruyó, o solo los guardó en otro lugar?

—Si los conservó en el castillo, puede que los ocultara en el sótano de las estatuas. Donde yo estuve petrificado durante cien años. —Cornelio se estremeció—. Felicia me dijo que Camelia mantenía sellada esa sala, pero...

—Vale la pena intentarlo.

Cornelio asintió. Salió de nuevo al pasillo, donde el soldado montaba guardia, imperturbable.

Antes de dar media vuelta, Asteria echó un último vistazo al dormitorio. Su mirada resbaló por encima del cuadro como si no estuviese allí. Pero, cuando iba a apartar la vista, oyó un susurro en su mente:

«Míralo otra vez».

Y la reina fue de pronto consciente de la presencia de la pintura.

La voz del espejo

Frunció el ceño, extrañada por haberlo pasado por alto, y se acercó a examinarlo. El hada del retrato era muy joven y tenía el cabello rojo como el fuego y los ojos dorados. La reina la reconoció: era una versión más inocente y amable de la bruja que había ocupado aquel castillo antes de Camelia.

«Parece que ya habías oído hablar de mí», dijo la voz.

Asteria dio un respingo, alarmada, y miró a su alrededor. Pero estaba sola.

«Adelante», la invitó su misteriosa interlocutora. «Dale la vuelta».

La reina comprendió de pronto. Alzó la mano para tocar el retrato, pero se detuvo.

—¿Quién eres? —inquirió en voz baja, con cierto recelo—. ¿Cómo sé que puedo fiarme de ti?

«En circunstancias normales, no deberías», admitió la voz. «Pero resulta que mi cuerpo lleva años petrificado en el sótano… y, con él, mis poderes mágicos. Lo único que queda de mí está atrapado en este espejo».

—Espejo —repitió Asteria con interés.

Decidida, alargó la mano hacia el cuadro. Se estremeció al rozarlo con la punta de los dedos, como si esperara caer fulminada por la magia de la bruja. Pero nada sucedió, de modo que dio la vuelta al cuadro… y descubrió que, tal como la voz le había anticipado, se trataba en realidad de un espejo.

Lo descolgó y lo examinó con ansiedad. Pero la superficie pulida solo le devolvió su reflejo. Sacudió la cabeza. ¿Se lo estaría imaginando todo?

—Majestad, ¿va todo bien?

La voz de Cornelio desde la puerta la sobresaltó. Se apresuró a esconder el espejo bajo la capa antes de darse la vuelta.

—Sí. Sí, disculpa, estaba… perdida en mis recuerdos.

—He encontrado el camino hasta el sótano. ¿Me acompañáis?

—Por supuesto.

Salió de la estancia, con el espejo bien guardado entre sus ropas, para reunirse con Cornelio. El soldado vivificado, que había estado montando guardia junto a la puerta, los siguió pasillo abajo.

Llegaron hasta la puerta de la sala que cobijaba la colección de estatuas de la bruja. El príncipe la contempló unos instantes con expresión indescifrable.

—¿Estás seguro de que quieres entrar? —le preguntó la reina.

Después de todo, había pasado cien años atrapado en aquel mismo lugar, convertido en piedra. Pero él asintió con valentía.

No obstante, por más que lo intentaron, la puerta no se abrió. Cornelio trató de echarla abajo, sin éxito. Asteria ordenó al soldado que lo ayudara, pero ni siquiera entre los dos lograron derribarla.

«No lo conseguirán», susurró la voz en la mente de Asteria.

Ella se sobresaltó. Estuvo a punto de dejar caer el espejo encantado que sujetaba bajo su capa, pero lo retuvo a tiempo.

—¿Majestad? —la llamó Cornelio, preocupado.

—¿Habéis oído eso? —interrogó ella a su vez.

Pero ambos hombres negaron con la cabeza.

«Solo tú puedes oírme, reina de Vestur», dijo la voz del espejo. «Porque yo he elegido comunicarme únicamente contigo».

Ella vaciló, insegura. Pero su interlocutora no había terminado de hablar.

«Esta puerta está protegida por la magia. Camelia se aseguró así de que nadie pudiese entrar sin su consentimiento».

—Pero mi hija lo hizo —señaló ella en voz alta—. Entró aquí y desencantó a Cornelio… Te desencantó —se corrigió al ver que el príncipe la miraba perplejo—. Si la entrada está sellada con magia, ¿cómo fue capaz de hacerlo?

Cornelio reflexionó.

—Ella tenía una llave mágica capaz de abrir cualquier puerta —recordó—. O, al menos, eso me contó.

Asteria alzó la cabeza con sorpresa.

—¿De verdad? Nunca me lo dijo.

«Qué interesante», susurró la voz del espejo.

Cornelio se apartó de la puerta con un suspiro.

—Me temo que no podremos entrar, al menos hoy —declaró. A Asteria le pareció que se mostraba discretamente aliviado—. ¿Regresamos a Vestur, pues?

—Todavía no —respondió la reina—. Hay algunas cosas que quiero investigar.

«Oh, sí», asintió la voz. «Tenemos mucho de que hablar».

En el cuarto de costura

Y no importa cuánto intente convencerla, es como conversar con una pared —se quejó Felicia con un suspiro—. Como si no entendiera de qué le estoy hablando. No me refiero a que sea tonta, ¿sabes?, porque creo que es muy inteligente, aunque no parece muy instruida. Quiero decir que apenas sabe leer. Pero es muy juiciosa y ha viajado mucho, así que en realidad sabe del mundo mucho más que yo. Sin embargo, en cuanto le menciono la posibilidad de abandonar el castillo para ir a buscar a Camelia..., me mira como si le estuviese hablando en un idioma extranjero. Es como si no le entrase en la cabeza. Si se trata de un conjuro, ¿cómo podemos neutralizarlo?

—No lo sé, Felicia —respondió Quinto.

Ella suspiró de nuevo.

—Debes llamarme Federica cuando estemos delante de otras personas —le recordó.

—Lo sé, pero aquí estamos solo nosotros dos —replicó el soldado.

Lo cual era estrictamente cierto.

El cuarto de costura estaba situado en una coqueta torrecilla orientada al este. Allí, la reina Afrodisia se reunía con sus doncellas todas las mañanas para confeccionar exquisitas labores de encaje y bordado que realizaban más como pasatiempo que por verdadera dedicación. Por las tardes, la habitación quedaba libre para que las criadas pudiesen hilar, coser y remendar la ropa más basta.

Los trajes de los príncipes no entraban en ninguna de las dos categorías. Como los niños eran bastante revoltosos, sus blusas, medias y calzas se rompían y rasgaban a menudo. Eran prendas pequeñas y delicadas, confeccionadas con telas finas y, por descontado, muy caras. Nada que la reina quisiera dejar en manos de una criada cualquiera. Pero, como Felicia había demostrado que se le daba bien y sus modales probaban que procedía de una familia distinguida, la soberana de Mongrajo había dado el visto bueno a la decisión del ama de llaves.

De modo que la muchacha se pasaba las tardes en el cuarto de costura, sola, por lo general. Y, como no tenía a nadie con quien charlar, sacaba al soldado de la faltriquera y lo devolvía a la vida para que le hiciese compañía.

Por el momento, nadie los había sorprendido allí. Se debía, en parte, a que aquella era la hora de las célebres recepciones de la reina, cuando se reunía con los nobles, artistas y poetas de su corte... y, desde la trágica muerte del rey, también con pretendientes llegados de todos los reinos. Casi todo el mundo en el castillo estaba pendiente de lo que sucedía en el salón del trono, por lo que nadie se molestaba en subir hasta la sala de costura de la torre.

A pesar de estar rodeada de gente, a menudo Felicia se sentía muy sola. Rosaura andaba siempre corriendo de aquí para allá, ocupada en mil tareas. Nereva se pasaba el día cuidando de los príncipes y, por la noche, cuando por fin se reunía con su compañera de viaje en el cuarto que ambas compartían, se limitaba a quejarse por todo, a criticar a la reina Afrodisia y a enumerar todas las travesuras que los niños habían perpetrado a lo largo del día. Felicia, que nunca antes había tenido una compañera de cuarto, había comenzado por escucharla primero con simpatía y después con paciencia, y ahora se esforzaba por soportarla con callada resignación.

A Fabricio, por otro lado, nunca le veían el pelo. Había llevado su baúl a la biblioteca, había extendido un jergón en el suelo y ya raramente salía de allí.

Felicia no podía evitar pensar en Arla, alojada en una posada en la ciudad. A menudo deseaba abandonar el castillo e instalarse allí también, porque el bullicio urbano le parecía mucho más interesante que la rutina del castillo. Pero temía que, si ella misma no conseguía convencer a Rosaura para que los acompañara, nadie más sería capaz de hacerlo.

—Empiezo a estar inquieta —le confesó a Quinto—. Han pasado

ya varios días desde que me fui de casa, y en la nota que dejé les decía a mis padres que regresaría por la mañana. Seguro que estarán preocupados. ¿Crees que debería enviarles un mensaje?

—¿Deseas que lleve un mensaje de tu parte a los reyes de Vestur? —preguntó Quinto.

Felicia lo consideró un momento. Después negó con la cabeza. Había ocultado a sus padres el hecho de que contaba con un soldado vivificado como escolta. Si lo enviaba de regreso a Vestur, ellos lo descubrirían y quizá ya no le permitiesen quedárselo.

—Lo que tenemos que hacer es averiguar cómo romper la maldición de Rosaura cuanto antes —declaró—. Así podremos encontrar al zorro y... —Se detuvo un momento, pensativa—. ¿Te has dado cuenta de que Rosaura lleva colgado al cuello un silbato del que nunca se separa?

—No, porque aún no he tenido el placer de conocerla —replicó Quinto.

Felicia pestañeó, un poco desconcertada. El soldado había hablado con tono neutro y expresión seria, pero a ella le había parecido detectar cierta ironía en sus palabras. «Seguro que me lo estoy imaginando», pensó.

Después de todo, Quinto no era una persona de verdad. Felicia no veía el menor inconveniente en charlar con él, puesto que estaba acostumbrada a mantener conversaciones con seres inanimados. Con sus muñecas, cuando era niña, o con las estatuas encantadas del sótano, ya un poco más mayor. El hecho de que ni unas ni otras pudiesen contestarle no había supuesto nunca un impedimento para la princesa, porque era perfectamente capaz de hablar por todas ellas.

Quizá por eso todavía le sorprendía recibir respuestas por parte de Quinto.

Sacudió la cabeza.

—El caso es que tiene un silbato —continuó—. Y pienso que podría ser un objeto mágico, ¿sabes? Para comunicarse con Ren en caso de necesidad.

—Entonces, ¿por qué no intentas quitárselo para usarlo tú?

—No creas que no lo he pensado. Pero ¿y si solo funciona cuando lo usa ella? ¿Y si, en efecto, invoca a Ren, pero él se niega a hablar con nosotros? No; si queremos que el zorro nos ayude, necesitamos la colaboración de Rosaura.

—Entiendo —asintió Quinto.

Los dedos de Felicia se detuvieron un instante sobre su labor. Esa era una cosa extraña del soldado, pensó. A veces no se limitaba a responder a sus preguntas, sino que aportaba ideas propias, como si tuviese... criterio.

—Tenemos que encontrar otra manera —prosiguió—. Si Rosaura...

—Viene alguien —advirtió Quinto de pronto.

—Soldado, tu general te da licencia —se apresuró a susurrar ella.

De inmediato, el joven se transformó de nuevo en una figurita de madera. Felicia se levantó de su asiento para recogerla del suelo.

Alguien entró en la sala justo cuando se la guardaba en la faltriquera.

—¡Ay, disculpad! Creía que no había nadie aquí. Solo he venido a buscar... ¡Oh, Felicia! ¿Eres tú? ¿Estás sola? Me había parecido oír que hablabas con alguien...

Se trataba de Rosaura, y la muchacha le dedicó una amplia sonrisa, aún con el corazón acelerado.

—No, no, solo estaba... remendando las medias del príncipe Ambrosio... ¿O son las de Apolonio? —Sacudió la cabeza—. La verdad es que sus altezas se rompen las medias a menudo. Quizá la seda no sea un material apropiado para vestir a niños de tan corta edad, después de todo. ¿No te parece? Aunque sean príncipes.

—No tengo la menor idea —contestó Rosaura—. Nunca se me dieron bien estas cosas. Y hablando de eso..., ¿tú sabes dónde guarda la reina el paño que está bordando? Desea enseñárselo al príncipe Alteo de Zarcania, que ha venido a cortejarla, y me han enviado a buscarlo.

Felicia se asombró, una vez más, de la capacidad de su interlocutora para encargarse ella sola de casi todas las tareas domésticas del castillo.

—Debe de ser la labor que está en esa cesta —le indicó. Observó a Rosaura mientras tomaba el paño con cuidado, y le preguntó con interés—: ¿Cómo es que no sabes coser? ¿Nadie te ha enseñado?

Ella negó con la cabeza.

—Creo que intenté aprender, cuando era pequeña —explicó—. Pero me pinché con la aguja y manché de sangre una blusa a la que mi madrastra tenía mucho aprecio... Me castigó por ello y me prohibió volver a coser, bordar o remendar. Y desde entonces soy un desastre con las agujas —confesó con una amplia sonrisa.

El entrecejo de Felicia se arrugó mientras pensaba a toda velocidad.

—¿Allí es donde aprendiste a hacer todas las tareas del hogar? —preguntó—. ¿En casa de tu madrastra?

—Sí, porque mis hermanastras eran un poco perezosas, ¿sabes? Así que yo me ocupaba de todo, hasta que Camelia me llevó con ella. —Se detuvo un momento, pensativa—. Aunque no tuve una infancia feliz, por lo menos aprendí a llevar una casa. —Pestañeó de pronto, como si acabara de despertar de un sueño—. ¡Pero no puedo quedarme a charlar! —exclamó con entusiasmo—. Aún queda mucho trabajo por hacer, y tú también deberías terminar de remendar esas medias.

Y se fue, dejando a Felicia a solas.

—Creo que hemos descubierto el origen de la maldición que pesa sobre Rosaura —anunció ella.

Tardó unos segundos en percatarse de que Quinto volvía a ser un soldado de madera y, por tanto, no podía ya escucharla. Con un suspiro de resignación, abandonó la sala para ir en busca de Nereva.

Su legítima esposa

Cuando Felicia llegó al cuarto de los niños, donde esperaba hallar a Nereva, la recibió una algarabía inusual. Al abrir la puerta, descubrió a los cuatro príncipes de Mongrajo armando escándalo sin ningún control. Apolonio, el mayor, perseguía a su hermano Ambrosio por toda la habitación y le hacía cosquillas cada vez que lograba atraparlo. El niño chillaba y reía a partes iguales, se zafaba y volvía a escapar. Anselmo, el segundo de los príncipes, estaba sentado en un rincón con las piernas cruzadas y golpeaba un perol con un cucharón, ambas cosas sin duda escamoteadas de la cocina. Mientras tanto, la princesa Anastasia, descalza y en camisón, bailaba sobre la cama al ritmo de la «música» de su hermano mientras cantaba a voz en grito una tonadilla infantil.

—¡Altezas! —exclamó Felicia, entre asustada y desconcertada—. ¿Qué está sucediendo aquí?

Como había crecido sin la compañía de otros niños, no estaba acostumbrada a aquellas escandaleras.

Ambrosio se había escondido bajo la cama entre risas, y Apolonio intentaba alcanzarlo, arrastrándose por el suelo como si fuese una lombriz.

Anselmo reparó por fin en la presencia de la joven y dejó de golpear el perol, cosa que Felicia agradeció para sus adentros.

—¿Quién eres tú? —le preguntó con recelo.

—¡Yo lo sé! —chilló Anastasia—. ¡Es la costurera!

Apolonio se incorporó, con el rostro colorado por el esfuerzo.

—No —la contradijo—. Es la hija de la dama Nereva.

—Soy las dos cosas, al parecer —suspiró ella—. ¿Dónde está Nere... mi madre? —se corrigió.

Apolonio se encogió de hombros.

—Se fue corriendo a ver al príncipe Alteo —respondió—. Intenté decirle que él ha venido a visitar a mi madre y no a ella, pero no me hizo caso.

—¿Y os ha dejado solos? —se indignó Felicia.

Sabía que Nereva era una mujer egocéntrica y que no le gustaban los niños de Mongrajo, pero la creía mucho más responsable.

El príncipe ya no la escuchaba. Volvía a perseguir a Ambrosio, que había abandonado su escondite en silencio cuando su hermano estaba distraído. Anastasia saltaba de nuevo sobre la cama entre chillidos emocionados y Anselmo aporreaba otra vez el perol.

Con un suspiro resignado, Felicia cerró la puerta y se alejó de la alcoba, preguntándose qué pretendía hacer Nereva en la recepción de la reina. Temía que pudiera cometer alguna indiscreción.

No tardó en descubrir que tenía razón en preocuparse. Apenas había enfilado el pasillo que conducía al salón del trono cuando oyó voces airadas. Consternada, Felicia reconoció en primer lugar la de su compañera de viaje.

—¡... Y sabía que no podía confiar en ti! ¡Que volverías a verla en cuanto te perdiese de vista un momento! —estaba gritando Nereva.

—¡Te marchaste sin avisar a nadie y sin dar la menor explicación! —le respondió en el mismo tono una voz masculina—. ¿Qué pretendías que hiciera?

—¡Esperar a que regresara, igual que yo te esperé a ti todas y cada una de las veces que te fuiste de caza, o a la guerra, o a visitar a tus amigos!

—¡Yo no...!

—Alteo —intervino la voz de la reina Afrodisia, gélida—. ¿De qué conocéis vos a mi niñera, si puede saberse?

Felicia se abrió paso entre el servicio que se había congregado junto a la puerta para escuchar lo que sucedía al otro lado. Se estaba preguntando si el ama de llaves los regañaría por descuidar su trabajo para andar husmeando tras las puertas cuando se dio cuenta de que ella se encontraba allí también, entre los criados, estirando el cuello para no perderse detalle de lo que ocurría en el salón del trono. Rosaura, en cambio, no se hallaba presente.

—¿Vuestra niñera? —estaba diciendo el príncipe Alteo—. ¿De qué estáis hablando?

—¡Soy su legítima esposa! —proclamó Nereva.

—¿¡Su esposa!? —repitió Afrodisia con indignación.

—¿Has venido hasta Mongrajo para cuidar de los hijos de la reina Afrodisia? —prosiguió Alteo, atónito—. ¿Acaso has perdido el juicio?

—¡Oh! —comprendió entonces la reina—. Ya sé quién sois. La princesa Verena de Rinalia, ¿no es así?

—De Rinalia y de Zarcania —precisó ella con orgullo.

—Ay, no —murmuró Felicia tras la puerta, al darse cuenta de que su compañera acababa de echar por tierra la coartada de los Buscadores.

No le sorprendió descubrir que Nereva viajaba bajo un nombre falso, porque ella misma también lo hacía. No obstante, la verdadera identidad de la dama le resultaba familiar. Verena de Rinalia... ¿Dónde había oído antes ese nombre? Era poco probable que Camelia lo hubiese mencionado, pues nunca le hablaba de sus otros ahijados.

El ama de llaves reparó entonces en ella.

—¡Federica! ¿Eres la hija de los príncipes de Zarcania? —le preguntó con perplejidad—. ¿Una princesa también?

—Sí..., es decir, no...

Se dio cuenta de que los otros criados la observaban con estupor. Tragó saliva.

—Es complicado... —empezó a decir; pero el ama de llaves la hizo callar con un gesto, porque la reina seguía hablando al otro lado de la puerta del salón.

—Me han hablado mucho de vos —estaba diciendo—. Pero aún no tenía el gusto de conoceros personalmente.

Verena murmuró algo que los espías al otro lado de la puerta no fueron capaces de entender.

—Tengo curiosidad por saber —prosiguió la reina Afrodisia— qué habéis venido a hacer en mi castillo, por qué habéis mentido sobre vuestra verdadera identidad y quiénes son el marido y la hija que habéis traído con vos.

—¿Marido? —coreó Alteo sin entender.

—Al parecer, tiene un esposo, y no sois vos —le confió Afrodisia—. Y una hija ya mayorcita. Es curioso —añadió—, porque tenía entendido que esto..., en fin..., es un asunto delicado en Zarcania.

—¿Marido? —seguía repitiendo el príncipe, muy ofuscado—. ¿Y una... hija?

Hubo un momento de silencio en el salón, mientras Alteo y Afrodisia esperaban una explicación por parte de Verena. Pero, como ella no dijo nada, la reina dejó escapar un suspiro resignado y concluyó:

—Vamos a llegar al fondo de esta cuestión. Si vos os negáis a hablar, buscaremos respuestas en otra parte. —Se oyó entonces un sonido de campanilla—. ¡Prudencia! ¡Prudencia! —llamó.

El ama de llaves dio un respingo.

—¡Voy, señora! —exclamó.

Abrió la puerta, se atusó un poco la falda y el cabello, inspiró hondo y entró en el salón. No llegó a cerrar tras de sí, sin embargo; dejó abierta una rendija, quizá por descuido, tal vez en consideración a los criados que curioseaban desde el pasillo.

Todos se apresuraron a tomar posiciones cerca de la obertura para poder ver alguna cosa. Felicia, que no tenía experiencia en aquellas lides, fue demasiado lenta y tuvo que conformarse con seguir escuchando.

Las voces se oían ahora con mayor claridad.

—¿Me habéis llamado, majestad? —preguntó el ama de llaves con un hilo de voz.

—Me complace que hayas respondido con tanta celeridad a mi llamada —replicó la reina con acidez—. Sin duda serás capaz de hacerlo más a menudo, y no solo cuando tenemos invitados ilustres en el salón del trono.

—Sí, señora —farfulló ella, abochornada.

—Tú acogiste en mi castillo a esta dama y a su... «familia». Pero ella no es quien decía ser.

—No... no lo sabía, majestad.

—Salta a la vista. Ve a buscar a su esposo y a la costurera. Quiero hablar con ellos.

—Sí, majestad.

La voz del ama de llaves sonó aliviada ante la perspectiva de poder retirarse por fin. Los criados se apartaron rápidamente de la puerta. Ella salió de nuevo al corredor y pasó entre ellos, resoplando.

—La reina te reclama —le dijo a Felicia sin detenerse—. Compórtate como es debido en su presencia.

Y se alejó pasillo abajo, en dirección a la biblioteca.

Manos de oro

Felicia tragó saliva y empujó la puerta para entrar en el salón del trono, sintiendo los ojos de los criados clavados en ella.

—¡Ah! Otra que se presenta con prodigiosa rapidez —comentó la reina—. Así da gusto. ¿Vuestros criados también se manifiestan cual fantasmas en cuanto los invocáis? —les preguntó a Alteo y Verena. Ninguno de los dos respondió, por lo que Afrodisia se encogió de hombros y prosiguió—: En fin, supongo que depende de si tienen o no por costumbre escuchar conversaciones ajenas tras las puertas. Es un vicio muy feo, jovencita... ¿Cómo te llamas, por cierto?

—Fe... Federica —balbuceó Felicia.

—¿Y eres realmente la hija de la princesa Verena de Rinalia?

Ella abrió la boca, preguntándose qué debía contestar. En realidad, tampoco tenía especial interés en mantener la farsa de la familia fingida. Ahora que Verena había revelado su verdadera identidad, y en vistas de que no parecía estar en términos particularmente amistosos con la dueña del castillo, era poco probable que les permitiesen quedarse allí.

Si al menos hubiese encontrado la manera de convencer a Rosaura para que contactara con Ren...

Y entonces se le ocurrió una idea.

—Lo cierto es que... no, no soy su hija —respondió por fin con prudencia.

Verena dejó escapar un suspiro resignado, pero Alteo se mostró muy aliviado.

—Y supongo que ese... hombre con el que has venido... no es realmente tu esposo —la tanteó.

—Oh, ¿y a ti qué más te da? —replicó ella—. ¡Si has venido aquí a cortejar a otra mujer!

—¿Y qué esperabas que hiciera? ¡El reino necesita un heredero! —se defendió él.

—¿Y por eso pretendías sustituirme por una mujer que ya ha dado a luz a cuatro hijos? —estalló Verena—. ¿No se te ha ocurrido pensar que cualquiera de ellos podría disputar el trono a tus propios vástagos?

Alteo pestañeó, confuso.

—Dejemos las riñas conyugales para más tarde, si no os molesta —cortó Afrodisia con frialdad—. Lo que quiero saber es qué se os ha perdido en mi castillo —prosiguió, dirigiendo una mirada ceñuda a Verena—. Con mis hijos —añadió, irritada.

Ella se encogió de hombros con un resoplido de indiferencia.

—Vuestros hijos no me interesan lo más mínimo.

—Sois vos quien los considera una amenaza para los intereses de los herederos que todavía no tenéis —le recordó Afrodisia.

—¡Cómo os atrevéis a...! —se ofuscó Verena.

—Si me lo permitís, majestad —se apresuró a intervenir Felicia—, la princesa de Rinalia dice la verdad. No hemos venido aquí por los príncipes. Es cierto que las tareas que realizamos son solo una excusa para permanecer en el castillo, pero es otra la persona a la que hemos venido a buscar.

La reina alzó una ceja.

—Explícate.

Y Felicia comenzó a exponer su historia a medida que la iba desarrollando en su cabeza, trenzando la verdad con un relato inventado.

—Tuvimos noticia de una joven que fue criada en el país de las hadas, y que obtuvo por ello dones extraordinarios. Se dice que sus dedos son mágicos y que, al hilar, es capaz de convertir en oro puro todo cuanto hace pasar por la rueca. Seda, lino, lana, algodón..., cualquier cosa. Incluso paja —añadió, en un arrebato de inspiración.

—No me digas —respondió la reina con escepticismo.

—¿De verdad? —se asombró Verena.

Felicia le dirigió una mirada de advertencia.

—Oh, sí —respondió, asintiendo con seguridad—. Tiene manos

mágicas, y por eso es capaz de hacer todas las tareas domésticas con tanta eficiencia. Las únicas labores que se niega a realizar son las de costura, y es por esta razón: porque todo el mundo descubriría cuál es su verdadero poder.

—Interesante —murmuró la reina, aunque no parecía en absoluto impresionada—. Y dices que esa... joven... ¿se encuentra aquí, en mi castillo?

—Sí, majestad. Su nombre es Rosaura.

—Rosaura —repitió Afrodisia—. Sí, he oído hablar de ella. ¡Ah, justo a tiempo! —exclamó entonces.

Felicia se dio cuenta de que el ama de llaves había vuelto a entrar en el salón del trono, acompañada de Fabricio, que miraba a su alrededor con el ceño fruncido.

—Deduzco que tú eres el bibliotecario, ¿no es así? —le preguntó la reina.

—Y el supuesto marido de Verena —añadió Alteo. Se había cruzado de brazos y estudiaba al recién llegado con gesto hosco.

Fabricio les devolvió una mirada recelosa. Felicia había notado que se había vuelto todavía más huraño desde que vivía en el castillo. Había ido a visitarlo a la biblioteca un par de veces, pero, como él solo le respondía con gruñidos y monosílabos, sencillamente había dejado de hacerlo. Fabricio estaba realizando un trabajo de catalogación bastante serio, por otro lado. Por lo que ella tenía entendido, el ama de llaves estaba bastante satisfecha al respecto.

—Sí —respondió él con cautela. Se llevó la mano a la nariz un momento y no añadió nada más.

—Pero no eres realmente su esposo —quiso asegurarse Afrodisia—. Ni tampoco el padre de esta muchacha, ¿no es cierto?

Fabricio tardó un poco en responder. Dirigió una mirada de circunstancias a sus compañeras, y Verena asintió con un suspiro.

—Adelante, díselo. Ya da lo mismo, supongo.

—No —contestó entonces Fabricio.

—¿Quién eres, pues? —siguió preguntando la reina.

—Me llamo Fabricio —dijo él simplemente—. Ahora trabajo en la biblioteca.

—Sí, eso es obvio. Pero ¿qué has venido a hacer realmente a mi castillo?

Él volvió a mirar de reojo a Felicia y Verena antes de responder:

—Vinimos en busca de una joven llamada Rosaura.

La reina esperó a que añadiera algo más, pero Fabricio permaneció en silencio.

—Eres un hombre de pocas palabras, ¿no es así? —dijo ella con cierta irritación.

—Sí —se limitó a contestar él.

—¿Y bien? —insistió la reina—. ¿Por qué es tan importante esa chica? ¿Es verdad que puede transformar la paja en oro?

—¿Qué? —replicó el bibliotecario, casi riéndose—. ¡Por supuesto que no!

—¡Fabricio! —protestó Felicia.

Él se cruzó de brazos y declaró, ceñudo:

—No voy a mentir por ti.

Felicia reprimió un grito de impotencia. Verena había tardado un poco en captar la situación y quizá no entendía del todo lo que estaba sucediendo, pero ahora se mantenía atenta y en silencio, dispuesta a seguirle el juego. En cambio, Fabricio, que era mucho más perspicaz y perfectamente capaz de comprender que Felicia traía algo entre manos, iba a dar al traste con su plan antes incluso de que ella tuviese la oportunidad de ponerlo en marcha.

—Así que no es verdad que esa joven…, Rosaura…, haya sido criada por las hadas —dedujo la reina. Empezaba a enfadarse de verdad, y Felicia comprendió que no le quedaban ya muchas opciones.

—Eso, de hecho, sí que es verdad —puntualizó Fabricio.

—¿Oh? —Afrodisia lo miró con interés—. ¿Y qué hay de su sorprendente aptitud para las tareas domésticas? ¿Es un don de las hadas también?

—Creo que es una habilidad sobrenatural. A mí me parece una maldición, pero supongo que algunos podrían considerarlo un don. Desconozco si le fue concedido por las hadas.

Mientras observaba a su compañero, Felicia se dio cuenta de que hablaba despacio y escogía muy bien las palabras. Recordó entonces la forma en que él le había advertido «No voy a mentir por ti», su tono apesadumbrado cuando mencionaba las maldiciones y aquel tic nervioso que lo llevaba a tocarse la nariz tan a menudo. Y tuvo una intuición.

—Pero sus manos no convierten en oro el hilo que utiliza para coser y bordar, ¿no es cierto? —seguía preguntando la reina.

Fabricio abrió la boca para responder, pero Felicia se le adelantó:

—Eso no lo puedes saber.

Él la miró desconcertado.

—¿Acaso la has visto hilar, coser o bordar alguna vez? —prosiguió la muchacha—. ¿Podrías afirmar sin ningún género de duda que Rosaura no es capaz de transformar en oro cualquier hilo que utilice para labores de costura?

Los ojos de Fabricio se iluminaron de pronto con un brillo de comprensión.

—No, no podría —confirmó con una media sonrisa—. Porque nunca he visto a Rosaura hilar, coser o bordar.

—Entonces, ¿es verdad o no? —insistió la reina, perdiendo la paciencia.

—No lo sé —respondió Fabricio.

Afrodisia se volvió de nuevo hacia el ama de llaves.

—¿Prudencia?

—Yo... tampoco podría decirlo, señora —confesó ella—. Es cierto que jamás la he visto realizar labores de hilado y costura. Ni acercarse a una rueca quiere. Y es verdad que es extraño, porque Rosaura, por lo demás, es muy competente en todas las otras tareas. Demasiado competente, diría yo. Tanto que tuve que despedir a la mitad del servicio porque ella sola trabaja por diez.

—Hum —murmuró la reina, pensativa.

—¿Lo veis? —señaló Felicia.

—Y, si es cierto lo que dices..., ¿qué es lo que queréis de ella? ¿Por qué habéis venido a mi castillo a buscarla?

—Bueno, ¿no es evidente? —soltó Verena, antes de que Felicia pudiese responder—. Quiero llevarla conmigo a Zarcania. Para que borde para mí los paños más exquisitos. Después de todo, las guerras no se financian solas —añadió, encogiéndose de hombros.

—Hum —repitió Afrodisia, entornando los ojos—. Pero el caso es que la muchacha está a mi servicio.

—¿De verdad creéis esa historia de la chica de las manos de oro? —intervino entonces Alteo, que había asistido a la conversación con aburrido desinterés—. Sé que la gente tiende a impresionarse mucho cuando alguien menciona a las hadas, pero, según mi experiencia, esas criaturas no causan más que problemas.

Felicia lo miró con curiosidad, preguntándose a qué «experiencia» en concreto se refería.

—Es tan sencillo como realizar una prueba —dijo, sin embargo—. Majestad, ordenad a Rosaura que hile paja hasta transformarla en oro. Si lo hace, demostrará que tenemos razón. Si no..., bueno, descubriremos entonces que estábamos equivocados.

—Es una idea interesante —admitió la reina. Alteo dejó escapar un resoplido escéptico, y ella se volvió para mirarlo con desaprobación—. Y vos, príncipe Alteo, ¿qué hacéis aquí todavía? Salta a la vista que no se os ha perdido nada en Mongrajo..., salvo que hayáis venido a buscar a vuestra *legítima esposa* —recalcó— para llevarla con vos.

Verena se cruzó de brazos, ceñuda.

—No me iré sin Rosaura, muchas gracias.

—Eso ya lo veremos —replicó Afrodisia.

Las dos cruzaron una mirada desafiante. Alteo se mostró inseguro de pronto.

—En realidad, yo...

—Vos tenéis una esposa y, aun así, habéis tenido la osadía de venir a cortejarme —cortó la reina con tono gélido—. No es la primera vez que jugáis a dos bandas conmigo, príncipe Alteo. Pero no habrá una tercera ocasión. Marchaos por donde habéis venido y no volváis a poner los pies en mi castillo.

Alteo abrió la boca para responder, pero no encontró las palabras. Se volvió hacia Verena, que seguía de brazos cruzados, observándolo con el ceño fruncido.

—No tienes intención de volver a casa, ¿verdad? —le preguntó a media voz.

La mirada de ella se suavizó un poco.

—No por ahora —respondió—, pero espero poder hacerlo algún día.

Él suspiró, sacudió la cabeza y abandonó el salón del trono sin despedirse de nadie y sin mirar atrás.

Rinalia y Zarcania

Por descontado, Rosaura declaró horrorizada que ella era completamente incapaz de transformar la paja en oro, en plata o en cualquier otro material. Pero, como Felicia había anticipado que eso era justo lo que iba a decir, la reina no se lo tuvo en cuenta. Encerró a la joven en una habitación con una rueca y un montón de balas de paja y le advirtió que no la dejaría salir hasta la mañana siguiente. Rosaura rogó y suplicó, pero Afrodisia no la escuchó.

—Estoy harta de engaños, mentiras y falsedades —se limitó a responder, encogiéndose de hombros—. Si la única forma de descubrir la verdad es obligarte a revelarla..., que así sea.

Felicia se sentía mal por Rosaura, pero esperaba que ella pudiera perdonarla cuando lograsen rescatarla del castillo.

—Entonces, ¿es o no cierto que puede transformar la paja en oro? —preguntó Verena aquella noche en la oscuridad de su cuarto, cuando ambas estaban ya acostadas cada una en su jergón.

La reina le había ofrecido, un poco de mala gana, una alcoba acorde a su condición. Pero, para sorpresa de todos, Verena había declarado que prefería regresar a la minúscula habitación que compartía con Felicia en el ala de los criados.

—Claro que no —respondió la muchacha—. Todo forma parte de un plan. Como Rosaura no podrá cumplir el encargo de la reina, llamará a Ren para que la ayude. ¡Y así podremos hablar con él y preguntarle por Camelia! Y aprovecharemos para pedirle que libere a Rosaura de su maldición.

—Hum —murmuró Verena, aún dubitativa—. ¿Crees que el zorro acudirá a su llamada?

—Debería, sí. Es lo que se supone que hacen los protectores sobrenaturales, ¿no?

—Hum. Puede ser. Pero te recomiendo que, la próxima vez que decidas poner en marcha un plan por tu cuenta, nos avises primero a los demás, sobre todo a Fabricio. Es importante que pueda prepararse con antelación si no quieres que lo eche todo a perder. ¿Entiendes?

—No es capaz de mentir, ¿no es cierto? —adivinó Felicia—. Por eso habla tan poco y no le gusta que le hagan preguntas. Porque se ve obligado a ser sincero todas las veces.

—Sí que puede mentir, en realidad —matizó Verena—. Pero, cada vez que lo hace, sufre... consecuencias desagradables. En fin, no soy quién para hablar por él. Si quiere darte más detalles, ya lo hará.

A Felicia le sorprendió gratamente que fuese tan considerada con la privacidad de su compañero. Claro que, por lo que sabía de ella, Verena tampoco mostraba un especial interés por contar secretos de otras personas. Sobre todo si tenía la posibilidad de hablar de sí misma, que era su tema de conversación favorito.

—¿Y qué hay de ti? —le preguntó Felicia entonces—. ¿De verdad estás casada con el príncipe Alteo de Zarcania... y te fuiste de casa sin decir nada a nadie?

Verena dejó escapar un suspiro teatral.

—Es una larga historia.

—No tengo sueño todavía —la animó su compañera.

—Muy bien. Pues, como sabrás, Camelia fue mi hada madrina también. Mis padres, los reyes de Rinalia, fallecieron en un sospechoso accidente de caza cuando yo era niña, y mi tío se convirtió en regente del reino. Como yo era hija única y la heredera al trono, y él un hombre ambicioso y sin escrúpulos, mi madrina temió por mi seguridad y me ocultó en un lugar apartado donde nunca podría encontrarme. —Suspiró de nuevo—. Una torre perdida en medio de la nada. Sin puertas.

—Oh —murmuró Felicia, evocando su propia infancia. Empezaba a descubrir un patrón.

—Y allí viví durante años, muerta de aburrimiento, hasta que un apuesto príncipe apareció por allí y me rescató.

—¿Alteo?

—Alteo, sí. Mi madrina me advirtió que no me casara con él, que debía esperar a cumplir la mayoría de edad para ser coronada reina de Rinalia y así poder contraer matrimonio en igualdad de condiciones. Pero yo no la escuché.

—Comprendo —murmuró Felicia, aunque en realidad no terminaba de captar los matices.

Verena siguió explicando:

—Alteo y yo nos casamos, y él envió a los ejércitos de Zarcania a conquistar mi reino y expulsar a mi tío de allí. En teoría, ahora Rinalia y Zarcania forman un solo territorio. —Suspiró—. Pero el padre de Alteo sigue siendo el rey. Así que nosotros aún somos príncipes de ambos reinos, aunque hace mucho tiempo que alcanzamos la mayoría de edad. Si hubiésemos esperado, yo sería ahora reina de Rinalia, y mi tío ya no podría reclamar el trono.

—¿Lo reclama todavía? —se sorprendió Felicia.

—Sí, porque… —Verena dudó un momento antes de proseguir, en voz muy baja—: Alteo y yo no hemos tenido hijos. Ni los tendremos nunca. —Tragó saliva—. Después de mi boda, mi tío me hizo llegar un melocotón envenenado. Yo no sospeché nada y me lo comí, y estuve muy enferma durante un tiempo… Logré sobrevivir y reponerme, pero perdí la capacidad de engendrar hijos.

—Oh, no, Verena. Lo siento mucho…

—De modo que, cuando el rey de Zarcania fallezca (y está ya anciano y enfermo), Alteo y yo heredaremos un reino cuya corona él no puede transmitir a sus hijos, y otro que conquistó por la fuerza y que yo tampoco podré mantener. Tengo muchos primos deseosos de recuperar Rinalia para repartírsela entre ellos, ¿sabes?

—Entiendo —dijo Felicia, y esta vez era verdad.

—Por eso Alteo está considerando buscar otra esposa. Y por eso yo necesito encontrar a mi hada madrina. Porque prescindí de sus servicios cuando conocí a Alteo, pero ahora la necesito… para que arregle lo que aquel melocotón envenenado destruyó.

—¿Crees que… sería capaz?

—¿A quién voy a recurrir, si no? He de intentarlo, al menos.

Felicia no supo qué decir. Permanecieron en silencio un momento, hasta que Verena preguntó, un poco reticente:

—Y tú, ¿por qué buscas a Camelia? ¿Cuál es tu verdadera historia?

Felicia vaciló.

—No sé si estoy preparada para contarla... —empezó.

—Ah, bueno, no pasa nada —se apresuró a responder Verena—. Hasta mañana, pues.

—Hasta... mañana —contestó Felicia, perpleja y un tanto decepcionada.

Aguardó unos instantes por si su compañera cambiaba de idea, pero no tardó en oírla roncar suavemente desde su jergón. Suspiró para sus adentros. Tal vez fuera mejor así, pensó. Desde luego, no podía confiar sus secretos al hombre que no podía mentir ni a la dama que solo pensaba en sí misma. Probablemente Arla, que parecía más discreta y sensata, la escucharía con mayor atención y seriedad.

De todos modos, se le ocurrió de pronto, quizá no hiciera falta permanecer en el anonimato durante mucho más tiempo. Si su plan daba resultado, Ren se presentaría en el castillo de Mongrajo y los conduciría hasta Camelia, y ella la reconocería al instante. Pero para entonces ya no importaría.

Sonriendo ante la posibilidad de culminar con éxito su búsqueda muy pronto, Felicia se quedó dormida.

La triste huella de una bruja

Asteria se había instalado en la habitación que había pertenecido a su hija. El otro cuarto amueblado era el de Camelia, pero Cornelio se negó a ocuparlo y optó por pasar la noche en la planta baja del castillo para custodiar la puerta principal. Habían enviado al soldado vivificado de regreso a Vestur con un mensaje para el rey Simón: el castillo de los espinos estaba abandonado, y debían reclamarlo antes de que otros lo hicieran en su lugar. El monarca, por tanto, tenía que hacerles llegar un destacamento de hombres de armas para defenderlo de posibles intrusos, y también algunos sirvientes para acondicionar el lugar.

La reina sospechaba que su esposo no recibiría aquellas nuevas con alegría. En lo que a él concernía, el castillo podía seguir abandonado, ser ocupado por las tropas de Mongrajo o arrasado hasta los cimientos por un terremoto, porque no le importaba lo más mínimo. Lo único que le preocupaba, y no sin razón, eran el paradero de Felicia y la amenaza de la reina de las hadas.

No obstante, Asteria confiaba en que el ejército de soldados vivificados bastaría para rechazar la invasión. Si era cierto que no les afectaba la magia —y ella misma lo había comprobado al atravesar el Bosque Maldito con Cornelio y su escolta—, las huestes de la reina Crisantemo no tendrían nada que hacer contra ellos.

Además, no había descartado que el castillo de los espinos custodiara secretos interesantes que los ayudaran no solo a recuperar a su hija, sino también a ganar la guerra.

Por el momento, la bandera de Vestur ondeaba ya sobre el torreón más alto de la fortaleza y Asteria se había encerrado en la antigua habitación de Felicia con el espejo entre las manos, dispuesta a escuchar las confidencias que la criatura que lo habitaba tuviese a bien susurrarle.

Ella se mostraba por fin en la superficie del espejo. La misma hada del retrato que lo adornaba por el otro lado, aunque... diferente. Su rostro aún era fresco y juvenil, pero sus ojos dorados habían perdido toda la inocencia, y había trocado la ropa ligera y de colores alegres por un vestido sobrio y elegante en tonos oscuros.

Cuando habló, los labios de su reflejo se movieron, pero su voz sonó de nuevo en la mente de Asteria.

«Es un placer poder conocerte por fin, reina de Vestur».

Ella reprimió un estremecimiento.

—Tú eres Magnolia, supongo —murmuró.

«Supones bien», respondió ella.

—¿Qué es lo que quieres de mí?

«Oh, eres franca y directa. Eso facilitará las cosas. Lo que quiero, reina de Vestur, es sencillo: dejar de estar petrificada en el sótano».

—Entonces es cierto —musitó Asteria—: tu cuerpo fue transformado en piedra por tu propio hechizo. ¿Estás segura de que sigue allí? Después de todo, Camelia estuvo viviendo muchos años en este castillo. Tal vez... se deshizo de él.

«Lo dudo mucho. Conozco a Camelia desde hace más de trescientos años, ¿sabes? Presume de ser muy práctica y sensata, pero en el fondo es una sentimental. Y eso será su perdición».

El corazón de Asteria se aceleró.

—¿Sigue viva, pues? Los jueces de mi reino la condenaron a morir en la hoguera...

«Un destino lógico para una bruja», comentó Magnolia con una sonrisa sardónica.

Asteria carraspeó, incómoda.

—Pero mi hija estaba convencida de que había sobrevivido, y se ha marchado de casa... para buscarla. ¿Crees que... la encontrará? —preguntó con angustia.

«¿Cómo quieres que lo sepa? Soy solo la triste huella de una bruja atrapada en un espejo», replicó ella con un mohín.

La reina inspiró hondo.

—Si consiguiera despetrificarte...

«No pierdas el tiempo. El hechizo es el que es: solo un beso de amor verdadero puede romperlo, y te aseguro que no hay nadie en el mundo que me ame a mí. Como debe ser, por otro lado», añadió sonriendo.

—Así pues, es cierto que las brujas sois incapaces de amar... o de ser amadas —dijo Asteria con un estremecimiento.

Magnolia se encogió de hombros.

«Las hadas pueden enamorarse. Pero el amor humano las vuelve humanas. El odio y el despecho, en cambio..., nos convierten en brujas».

—Oh. No lo sabía. Es... interesante.

«¿Verdad que sí?», sonrió Magnolia. «En todo caso, para tratar de desencantarme tendrías que llegar hasta mi cuerpo, que está en el sótano, protegido por una puerta sellada con magia».

—Pero mi hija posee una llave capaz de abrirla.

«Eso me ha parecido entender. No obstante, no es esa la única razón por la que voy a ayudarte a encontrarla, ni tampoco la más importante».

—Ah, ¿no? —preguntó Asteria, genuinamente intrigada—. ¿Qué puede ser más importante que dejar de estar atrapada en un espejo?

Los ojos dorados de la bruja relampaguearon de ira.

«La culpa de que yo me encuentre ahora en esta situación es de Camelia y de su amigo, el zorro. Él fue quien me convirtió en piedra, y ella ocupó mi castillo sin el menor remordimiento».

—Comprendo. Buscas venganza.

Magnolia asintió.

«Si Camelia sigue viva, te ayudaré a darle caza. A ella y al zorro. No me importa seguir transformada en piedra por toda la eternidad, si consigo acabar con ellos para siempre...».

Asteria sonrió.

—Veo que tenemos objetivos comunes. Camelia secuestró a mi hija, y el zorro nos ayudó a capturarla. Pero si es cierto que fue una treta para liberarla sin que nosotros lo supiésemos...

«Sin duda. Ren ha estado muy enamorado de ella desde siempre, ¿sabes?», le confió Magnolia con un brillo de diversión en la mirada. «Nunca lo admitió en voz alta, pero todas lo sabíamos. Todas menos Camelia, por supuesto. Siempre estaba demasiado ocupada como para darse cuenta de las cosas más evidentes», añadió, encogiéndose de hombros.

«Si él la salvó de la hoguera, ahora estarán juntos en algún lugar secreto. Probablemente en el Bosque Ancestral».

Asteria inclinó la cabeza, pensativa.

—Entonces, mi hija estaba en lo cierto...

«Es posible que ella supiese dónde buscarlos. Pero no podrá llegar hasta ellos sin ayuda. Y tú tampoco».

La reina dedicó una deslumbrante sonrisa a la criatura del espejo.

—Oh, pero resulta que yo sí cuento con ayuda.

La bruja le devolvió la sonrisa.

«Ciertamente, mi reina», respondió.

Balas de paja

Felicia se despertó muy temprano, sobresaltada. Había soñado que Ren acudía a rescatar a Rosaura mientras todos estaban durmiendo y se la llevaba lejos, y los Buscadores ya no eran capaces de alcanzarlos. Se levantó con el corazón acelerado. Había dado por supuesto que el zorro seguiría allí por la mañana, y que tanto él como su protegida mostrarían con orgullo a la reina Afrodisia madejas enteras de hilo de oro puro. Pero ¿y si el Ancestral se limitaba a rescatarla del castillo sin más?

Verena, en cambio, seguía durmiendo a pierna suelta sobre su jergón. Felicia se apresuró a vestirse, sacó al soldado de madera de debajo de la almohada para guardarlo en su faltriquera y salió de la habitación sin hacer ruido.

La reina había mandado encerrar a Rosaura en una sala del sótano que habitualmente se utilizaba como almacén. No era una celda en realidad, pero a Felicia se lo pareció, entre otras cosas, porque se encontraba en un pasillo húmedo y oscuro. La muchacha se apoyó en la puerta para aplicar el oído sobre la superficie de madera. Prestó atención, con el corazón en vilo. Oyó entonces que alguien lloraba al otro lado.

—¿Rosaura? —susurró, sintiéndose aliviada y culpable al mismo tiempo.

Ella dejó de llorar y se acercó a la puerta.

—¡Felicia! ¿Eres tú? ¿Dónde está la reina? ¿Y el ama de llaves?

—No lo sé, es muy temprano todavía. ¿No has podido… no has podido cumplir la tarea? —se atrevió a preguntar con un hilo de voz.

—¡Claro que no, es imposible! Ya te dije que yo no soy capaz de hacer cosas extraordinarias. Ni siquiera se me da bien la costura. ¿Por qué le contaste a la reina esa historia tan absurda?

—Pensé que Ren... te ayudaría... —farfulló Felicia.

—¿Ren? —repitió Rosaura con desconcierto—. ¿Cómo iba él a ayudarme, si no está aquí?

—Bueno, es un Ancestral... y tu protector o algo así, ¿no? Pensé que esto funcionaba... como con las hadas madrinas... Que puedes llamarlo cuando lo necesites... y él se presenta sin más.

Hubo un breve silencio al otro lado de la puerta.

—Pues... no, no es así —dijo Rosaura.

A Felicia se le cayó el alma a los pies.

—Tienes... un silbato del que no te separas. ¿No es para llamar a Ren?

—Sí, pero no lo puedo usar en cualquier parte... Espera, ¿cómo sabes...?

Felicia no la dejó terminar. Se oían pasos al fondo del pasillo, y ella se apartó de la puerta con rapidez.

La reina Afrodisia llegaba ya, acompañada del ama de llaves y de Verena, que parpadeaba con cara de sueño. Felicia se pegó a la pared, tratando de pasar inadvertida.

—¿Qué se supone que haces aquí? —le espetó la reina al verla.

—Venía solo... a saludar a Rosaura...

—¿Y bien? ¿Ha realizado la tarea que le encomendé?

Felicia no supo qué contestar, de modo que se encogió de hombros, con la vista clavada en el suelo. No se atrevió a mirar a Verena, que parecía haber espabilado un poco y le hacía gestos interrogantes.

La reina ordenó al ama de llaves que abriese la puerta. Ella obedeció y se apartó de inmediato con una reverencia para dejarle paso.

Afrodisia entró en la estancia, seguida de sus acompañantes. Felicia se apresuró a entrar tras ellas y miró a su alrededor.

La escena le resultó desoladora. Había varias balas de paja en un rincón. Rosaura había arrastrado una de ellas, medio deshecha ya, junto a la rueca instalada bajo la antorcha prendida del muro. Estaba claro que había tratado de cumplir con las órdenes de la reina, porque había algunas briznas de paja enrolladas en el huso y otras muchas en el suelo, alrededor de la rueca. Con todo, lo que más llamó la atención de Felicia fueron los restos de sangre sobre el artefacto. Horrorizada, miró las manos de Rosaura; ella se apresuró a esconderlas tras la espalda, muy avergonzada.

—Me he pinchado con el huso varias veces —murmuró, bajando la cabeza—. No se me dan bien estas cosas.

La reina apenas la estaba escuchando. Clavó la mirada en Felicia, que se había puesto colorada como la grana y no sabía dónde meterse.

—Me has mentido —dijo la soberana.

—Yo... parece que... estaba equivocada —balbuceó la muchacha—. Quizá Rosaura no sea capaz de... transformar la paja en oro, después de todo.

Ensayó una sonrisa de disculpa. Afrodisia, conteniendo la ira, se volvió hacia Verena, que contemplaba la escena con expresión adormilada y moderado desinterés.

—¿Vos no tenéis nada que decir? —la interrogó.

Verena se encogió de hombros.

—Son cosas que pasan —se limitó a responder.

—¿Acaso os burláis de mí?

—En absoluto —contestó Verena, aunque Felicia pudo detectar en su gesto un asomo de sonrisa.

Afrodisia apretó los dientes.

—Ya he tenido suficiente —declaró—. Quiero que todos vosotros abandonéis el castillo de inmediato. Si no lo hacéis, mi guardia os echará por la fuerza.

—Oh, qué descortés —se quejó Verena.

—¿Abandonar el castillo? —repitió Felicia—. Pero...

—¡De inmediato! —bramó la reina—. Y tú —añadió volviéndose hacia Rosaura, que había fijado la vista en el suelo, aún con las manos a la espalda— te irás con ellos.

Ella alzó la cabeza, sorprendida.

—¿Con... ellos? Pero, majestad, ¡tengo mucho trabajo por hacer!

—Ya no. Estás despedida.

El ama de llaves reaccionó.

—Majestad, si me permitís el atrevimiento..., esta muchacha trabaja mucho y muy bien... Si la despedimos, tendría que buscar a media docena más como ella...

La reina ya se disponía a marcharse, pero se detuvo para mirarla.

—Pues búscalas. No toleraré la menor burla hacia mi persona bajo mi techo. Se terminó la farsa para todos. ¿Ha quedado claro?

—Sí, majestad —murmuró el ama de llaves, mortificada.

—Oh, y en cuanto a vos —añadió Afrodisia, volviéndose hacia Verena—, os digo lo mismo que a vuestro esposo: ya no sois bien recibida en mi reino. No confío en una dama que, en lugar de solicitar audiencia y anunciarse apropiadamente, se introduce en mi casa mediante mentiras y subterfugios y quién sabe con qué oscuros propósitos. Sí, el príncipe Alteo me cortejó en el pasado, y volvería a hacerlo, si yo se lo permitiera. Superadlo de una vez y dejad de comportaros como una chiquilla celosa y consentida.

Verena palideció de ira.

—¡Cómo os atrevéis...! —empezó, pero Felicia la detuvo, tomándola del brazo.

—Déjalo estar, Verena. Tenemos que marcharnos.

Dirigió una mirada significativa a Rosaura, que se mostraba tan desolada que parecía incapaz de reaccionar.

—Sí —dijo el ama de llaves entre dientes—. Tenéis que marcharos.

Les lanzó una mirada furibunda y salió de la sala, en pos de la reina.

—Me han... despedido —susurró entonces Rosaura, aún sin terminar de asimilar lo que acababa de suceder—. ¡Con todas las cosas que quedan por hacer! ¿Quién preparará el desayuno? ¿Quién lavará las sábanas? ¿Quién ordenará la alcoba de los príncipes? ¿Quién limpiará las chimeneas?

—Encontrarán a alguien, no te preocupes —la consoló Felicia, pasándole un brazo por los hombros—. Y tú te sentirás mejor en cuanto te alejes de este lugar.

«O, al menos, eso espero», se dijo a sí misma con inquietud. Su plan no había salido como ella había previsto, pero tal vez aún lograsen sacar algún beneficio de todo aquello.

Aprovechar la ocasión

Fabricio no puso ninguna objeción al cambio de planes. Se limitó a sacar su baúl de la biblioteca y a volver a cargarlo en el carro, junto con el resto del equipaje.

—¿Estáis listas ya para partir? —les preguntó a sus compañeras en cuanto hubo enganchado su asno al tiro.

Verena asintió, pero Felicia miró a su alrededor con desconcierto.

—¿Dónde se ha metido Rosaura? ¡Estaba aquí hace un momento!

Fabricio se cruzó de brazos.

—Entonces, ¿viene con nosotros o no?

—Voy a buscarla —dijo Felicia—. Volveremos enseguida.

La encontró arrodillada en el suelo del patio trasero, frotando enérgicamente para eliminar las manchas de musgo de las losas.

—¡Rosaura! —exclamó, perpleja—. ¿Qué estás haciendo? ¡Tenemos que marcharnos!

—¡Pero no puedo irme sin limpiar esto! —replicó ella sin dejar de trabajar—. ¿Qué dirá el ama de llaves cuando lo vea? ¿Y la reina?

—No importa lo que digan, porque te han despedido. ¿No lo entiendes? Ya no tienes que limpiar nada para ellas.

Rosaura pestañeó, como si no terminara de asimilarlo. Felicia logró por fin convencerla para que se pusiera en pie y la condujo del brazo hacia la entrada principal, donde los aguardaban sus compañeros. Mientras atravesaban los jardines, no obstante, se cruzaron con un individuo alto de cabello negro revuelto. A Felicia le llamó la atención la capa que ondeaba tras él, tan oscura que parecía absorber la luz de la mañana. El desconocido pasó junto a ellas sin mirarlas dos veces, pero el corazón de la muchacha dio un vuelco al descubrir que aquel manto estaba hecho de plumas.

Se detuvo en medio del sendero.

—Ve con los demás —le dijo a Rosaura—. Yo me reuniré con vosotros dentro de un rato.

Ella vaciló.

—Pero...

—Verena tiene una tarea que encomendarte —se le ocurrió de pronto a Felicia, y el rostro de su compañera se iluminó con una sonrisa.

—¡Perfecto! ¡Voy a ver qué necesita!

En cuanto Rosaura se perdió de vista, Felicia siguió al sujeto de la capa de plumas a una prudente distancia, observándolo con discreción.

Recordaba muy bien el relato de su padre acerca del misterioso desconocido que se había presentado en el palacio de Vestur el día de su bautizo para regalarle un cofre que contenía una docena de soldaditos mágicos. ¿Podía tratarse de la misma persona? Era poco probable, pero, por si acaso, Felicia tenía que comprobarlo.

Un poco más allá, la reina Afrodisia paseaba con sus doncellas por los jardines. Desde lejos, Felicia vio que el hombre de la capa de plumas se reunía con ella. La muchacha se acercó en silencio, oculta tras los setos, para escuchar la conversación.

—Mork —saludó la reina, confirmando la identidad del sujeto y revelando que, obviamente, lo conocía de antes—. Cuánto tiempo sin verte. ¿Qué te trae por aquí?

El recién llegado le dedicó una reverencia.

—Majestad, he estado en Vestur. Traigo noticias interesantes.

—No hay nada interesante en ese lugar, Mork —se quejó Afrodisia—. Sus soberanos se han limitado durante años a atacar sin éxito un castillo encantado y a llorar por su hija perdida. La reina Asteria no tiene otro tema de conversación.

—Oh, pero el caso es que lograron derrotar a la bruja y rescatar a la princesa, ¿no lo sabíais?

La reina no se mostró impresionada.

—¿De verdad? Había oído rumores, por supuesto, pero no les presté atención. Quiero decir que cada cierto tiempo se anuncia el rescate de la princesa de Vestur y siempre terminan siendo solo... rumores.

Felicia, oculta tras el seto, inspiró hondo para tratar de calmar los alocados latidos de su corazón. No terminaba de entender qué implicaciones tenía el hecho de que la reina de Mongrajo y aquel enigmático Mork estuviesen hablando de ella en particular. Quizá no significara nada. Tal vez se limitaban a compartir noticias sin otra intención que la de mantenerse informados.

—En esta ocasión son mucho más que rumores —aseguró el hombre de la capa de plumas—. La princesa Felicia ha regresado con sus padres, por fin. Y eso ha tenido consecuencias. En primer lugar, al parecer la criatura que la secuestró no era una bruja después de todo, sino un hada. Los reyes de Vestur la condenaron a morir en la hoguera de todos modos, y la soberana del país de las hadas se lo ha tomado como una afrenta personal. Así que ahora Vestur se prepara para la guerra.

—¿Y en qué nos concierne eso a nosotros?

—En nada, por ahora. Pero el caso es que la criatura del castillo de los espinos ha sido derrotada, y eso significa que sus tierras pueden ser reclamadas. ¿Habéis enviado ya instrucciones al respecto al Duque Rojo?

—¿Qué razones podría tener yo para reclamar ese horrible bosque embrujado? —replicó Afrodisia con frialdad—. Salvo que lo hayan desencantado también, el Duque Rojo hace muy bien en limitarse a la labor que lleva desempeñando su estirpe desde hace siglos: vigilar las fronteras de ese espantoso lugar para que ninguna criatura que salga de allí pueda amenazar nuestro reino.

Mork dejó escapar un suspiro de resignación.

—Ay, Afrodisia. Cuánto me cuesta haceros entrar en razón. Vuestro bisabuelo habría comprendido muy bien lo que implican todos estos sucesos y no habría dejado escapar la oportunidad…

—¿La oportunidad de volver a implicar a Mongrajo en una guerra contra nuestros vecinos? Si ese es el caso, me temo que mi bisabuelo y yo tenemos… diferentes puntos de vista sobre lo que es beneficioso para nuestro reino.

—Como deseéis. —La voz de Mork sonó acerada de pronto, y Felicia se estremeció—. Comprendo que no tengáis interés en enfrentaros abiertamente a otros reinos. Es una postura prudente, y la celebro. Pero no hay nada de malo en aprovechar la ocasión cuando caen en desgracia. Permitidme recordaros que Mongrajo es un reino pequeño, y vos tenéis nada menos que cuatro hijos que desearán heredarlo algún día.

Afrodisia no respondió. Mork tampoco añadió nada más. Felicia oyó el sonido que hacía al envolverse en su capa de plumas y después un curioso aleteo... y un enorme cuervo pasó por encima de su cabeza, sobrevolando los jardines hasta perderse en el horizonte.

Felicia aguardó un poco más, pero nadie volvió a hablar. Se asomó tras el seto con prudencia y vio a la reina Afrodisia alejándose sendero abajo junto con sus doncellas.

Mork había desaparecido.

Liberada

Estás muy callada, Fel... Federica —dijo Rosaura—. ¿Te encuentras bien?

Felicia volvió a la realidad. Hacía ya un rato que habían abandonado la capital de Mongrajo, y el carro avanzaba por el camino, dejando atrás la morada de la reina Afrodisia. Pero ella no podía dejar de pensar en la conversación que había escuchado a escondidas.

Miró a su alrededor. Los Buscadores estaban de nuevo en marcha, con Arla y Verena flanqueando el carro de Fabricio, montada cada una en su caballo (un robusto corcel de guerra en el caso de la primera, un palafrén para la segunda). Quinto, transformado en soldado de carne y hueso, acompañaba a Rosaura y Felicia en la parte posterior del carro.

—No es nada —respondió, negando con la cabeza—. Solo estaba... distraída. —Clavó la vista en su compañera—. Y tú, ¿estás ya mejor? ¿No tienes ganas de fregar, limpiar o cocinar?

Rosaura pestañeó con perplejidad.

—No —contestó—. ¿Por qué habría de tenerlas? Qué pregunta tan extraña.

Fabricio la miró con curiosidad. Felicia dejó escapar un suspiro de alivio.

—Creemos —empezó con tacto— que estás hechizada. Y que por eso no podías dejar de realizar tareas domésticas en el castillo.

Rosaura se rio.

—¡Qué cosa tan absurda! Las hacía porque era mi trabajo, por supuesto. ¿Qué clase de historias inventas? Ni estoy hechizada ni sé transformar la paja en oro —le recordó, poniéndose seria de repente.

Felicia desvió la mirada, incómoda. Fabricio había curado las heridas de las manos de Rosaura con sorprendente gentileza, y ahora ella las llevaba vendadas, como recordatorio de la noche en que había tratado de llevar a cabo una tarea imposible.

—Entonces, ¿nos vas a conducir hasta el zorro o no? —preguntó Arla con impaciencia.

—Claro que sí —respondió Rosaura—. Pero no podía hacerlo desde el castillo. La magia del reclamo requiere... un entorno especial —explicó, llevándose la mano al silbato que pendía de su cuello.

—¿Así que sí estabas dispuesta a ayudarnos, después de todo? —se sorprendió Felicia—. ¡Pero nos dijiste que no podías marcharte del castillo porque tenías mucho trabajo que hacer!

—Eso no... —Rosaura se detuvo de pronto—. ¿Yo dije eso?

Verena y Felicia asintieron a la vez.

—Y fuiste muy insistente, vaya —recordó la dama, encogiéndose de hombros—. Tan obsesionada siempre con destrozarte las manos fregando suelos para que Afrodisia pudiese ver su estúpida cara reflejada en ellos, como si eso fuese más importante que descubrir si tu madrina sigue con vida o no.

Rosaura se ruborizó.

—Yo no... —Se llevó las manos a la boca, abochornada—. Ay, no. Sí que recuerdo que me negué a acompañaros porque tenía tareas que hacer en el castillo, pero no comprendo por qué. Quiero decir..., era un buen trabajo y todo eso, pero lo cierto es que resultaba agotador, y por supuesto que Ren tiene que saber lo que está sucediendo en Vestur, si no se ha enterado todavía... —Se cubrió el rostro con las manos—. ¿Qué clase de persona soy? —gimió—. ¿Dónde están mis prioridades?

Arla la contemplaba con desconcierto y Verena con aburrida indiferencia, pero Felicia le pasó un brazo por los hombros, tratando de consolarla.

—No es culpa tuya. Fabricio cree que te maldijeron cuando eras niña. ¿Tal vez cuando vivías con tu madrastra y tus hermanastras? —Rosaura alzó la mirada hacia ella, aún con los ojos húmedos—. Y quizá por eso desde entonces te sientes en la obligación de trabajar en las tareas domésticas como una esclava.

Pero ella negó con la cabeza.

—Eso fue hace mucho tiempo. Tenía doce años cuando Camelia me rescató de la casa de mi madrastra y me llevó a la suya propia...

—¿Al castillo de los espinos? —preguntó Arla con curiosidad.

—No, no, era una casita en medio del bosque, muy acogedora, aunque estaba algo descuidada.

Arla y Verena cruzaron una mirada de extrañeza, pero Rosaura no se dio cuenta y siguió hablando:

—La alacena llevaba un montón de tiempo sin limpiarse, el jardín estaba por desbrozar, y las tejas, todas cubiertas de musgo. ¡Tardé varios días en dejarlas como nuevas! En cuanto a la chimenea... —Se interrumpió de pronto y abrió mucho los ojos, asustada—. Oh, no —musitó—. Es posible... es posible que tengáis razón. —Se estremeció—. Hacía mucho tiempo que no me sentía así. Con esa urgencia por hacer todas las tareas de la casa, como si el suelo fuese a hundirse bajo mis pies si no me encargo yo. Había olvidado cómo era soportar este peso sobre mis hombros.

—Durante el tiempo que estuviste con Ren, ¿te sentiste... liberada? —preguntó Felicia.

Rosaura asintió.

—Sí, y llegué a pensar que lo de trabajar tanto en la casa era... una manía que tenía de niña. Pero, en cuanto me he separado de él..., he vuelto a las andadas... y sin darme cuenta. ¿Cómo puede ser?

—Tal vez Ren conocía la manera de romper el hechizo.

—En ese caso, ¿por qué no lo hizo de forma permanente? —planteó Arla.

Felicia no tenía respuesta para aquella cuestión.

—Podrás preguntárselo cuando lo vuelvas a ver —le propuso a Rosaura, tratando de animarla.

—Hablando de lo cual —intervino Verena—, estaría bien que nos dijeses a dónde debemos dirigirnos... para encontrar a tu amigo, el zorro.

—Cierto —asintió Rosaura.

Se irguió para observar los alrededores con gesto reflexivo. Parecía mucho más espabilada que antes y, a medida que el carro avanzaba por el camino, alejándose de Mongrajo, su mirada se volvía más inteligente y perspicaz.

—Sin duda, Ren se ha refugiado en el Bosque Ancestral —explicó—. Es un sitio prohibido para los seres humanos, pero tiene... conexiones... con otros bosques corrientes. En todos ellos hay lugares desde donde se puede invocar a los Ancestrales, si uno sabe cómo hacerlo.

—De acuerdo —respondió Arla con lentitud—. Entonces, ¿eso es lo que tenemos que hacer? ¿Buscar un bosque?

—Deberíamos comenzar por ahí, sí —asintió Rosaura.

La princesa guerrera bajó la cabeza, pensativa.

—En la frontera entre Mongrajo y Vestur se extiende el Bosque Maldito —dijo—. El mismo lugar donde Camelia se encerró durante años en un castillo encantado, junto con aquella princesita a la que secuestró —concluyó, imprimiendo a sus últimas palabras un ligero tono de desprecio.

Felicia se ruborizó. Rosaura le dirigió una mirada de reojo, pero no hizo ningún comentario.

—No parece buena idea visitar un lugar que llaman el Bosque Maldito —opinó Verena con un estremecimiento.

—No —coincidió Arla—, pero Mongrajo no tiene grandes bosques, aparte de ese. Oh, y otro que hay a una jornada de camino de aquí, hacia el sur. Aunque está lleno de ladrones y criminales.

—Maravilloso —suspiró Verena.

Fabricio se encogió de hombros.

—Tendrá que servir.

Bandidos

Al caer la tarde tomaron un desvío del camino principal que, según afirmó Arla, los conduciría hasta el bosque que estaban buscando. Al cabo de un rato, la senda se internó por una arboleda, que se iba volviendo más frondosa a medida que avanzaban.

—Supongo que, para invocar a Ren, tendremos que adentrarnos hasta lo más profundo del bosque, ¿no? —dedujo Felicia—. Y encontrar un claro místico y recóndito que nunca haya sido pisado por seres humanos, o algo por el estilo.

—En ese caso, quizá deberíamos acampar por aquí —sugirió Fabricio con inquietud—. Se está haciendo de noche, y sería mejor explorar este lugar con la luz del día.

—En realidad, los lugares sagrados de los Ancestrales suelen estar en los límites de los bosques, y no en su centro —aclaró Rosaura—. Porque los animales sabios se sienten cómodos en las fronteras entre el mundo mágico y los reinos humanos. O, al menos, así era en tiempos remotos. Esos «claros místicos» que mencionas, Fe... derica..., suelen ser más bien entradas al país de las hadas.

Fabricio la miró con interés.

—¿Podríamos llegar al país de las hadas desde este bosque? —preguntó.

Pero Rosaura se encogió de hombros.

—No tengo ni idea, no conozco los caminos. En cambio, no debería ser difícil encontrar por aquí un lugar apropiado para comunicarnos con el Bosque Ancestral.

—En ese caso... —empezó Arla, pero se interrumpió de pronto.

Porque Quinto, en la parte posterior del carro, se había puesto en pie, desenvainando la espada a la velocidad del relámpago. Arla hizo volver grupas a su caballo, desenfundando su arma a su vez.

—¿Qué es lo que pasa? —preguntó Felicia, alarmada.

—Lo que pasa, niña, es que estáis atravesando nuestros dominios sin permiso —dijo una voz burlona desde la espesura.

Y entonces cerca de una docena de hombres salieron de entre los árboles. Iban vestidos con ropas bastas en tonos grises y marrones, perfectas para camuflarse en la floresta. Y estaban todos armados: con garrotes, dagas, arcos y flechas.

—Y, por supuesto, no pasaréis por aquí sin pagar el peaje —añadió uno de ellos.

Los demás se echaron a reír. Arla blandió la espada con gesto amenazador.

—Si osáis acercaros más, os lo haré pagar a todos —les advirtió.

Los ladrones se carcajearon todavía más.

—¿Tú y cuántos más? —la desafió el líder, aún sonriente.

Felicia oyó un rumor por encima de su cabeza y alzó la mirada con temor. Detectó movimiento en las copas de los árboles, donde sin duda se ocultaban más bandidos. El caballo de Verena caracoleaba con inquietud, buscando una vía de escape. Pero el único camino que quedaba libre era el que conducía al corazón del bosque.

—¿Qué hacemos? —preguntó Fabricio, muy nervioso.

Nadie tuvo ocasión de responder, porque, entre salvajes gritos de guerra, varios asaltantes más emergieron de los márgenes del sendero y se lanzaron contra el carro. Arla intentó detenerlos, pero los bandidos que les cerraban la retirada le cortaron el paso. Felicia lanzó una exclamación de alarma.

Quinto saltó entonces del vehículo para enfrentarse a los hombres que trataban de asaltarlo. En un abrir y cerrar de ojos se deshizo de media docena de ellos, desarmándolos con humillante facilidad y arrojándolos lejos de sí, como si fuesen plumas arrastradas por el viento. Y todo ello con una sola mano, puesto que el otro brazo lo mantenía apoyado en la muleta.

Arla se quedó mirándolo, pasmada. Ella era una hábil guerrera y había derrotado al primero de los bandidos sin grandes dificultades, pero resultaba evidente que las capacidades del soldado cojo estaban a otro nivel.

El líder de los ladrones vaciló, y Felicia aprovechó para gritar:

—¡Dejadnos marchar o, de lo contrario, nuestros guerreros acabarán con todos vosotros!

El bandido entornó los ojos en una mueca de rabia.

—¿Eso es lo que crees?

Las copas de los árboles se agitaron de nuevo, y una lluvia de flechas se abatió sobre el soldado. Arla dejó escapar un grito de advertencia y retrocedió, aún con la espada en alto.

—¡Quinto! —chilló Felicia.

Pero él se volvió hacia ella mientras se arrancaba las flechas del pecho con indiferencia. Al detectar el gesto preocupado de la princesa, le dedicó una sonrisa y un guiño simpático. Ella se sintió profundamente aliviada.

—No... puede ser —musitó Arla, con los ojos muy abiertos.

—¿Qué es lo que lleva tu soldado bajo la ropa, Federica? —se oyó entonces la voz de Verena—. ¿Una cota de malla?

Felicia miró de reojo a Arla, que seguía tan pálida como si hubiese visto un fantasma. Comprendió que ni la mejor cota de malla habría podido salvar a un hombre corriente del ataque que Quinto acababa de recibir.

Pero los bandidos no pensaban darse por vencidos. Volvieron a disparar desde el follaje, y en esta ocasión sus flechas no iban solo dirigidas al soldado. Felicia y Rosaura chillaron de miedo cuando dos proyectiles se clavaron en el carro, muy cerca de ellas. Arla hizo retroceder a su caballo para esquivar la nueva andanada..., pero no pudo evitar que una flecha se hundiera en la silla del animal.

El caballo lanzó un relincho histérico y se alzó de manos. Su amazona mantuvo cortas las riendas y logró controlarlo, pero el miedo del animal era contagioso, y se transmitió rápidamente a los demás.

El caballo de Verena relinchó a su vez y se precipitó a la carrera por el camino. Ella chilló, asustada, mientras trataba de mantenerse sobre su lomo. El asno que tiraba del carro de Fabricio los siguió con una salva de rebuznos aterrorizados.

—¡Adelante, pues! —exclamó Arla, al ver que no tenían otra opción—. ¡Retirada!

Espoleó a su caballo para lanzarlo al galope por el sendero, en pos de sus compañeros.

El soldado se había quedado en tierra. Felicia se puso en pie en la parte posterior del carromato, que se alejaba de él a toda velocidad, y lo llamó angustiada:

—¡Quinto!

—¡Siéntate, Felicia! —le advirtió Rosaura.

Demasiado tarde. Las ruedas alcanzaron un bache y el vehículo dio un par de tumbos. La muchacha perdió el equilibrio y, con un grito, se precipitó fuera del carro.

Cayó de bruces al suelo, golpeándose dolorosamente las rodillas y las palmas de las manos. Aturdida, levantó la cabeza a duras penas.

Ante ella se alzaban tres bandidos.

—Vaya, vaya —dijo uno de ellos—. Mirad qué bonito fardo han dejado caer esos idiotas.

Felicia se incorporó un poco y echó la vista atrás, aún sin terminar de asimilar lo que estaba pasando. Sus compañeros no se habían detenido para esperarlos. El carro de Fabricio se alejaba cada vez más por el camino, y a Arla y Verena ya ni siquiera se las veía.

Retrocedió, aterrorizada.

Y entonces apareció Quinto, como surgido de la nada. Felicia apenas llegó a seguir sus movimientos. Tan solo percibió que su espada se movía de un lado a otro como un relámpago. Oyó exclamaciones de sorpresa y gritos de dolor, y de pronto los ladrones estaban tirados por el suelo, heridos y desarmados. Había uno que yacía inmóvil en medio del camino, y Felicia no pudo dilucidar si estaba muerto o solo inconsciente.

El resto de los bandidos, cinco en total, llegaron en aquel momento. Quinto se interpuso entre ellos y Felicia con la espada en alto, desafiante.

El líder le dirigió una mirada de rabia… que disfrazaba también un poso de temor en el fondo de sus ojos.

—Volveremos a por vosotros en cuanto hayamos atrapado el botín —los amenazó.

Quinto no respondió ni hizo el menor movimiento. El bandido le dirigió un gesto de desprecio, pero no se atrevió a enfrentarse a él.

Los ladrones echaron a correr en pos del carro, dejando atrás a Felicia y a su compañero.

La chica y el soldado

Cuando los perdió de vista, Quinto volvió a enfundar la espada y tendió la mano a Felicia para ayudarla a levantarse. Ella lo hizo, aún con el corazón desbocado. No pudo reprimir un gesto de dolor al apoyar el peso sobre la rodilla lesionada, pero no se quejó en voz alta. Una vez en pie, miró a su alrededor.

Se habían quedado solos. Era ya de noche, por lo que el bosque estaba apenas iluminado por la luz de la luna y las estrellas que se filtraba entre las ramas de los árboles. Se oían los gritos de los bandidos más adelante, cada vez más lejanos.

—¿Qué les va a pasar a los demás? —murmuró Felicia con preocupación.

El soldado se quedó un momento observando el camino por donde habían huido sus compañeros, perseguidos por los ladrones.

—No lo sé —dijo por fin—. Esos cinco que nos han amenazado... eran los últimos que quedaban. Arla no debería tener problemas en deshacerse de ellos, pero primero han de encontrar un lugar protegido desde donde contraatacar.

—¿Cinco? —repitió ella perpleja—. Pero nos han atacado... por lo menos doce. Y había más escondidos en los árboles, ¿verdad?

—Veintitrés en total —respondió él.

Felicia abrió la boca para hacer algún comentario, pero finalmente cambió de idea.

—¿Qué hacemos ahora? —preguntó en cambio—. ¿Intentamos alcanzarlos?

—Parece la mejor opción, sí.

De modo que la chica y el soldado avanzaron por el camino en penumbra. Quinto no tardó en darse cuenta de que su compañera cojeaba.

—¿Estás herida? —le preguntó.

Ella negó con la cabeza.

—No es nada —respondió.

—Y tienes frío —añadió él.

Felicia se percató en ese momento de que estaba tiritando. Se abrazaba a sí misma con fuerza, tratando de entrar en calor.

—Me he dejado el chal en el carro —respondió sin más.

Quinto se detuvo para mirarla, pensativo. La muchacha mantenía una expresión resuelta, pero estaba pálida, dolorida y muy asustada.

—Lo mejor será que busquemos un lugar para pasar la noche —propuso—. Y que tratemos de reunirnos con los demás mañana, a la luz del día.

—¿Qué? ¡Pero no podemos dejarlos solos! Rosaura...

Quinto la hizo callar de repente, colocándole un dedo sobre los labios mientras alzaba la cabeza para escuchar con atención.

Felicia lo oyó entonces también: voces que se acercaban hacia ellos por el camino. Se preguntó, esperanzada, si serían sus compañeros, que regresaban a buscarlos. Pero enseguida se dio cuenta de que se trataba de dos hombres que discutían entre ellos.

Quinto la miró, dubitativo, preguntándose si valía la pena enfrentarse a los desconocidos que se aproximaban. Sin duda podría deshacerse de ellos sin problemas. No obstante, finalmente decidió que Felicia ya había tenido suficientes sobresaltos.

De modo que la condujo con determinación, pero también con gentileza, más allá de los márgenes del camino. Ambos se ocultaron tras el tronco de un enorme árbol y aguardaron en silencio.

Lo que quedaba de la banda de ladrones pasó frente a ellos sin advertir su presencia. Eran tres: dos de ellos llevaban en volandas a un compañero, inconsciente y probablemente herido.

—Deberíamos haber huido cuando tuvimos la oportunidad. ¡Ese condenado soldado cojo está embrujado! Y la mujer pelea como un diablo también.

—¡Silencio! —respondió el otro, que resultó ser el líder—. Reuniremos a los demás y volveremos a buscar a los intrusos por la mañana. No saldrán vivos de aquí.

Felicia se estremeció. Quinto se quedó muy quieto, en completo silencio, hasta que los ladrones se alejaron de allí.

—¿Qué hacemos ahora? —susurró ella entonces en la oscuridad.

El soldado miró a su alrededor.

—Si han ido a buscar refuerzos, no es seguro quedarse por aquí —respondió—. Buscaremos un refugio que podamos defender.

—¿Un refugio… en el bosque?

—Ven, sígueme.

Quinto se adentró en la espesura. Felicia lo siguió, vacilante. Al ver que tropezaba en la penumbra, él le tendió la mano para ayudarla a avanzar. Ella se la tomó, agradecida.

—Me siento muy inútil ahora mismo —susurró avergonzada.

—No tienes por qué —respondió el soldado en el mismo tono—. Debido a mi naturaleza mágica, mis capacidades siguen siendo sobrehumanas, a pesar de la pierna que me falta.

Felicia quería preguntarle muchas cosas, pero no sabía por dónde empezar. De modo que permaneció en silencio, esforzándose por abrirse paso entre el follaje sin soltar la mano de Quinto, que seguía guiándola en la oscuridad.

Por fin llegaron hasta un claro donde se alzaba una vieja estructura de madera. Felicia la observó con atención bajo la suave luz nocturna. Se trataba de una cabaña, pero estaba abandonada. O eso parecía.

—Espérame aquí un momento —dijo Quinto.

Ella asintió, y el soldado se alejó para examinar el refugio. Lo rodeó primero, avanzando en silencio sobre la hierba, apoyado en la muleta, pero sin tropezar ni una sola vez. Después abrió la puerta con cuidado. Tuvo que empujar un poco, porque estaba atascada. Felicia lo vio desaparecer en el interior de la cabaña. Los minutos que tardó en salir le parecieron eternos.

—Todo despejado —anunció entonces Quinto.

Con un suspiro de alivio, Felicia se reunió con él.

Nada más entrar en la cabaña comprendió por qué los ladrones la habían descartado como guarida. Parecía un antiguo refugio para un cazador o un leñador. Demasiado pequeño para poder acoger a la banda entera. Tampoco daba la sensación de haber servido como hogar a una familia de osos o a una cuadrilla de gente de baja estatura. Y, aunque así hubiese sido, llevaba ya mucho tiempo abandonado y la vegetación había comenzado a invadirlo todo: la hierba crecía entre las losas del suelo, el musgo cubría las paredes y las enredaderas se colaban por el ventanuco. Felicia se frotó los brazos con energía.

—No sé si hace más frío aquí dentro que fuera.

Quinto señaló un agujero en el suelo, en el centro de la estancia.

—¿Quieres que encienda un fuego? —sugirió.

Ella dudó.

—¿No llamaremos la atención de los bandidos si lo hacemos?

—Tal vez. Aunque es poco probable que se aventuren en el bosque de noche, especialmente después de una derrota.

Seguía mirándola, aguardando instrucciones. Felicia sabía que lo más prudente era permanecer a oscuras, pero tenía demasiado frío. Se rindió.

—Sí, por favor —suplicó por fin—. Enciende una hoguera.

Quinto sonrió un poco, y el corazón de ella se aceleró. ¿Cómo podía parecer tan... humano? Cada vez le descubría más gestos como aquel, como si el hecho de permanecer tanto tiempo bajo su forma vivificada perfeccionase la ilusión todavía más. Se quedó observándolo en silencio mientras él acumulaba hojarasca en el hoyo del centro de la estancia, excavado para tal fin. Como estaba húmeda, la chispa tardó un poco en prender. Pero, cuando lo hizo, una tímida llama iluminó los rostros de los dos, y Felicia sonrió, aliviada. Se apresuró a arrodillarse frente a la hoguera y a extender las manos para calentárselas.

—No sé si será suficiente —comentó Quinto, un poco preocupado.

—Tendrá que bastar, por el momento. Ven, siéntate a mi lado. ¿No tienes frío?

El soldado obedeció, aunque ella detectó que procuraba situarse a una prudente distancia del fuego. Después tardó tanto en responder a la pregunta que Felicia pensó que no llegaría a hacerlo.

—Sí tengo frío —dijo él por fin—. Pero no me importa.

Ella se volvió para mirarlo, sin estar segura de haber entendido bien.

—¿No... te importa? —repitió.

Quinto se encogió de hombros.

—Percibo la sensación. Igual que el hambre, el sueño o el dolor. Pero como algo lejano o ajeno a mí. No me molesta, en todo caso.

—Qué cosa tan extraña —murmuró la muchacha.

Le causó cierta envidia, sin embargo. Porque ella no solo se sentía helada, sino también hambrienta, somnolienta y dolorida. Todas aquellas cosas que, al parecer, no perturbaban a Quinto en absoluto.

Él la miró como si pudiese adivinar lo que pensaba.

—¿Tienes hambre? ¿Quieres que vaya a cazar algo para comer?

—No —se apresuró a responder Felicia—. No, no hace falta. Esperaré hasta mañana.

De ningún modo pensaba quedarse sola en aquella cabaña tétrica y ruinosa. Se dio cuenta entonces, de hecho, de que se había arrimado aún más al soldado, buscando su calor corporal, porque el de la exigua hoguera seguía sin ser suficiente para sacarle el frío de los huesos.

Ese descubrimiento la sorprendió: nunca se había detenido a pensarlo, pero lo cierto era que, al tacto, la piel de Quinto resultaba tan cálida como la de cualquier persona. Nadie habría adivinado que aquel joven era, en realidad, una figurita tallada en madera y animada mediante la magia.

Se estremeció al recordarlo.

—¿Aún tienes frío? —preguntó el soldado.

—Sí —respondió ella.

¿Qué otra cosa iba a decir? Además, era verdad.

Quinto dudó un momento antes de pasar un brazo por encima de los hombros de Felicia. A ella se le escapó un suspiro de alivio y se acurrucó junto a él. Al apoyar la cabeza en su pecho, oyó con claridad el sonido de su respiración y los latidos de su corazón. Sonrió, aún perpleja. ¿Cómo era posible?

Evocó el día en que había besado los fríos labios de una de las estatuas de piedra almacenadas en el sótano del castillo encantado en el que vivía. De inmediato, la escultura había revivido y se había transformado en un apuesto príncipe de carne y hueso. Naturalmente, Felicia había pensado que aquello era una señal del destino y que ambos estaban hechos el uno para el otro.

Apenas habían pasado unas semanas desde entonces, pero parecía una eternidad. No obstante, en aquel momento, Felicia se acordó de Cornelio. Lo que había experimentado entonces era muy similar: una sensación de asombro y maravilla al comprender que algo que debía estar hecho de materia inerte vivía y respiraba de verdad.

Alzó la cabeza para mirar al soldado. Tenía el cabello castaño, corto, y cuando lo había devuelto a la vida aquella misma mañana su rostro estaba perfectamente afeitado. Sin embargo, en ese momento, horas después, una ligera sombra de barba le oscurecía el mentón. Las llamas de la hoguera arrojaban una luz bailarina sobre sus rasgos, haciendo brillar también sus ojos pardos de una forma inequívocamente humana. Felicia se obligó a recordar la advertencia de maese Jápeto: «A pesar de su apariencia, los soldados vivificados NO TIENEN ALMA». Suspiró.

—¿Puedo preguntarte algo, Quinto?

—Por supuesto.

—¿Alguna vez... alguna vez has sido humano de verdad? —El soldado no respondió de inmediato, y ella aclaró—: Antes de ser una figurita de madera, quiero decir.

—¿Me preguntas si soy una persona hechizada? No, claro que no. Maese Jápeto nos talló a todos del mismo tronco, a mis hermanos y a mí, y después nos vivificó.

—Es... extraordinario —murmuró ella, aunque se sentía un poco decepcionada.

Si Quinto y los demás soldados fuesen jóvenes encantados, como las estatuas del castillo, podría tratar de romper el hechizo cuando ya no los necesitasen para luchar en la guerra contra las hadas. Pero, si solo eran simples tallas de madera animadas mediante la magia..., entonces maese Jápeto tenía razón, y no era buena idea sentir ninguna clase de afecto hacia ellos.

Pensó en las circunstancias en las que el cofre con los soldados había llegado hasta sus manos.

—¿Te acuerdas de todas las veces que has sido... vivificado? —le preguntó a Quinto—. ¿Y de todas las cosas que has hecho a las órdenes de tus anteriores... generales?

—Sí —respondió él—. Recuerdo todas las misiones y todas las batallas. Y a los generales —añadió tras una pausa.

Felicia inspiró hondo.

—Lo pregunto porque mi padre me habló de la persona que os trajo al castillo de Vestur, poco después de que yo naciera —le explicó—. Un tipo que llevaba una capa de plumas negras. Se llamaba Mork.

Quinto asintió despacio.

—Lo conozco —dijo.

—¿Lo… conoces? Porque creo que lo he visto esta mañana con la reina de Mongrajo. Si es que se trata de la misma persona.

—Es posible. Mork era consejero del rey de Mongrajo la última vez que mis hermanos y yo fuimos vivificados.

—¿Te refieres al difunto esposo de la reina Afrodisia? ¿O a su padre?

—No puedo decirlo con certeza, ya que desconozco cuántos años han pasado desde entonces. Aquel rey se llamaba Osvaldo.

Felicia frunció el ceño y sacudió la cabeza. No había estudiado la genealogía de los monarcas de Mongrajo y, por tanto, no sabía de qué rey estaba hablando Quinto.

—Así que… ¿fue él vuestro último general? —siguió preguntando—. ¿O fue Mork?

—Mork era nuestro general, pero nosotros formábamos parte del ejército del rey de Mongrajo. Durante aquel tiempo guerreamos contra los reinos vecinos, incluyendo Vestur.

—¿En serio? —se sorprendió la chica—. Tenía entendido que hace muchas décadas que Vestur está en paz con sus vecinos. No ha habido allí una guerra desde…, bueno, no estoy segura. Desde la época de mi bisabuelo, por lo menos.

«Pero ahora la habrá, porque mis padres condenaron a mi madrina a morir en la hoguera», pensó apenada.

Quinto no dijo nada, y Felicia preguntó con curiosidad:

—¿Fue entonces cuando perdiste la pierna que te falta? ¿En alguna de esas batallas?

—No —respondió Quinto con cierta sequedad.

No añadió nada más, y ella se preguntó si lo habría molestado. Por si acaso, optó por no profundizar en aquella cuestión.

—¿Cómo acabó aquella guerra? No pudo haber ganado Mongrajo, ¿verdad? —prosiguió—. Porque, si lo hubiese hecho, Vestur ya no sería un reino independiente.

—Supongo que no —contestó el soldado.

—¿Supones?

Él hizo una pausa, pensativo, antes de relatar:

—Nuestro general nos hizo formar con el resto de los caballeros del rey antes de la batalla decisiva. Nuestros enemigos eran simples humanos. Ellos sabían que no podían vencernos, pero acudieron igualmente a defender su tierra ante la ofensiva de Mongrajo. Y cuando ambos ejércitos se encontraron en el campo de batalla… nuestro general nos ordenó retirarnos y nos convirtió de nuevo en figuras de madera. Así que todo lo que ha sucedido desde entonces hasta que tú me conjuraste de nuevo… lo ignoro por completo.

Ella le sonrió con afecto.

—Tampoco yo sé gran cosa del mundo, porque he pasado toda mi vida recluida en un castillo encantado —lo consoló—. Pero, cuando volvamos a Vestur, nos pondremos al día, ¿de acuerdo? Preguntaré a mi padre acerca de la historia del reino y averiguaremos qué pasó en aquella batalla. —Frunció el ceño, pensativa—. Es muy extraño que Mork os retirara justo cuando el ejército más os necesitaba. ¿Se arrepintió de participar en aquella guerra? ¿O estaba… traicionando al rey Osvaldo?

—Es posible —respondió Quinto.

Felicia aún tenía más preguntas.

—¿Y por qué entregó el cofre a mi padre el día de mi bautizo? ¿Por qué regalárselo a una princesa recién nacida… que, además, heredaría la corona de un reino rival? Si solo quería deshacerse de vosotros, ¿por qué no se limitó a…? —se interrumpió de golpe y miró al soldado, muy apurada.

Él adivinó lo que había estado a punto de decir.

—¿… Por qué no se limitó a echarnos a la hoguera, sin más? —completó—. No lo sé.

Hablaba sin emoción aparente, con la vista fija en el fuego, como si aquel asunto no lo afectara lo más mínimo. ¿Y por qué habría de hacerlo?, se preguntó Felicia. Después de todo, y según maese Jápeto, no era una persona de verdad.

—Bueno —murmuró ella por fin, frotándose los brazos con energía—, supongo que nos falta información para entenderlo, y yo estoy demasiado cansada para pensar.

—¿Aún tienes frío?

—Un poco, pero ya no tanto. Lo cierto es que me encuentro bastante mejor. Gracias.

—No hay de qué, Felicia.

Pero no retiró el brazo, y ella tampoco le pidió que lo hiciera. Permanecieron un rato en silencio, contemplando las llamas, hasta que la princesa se quedó dormida.

A la luz del día

Cuando Felicia se despertó al día siguiente, tardó un poco en comprender dónde se encontraba y en recordar cómo había llegado hasta allí. Volvía a sentirse helada, porque la hoguera se había apagado, y Quinto ya no estaba a su lado. La muchacha se incorporó para mirar a su alrededor. La cabaña parecía aún más ruinosa a la luz del día, pero, al menos, ya no se le antojó tan siniestra.

Se puso en pie con una mueca de dolor. Se alzó la falda para examinar la rodilla lesionada y la encontró todavía hinchada. Suspiró. Podría haber sido peor, pensó, recordando el ataque de los bandidos...

... Que podrían regresar en cualquier momento, comprendió de pronto.

Se apresuró a salir fuera de la cabaña en busca de Quinto, extrañada ante su ausencia. No le había ordenado la noche anterior que se fuera a ninguna parte, ¿verdad? No lo vio por los alrededores, de modo que rebuscó en su faltriquera por si lo había transformado de nuevo en un soldadito de madera y no lo recordaba. Pero tampoco lo encontró allí, y se le detuvo el corazón un instante. ¿Y si se había... fugado? ¿Y si había decidido marcharse lejos de ella, a un lugar desde donde no pudiese oír sus órdenes y fuese, por tanto..., libre?

Sacudió la cabeza. Eso no era posible. Los soldados vivificados no tenían voluntad propia. Solo actuaban... tal como sus generales querían que actuasen.

Pero, entonces, ¿dónde se había metido Quinto?

Se apoyó en la pared exterior de la cabaña, temblando. Acababa de darse cuenta de que se había quedado completamente sola en aquel bosque. Había perdido a sus compañeros de viaje y su escolta la había abandonado. Y sin duda lo que quedaba de la cuadrilla de bandidos acechaba por los alrededores, y en esta ocasión no dudarían en capturarla si volvían a cruzarse con ella.

Justo cuando empezaba a entrar en pánico, oyó voces entre la espesura. Hizo ademán de correr a ocultarse, pero entonces detectó que la persona que hablaba era una mujer. E instantes después reconoció a Verena.

—¡... Ni siquiera hay camino por el que avanzar! ¿Cómo habéis podido abriros paso en plena noche por entre estos matojos?

Felicia se sintió muy aliviada. Se atrevió a separarse de la sombra de la cabaña para acudir al encuentro de sus compañeros, que entraban en el claro en aquel mismo instante. Sonrió ampliamente al descubrir que el soldado los acompañaba.

—¡Fe... derica! —exclamó Rosaura, encantada de volver a verla—. ¿Te encuentras bien? Quinto nos ha dicho que estás herida.

—No es nada, solo unas magulladuras. ¿Qué os ha pasado a vosotros? ¿Habéis tenido más problemas con los bandidos?

—No —respondió Arla—. Los ahuyentamos anoche y no han regresado. Después de eso, volví atrás para recogeros, pero ya no os encontré.

—Estábamos convencidos de que os habían capturado los ladrones —añadió Rosaura—. Aún no nos habíamos puesto de acuerdo sobre si debíamos tratar de rescataros por nuestra cuenta o contactar primero con Ren cuando se ha presentado Quinto en el campamento.

Felicia dirigió una mirada inquisitiva al soldado. Ella no le había ordenado que fuese en busca de los demás. Aquello era algo que él había decidido por su cuenta. Pero, obviamente, no pensaba reprenderlo por ello.

Entonces Rosaura sacó de su bolsón el chal de Felicia y se lo tendió con una sonrisa a su legítima dueña junto con una hogaza de pan y un trozo de queso.

—¡Eres un ángel! —exclamó ella, encantada.

Se volvió hacia Quinto para ofrecerle una parte de las provisiones, pero él lo rechazó con una media sonrisa.

—Teniendo a Rosaura, ¿quién necesita un hada madrina? —comentó Arla, alzando una ceja.

—Bueno, *yo* necesito un hada madrina —respondió Verena—. Y con urgencia. ¿Rosaura?

—Sí —respondió ella de inmediato—. Hemos encontrado un lugar perfecto para invocar a Ren —les explicó a Quinto y a Felicia.

—Eso parece —añadió Fabricio—. Y deberíamos intentarlo cuanto antes, no vaya a ser que los forajidos regresen con refuerzos.

Mucho más que animales

Rosaura los condujo hasta un gran fresno que crecía junto al camino. Felicia la contempló con curiosidad mientras daba vueltas en torno al tronco, examinándolo con atención, deslizando los pies sobre las torcidas raíces casi como si bailara. Por fin, la mujer asintió satisfecha y se llevó el reclamo a los labios.

Y sopló.

Sus compañeros la observaron expectantes, pero del silbato no salió sonido alguno. Rosaura, no obstante, les devolvió una mirada sonriente.

—Y, ahora, ¿qué? —preguntó Arla, frunciendo el ceño.

—Ahora… esperamos —respondió ella.

Arla dejó escapar un resoplido de impaciencia.

Los Buscadores aguardaron un rato más, en tensión. Pero nada sucedía. Felicia se removió, inquieta. ¿Y si Ren no se presentaba? ¿Y si Rosaura los había llevado hasta allí para nada? ¿Y si estaba equivocada y aquel reclamo no era mágico en realidad?

Cuando estaba a punto de preguntarle al respecto, la joven lanzó un grito de alegría:

—¡Ren!

Los demás siguieron la dirección de su mirada y descubrieron entonces un zorro que los espiaba con cierto recelo desde detrás del fresno. Rosaura se apresuró a inclinarse junto a él y le ofreció la mano. El zorro la olisqueó y la saludó con un lametón, pero echó un nuevo vistazo a los extraños y le dirigió a su amiga una mirada de reproche.

—Es una emergencia —se justificó Rosaura—. Tenemos muchas cosas que… Oh, no, Ren, ¿qué le ha pasado a tu cola? —exclamó de pronto, horrorizada.

Felicia se dio cuenta de que el zorro, un tanto avergonzado, ocultaba a su espalda el muñón de lo que antes había sido una magnífica cola roja y blanca.

—Es una larga historia —respondió, y Arla abrió mucho los ojos, sorprendida.

—¿Puede hablar? —le preguntó a Rosaura.

—Pues claro, no es un zorro cualquiera: es un Ancestral —dijo ella.

—Como el Gato —le recordó Felicia.

—Oh, sí. Ese gato —suspiró Arla; desvió la mirada, incómoda—. No acabo de acostumbrarme al hecho de que haya entre nosotros animales que no son realmente animales.

—Somos realmente animales —la corrigió Ren—. Mucho más que animales sería lo correcto, de hecho. Pero, ya que te perturba tratar conmigo bajo mi verdadero aspecto, te complaceré.

Y se transformó ante sus ojos en un hombre alto y esbelto, de cabello pelirrojo revuelto y mirada sagaz. A Felicia le sorprendió su aspecto juvenil, en especial si lo comparaba con Rosaura. La última vez que los había visto juntos, él parecía mayor que ella. Ahora era al revés.

Recordaba también que Ren solía exhibir su magnífica cola de zorro incluso cuando adoptaba forma humana. Pero, ahora que ya no la tenía, lo único que lo delataba como Ancestral eran las orejas, cubiertas de suave pelaje rojo, que le nacían en lo alto de la cabeza y de las que, al parecer, prefería no prescindir.

Ren y Rosaura se fundieron en un cariñoso abrazo.

—No esperaba volver a verte tan pronto —dijo él—, pero me alegro.

—Y yo no había previsto tener que invocarte tan pronto —replicó ella—. Pero es importante.

—Me imagino que lo será. ¿Qué es lo que sucede? ¿Quiénes son estas personas?

Antes de que Rosaura pudiese responder, la mirada del Ancestral se detuvo en Felicia, y sus ojos se entrecerraron.

—¡Tú! ¿No eres acaso la princesa de Vestur? ¿Qué estás haciendo tan lejos de tu casa?

Verena lanzó una exclamación de sorpresa y observó a la muchacha con la boca abierta, como si la viese por primera vez.

—¿Eres... la princesa de Vestur? —Ella, ruborizada, no fue capaz de responder, por lo que la dama se volvió hacia sus compañeros—. ¿Y vosotros... lo sabíais ya?

—Yo sí, porque ya la conocía de antes —respondió Rosaura con una sonrisa de disculpa.

—Yo no la conocía —añadió Fabricio, encogiéndose de hombros—, pero ya lo descubrí por mi cuenta hace tiempo.

—¿En serio? —soltó Verena con escepticismo.

—Yo nunca miento —le recordó él—. Y no era tan difícil deducirlo. Después de todo, la recogimos en Vestur y ni siquiera llevaba equipaje. ¿De dónde había venido, si no?

—Yo no lo sabía —murmuró Arla, que examinaba a Felicia con los ojos entornados—. Pero sí, debería haberlo adivinado: la niña a la que Camelia dedicó toda su atención durante quince largos años..., que la abandonó para casarse con un apuesto príncipe... y que ahora, al parecer, ya no es capaz de vivir sin ella.

—¡Eso no es verdad! —se defendió Felicia.

—Y supongo que no te llamas Federica en realidad —musitó Verena, todavía desconcertada.

—Felicia —aclaró ella—. Y sí, soy la hija de los reyes de Vestur —añadió en voz baja, mirando a Ren de soslayo.

—Escuchad —dijo este—: aunque soy inmortal y se supone que tengo todo el tiempo del mundo, os recomiendo que no abuséis de mi paciencia. ¿Qué es lo que queréis de mí?

—Buscan a las hadas madrinas —respondió Rosaura—. Son algunos de... sus antiguos ahijados. Por lo visto tienen asuntos pendientes con ellas..., especialmente con Camelia.

Ren entornó los ojos, pero no dijo nada.

—Sabemos que sigue viva —declaró Felicia—. Y que no murió en la hoguera porque tú la salvaste.

El zorro se quedó mirándola un momento, como evaluándola.

—Olvidaos de Camelia —dijo por fin—. Está muerta para el mundo, y así debe seguir.

—¡Pero la necesitamos! —suplicó Verena—. Solo ella puede ayudarme. Si pudieses...

—¡Camelia se dedicó a cumplir los deseos de los mortales durante trescientos años! —la cortó el Ancestral, irritado—. ¡Se volcó en cuerpo y alma en atender todos vuestros caprichos y lo único que obtuvo a cambio por vuestra parte fue ingratitud e indiferencia en el mejor de los casos!

Verena y Felicia tuvieron la decencia de mostrarse avergonzadas. Pero Arla no se sintió impresionada.

—Oh, ¿en serio? —replicó con frialdad—. Si hubiese sido un hada tan buena, no me habría abandonado cuando más la necesitaba. Han pasado más de quince años y todavía no he conseguido solucionar el despropósito que causó en mi tierra.

—Pues lo siento mucho, pero tendrás que hacerlo sin ella.

—Pero es que no se trata solo de nosotros —intervino Felicia, angustiada—. La reina de las hadas todavía cree que Camelia fue ajusticiada en la hoguera. Le ha declarado la guerra a mi reino.

Ren se volvió hacia ella y la miró con interés, enarcando una ceja.

—¿De verdad?

—¡Sí! Y, si no hacemos nada, el ejército de las hadas arrasará Vestur. —El zorro no respondió, y ella añadió—: Lo único que necesito de Camelia es que haga saber a la reina de las hadas que está a salvo. Si después de eso ya no quiere saber más de mí..., lo comprenderé. Pero si al menos... pudiese aclarar este malentendido...

—¿Malentendido? —repitió Ren—. Tus padres la condenaron a muerte y se alegraron mucho de librarse de ella. La reina Crisantemo hace bien en sentirse furiosa. Y en cuanto a vosotros...

Se detuvo de golpe. Se había fijado en Quinto, que permanecía en silencio junto a Felicia, apoyado en su muleta.

—¿De dónde has sacado eso? —soltó el zorro.

El soldado no se inmutó, pero la muchacha se irguió, muy ofendida.

—Es mi escolta. Está aquí para protegerme.

—¿De dónde lo has sacado, Felicia? —insistió Ren—. ¿Y qué has hecho con los demás? Esas cosas son peligrosas. Si supieras...

—Sé todo lo que necesito saber, muchas gracias —cortó ella, cruzándose de brazos—. Y, si tú quieres que responda a tus preguntas, deberás decirme primero dónde puedo encontrar a Camelia.

Ren dejó escapar un gruñido de frustración, pero Rosaura sonrió con disimulo.

—Está bien, hablemos —se rindió él por fin. Arla y Verena se irguieron, dispuestas a unirse a ellos, pero el Ancestral aclaró—: Felicia y yo. A solas.

Dio media vuelta y se internó en el bosque sin añadir nada más.

Arla refunfuñó por lo bajo. Verena dejó escapar un lánguido suspiro de aburrimiento y se izó hasta el carro para acomodarse en la parte posterior. Felicia les dirigió una mirada de disculpa y le dijo a Quinto:

—Espérame aquí. Te llamaré si algo va mal.

El soldado asintió. La joven no creía realmente que pudiera estar en peligro junto al zorro, pero él no dejaba de ser una criatura sobrenatural y, por tanto, impredecible.

De modo que inspiró hondo y lo siguió a través de la espesura.

Turno de pregunta

No fueron demasiado lejos. Cuando Ren se detuvo y se volvió sobre sus talones para encarar a Felicia, ella todavía podía distinguir al resto de los Buscadores, que los aguardaban en el camino. No obstante, la chica y el zorro se habían apartado lo suficiente como para que ellos no pudiesen oírlos desde allí.

—¿Y bien? —empezó él, cruzándose de brazos—. ¿De dónde has sacado a tu... «escolta»?

—Fue un regalo de bautizo —respondió ella—. ¿Dónde puedo encontrar a Camelia?

—¿Un regalo de...? Espera, espera. ¿Qué quieres decir? ¿Quién...?

—Ah, no, ni hablar. Yo he respondido a tu pregunta. Ahora te toca a ti: ¿dónde puedo encontrar a Camelia?

Ren dejó escapar un gruñido muy animal, pero Felicia se mantuvo firme. Finalmente, el zorro frunció el ceño y contestó:

—En el Bosque Ancestral.

—¿En el Bosque Ancestral? —repitió ella—. ¡Pero eso no me sirve de nada!

—Mala suerte.

Felicia abrió la boca para protestar, pero desistió. Estaba claro que a aquel juego podían jugar los dos.

—Mi turno —prosiguió el zorro—: había doce soldados, si no recuerdo mal. ¿Dónde están los demás?

—Guardados en su cofre —respondió ella con una traviesa sonrisa.

El zorro lanzó un bufido de frustración, pero reprimió su irritación y dijo entre dientes:

—De acuerdo, pues. Pregunta.

Felicia, no obstante, tardó un poco en plantear la siguiente cuestión, pensando en la mejor manera de formularla.

—Muy bien —dijo por fin, despacio—. Si Camelia está en el Bosque Ancestral, ¿cómo puedo llegar hasta ella?

—No puedes, porque eres humana. —Felicia torció el gesto, pero no protestó—. Me toca preguntar otra vez —continuó él—: ¿quién está al cargo del cofre que contiene el resto de los soldados?

—Mi padre, el rey de Vestur.

Ren frunció el ceño.

—¿Los soldados encantados están en poder de Simón? —masculló—. ¿A quién se le ocurrió semejante sinsentido?

—No voy a contestar a eso, porque ahora es mi turno de pregunta. ¿Cómo...? —Se detuvo antes de completar la frase e inclinó la cabeza, pensativa—. No, no es eso lo que quiero saber. En realidad... lo que más me preocupa es... averiguar si es verdad que Camelia se salvó de la hoguera. Porque mis padres... la llevaron a juicio y la condenaron, pero yo no sabía nada, y me ocultaron lo que había pasado durante un tiempo... Y, si lo hubiese sabido..., si hubiese podido hacer algo, cualquier cosa...

Se le quebró la voz. Ren la observó en silencio, con gesto impenetrable, mientras ella recobraba la calma. Por fin, Felicia inspiró hondo y alzó la cabeza para mirarlo.

—Mi pregunta es: ¿Camelia sigue viva? ¿Está... está bien?

El zorro tardó un poco en contestar. Cuando lo hizo, habló con suavidad, sin tratar de escamotearle información:

—Sí —respondió sin más—. Sí, sigue viva. Y está bien.

Felicia exhaló un suspiro de alivio.

—Gracias. Si la salvaste tú..., te lo agradezco, de corazón.

Sin embargo, él sacudió la cabeza.

—La salvé yo, pero también colaboré con tus padres para capturarla. Era la única manera de sacarla de ese castillo... y de alejarla de los seres humanos.

—¿Fingir su muerte en la hoguera? —adivinó Felicia.

El zorro asintió.

—Pero ejecutamos el plan a la perfección. Ni siquiera lo compartimos con Rosaura, así que no había manera de que nadie supiese lo que había pasado en realidad. —Clavó sus ojos castaños en la muchacha—. ¿Cómo lo descubriste tú? ¡Oh! Espera, no me lo digas. —Frunció el ceño, asaltado por una repentina sospecha—. La guerrera que te acompaña mencionó a un gato.

Felicia sonrió.

—Sí. *Ese* Gato.

Ren lanzó un gruñido de frustración.

—¿Por qué no puede dejar de meter los bigotes donde no lo llaman?

—Me contó que te había ayudado a salvar a Camelia —añadió Felicia, aún sonriendo. Se puso seria al añadir—: Deseaba que fuera cierto, pero no me atrevía a creerlo.

El zorro la miró con cierta simpatía.

—Debes comprender que ella tiene que seguir muerta para el mundo de los humanos —trató de explicarle—. No solo por todas las personas que continuarán exigiéndole que solucione sus problemas —agregó, señalando a los Buscadores con un gesto—, sino, sobre todo, por los que la consideran una bruja... por todo lo que pasó cuando... cambió.

Felicia inclinó la cabeza.

—Lo entiendo. Pero ¿no podemos decírselo a la reina de las hadas, al menos? ¿No puede Camelia presentarse ante ella para que compruebe por sí misma...?

—No —cortó el zorro—. No podría, aunque quisiera. Verás, Camelia... ya no es exactamente ella.

—Me han contado que antes era diferente. Que cambió cuando les arrancó a mis padres la promesa de que entregarían a su primer bebé a cambio de su ayuda...

—No me refiero a eso. Vosotros buscáis un hada, ¿no es cierto? Y Camelia... ya no lo es.

—¿No? —se sorprendió ella—. ¿Qué es, entonces? ¿Una... bruja?

—Tampoco. —Ren dudó un momento antes de continuar—. No es solo que no tenga ya poder para cumplir con vuestros deseos, es que... ni siquiera es capaz de comunicarse con los humanos ahora mismo. Y tampoco serías capaz de reconocerla, si te cruzases con ella.

Felicia empezaba a asustarse.

—Pero ella... ¿está bien? ¿De verdad?

—Sí, sí, su estado actual... es solo transitorio. Pero le llevará tiempo volver a ser ella misma y, por descontado, ha dejado de ser un hada para siempre. Por eso tu búsqueda y la de tus amigos... no lleva a ninguna parte. ¿Se lo dirás?

Ella dirigió la mirada hacia la vereda, donde la esperaban sus compañeros. Quinto no se había movido del lugar donde lo había dejado. Verena parloteaba sin cesar y Rosaura la escuchaba con educada atención... y también con cierta perplejidad. Fabricio, acomodado en el pescante, trataba de concentrarse en la lectura de un libro, lanzando irritadas miradas de soslayo a su compañera.

—Lo intentaré —murmuró—. Pero, si no podemos contar con Camelia..., ni siquiera para que detenga a la reina de las hadas..., Vestur se encamina hacia la guerra.

Ren suspiró.

—Eso me temo, sí.

—Y... ¿no podemos hacer nada para evitarlo?

—No despertar la cólera de la reina Crisantemo, por ejemplo. Pero parece que ya es un poco tarde para eso.

Felicia no dijo nada. El zorro le dedicó una sonrisa de disculpa y añadió:

—Entiendo que es difícil para ti, porque se trata de tu tierra y de tu familia. Pero los reinos humanos están peleando constantemente. Para las hadas... y para los Ancestrales..., esto es solo una guerra más. Llegará y pasará, y habrá vencedores y vencidos. Y los viejos reyes serán sustituidos por otros nuevos. —Se encogió de hombros—. No es tan importante, en realidad.

Ella se quedó tan sorprendida que fue incapaz de responder.

—Si me aceptas un consejo —prosiguió el zorro—, tú y tu familia deberíais renunciar a Vestur. Rendid el castillo a la reina de las hadas, suplicadle perdón y puede que se muestre generosa. Probablemente perdonará la vida a la gente corriente y se contentará con reclamar la cabeza de tus padres. Tal vez se apiade de ti porque eres muy joven y no participaste en el juicio y ejecución de Camelia, pero yo en tu lugar no me arriesgaría. Si puedes huir lejos...

—¿De verdad piensas... que vamos a rendirnos antes de pelear? —soltó Felicia, aún sin poder creer lo que estaba escuchando.

—Es el ejército del país de las hadas. Son guerreros sobrenaturales, Felicia. Los soldados de tu padre no podrán contra ellos.

Ella pensó entonces en el cofre con las once figuritas de madera, que se unirían al ejército de Vestur para enfrentarse a las huestes del país de las hadas, y alzó la cabeza con orgullo.

—Es por eso por lo que contamos también con otros soldados... especiales —le recordó.

Ren entrecerró los ojos.

—¿De modo que para eso va a utilizarlos Simón? ¿Para enfrentarse a la reina de las hadas?

—Son soldados encantados —replicó ella—. Son invencibles, obedecen todas las órdenes sin cuestionarlas y son inmunes a la magia.

—Y los puedes transformar en figuritas de madera para llevarlos contigo dondequiera que vayas, sí, sí, conozco la historia. —El zorro observó a la muchacha con preocupación—. Suena muy bien, pero son objetos peligrosos, ¿sabes? Especialmente si caen en manos equivocadas.

—¡No son objetos! —protestó Felicia—. ¿No has visto a Quinto? Habla y se comporta como un ser humano cualquiera. Merece ser tratado como...

—Es un objeto animado mediante la magia —cortó Ren con frialdad—. Y ese es el problema con estas cosas. Que parecen reales..., pero no lo son. Sin embargo, los sentimientos que pueden llegar a despertar en las personas —añadió, dirigiéndole una mirada penetrante— sí son de verdad.

Felicia se ruborizó.

—No sé de qué estás hablando.

—Seguro que no —respondió el zorro—. Después de todo, vas a casarte, ¿no? O, al menos, eso había oído. Con aquel príncipe que desencantaste en el castillo de Magnolia.

Ella desvió la mirada.

—Hemos... roto el compromiso.

—Ya veo.

Felicia no dio más explicaciones, y Ren no las pidió.

—Bien —concluyó por fin—; puesto que cuentas con un cofre con doce soldados mágicos para defender tu reino del ejército de las hadas, no necesitas a tu madrina para nada. Así que ya no tenemos más que hablar, supongo.

—No —murmuró Felicia, abatida; pero alzó la cabeza para dirigirle una mirada suplicante—. Si no puedes conducirme hasta Camelia, ¿le llevarás al menos un mensaje de mi parte?

—Es posible —respondió él, tras un instante de reflexión.

Felicia vaciló.

—¿Le dirás que... lo siento mucho? Por todo —añadió en voz baja.

Ren casi sonrió.

—Se lo diré.

La muchacha suspiró y se dispuso a dar media vuelta para reunirse con sus compañeros. Pero entonces recordó algo.

—Oh, y... una pregunta más. La última, creo.

—¿Sí?

Felicia alzó sus ojos azules hacia él.

—¿Por qué, en todo el tiempo que pasaste con Rosaura, no rompiste la maldición que pesa sobre ella?

El zorro pestañeó, confundido.

—¿Maldición? ¿De qué estás hablando?

Felicia le contó brevemente su experiencia de los días anteriores. A medida que iba hablando, la expresión de Ren se volvía más y más sombría.

—Pero eso no es posible —dijo él por fin—. De niña tenía la irritante costumbre de limpiarlo todo, es verdad, pero desde entonces hemos viajado juntos por todos los reinos durante años y no se ha vuelto a comportar así...

—¿Llevabais una vida errante? ¿Sin alojaros mucho tiempo en el mismo sitio?

—Por supuesto. Soy un zorro, no un perro doméstico cualquiera.

Felicia asintió, reflexiva.

—¿Y no podría ser... que la maldición solo funcione cuando Rosaura está bajo techo, en una casa en la que pueda dedicarse a las tareas domésticas? —planteó.

Ren pestañeó con cierta perplejidad.

—Podría ser, sí. Pero todavía me cuesta creerlo. Si Rosaura fuese víctima de alguna clase de magia creada por cualquier ser sobrenatural, tanto Camelia como yo lo habríamos detectado enseguida.

—¿Solo los seres sobrenaturales pueden hacer magia? —siguió preguntando Felicia.

—Bueno…, no. Ciertamente, la magia más poderosa es la de las hadas, las brujas, los diablos y los Ancestrales. Pero los humanos pueden acceder también a algunos tipos de magia. Y, ahora que lo dices, los efectos de una maldición o un mal de ojo causados por alguien que odia o envidia a su víctima… son difíciles de detectar. Es una magia extraña, ¿sabes? Está todo aquí dentro. —Se señaló la sien.

—¿En… la cabeza?

Ren asintió.

—Dentro de la cabeza —precisó—. Vuestra mente, Felicia, es una herramienta única. Las hadas y los Ancestrales usamos la magia que hay en el mundo, pero no creamos cosas nuevas. Vosotros, en cambio…, poseéis un poder diferente. Capaz de transformarlo todo. De *inventar*. ¿Entiendes?

—No —murmuró Felicia—. Pero, entonces, ¿cómo podemos ayudar a Rosaura?

Ren suspiró.

—No tengo ni idea —reconoció—. Y dudo mucho que Camelia lo supiera tampoco. Si es verdad que alguien maldijo a Rosaura cuando era niña y ella tampoco fue capaz de darse cuenta…, en fin…, ¿cómo se puede luchar contra algo que ni siquiera sabes que estaba ahí? —La miró con curiosidad—. ¿Cómo lo descubriste tú?

—No fui yo, sino Fabricio, una de las personas que me acompaña. También él necesita la ayuda de las hadas. Si pudieras… Ya no te pido que nos conduzcas hasta Camelia —se apresuró a aclarar—. Pero, si pudieses al menos hablar con ellos…, escucharlos… y darles algún consejo para solucionar sus problemas…

El zorro abrió la boca para negarse; pero la miró de nuevo, pensativo, y asintió sin una palabra.

Buenos consejos

Cuando Ren y Felicia se reunieron con los demás, el zorro se arrepintió enseguida de su decisión. Porque todos ellos, salvo el soldado, le dirigieron una mirada esperanzada y suplicante que lo hizo sentir ciertamente incómodo. Se preguntó cómo había soportado Camelia durante tanto tiempo las irracionales expectativas que depositaban en ella sus ahijados. Porque la conocía lo bastante como para saber que, a pesar de su sentido común, en el fondo el hada no sabía decir que no.

—Habéis tardado mucho —se quejó Verena, disimulando un bostezo de aburrimiento—. ¿De qué estabais hablando, si puede saberse? ¿Dónde está Camelia?

Ren dirigió una mirada a Felicia, animándola a que tomara la palabra. Ella se aclaró la garganta antes de hablar:

—Por lo visto..., Camelia sigue viva, pero ya no... ya no es un hada, así que no puede ayudarnos a ninguno de nosotros. Es así, ¿no? —preguntó, volviéndose hacia el zorro.

Este asintió.

—Así es.

Los Buscadores cruzaron miradas de desconcierto. Antes de que le planteasen más cuestiones que ella no supiese responder, Felicia prosiguió:

—Sin embargo, Ren está dispuesto a escucharnos. Como Ancestral, también posee grandes poderes. Así que... tal vez él sí pueda hacer algo por vosotros.

Sonrió a sus compañeros, animándolos a hablar. Rosaura se limitó a dirigir una mirada interrogante a Ren, y Arla, que se había apoyado contra el carro con los brazos cruzados, tenía la vista clavada en el suelo como si todo aquello no tuviese nada que ver con ella. Fabricio dudó un momento. Siempre tardaba un poco en empezar a hablar, puesto que debía escoger muy bien las palabras antes de pronunciarlas. Por tal motivo, Verena se le adelantó sin ninguna consideración.

—¡Yo necesito toda la ayuda posible! —exclamó, alzando la mano con tanta vehemencia que estuvo a punto de abofetear a su compañero por accidente—. Deseo tener hijos. *Necesito* tener hijos —especificó—, pero no puedo. ¿Hay algún hechizo Ancestral que sirva para concebir?

Ren pestañeó, un poco perplejo.

—¿Necesitas... tener hijos?

Verena suspiró.

—Es una larga historia. Yo era una doncella perfectamente fértil, debo aclarar. Hasta que mi tío me envenenó con un melocotón con el que pretendía matarme... y, desde entonces, no he sido capaz de engendrar. Y tengo ya más de treinta años: el tiempo corre en mi contra. —Le dirigió una mirada suplicante—. ¿Puedes ayudarme?

Pero el zorro se encogió de hombros con una sonrisa de disculpa.

—Me temo que los problemas de fertilidad de los humanos no son mi especialidad. Oh, desde luego conozco maneras de favorecer los nacimientos, pero, si hay algo en tu interior que está... estropeado..., yo no lo puedo arreglar.

Verena dejó caer la cabeza.

—Entiendo —murmuró.

Felicia lo sintió por ella. Conociéndola, había esperado que protestara, que se negara a aceptar las palabras del zorro, pero en ningún caso que se rindiese sin más. La princesa de Rinalia, que estaba acostumbrada a que se atendiera hasta el menor de sus caprichos, había empezado a aceptar que había cosas que, sencillamente, no podía cambiar. Ren centraba ahora su atención en Fabricio, que se había animado a hablar por fin:

—Cuando yo era niño, mi hada madrina me... castigó. La hice enfadar por alguna razón, no recuerdo cuál. Probablemente me pilló en alguna mentira. Y desde entonces, si se me ocurre faltar a la verdad, sufro... las consecuencias de su castigo.

Ren alzó las cejas y observó con curiosidad la prominente nariz de su interlocutor.

—Interesante —comentó.

—Pero mi madrina desapareció sin dejar rastro —prosiguió Fabricio—. Un buen día dejó de responder a mis llamadas. Y nunca la volví a ver. No sé por qué se fue, y no me importa en realidad. Pero al menos podría haberme... levantado el castigo antes de marcharse.

—Dalia —murmuró Ren.

—¿Cómo dices?

—Dalia. Así se llamaba tu madrina, ¿verdad? Un hada muy seria, de piel pálida y cabello azul.

—Sí..., sí, es decir..., nunca llegué a saber su nombre y tampoco recuerdo muy bien sus rasgos, pero sí que tenía el pelo del color de los arándanos. El Gato dijo que se fue al país de las hadas. ¿Es cierto?

—Sí, así es. —Ren sacudió la cabeza—. Pero me temo que tampoco puedo ayudarte a ti. Porque solo el hada que te hechizó puede deshacer el conjuro.

—Lo suponía. Si la ves... algún día..., ¿le hablarás de mí?

—Sin duda —asintió Ren.

Fabricio estudió el semblante del Ancestral con cierto recelo. Pero su gesto era serio, sin asomo de burla, y su mirada parecía sincera. Asintió, dejando caer los hombros en señal de derrota.

—Gracias —se limitó a responder.

Ren se volvió entonces hacia Arla.

—¿Y tú? ¿Por qué buscas a Camelia? —quiso saber.

Ella reaccionó por fin.

—¿Yo? —Negó con la cabeza—. Es cierto que la buscaba, pero ya no. He comprendido que no podemos depender siempre de las hadas para solucionar nuestros problemas. Así que liberaré mi reino sin su ayuda. A no ser que tú estés dispuesto a echarme una pata —añadió con una media sonrisa.

Ren ladeó la cabeza para estudiarla con interés, pero Felicia detectó un gesto de aprobación en su semblante.

—Lo haría, si fuese el tipo de Ancestral que disfruta inmiscuyéndose en asuntos humanos. Pero no es el caso.

Arla alzó una ceja.

—¿Quieres decir que no lo has hecho nunca? No es eso lo que tenía entendido, la verdad.

—Sí lo he hecho, más de una vez. Pero solo cuando me beneficiaba a mí de alguna manera —confesó el zorro con una encantadora sonrisa.

—Comprendo. Pongamos, pues, que pudieses obtener alguna clase de beneficio a cambio de prestarme tu ayuda. ¿De qué tipo de... asistencia estamos hablando?

—Fundamentalmente de buenos consejos, jovencita. —Arla torció el gesto, decepcionada, y Ren sonrió—. Nunca son lo bastante apreciados por los mortales, debo señalar. Es por eso por lo que ya no me molesto en ofrecerlos.

Arla se encogió de hombros.

—No pasa nada. Me las arreglaré por mí misma, como de costumbre.

—Esa es una muy buena actitud —aprobó el zorro. Paseó la mirada por el grupo, pensativo—. ¿Sabéis una cosa? Hoy haré una excepción y os regalaré un buen consejo: las hadas madrinas convivieron con los mortales durante trescientos años. Si habéis aprendido algo de ellas..., utilizadlo.

Los Buscadores se miraron unos a otros, sin comprender lo que quería decirles. Ren se centró entonces en Rosaura.

—¿Qué vas a hacer tú? —le preguntó con suavidad.

Ella se sobresaltó ligeramente.

—¿Yo...? No lo sé. ¿Es verdad que hay... una maldición?

—No puedo asegurarlo, pero, si lo que me ha contado Felicia es cierto, parece lo más probable. —Ella bajó la mirada—. Tampoco puedo hacer nada por ti. No obstante, si deseas acompañarme..., volveríamos a viajar. Nada de hogares humanos donde puedan esclavizarte otra vez. Al menos, hasta que encontremos el modo de liberarte de la maldición.

Rosaura inclinó la cabeza, pensativa.

—Pero, en ese caso, tú tampoco podrías regresar al Bosque Ancestral.

—No —confirmó el zorro.

—Entonces voy a rechazar tu oferta —decidió ella—, aunque te lo agradezco de corazón. Creo que seguiré tu consejo y trataré de encontrar una solución por mí misma. Además —añadió, con una suave sonrisa—, resulta que echo de menos un «hogar humano». He pasado mucho tiempo en los caminos y no soy una Ancestral errante como tú. No te ofendas.

—No me ofendo —dijo él.

Compartieron un último abrazo de despedida.

—Buena suerte, Rosaura. Y también a vosotros —añadió Ren, volviéndose hacia el resto de los compañeros—. Y tú —concluyó, clavando la vista en Felicia— no olvides lo que te he dicho.

Hizo un gesto apenas perceptible hacia Quinto, que aguardaba junto a ella, impasible como una estatua. La muchacha enrojeció un poco, pero no respondió.

Ren sonrió, dio media vuelta y se transformó de nuevo en animal. Mientras se alejaba para volver a internarse en el bosque, oyó tras él la voz de Felicia, que reaccionó por fin:

—¡Gracias por todo, Ren!

Y la de Verena, que preguntó con asombro:

—¿Gracias? ¿Por qué? ¡Si no ha hecho nada!

La sonrisa del zorro se hizo más amplia, revelando sus pequeños colmillos puntiagudos. En el fondo, entendía por qué Camelia había acabado por encariñarse con casi todos sus ahijados. Después de todo, él mismo sentía un gran aprecio por Rosaura, a quien había visto crecer desde que era una niña.

No obstante, incluso los jóvenes humanos, por muy atolondrados que fueran, debían aprender tarde o temprano a arreglárselas por sí mismos.

En los libros de cuentos

Recapitulando —dijo Felicia más tarde, cuando el grupo volvía a ponerse en marcha por el camino del bosque—: aún no sabemos cómo romper la maldición de Rosaura ni cómo sanar a Verena. Y solo el hada que hechizó a Fabricio puede... «levantarle el castigo».

—Ya lo sospechaba —reconoció él—, pero, al menos, ahora sé cómo se llama. Así que puedo seguir buscándola.

—Y yo sé con seguridad que Camelia sigue viva. Aunque no tenga más prueba de ello que la palabra de un gato y un zorro, y no creo que eso baste para convencer a la reina de las hadas.

Pero tal vez sí sirviera para que ella pudiese perdonar a sus padres algún día por lo que le habían hecho a Camelia. Sacudió la cabeza. No se sentía preparada para pensar en ello.

—¿Qué vas a hacer, pues? —le preguntó Arla con curiosidad—. ¿Cómo piensas evitar la guerra?

Felicia reflexionó. Ya no tenía sentido seguir buscando a Camelia. Si era cierto lo que el zorro le había dicho, el hada seguía viva, y eso reconfortaba profundamente a la muchacha. Pero, sin la ayuda de Ren, no tenía ninguna forma de volver a contactar con ella.

La guerra, al parecer, era inevitable. Por fortuna, Vestur contaba ahora con un arma secreta para afrontarla.

—No creo que pueda ya —respondió por fin—. Pero seremos capaces de defendernos. Tenemos un ejército... bien entrenado —dijo, mirando de reojo a Quinto.

—Ningún ejército mortal podría hacer frente a las huestes del país de las hadas —replicó Fabricio, moviendo la cabeza.

De no ser por la actitud de Ren hacia los soldados vivificados, tal vez Felicia se habría animado a hablarles a sus compañeros de la naturaleza de Quinto y los demás. Pero optó por guardar un prudente silencio al respecto, al menos hasta que descubriese qué era lo que al zorro le molestaba tanto de ellos.

—Vamos a luchar de todas formas —se limitó a responder—. ¿Qué otra opción tenemos?

—Es muy valiente por tu parte, Felicia —opinó Arla—. Me gustaría ayudarte y poner mi espada al servicio de Vestur, si a ti te parece bien.

Ella alzó la cabeza para mirarla, sorprendida.

—¿Hablas en serio? Pero... ¿qué hay de tu misión?

Arla dejó escapar un profundo suspiro.

—Mi reino está bajo el gobierno de un usurpador —les contó—. He reunido una compañía de rebeldes, pero me temo que somos pocos y no tenemos nada que hacer contra el ejército enemigo. Aun así, tal vez podamos ser de ayuda en Vestur. Y, si triunfamos contra las hadas..., quizá tus padres puedan devolverme el favor algún día.

—Bueno —respondió Felicia, todavía perpleja—. No puedo hablar por ellos, pero... ojalá sea posible, cuando la guerra acabe.

Le dedicó a Arla una amplia sonrisa de agradecimiento, y ella le sonrió a su vez, con una inclinación de cabeza.

—No te tenía por una persona tan generosa, Arla —comentó Fabricio—. Sabes muy bien que, si no cuenta con ayuda sobrenatural, Vestur no tiene la menor posibilidad contra el ejército del país de las hadas.

Ella levantó la barbilla con orgullo.

—Tal vez —admitió—. Pero, como bien ha dicho el zorro, las personas tenemos que aprender a apañárnoslas sin hadas y sin animales parlantes.

—Pues yo me siento muy decepcionada —declaró Verena—. Se supone que los Ancestrales poseen grandes poderes, ¿no es así? Pero ese tal Ren no ha sido capaz de mover un dedo por nosotros.

—Nos ha regalado «un buen consejo» —puntualizó Fabricio, encogiéndose de hombros.

—¿Cuál? ¿Que aprendamos de lo que las hadas hicieron durante trescientos años? —Verena resopló, frustrada—. Quizá el todopoderoso zorro inmortal se ha olvidado de que ningún humano vive tanto tiempo.

—Tal vez no —dijo Felicia inesperadamente—, pero escribimos. Y todas las acciones de las hadas están detalladas en los libros de cuentos.

Sus compañeros se volvieron para mirarla.

—¿Libros de cuentos? —repitió Arla con escepticismo.

—Claro —prosiguió ella, cada vez más animada—. Esas historias no son simples invenciones: relatan hechos que sucedieron de verdad. Aunque Camelia solía decir que a veces estaban alteradas o un poco exageradas. Pero las hadas de las que hablan son ella y sus compañeras.

—Recuerdo esos libros —comentó Verena, pensativa—. Cuando vivía encerrada en la torre, mi madrina me traía algunos a veces para entretenerme. Aunque a mí no me interesaban demasiado.

—Sí —asintió Rosaura—. Había muchos libros en casa de Camelia. En alguna ocasión les eché un vistazo, porque tenían ilustraciones muy bonitas…, pero nada más. Por aquel entonces, yo no sabía leer.

—¿No? —se sorprendió Felicia—. ¿Cómo puede ser?

—Porque nadie me había enseñado. Supongo que mi madrastra no quería que perdiese el tiempo entre libros, cuando había tantas cosas que hacer en casa.

—¿Qué habrá sido de esos libros? —se preguntó Verena.

—Camelia se los llevó todos al castillo de los espinos —dijo Felicia—. Estaban allí, en su habitación y en la biblioteca. Yo solía tener siempre alguno en mi cuarto, para leerlo por las noches. Creo que los acabé casi todos, aunque…

—¿Sí? —interrumpió Verena con impaciencia—. ¿Dicen algo sobre damas que no pueden tener hijos?

—Recuerdo algunas historias, sí. Matrimonios de edad avanzada que nunca habían tenido hijos, aunque era lo que más deseaban. Y encontraban un bebé extraordinario en circunstancias… peculiares: flotando río abajo en una canasta…, dentro de una flor o de una nuez…

—¿Una nuez?

—Eran bebés muy muy pequeños. También a veces decidían adoptar cualquier criatura, para poder criarla como a un niño humano. Resultaba ser un animal parlante..., probablemente un Ancestral, ahora que lo pienso. O un príncipe encantado.

—Todo eso no me sirve para nada —se quejó Verena, con un resoplido de impaciencia.

—Lo sé, lo siento. —Felicia frunció el ceño, esforzándose por recordar—. Había muchos libros, y contenían muchas historias. Eran todas parecidas, pero los detalles cambiaban. Si pudiese volver a consultarlos... —Alzó la cabeza, iluminada por una súbita idea—. Ya sé lo que haré: volveré al castillo de los espinos para buscar la solución a vuestros problemas en los libros.

Se sintió mucho mejor en cuanto hubo tomado aquella decisión. No sería capaz de detener la guerra que se cernía sobre Vestur, pero quizá pudiese al menos encontrar la manera de ayudar a sus compañeros.

—Pero ¿no es... un sitio peligroso? —planteó Fabricio.

—Lo era para todo el que intentase entrar, mientras Camelia habitaba allí. Pero, cuando Cornelio y yo escapamos, todos los espinos que lo protegían murieron. Y en cuanto al bosque...

Se detuvo un momento, indecisa. Sabía que aquel lugar estaba embrujado y que cualquiera que bebiera de sus arroyos o comiera de sus frutos se vería transformado en animal. Pero ella iría acompañada por Quinto, a quien no le afectaba la magia. Estaría bien.

—Si fui capaz de atravesarlo una vez, lo haré de nuevo —se limitó a concluir.

No les explicó que en aquella ocasión había contado con una escolta de soldados, capitaneada por su propio padre.

—El castillo no es peligroso —insistió, al ver que sus compañeros aún dudaban—. Fue mi hogar durante mucho tiempo, y ahora está abandonado. No vive nadie allí. Los libros siguen donde los dejamos.

—Pero estuviste encerrada muchos años en ese lugar —objetó Verena—. ¿Estás segura de que quieres regresar? Yo no volvería a poner los pies en mi torre por nada del mundo.

Felicia asintió, cada vez más convencida.

—Sí. Pero no os pido que me acompañéis. Quinto y yo nos las arreglaremos para atravesar el bosque y llegar hasta el castillo, y una vez allí estaremos a salvo.

—Me parece una temeridad —opinó Fabricio—. ¿No deberías regresar a Vestur?

—¿Con la amenaza de una guerra pendiendo sobre el reino? —Arla negó con la cabeza—. Tal vez Felicia tenga razón. Si la clave para reparar lo que las hadas estropearon está en esos libros..., alguien debería ir a consultarlos.

—Yo puedo acompañarla —se ofreció Rosaura—. Conozco bien los bosques y quizá...

—No —cortó Felicia.

Se sentía lo bastante valiente como para confiar en que Quinto la protegería de la magia del Bosque Maldito, pero no estaba segura de que pudiese resguardar a su amiga también, y no soportaba la idea de que acabase metamorfoseada en un pájaro o en una ardilla por culpa de su corazonada.

Hasta donde ella sabía, ninguna de aquellas criaturas hechizadas había recuperado su aspecto humano.

—No —repitió, con mayor suavidad—. Quinto y yo nos las podemos arreglar sin ayuda. Y vosotros... —Se interrumpió porque Fabricio había tirado de las riendas del asno, deteniendo el carro de golpe—. ¿Qué sucede?

Su compañero les señalaba un amplio camino que se abría a su izquierda, perpendicular a la senda que ellos seguían.

—Este camino no estaba ayer aquí —murmuró Arla.

—¿Qué quieres decir? ¿Nos hemos perdido? —se alarmó Verena.

—No, es otro regalo de Ren —les explicó Rosaura alegremente—. ¡Mirad!

Los Buscadores descubrieron entonces la silueta de un zorro que los aguardaba un poco más allá, en mitad del nuevo sendero. Cuando Arla guio a su caballo para que se internase por él, el zorro desapareció de un salto en la espesura. Todos se dieron cuenta de que carecía de la característica cola roja y blanca de los de su especie.

—¿Un regalo? —repitió Verena—. ¿Qué quieres decir? ¿La senda estaba oculta y ahora, simplemente, somos capaces de verla?

—No. La senda no existía hasta ahora —explicó Rosaura—. Pero nos conducirá afuera del bosque, sanos y salvos.

—Y también esquivaremos a los forajidos, si es que tienen intención de tendernos una emboscada —comprendió Felicia.

Fabricio acababa de comprobar que el atajo era lo bastante amplio para su carro, y maniobró para seguir los pasos de Arla.

—A mí me sirve —declaró—. Cuanto antes salgamos de aquí, mejor para todos.

—Si tú lo dices… —suspiró Verena.

Cruce de caminos

Llegaron al linde del bosque sorprendentemente rápido, y desembocaron en el camino principal. Cuando abandonaron la floresta y se volvieron para mirar atrás, comprobaron con cierto asombro que el sendero que habían tomado para llegar hasta allí había desaparecido, como si el grupo entero, carro incluido, hubiese atravesado el bosque cerrado sin más.

Una vez reemprendieron la marcha, Arla dijo:

—Un poco más allá hay una bifurcación. Llegaremos allí a mediodía, si avanzamos a buen ritmo. El camino de la izquierda conduce al Bosque Maldito. El de la derecha nos llevará a los demás hasta Vestur.

—¿Vais a ir todos a Vestur? —se sorprendió Felicia.

Los Buscadores cruzaron una mirada.

—Allí es a donde nos dirigimos, sí —asintió Arla—. Yo tengo intención de unirme al ejército del rey para luchar contra las hadas.

—Yo espero poder encontrar allí a mi madrina, o a alguien que sepa darme señales de ella, cuando la guerra empiece —añadió Fabricio.

—A Verena y a mí nos gustaría esperarte en el castillo, si los reyes tienen a bien acogernos —dijo Rosaura—. Vas a adentrarte en un bosque embrujado para encontrar una solución a nuestro problema. Si no quieres que te acompañemos, lo menos que podemos hacer es contarles a tus padres a dónde has ido, para que envíen a alguien a buscarte.

—Lo cierto es que me resulta muy sorprendente que te permitieran salir de viaje con la compañía de un único soldado —comentó Verena.

Felicia desvió la mirada, incómoda. Arla entornó los ojos.

—No saben que estás aquí, ¿verdad? —adivinó.

Verena miró a la muchacha con los ojos muy abiertos.

—¿¡Te has escapado de casa!?

—¡No exactamente! —se defendió Felicia—. Les dejé una nota... en la que les decía que iba a buscar a Camelia..., pero que tenía intención de volver...

—Definitivamente, tenemos que ir a hablar con ellos —declaró Arla—. Salvo que tú no quieras regresar... —añadió, mirando a la muchacha de soslayo.

Ella tardó un poco en responder.

—Sí que quiero. Algún día. Es... complicado.

Comprendió entonces que había estado retrasando su regreso a Vestur. Quizá por miedo a que sus padres la encerraran otra vez o a que la obligaran a casarse con Cornelio después de todo.

Arla la observó, pensativa, pero no dijo nada.

Más tarde llegaron al cruce de caminos. Fabricio detuvo el carro para que Quinto y Felicia pudiesen bajar y Verena les ofreció su palafrén para que no tuviesen que ir caminando.

—Es una yegua muy mansa —le aseguró a la chica—. No tendrás problema con ella, aunque no sepas montar. Incluso podría llevaros a los dos.

Pero ella recordó cómo se había encabritado el animal durante su encuentro con los bandidos y se estremeció.

—Muchas gracias, pero de verdad que preferimos seguir a pie.

Cruzó una mirada con Quinto, que asintió con gravedad.

—Bien. —Arla se enderezó sobre el lomo de su caballo—. No estáis muy lejos del bosque, en realidad. Por este camino llegaréis a los dominios del Duque Rojo. Si no os entretenéis, podréis alojaros en su castillo esta noche. La ruta pasa por allí de todos modos.

Felicia ladeó la cabeza con interés. Recordaba que Mork y la reina Afrodisia habían mencionado a aquel personaje durante la conversación que ella había escuchado a escondidas la mañana anterior.

—Gracias por el consejo —dijo.

Se despidieron de sus compañeros. Rosaura les dio provisiones para el camino, y las dos se fundieron en un abrazo.

—Nos veremos en Vestur —le prometió Felicia—. Espero haber

descubierto entonces la manera de ayudaros —añadió, dirigiéndose al resto de los Buscadores.

—Hasta entonces, pues, y buena suerte —les deseó Fabricio—. Ha sido agradable viajar contigo.

Felicia lo miró con cierta sorpresa. Pero no apreció ningún cambio en su nariz, por lo que dedujo que debía de estar hablando en serio.

Contempló con el corazón encogido cómo sus compañeros se alejaban por el camino, dejándolos a ella y a Quinto en la encrucijada. Por fin, cuando ellos ya estuvieron lejos, se volvió hacia el soldado.

—Tenemos que llegar al castillo del Duque Rojo antes de que se haga de noche —le dijo—. ¿Podremos hacerlo?

Él echó un breve vistazo a su muleta y asintió sin una palabra.

Entre la bruma

Los caminos que conducían al país de las hadas no eran realmente caminos. Tampoco puertas misteriosas ni túneles subterráneos. Se trataba más bien de «áreas brumosas», espacios donde ambas realidades se iban superponiendo poco a poco, a medida que el incauto mortal avanzaba por ellos, sin ser apenas consciente de que cada paso lo internaba más en un nuevo mundo del que quizá no regresaría en décadas.

Las zonas brumosas solían estar localizadas en bosques, aunque no siempre. Tendían a activarse al alba o en el crepúsculo, aunque no solo. Podían ocupar una floresta entera o estar contenidas en el interior de un círculo de setas que apenas podías pisar con la punta del pie.

Los caminos que conducían al país de las hadas eran muy variados, pero todos tenían algo en común: la niebla.

No era una bruma corriente, aunque para un humano cualquiera era difícil diferenciarlas. Se trataba de algo mucho más sutil que caracoleaba entre los tobillos de sus víctimas y las iba envolviendo lentamente sin que se diesen cuenta. En el momento en que se percataban de que algo extraño estaba sucediendo, era ya demasiado tarde: el mundo mortal había quedado atrás.

Los habitantes del país de las hadas evitaban las áreas brumosas, por lo general, aunque algunos las visitaban a veces en busca de humanos perdidos, para engañarlos, para hacerlos prisioneros o simplemente para burlarse de ellos.

La más grande de ellas era la Llanura Gris, una extensa planicie cubierta de niebla eterna hasta donde alcanzaba la vista. Nadie sabía qué había al otro lado, porque no había manera de atravesarla hasta el final. Todo el que lo intentaba regresaba tarde o temprano al mismo lugar del país de las hadas del que había partido. Y ningún mortal perdido que apareciese allí sería capaz de hallar de nuevo el camino hasta su mundo.

La reina Crisantemo, no obstante, podía manipular la bruma a voluntad, o, al menos, eso se decía. Hacía mucho tiempo que la soberana de las hadas no abandonaba su reino ni se molestaba en dejarse ver en el mundo de los humanos. Pero ahora se encontraba allí, en las fronteras de la Llanura Gris, pasando revista a sus tropas desde lo alto de una loma. Montaba un corcel alado cuya piel parecía hecha de rayos de luna y cuyas crines resbalaban por su esbelto cuello cual espuma de mar. El resto de los guerreros feéricos que formaban ante ella cabalgaban sobre monturas similares, aunque la única que contaba con un par de alas emplumadas era la de su reina. Todos exhibían sus mejores armaduras de guerra, algo deslucidas debido a la niebla, aunque sin duda volverían a centellear cuando las pasearan a la luz del sol. Portaban lanzas y espadas forjadas en un material que parecía plata pero que había sido creado en el mismo corazón del país de las hadas y era duro como el diamante y afilado como la obsidiana.

—Vestur no tiene nada que hacer —murmuró Lila con preocupación.

Las cuatro amigas se habían situado en lo alto de una colina cercana para contemplar la escena desde una prudente distancia, separadas de las demás. Había transcurrido ya un tiempo desde su regreso del mundo de los mortales (ninguna de ellas habría sabido decir exactamente cuánto), pero no terminaban de encajar. Habían pasado tantos años entre los humanos, ejerciendo como hadas madrinas, que ahora sentían que su propia gente ya no las comprendía del todo.

—Se lo tienen bien merecido —opinó Dalia.

Lila se volvió hacia ella para dirigirle una mirada de reproche.

—Tú tuviste ahijados, igual que todas nosotras. Velaste por ellos desde que nacieron. ¿Dirías lo mismo si viviesen en Vestur?

Dalia se encogió de hombros.

—¿Por qué no? Regresé al país de las hadas porque comprendí que no merecían mis desvelos.

—¿Ninguno de ellos? —insistió Lila.

Su compañera vaciló un momento, pero no respondió.

—Ah, la búsqueda de la perfección es tan agotadora... —comentó entonces Gardenia distraídamente—. Nadie aprecia los esfuerzos de aquellos que se empeñan en señalarnos las cosas que debemos mejorar. Sería mucho más sencillo obviar los defectos y centrarnos en los aspectos positivos, pero cualquiera puede conformarse con la mediocridad, ¿no es cierto?

Dalia le dirigió una gélida mirada.

—No sé qué pretendes insinuar.

Gardenia parpadeó con desconcierto.

—Yo tampoco, querida —respondió con una amplia sonrisa.

—Yo no lo siento por Vestur —murmuró Orquídea—. Ah, sí, hubo un tiempo en que fue un reino próspero y alegre, y organizaban grandes fiestas. Pero ahora solo se dedican a odiar a las hadas. —Sacudió la cabeza—. Hay más humanos en otros reinos. Estos en concreto son un peligro para nosotras, y cuanto antes lo asumamos, mejor.

Lila no respondió enseguida. Pensativa, se limitó a pasear la mirada por el ejército que desfilaba entre la bruma ante la reina Crisantemo.

—Me gustaría poder llevarte la contraria —dijo por fin, con pesar—, pero lo cierto es que... son los responsables de la muerte de Camelia.

Orquídea se estremeció.

—Eso es lo que lo hace tan terrible, ¿no os parece? —comentó—. Precisamente Camelia, de entre todas nosotras, fue la que más se esforzó por cuidarlos y protegerlos. Se entregó a los humanos más que ninguna...

—No más que ninguna —murmuró Gardenia, pero las otras no le hicieron caso.

—... Y así se lo pagaron ellos —completó Orquídea—. Sinceramente, creo que la reina Crisantemo hace bien en estar enfadada.

Lila inspiró hondo.

—Sí, pero... ¿qué pasará con todos los demás? Con los humanos que no fueron responsables de lo de Camelia, quiero decir.

Dalia sacudió la cabeza.

—Seguro que todos ellos estuvieron encantados de ver arder a la malvada bruja, ¿no es cierto? Orquídea tiene razón: nos odian.

—Pero ¿por qué? —se lamentó Lila—. ¡Después de todo lo que hicimos por ellos...!

—Nos odian porque no pueden ser como nosotras. No hay más.

Lila abrió la boca para replicar, pero finalmente permaneció en silencio.

Ninguna de las cuatro habló, sumidas como estaban en profundos pensamientos. Hasta que Gardenia sacudió la cabeza, parpadeando como si acabase de despertar de una siesta inesperada.

—Hace mucha humedad aquí, ¿no pensáis lo mismo, queridas? —preguntó a sus compañeras con una amplia sonrisa—. ¿No os apetecería ir a tomar una taza de chocolate caliente?

La carta de la reina

El Duque Rojo vivía con sus sirvientes en la torre que se alzaba justo en los límites del Bosque Maldito. Tenía una esposa y dos hijas, pero ellas preferían habitar la casa señorial que la familia poseía en la capital del reino y solo iban a visitarlo una o dos veces al mes. El Duque no podía culparlas. La ciudad era un lugar mucho más interesante y animado y, desde luego, bastante menos inquietante.

No había gran cosa que hacer en la Torre Roja. Ni siquiera podían organizarse cacerías en el Bosque Maldito, porque buena parte de sus animales eran personas encantadas y porque, aunque ese no fuera el caso, de todos modos tampoco se podía beber ni comer nada que procediese de allí. De modo que, a pesar de vivir en el campo, a la sombra de una enorme floresta, la mayor parte de los alimentos que se consumían en aquella fortaleza fronteriza llegaban desde la ciudad.

Al Duque Rojo no le importaba demasiado. Era un hombre tranquilo, de costumbres fijas y hábitos sencillos. Quizá su mujer no andaba muy desencaminada al reprocharle que su flema rozaba la indolencia, pero, en todo caso, no parecía un defecto particularmente grave en un lugar en el que la vida transcurría monótona y sin sobresaltos, donde todo el mundo sabía que, si respetabas las fronteras del bosque, este fingiría que ignoraba por completo tu existencia.

Los sirvientes eran en su mayoría personas de mediana edad, tan serenas y sosegadas como su señor. Él no los había elegido así a propósito; se daba la circunstancia de que casi todos los criados jóvenes e impulsivos acababan perdidos para siempre en el bosque, atraídos por su fatal encanto.

A los antepasados del Duque Rojo se les había encomendado la heroica misión de defender el reino de la malvada bruja que habitaba en aquella espesura; pero la criatura no los había atacado en más de cien años y, según tenía entendido, ahora habitaba el castillo encantado otra bruja que salía de él todavía menos. De modo que el duque se pasaba los días sentado ante la chimenea, leyendo en sus libros las gestas de grandes caballeros de épocas pasadas.

Así lo encontró el enorme cuervo que llegó hasta su ventana aquella tarde. Se posó en el alféizar y graznó un par de veces para llamar la atención del duque.

Este alzó la cabeza y advirtió que el ave llevaba un rollo de papel atado a la pata. Con un suspiro de resignación, dejó a un lado el volumen que estaba leyendo y se levantó de su asiento frente a la chimenea. Se acercó al cuervo con cuidado para no asustarlo, pero el animal se limitó a observarlo con la cabeza ladeada y un brillo extrañamente inteligente en la mirada. Cuando el duque alargó la mano para recuperar el mensaje, el pájaro alzó la pata y se quedó muy quieto para facilitarle la tarea. «Qué bien amaestrados están los cuervos de la reina», pensó el noble con admiración.

Porque, en efecto, se trataba de una misiva escrita con la elegante caligrafía de Afrodisia de Mongrajo. No era habitual que se comunicase con él por aquella vía, puesto que por lo general prefería enviar mensajeros humanos a caballo, pero tampoco se trataba de la primera vez.

El noble se centró en el mensaje. Decía:

«Muy estimado Duque Rojo:

»Han llegado a nuestros oídos rumores de que la bruja del castillo de los espinos ha sido derrotada. Ordenamos, pues, que acudáis a su funesta morada para averiguar si esta información es o no cierta. Y que, en caso de que lo fuera, toméis posesión de su castillo y, por extensión, de todo el bosque que lo rodea».

Estaba firmado por Afrodisia, reina de Mongrajo.

El duque se quedó mirando el mensaje casi sin verlo. ¿Que la bruja había sido derrotada? Algo de eso había oído, por supuesto, pero no había prestado atención a las habladurías. Su familia llevaba varias generaciones viviendo en la Torre Roja y él sabía muy bien que no era sencillo vencer a una bruja. Cierto, había pasado una vez, cuando él era más joven. Pero en aquella ocasión la dueña del castillo encantado había caído solo para que otra bruja ocupase su lugar.

Frunció el ceño. Si los rumores eran ciertos y «alguien» había matado a la criatura del bosque, era muy posible que ese «alguien» habitase ahora en el castillo. No sería, por tanto, tan fácil de conquistar como la reina parecía creer.

Estaba pensando en la mejor forma de cumplir el encargo de su soberana —o en la mejor excusa para negarse— cuando oyó voces abajo, en la entrada de la torre. Se asomó a la ventana sin prestar atención al cuervo, que seguía acomodado en el alféizar, observando con interés la escena que se desarrollaba más abajo.

Había dos jóvenes ante las puertas de su casa: una muchacha de unos quince o dieciséis años y un joven que no parecía mucho mayor que ella. Este se apoyaba en una muleta, porque le faltaba una pierna. Al parecer, habían llegado hasta allí andando, pues no traían con ellos montura alguna ni vehículo de ninguna clase.

—¿Quiénes sois y qué buscáis en esta fortaleza? —estaba preguntando el centinela.

—Soy la princesa Felicia de Vestur —respondió la chica—, y este soldado es mi escolta. Solicitamos audiencia con el Duque Rojo, señor de estas tierras.

El guardia casi se echó a reír.

—La princesa Felicia de Vestur languidece prisionera en el castillo del bosque cuyas fronteras custodiamos, muchacha —le respondió—. Así ha sido desde hace más de quince años.

—Ya no —replicó ella con firmeza.

El duque, desde la ventana, frunció el ceño y dirigió una mirada pensativa a la carta de la reina Afrodisia, que todavía sostenía en la mano. El cuervo dejó escapar un graznido que sonó ligeramente perplejo, si es que esto era posible.

El centinela estaba a punto de decirles a los visitantes que se volvieran por donde habían venido, pero el Duque Rojo le llamó la atención desde la ventana:

—¡Gilberto! Déjalos pasar. Los recibiré en el salón principal.

El guardia se mostró sorprendido, pero inclinó la cabeza con respeto.

—Como ordenéis, mi señor.

Un trayecto peligroso

El Duque Rojo escuchó con atención a la muchacha que decía ser la princesa Felicia de Vestur mientras esta le contaba su historia. No con todo detalle, por supuesto. El duque fue capaz de darse cuenta de que ella le ocultaba algunas cosas, pero no la presionó para que las revelara. No aún, al menos. Todavía tenía que asimilar toda la nueva información.

—De modo que los rumores eran ciertos, después de todo —dijo él por fin—. La bruja del castillo de los espinos ha sido derrotada y la princesa cautiva ha podido regresar a su hogar. Me sorprende, no obstante, que la reina de las hadas se moleste en declarar la guerra a un reino humano por el ajusticiamiento de una bruja —comentó, frunciendo el ceño—. Y tampoco termino de comprender por qué deseáis regresar al castillo del que tanto os costó escapar.

—La reina de las hadas considera que mi madrina era una de las suyas, señor duque —respondió Felicia encogiéndose de hombros—. Y la razón que me lleva de vuelta al castillo está muy relacionada con este asunto: espero hallar en él la manera de evitar esta guerra.

Quinto la miró con curiosidad, pero no dijo nada. Felicia tampoco aclaró sus palabras. No quería hablarle a su anfitrión de los Buscadores ni de los verdaderos motivos por los que trataba de volver a su antiguo hogar.

El Duque Rojo alzó una ceja.

—¿Por qué? ¿Qué hay de interesante en ese castillo?

—Libros antiguos, sobre todo. Información sobre las hadas que podría resultarnos de utilidad.

El noble se cruzó de brazos, consciente de que la princesa estaba siendo ambigua a propósito.

—Yo también poseo una buena colección de libros antiguos, a decir verdad. Sobre guerras pasadas y grandes gestas. Tal vez os interese echarles un vistazo. Os garantizo que aquí estaréis más segura que en ese lugar al que queréis regresar.

Felicia le dedicó una sonrisa cortés.

—Os lo agradezco, señor duque, pero no es esa la información que estamos buscando. Y no temáis por mí: el castillo de los espinos fue mi hogar durante mucho tiempo. Ahora está abandonado y ya no supone ninguna amenaza para nadie.

El Duque Rojo se inclinó hacia delante, interesado.

—¿De veras? ¿No lo han reclamado los reyes de Vestur?

Felicia negó con la cabeza.

—Mis padres no quieren saber nada de ese lugar. Y bastante tienen ahora con prepararse para la guerra que se avecina.

El duque permaneció en silencio unos instantes, pensativo.

Había muchas lagunas en la historia de Felicia. Por ejemplo, no había explicado por qué se había presentado en la Torre Roja. Para llegar hasta allí, la joven y su escolta habrían tenido que dar un gran rodeo desde Vestur. O quizá no procedían de allí, como afirmaban, sino de Mongrajo.

Por otro lado, los padres de la princesa Felicia jamás le habrían permitido emprender aquel viaje prácticamente sola.

Era muy poco probable, por tanto, que aquella muchacha fuese quien decía ser. Casi seguro que solo buscaba llamar la atención: o creía de veras que era la princesa perdida o pretendía hacerse pasar por ella.

No obstante, si existía la menor posibilidad de que su historia fuese cierta, y teniendo en cuenta la misión que la reina Afrodisia le había encomendado..., al duque le convenía mantenerla cerca.

—Se da la circunstancia de que mis hombres y yo estamos preparando una expedición al castillo de los espinos —le reveló entonces.

Aún no había tenido ocasión de hablar con ellos, en realidad. Pero todos los hombres de armas que servían a sus órdenes sabían cuál era la misión del Duque Rojo. Aunque aquel en concreto no se hubiese adentrado jamás en el bosque embrujado, ellos debían estar listos para el día en que tuviesen que hacerlo. Si, además, habían oído los rumores acerca de la caída de la bruja…

—No es necesario que nos acompañéis —se apresuró a responder Felicia—. No es la primera vez que atravieso ese bosque. Seré capaz de llegar a mi destino con la ayuda de mi escolta.

—Vamos a ir de todos modos —replicó el duque, lanzándole una mirada suspicaz—. Tenemos una misión que cumplir allí.

Felicia recordó los detalles de la conversación que había escuchado a escondidas en Mongrajo.

—¿Vais a reclamar el castillo para vuestra reina? —le preguntó.

El duque entornó los ojos.

—¿Os opondríais, acaso? —Felicia no respondió enseguida, y él continuó—: Si realmente sois la princesa heredera de Vestur…

Ella alzó la cabeza con orgullo.

—Lo soy —declaró—. Y no me importa que ocupéis el castillo, siempre que se me permita recuperar mis pertenencias. —Dudó un momento y añadió—: Y que tratéis con consideración las estatuas del sótano. No son simples adornos de piedra, ¿sabéis? Son personas encantadas.

El duque ladeó la cabeza con interés.

—Tenéis que contarme esa historia con más detalle, princesa Felicia. Pero no ahora. Sin duda, vos y vuestro escolta estaréis cansados. Ordenaré que os preparen aposentos adecuados y mañana, al amanecer, emprenderemos la expedición. Os recomendaría que permanecieseis aquí, a salvo, pero si insistís en acompañarnos…

—Insisto —reiteró Felicia, preguntándose en qué momento su anfitrión había dado la vuelta a la situación. Ahora ya no se ofrecía a escoltarla, sino que era ella quien debía decidir si se unía a su grupo o no. Y, al parecer, no tenía muchas opciones—. Permitid que os recomiende, no obstante, que hagáis buen acopio de provisiones. El castillo está a solo dos días de camino de aquí, pero no podréis alimentaros en el bosque.

—Lo sé —asintió el Duque Rojo.

Le dirigió una mirada de aprobación, y Felicia comprendió que apreciaba el hecho de que ella lo supiera también.

—Será un trayecto peligroso, sin embargo —advirtió el noble a sus invitados.

En esta ocasión le tocó a Felicia responder:

—Lo sabemos.

Se preguntó, inquieta, si sería capaz de mantener en secreto la naturaleza de Quinto, ahora que ya no iban a atravesar el bosque solos. Se sintió tentada de cambiar de planes y regresar a Vestur. Pero respiró hondo y sostuvo la mirada del Duque Rojo.

—Estamos preparados —declaró.

Vanas promesas

La reina Asteria llevaba ya varios días habitando el desolado castillo de los espinos, cuyos muros estaban ahora desnudos. No se trataba de un destino tan terrible como había imaginado en un principio. Aconsejada por el espíritu de la bruja en el espejo, había mandado a su soldado vivificado de regreso a Vestur con instrucciones precisas para el rey Simón.

Días después, el soldado había vuelto, encabezando una pequeña comitiva formada por hombres de armas, mulas cargadas con víveres y sirvientes aterrorizados. Solo uno de ellos había acabado transformado (en jabalí, para ser exactos), por lo que podían considerar que el viaje había sido exitoso.

Por orden de la reina, los criados se habían dedicado a reacondicionar el castillo, muertos de miedo los primeros días, más tranquilos después, centrados en quehaceres que les resultaban familiares y sin mayores peligros a la vista. Habían traído costales de harina para hacer pan, sacos de legumbres, y carne y pescado en salazón, pero no mucho más.

Magnolia le había mostrado a la reina el patio interior del castillo, donde había un pozo cuyas aguas, le aseguró, no estaban encantadas. También le señaló los restos de lo que había sido un pequeño huerto.

«Camelia cuidaba aquí de sus verduras y hortalizas», le contó. «Al menos, al principio, cuando se instaló en mi castillo. Pero acabó por abandonar la tarea. Al fin y al cabo, no tiene sentido cultivar ni cocinar tus propios alimentos si los puedes hacer aparecer mediante la magia».

—Nosotros tendremos que volver a utilizar la cocina, me temo —suspiró Asteria.

Ahora el huerto estaba sembrado de nuevo, aunque tardarían un tiempo en poder recoger sus frutos. Los criados lo habían protegido con una valla de madera para evitar que lo picoteasen las cuatro gallinas que habían traído con ellos y que retozaban libremente por el patio. Los habitantes del castillo no podrían cazar en el bosque, pero al menos contarían con huevos frescos cada mañana.

—¿Cuánto tiempo tenemos que quedarnos aquí? —preguntaba Cornelio con impaciencia—. Vinimos a buscar pistas sobre el paradero de vuestra hija, pero es evidente que ella no se encuentra en este castillo. Vuestro reino está amenazado. ¿Acaso no deberíamos volver para protegerlo?

Asteria sabía que su mensajero había tranquilizado a su esposo con respecto a los peligros que acechaban en aquel bosque. Si ella y Cornelio habían sido capaces de llegar hasta el castillo de los espinos sin novedad y tenían intención de instalarse allí, Simón no lo veía con malos ojos. Así estarían a salvo cuando las hadas decidiesen atacar y, por otro lado, podrían recibir a Felicia, si decidía regresar a su antiguo hogar…, o incluso a Camelia, si era cierto que estaba viva y se presentaba allí después de todo.

—Solo un poco más —respondía la reina.

No obstante, no tenía idea de hasta cuándo, porque ni siquiera estaba segura de lo que hacían allí ni de si estaba esperando a Felicia en realidad. Empezaba a ser vagamente consciente de que Magnolia la entretenía con palabrería vacía y vanas promesas, porque lo que la bruja deseaba en el fondo era permanecer cerca de su cuerpo petrificado…, que seguía bien guardado en el sótano, tras una puerta que nadie había podido abrir.

«Estoy buscando a Camelia a través de los espejos», le dijo la bruja aquella noche, cuando Asteria volvió a insistir acerca de sus planes. «Pero me encuentro débil y mi poder no llega demasiado lejos. Cuando recupere mi cuerpo…».

—¿Y qué hay de mi hija? ¿No eres capaz de localizarla tampoco?

«No, por ahora. Puede que se encuentre demasiado lejos de aquí, o tal vez no sea una muchacha vanidosa».

Asteria suspiró.

—Quizá Cornelio tenga razón —le dijo con cierta frialdad—. Tal vez debería regresar a Vestur para empezar a buscar a mi hija en otra parte.

La imagen de Magnolia pestañeó con lentitud en la superficie del espejo.

«Como desees», respondió. «Pero, si me sacas de este castillo, ya no tendré poder para ayudarte».

Una vez más, Asteria no tenía modo de saber si mentía o no.

Al día siguiente, no obstante, la reina percibió que su fantasmal compañera tenía algo urgente que contarle. Se excusó de la mesa del desayuno y, ante la mirada desconcertada de Cornelio, regresó a toda prisa a su habitación para hablar con la criatura que habitaba en el espejo.

—¿Y bien? —le preguntó—. ¿Hay novedades?

«No he encontrado a Camelia, todavía», dijo Magnolia, sabiendo muy bien que Asteria no le preguntaba por ella. «Pero sí he localizado a tu hija, y está más cerca de lo que piensas».

El corazón de Asteria se aceleró.

—¿De verdad? ¿Cómo puedo estar segura de que no me mientes?

«Compruébalo por ti misma», la invitó Magnolia.

Su imagen desapareció de la superficie del espejo, que ondulaba como si se tratase de un estanque de aguas profundas. Asteria lo examinó, intrigada.

Pero el cristal no le devolvió su propio reflejo, sino que le mostró el rostro de una muchacha de espeso cabello oscuro y unos ojos azules que la contemplaban con desconcierto.

—¡Felicia! —exclamó la reina.

Ella se llevó la mano a los labios para contener un grito y, de pronto, desapareció.

Asteria se aferró al espejo con tanta fuerza que sus nudillos se volvieron blancos. Pero la imagen de su hija no regresó. Por el contrario, el reflejo de Magnolia volvió a ocupar su lugar.

«¿Me crees ahora?», ronroneó la bruja con una sonrisa de terciopelo.

—¿Dónde está? —demandó la reina—. ¿Cómo puedo llegar hasta ella?

«Tal como imaginaba, la princesa Felicia se dirige hacia aquí. Si nada la detiene, debería llegar ante las puertas del castillo mañana al atardecer. Así que, si deseas reunirte con ella…, lo único que debes hacer es esperar».

Volver a la caja

Felicia trató de calmarse. Se había acercado al arroyo para beber, ignorando todas las advertencias acerca de la oscura magia del bosque. Pero, antes de que sus labios rozasen las aguas cristalinas, Quinto la había apartado de un tirón.

Ahora estaban los dos sentados en la ribera, aún abrazados. La muchacha contemplaba el agua sin terminar de asimilar lo que acababa de suceder.

—No te sientas mal por no haber podido resistirte al encantamiento del bosque —le dijo entonces Quinto—. No habrías sido la primera ni tampoco la última.

Pero ella negó con la cabeza.

—No es eso lo que me preocupa, aunque soy consciente del peligro que he corrido. Y te doy las gracias por haberme salvado —añadió, dedicándole una amplia sonrisa. Se puso seria de nuevo y continuó—: Es que en el agua me ha parecido ver a alguien...

—¿A alguien?

Quinto frunció el ceño y se inclinó sobre el arroyo. Felicia lo sujetó por el brazo, temiendo que cometiese alguna locura. Pero él se limitó a examinar la superficie del agua sin mostrar el menor interés en probarla. Entonces ella recordó que su compañero era una figurita de madera encantada que no se veía afectada por otro tipo de magia, y lo soltó, azorada. Cada día que pasaban juntos le resultaba más difícil recordarlo.

Quinto se volvió hacia ella sin advertir su turbación.

—No veo nada, Felicia. ¿Estás segura?

Ella trató de centrarse y asintió.

—No era un rostro cualquiera. Estoy bastante segura de que se trataba de mi madre. Y de que ella me ha visto también, como si estuviésemos a ambos lados del mismo cristal. Pero eso no es posible, ¿verdad?

Él inclinó la cabeza, pensativo.

—No estoy seguro. Tengo entendido que algunas personas que saben de magia pueden comunicarse a través de espejos. Un barreño, un pozo o un estanque de agua limpia pueden servir también para el caso, con tal de que puedas ver tu imagen reflejada en ella.

—Mi madre no sabe magia. Aunque, ahora que lo pienso... —añadió de pronto, con los ojos muy abiertos—. Sé que hace años poseía un espejo mágico con el que podía ver cosas que sucedían en otros lugares. Pero pensaba que lo había perdido. —Se abrazó a sí misma con inquietud—. Me estará buscando, ¿verdad? Con espejos o sin ellos.

—Muy probablemente —asintió Quinto.

Felicia suspiró.

—Soy consciente de que debería volver a casa, o al menos mandar una carta. Pero no quiero que me envíen a vivir con mi tía. Ni que me obliguen a casarme con Cornelio. Ni tampoco... que me encierren en el castillo y no me dejen salir nunca más. Como hizo... —calló de golpe.

—¿Como hizo Camelia? —completó Quinto con suavidad.

Felicia se estremeció.

—Sí —susurró—. Y, sin embargo, aquí estoy. De regreso al castillo donde ella me tuvo recluida prácticamente desde que nací. Como si estuviese huyendo de una prisión que apenas conozco para volver a refugiarme en otra mucho más familiar. —Alzó la cabeza para mirar a los ojos a su compañero—. ¿Qué me pasa, Quinto? ¿Por qué estoy actuando de forma tan extraña?

—No sé si es extraña —repuso él—. Yo creo que estás buscando tu propio camino. —Inclinó la cabeza, pensativo—. A mí también me resulta extraño que me hagas preguntas, a veces, en lugar de darme órdenes. Me obliga a pensar y a cuestionarme a mí mismo. A tomar decisiones, cuando no me proporcionas instrucciones precisas. Y eso... —dudó un momento antes de continuar— también me da miedo. Más que enfrentarme a guerreros o a bandidos, o incluso a brujas. Más que luchar en una batalla que sé que no puedo perder. Y hay veces que me siento aliviado cuando pronuncias las palabras que me transformarán de nuevo en una figura de madera. Tengo la sensación de que, si perdiera de vista a mi general, si pudiese decidir por mí mismo..., también yo desearía volver a mi caja.

Pareció sorprendido cuando lo dijo, como si fuese una idea que se le acabase de ocurrir. Miró a Felicia, temiendo haber hablado de más. Después de todo, no era eso lo que ella le había preguntado.

Pero la muchacha se había quedado mirándolo con los ojos muy abiertos, como si lo viese por primera vez, con los labios formando una O de asombro.

—¿Quieres... volver a tu caja? —le preguntó en un susurro.

—Ahora mismo, no —respondió él en el mismo tono.

—¡Ah, estáis aquí!

La voz del Duque Rojo los sobresaltó y los hizo apartar la mirada. Felicia constató, para su vergüenza, que tenía las mejillas ardiendo.

—Temíamos que hubieseis sucumbido a la oscura magia de este lugar —prosiguió el duque—. Lamento interrumpir vuestro descanso, pero hemos de partir ya. Cuanto más tiempo permanezcamos parados, más ocasiones tendrá el bosque de tentarnos.

Felicia asintió y se puso en pie, sin atreverse a mirar a Quinto. Le tendió la mano para ayudarlo a levantarse, pero él ya se había incorporado sobre su muleta.

«Cuando lleguemos al castillo, todo será más fácil», pensó ella. Probablemente el soldado tenía razón y regresar a aquel lugar era para ella como «volver a la caja». Pero añoraba su antigua habitación, sus libros y sus muñecas. Y una época en que la vida parecía mucho más sencilla.

Explicaciones

La comitiva del Duque Rojo alcanzó el castillo de los espinos al segundo día de marcha por el bosque, cuando el sol ya comenzaba a descender tras las copas de los árboles.

El duque, no obstante, se detuvo a la sombra de la floresta, antes de adentrarse en el cementerio de espinos que rodeaba la fortaleza. Llamó a Felicia, que se apresuró a acercarse a él, y le señaló la cúspide de la torre más alta.

—Si no recuerdo mal, dijisteis que el castillo estaba abandonado —le reprochó—. Y que los reyes de Vestur no tenían interés en reclamarlo.

Ella ya había reparado en el humo que salía de la chimenea principal, y por un momento había querido imaginar que Camelia estaba de vuelta en casa. Pero entonces divisó la bandera que ondeaba en lo alto del castillo y la reconoció al instante. Se le encogió el estómago.

—No tengo ni la menor idea de lo que están haciendo aquí —le aseguró al duque—. Cuando me fui de casa, mis padres no querían ni oír hablar de este lugar. La última vez que vinieron fue para prender a Ca... a la dueña del castillo. Que, como ya sabéis, fue juzgada y ajusticiada.

Le tembló la voz al pronunciar esta última palabra, y el duque la miró con una ceja alzada.

—¿Cuánto tiempo hace que abandonasteis Vestur? —le preguntó.

Ella no había llevado la cuenta de los días, de modo que se encogió de hombros.

—No estoy segura. Un par de semanas, tal vez tres.

—¿Y vuestros padres… no os echan de menos?

—Es posible.

El Duque Rojo entornó los ojos. Aún no había descartado la posibilidad de que la muchacha estuviese mintiendo con respecto a su identidad. Pero, si era realmente la princesa de Vestur, empezaba a formarse una idea aproximada de lo que estaba sucediendo. Se abstuvo de comentarlo, sin embargo, y se dispuso a reunir a sus hombres.

Felicia se separó de ellos con discreción para hablar a solas con Quinto.

—No sé quién vive aquí ahora ni por qué —le dijo—. Pero lo mejor será que no sospechen que me acompañas. Voy a transformarte en figurita otra vez.

—Felicia, no —protestó él.

Ella abrió mucho los ojos, sorprendida. No estaba en la naturaleza de los soldados vivificados oponerse a los deseos de su general.

—¿Cómo has dicho?

Quinto hizo una pausa para ordenar sus ideas antes de comenzar a explicarse:

—El Duque Rojo pretende tomar el castillo. Eso iniciará un conflicto con sus ocupantes y podría ser peligroso para ti. Si me transformas, no podré protegerte.

Felicia captó un punto de angustia en la voz de él. Lo observó con atención, pero el gesto del soldado permanecía inmutable, como si se hubiese limitado a constatar algo obvio en lugar de expresar algún tipo de preocupación por su seguridad.

Suspiró. Comprendía las reservas de su escolta, pero ella tenía también otras inquietudes.

—Si mis padres están en ese castillo, te reconocerán en cuanto te vean —le dijo—. No saben que te llevé conmigo. Si lo descubren, te separarán de mí y te devolverán a la caja para que luches contra las hadas con el resto de tus hermanos.

«O te desecharán por pensar que, con una sola pierna, no hay sitio para ti en el ejército de Vestur», pensó. Pero no lo dijo en voz alta.

Se preguntó de pronto por qué le estaba dando explicaciones. Bastaría con que pronunciara las palabras y Quinto volvería a ser un soldadito de madera. Abrió la boca, dispuesta a repetir la fórmula sin más. Pero lo que dijo fue:

—Te necesito a mi lado para que me protejas mientras dure mi búsqueda. No puedo permitirme el lujo de que te separen de mí. No tengo a nadie más.

Quinto la miró un instante, pensativo, y después inclinó la cabeza en un mudo asentimiento. Felicia respiró hondo.

—Te llevaré siempre conmigo y te invocaré si estoy en problemas. Te lo prometo.

—Eres mi general y obedezco tus órdenes —replicó él sin más.

Ella se sintió un poco decepcionada ante esa respuesta, aunque no tenía claro qué esperaba que dijera. Se aseguró de que nadie los estuviera mirando y susurró:

—Soldado, tu general te da licencia.

De inmediato, Quinto desapareció envuelto en filamentos de luz dorada. Felicia recogió la figurita del suelo. La contempló un instante, preguntándose cómo era posible que un trozo de madera pudiese transformarse en algo tan inequívocamente humano.

—Princesa —dijo la voz del Duque Rojo a su espalda, sobresaltándola—. Estamos preparados para asaltar... para aproximarnos al castillo —se corrigió.

Felicia escondió el soldado de madera en su faltriquera y se dio la vuelta con una sonrisa forzada. El duque estaba mirando a su alrededor con el ceño fruncido.

—¿A dónde ha ido vuestro escolta? —preguntó.

—Lo he enviado a... inspeccionar los alrededores —improvisó ella.

La arruga en la frente del duque se hizo más profunda.

—¿Él solo? No sé si...

—Sé lo que hago —interrumpió ella con impaciencia—. Recordad que he vivido toda mi vida en este castillo. Es mi hogar y lo conozco bien.

El duque no replicó. Sin duda, no le gustaba que le recordasen que, pese a que su estirpe tenía encomendada la vigilancia del bosque embrujado desde tiempo inmemorial, aquella era la primera vez que él mismo ponía los pies en aquel lugar.

—Como digáis —respondió con sequedad.

Una muchacha de melena oscura

«Ya están aquí», susurró Magnolia en la mente de la reina de Vestur.

Ella corrió a asomarse a un balcón que se abría en la fachada principal del edificio y apartó con impaciencia los restos de espinos que quedaban en la balaustrada. Desde allí tenía una buena visión de la entrada al castillo, y localizó de inmediato al grupo de recién llegados. Eran apenas una docena de hombres; los acompañaba una muchacha de melena oscura que llevaba un sencillo vestido de color azul.

«¿No es tu hija?», preguntó la bruja con voz melosa.

El corazón de Asteria latía como un loco.

—Sí —susurró—. Sí, es ella.

Dejó escapar un profundo suspiro de alivio. Había encontrado a Felicia. No había vuelto a perderla, después de todo.

Pero no corrió a su encuentro enseguida. Porque el príncipe Cornelio había desenvainado la espada y sus hombres estaban también prestos a defender el castillo. Asteria no sabía quiénes eran las personas que habían venido con Felicia, pero el atuendo carmesí de su líder le dio una pista sobre su identidad. ¿Sería posible que el Duque Rojo se hubiese atrevido por fin a aventurarse en el Bosque Maldito para reclamar su castillo, ahora que las brujas habían sido derrotadas? Suspiró para sus adentros. Había contado desde el principio con aquella posibilidad, por supuesto. Conocía a la reina Afrodisia de Mongrajo y sabía que, aunque fingiese que no estaba interesada en ampliar las fronteras de su territorio, no mantenía una Torre Roja como simple adorno.

«Bien», pensó. De todos modos, tampoco ella se había llevado consigo a su Duque Blanco solo para que le hiciese compañía.

Como una gota de agua a otra

El Duque Rojo se adelantó unos pasos antes de detenerse. A la entrada del castillo había un grupo de hombres armados, liderados por un joven que vestía completamente de blanco.

—¡Deteneos, forasteros! —ordenó este—. ¿Quiénes sois y qué buscáis en el castillo de los espinos?

El duque oyó que la princesa Felicia ahogaba una exclamación de sorpresa tras él, pero no le prestó atención.

—¡Soy el Duque Rojo de Mongrajo! —anunció—. ¡Y reclamo este castillo y el bosque que lo rodea en nombre de la reina Afrodisia!

—Llegáis tarde —informó el joven de blanco—. Yo, Cornelio de Gringalot, Duque Blanco de Vestur, declaro que este castillo y sus tierras pertenecen a los reyes Simón y Asteria, que los reclamaron primero. Y así lo defenderemos ante quienquiera que ose disputárnoslo —concluyó, desenvainando la espada.

El Duque Rojo desenfundó su propia arma por instinto, aunque las palabras de su rival lo habían hecho reflexionar.

—¿El Duque Blanco, decís? —repitió, enarcando una ceja—. Tenía entendido que ese título lo ostentaba el mismo rey de Vestur.

Pero el joven no tuvo ocasión de responder, porque Felicia se abrió paso entre el grupo de soldados de Mongrajo, llamando al líder de los defensores por su nombre.

—¡Cornelio! ¿Qué está pasando? ¿Qué hacéis aquí?

Él la contempló con perplejidad.

—¡Felicia! ¿Dónde has estado? ¿Qué haces en compañía de estas personas?

—Es una larga historia —empezó ella, avanzando un poco—. Pero me gustaría...

Se interrumpió de golpe, porque el filo de la espada del Duque Rojo había descendido ante ella para cortarle el paso.

—Deteneos, princesa —le ordenó—. No daréis un paso más sin aclararnos quién es este hombre y qué está sucediendo en este castillo.

—¿¡Cómo os atrevéis!? —bramó Cornelio. Se dispuso a abalanzarse sobre él, espada en alto; pero, temiendo por la seguridad de Felicia, optó al fin por permanecer en su sitio—. ¡Si osáis tocarle un solo pelo a mi prometida, os lo haré pagar muy caro! —amenazó.

El Duque Rojo miró a Felicia con interés.

—¿Prometida? —repitió.

Ella se sonrojó.

—Sí, nosotros... íbamos a casarnos —confirmó—. Es por eso por lo que mi padre concedió al príncipe Cornelio el título de Duque Blanco.

—¿Príncipe...?

—De Gringalot, sí.

—Los reyes de Gringalot no tienen ningún hijo ni sobrino llamado Cornelio.

—No es su descendiente, sino más bien su... tatarabuelo. Es complicado.

—Ya veo.

La conversación entre ambos estaba siendo cortés, como todas las que habían mantenido desde su primer encuentro. Pero Cornelio se mostraba nervioso de todos modos.

—¿Qué es lo que queréis, duque? —estalló por fin—. ¿Habéis secuestrado a la princesa para exigir el castillo como rescate? Me han hablado de vos y os tenía por un hombre honorable, pero está claro que vuestra fama es inmerecida.

Felicia se volvió hacia él, sorprendida.

—¿Qué dices? ¡El Duque Rojo no me ha secuestrado!

—No la he secuestrado —confirmó el aludido, frunciendo el ceño—. Mis hombres y yo la hemos escoltado hasta este castillo porque ella iba a internarse en el bosque embrujado con la única compañía de un solo hombre armado. Me dijo que quería volver aquí para recoger sus pertenencias y que no veía inconveniente en que reclamásemos la fortaleza, que, según ella, hallaríamos vacía, para la reina de Mongrajo.

Estaba hablando con Cornelio, pero Felicia intervino de todas maneras.

—¡No tenía ni idea de que los encontraríamos aquí! —se defendió—. La última vez que vi a mi... prometido... estaba instalado en la Torre Blanca, de donde no debería haber salido.

Cornelio se envaró.

—¡Tus padres me llamaron para que los ayudara a buscarte! Y vinimos al castillo de los espinos con la esperanza de encontrarte aquí. Tu madre, al parecer, no se equivocaba.

—¿Mi... madre? —repitió Felicia, insegura de pronto.

—Señor duque —intervino entonces una voz femenina, fría y cortante como una daga de hielo—. Me permito recordaros que mi hija no es quién para decidir el destino de ninguno de los territorios de Vestur. Para tales asuntos, os sugiero que os dirijáis a la legítima soberana del reino.

Felicia localizó a la reina Asteria, que había salido del castillo para reunirse con el Duque Blanco.

—Majestad —murmuró este, preocupado—, quizá deberíais volver dentro. Es peligroso...

—No vas a convencerme para que vuelva a alejarme de mi hija, Cornelio —replicó ella, alzando la barbilla con orgullo.

—Madre... —musitó Felicia.

El Duque Rojo les dirigió una mirada pensativa.

—Parece que, después de todo, sí sois quien decíais ser —comentó.

—Por supuesto —replicó la chica.

Hizo ademán de avanzar hacia la reina, pero el duque interpuso de nuevo su espada entre ambas.

—No iréis a ninguna parte, princesa Felicia.

Asteria dejó escapar una exclamación de alarma. Su hija se volvió para mirar a su anfitrión con incredulidad.

—¿Me estáis... secuestrando?

—Ahora, sí —respondió el duque con amabilidad—. Pero no por mucho tiempo: solo mientras aclaramos el asunto de la propiedad del castillo. Hasta entonces, permaneceréis conmigo... como gesto de buena voluntad.

Felicia evocó entonces su conversación con Quinto y se arrepintió de no haber hecho caso a su consejo. Introdujo la mano en su faltriquera y acarició la figurita de madera, preguntándose si sería el momento apropiado para recurrir a ella.

—No temáis —le estaba diciendo el Duque Rojo a Asteria, que se había puesto muy pálida—, vuestra hija está a salvo conmigo. Yo, al menos, me aseguraré de no perderla de vista.

La reina entornó los ojos, claramente ofendida por el comentario del duque.

—Sin duda, ya habéis descubierto que mi hija tiene un carácter... independiente —replicó con frialdad.

Felicia bajó la mirada, abochornada. No obstante, no podía pedir disculpas por haberse escapado, porque no se arrepentía en realidad. Sentía, por descontado, haber causado angustia a sus padres, aunque ellos hubiesen condenado a muerte a Camelia. Pero no lamentaba haber emprendido aquel viaje, porque la alternativa —verse obligada a refugiarse en casa de su tía sin poder hacer nada para evitar la guerra y sin llegar a conocer nunca la verdad sobre el destino de su madrina— le parecía mucho peor.

—Esto es intolerable —estalló entonces Cornelio—. Dejad marchar a la princesa y tened el valor de enfrentaros a mí en un duelo singular —lo desafió, adoptando una posición de combate.

—¡Cornelio! —trató de detenerlo la reina—. ¿Qué haces? ¡Estás poniendo en peligro la vida de mi hija!

—La vida de vuestra hija no corre peligro, como ya os he dicho —replicó el Duque Rojo—. ¿Qué clase de monstruo pensáis que soy?

Tomó a Felicia del brazo y la condujo junto a uno de sus hombres de armas.

—Adalberto —le dijo—, te encomiendo a la princesa. Trátala con cortesía, pero asegúrate de que no escapa a tu vigilancia.

—Como ordenéis, mi señor.

El duque se volvió entonces hacia Cornelio.

—Debo lealtad a la reina de Mongrajo y actúo siguiendo sus órdenes —declaró—. De modo que no fiaré el destino de este castillo ni el de mi… «invitada»… al resultado de un combate singular. No obstante, estoy más que dispuesto a haceros pagar vuestra insolencia, muchacho.

Cornelio ladeó la cabeza y observó a su rival con los ojos entornados.

—No me subestiméis, duque. Tengo mucha más edad de la que aparento.

Los dos se pusieron en guardia, dispuestos a enfrentarse en un duelo de espadas.

La reina Asteria sacudió la cabeza y dejó escapar un suspiro de impaciencia. Se volvió hacia una figura que aguardaba en silencio tras ella y le ordenó:

—Soldado, tráeme a mi hija sana y salva.

—Sí, mi reina —respondió él.

Dio un par de pasos al frente, y los demás hombres de armas se apartaron de su camino con presteza. Cuando se dirigió a la comitiva del Duque Rojo, este le echó un vistazo desconfiado y dio un respingo, sorprendido.

—¿Ahora tiene dos piernas? ¿Qué clase de brujería es esta?

El soldado no le prestó atención, pero Felicia reprimió una exclamación de asombro, porque ella también lo había reconocido. Por descontado, no se trataba de Quinto, a quien todavía conservaba guardado en su faltriquera. Pero era, sin duda, uno de los soldados vivificados del cofre de maese Jápeto. Después de pasar tanto tiempo viajando con Quinto, la muchacha había olvidado que el resto de sus hermanos eran idénticos a él.

Observó al soldado de la reina mientras se aproximaba hacia ellos con paso resuelto. Se parecía a Quinto como una gota de agua a otra, pero había algo en la inexpresividad de su gesto que daba escalofríos. ¿Había sido también así su propio escolta al principio de su viaje, y ella simplemente lo había pasado por alto? ¿O había algo en Quinto que lo hacía diferente a los otros once, más allá del hecho de que le faltaba una pierna?

Un cuervo graznó entonces entre los árboles, justo encima de ella. Felicia dio un respingo, sobresaltada, y alzó la mirada. Localizó al ave posada sobre una rama de un árbol.

Enseguida volvió a centrar su atención en el soldado, porque se había plantado ante el hombre que la retenía —Adalberto, lo había llamado el Duque Rojo— y les dirigía a ambos una breve mirada evaluadora.

—Atrás —le advirtió el sirviente, sujetando a Felicia con fuerza. Ella notó que estaba nervioso.

—Majestad, ordenad a vuestro hombre que se retire —empezó el duque—. De lo contrario…

No pudo terminar la frase. Con un movimiento tan rápido que ninguno de los presentes fue capaz de captarlo, el soldado vivificado aferró la muñeca de Adalberto y la oprimió hasta hacerle soltar el arma que sostenía. De inmediato (¿o al mismo tiempo?), sujetó a Felicia por la cintura y la separó de su custodio con un rápido tirón. En un tercer movimiento (¿o también a la vez?), trabó la pierna de su oponente con la suya propia y lo hizo caer al suelo de un empujón.

Felicia se vio libre por fin. Se alejó de Adalberto, trastabillando, y el soldado vivificado le cubrió la retirada, blandiendo el arma tras ella para protegerla del resto de los hombres del Duque Rojo.

—¡Detenedla! —bramó este.

Fue el primero en atacar, espada en alto, y el resto de sus guerreros lo siguieron.

Cornelio le salió al encuentro, y los aceros de ambos chocaron. No obstante, intercambiaron solo unos cuantos golpes antes de detenerse para observar con perpleja incredulidad la escena que se desarrollaba a su alrededor.

Los defensores del castillo se habían adelantado también, dispuestos a enfrentarse a los recién llegados. Pero no les hizo falta.

El soldado vivificado estaba luchando él solo contra todos los hombres del duque y derrotándolos sin el menor esfuerzo, como si fuesen simples hojas de árbol arrastradas por el viento. Los desarmaba y los derribaba con tanta rapidez que ellos mismos apenas lograban comprender lo que estaba sucediendo. Los más obstinados trataron de embestirlo de nuevo, y en esta ocasión el soldado no mostró tantos miramientos ni se limitó a neutralizarlos sin sangre.

Momentos después, tres atacantes yacían en el suelo, heridos. Los demás corrían despavoridos a buscar refugio en el bosque.

El Duque Rojo los llamó a gritos, pero ninguno de ellos regresó. Se volvió entonces para mirar al soldado vivificado con los ojos muy abiertos. Este se había quedado plantado delante de la reina y la princesa, aún con la espada desenvainada, completamente inmóvil y sin el mínimo rasguño, como si no acabase de derrotar él solo a media docena de hombres de armas.

—Brujería —susurró el duque—. Los reyes de Vestur no derrotasteis a la criatura del castillo, ¿verdad? Solo os limitasteis a colocar a otra bruja en su lugar —añadió, lanzando una mirada envenenada a Felicia.

—Medid vuestras palabras, duque —advirtió la reina.

—¿Qué estáis diciendo? —se defendió Felicia—. ¡Yo no soy una bruja! Solo...

—¿Cómo explicáis lo de vuestro soldado, pues? Nos engañó a todos con su muleta y sus buenos modales, pero parece evidente que está hechizado o se trata de alguna clase de demonio...

Asteria entornó los ojos y dirigió a su hija una mirada de sospecha.

—No sé de qué estáis hablando —replicó con frialdad—. Si vuestros hombres no son capaces de enfrentarse a un único soldado del ejército de Vestur, entonces vos no tenéis ningún derecho a reclamar el castillo. Volved por donde habéis venido, Duque Rojo, si no deseáis correr la misma suerte que los demás.

El duque paseó de nuevo la mirada por los presentes y sacudió la cabeza con incredulidad. Después ayudó al último de los heridos a levantarse —los otros ya se las habían arreglado para huir por sus propios medios— y dio media vuelta para retirarse hacia el bosque con el resto de sus tropas.

—No entiendo qué ha pasado aquí —murmuró Cornelio, desconcertado. Observó con suspicacia al soldado vivificado, que volvió a envainar la espada con indiferencia—. ¿Quién es este hombre? ¿Cómo es capaz de luchar así?

—Es una historia compleja —respondió la reina— y hay algunos detalles que también a mí se me escapan. Pero estoy segura de que la princesa Felicia nos podrá iluminar al respecto.

Dirigió una mirada severa a su hija, que bajó la vista, avergonzada. Aún con la mano en el interior de su faltriquera, aferrando con fuerza la figurita de madera, Felicia acompañó a su madre y a Cornelio al interior del castillo. El brazo de la reina reposaba sobre los hombros de la muchacha, pero ella no lo sentía, precisamente, como parte de una cálida bienvenida.

Oyeron tras ellos el graznido de un cuervo y el aleteo que produjo cuando alzó el vuelo para elevarse por encima de las copas de los árboles.

Simplemente la verdad

Asteria no pronunció palabra mientras recorrían los pasillos. Felicia buscó inútilmente algo que decir, pero no sabía por dónde empezar. Por fin, su madre la condujo hasta la biblioteca. El corazón de la muchacha se estremeció de añoranza al contemplar la estantería repleta de libros; se sintió aliviada al comprobar que aquella estancia, al menos, seguía tal como la había dejado al marcharse.

Asteria se acomodó en la butaca de Camelia e hizo un gesto a sus acompañantes para que tomasen asiento también.

—Bien —dijo entonces—. Explícate.

Felicia tragó saliva.

—Fui a... buscar a mi madrina —comenzó con cierta torpeza—. Os dejé... una nota en el cajón del escritorio.

—La encontramos —confirmó Asteria con peligrosa suavidad—. Y leímos con mucha atención la parte en la que asegurabas que regresarías a casa en pocas horas.

La muchacha se ruborizó.

—Sí, eso es verdad, pero es que... conocí a unas personas que buscaban a Camelia también. ¿Recuerdas a Rosaura, que era amiga de Ren, el zorro? ¿La misma que me ayudó a escapar de la bruja de la casita de dulce cuando era niña? Enviasteis a los soldados a buscarla, pero no la encontraron... porque no estaba en Vestur, sino en el castillo de Mongrajo. De modo que fuimos hasta allí y, como es natural, el viaje nos llevó un tiempo...

Asteria alzó la mano, y Felicia se interrumpió.

—¿Fuiste a Mongrajo con un grupo de desconocidos?

—Ya no son... tan desconocidos, al menos para mí. Todos ellos fueron ahijados de las hadas también, algunos son príncipes de otros reinos...

—¿Y dónde están esas personas ahora, si puede saberse? ¿Por qué has aparecido aquí acompañada del Duque Rojo?

—Es lo que te iba a explicar, pero no he tenido tiempo de llegar a esa parte.

—Abrevia, pues.

Felicia tragó saliva, entre intimidada y ofendida. De Camelia había aprendido que todas las historias requerían un tiempo para ser relatadas. Ella podía limitarse a contar el desenlace, por supuesto; pero el camino recorrido era igual de importante, porque, sin él, la resolución no se entendía de la misma forma.

—Encontramos a Rosaura, y ella nos guio hasta Ren —resumió, aún un tanto contrariada—. Él nos dijo que Camelia sigue viva, pero se negó a conducirnos hasta ella. —Asteria entornó los ojos, pero no hizo ningún comentario—. Entonces me acordé de todos los libros que teníamos en este castillo y decidí volver para consultarlos, porque... —Hizo una pausa, frustrada. Dado que no le había hablado a su madre de los Buscadores, no podía explicarle qué información pretendía encontrar allí, exactamente—. Es igual —concluyó por fin—. El caso es que estoy aquí por los libros.

—Pero todo lo que hay en esta biblioteca son cuentos para niños —observó la reina, señalando las estanterías con cierto desdén.

—Lo sé, madre —respondió Felicia con suavidad.

Ella movió la cabeza con escepticismo.

—¿Pretendes que me crea que has regresado a este castillo maldito para... leer?

Felicia se ruborizó un poco.

—No importa que me creas o no —replicó—. Es la verdad.

Su madre la observó con fijeza. Ella le sostuvo la mirada.

Asteria suspiró.

—Bien, continúa. Imagino que llegaste a los dominios del Duque Rojo y él se ofreció a... «escoltarte» hasta aquí. —Felicia asintió—. ¿Y qué ha sido de las personas con las que fuiste a Mongrajo? ¿Dónde están ahora?

—De camino a Vestur, madre. Acordamos que me reuniría allí con ellos cuando regresara.

Asteria sonrió por primera vez desde el inicio de la conversación.

—Bien. Eso facilitará el trabajo.

—¿Trabajo? —repitió Felicia sin comprender.

—A la hora de prenderlos por haber secuestrado a la princesa de Vestur, por supuesto.

Ella pestañeó un momento mientras asimilaba las palabras de su madre.

—¿Prenderlos? ¡De ninguna manera! —exclamó—. No me secuestraron; me marché de casa por voluntad propia. Y no voy a consentir que acuses en falso a mis amigos para... ¿qué? ¿Para condenarlos a morir en la hoguera después?

La reina alzó la barbilla con altivez, pero no respondió a la provocación.

—Demuéstrame entonces que has estado lejos de tu casa todo este tiempo porque así lo deseabas, Felicia —la desafió—. Te llevaste contigo a uno de los soldados del cofre, ¿no es cierto? —Ella no contestó—. Si ibas escoltada por una de esas criaturas, aunque fuese la que tenía una sola pierna y que, según nos dijiste, habías descartado por inservible, me sentiré más inclinada a creer que nadie pudo forzarte a abandonar el reino en contra de tus deseos.

La princesa permaneció un instante en silencio, considerando sus opciones.

—Tal vez... no me deshice del soldado con una sola pierna, después de todo —admitió por fin, con prudencia.

—¿Y dónde está ese soldado ahora?

Felicia se esforzó por no mover las manos hacia su faltriquera.

—A buen recaudo, madre —se limitó a responder.

La reina la observó un momento mientras decidía si debía insistir o no en el asunto. Optó finalmente por dejarlo correr... por el momento.

—Muy bien —concluyó—. Ha sido un viaje largo para ti, Felicia, debes de estar cansada. Podrás observar que hemos acondicionado algunas estancias del castillo desde que te marchaste, pero, si deseas regresar a tu antigua habitación...

—Sí —respondió ella sin dudar—. Sí, por favor.

La reina entornó los ojos.

—Muy bien —repitió—. Puedes retirarte, pues.

Ella se mostró muy aliviada. Se levantó de su asiento, se despidió de su madre y de Cornelio y salió de la estancia con ligereza.

Tras un breve silencio, el Duque Blanco preguntó:

—¿Vais a hablarme del soldado extraordinario?

—Hoy no —respondió la reina—, puesto que se trata de un asunto privado relativo a la familia real de Vestur. Si en un futuro contraes matrimonio con mi hija…, se te revelará el secreto. Y no me cabe duda de que encontrarás la historia muy interesante.

Un poso de celos

Felicia no supo cómo reaccionar al descubrir que su madre había estado ocupando su habitación durante el tiempo que llevaba habitando el castillo. Asteria accedió a desalojarla de inmediato... y se instaló en el cuarto de Camelia, lo cual sentó todavía peor a la muchacha. Por mucho que lo intentase, no podía olvidar que sus padres habían condenado a su hada madrina a morir en la hoguera. No obstante, Ren le había asegurado que ella estaba bien, y, por otra parte, Felicia tenía cosas que hacer. No le veía sentido a perder el tiempo discutiendo con la reina.

«Además», pensó, «Camelia ya no va a volver aquí».

Estaba bastante segura de ello, aunque su madrina había dejado atrás su preciada biblioteca. La princesa se hizo el propósito de llevarse todos aquellos libros a Vestur y conservarlos lo mejor que pudiese hasta que volvieran a encontrarse...

... Si es que lo hacían algún día.

Por el momento, se limitó a cargar un buen montón de volúmenes hasta su habitación para comenzar a examinarlos, tal como le había dicho a su madre que haría.

La reina, al parecer, no tenía prisa por regresar a Vestur. Felicia no se cuestionó sus motivaciones, puesto que aquello favorecía sus planes.

En cuanto la muchacha se encerró en su cuarto para leer, Asteria se sentó a redactar una carta para su esposo para informarle de todo lo que había sucedido aquel día. Sin duda, Simón se sentiría muy aliviado al saber que su hija había aparecido por fin, sana y salva. En su misiva, Asteria le relataba también su encuentro con el Duque Rojo y le adelantaba que ella, Felicia y Cornelio permanecerían en el castillo unos días más para asegurarse de que sus hombres se habían retirado definitivamente.

Dudó sobre si hablarle a Simón del grupo que había acompañado a Felicia hasta Mongrajo y que, según la muchacha, se dirigía ahora a Vestur. Al fin, y a pesar de que aún no la había interrogado a fondo al respecto, añadió una posdata: «Nuestra hija ha conocido a unas personas que buscan también a las hadas madrinas. Es posible que se presenten en Vestur. Si te encuentras con ellos, no los pierdas de vista».

Cuando su soldado vivificado partió con el mensaje, la reina se encerró por fin en su nueva habitación, la que había pertenecido a Camelia, y sacó el espejo para hablar con la bruja.

—Tenías razón —le dijo en un susurro—. Mi hija ha regresado.

El rostro de Magnolia se materializó en la superficie del cristal.

«¿Qué hay de la llave?», preguntó de inmediato. «¿La tiene todavía?».

—Aún no se lo he preguntado —admitió la reina.

Magnolia entornó los ojos.

«¿Y Camelia? ¿Logró tu hija reunirse con ella por fin?».

—Dice que encontró al zorro y que él le confirmó que sigue viva, pero se negó a revelarle dónde se oculta o cómo llegar hasta ella.

«Interesante».

—¿Crees que dice la verdad?

«Es bastante probable que así sea. Si Camelia estuviese muerta de verdad, Ren no tendría razones para negarlo».

—Pero no es posible. La vimos arder en la hoguera. Recogieron... sus restos.

«Mi cuerpo se ha convertido en una roca inerte escondida en un sótano y, sin embargo..., aquí me tienes», le recordó la bruja con una sonrisa.

La reina guardó silencio un momento, mientras organizaba sus pensamientos. Pero Magnolia adivinó de inmediato qué era lo que la preocupaba.

«Temes que la bruja que se llevó a la princesa el día de su bautizo regrese para capturarla de nuevo, ¿no es así?».

Asteria se estremeció.

—Mi hija quiere acudir a su encuentro. Dice que es para salvar el reino, pero a veces tengo la sensación de que, a pesar de que fue ella quien escapó de sus garras…, la echa de menos.

Magnolia detectó un poso de celos envenenando las palabras de la reina. Sonrió para sí, complacida.

—¡Esa criatura la secuestró y la mantuvo recluida en este… castillo inmundo… durante quince años! Lejos del mundo civilizado, lejos de su hogar y de su familia. —Asteria sacudió la cabeza—. No lo puedo entender. Mi hija tiene que estar hechizada todavía. ¿Qué otra explicación hay, si no?

«El vínculo forjado por un Pacto de la Vieja Sangre es poderoso, mi reina», susurró la bruja. «Debería haberse roto tras la muerte de Camelia. Si todavía existe…».

—… Es porque ella sigue viva. Y puede volver en cualquier momento para reclamar a mi hija.

«Es posible».

Asteria se abrazó a sí misma con un estremecimiento, como si la temperatura de la estancia hubiese descendido de repente.

—Pero, si ni siquiera Felicia ha sido capaz de encontrar a Camelia…, ¿cómo voy a hacerlo yo?

«Tú no podrás», respondió la bruja. «Pero yo, sí. Para ello, no obstante, primero debo recuperar mi cuerpo…, y, con él, mis poderes».

La reina negó con la cabeza.

—Dijiste que no se puede deshacer el hechizo que te transformó en piedra —le recordó.

«Dije que no había nadie en el mundo dispuesto a ofrecerme a mí un beso de amor», puntualizó ella.

—¿Y no es… lo mismo? —preguntó Asteria sin comprender.

La bruja sonrió con dulzura.

«No exactamente, mi reina».

Desde la torre

Felicia había leído aquellos libros muchas veces a lo largo de su infancia y, por tanto, los recordaba con bastante claridad. No obstante, como había muchas similitudes entre ellos o incluso distintas versiones de los mismos cuentos, era consciente de que, con toda probabilidad, estaría pasando por alto algún detalle. De modo que comenzó a hojearlos por encima y a seleccionar los volúmenes que le resultarían más útiles, para examinarlos después con mayor profundidad.

O, al menos, esa era su intención. Porque se iba deteniendo en sus relatos favoritos para releer algunos párrafos o incluso los textos completos. Un rato más tarde, se hallaba completamente inmersa en la lectura de un libro que no tenía nada que ver con lo que estaba buscando, y fue consciente de ello solo porque su vista empezó a acusar la falta de luz.

Alzó la mirada hacia la ventana. Podía apreciar con claridad los últimos rayos del crepúsculo atravesando el cristal, porque la maraña de espinos había desaparecido tras la derrota de Camelia. Se le ocurrió de pronto que aquello era algo que había cambiado en todo el castillo, y no solo en su habitación. Y quiso descubrir la vista desde los balcones, los ventanales… y, sobre todo, desde la torre.

Abandonó, pues, su cuarto, y corrió por el pasillo hasta la escalera de caracol. De niña había subido alguna vez a la torre, aunque nunca se había atrevido a acercarse a las almenas, envueltas en su feroz armadura de zarzales mágicos. Ahora, al salir al aire libre, la recibió un deslumbrante atardecer. Bañada en su luz dorada, Felicia se asomó a las almenas, libres por fin de espinos encantados, y contempló el páramo que rodeaba el castillo y el bosque embrujado que se extendía más allá. Componían un paisaje inquietante y desolador, pero aquel había sido su hogar durante mucho tiempo y, en cierto sentido, lo había echado de menos.

Sintió entonces la necesidad de compartir sus pensamientos con Quinto una vez más, y sacó la figurita de su faltriquera. Miró a su alrededor para asegurarse de que se encontraba sola. Localizó a un enorme cuervo negro contemplándola desde la cúspide de la torre, pero nada más. Así que depositó al soldadito en el suelo y pronunció las palabras mágicas.

Quinto se apoyó de inmediato en la almena, y Felicia se dio cuenta entonces de que había olvidado la muleta en su habitación. Pero él no se mostró particularmente preocupado por eso.

—De modo que hemos llegado al castillo —dijo—. ¿Lo han ocupado tus padres? ¿Qué ha pasado con el Duque Rojo?

Felicia le resumió las novedades. Cuando terminó, el soldado inclinó la cabeza, pensativo.

—Creo que aún tardaremos en volver a Vestur —concluyó ella—. Me parece que mi madre no tiene prisa por marcharse. Aunque Cornelio no se siente cómodo en este lugar, como es lógico.

—Cornelio —repitió Quinto con suavidad.

Felicia lo miró con precaución. Había mencionado a su antiguo prometido en diversas ocasiones delante de su escolta, pero nunca se había tomado la molestia de relatarle toda la historia con detalle. Por alguna razón, se sintió de pronto en la obligación de hacerlo.

—La bruja que vivía aquí antes que mi madrina —comenzó— solía convertir a la gente en piedra. Cornelio pasó cien años petrificado en su sótano, hasta que yo lo... desencanté... con un beso —confesó, enrojeciendo. Quinto alzó levísimamente una ceja—. Por eso pensé que estábamos destinados a estar juntos y, cuando escapamos del castillo..., lo presenté a mis padres y ellos lo aceptaron y..., en fin, íbamos a casarnos, pero la cosa no salió bien. Y ahora Cornelio es el Duque Blanco, e imagino que por eso lo ha traído mi madre con ella...

—Pero ya no vais a casaros —dijo el soldado.

Felicia tragó saliva.

—Yo ya no quiero casarme con él —reiteró—, aunque sé que a mi madre le gustaría que lo hiciera. Y a Cornelio también.

Aún no había tenido ocasión de hablar con el joven príncipe. Lo cierto era que no lo habían hecho desde que ella lo había dejado plantado en el taller del maestro constructor, en Vestur. Felicia, por tanto, no sabía si Cornelio había asimilado ya su ruptura, si aún se sentía dolido o si albergaba alguna esperanza de que pudiesen retomar su relación. Recordó entonces que él la había llamado «mi prometida» delante del Duque Rojo. «Supongo que eso responde a la pregunta», pensó, abatida.

—No pareces feliz de haberte reunido con tu familia —observó entonces Quinto.

Felicia lo miró con sorpresa. Él pareció darse cuenta de que quizá había sido un comentario inapropiado por su parte.

—Me refiero a que, si no deseas regresar a Vestur —añadió— y me ordenas que te escolte a dondequiera que decidas dirigirte..., obedeceré sin dudar —concluyó, inclinando la cabeza.

Felicia detectó que el soldado se había ruborizado un poco, y su corazón se aceleró. Luchó por centrarse, no obstante, en lo que implicaba el comentario de Quinto.

—¿Y a dónde iría? —respondió—. Pensaba que aquí me sentiría segura, que podría encontrar las respuestas que busco, pero mi madre...

Se interrumpió, incapaz de encontrar palabras para describir sus sentimientos.

—No es solo ella —pudo decir por fin—. Hay alguna cosa en el castillo... que no es como antes. Y no creo que sea solo porque Camelia ya no está ni porque ahora hay más gente. Es algo... diferente.

Alzó la cabeza hacia Quinto, que la escuchaba en silencio. Los ojos pardos de él estaban repletos de comprensión, incluso de cierto afecto, y Felicia se sintió de nuevo perdida en su mirada.

—No sé qué debo hacer —susurró.

—¿Te sientes amenazada? —preguntó el soldado a su vez.

Ella volvió a la realidad.

—¿Amenazada? —Se detuvo un instante a considerarlo—. Sí, es posible. Pero no comprendo por qué. No sé si hay un peligro real o está todo en mi cabeza.

Quinto asintió.

—No dudes en recurrir a mí cuando necesites protección, Felicia. En cualquier circunstancia.

Ella se sintió muy afortunada por poder contar con él. Se preguntó si debía decírselo. Al fin y al cabo, no era un joven corriente. Si las emociones que mostraba eran solo parte de la ilusión…, si había sido «fabricado» para actuar de aquella manera…, si, en definitiva, Quinto no era más que un pedazo de madera animado…, probablemente le diera igual lo que ella pensara.

—Me gustaría… —empezó, sin saber muy bien cómo continuar.

Un súbito graznido los interrumpió. Felicia se volvió hacia el cuervo que los observaba desde lo alto de la torre, pero Quinto susurró:

—Viene alguien.

Y ella se apresuró a pronunciar las palabras mágicas.

Cornelio apareció en lo alto de la escalera un instante después, justo cuando la muchacha acababa de guardar la figurita en su faltriquera.

—Ah, Felicia, aquí estás —dijo el príncipe, muy aliviado—. Te he estado buscando.

—Ah, ¿sí? —murmuró ella con una tensa sonrisa.

Él no se percató de su incomodidad.

—Sí, porque están a punto de servir la cena. Ya sabes que a la reina no le gusta que la hagan esperar.

—Es verdad. —Felicia se estremeció, y no estaba segura de que se debiera al frío. Se frotó los brazos y añadió de todos modos—: No me había dado cuenta de que se estaba haciendo de noche ya, y empieza a refrescar.

Cornelio le ofreció su capa, galante, pero ella la rechazó con una sonrisa forzada.

Mientras bajaban por la estrecha escalera de caracol, él se volvió para decirle por encima del hombro:

—¿Es cierto que Camelia… no murió, después de todo?

—Eso me han dicho, sí —respondió Felicia, gratamente sorprendida—. Aunque no he podido comprobarlo con mis propios ojos, y por otro lado…

—Entonces, ¿ya no estás enfadada conmigo? —continuó Cornelio, sin dejarle terminar.

—¿Cómo dices?

—Yo sabía lo de tu madrina y no te lo dije. Y por eso quisiste romper nuestro compromiso. Pero, si ella sigue viva, ya no hay razones para que no nos casemos, ¿verdad?

«Ay, no», pensó Felicia.

Cornelio se detuvo al pie de la escalera y, con una sonrisa radiante, le tendió la mano para ayudarla a salvar los últimos escalones. Ella la aceptó, aún en tensión.

—Es… algo más complicado —respondió—. Es posible que nos precipitáramos al comprometernos y, además, está todo ese asunto de la guerra…

—Eso no es problema —le aseguró él—. Al fin y al cabo, he pasado cien años transformado en piedra. Se me da bien esperar —concluyó, guiñándole un ojo.

Felicia le devolvió otra sonrisa forzada. Mientras caminaban por el pasillo, se dio cuenta de que Cornelio aún no le había soltado la mano; pero, como se la sujetaba con firmeza, ella ni siquiera intentó liberarse.

El asunto de las estatuas

Durante la cena hubo una conjunción de detalles discordantes que Felicia no terminaba de encajar. Para empezar, y a pesar de que solo había tres comensales, tuvo lugar en el gran salón, que ella y Camelia no habían utilizado jamás. Y había cocineros, y criados que llevaban y traían platos, servidos en una elegante vajilla que Felicia no conocía. Todo se desarrollaba siguiendo un rígido protocolo, como si todavía se hallasen en el palacio real de Vestur. Felicia no estaba acostumbrada a aquellas formalidades en el hogar de su niñez y las encontraba fuera de lugar.

Por otro lado, el menú era muy sencillo, más propio de granjeros que de príncipes y reyes.

—Se debe a que no se puede cazar ni recolectar en el bosque, así que tenemos que conformarnos con alimentos muy básicos —explicó la reina con un suspiro—. Ojalá encontrásemos la manera de levantar la maldición. Me resulta incomprensible que tu madrina no lo hiciese durante todo el tiempo que estuvo viviendo aquí. ¿A ti no, Felicia?

La muchacha estaba removiendo el contenido de su plato, perdida en sus pensamientos, sin apenas prestar atención a su madre, pero levantó la cabeza cuando ella la mencionó.

—¿Cómo dices?

—El bosque embrujado —respondió Asteria—. Y esas pobres estatuas del sótano… —Suspiró de nuevo—. Ya que estamos aquí, deberíamos tratar de desencantarlos a todos. ¿No crees que sería una buena idea, Cornelio? —añadió.

El príncipe asintió con energía.

—Sí, sin duda. Aunque no será sencillo, me temo. Solo un beso de amor puede romper el hechizo en cada caso —les recordó, dirigiéndole una intensa mirada a Felicia; ella se ruborizó—. Y a esos pobres diablos ya no los recuerda nadie.

—No obstante, es nuestro deber, como señores del castillo, hacer todo lo posible por acabar con los restos de esta magia cruel y oscura —insistió la reina—. Deberíamos empezar por sacar a la luz todas esas estatuas. Es posible que a alguno de esos héroes todavía lo estén esperando en alguna parte, ¿no creéis?

Felicia ladeó la cabeza, interesada por primera vez en la conversación.

—Es cierto, no se me había ocurrido —comentó—. Las estatuas más recientes tienen como mínimo quince años, pero vale la pena intentarlo.

—Ya hemos tratado de entrar en el sótano, pero la puerta está sellada —dijo Cornelio. Detectó entonces la mirada significativa que le dirigió Asteria y añadió—: Ah, Felicia, ¿tú no tenías una llave mágica? —La muchacha se envaró, pero él prosiguió de todos modos—: Podrías abrir la puerta del sótano con ella, ¿no es así?

—Tal vez —respondió ella con precaución.

Se arrepintió en cuanto lo dijo, sin embargo. Quizá lo más inteligente habría sido decir que había perdido la llave o que se la habían robado. Porque su madre la observaba con fijeza y ella temía que le arrebatase aquel tesoro, como su padre se había apropiado del cofre de maese Jápeto.

Sin embargo, Cornelio y la reina tenían razón: si había algún modo de salvar a los héroes petrificados, o al menos a algunos de ellos, debían encontrarlo.

—Probaré a abrir la puerta por la mañana, si os parece bien —murmuró por fin.

Asteria dejó escapar una risa nerviosa que a Felicia le sonó muy poco natural.

—Oh, no es necesario que te molestes, hija. No pretendemos distraerte de tus lecturas. Si me entregas esa llave, Cornelio y yo nos encargaremos de las estatuas del sótano para que tú no tengas que preocuparte por este engorroso asunto.

Felicia sintió que se mareaba.

—No —replicó con firmeza—. La llave es mía y no voy a confiársela a nadie más.

Los dedos de la reina se crisparon en torno a la servilleta.

—Felicia, ya has tenido suficiente magia para el resto de tu vida —le advirtió—. No voy a consentir que conserves objetos peligrosos procedentes de un pasado oscuro que harías mejor en olvidar.

—¿Cómo dices? —soltó la muchacha, perpleja.

La reina se levantó de su asiento y alargó la mano hacia ella por encima de la mesa.

—La llave —exigió—. Entrégamela.

Felicia se echó hacia atrás.

—No —repitió—. Es mía.

Asteria suspiró.

—Muy bien. —Se volvió hacia Cornelio, que estaba sentado junto a su hija—: Quítasela —le ordenó.

—¿Qué? Pero...

—¿Acaso no te inquieta la idea de que tu prometida conserve una llave que le permitirá volver a escaparse de cualquier parte cada vez que lo desee? —replicó la reina.

El príncipe lo consideró. Se volvió para mirar a su compañera.

—Felicia, si lo piensas con detenimiento, es razonable...

—No —dijo ella por tercera vez. Se puso en pie, temblando de ira—. No voy a seguir hablando de esto. Me voy a mi habitación.

Asteria suspiró.

—Cornelio... —empezó.

El soldado vivificado de la reina habría reaccionado con más rapidez, pero ella lo había enviado a Vestur y aún tardaría unos días en regresar. Habría de conformarse con lo que tenía.

Cornelio sacudió la cabeza y se movió para bloquear la salida a la que se dirigía Felicia. Ella se detuvo y le lanzó una mirada iracunda.

—Déjame pasar.

—Dame la llave y podrás marcharte —dijo él.

Ella se mordió el labio inferior, considerando sus opciones.

Cuando Cornelio dio un paso al frente, Felicia se apresuró a retroceder.

—No te acerques más —le advirtió.

Él no la escuchó y siguió avanzando. Ella sacó el soldadito de madera de su faltriquera.

—¡Soldado, tu general te llama a las armas! —pronunció.

Y Quinto se materializó entre ambos, con la espada ya desenvainada. Felicia jamás lo había visto transformarse tan deprisa. Se preguntó si se debía a la urgencia de la situación o al hecho de que él sentía una verdadera necesidad de defenderla. Pero eso no era posible, ¿verdad?

Se situó junto al soldado para servirle de apoyo mientras él blandía el arma ante ella. Cornelio había retrocedido con un grito de alarma.

—¡Por todos los diablos! —exclamó—. ¿De dónde has salido tú? ¿Qué ha pasado con tu pierna?

Felicia alzó la barbilla con altivez, imitando sin darse cuenta un gesto propio de su madre.

—Este es Quinto, mi escolta. Lo confundes con el otro soldado que había en el castillo, el que derrotó a los hombres del Duque Rojo. Ambos son idénticos excepto en un detalle, porque proceden del mismo lugar. No te dejes engañar por su aspecto: Quinto es perfectamente capaz de vencer a cualquier oponente, incluido tú, en un abrir y cerrar de ojos. Así que yo en tu lugar no me molestaría en desafiarlo.

Cornelio se había llevado la mano a la empuñadura de la espada, pero la soltó, muy despacio, y se volvió para mirar a la reina.

—¿Vos... lo sabíais?

—Lo sospechaba —respondió ella.

—Pero... ¿quiénes son estos guerreros? —siguió preguntando Cornelio, muy confuso—. ¿Están embrujados? ¿Son... demonios con forma humana?

—Le has puesto nombre —observó Asteria, observando a Quinto con desagrado—. A una... herramienta.

—No es una... —empezó Felicia; la rabia le impidió continuar—. No tengo nada más que discutir con vosotros —decretó al fin—. Me voy a leer a mi habitación, y Quinto no va a separarse de mi lado. Cornelio...

Él inspiró hondo y, de mala gana, se apartó de su camino.

Y así, con la barbilla bien alta, Felicia se dirigió a la puerta del salón, acompañada por su escolta. Este se apoyaba con un brazo sobre sus hombros, pero en la otra mano aún empuñaba la espada con firmeza.

Cornelio le dirigió una mirada desafiante y el soldado se la sostuvo con seriedad y determinación.

Ya en la puerta, Felicia se volvió por última vez hacia su madre.

—Me tomaré un tiempo para pensar en el asunto de las estatuas —anunció—. Han pasado mucho tiempo convertidas en piedra. Seguro que serán capaces de esperar unos días más. ¿No te parece, Cornelio? —le espetó a su antiguo prometido.

Este apretó los labios y desvió la mirada, pero no dijo nada.

Cuando la princesa se hubo marchado, la voz de Magnolia volvió a resonar en la mente de la reina de Vestur.

«Ha sido una conversación… interesante».

Asteria sacudió la cabeza.

—No lograremos arrebatarle la llave mientras mantenga a su lado a esa criatura. En un par de días regresará el otro soldado y tal vez entonces…

—¿Vais a hacer que se enfrenten entre ellos? —preguntó Cornelio.

Pero Asteria no lo escuchó, porque no estaba hablando con él.

«Vencería, sí, porque conserva las dos piernas», dijo Magnolia. «Pero no basta con la llave, majestad. También hay que romper el hechizo petrificador».

La reina suspiró.

—Si tienes algún plan…

«Oh, sí. Lo tengo. Ya lo creo que lo tengo».

Si es lo que deseas

Felicia cerró la puerta de su habitación, dejó el candil sobre la mesita y le tendió a Quinto la muleta que había dejado apoyada en la pared. Después sacó la llave dorada que llevaba colgada al cuello y la introdujo en la cerradura. Como había descubierto tiempo atrás, aquel objeto no solo servía para abrir cualquier puerta, sino también para cerrarlas.

Por fin se recostó contra la pared, aún temblando.

—¿Qué voy a hacer ahora? —musitó.

—Podemos regresar a Vestur —sugirió Quinto—. Tal vez tu padre se muestre más razonable.

Ella lo consideró.

—Tal vez, sí —admitió al fin—. Pero aún tengo que consultar estos libros. Si me marcho y los dejo aquí, es posible que mi madre les prenda fuego en mi ausencia. Como hizo con Camelia —añadió con un estremecimiento.

El soldado inclinó la cabeza.

—Esperaremos, pues.

—No debería llevarme mucho tiempo —prosiguió Felicia—. Cuatro o cinco días, a lo sumo. Son muchos libros, pero ya los he leído varias veces. Y sé lo que estoy buscando.

Tomó uno de los volúmenes y se sentó sobre la cama, dispuesta a seguir leyendo a la luz de la vela. Se dio cuenta entonces de que Quinto no se había movido.

—Si vas a pasar la noche en mi habitación..., quizá deberías sentarte —dijo con timidez.

Él negó con la cabeza.

—No me molesta estar de pie. —Ella bajó la mirada, un tanto turbada. Quinto se dio cuenta—. También puedo montar guardia fuera, si lo prefieres —añadió con suavidad.

Felicia alzó la cabeza. Ambos cruzaron una larga mirada, tan intensa que ella se sonrojó y tuvo que apartar la vista de nuevo.

—No —dijo por fin—. No quiero... perderte de vista. Si me duermo y tú estás fuera, al otro lado de la puerta..., ¿cómo sabré que sigues ahí?

—No voy a abandonar mi puesto bajo ninguna circunstancia, salvo que tú me lo ordenes.

—No me refiero a eso. —Se estremeció—. Hay algo diferente en mi madre. No sé qué es, pero temo... que encuentre una manera de separarte de mí.

—¿Qué sugieres, entonces?

Felicia rehuyó su mirada.

—Quizá deberías... volver a transformarte. —Quinto entornó los ojos, pero no dijo nada—. Te guardaré debajo de la almohada mientras duermo, y así nadie podrá robarte..., raptarte —se corrigió ella—, sin que yo me dé cuenta.

—Si me transformas, no podré defenderte —le recordó él.

—Te invocaré a la menor señal de peligro.

—Si estás dormida, no los oirás llegar.

—La puerta está cerrada, pero, de todos modos..., tienes razón, deberíamos asegurarnos.

Se puso en pie de nuevo y se dirigió a la pared contra la que reposaban sus arcones. Tenía dos, uno para la ropa y otro donde guardaba sus muñecas. Se arrodilló ante este último, lo abrió con su llave mágica y rebuscó en su interior. Sacó una vieja muñeca que llevaba un traje adornado con campanillas doradas, que tintinearon con el movimiento.

Quinto alzó una ceja, pero no dijo nada. Felicia contempló su muñeca con cariño y procedió a arrancar todos los cascabeles de su vestido, uno por uno. Con ellos confeccionó un racimo que ató después a la manilla de la puerta.

—Ya está —dijo por fin—. ¿Lo ves? Si alguien entra en la habitación mientras estoy dormida, me despertaré de inmediato y te llamaré. ¿Lo prefieres así?

Quinto se quedó mirándola un instante. Luego sacudió la cabeza con un suspiro, en un gesto tan humano que, una vez más, Felicia se maravilló de lo real que parecía.

—Si es lo que deseas...

—No es lo ideal —reconoció ella—, pero tendrá que servir. Sin embargo —añadió, pensativa—, no hace falta que te transforme enseguida. Aún tardaré un poco en irme a dormir. ¿Querrás hacerme compañía mientras leo?

—Si es lo que deseas... —repitió él con una media sonrisa.

Ella se la devolvió.

—¿Es lo que deseas tú? —le preguntó con suavidad.

Quinto parpadeó con cierta sorpresa. Después sonrió de nuevo.

—Sí —respondió en el mismo tono.

—Siéntate a mi lado, pues —lo invitó ella.

—Como ordenes, mi general —dijo él, aún sonriendo.

Buenas noticias

El rey Simón de Vestur observó con curiosidad a las personas que se inclinaban ante él. Eran cuatro: un hombre y tres mujeres, aunque una de ellas vestía ropas masculinas y llevaba una espada al cinto.

—¿Y decís que... conocéis a mi hija, la princesa Felicia? —preguntó.

—Oh, sí. Aunque al principio nos dijo que se llamaba Federica y, por descontado, no nos contó que fuera una princesa. Quería viajar de incógnito —respondió la mayor de las mujeres, encogiéndose de hombros.

Se había presentado como Verena de Rinalia, y a Simón le resultaba vagamente familiar. Tal vez había coincidido con ella en algún evento de la realeza, aunque no la recordaba con claridad. Se volvió hacia la visitante a la que sí conocía: Rosaura, la discípula de Ren, que tiempo atrás los había ayudado a rescatar a Felicia de las garras de una bruja. Rosaura ya no era una adolescente, sino una mujer de casi treinta años, pero conservaba aquella mirada límpida que el rey encontraba tan peculiar, como si las tribulaciones del mundo de los humanos simplemente resbalasen por ella sin afectarla. Se preguntó qué hacía en Vestur. Apenas unas semanas antes, Simón había enviado a sus hombres a buscarla por todo el reino, porque Felicia quería preguntarle acerca de Camelia, pero nadie había sido capaz de hallarla entonces. Y ahora se encontraba allí, ante él, sonriendo con gentileza, como si la ejecución de su madrina no tuviese la menor importancia para ella.

O tal vez solo lo fingía. Los cuatro visitantes se mostraban respetuosos y educados, pero todo podía formar parte de un plan para vengar a Camelia, puesto que, según la carta que Simón había recibido de su esposa, habían llegado allí en busca de las hadas madrinas.

Bajó la mirada hasta la misiva, que reposaba sobre su regazo y que le había entregado aquella misma mañana el soldado vivificado que había acompañado a Asteria y Cornelio hasta el castillo embrujado.

—Nos despedimos de Felicia hace tres días, en la frontera de Mongrajo —estaba diciendo Rosaura—. Ella tenía intención de regresar al castillo en el que pasó su niñez, y acordamos que la esperaríamos aquí. Consideramos que debíamos informar a su majestad de que la princesa se encuentra a salvo. Somos conscientes de que se marchó de Vestur sin decírselo a nadie.

—Estaba a salvo cuando nos separamos —puntualizó su compañero, el de la enorme nariz—. Pero tenía la intención de adentrarse en un bosque embrujado, así que no podemos garantizar que no se haya transformado en un hurón a estas alturas.

—¡Fabricio! —lo riñó la joven guerrera—. Sabes muy bien que no iba sola. La acompañaba su escolta, que la protegerá de todo peligro, como ha hecho hasta ahora con gran eficacia.

El rey la contempló con repentino interés.

—¿Su escolta?

—Un soldado extraordinariamente diestro, teniendo en cuenta que solo dispone de una pierna —siguió explicando Arla—. Su nombre es Quinto; sin duda lo conoceréis, puesto que debe de ser uno de los mejores hombres de armas de vuestro ejército.

—Hemos visto en el patio a un soldado muy parecido a él, que por fortuna cuenta con las dos piernas —comentó Verena—. Deben de ser familia, ¿verdad? Son como dos gotas de agua.

—Quinto —repitió Simón, entornando los ojos.

Asteria relataba en su carta que Felicia había llegado al castillo acompañada del Duque Rojo y sus hombres, pero no mencionaba a ningún escolta con una sola pierna. El rey se acordaba muy bien del soldadito cojo que, según su hija, no podía ser vivificado debido a su condición. Si Arla decía la verdad, estaba claro que Felicia les había mentido al respecto, pero Simón no podía enfadarse por ello. Al contrario, lo aliviaba saber que la joven no había salido a explorar el mundo sin protección, después de todo.

—Conozco a… Quinto —admitió, con cierta prudencia—. Fue apartado del ejército por razones… evidentes, pero ignoraba que la princesa lo mantenía como escolta. —Alzó la carta de la reina para que los Buscadores la vieran—. Y debe de haber cumplido bien su misión, puesto que se me ha notificado que Felicia llegó sin novedad al castillo de los espinos, donde la aguardaba su madre, y ahora se encuentra a salvo allí, con ella y con el príncipe Cornelio.

Los recién llegados se miraron unos a otros, intercambiando sonrisas de alivio y alegría.

—Veníamos a traer buenas noticias —dijo Rosaura— y, al parecer, vos ya habíais recibido nuevas aún mejores.

—Os lo agradezco de todos modos —repuso el rey—. Me alegra saber que la princesa pasó estos días en tan buena compañía. Debido a las… circunstancias excepcionales de su crianza, podríamos decir…, no ha tenido ocasión de relacionarse con mucha gente a lo largo de su vida.

—¿Regresará pronto a Vestur, pues? —preguntó Verena con interés.

—Aún no, por lo que parece —respondió Simón, dirigiéndole una mirada pensativa—. Pero, si no tenéis dónde alojaros mientras la esperáis, podéis hacerlo aquí, en el castillo. Los amigos de mi hija serán siempre bienvenidos en nuestro hogar.

Los Buscadores inclinaron la cabeza ante el rey, en señal de agradecimiento.

—Tenemos entendido, no obstante, que el reino está en peligro —señaló Arla—. Felicia nos contó que la reina de las hadas os ha declarado la guerra.

—Así es —respondió Simón—, pero aún no hemos tenido noticias de sus tropas ni sabemos cuándo atacarán. Por otro lado, en el castillo estaréis seguros. Nuestro ejército está preparado para defender el reino, incluso de las huestes del país de las hadas.

Arla alzó una ceja con curiosidad.

—¿De veras? En cualquier caso, prometí a la princesa Felicia que pondría mi espada a vuestro servicio en esta empresa, y aún tengo intención de hacerlo, si la aceptáis.

—Es un ofrecimiento muy generoso por vuestra parte, mi señora —respondió el rey—. Pero no será necesario.

—No estamos hablando únicamente de mi espada —aclaró Arla—.

Dispongo de un contingente de hombres leales a mis órdenes que lucharán a nuestro lado para proteger Vestur...

—Y yo os agradezco vuestra oferta. Sin embargo, debo insistir en que nuestro ejército no necesita refuerzos de ninguna clase. Vestur cuenta con recursos suficientes para rechazar la ofensiva del reino de las hadas.

Ella se cruzó de brazos, ceñuda.

—Tal vez estéis infravalorando nuestra pericia en las armas —insinuó.

—Tal vez seáis vos quien subestima la fuerza de nuestro ejército —replicó el rey.

—No es necesario discutir por este asunto —se apresuró a intervenir Rosaura—. Estoy segura de que nadie tiene intención de menospreciar a nadie.

Arla inspiró hondo y desvió la mirada.

—Tienes razón —admitió—. Disculpad mi insistencia, majestad. Sin duda vos sabéis mejor que nadie cómo defender vuestro reino.

Simón aceptó sus palabras con una inclinación de cabeza.

—Sois valiente y generosa —respondió—. Cualquier general se sentiría honrado de contar con vuestra espada entre sus filas. Pero esta no es una guerra corriente. Nos enfrentamos a un enemigo sobrenatural, por lo que hemos diseñado una estrategia... diferente. —Hizo una pausa y observó a los Buscadores, pensativo—. No obstante, si preferís buscar refugio en otro lugar..., sois libres de hacerlo, faltaría más.

Ellos cruzaron una mirada.

—Aceptamos vuestra magnánima invitación, majestad —dijo entonces Rosaura—. Y os damos humildemente las gracias.

El rey asintió de nuevo. Ordenó al chambelán que se encargase de alojar a sus invitados y, cuando estos abandonaron por fin el salón del trono, se recostó contra el respaldo de su asiento y cerró los ojos un momento, reflexionando.

Asteria le había recomendado en su carta que no perdiese de vista a los compañeros de Felicia, pero no le había explicado por qué. Él había dado por supuesto que ellos le preguntarían por Camelia o le hablarían, al menos, de las hadas madrinas a las que estaban buscando. Pero no habían mencionado el tema para nada, y Simón no podía evitar preguntarse si lo ocultaban a propósito. En todo caso, mientras Felicia estuviese ausente, él no tendría ocasión de interrogarla acerca de sus compañeros de viaje.

A pesar de ello, sí podía obtener información en otra parte.

Se levantó del trono y salió de la estancia, en busca del soldado vivificado de la reina. Todos los demás seguían en su cofre, que había guardado a buen recaudo, en espera de que Vestur tuviese que recurrir a ellos para defenderse del ejército de las hadas. Pero aquel en concreto estaba al servicio de Asteria, había sido vivificado por ella y solo obedecía sus órdenes. Simón esperaba, no obstante, que no se negara a responder a sus preguntas.

Lo halló montando guardia junto a la puerta principal, donde lo había dejado por la mañana. Aún no había decidido si lo enviaría de regreso al castillo de los espinos. Mientras se acercaba se le ocurrió, sin embargo, que quizá el soldado ya contara con instrucciones de la reina al respecto.

Se detuvo ante él y lo observó con atención. El guerrero vivificado le devolvió una mirada inexpresiva.

—¿Tienes órdenes de la reina, soldado? —le preguntó.

—Sí, majestad —contestó él con tono monocorde—. Debo regresar a su lado tan pronto como me entreguéis una carta de respuesta para ella.

Simón asintió, despacio. Tenía que informar a Asteria de que los Buscadores se habían presentado en Vestur y lo más práctico sería, en efecto, volver a utilizar al soldado como mensajero.

—¿Qué sabes de tu compañero, el que tiene una sola pierna? ¿Se llama Quinto?

—Sí, majestad.

—¿Puede... pelear?

—Sí, majestad. No con tanta destreza como el resto de nosotros, pero sí mucho mejor que cualquier humano.

Simón inclinó la cabeza.

—Mi hija se lo ha llevado como escolta. ¿Obedecerá sus órdenes?

—Sí, siempre que ella pronuncie las palabras adecuadas.

Simón se detuvo un momento. Lo estaba interrogando acerca de asuntos que conocía de sobra. Pero en el fondo era otra cosa la que lo preocupaba: el hecho de que el soldado cojo tuviese un nombre. De que hubiese viajado junto con Rosaura y los demás sin que ninguno de ellos se hubiese dado cuenta de que no era humano.

Observó con atención al escolta de la reina. Sabía bien que sus hombres desconfiaban de aquellas criaturas. Sin embargo…, ese tal Quinto no parecía despertar esa clase de sentimientos entre sus compañeros.

—¿Tú también tienes nombre? —le preguntó, sin saber muy bien por qué.

Esperaba que el soldado respondiese que no, puesto que daba por hecho que había sido Felicia la que había bautizado a su acompañante. Pero, ante su sorpresa, la criatura dijo:

—Sí, majestad. Me llamo Tercero.

Simón pestañeó con cierta perplejidad.

—Tercero —repitió—. Tercero. ¿Y quién…? En fin, no tiene importancia, supongo. —Suspiró—. Redactaré una carta para la reina. ¿Se la llevarás al castillo de los espinos?

—Sí, puesto que es lo que ella me ha ordenado.

—Por supuesto —murmuró el rey.

Se alejó del soldado, aún sacudiendo la cabeza con desconcierto y farfullando por lo bajo.

No detectó la figura que los espiaba desde las sombras en silencio y que había escuchado con atención todas y cada una de sus palabras.

Una semilla de inquietud

Habías oído hablar de las manzanas de oro, Quinto? —preguntó Felicia.

Estaban de nuevo en la torre, sentados en el suelo junto a las almenas, con la espalda apoyada contra el muro de piedra. La princesa había cargado hasta allí varios libros para leerlos al aire libre y el soldado, como de costumbre, permanecía lealmente a su lado, escuchando con paciencia sus reflexiones.

—No —respondió él—. ¿Son frutas de verdad? ¿Se pueden comer?

Felicia rio con suavidad y señaló la página abierta.

—Son manzanas de verdad, pero doradas —le explicó—. Y mágicas también. Los manzanos de oro proceden del país de las hadas, aunque se sabe de un rey humano que consiguió plantar uno en su jardín, hace mucho tiempo. Lo importante, sin embargo, es que pueden sanar todos los males del cuerpo. Incluso conceder la inmortalidad, o eso dicen, aunque creo que esto último es un mito. Una vez... —Dudó un momento antes de continuar, pero al fin se encogió de hombros y lo hizo—: Una vez, hace años, una de las hadas madrinas me regaló una redoma con un brebaje mágico que podía curar cualquier herida. Se lo di a beber a Cornelio tiempo después, cuando los espinos mágicos lo atacaron, y así le salvé la vida. —Sonrió—. Luego me contó que sabía a zumo de manzanas.

—Ah —murmuró Quinto, pensativo—. Tiene sentido.

—Por eso creo que podríamos ayudar a Verena con una de esas manzanas. Perdió la capacidad de concebir hijos por culpa de un melocotón envenenado, ¿no? Quizá la recupere si se come una manzana de oro del país de las hadas.

—Tiene sentido —repitió Quinto—. Pero ¿cómo vamos a conseguirla?

—Tal vez podamos negociar con las hadas cuando se presenten en Vestur, no sé. No parece que estén muy dispuestas a regalar manzanas de oro a los mortales, y menos a nosotros, pero... si ganamos la guerra...

Miró de reojo a su compañero, sin atreverse a terminar la frase. Él le devolvió la mirada.

—¿Quieres saber si podemos vencer? —adivinó—. ¿Contra las hadas? —Ella asintió. Quinto se encogió de hombros—. Por supuesto. Para eso nos crearon: para ser un ejército imbatible en cualquier circunstancia.

Felicia permaneció un instante en silencio, pensando. Después dijo, con cierta timidez:

—Pero tú... no tendrás que luchar en la batalla, ¿verdad?

—Si me ordenas que luche en la batalla, lo haré —respondió él sin más.

Ella se estremeció.

—Preferiría que no lo hicieras.

—Somos invencibles, Felicia. Todos nosotros. Incluido yo.

Ella no pudo evitar lanzar una mirada de reojo a la única pierna de su escolta. Él se dio cuenta, pero no dijo nada. Sabía que la muchacha sentía curiosidad al respecto. Sabía que, si ella le ordenaba que se lo contara, se vería obligado a hacerlo.

Pero Felicia se había percatado hacía tiempo de que era un asunto delicado y, por tanto, no había vuelto a mencionarlo.

—Entonces —dijo ella, volviendo al tema inicial—, ¿te parece bien que le hablemos a Verena de las manzanas de oro? No quisiera darle falsas esperanzas.

—Creo que es una pista bastante sólida —opinó él, y Felicia sonrió.

—Me alegro mucho de que estemos llegando a alguna parte. Oh, y espera... Creo que también he encontrado algo para Rosaura —añadió, alargando la mano hacia un antiguo volumen encuadernado en cuero rojo.

—¿De verdad?

—Sí, mira. —Felicia pasó las páginas del libro hasta encontrar lo que buscaba—. ¿Conoces esas historias sobre personas que son víctimas de una maldición o de un hechizo pero pierden la capacidad de hablar y, por tanto, no pueden explicar qué les pasa? Disculpa, supongo que no —murmuró enseguida.

Pero, ante su sorpresa, Quinto respondió:

—Sí, conozco algunas. La de la sirena que quería ser humana, por ejemplo. O la de la chica que tuvo que permanecer varios años en silencio para romper la maldición que pesaba sobre sus hermanos.

—¡Esa es exactamente la historia que nos interesa! —exclamó Felicia, encantada—. Los niños se transformaron en cisnes, y ella tuvo que tejerle una camisa a cada uno para que volviesen a ser humanos... y no lo podía contar a nadie. ¿No lo ves?

Quinto se rascó la cabeza, perplejo.

—Lo siento, Felicia, pero no veo ninguna relación con el problema de Rosaura.

—¡Ella no puede tejer, coser ni bordar! —le recordó la muchacha con impaciencia—. Pero se le dan muy bien el resto de las tareas de la casa. —Hizo una pausa, evocando la desolación de la pobre Rosaura cuando había tratado de hilar las balas de paja en el castillo de Mongrajo—. En teoría, es algo que no sabe hacer porque su madrastra se lo prohibió, pero... ¿y si todo formaba parte de la maldición?

El soldado ladeó la cabeza, pensativo.

—¿Quieres decir que no lo tiene prohibido por capricho? —comprendió.

—¡Exacto! Rosaura cree que sabe por qué no debe coser. Pero, si la persona que le dijo que no podía hacerlo fue la misma que la maldijo..., tal vez lo hizo por una razón de peso. Quiero decir que cada hechizo tiene su contrahechizo, y por eso los maldicientes tienen que asegurarse de que sus víctimas no pueden liberarse por sí mismos ni dar con la solución por casualidad. ¡Oh! Había otro cuento sobre una joven hechizada que debía comerse un pastel elaborado por ella misma para salvarse..., y por eso su madrastra le había prohibido cocinar. ¿Dónde estará? —Rebuscó entre los libros con un suspiro de impaciencia—. Creo que lo he dejado abajo. —Se levantó con presteza y le dirigió a Quinto una mirada de disculpa—. Voy a buscarlo, volveré enseguida.

—Te acompaño —se ofreció él, pero Felicia negó con la cabeza.

—No hace falta, de verdad. No tardo nada.

Quinto desvió la mirada, pero no replicó. Se las arreglaba bien con la muleta, pero a ella no le gustaba obligarlo a subir y bajar por la estrecha escalera de caracol que conducía hasta lo alto de la torre. Y la otra opción —transformarlo en figurita de madera para transportarlo en el interior de su faltriquera— le parecía casi peor. Por alguna razón, cada vez le costaba más devolverlo a su forma original.

Cuando Felicia desapareció escaleras abajo, Quinto suspiró y cerró los ojos con cansancio. No se trataba de un agotamiento físico, puesto que él estaba por encima de aquella clase de cosas, sino... más bien emocional. Era consciente de que no había vivido mucho, en realidad, puesto que había pasado la mayor parte de su existencia convertido en una figurita de madera. Por esa razón, después de más de dos siglos, aún sentía que había muchas cosas que experimentaba por primera vez, como un polluelo que acabase de romper el cascarón.

—No deberías olvidar quién eres ni de dónde vienes, soldado —graznó de pronto una voz a su lado.

Quinto se sobresaltó y abrió los ojos de inmediato. Junto a él, en las almenas, un cuervo lo observaba con atención y cierta curiosidad.

—Ah. Eres tú —murmuró el joven.

El cuervo ladeó la cabeza.

—¿Ya me habías visto?

—No estás siendo muy discreto estos días, que digamos. ¿Qué es lo que te trae por aquí? ¿No tienes otro sitio donde intrigar?

El pájaro abrió el pico, claramente divertido.

—Te has vuelto muy insolente desde la última vez que nos vimos.

Quinto se encogió de hombros.

—Ya no eres mi general —le recordó—. Ahora obedezco a la princesa Felicia. Pero es lo que tú pretendías, ¿no es así? Después de todo, le entregaste el cofre a su padre. Como regalo de bautizo para ella.

—Cierto, lo hice —admitió el cuervo; entornó los ojos en un gesto incongruente en un ave—. ¿Estás intentando sonsacarme acerca de mis planes?

—¿Yo? Para nada —replicó Quinto con indiferencia—. Solo soy un pobre soldado de madera creado para obedecer órdenes sin cuestionarlas.

—No me hagas reír. Todavía recuerdo la vez que intentaste escapar de tu destino. Y después te enseñaron a *pensar*. —Hizo una pausa y abrió el pico en una aviesa sonrisa—. ¿Es posible que ahora estés descubriendo otras peculiaridades del mundo de los humanos? ¿Los... sentimientos, tal vez?

El soldado apretó los labios, pero sus mejillas se habían coloreado ligeramente.

—No entiendo lo que quieres decir —murmuró.

—Oh, yo creo que sí. Ten cuidado, Quinto. Esa muchacha es joven e ingenua. Con los estímulos adecuados, le resultará sencillo olvidar que no eres más que un pedazo de madera. Pero tú no deberías caer en el mismo error. En fin —añadió, sonriendo de nuevo—, no importa, en realidad; porque, si se diera el caso, ya me encargaré yo de recordártelo.

Abrió las alas, dispuesto a alzar el vuelo, pero el joven soldado lo detuvo:

—¡Espera! ¿Qué es lo que tramas ahora, Mork? ¿Qué esperas de Felicia?

—Oh, puedes estar tranquilo, pedazo de madera. Ella no me interesa tanto como piensas y, además, no tengo intención de quedarme aquí mucho tiempo. Otros asuntos me reclaman... en otra parte.

Y, con estas palabras, el cuervo se elevó por encima del castillo hasta que Quinto lo perdió de vista.

Instantes más tarde, Felicia apareció de nuevo, cargada con tres libros más y parloteando entusiasmada acerca de otra historia que acababa de recordar. El soldado se esforzó por prestar atención, pero el cuervo había sembrado en su corazón una semilla de inquietud... que ya comenzaba a germinar.

La hora de la cosecha

Y se pasa el día con ese soldado —estaba diciendo Cornelio, mortificado—. Sé que es su escolta y que pelea bien, probablemente porque está embrujado o algo por el estilo, pero no me gusta cómo la mira. Y la forma en que ella lo trata, como si...

Calló de pronto, incapaz de verbalizar sus sospechas.

La reina estaba inclinada junto a las plantas del huerto, pero alzó la mirada hacia él.

—¿Como si...? —lo animó.

Pero el príncipe negó con la cabeza.

—No importa —murmuró.

Asteria suspiró y se levantó, sacudiéndose el polvo de la falda del vestido.

—¿Crees que mi hija está... desarrollando sentimientos hacia su escolta?

Cornelio desvió la mirada con un bufido desdeñoso.

—Por supuesto que no. No es más que un soldado cojo.

—Es mucho menos que un soldado cojo —replicó la reina—. Y mucho más, en ciertos aspectos.

«Él la ama», susurró la bruja en su mente. «Con un amor mucho más profundo del que jamás podrá ofrecerle ese príncipe presuntuoso. Pero es normal. Porque no tiene a nadie más».

Asteria cerró los ojos con fuerza.

—Es absurdo —declaró.

«Y muy conveniente para nuestros planes. ¿Están ya listas nuestras hierbas?».

La reina suspiró de nuevo y volvió a examinar los matorrales. Era la única parte del huerto de la que, a instancias de Magnolia, se ocupaba ella misma. Siguiendo las instrucciones de la bruja, había limpiado, podado y regado las plantas que allí crecían y que llevaban mucho tiempo abandonadas. Era una tarea nueva para ella, puesto que las labores de jardinería jamás le habían interesado, hasta el punto de que ni siquiera se había molestado en aprender los nombres de las hierbas que cuidaba. Se limitaba a trabajar en el huerto según las indicaciones de Magnolia porque sabía que era importante para su plan.

—Están reverdeciendo. ¡Oh! Aquí hay nuevos brotes.

«Muéstramelo».

Asteria alzó el espejo, que llevaba siempre prendido al cinto, y lo colocó frente a las plantas para que la bruja atrapada en su interior pudiese examinarlas. A un par de pasos de distancia, Cornelio contemplaba sus movimientos con moderado interés. Había visto a la reina de Vestur en diversas ocasiones hablando sola en voz alta o conversando con lo que debía de ser su propia imagen reflejada en aquel espejo del que no se separaba. Dado que el príncipe nunca había llegado a sorprender a la bruja que se ocultaba en él, daba por sentado que se trataba de una rareza de Asteria, que los largos años de llorar la ausencia de su hija la habían trastornado hasta ese punto. Por esa razón, había optado discretamente por no mencionarlo.

«Magnífico», susurró Magnolia. «Por fin ha llegado la hora de la cosecha, mi reina».

Pero ella no se mostró muy entusiasmada.

—Voy a arañarme las manos otra vez —suspiró con resignación.

«Valdrá la pena», le aseguró la bruja.

—¿Necesitáis ayuda? —se ofreció Cornelio, dando un paso al frente.

Asteria le dirigió una amplia sonrisa.

—Ya que lo mencionas...

El joven se inclinó junto a ella, solícito, y echó un vistazo a las plantas.

—¿Puedo preguntar qué estáis cultivando aquí, exactamente? ¿Alguna clase de... veneno? —sugirió en un susurro.

La reina le dirigió una mirada de reproche.

—Son para mi hija. No tengo la menor intención de emponzoñarla.

Cornelio alzó las manos en señal de disculpa.

—Mil perdones, majestad. Tenía la esperanza de que reservaseis estas plantas para su escolta —confesó, un tanto decepcionado.

Pero ella negó con la cabeza.

—No serviría de nada. Ya habrás comprobado que no come ni bebe. —Cornelio entornó los ojos, y la reina añadió, pensativa—: Pero es posible que algunos de estos brotes sí sean venenosos. Después de todo, esto era el huerto de una bruja.

«Algunos lo son, en efecto», confirmó Magnolia, divertida. «Así que yo en tu lugar seguiría las instrucciones con mucho cuidado. No querrás intoxicar a tu amada hija por error».

—De ninguna manera —se apresuró a replicar Asteria—. No; solo vamos a preparar un somnífero. ¿Qué te parece? —concluyó, volviéndose hacia Cornelio con una amplia sonrisa.

El joven lo consideró.

—Es para la princesa, entiendo. Para arrebatarle la llave mágica, ¿verdad? Pero ¿qué hay del soldado?

—No tienes por qué preocuparte por el soldado —respondió la reina, aún sonriendo.

Sueño

No tienes hambre esta noche, Felicia? —dijo la reina—. Apenas has probado la sopa.

La princesa volvió a la realidad y echó un vistazo poco entusiasta al tazón humeante.

—Sí..., sí, es que... estaba pensando.

Había estado dándole vueltas a la historia de los cisnes encantados. Había encontrado una versión en la que la hermana debía tejer las camisas de sus hermanos con ortigas, y eso le causaba un gran dolor. Y no podía evitar acordarse de la forma en la que habían sangrado las manos de Rosaura cuando había tratado de cumplir la tarea impuesta por la reina de Mongrajo. «No puede ser casual», se dijo por enésima vez. Le había explicado a Quinto que la torpeza de Rosaura con las agujas no podía deberse solo a la falta de práctica. Ella tenía un talento natural para las tareas domésticas, la habían hechizado precisamente para que lo tuviera. Debía de haber un motivo poderoso para que aquella en concreto quedara fuera de la lista de sus habilidades.

Su escolta, no obstante, se había mostrado silencioso y distraído durante el resto de la tarde. Felicia notaba que se esforzaba en prestar atención, pero sus pensamientos estaban muy lejos de allí.

Como los suyos propios, se dijo de pronto. Inspiró hondo y alzó la cabeza, tratando de sonreír. Tanto Cornelio como su madre se estaban portando mucho mejor con ella últimamente, tratándola con cortesía y dejándole espacio para leer y reflexionar. No habían vuelto a presionarla con respecto a la llave mágica ni a la habitación del sótano, y eso era algo que Felicia agradecía. Aunque aquel cambio de actitud se debiera a la silenciosa presencia de Quinto a su lado.

—Huele muy bien —dijo, y probó una cucharada.

Tenía un sabor diferente, ligeramente aromático. Felicia pensó que debía felicitar a la cocinera, que siempre se esforzaba por preparar recetas variadas a pesar del poco material del que disponía. Cuando ya llevaba medio tazón, alzó la cabeza para mirar a sus compañeros de mesa y descubrió que tenían los ojos fijos en ella. Ninguno de los dos había probado la sopa todavía, pero ella no se dio cuenta.

—¿Hay... algún problema?

—Ninguno en absoluto —respondió la reina con una sonrisa forzada—. Es solo que estaba pensando... que hoy podemos permitirnos algún capricho.

Dio un par de palmadas y enseguida se presentó en el salón una doncella cargando con una jarra de vino. Felicia observó, perpleja, cómo lo vertía en las copas de los tres.

—¿Y esto? —le preguntó a su madre.

—Trajimos un barril de vino desde Vestur —respondió ella—. Es el único que tenemos y no se trata de nuestra mejor cosecha, pero he pensado que no tiene sentido dejarlo languidecer en la despensa. Después de todo, tampoco esperamos visitas, ¿no es así?

—Oh —murmuró Felicia, tomando la copa con cuidado—. De acuerdo. Y... ¿qué celebramos hoy, pues?

—Que por fin estamos juntas otra vez, tú y yo. Y Cornelio, naturalmente —añadió, mirándolo de soslayo con una sonrisa—. Cuando regresemos a Vestur y nos reunamos con tu padre, organizaremos un gran banquete para festejarlo. Por nosotros —declaró, alzando la copa—. Y por el futuro de Vestur.

Cornelio y Felicia levantaron sus copas también. La muchacha se disponía a beber cuando sintió la mano de Quinto sobre su hombro. Lanzó una mirada de reojo al príncipe y a la reina, pero ambos estaban probando el vino sin aspavientos.

Asteria notó el gesto del soldado.

—¿Quieres brindar con nosotros también, Quinto? —le preguntó con amabilidad.

Felicia parpadeó con sorpresa. Era la primera vez que su madre llamaba a su escolta por su nombre. Cuando no tenía más remedio que dirigirse a él, lo interpelaba como «soldado», sin más.

Quinto inclinó la cabeza.

—Os lo agradezco, pero no es necesario —respondió con tono monocorde.

Retrocedió hasta su puesto junto a la pared, tras el asiento de Felicia. Ella ya había dejado la copa sobre la mesa sin probarla. Su madre no se había dado cuenta, o quizá no le importaba. Tal vez Quinto se estaba preocupando por nada. Después de todo, Cornelio estaba saboreando el vino con deleite.

Pestañeó otra vez. De pronto, se sentía muy cansada. Disimuló un bostezo.

—¿Tienes sueño, Felicia? —le preguntó su madre, solícita.

Ella reprimió un nuevo bostezo. Se dio cuenta entonces de que le costaba mantener los ojos abiertos.

—Un poco —murmuró.

—Pasas demasiado tiempo entre esos libros —dijo Asteria con un gesto de desaprobación—. Quizá deberías tomártelo con más calma.

—Sí, madre —respondió Felicia por inercia, sin terminar de asimilar sus palabras.

Cabeceó un instante y pestañeó de inmediato, luchando por despejarse.

—Creo que tienes razón —musitó—. Me voy... a dormir. Si me disculpáis...

Se levantó de su asiento con cierta torpeza. Al instante, Quinto estaba a su lado para sostenerla. Ella le dirigió una sonrisa tranquilizadora.

—Estoy bien —le aseguró—. Solo un poco adormilada.

Pero se apoyó en él con un leve suspiro.

—Acompáñala a su habitación, Quinto —dijo la reina—. Que se vaya a la cama enseguida.

El soldado inclinó la cabeza en un mudo asentimiento, pero no respondió.

Cornelio se quedó mirándolos con el ceño fruncido mientras se alejaban. Cuando ambos abandonaron el salón, se recostó contra el respaldo de su asiento con una sonrisa satisfecha.

—Ha sido más fácil de lo que esperaba —reconoció—. Habéis sido muy astuta, majestad. Al centrar su atención en el vino, ninguno de los dos ha sospechado de la sopa. —Bostezó de pronto y se frotó un ojo, un poco aturdido—. ¡Caramba! También yo me siento fatigado.

—Ve a descansar, pues —lo animó Asteria—. Aún tardaremos un rato en… poner en marcha nuestro plan. Tenemos que asegurarnos de que ella está completamente dormida.

—Como deseéis, majestad —respondió Cornelio.

Se puso en pie, reprimiendo otro bostezo, se despidió con una inclinación de cabeza y abandonó el comedor, con los ojos ya entornados.

Asteria se quedó sola ante la mesa. Observó con indiferencia cómo los criados recogían la vajilla y cruzó las manos bajo la barbilla, pensativa.

—Parece que todo va saliendo tal como lo planeamos —murmuró.

«Por fin», respondió la voz del espejo en un susurro anhelante.

Profundamente dormida

La reina permaneció un largo rato sentada ante la mesa mientras los criados se llevaban los restos de la cena. Una doncella le preguntó si deseaba que la acompañase a su alcoba, pero ella declinó el ofrecimiento y le dijo que prefería estar a solas.

Aguardó en silencio hasta que dejó de oír a los sirvientes trajinando en la cocina. Entonces suspiró y tomó el espejo de nuevo para conversar con la bruja.

—Ya es la hora —anunció.

Ella asintió, conforme.

«Siento curiosidad», dijo, sin embargo. «¿Por qué habéis añadido somnífero también en el vino del príncipe Cornelio?».

—Porque no lo necesitamos ahora mismo.

«Pero ¿y si el soldado sigue activo?».

—En tal caso, ni siquiera Cornelio sería capaz de hacer nada al respecto.

Se preguntó, no obstante, si no debería haber aguardado a que regresara su propio soldado vivificado para enfrentarse a Quinto en el caso de que fuese necesario. Desechó la idea. Sabía que su hija no tardaría en encontrar lo que quiera que estuviese buscando en aquellos libros, y entonces ya nada la retendría en el castillo. No podían esperar más.

Se puso en pie y se dirigió hacia la habitación de Felicia, con el espejo prendido al cinto. Pasó de puntillas frente al cuarto de Cornelio, pero se detuvo un momento para aplicar la oreja a la puerta. Oyó suaves ronquidos al otro lado y asintió para sí misma, satisfecha.

No tardó en llegar a su destino. Antes de entrar en la estancia, sin embargo, se detuvo en el pasillo, pensativa.

Felicia no sabía que ella la había estado espiando durante las jornadas anteriores, escuchando tras la puerta cerrada como una vulgar criada indiscreta. La había oído pronunciar las palabras mágicas todas las noches, antes de irse a dormir. Sabía que la puerta estaba cerrada con llave. Conocía la existencia del racimo de campanillas que pendían del pomo.

Su hija, en cambio, ignoraba que ella poseía la llave de aquella habitación. La había encontrado en el cuarto de Camelia días atrás, antes incluso de que la propia Felicia llegara al castillo.

Asteria inspiró hondo e introdujo la llave en la cerradura. La giró sin mayor complicación y empujó la puerta con suavidad.

Los cascabeles tintinearon, por descontado. Pero Felicia estaba tan profundamente dormida que no se despertó.

La reina se detuvo junto a la entrada y miró a su alrededor. No había ni rastro de Quinto, pero ella sabía dónde encontrarlo. Se acercó a la cama de Felicia y se quedó contemplándola unos instantes mientras dormía. Era un sentimiento extraño; se trataba de su hija, la había llevado en el vientre, la había alumbrado y había cuidado de ella durante los primeros días de su existencia. A pesar de todo, a menudo tenía la sensación de que era una perfecta desconocida.

«Mi reina», le recordó la bruja con suavidad.

Asteria volvió a la realidad. Apartó con cuidado el brazo de Felicia, que no reaccionó. Descubrió la fina cadena dorada que rodeaba su cuello, y tiró de ella hasta sacar la llave mágica, que había estado oculta bajo el camisón de la muchacha. Desprendió el cierre y se apoderó del objeto con una sonrisa de satisfacción.

—Ya la tenemos —informó.

Se sobresaltó al darse cuenta de que había pronunciado aquellas palabras en voz alta. Pero Felicia no reaccionó.

«Bien», dijo Magnolia. «¿Y qué hay del soldado?».

Asteria introdujo la mano bajo el almohadón de la cama de su hija. Halló al tacto la figurita de madera y la sacó de allí con gesto triunfante.

La observó con atención a la luz del candil, pensativa.

—Debería tirarlo al fuego —murmuró—. Está claro que no es tan dócil como los otros y, además, está lisiado. No me arriesgaría a integrarlo en el ejército del rey. Por otro lado…

Se detuvo, sin terminar de verbalizar el pensamiento que acababa de asaltarla. Tenía que ver con los celos de Cornelio, con sus insinuaciones acerca de la relación entre Felicia y aquella criatura.

Ese tal «Quinto» no era más que un juguete de madera que ni siquiera había sido tallado con especial gracia. Ciertamente, en su forma humana los soldados vivificados podrían considerarse jóvenes apuestos, desde la perspectiva de una muchacha impresionable como su hija. Pero no eran de verdad.

No obstante, la reina sabía en el fondo que Cornelio tenía motivos para sentirse amenazado. Había visto cómo miraba Felicia a su escolta, cuando él no se daba cuenta. Con una ternura impropia de una princesa de su posición.

Y lo más inadmisible de todo… era que él la contemplaba del mismo modo.

La voz de Magnolia interrumpió sus pensamientos:

«No te deshagas de él todavía», le ordenó.

Asteria ladeó la cabeza con curiosidad, pero no hizo preguntas.

Abandonó la habitación en silencio, llevando consigo la llave dorada, el soldadito de madera y el espejo mágico de la bruja, y dejando atrás a su hija dormida, completamente ajena a lo que acababa de suceder.

Espejos

La puerta del sótano se abrió sin oponer resistencia. Asteria se estremeció, anticipando lo que iba a encontrar allí. Por un momento temió que se tratase de una trampa orquestada por Magnolia. Pero su miedo al posible regreso de Camelia fue más fuerte que la desconfianza que le inspiraba la bruja y se dijo que, de todos modos, ya había llegado demasiado lejos como para volverse atrás.

Descendió, pues, las escaleras, alzando en alto el candil que portaba para iluminar su camino. Una vez abajo, miró a su alrededor, impresionada.

Allí había más de un centenar de estatuas. Jóvenes héroes, príncipes valientes que, a lo largo del tiempo, se habían enfrentado a la bruja del castillo y habían sido derrotados por ella y transformados en piedra para siempre.

La misma bruja cuyo espíritu estaba ahora atrapado en un espejo, desde el que le daba instrucciones que más bien parecían órdenes.

Sacudió la cabeza y se esforzó por centrarse.

—Y, ahora, ¿qué? —preguntó, intentando que su voz sonase fría e indiferente.

—¿... qué? ¿... qué? ¿... qué? —respondió el eco.

Ella tragó saliva, impresionada. Esperaba que Magnolia la guiase directamente hasta donde permanecía su cuerpo petrificado, pero la bruja dijo:

«Tenemos que encontrar los espejos».

—¿Los espejos?

«Mis espejos mágicos. Camelia se deshizo de ellos para que su princesita no pudiese encontrarlos, pero yo sé que no los destruyó. Estoy convencida de que los escondió aquí, en alguna parte. Donde ella pensaba que la niña no los descubriría».

El corazón de Asteria latió un poco más deprisa. Echaba de menos su propio espejo mágico, que le había permitido espiar lo que sucedía en otros lugares y le había otorgado una adictiva sensación de poder y seguridad. Si debía ser honesta consigo misma, probablemente la búsqueda de su hija no era lo único que la había llevado hasta aquel castillo. Ella sabía que aquellos espejos estaban allí. Y no veía el momento de examinarlos a fondo.

No obstante, no tenía la menor intención de permitir que la bruja adivinara sus intenciones.

—¿Dónde debo buscar, pues? —preguntó, con fingido desinterés.

Magnolia sonrió.

«Exploremos la sala. Lo descubriré cuando estemos cerca».

Asteria recorrió, por tanto, el sótano de las estatuas, procurando no mirar los rostros de aquellos desdichados héroes petrificados, cuyo destino le causaba una gran desazón. Al cabo de un rato, la voz del espejo susurró:

«Es aquí».

Asteria miró a su alrededor, pero no vio nada de particular. Se había detenido junto a la estatua de un joven arquero cuya flecha apuntaba a una amenaza desconocida. Tras ella, un muchacho de cabello alborotado y ropas humildes azuzaba a su perro contra un enemigo invisible. Ambos habían sido petrificados como todos los demás.

—No veo ningún espejo.

«Acércate al rincón», ordenó la bruja.

La reina obedeció, intrigada. Pero no halló otra cosa que una fría pared de piedra.

«Inténtalo», insistió Magnolia. «¿No puedes tocarlo?».

Asteria alargó la mano, dubitativa. Sus dedos palparon entonces algo que no estaba allí a simple vista y que tenía el tacto de una superficie de madera.

—Oh —dijo, maravillada.

El encantamiento se deshizo y un enorme armario de roble se materializó ante ella.

«Ay, Camelia», suspiró la bruja. «Qué escondite tan básico. Bastaría para mantener tus secretos a salvo de una niña, tal vez..., pero no de mí».

Asteria no le prestó atención. Estaba tratando de abrir la puerta del armario..., pero comprobó, con desencanto, que se encontraba cerrada.

—¿Cómo...? —empezó, pero Magnolia la interrumpió:

«Tienes una llave mágica», le recordó con impaciencia.

Asteria se apresuró a sacar la llave dorada, un tanto avergonzada por no haber caído en la cuenta. La introdujo en la cerradura y la giró sin la menor dificultad.

La puerta del armario se abrió con un leve chirrido.

Asteria se asomó al interior, expectante. Estaba lleno de bultos que, por la forma, bien podían ser espejos. Pero todos se hallaban envueltos en paños, por lo que no podía asegurarlo. Cuando alargó la mano para descubrir el primero de ellos, sin embargo, Magnolia la detuvo:

«¡No lo hagas!».

La reina retiró la mano, contrariada.

—¿Por qué?

«Algunos de estos espejos son peligrosos. Sigue mis instrucciones cuidadosamente. Si tocas uno equivocado por error, no me hago responsable de las consecuencias».

Asteria se abstuvo de seguir preguntando al respecto, pero se prometió a sí misma que no olvidaría aquel armario y que regresaría allí en cuanto le fuera posible, preferiblemente sin la irritante presencia de la bruja. Si *no todos* aquellos espejos eran peligrosos, quizá pudiera hacerse con algunos de ellos sin riesgo.

Fue apartando bultos, sin retirar los paños que los cubrían. Algunos eran grandes, de cuerpo entero; pero había otros más pequeños, para colgar en la pared, o incluso espejos de mano.

«Ese es», dijo la bruja. «Sácalo».

Asteria separó de los demás el fardo que le había indicado. Era bastante voluminoso; se trataba, con toda probabilidad, de un espejo de medio cuerpo. Cargó con él hasta sacarlo del armario y lo observó con curiosidad.

—¿Puedo verlo? —preguntó, sin poder evitar que un tono anhelante asomase en su voz.

«Todavía no» fue la respuesta.

—Pero ¿qué es lo que hace? ¿Qué propiedades tiene?

«Lo sabrás cuando llegue el momento».

Irritada, la reina se tragó su impaciencia y su frustración. Cerró las puertas del armario y, obedeciendo a las indicaciones de Magnolia, cargó con el espejo, todavía envuelto en su paño protector, hasta el otro extremo de la sala.

«Hemos llegado», dijo ella entonces.

Asteria apoyó el espejo en el suelo, reprimiendo un resoplido de cansancio y lamentando por primera vez no haber involucrado a Cornelio en aquella empresa. Ciertamente, la bruja le estaba revelando secretos que ella prefería no compartir con nadie más; pero, por otro lado, habría podido ordenarle al joven que cargase con aquel espejo en su lugar.

Miró a su alrededor con escaso entusiasmo. Había visto ya tantos héroes hechizados que aquel siniestro museo de esculturas no la impresionaba de la misma manera que antes. No obstante, una de ellas llamó su atención porque, a diferencia de las demás, estaba cubierta por una sábana blanca.

«Qué encantador», comentó Magnolia, divertida.

Asteria se estremeció al comprender dónde se encontraban.

—Eso es… tu cuerpo, ¿verdad?

«Descúbrelo», siseó la bruja con fruición.

Tratando de reprimir el desasosiego que seguía creciendo en su interior, Asteria retiró la sábana. Contempló la estatua de la bruja, impresionada. Se había petrificado en una contorsión extraña, alzando los brazos por delante del rostro para protegerse del enemigo que la había derrotado. Su gesto se había congelado en una expresión de horror, pero también de sorpresa e incomprensión, como si fuese incapaz de asimilar lo que estaba sucediendo.

—¿Cómo… cómo ocurrió? —se atrevió a preguntar Asteria.

«Un espejo», se limitó a responder Magnolia. La reina recordó, con un escalofrío, los bultos olvidados en el armario invisible y se preguntó cuál de ellos habría sido capaz de vencer a una bruja tan poderosa como ella.

Pero no osó seguir interrogándola al respecto.

—¿Qué hacemos ahora? —preguntó.

«Coloca frente a mi estatua el espejo que has traído desde el armario».

Ella se volvió para contemplar el objeto con aprensión.

—¿Es este el que te convirtió en piedra? —inquirió por fin, sin poderlo evitar.

«No», contestó Magnolia. «Este es mucho más peligroso».

Asteria guardó silencio de nuevo y se apresuró a cumplir su orden. Siguiendo las instrucciones de su cómplice, situó el espejo ante la estatua, pero a varios pasos de distancia.

—¿Y ahora?

«Ahora descúbrelo. Pero asegúrate de no dirigir la mirada hacia su superficie en ningún momento».

Asteria tragó saliva y tiró del paño, con la vista clavada en el suelo. Con el rabillo del ojo detectó un sencillo marco de madera oscura, pero nada más.

—¿Qué me pasaría... si contemplase mi reflejo en este espejo? —quiso saber.

«Muy pronto lo averiguarás», respondió ella.

Un beso de amor

Soldado, tu general te llama a las armas.

Desde lo más profundo de su letargo, Quinto escuchó la orden que lo devolvería a la vida. Sintió el tirón del mundo real, mucho más apremiante en los últimos tiempos que en la época en la que debía despertar para combatir bajo las órdenes de reyes ambiciosos y caudillos sanguinarios. No obstante, había ahora algo distinto.

La voz que lo invocaba no era la de Felicia.

Cuando se materializó como hombre de carne y hueso y abrió los ojos, lo hizo con cierta cautela por esa misma razón. Y sus temores se confirmaron en cuanto constató que la persona que se hallaba ante él no era la princesa, sino su madre.

—¿Qué... qué ha pasado? —balbuceó.

Se avergonzó de inmediato de su reacción. Después de todo, la reina era ahora su general, y él estaba a su servicio. De modo que se envaró sobre su única pierna, cuadró los hombros y mantuvo la vista al frente, adoptando una expresión seria y marcial, tal como se esperaba de él.

Sin embargo, su corazón se estremecía de temor ante las implicaciones de aquella situación.

Esperaba que la reina le encomendase cualquier tarea propia de un soldado o de un sirviente, y se preguntó dónde estaría la muleta que le había proporcionado Felicia y si su madre habría tenido el detalle de llevarla con ella. Se encontraban, por otro lado, en un lugar desconocido, un enorme sótano en penumbra... que parecía un siniestro museo de estatuas inertes.

Apenas había comprendido qué sitio era aquel cuando la reina Asteria llamó por fin su atención.

—¡Oh, Quinto, ha sucedido algo horrible! —exclamó, juntando las manos con nerviosismo—. ¡No sé qué hacer ni a quién más recurrir!

—¿Qué ha ocurrido, mi reina? —preguntó él. Asteria se mostraba desconsolada, y aquello no era propio de ella.

—¡La bruja del castillo ha regresado! ¡La que transformaba a la gente en piedra! Y Felicia…

El corazón del soldado se detuvo un breve instante.

—¿Qué le ha pasado a Felicia? —preguntó, sin poder disimular un punto de pánico en su voz.

—Compruébalo tú mismo —dijo ella, y le señaló un espejo de medio cuerpo recostado contra una de las estatuas.

Quinto se volvió hacia el objeto y se plantó ante él en un par de saltos. Después observó con aprensión su imagen reflejada en la superficie pulida. No había nada de particular en ella, pero hubo algo en el fondo de la escena que llamó su atención: una estatua que representaba a una joven doncella en ropa de dormir.

—No —musitó, horrorizado.

Se inclinó ante el espejo para estudiar con atención los detalles de aquella escultura, incapaz de apartar la mirada de ella, mientras un creciente sentimiento de terror serpenteaba por sus entrañas hasta dominarlo por completo.

—No —repitió.

Por fin fue capaz de separarse del objeto y se dio la vuelta con lentitud, temeroso de descubrir que la imagen que reflejaba no le había mentido.

Y no lo había hecho. Porque a su espalda se hallaba Felicia, congelada en una postura suplicante, con las manos entrelazadas y un gesto de miedo y horror ensombreciendo sus dulces facciones, condenada a unirse a la siniestra colección de estatuas que languidecía en el sótano del castillo.

—La ha petrificado a ella también —sollozó Asteria a su lado.

—No —murmuró Quinto por tercera vez.

Trató de acercarse a la estatua de piedra que una vez había sido su compañera de aventuras, pero tropezó en el intento y cayó de bruces al suelo. Se arrastró, sin embargo, hasta los pies de la escultura y se apoyó en ella para incorporarse. Contempló entonces de cerca el rostro solidificado de la muchacha y se le encogió el corazón al ver una lágrima de piedra que había quedado congelada sobre su mejilla.

—¿No hay nada... que se pueda hacer? —preguntó con un hilo de voz.

—Todas las personas hechizadas de esta habitación siguen convertidas en piedra —dijo la reina tras él—. Ni siquiera la magia de Camelia fue capaz de traerlas de vuelta.

Quinto luchó por no dejarse vencer por el pánico.

—Pero Cornelio... —recordó de pronto—. Cornelio sí fue capaz de liberarse del conjuro, ¿no es cierto?

—Porque Felicia le regaló un beso de amor —le recordó Asteria, y el corazón de Quinto se estremeció, inundado por una oleada de sentimientos contradictorios.

En el pasado, Felicia había estado enamorada de aquel príncipe presuntuoso. Pero, si él la amaba también...

Alzó la cabeza, decidido.

—Entonces hemos de avisar a Cornelio —sugirió—. Él podrá salvarla. Si la besa...

Pero la reina negó con la cabeza.

—Ya lo ha intentado, y no ha dado resultado. Al parecer, no la ama como ella merece —insinuó.

Quinto no se lo discutió, porque secretamente opinaba igual que ella. No obstante, en aquellos momentos el hecho de que Cornelio no fuese digno del amor de Felicia suponía un grave inconveniente.

—¿Qué podemos hacer, entonces? —preguntó—. Vos sois su madre. Tal vez...

—No, Quinto. No será el amor de una madre lo que la traerá de vuelta. Debes besarla tú.

El soldado se volvió hacia la reina para contemplarla con incredulidad.

—¿Yo? Pero...

—Tú la amas, ¿no es verdad?

Las mejillas de Quinto se colorearon sin que pudiese evitarlo.

—Yo...

—¿Quieres que lo comprobemos? Bésala. Besa a mi hija y tráela de vuelta.

El soldado titubeó. Había algo avieso en aquel mandato, tal vez una vibración en el tono de Asteria, o quizá un levísimo gesto de repulsión en su rostro, pero él no se dio cuenta. Porque estaba demasiado alterado como para percibir todos los detalles y porque, después de todo, la reina de Vestur era ahora su general y le había dado una orden.

Y Quinto no podía desobedecerla.

De modo que tomó entre sus manos el frío rostro de la muchacha hechizada y besó con suavidad sus labios de piedra.

De pronto, un manto de mágicos destellos los envolvió a ambos. Quinto se separó un poco de la estatua y contempló, maravillado, cómo aquellas luces fundían la piedra que recubría a Felicia, mientras él trataba de asimilar el hecho de que el contrahechizo había dado resultado... y eso significaba que... sí que estaba enamorado de ella. De verdad.

«No puede ser», pensó. «Solo soy una figura de madera. No puedo amar a nadie». Era lo que maese Jápeto les había dicho a él y a sus hermanos nada más convertirlos en seres de carne y hueso, y lo que les habían repetido los sucesivos generales que habían leído las «Instrucciones de uso» con atención. Los soldados vivificados parecían humanos, pero no lo eran.

«Tal vez yo sea diferente», se le ocurrió.

Contempló con ternura el rostro de su amada, ansioso por verla revivir, sonriendo sin poder evitarlo..., y justo entonces se dio cuenta de que algo iba terriblemente mal.

La piedra se retiraba de su piel, pero los rasgos que descubría no eran los de Felicia.

Quinto retrocedió, alarmado. Tropezó y cayó de espaldas, y desde el suelo contempló con horror cómo la estatua de la muchacha que él conocía se transformaba en una joven de etérea y turbadora belleza, de cabello pelirrojo e inquietantes ojos dorados. Cuando ella lo miró, desplegando tras su espalda una liviana y vaporosa capa de color gris, el joven fue capaz por fin de balbucear:

—Tú... tú no eres Felicia.

Ella movió el cuello y los hombros, tratando de desentumecerlos. Después le dedicó una deslumbrante sonrisa.

—Es evidente —respondió—. No eres el trozo de madera más listo de la caja, ¿verdad? Y, ahora, aparta de mi camino.

Antes de que Quinto pudiese replicar, la bruja hizo un gesto con la mano, como quien espanta una mosca..., y el soldado se vio arrojado con violencia hacia atrás por una fuerza invisible. Se estrelló contra una de las estatuas, derribándola en su caída. La escultura se hizo pedazos contra el suelo, y Asteria dejó escapar una exclamación horrorizada.

Quinto se incorporó a duras penas y sacudió la cabeza, aturdido. Alzó la mirada para contemplar con espanto a la bruja, que avanzaba hacia la reina con gesto triunfal.

—Gracias por tu inestimable ayuda, querida —dijo con una aviesa sonrisa—. Sin ella, jamás habría logrado volver a la vida.

Quinto se volvió para mirar a Asteria, anonadado.

—¿Qué habéis hecho? —musitó.

Pero ella no fue capaz de contestar, porque aún tenía los ojos clavados en la bruja.

—¿Qué va a pasar ahora? —susurró, amedrentada.

—Ahora, mi reina, todos vais a desalojar mi castillo antes de que salga el sol. Si para entonces queda alguno de vosotros bajo mi techo..., lo transformaré en piedra para añadirlo a mi colección —concluyó, con una carcajada cruel.

—¡Pero... pero... teníamos un trato! —protestó Asteria.

—Eso no significa que seamos amigas, mi reina. Tú has cumplido tu parte, y yo te lo agradezco, pero nada más. Ahora, si quieres que yo cumpla la mía..., y, créeme, nadie lo desea tanto como yo..., no volverás a cruzarte en mi camino. ¿Queda claro?

Asteria tragó saliva y asintió. Magnolia sonrió y después, simplemente..., desapareció de allí.

La reina permaneció un momento inmóvil, asimilando lo que acababa de suceder. Después se apresuró a tomar el espejo de mano, que aún pendía de su cinto, y estudió su superficie con ansiedad. Pero esta solo le devolvió su reflejo; el espíritu de la bruja ya no se hallaba atrapado en su interior.

—Majestad..., ¿qué está sucediendo? —dijo entonces Quinto.

Asteria se volvió hacia él. El soldado se había puesto en pie con dificultad y trataba de avanzar hacia ella, apoyándose con cuidado en las estatuas.

—¿Dónde está Felicia? —siguió preguntando él, con creciente angustia—. ¿Está...?

—Está durmiendo en su cama —respondió ella por fin—. A salvo, de momento.

Sacudió la cabeza, asaltada por un mal presentimiento. Dio media vuelta para dirigirse a las escaleras, pero Quinto la llamó de nuevo:

—¡Esperad! La estatua... se parecía mucho a ella. ¿Cómo es posible que yo...?

—La estatua fue Magnolia todo el tiempo —explicó la reina con impaciencia—. Pero la viste primero reflejada en un espejo mágico que te muestra los mayores temores de tu corazón y te hace creer que son reales...

Quinto frunció el ceño. Aquella historia no tenía ningún sentido. La magia del espejo no debería haberlo afectado de ninguna manera. Y, por otro lado...

—¿Me habéis... engañado para que despierte con un beso a una bruja petrificada? —preguntó con incredulidad.

Ella sacudió la cabeza con un resoplido exasperado.

—Mira, no tengo tiempo que perder contigo. He de comprobar si Felicia se encuentra bien.

Quinto trató de seguirla, saltando sobre su única pierna, pero no era lo bastante rápido.

—¡Mi reina! Aguardad, por favor. Llevadme con vos.

Asteria se quedó mirándolo, dubitativa. Después, con un suspiro, dijo:

—Soldado, tu general te da licencia.

Y Quinto volvió a transformarse en una figurita de madera que quedó tendida sobre las húmedas baldosas de piedra.

Asteria la contempló con desagrado y se sintió tentada de abandonarla allí. Finalmente se acercó a ella en cuatro zancadas y se inclinó para recogerla del suelo.

Instantes después corría escaleras arriba, con el corazón encogido de miedo ante la posibilidad de haber cometido un error irreparable.

La bruja ha vuelto

Felicia..., Felicia, despierta.

Oyó la voz apremiante de su madre desde lo más profundo de su sueño, tan lejana que al principio creyó que formaba parte de él. Sus párpados temblaron ligeramente mientras se esforzaba por abrirlos. No lo consiguió, y se hundió de nuevo en su letargo sin el menor remordimiento.

La sacudieron con fuerza, obligándola a luchar de nuevo por despejarse.

—¡Felicia! Tenemos que marcharnos. Es importante.

Ella trató de preguntar: «¿Qué sucede?», pero solo fue capaz de farfullar un sonido ininteligible.

—Voy a despertar a Cornelio. Cuando vuelva, quiero encontrarte ya levantada y vestida. —Felicia consiguió separar un poco los párpados, pero se le volvieron a cerrar enseguida—. ¿Me oyes? La bruja ha vuelto.

«La bruja... ha vuelto...».

Aquellas palabras tardaron unos largos segundos en abrirse paso a través de su adormecida conciencia.

¿La bruja?

Felicia abrió los ojos por fin. Pero estaba tan aturdida que se veía incapaz de hilar sus pensamientos. Cerró los ojos con fuerza y los volvió a abrir, y en esta ocasión le costó un poco menos.

—¿Madre...? —logró musitar.

Sentía la cabeza tan pesada que ni siquiera pudo levantarla del almohadón, pero se las arregló para mirar a su alrededor. La reina ya se había marchado y la puerta del cuarto estaba entornada. Las campanillas aún pendían del pomo, tintineando con suavidad.

«¿Esa puerta no debería estar cerrada?», susurró perezosamente la conciencia de Felicia.

Ella tomó aire e hizo un enorme esfuerzo por incorporarse. La cabeza le daba vueltas, pero cerró con fuerza los ojos y mantuvo su posición semierguida hasta que se sintió mejor. Entonces, ya más despierta que dormida, volvió a inspeccionar su habitación.

Había cerrado con llave la noche anterior, pero la reina se las había arreglado para entrar de alguna manera. Los cascabeles seguían en su sitio, por lo que deberían haber sonado. Pero Felicia no se había enterado.

—¿Por qué? —murmuró.

Tenía la boca seca. Se sentó con torpeza sobre la cama, aún algo aturdida. Oía trajín en alguna parte, alguien se apresuraba pasillo abajo, la voz de su madre llamaba con apremio a Cornelio. Este le respondió un murmullo ininteligible que más bien parecía un gruñido. Felicia pestañeó, aún sin entender lo que estaba sucediendo. Tenía demasiada información que asimilar, de modo que se centró en la puerta abierta. Alzó la mano para buscar a tientas la llave que debía pender de su cuello.

Y no la encontró.

Se palpó la nuca con dedos temblorosos en busca de la cadena de oro. Al constatar que no la llevaba, buscó entre las sábanas con creciente alarma. Retiró el almohadón para ver si la llave se había deslizado debajo. Pero no había nada.

Volvió a colocar el almohadón en su sitio, dispuesta a levantarse para mirar bajo la cama. Tardó unos segundos en darse cuenta de que le faltaba algo más.

Su corazón se detuvo un instante.

—No —susurró.

Apartó de nuevo el almohadón.

El soldadito de madera no se encontraba allí.

—No, no, no…

Felicia revolvió las sábanas frenéticamente, sin resultado. Se levantó de la cama con cierta torpeza, tropezó y cayó de bruces sobre el suelo de la habitación con un gemido de dolor. Aprovechó para echar un vistazo debajo de la cama… solo para constatar que ninguno de sus preciados tesoros se hallaba allí.

La puerta se abrió del todo con un tintineo de campanillas.

—¿Qué haces en el suelo? ¿Todavía no te has vestido? —Felicia fue incapaz de responder a las preguntas de su madre. Se limitó a mirarla con desolada incomprensión—. Voy a llamar a una doncella para que te ayude. Si no eres capaz de valerte por ti misma...

—¿Dónde está Quinto? —pudo decir ella por fin, con voz temblorosa.

—¿Quinto? No lo sé. Pero no podemos perder el tiempo con eso ahora.

—¿Cómo has entrado aquí? ¿Y mi llave?

Según iba formulando preguntas, la mente de Felicia se iba aclarando cada vez más. La reina la contempló desde la puerta con expresión indescifrable.

—Todo eso no tiene importancia ahora —replicó con frialdad—. ¿No me has oído? La bruja ha regresado. Tenemos que abandonar el castillo cuanto antes.

—Pero... —Felicia frunció el ceño, tratando de pensar—. Pero estaba convertida en piedra. En el sótano. Tras una puerta cerrada que nadie podía abrir.

—¿Quién sabe hasta dónde pueden llegar los oscuros poderes de una bruja? —se limitó a responder Asteria, encogiéndose de hombros—. Lo que está claro es que cometimos una gran imprudencia viniendo aquí. Este es un castillo maldito y siempre lo será. Y ahora...

La reina no pudo terminar la frase. Porque en aquel momento resonó por todos los rincones de la fortaleza una voz femenina, profunda y aterciopelada, pero también inequívocamente perversa:

—Vosotros, mortales que habéis ocupado mi morada: si en algo valoráis vuestras vidas, acudid a mi encuentro en el salón principal.

Asteria se estremeció.

—Ya no nos queda tiempo —dijo—. Está bien; si has de volver a Vestur en ropa de dormir, que así sea.

—Pero... pero... —balbuceó Felicia.

Su madre no se detuvo a escucharla. La aferró de la mano y tiró de ella hasta ponerla en pie. Después la arrastró hacia la puerta sin miramientos y la empujó afuera de la habitación, a pesar de sus reservas.

En el pasillo se reunieron con el resto de los habitantes del castillo. Cornelio estaba apoyado contra la pared, parpadeando con gesto adormilado, como si no hubiese terminado de despertarse todavía. Los sirvientes se volvieron hacia su reina, atemorizados.

—¡Majestad! —exclamó la cocinera, muy angustiada—. ¿Qué vamos a hacer ahora?

—Nos reuniremos con ella —respondió Asteria—. Si hacemos lo que dice, cumplirá su palabra.

Los criados no parecían muy convencidos, pero nadie replicó.

Felicia se aferró con fuerza al marco de la puerta.

—No voy a ir a ninguna parte —insistió—. No hasta que encuentre a Quinto.

Cornelio alzó la cabeza para mirarla, un tanto desorientado.

—¿Quinto? —repitió. Se volvió hacia la reina—. ¿Qué ha pasado con la llave... y con la puerta del sótano? ¿Por qué... por qué ha vuelto la bruja?

—No hay tiempo... —empezó Asteria, pero Felicia plantó los pies en el suelo y le dirigió una mirada desafiante.

—No pienso moverme de aquí hasta que me expliques lo que está sucediendo.

Asteria suspiró de nuevo.

—No tengo la menor idea —replicó—. Pero no conseguirás encontrar a Quinto si la bruja te convierte en una estatua de piedra. —Felicia pestañeó, considerando aquella perspectiva—. Así que, si de verdad tienes interés en recuperarlo..., volverás conmigo a Vestur sin la menor discusión. ¿Ha quedado claro?

La tomó de la mano, y en esta ocasión Felicia, angustiada, no se resistió.

A través del espejo

Cuando los pies descalzos de Felicia pisaron las baldosas del gran salón, la muchacha empezó a asimilar por fin que todo aquello no formaba parte de una extraña y horrible pesadilla.

Porque allí estaba la bruja, de pie ante un enorme espejo de cuerpo entero, sonriendo al grupo como una perfecta anfitriona. La última vez que Felicia la había visto, Magnolia se hallaba petrificada en un sótano cuya puerta solo podía abrirse con una llave especial. La misma que ella había perdido aquella noche.

Y el soldadito de madera había desaparecido también.

La reina había dicho que ignoraba a dónde habían ido a parar ambas cosas, pero ¿y si le había mentido? Sacudió la cabeza, incapaz de creer que su propia madre fuese capaz de hacer algo así.

No obstante, ¿quién más sabía de la existencia de la llave y la figurita, aparte de ellas dos y de Cornelio?

Le dirigió una mirada llena de angustia.

—Madre, ¿qué has hecho? —susurró.

Pero Asteria se limitó a llevarse un dedo a los labios.

—Mis inoportunos visitantes mortales —estaba diciendo la bruja—: habéis ocupado mi castillo sin la menor consideración, como si os perteneciese por derecho. Sin embargo, soy mucho más comprensiva de lo que la gente piensa, y puedo llegar a mostrarme benevolente. Soy consciente de que mi... indisposición transitoria... ha llevado a confusión a muchos de vosotros. Por eso os doy la oportunidad de marcharos sin consecuencias.

Con un solo gesto de su mano, la imagen del espejo cambió... para mostrar el patio principal del castillo de Vestur, vacío y silencioso bajo la noche estrellada.

Un murmullo de asombro recorrió el grupo.

—Regresad a casa ahora —ordenó Magnolia; la sonrisa desapareció de su rostro y sus ojos dorados relampaguearon de ira—, antes de que cambie de idea.

Dirigió una larga mirada a Cornelio, que se estremeció un momento, recordando las circunstancias de su último encuentro. Por fin, el joven alzó la mirada, decidido, y avanzó unos pasos. Bajo la supervisión de la bruja, alargó la mano hacia el cristal. Sus dedos pasaron a través del espejo como si estuviese hecho de agua.

El príncipe retiró la mano y se volvió hacia los demás.

—Parece seguro —anunció.

Pero nadie se movió. Los criados seguían contemplando el espejo con desconfianza, y Cornelio anunció:

—Iré yo primero.

Y tras dirigir a Magnolia una mirada suspicaz, atravesó el cristal encantado.

Los demás lo vieron aparecer de pronto en la imagen del espejo, en pie sobre las baldosas del patio, mirando a su alrededor con asombro.

—¿Alguien más? —los invitó la bruja—. Apresuraos, mortales. Tengo trabajo que hacer.

Uno de los criados se atrevió por fin a cruzar el espejo. Tras un momento de vacilación, los demás lo siguieron. La doncella más joven, sin embargo, se quedó parada, incapaz de avanzar. La cocinera trató de empujarla hacia el cristal, pero la muchacha se resistió, atemorizada.

Magnolia suspiró con impaciencia y alzó la mano hacia ella.

Una luz cegadora cubrió a la doncella e hizo retroceder a la cocinera con un grito de alarma. Cuando volvieron a mirar, todos comprobaron, horrorizados, que la joven se había transformado en una estatua de piedra.

Felicia dejó escapar una exclamación de horror.

—¿Alguien más desea quedarse conmigo en el castillo? —preguntó la bruja con indiferencia.

Todos se precipitaron hacia el espejo; hubo un breve forcejeo cuando varias personas trataron de pasar a la vez, pero finalmente fueron cruzando, una tras otra, sin atreverse a mirar atrás.

Las últimas fueron Asteria y Felicia. La princesa no podía apartar la mirada de la pobre doncella petrificada. La reina la empujó con suavidad hasta el cristal encantado, pero ella se detuvo un momento, dudosa. Se resistía a abandonar el castillo sin averiguar qué había sido de Quinto.

Por otra parte, si sus sospechas eran ciertas y su madre estaba detrás de todo aquello…, no debía perderla de vista. De modo que inspiró hondo, dio un paso al frente y pasó al otro lado del espejo.

Cuando su hija ya no podía oírla, Asteria se volvió hacia la bruja.

—Me prometiste… —le recordó, con voz ligeramente temblorosa.

—Sé lo que prometí —interrumpió Magnolia—. Y, ahora, fuera de mi castillo. Tendrás que confiar en mi palabra, mi reina. Igual que yo di por sentado que tú cumplirías la tuya.

Asteria vaciló un momento, aún no del todo convencida. Finalmente asintió y cruzó el espejo para reunirse con el resto del grupo.

En cuanto lo hizo, la imagen del castillo de Vestur desapareció de su superficie. Magnolia dejó escapar un profundo suspiro de alivio y cerró los ojos un instante para disfrutar del silencio. Después los abrió de nuevo.

—Ha llegado la hora de ocuparnos de las cosas importantes —dijo, con una siniestra sonrisa.

Noche de insomnio

El rey de Vestur no podía dormir. Hacía años que tenía el sueño ligero, inquieto y atormentado debido a la pérdida de su hija, pero en las últimas noches, desde que Felicia había desaparecido por segunda vez, había comenzado a padecer, además, un insomnio pertinaz.

De modo que se había levantado de madrugada para entretener sus pensamientos en tareas más productivas. Todavía no había enviado al soldado vivificado de la reina (Tercero, había dicho que se llamaba; a Simón aún le sorprendía que tuviese nombre) de regreso al castillo de los espinos, porque tenía la sensación de que su esposa deseaba que le informase con detalle acerca de los compañeros de viaje de Felicia. Él, no obstante, no tenía mucho que contar. Los Buscadores llevaban ya un par de días alojados en el castillo de Vestur, pero no había detectado en ellos ninguna clase de actividad sospechosa. Fabricio pasaba las horas encerrado en la biblioteca, y Rosaura, en las cocinas, de donde Verena trataba de sacarla una y otra vez, con escaso éxito. A Simón le habían contado que la joven estaba bajo los efectos de una maldición que la obligaba a dedicarse a las tareas domésticas sin apenas darse cuenta, cosa que él encontraba bastante insólita. El ama de llaves, por el contrario, estaba encantada con ella y ya había preguntado si podían incorporarla al servicio.

—Eso lo decidirá la reina cuando regrese —se limitó a responder Simón, un tanto perplejo.

A Arla, por otro lado, se la veía poco en el castillo. Entraba y salía a menudo, y el rey sabía que le gustaba rondar por los barracones donde se alojaban las tropas que aguardaban la llegada del ejército de las hadas. A veces desafiaba a los soldados o combatía con ellos por deporte, como si fuese uno más. Simón sabía que la valerosa joven era tan buena con la espada como cualquiera de ellos; pero, si todo salía como estaba previsto, ni siquiera sus propios hombres entrarían en la batalla. Cuando llegase el momento, los soldados vivificados se encargarían de todo.

Lo más destacable de los cuatro Buscadores era, en opinión del rey de Vestur, que todos ellos hablaban de Felicia con profundo afecto. Parecía que realmente habían establecido vínculos de amistad con ella, por lo que, cada día que pasaba, Simón comprendía menos la desconfianza que traslucía el mensaje de Asteria.

Así que decidió aprovechar aquella noche de insomnio para responderle por fin, en una carta en la que le hablaba con detalle de los nuevos amigos de su hija y le preguntaba sin rodeos qué era exactamente lo que quería que hiciese con respecto a ellos. Al amanecer se la confiaría a Tercero para que la entregase a la reina en el castillo de los espinos.

Estaba terminando de redactar la misiva a la tenue luz del candil cuando oyó voces sorprendidas desde el patio. Alzó la cabeza con inquietud. ¿Había llegado ya el momento de defender Vestur del ejército de la reina de las hadas?

Se apresuró a asomarse a la ventana para descubrir qué era lo que había alertado a los guardias. Y se le detuvo el corazón un breve instante al ver a las personas que acababan de llegar al castillo… y al reconocer a dos de ellas en concreto.

Se precipitó fuera de la habitación antes de darse cuenta de que aún se encontraba en ropa de dormir. Dominando su impaciencia, se obligó a sí mismo a volver a entrar en la alcoba para vestirse. Por mucho que deseara abrazar a su esposa y a su hija, no era adecuado que el soberano de Vestur se presentase en público de aquella guisa.

Instantes después bajaba con prisas por la escalera, ya correctamente vestido. En el vestíbulo se cruzó con el chambelán.

—¡Majestad! Subía a despertaros, porque traigo una buena nueva: ¡la reina y la princesa han regresado!

—Lo sé, las he visto por la ventana —respondió Simón sin detenerse.

—Ha sido muy repentino —siguió diciendo el chambelán—. Ni

siquiera han franqueado la puerta principal, por lo que los guardias no las han visto llegar.

El rey se paró en seco.

—¿Cómo dices?

—Al parecer, se han... materializado en el patio sin más, junto con el príncipe Cornelio y el resto de sus acompañantes. Los sirvientes que la reina se llevó consigo a su... expedición.

—Materializado —repitió Simón.

Aquel detalle le recordaba a la forma en la que se habían presentado en el castillo los emisarios de la reina de las hadas, apareciendo de la nada sin que los guardias pudiesen evitarlo. Se preguntó, con una punzada de inquietud, si aquellas personas serían realmente quienes decían ser. Tal vez se tratase de un engaño de sus enemigos.

Fuera como fuese, debía averiguarlo cuanto antes. De modo que prosiguió su camino sin añadir nada más.

De vuelta en casa

Estamos... en Vestur? —preguntó Felicia, aún un tanto aturdida.

Miró a su alrededor en busca del espejo que acababa de atravesar, pero no lo encontró. Localizó, sin embargo, a los sirvientes del castillo de los espinos. Se mostraban muy aliviados por haber regresado a casa. La cocinera sollozaba sin poderse controlar.

Cornelio acudió a su lado de inmediato.

—¡Felicia! ¿Tú entiendes lo que está pasando?

—¿No lo sabes tú? —replicó ella—. ¿Quién me robó la llave mágica y la usó para entrar en la sala de las estatuas?

El príncipe la miró con cautela.

—No lo sé. Yo estaba profundamente dormido y, cuando me he despertado..., la bruja ya había tomado el control del castillo.

Felicia tuvo la sensación de que mentía o, al menos, no le estaba contando toda la verdad.

De pronto, la reina Asteria apareció junto a ellos.

—Majestad —murmuró Cornelio, muy aliviado.

Ella no le prestó atención. Se volvió para mirar atrás, pero no halló el espejo que acababa de atravesar. Clavó entonces la mirada en su hija y le sonrió.

—Ya está —dijo, con un suspiro—. Ya estamos de vuelta en casa.

Alargó la mano hacia ella, pero Felicia retrocedió por instinto.

—Quiero que me devuelvas mi llave. Y a Quinto.

Cornelio las contempló a las dos con curiosidad.

—Quinto —repitió en voz baja.

La reina no le prestó atención.

—No me hables en ese tono, Felicia. Además, ¿qué te hace pensar que los tengo yo?

Ella le sostuvo la mirada. Iba a replicar, pero en aquel momento se les acercaron los guardias, alarmados ante la repentina aparición de toda aquella gente, y Asteria se adelantó para explicarles la situación. Felicia sintió que Cornelio se situaba a su lado.

—Ya no necesitas a tu escolta, porque estás de nuevo a salvo, en casa —señaló él—. Y yo sigo a tu lado para protegerte.

Le tomó la mano, pero ella se apresuró a apartarla. Rehuyendo su mirada, Felicia se volvió hacia los criados.

—Estamos a salvo, en casa —les dijo, repitiendo las palabras de Cornelio—. Id a descansar. Ha sido una larga noche.

—Gracias, princesa —sollozó la cocinera.

Ella le sonrió con gentileza. Entonces divisó a su padre, que salía a su encuentro seguido del chambelán.

—¡Asteria! ¡Felicia! —exclamó el rey.

Se reunió con ellas, contemplándolas como si no pudiese creer lo que veían sus ojos.

—Hemos vuelto, Simón —anunció la reina con una suave sonrisa.

Él la abrazó y la besó con entusiasmo. Después estrechó a Felicia con fuerza.

—Cómo me alegro de que estéis en casa —dijo con voz ronca—. ¿Qué ha sucedido? Sebastián me ha contado que habéis aparecido de repente —añadió, señalando con un gesto al chambelán, que inclinó la cabeza ante ellos con deferencia.

Asteria cruzó una rápida mirada con Cornelio.

—Será mejor que hablemos de todo ello en privado —sugirió.

—Por supuesto —concedió el rey—. Pero ¿no queréis descansar un poco primero?

—No —intervino Felicia—. Este asunto no puede esperar más.

Simón se quedó mirándolos, intrigado. Finalmente asintió, conforme.

Una noticia muy infortunada

Cómo es posible que la bruja haya regresado? —preguntó Simón, desconcertado—. ¿No se había transformado en una estatua de piedra?

—Y estaba encerrada en un sótano en el que nadie podía entrar —añadió Felicia, cruzándose de brazos—. Pero yo tenía una llave mágica que era capaz de abrir la puerta... y que, misteriosamente, ha desaparecido esta noche —añadió, lanzando una mirada acusadora a su madre.

—No sé qué pretendes insinuar —replicó Asteria con frialdad.

—Sabes muy bien de qué estoy hablando. —La reina no respondió, y Felicia insistió—: Es mía. Fue un regalo de las hadas, y me la entregaron a mí. Devuélvemela. Y también a Quinto —añadió—. Estoy bastante segura de que lo tienes tú.

—¿Quinto? —intervino el rey con curiosidad.

—Es el escolta de Felicia —aclaró Cornelio—. Un soldado con una sola pierna. Ella...

—Sé quién es Quinto —cortó Simón—. ¿Qué ha pasado con él?

—¿Lo sabes? —se sorprendió Felicia.

Su padre asintió.

—Tus compañeros de viaje me hablaron de él. Así que sí, sé que te lo llevaste en tu... aventura. Que, por cierto, emprendiste sin avisar y sin contar con nadie más. Durante todo ese tiempo tus padres no hemos sabido nada de ti. ¿En qué estabas pensando, Felicia? —le reprochó.

Ella bajó la cabeza, un tanto avergonzada.

—Necesitaba saber si Camelia sigue viva —murmuró—. Si es así, la reina de las hadas ya no tendrá motivos para atacar Vestur, y entonces...

—¿Y la has encontrado?

Felicia tragó saliva.

—No —confesó—. Aunque sí que logré dar con Ren, y él me confirmó que Camelia sobrevivió a... la quema. Pero no pude verla a ella y no tengo modo de demostrar que sea cierto. Lo siento —musitó, aún con la vista baja.

Simón cerró los ojos un momento. La posibilidad de que su hada madrina continuase con vida sembraba inquietantes posibilidades en lo más profundo de su alma. Pero ahora no tenía tiempo para lidiar con ellas.

—No importa. Nos enfrentaremos a las hadas y defenderemos el reino. Y eso me lleva de nuevo a tu escolta. ¿Asteria?

Ella dudó un momento. Finalmente suspiró.

—Aquí está —respondió, extrayendo la figurita de madera de entre los pliegues de su vestido.

Felicia lanzó una exclamación indignada y se quedó mirando a su madre, aún sin poder asimilar que sus sospechas hubiesen resultado ser ciertas, después de todo.

—¡Sabía que lo tenías tú! —exclamó, dolida—. ¡Me has mentido!

Pero ella se limitó a responder:

—Lo he hecho por tu bien, hija.

La muchacha se precipitó hacia la reina para arrebatarle el soldado, pero ella fue más rápida y lo depositó en las manos del rey.

—Devuélvemelo, por favor —le pidió Felicia.

Simón examinó el soldadito cojo con curiosidad.

—Este Quinto... ¿ha sido un buen escolta, a pesar de la pierna que le falta? —preguntó.

—El mejor —respondió ella; tragó saliva, luchando por dominar su emoción.

Simón paseó la mirada desde su hija hasta la reina, que le dirigió un gesto significativo, y de ella a Cornelio, que contemplaba a Felicia con expresión sombría y los puños apretados.

—Si es un buen soldado —dijo por fin, escogiendo con cuidado sus palabras—, quizá cometimos un error al descartarlo tan deprisa para la batalla. Debería regresar al ejército y prepararse para luchar junto con los demás contra las fuerzas de la reina Crisantemo.

—¡Pero... es mi escolta! —exclamó Felicia—. No quiero que se una al ejército. Quiero que siga siendo mi protector, como hasta ahora.

Asteria carraspeó con discreción. Simón le dirigió a su hija una mirada suspicaz.

—Entiendo que ha realizado una labor excelente como escolta durante tu viaje, Felicia. Y, por ello, cuenta con mi... ejem... gratitud. Pero has vuelto a casa y estás de nuevo a salvo entre nosotros. Ya no necesitas un protector.

Felicia golpeó el suelo con el pie descalzo, frustrada.

—¡No estoy pidiendo un protector cualquiera! ¡Lo quiero a él! ¿Tengo que recordarte que esos soldados me pertenecen? ¡Me los regalaron a mí!

—Felicia, estamos bajo amenaza de guerra; esos soldados son ahora propiedad de Vestur y estarán al servicio de un bien mayor para defendernos a todos —replicó Simón con mayor severidad—. Y es tu obligación, como princesa heredera, anteponer la seguridad del reino a tus propios intereses.

Ella desvió la mirada, abatida. Sabía, en el fondo, que su padre tenía razón.

—Por tanto, el soldado Quinto se unirá al ejército de Vestur para luchar en la guerra contra las hadas, como todos los demás —concluyó él—. Y es mi última palabra.

La muchacha contempló, afligida, cómo la figurita de madera desaparecía en el interior de uno de los bolsillos de su padre. Percibió también el suspiro aliviado de la reina.

Cornelio se inclinó ante ellos.

—Si me lo permitís, majestades, la misión que me encomendasteis me ha mantenido alejado de los asuntos de la guerra que se avecina. Pero nunca he dejado de ser consciente de mi deber como Duque Blanco de Vestur y, por ello, pongo también mi espada a vuestro servicio.

—Gracias, Cornelio. No obstante...

Unos suaves golpes en la puerta interrumpieron al rey.

—Adelante —dijo, y la rubia cabeza de Verena se asomó a la estancia.

—Majestad, hemos oído que la reina y la princesa... —empezó ella—. ¡Oh! ¡Felicia! —exclamó al verla, con una amplia sonrisa.

La puerta se abrió del todo, y los Buscadores entraron en la sala, con la excepción de Arla.

—¡Verena! ¡Rosaura! ¡Fabricio! —respondió la muchacha, encantada de volver a verlos.

Corrió a su encuentro, y los cuatro se fundieron en un abrazo.

—¿Por qué vas así vestida? —preguntó Verena—. ¿Te ibas a dormir ya, sin dignarte a saludar a tus amigos?

Felicia rio.

—Es una larga historia.

—¿Es verdad… que la bruja del castillo de las estatuas ha regresado? —preguntó entonces Rosaura, con inquietud.

—Me temo que sí, y ha recuperado todos sus poderes. Petrificó a una de las doncellas y nos amenazó con hacernos lo mismo al resto si no nos marchábamos de inmediato. Después, nos envió a todos de regreso a Vestur.

Rosaura sacudió la cabeza con incredulidad.

—Pero ¿cómo ha pasado? Yo estaba allí cuando Ren transformó a la bruja en piedra. Camelia dijo que era algo que ya no se podía cambiar y que, al igual que el resto de las estatuas del sótano, estaba condenada a permanecer así para siempre.

—Hay un contrahechizo, pero aún me cuesta creer que pudiese funcionar precisamente con ella. —Felicia dirigió a la reina una mirada acusadora—. ¿Tú entiendes acaso cómo ha podido suceder?

Asteria se encogió de hombros, impasible.

—No tengo la menor idea.

La princesa entornó los ojos, pero no insistió.

—Yo tampoco comprendo nada —manifestó entonces el rey—. Felicia, partiste en busca de una bruja que podía no estar muerta, a pesar de todos los indicios que sugerían lo contrario. Pero se trataba de Camelia, no de…

—Magnolia —lo ayudó ella.

—La conozco. Su regreso es una noticia muy infortunada para todos.

—No nos hará daño si no la molestamos —dijo Asteria.

—¿Cómo puedes estar tan segura?

—Porque podría habernos convertido a todos en piedra y, sin embargo, nos dio la oportunidad de escapar. Nos quería fuera del castillo, eso es todo.

—Madre, no está bien transformar a la gente en piedra o en animales —protestó Felicia.

—Tampoco está bien secuestrar a los bebés y mantenerlos recluidos durante años en un castillo con una muralla de espinos que ataca a todo el que osa acercarse —le recordó ella con frialdad—. Pero tú siempre has disculpado a Camelia por todo lo que hizo. Para mí, tu «madrina» no es mejor que la bruja de los espejos. Solo utilizan armas diferentes.

Pero el rey alzó la mano para detener la conversación.

—No vale la pena que discutamos por ello ahora. Lo importante es que nos encontramos todos a salvo en el castillo, por el momento. Pero mi esposa y mi hija sin duda estarán agotadas después de tantas emociones. Sugiero que vayamos todos a dormir y volvamos a reunirnos mañana, a la luz del día, después de que hayamos descansado.

A buen recaudo

Simón abrió el cofre de los soldaditos de madera y echó un vistazo al interior, pensativo. Todas las figuras estaban correctamente colocadas en sus respectivos lugares, salvo dos. Uno de los huecos correspondía a Tercero, el escolta que solo obedecía órdenes de la reina. El otro era el de Quinto, el soldado con una sola pierna.

El rey lo sacó del bolsillo y lo examinó con curiosidad. A simple vista, la figura era idéntica a las demás, con la única diferencia de la extremidad que le faltaba. Se preguntó cómo la habría perdido. Conocía lo bastante acerca de la naturaleza de aquellos objetos como para saber que, bajo su forma de soldados vivificados, eran prácticamente invencibles. De modo que Quinto debía de haberse roto en uno de los momentos en que no era más que una figura de madera.

No obstante, había desempeñado un buen papel como escolta de Felicia. Simón no necesitaba que ella se lo confirmara: el hecho de que hubiese regresado a casa sana y salva, a pesar de los peligros a los que debía de haberse enfrentado por el camino, era suficiente prueba para él.

Se sintió tentado de invocar a Quinto para interrogarlo acerca del viaje de Felicia, pero desechó la idea. Sabía que ella lo echaba de menos. Sospechaba que se estaba encariñando con él, a pesar de las advertencias de maese Jápeto. Así que lo mejor que podía hacer por su hija era guardar aquel soldado de madera a buen recaudo hasta que ella se olvidara de él. Probablemente ni siquiera haría falta vivificarlo para combatir contra el ejército de las hadas; sus once compañeros bastarían para defender el reino.

Simón devolvió la figurita al cofre.

Oyó un suave carraspeo tras él y se volvió con un respingo.

Arla se encontraba junto a la puerta de su alcoba, completamente vestida a pesar de lo tardío de la hora. Simón cerró el cofre y se puso en pie para recibirla.

—¿Arla? ¿Qué sucede?

Ella inclinó la cabeza.

—Lamento perturbar vuestro descanso, majestad. Dicen que la princesa ha regresado.

—Sí, es cierto. Ella y su madre han vuelto a Vestur sanas y salvas.

Arla sonrió.

—Me alegra saberlo. —Dudó un momento y añadió, en voz más baja—: Ella era lo único que me retenía aquí. Ahora que sé que se encuentra de nuevo en casa, a salvo, puedo proseguir mi búsqueda con la conciencia tranquila.

—¿Os marcháis, pues?

Ella asintió.

—Os ofrecí mi espada en la guerra que se avecina, y vos tuvisteis a bien declinar mi propuesta. Pensé entonces que debería haber acompañado a Felicia en su viaje a través del bosque embrujado, y me sentí culpable por haber permitido que se fuera sola. Estaba dispuesta a partir en su busca en caso de que fuese necesario; pero, puesto que también ella ha regresado sin mayor complicación, entiendo que ya no hace falta.

—Sois bienvenida en mi castillo, como bien sabéis.

—Lo sé, y os lo agradezco. No obstante, he demorado ya demasiado mi misión, así que mañana mismo reuniré a mi gente y reanudaremos nuestro viaje.

Simón tenía entendido que Arla luchaba por liberar su reino de un usurpador, pero ella nunca le había dado muchos detalles al respecto. No le extrañaba, sin embargo. Sabía que algunos héroes juraban no revelar su identidad ni los pormenores de su misión hasta que lograban cumplirla. Por alguna razón, aquel tipo de votos eran aún más comunes entre las mujeres que tomaban las armas.

De modo que se limitó a asentir, sin más. Estaba a punto de desearle buena suerte en su empresa cuando, de pronto, oyó un revuelo procedente del exterior.

—¿Qué pasa ahora? —murmuró con un suspiro de cansancio.

Se asomó a la ventana de su alcoba por segunda vez aquella interminable noche. Y su corazón se detuvo un breve instante.

Porque en el patio principal, cubierto ahora por una extraña bruma sobrenatural, se hallaba de nuevo el caballero feérico que, semanas atrás, había transmitido a los reyes de Vestur la declaración de guerra de la reina Crisantemo.

Y eso solo podía significar que había llegado por fin el momento de enfrentarse a ella.

Hasta la victoria final

Vengo en nombre de su graciosa, magnífica y espléndida majestad la reina Crisantemo, soberana del país de las hadas —anunció el caballero una vez más.

En esta ocasión se hallaba solo, sin comitiva que lo acompañase. O bien lo que debía decir no tenía tanta importancia…, o bien la reina de las hadas ya no se molestaba en exhibir su poderío ante los mortales.

El rey de Vestur se adelantó para recibirlo. Bajo las primeras luces del alba, que comenzaban a asomar tras el horizonte, la armadura del emisario lanzaba destellos de plata.

—Oigamos su mensaje —dijo Simón.

El caballero alzó la cabeza con orgullo y proclamó:

—Se hace saber a los reyes de Vestur que su graciosa, magnífica y espléndida majestad la reina Crisantemo, soberana del país de las hadas, les da una última oportunidad de rendirse antes de que su ejército arrase este reino hasta los cimientos. Si los reyes de Vestur aceptan el dominio del país de las hadas y ofrecen sus propias cabezas para aplacar la furia de su soberana, el resto de sus súbditos serán perdonados y las huestes de la reina Crisantemo se retirarán sin alzar las armas.

»Este es el mensaje que su graciosa, magnífica y espléndida majestad la reina Crisantemo, soberana del país de las hadas, transmite a los reyes de Vestur con el deseo de que actúen con sensatez y sabiduría. De lo contrario, el ejército de las hadas atacará este reino y todos sus habitantes sufrirán las consecuencias de las bárbaras acciones de sus dirigentes.

El emisario calló, aunque el eco de sus últimas palabras aún resonó unos instantes en el patio del castillo. A aquellas alturas ya se había reunido allí una pequeña multitud, y todos se volvieron para observar a su rey, sobrecogidos.

Simón apretó los dientes. Por un momento estuvo tentado de aceptar la oferta de la reina Crisantemo, pero solo si ella accedía a perdonar la vida de Asteria. Después se dijo que las hadas eran seres volubles y engañosos, y que uno no podía fiarse de sus promesas. Y, por último, pensó en el cofre donde guardaba su extraordinario ejército de soldaditos de madera.

Alzó la cabeza para lanzar al caballero una mirada desafiante.

—Vestur no se rendirá —anunció—. Podéis comunicar a vuestra reina que acudiremos a la batalla y que lucharemos hasta la victoria final.

Hubo murmullos inquietos y exclamaciones de angustia. El emisario del país de las hadas clavó sus ojos almendrados en el rey de Vestur, pero este le sostuvo la mirada sin pestañear.

—Habéis firmado vuestra sentencia de muerte, majestad —dijo por fin—. Y también la de todo vuestro reino.

—Que así sea —se limitó a responder Simón.

El emisario sacudió la cabeza con cierta perplejidad.

—Que así sea —convino—. Acudid, pues, con vuestro ejército a la pradera que se extiende al otro lado del río dentro de tres días, al amanecer. Las huestes del país de las hadas os aguardarán allí, prestas a castigar vuestra criminal insolencia.

—Allí estaremos —se limitó a responder Simón.

El emisario le dirigió una mirada indescifrable. Después volvió grupas y se alejó al paso hacia la puerta principal.

—¡Aguardad! —exclamó entonces una voz—. ¡Esperad un momento, os lo suplico!

Felicia se abrió paso entre la multitud. Seguía en camisón, aunque ahora llevaba los pies calzados con unas zapatillas de raso. Su padre trató de retenerla cuando pasó a su lado, pero no lo consiguió.

—¡Felicia! ¿A dónde vas?

Ella no lo escuchó. Siguió corriendo hasta el caballero feérico, que se había detenido a esperarla y la observaba con gesto impenetrable.

—Por favor —jadeó la muchacha en cuanto se detuvo ante él—.

Por favor, decid a vuestra reina que no es necesaria esta guerra. Camelia sigue viva. No hay ninguna afrenta que castigar.

El emisario arqueó una de sus finas cejas.

—¿De veras? ¿No fue ella quien ardió en la hoguera hace unos días, condenada a muerte por los reyes de Vestur?

Habían pasado varias semanas, en realidad, pero a Felicia no le extrañó la confusión del caballero. Al fin y al cabo, el tiempo discurría de forma diferente para los habitantes del país de las hadas.

—Sí, pero no murió. Se las arregló para escapar y ahora está a salvo en el Bosque Ancestral.

—¿De veras? —repitió el mensajero—. ¿Acaso la has visto tú, muchacha?

Ella enrojeció.

—No, pero…

—Entonces, ¿cómo sabes que sigue viva?

—Me lo dijo… me lo dijo Ren, el zorro.

El emisario echó la cabeza atrás y dejó escapar una carcajada pura y cristalina como un manantial. Felicia se sonrojó.

—Sé que decía la verdad —insistió.

—Tus esfuerzos por salvar tu reino son encomiables, joven mortal. Pero no lograrás confundirnos con tus mentiras.

—No son…

—Huye aún mientras puedas, princesa —concluyó él—. Si quieres tener alguna posibilidad de escapar de la ira de nuestra reina…, más te vale no cruzarte en su camino cuando se presente aquí con su ejército para hacer justicia.

Y, dicho esto, picó espuelas y se alejó de Felicia. Poco a poco, sus contornos se fueron difuminando en la neblina matinal, hasta que él y su corcel desaparecieron por completo.

Una misión que cumplir

Los instantes siguientes fueron confusos para todo el mundo. Los que aún seguían durmiendo en el castillo fueron despertados de inmediato ante las ominosas noticias del emisario de la reina Crisantemo. Felicia sabía que sus padres no albergaban dudas acerca de la victoria de su ejército, pero no tenían modo de transmitir su confianza a sus súbditos sin desvelar la naturaleza de los soldados de madera. Pronto, la noticia del inminente ataque del ejército de las hadas corrió como la pólvora, primero por el castillo, luego por la ciudad. Y los reyes se encontraron con el problema de que no solamente debían preparar sus tropas para la batalla que se avecinaba, sino también organizar la evacuación de aquellos que deseaban huir a un lugar más seguro. La primera oleada de vesturenses aterrorizados había escapado de la ciudad tiempo atrás, después de la visita de los emisarios feéricos. El resto había optado por aguardar el desarrollo de los acontecimientos, con la esperanza de que los reyes lograsen encontrar una solución diplomática al conflicto. No obstante, ahora que había una fecha señalada para el inicio de la guerra, todos comprendían que el peligro era muy real y que ya no podían esperar más.

Felicia recorría el patio del castillo, aturdida. Se negaba a aceptar que su viaje no había servido para nada, y no confiaba tanto como sus padres en que el ejército vivificado fuese a resolver todos sus problemas. Era bastante posible que Quinto y sus hermanos venciesen en la batalla, sí, pero ¿cómo reaccionaría entonces la reina Crisantemo? ¿Aceptaría su derrota y se retiraría, sin más? ¿Reclamaría otra clase de compensación por la muerte de Camelia? Y, si seguía exigiendo la cabeza de sus padres... Y, si hallaba el modo de obtenerla..., ¿qué podría hacer ella al respecto?

Mientras se cuestionaba a sí misma por su papel como princesa de Vestur en los acontecimientos que estaban por llegar, Felicia localizó a Arla, que se dirigía a la entrada del castillo llevando de la brida a su caballo cargado. Corrió para alcanzarla.

—¡Felicia! —dijo ella en cuanto la vio—. Me habían dicho que estabas de vuelta. Me alegro mucho de que te encuentres bien.

—¿Te... marchas? —preguntó la muchacha a su vez.

Arla sonrió.

—Nada me retiene aquí. —Miró a su alrededor, al patio del castillo lleno de gente que se apresuraba de un lugar a otro—. Ofrecí mi espada a tu padre en la guerra contra las hadas, pero no ha querido aceptarla. —Se encogió de hombros—. Sospecho que tiene sus propios planes, que, por supuesto, no va a compartir conmigo. No se lo reprocho. Después de todo, soy prácticamente una desconocida para tu familia. Sin embargo, si no puedo unirme a su ejército, prefiero marcharme antes de que la guerra comience. Mis hombres y yo tenemos una misión que cumplir en nuestro reino. Con hadas o sin ellas..., no es aquí donde hemos de pelear.

—Ibas a marcharte sin despedirte.

—Daba por hecho que estarías durmiendo todavía. Ha sido una noche muy larga para todos.

—Sí, pero...

Felicia se detuvo. Desde que su madre la había despertado tan bruscamente en el castillo embrujado, no había sido capaz de volver a pegar ojo. Tenía sus sospechas con respecto al pesado sueño que se había abatido sobre ella justo después de la cena, pero no era el momento de compartirlas con nadie.

Sacudió la cabeza.

—Es igual —concluyó—. Si has de marcharte..., lo entiendo. Muchas gracias por todo, Arla. Ha sido un honor conocerte y viajar contigo. Espero que algún día volvamos a encontrarnos.

Las dos jóvenes compartieron un cálido abrazo de despedida.

—Nos reuniremos de nuevo, sí —dijo Arla—, cuando Vestur esté a salvo y nosotros hayamos liberado Corleón. Entretanto..., lucha por aquello en lo que crees, Felicia. Y no vuelvas a permitir que otros decidan en tu lugar. Pelea por lo que es tuyo y te pertenece por derecho, porque nadie va a hacerlo por ti.

Ella bajó la cabeza, un tanto avergonzada ante lo que consideraba una amable reprimenda.

—Lo haré, Arla. Lo prometo.

La joven guerrera sonrió de nuevo.

—Estoy convencida de ello.

Montó sobre su caballo y se volvió hacia Felicia por última vez.

—Hasta siempre, Felicia. También yo me he alegrado mucho de conocerte.

Y, con estas últimas palabras, volvió grupas y se alejó en busca de su propio destino.

Dondequiera que se encuentre

Lejos de allí, en un castillo que había estado una vez cubierto de espinos, una bruja paseaba por sus antiguos dominios, contemplando con disgusto las señales que la presencia humana había dejado en ellos. Sacudió la cabeza con un suspiro de pesar. Podría limpiarlo todo en poco tiempo, pero ahora tenía otras cosas más urgentes de las que ocuparse.

Una vez acabada su inspección, Magnolia se dirigió al salón de los espejos. La estancia ya no hacía honor a su nombre, porque Camelia los había retirado todos tiempo atrás. Pero no era nada que ella no pudiese revertir.

Caminó por el salón vacío con la única compañía del sonido de sus pasos. Las paredes desnudas evocaban un largo abandono, pero la bruja sonrió. No sería así por mucho tiempo.

Se detuvo en el centro de la estancia y llamó a sus espejos.

De inmediato, todos se materializaron allí, en las mismas posiciones que habían ocupado antes de que Camelia los condenase al olvido en el interior de un armario invisible. Los había grandes y pequeños, sencillos y recargados, modernos y antiguos, pero todos tenían algo en común: cada uno de ellos poseía un poder excepcional.

Mientras su alma había estado atrapada en el único espejo que había logrado escapar al escrutinio de su enemiga, Magnolia había podido mantener un contacto muy limitado con ellos. Así había localizado a Felicia mientras atravesaba el Bosque Maldito en compañía del Duque Rojo, pero su percepción no había logrado llegar más lejos.

Ahora que había recuperado su cuerpo y sus poderes y volvía a tener acceso a los espejos, nada sería capaz de escapar a su mirada de oro.

Se detuvo ante uno de los más preciados de su colección, gemelo del Espejo Vidente que, de alguna manera, había caído en poder de Asteria años atrás. No obstante, la reina de Vestur jamás había conseguido desatar todo el potencial del objeto mágico, que nunca le había mostrado a aquellos que no querían ser encontrados y que podían ocultarse de ella mediante la magia. Magnolia, por el contrario, podía ordenar a su espejo que sorteara cualquier encantamiento destinado a confundir sus sentidos.

Y eso fue exactamente lo que hizo.

—Muéstrame a Camelia dondequiera que se encuentre —siseó.

Y fue obedecida de inmediato.

Cosas más raras se han visto

En lo más profundo del Bosque Ancestral, una pareja de zorros correteaba junto a un arroyo, jugando con las primeras luces del alba que se filtraban entre las hojas de los árboles. Finalmente se detuvieron a beber, jadeantes. El macho, un zorro rojo sin cola, miró a su alrededor, olfateando en el aire para asegurarse de que no los acechaba ningún peligro. Su compañera, un ejemplar de pelaje castaño y escarlata, se acercó hasta la orilla.

Para él, que había sido un zorro durante cientos de años, aquel era el estado natural de las cosas. A ella, que lo era solo desde hacía unas pocas semanas, aquella vida le proporcionaba sorpresas inesperadas cada día, aunque se había acostumbrado a aquel cuerpo mucho más rápido de lo que había creído posible. Todo era nuevo y extraño y, al mismo tiempo, una parte de ella sentía que siempre había formado parte de aquel lugar. En el Bosque Ancestral, lejos de los humanos, lejos incluso de las hadas, Camelia había hallado por fin la paz que ni siquiera sabía que estaba buscando.

Le dedicó a Ren una mirada afectuosa y se inclinó para beber.

Y entonces el arroyo dejó de devolverle su propia imagen... para mostrarle un rostro eternamente juvenil cuyos ojos dorados, sin embargo, mostraban un sutil poso de maldad.

«Por fin te he encontrado, Camelia...», canturreó Magnolia con una sonrisa juguetona.

La zorra se apartó del arroyo bruscamente, con el corazón desbocado. El reflejo de la bruja tembló unos instantes sobre la superficie del arroyo... y después desapareció.

—No puede ser… —susurró ella.

—¡Camelia! —exclamó Ren a su lado—. ¿Qué sucede? ¿Qué has visto?

Ella clavó en su compañero la mirada de sus profundos ojos verdes.

—Es Magnolia —dijo—. He visto a… Magnolia. Pero no es posible, ¿verdad? La transformaste en piedra. En todo el tiempo que estuve habitando su castillo no se movió de allí.

El zorro se sentó sobre sus cuartos traseros, con el ceño fruncido.

—No es imposible —corrigió—, pero sí altamente improbable. Quiero decir…, ¿quién iba a ser tan estúpido como para regalarle un beso de amor a una criatura como ella?

Camelia suspiró.

—No me crees, ¿verdad?

—Claro que te creo. Solo me estoy preguntando si lo que has visto en el agua… era realmente Magnolia. Tal vez solo se le parecía un poco —añadió, esperanzado.

La zorra sacudió la cabeza.

—Era ella, estoy segura. Me ha llamado por mi nombre. Ha dicho que me ha encontrado por fin. Lo que significa que… me estaba buscando.

Se estremeció. Sabía que Magnolia jamás los perdonaría por haberla vencido, y además con sus propias armas. Sospechaba, por otro lado, que haber ocupado su castillo mientras ella permanecía petrificada en el sótano también habría contribuido a alimentar su rencor.

—Para buscarte y encontrarte, Camelia, primero debería dejar de ser una estatua de piedra —replicó Ren—. Me pregunto por qué no la arrojaste al fondo del mar cuando tuviste la oportunidad.

Ella desvió la mirada.

—No pude —confesó—. Quiero decir… que sé que debería haberme asegurado de que no regresaba nunca más, pero aquella estatua… era todo lo que quedaba de mi amiga. Pensé…

—Magnolia no volverá a ser tu amiga —cortó el zorro—. Ya tratamos de hacerla entrar en razón cuando empezó a cambiar, ¿recuerdas? Pero ella siguió petrificando héroes y convirtiendo a muchachas inocentes en ciervos y ardillas. Las brujas no deben volver, ¿comprendes? Es muy importante que sean derrotadas para siempre. De lo contrario…, si los mortales empiezan a creer que no pueden ser vencidas…, dejarán de luchar contra ellas.

—Ya lo sé. Ya lo sé. —Camelia daba vueltas sobre sí misma, nerviosa—. Pero ¿y si de verdad ha regresado? ¿Y si existe alguien tan idiota o tan loco como para devolverla a la vida con un beso de amor?

—Cosas más raras se han visto —admitió Ren tras una pausa.

—¿Qué vamos a hacer? Vendrá a buscarnos. Y yo ya no cuento con mis antiguos poderes. No podré enfrentarme a ella.

—Poseerás poderes mayores cuando se complete tu transformación —le recordó él, un poco ofendido.

—La magia de los Ancestrales no supera a la de las hadas.

—Por supuesto que sí.

—Por supuesto que no.

Camelia sacudió la cabeza. Aquella era una discusión que mantenían a menudo, de forma más o menos amistosa. Pero ahora no podían perder el tiempo con ella.

—No importa. La cuestión es que el cambio aún no se ha completado del todo y, mientras no lo haga, estoy indefensa.

—Pero me tienes a tu lado. Yo te protegeré.

Camelia contempló a su compañero, dubitativa. A pesar de su apariencia, Ren era una criatura poderosa. También destacaba entre los Ancestrales por su ingenio y por su astucia.

No obstante, carecía de la maldad retorcida que consumía a Magnolia. Sencillamente, su amado zorro era demasiado compasivo para enfrentarse a aquella bruja cruel y taimada.

Tiempo atrás, Magnolia había sido un hada generosa que había dedicado su magia a hacer realidad los deseos de los mortales. Pero sus propios sentimientos la habían vuelto vulnerable, y, por tanto, había decidido desterrarlos por completo de su corazón.

Sacudió la cabeza. El mayor error que podía cometerse con Magnolia era pensar que aún quedaba algo de bondad en su interior. Tanto Ren como Camelia deseaban creerlo, en el fondo, y por esa razón la bruja siempre sería más poderosa que ellos.

Pero había alguien que no se dejaría engañar por ella, porque su mirada alcanzaba el corazón de todas las criaturas.

—¿Y si voy a avisar a la reina? —sugirió entonces.

Ren entornó los ojos.

—¿A la reina de las hadas, dices? Hace siglos que no tienes el menor contacto con ella. Y será mejor que las cosas continúen así. Nadie debe descubrir que sigues viva, Camelia.

—Magnolia lo sabe —se limitó a responder ella—. Y me ha reconocido a pesar de mi nuevo aspecto. No sé si vale la pena guardar el secreto durante más tiempo.

—No sabes lo que dices, Cam. La única manera de que te dejen en paz es que te den por muerta. De hecho, ya hice una excepción hace poco, y no debería... —se interrumpió de golpe.

La zorra alzó la cabeza para mirarlo, intrigada.

—¿Una excepción? ¿A qué te refieres?

—No es nada importante —se apresuró a responder él—. Mira, se me ha ocurrido una idea: yo puedo ir al encuentro de la reina Crisantemo. No le hablaré de ti, solo le contaré lo que pasa con Magnolia... Alguien debería decírselo, al fin y al cabo.

Camelia apartó la vista, avergonzada. Durante su larga estancia en el mundo mortal, las hadas madrinas habían visto cómo algunas de sus compañeras sucumbían a oscuros poderes y se transformaban en brujas. Nadie había informado de ello a su reina.

—Si viajas al país de las hadas, ¿quién sabe cuándo volverás? —dijo, sin embargo—. El tiempo transcurre allí de un modo distinto.

—No necesito ir al país de las hadas, porque la reina Crisantemo va a presentarse pronto en el mundo mortal —replicó él, sonriendo—. Solo tengo que ir a Vestur a buscarla y... —se calló de golpe, consciente de que estaba hablando de más—. Quiero decir... dondequiera que se encuentre, claro, porque las hadas son caprichosas y es difícil predecir...

—Espera. Espera un momento —lo detuvo Camelia, irguiendo las orejas con interés—. ¿Vestur, has dicho? ¿Qué se le ha perdido allí a la reina Crisantemo? ¡Oh! Es por Felicia, ¿verdad? ¿Quiere reclamarla para las hadas? Pero aquel pacto ya se rompió, porque la niña renunció a mi protección y... ¿Ren? ¿Qué me estás ocultando?

—¡Absolutamente nada! —mintió él—. Pero sé de buena tinta que puedo encontrar a tu reina en el mundo de los mortales, así que iré a buscarla de inmediato.

—Ren...

—Volveré con refuerzos en cuanto me sea posible. —Se inclinó para darle un lametón de despedida; ella se dejó hacer, aún enfurruñada—. Escóndete en un lugar seguro, busca la protección de Ancestrales poderosos y aguarda mi regreso, ¿de acuerdo?

—¡Ren! No tengo la menor intención de…

—Te quiero —le susurró él al oído—. Te prometo que volveré.

Ella se quedó un instante perpleja, incapaz de reaccionar. Cuando lo hizo, el zorro ya se había marchado.

La moral de las tropas

Dentro de tres días, nuestro reino será atacado por el ejército de las hadas —anunció Simón.

Había reunido a sus huestes en la explanada cercana al castillo. Allí se hallaban todos sus soldados en perfecta formación, junto con sus capitanes. También había convocado a los nobles del reino, que habían acudido desde sus dominios al mando de sus propias tropas. Contaban, además, con un buen número de mercenarios y voluntarios que tomarían las armas para defender Vestur.

En definitiva, todos los hombres del rey se encontraban allí, preparados para la inminente batalla. Los únicos que faltaban eran los doce soldados mágicos del cofre de maese Jápeto.

—Sabéis bien que yo no fui educado para liderar un ejército —prosiguió Simón.

La mayor parte de su gente no pestañeó, pero algunos desviaron la mirada con cierta incomodidad e incluso se oyó un ligero carraspeo desde las últimas filas. Todo el mundo estaba al corriente de los orígenes humildes de su rey: hijo de un porquerizo, y mozo de cuadra durante buena parte de su juventud, Simón había llegado al trono de Vestur gracias a su matrimonio con la princesa heredera del reino.

Para ello, no obstante, había tenido que superar una durísima prueba de valor y derrotar a la mortífera bestia del Bosque Ancestral, una tarea en la que habían fallado incontables héroes y caballeros antes que él. Con ello había obtenido el título de Duque Blanco y la mano de Asteria, ganando así su derecho a la corona.

Pero no era menos cierto que no había recibido una educación de caballero. Tras su compromiso con la princesa, Simón se había esforzado en aprender todo lo que se esperaba de un futuro rey. Aun así, no podía considerarse un guerrero particularmente habilidoso.

—Sin embargo, estoy dispuesto a liderar a mi gente en la batalla y a pelear a vuestro lado como un soldado más. Porque no solo luchamos para defender nuestro reino, para conservar nuestras tierras o para salvar nuestras vidas. Luchamos, sobre todo, para proteger a nuestras familias y a todas las personas a las que amamos.

En este punto, todos sus hombres lo escuchaban con plena atención.

—Y eso es algo que las hadas no pueden comprender —prosiguió Simón—. Porque son inmortales y, por tanto, no pueden amar a nadie con la misma intensidad que nosotros, los humanos. Su forma de entender el amor es egoísta. Sus sentimientos, que deberían hacer de ellas mejores personas, las convierten, por el contrario, en criaturas crueles y vengativas. Tampoco tienen hijos —añadió—, y por esa razón se dedican a enredar con las vidas de los hijos de los demás. Se consideran buenas y generosas por compartir sus dones con nosotros, pero lo cierto es que desconocen por completo el significado del sacrificio.

»Y por eso venceremos. Porque ellas no tienen nada que perder. Pero, para nosotros, se trata de una lucha por la supervivencia. No nos rendiremos. No daremos un solo paso atrás. No permitiremos que nuestro destino se escriba desde el país de las hadas. Pelearemos hasta que todas y cada una de ellas regresen por donde han venido y no vuelvan a poner sus pies en nuestra tierra nunca más.

Sus últimas palabras fueron recibidas por un coro de vítores entusiastas. Algunos de los soldados, sin embargo, se mostraban dubitativos. Simón se fijó en uno de los capitanes, que parecía profundamente preocupado.

—¿Alguien tiene algo que decir? —preguntó en voz alta, dirigiéndole una mirada significativa.

El capitán vaciló un momento, pero por fin se atrevió a hablar:

—Majestad, os seguiré hasta el fin del mundo y pelearé en todas las batallas que sean necesarias para defender el reino, dejándome la vida en el empeño si es preciso. Pero, por mucho coraje que reunamos, no podemos vencer a un ejército de criaturas inmortales, que, además, emplean una magia que está muy lejos de nuestro alcance y nuestra comprensión. —Hubo murmullos de asentimiento entre las tropas, y el capitán se sintió lo bastante seguro como para concluir—: Esa es la realidad, y no podemos cambiarla con bellas palabras.

Su intervención había sembrado dudas entre los soldados, pero Simón se limitó a sonreír y respondió:

—Comprendo vuestra inquietud, y creed que nunca os condenaría a una muerte segura ni os enviaría a la batalla si no tuviese plena confianza en nuestro triunfo. Porque Vestur cuenta con un arma secreta formidable, perfectamente capaz de hacer frente al ejército de las hadas.

De nuevo se oyeron murmullos.

—Es ese soldado, ¿verdad? —preguntó entonces un joven—. El de la casaca azul.

—Lo he visto luchar —añadió otro hombre—. Es extraordinario, pero no podrá hacer nada él solo contra un enemigo tan numeroso.

—No está solo —anunció el rey con una amplia sonrisa—. Contamos con otros once como él, que lucharán por la libertad de Vestur. Ellos estarán a la vanguardia de nuestras tropas y nos guiarán hasta la victoria final.

Esta promesa pareció animar un tanto a los suyos, aunque Simón percibió que todavía tenían dudas. No era de extrañar: hasta aquel momento, nadie había visto a los doce soldados juntos.

Inclinó la cabeza, pensativo. Había planeado sacarlos del cofre justo antes de la batalla para que su enemigo no fuese capaz de anticipar su intervención, si es que los estaba espiando de alguna manera. No obstante, estaba ahora bastante convencido de que las hadas, seguras de su victoria, no les prestaban la menor atención.

Y, por otro lado, sería muy bueno para la moral de las tropas que pudiesen ver a los soldados vivificados en acción antes de la batalla.

Tomó una decisión.

—Esta misma tarde, los doce nuevos reclutas se unirán a vosotros y podréis ejercitaros juntos —anunció.

Sus hombres se animaron de inmediato. Los capitanes cruzaron una mirada, intrigados.

Cornelio, sin embargo, sacudió la cabeza con preocupación.

En la alcoba

Después del almuerzo, el rey Simón se dispuso a reunirse de nuevo con su ejército, que ya estaba acampado en posiciones defensivas en la explanada donde habría de producirse la batalla. Mientras se dirigía a su alcoba para recoger el cofre con las figuritas de madera, se recordó a sí mismo que tenía que pedir a la reina que le devolviera a Tercero. Era consciente de que su esposa se resistía a renunciar a su escolta personal, un guerrero extraordinario que solo obedecía sus órdenes, pero estaba seguro de que lograría hacerla entrar en razón. Al fin y al cabo, necesitaban contar con todos sus efectivos para la batalla que se avecinaba, y, por otro lado, no era justo para Felicia, que se había visto obligada a renunciar a Quinto por la misma razón.

Quinto...

El rey todavía no había decidido qué iba a hacer con él. En un principio había pensado en mantenerlo en la caja durante los ejercicios con las tropas regulares, porque no sabía cómo reaccionarían sus hombres cuando descubrieran que un soldado con una sola pierna era capaz de pelear mucho mejor que cualquiera de ellos.

No obstante, esto último estaba aún por comprobar. Simón solo contaba con la palabra de Felicia y probablemente sería prudente asegurarse, antes de la batalla, de que el soldado cojo no supondría un lastre para el resto.

Simón entró en la alcoba y abrió el arcón en el que guardaba la caja con las figuras de madera de maese Jápeto.

Se quedó contemplando con perplejidad el interior del baúl, pero tardó unos segundos en asimilar lo que veía. Cuando lo hizo, el corazón empezó a latirle salvajemente contra el pecho mientras lo invadía una oleada de pánico.

Se forzó a actuar, y revolvió el contenido del arcón con la esperanza de que los objetos simplemente se hubiesen desplazado en su interior. Después los sacó todos, uno detrás de otro, hasta vaciarlo por completo.

Y entonces aceptó por fin la catastrófica realidad.

El cofre que contenía los mágicos soldaditos de madera… había desaparecido.

El cofre

El rey aporreó con urgencia la puerta de la habitación de su hija. Tras unos instantes que le parecieron eternos, ella abrió por fin y lo miró, alarmada.

—¿Padre? ¿Qué sucede? ¿Estás...?

—¿Qué has hecho con ellos? —barbotó él, luchando por controlar su ira.

Pero Felicia le devolvió una mirada llena de incomprensión.

—¿De qué me estás hablando?

—El cofre con los soldados de madera. ¿Dónde está?

—No lo sé. —Felicia pestañeó con desconcierto—. Padre, ¿qué quieres decir con eso? ¡Te lo confié a ti para que lo guardaras! Si tú no sabes dónde lo has puesto...

Simón negó con la cabeza.

—Sé perfectamente dónde lo había guardado. Pero resulta que ya no está allí. —La muchacha frunció el ceño mientras iba asimilando poco a poco lo que implicaban sus palabras—. Las personas que sabemos de la existencia del cofre podemos contarnos con los dedos de una mano, Felicia —concluyó él, lanzándole una mirada acusadora.

—Bueno, pues entonces no te costará mucho encontrarlo —replicó ella—. Pero te recomiendo que busques en otro lado, porque yo, desde luego, no me lo he llevado. —Simón ladeó la cabeza y la observó con cierta suspicacia, tratando de decidir si le estaba mintiendo o no—. ¿No me crees?

—Haces muchas cosas a mis espaldas, Felicia —se limitó a recordarle él.

La muchacha entornó los ojos, ofendida.

—Oh, bien. Dado que no confías en mí, yo tampoco tengo por qué hacerlo. —Alargó una mano exigente hacia él—. Así que devuélveme a Quinto, antes de que lo pierdas a él también.

Simón bajó la vista hasta la palma extendida de su hija y después volvió a alzar la cabeza para mirarla a los ojos. Parecía muy cansada; su rostro estaba pálido y ojeroso, pero su expresión era resuelta y rebosaba indignación.

El rey vaciló.

—Si tú no tienes el cofre…

—No lo tengo. Y ahora… —Felicia detectó entonces que la actitud acusadora de su padre había desaparecido para dejar paso a un gesto de profunda culpabilidad—. ¿Padre? Devuélveme a Quinto, por favor —insistió, cada vez más insegura.

Simón tragó saliva.

—Quinto… estaba en el cofre… con los demás —confesó por fin, sin atreverse a sostenerle la mirada.

Ella se quedó muy quieta, negándose a creer en sus palabras.

—¿Estás diciendo —empezó, despacio— que guardaste a Quinto en la misma caja que ahora ha desaparecido? —El rey asintió—. ¿Y que no tienes la menor idea de dónde está ni de quién se la puede haber llevado?

—No hay tantas opciones, en realidad —se defendió él—. Muy pocas personas conocíamos la existencia de esas figuritas de madera. Solo tenemos que preguntar…

—Has perdido a Quinto —susurró ella, aún incapaz de asimilarlo. Alzó la cabeza para mirarlo, profundamente herida—. ¿Cómo has podido?

—¿Puedes dejar de pensar en ti misma por una sola vez? —estalló él—. No «he perdido a Quinto»: han robado nuestros soldados mágicos justo antes de la batalla contra el ejército de las hadas. ¿No lo entiendes? Vamos a perder. —A medida que hablaba, la angustia devoraba sus entrañas con más y más fiereza—. La reina Crisantemo arrasará Vestur y nos matará a todos, y ya no hay nada que podamos hacer al respecto.

Bienvenida

Era ya de noche cuando Arla llegó al campamento y descabalgó, sintiéndose ligera y optimista por primera vez en mucho tiempo.

Sus hombres salieron a recibirla. Eran poco más de dos docenas; no suponían una fuerza muy impresionante, sobre todo teniendo en cuenta que prácticamente todo el ejército de Corleón luchaba bajo las órdenes de su hermano. Pero eran buenos luchadores, fieros y leales, y la seguirían hasta el final.

Ciro, el más veterano de todos ellos, se adelantó. Había sido capitán bajo el reinado de su padre, pero siempre había apreciado de corazón a la princesa Arlinda y, al estallar la guerra, no había dudado en desertar del ejército para defender su derecho a la corona.

—Majestad —la saludó con una reverencia—, sed muy bienvenida entre vuestros fieles súbditos.

Arla sonrió. Aunque todos los presentes la apoyaban en sus pretensiones, aún la consideraban la princesa heredera. Solo Ciro la trataba como si fuese ya reina de Corleón. Para él, la ceremonia de coronación no sería más que un mero trámite.

—Gracias, Ciro. Me alegro de estar de vuelta. ¿Hay noticias del palacio real?

—Vuestro hermano prepara su coronación para dentro de tres días, como estaba previsto. Sus tropas han dejado de buscarnos. Él está convencido de que ha aplastado la rebelión y así se lo ha hecho saber a todo el mundo —concluyó con disgusto.

Arla asintió.

—Muy bien. Eso conviene a nuestros planes. Es importante que no descubra a nuestros espías en la capital ni tenga noticia de nosotros hasta que llegue el momento de atacar.

Sus hombres intercambiaron miradas entusiastas. Ciro carraspeó.

—¿Significa eso... que habéis dado por fin con el hada que os traicionó? ¿Y la habéis obligado a reparar su delito?

Arla negó con la cabeza, reprimiendo una mueca.

—Esa criatura es demasiado cobarde como para dar la cara, me temo. No obstante..., mi viaje no ha sido en vano. Porque he encontrado algo mucho mejor.

Extrajo un objeto de las alforjas de su caballo y lo mostró a sus hombres, que lo observaron con curiosidad y cierto escepticismo.

Se trataba de un viejo cofre de madera, lleno de raspones y con los remaches oxidados.

—Esto, mis leales compañeros —anunció la joven con una sonrisa triunfal—, contiene la llave de nuestra victoria.

Los guerreros se miraron unos a otros, sin saber muy bien cómo reaccionar. Ciro se aclaró la garganta, dispuesto a plantear la pregunta que nadie se atrevía a formular. Pero, en aquel momento, una voz suave y serena habló desde las sombras:

—De modo que lo habéis conseguido.

Un individuo alto y delgado avanzó hasta reunirse con ellos. Arla lo saludó con una inclinación de cabeza, pero sus hombres lo observaron con desconfianza.

La luz de la luna iluminó entonces sus facciones, su áspero cabello negro y el manto de plumas que le caía por la espalda.

—Buen trabajo, alteza —prosiguió con una taimada sonrisa—. No esperaba menos de vos.

Un arma fundamental

Hemos buscado el cofre por todo el castillo —dijo Simón con voz grave—. Hemos registrado todas las estancias e interrogado a todos los sirvientes, pero nadie lo ha visto ni sabe dónde se encuentra.

Dirigió entonces una mirada inquisitiva a las personas que estaban sentadas en torno a la mesa. Además de su familia, habían convocado también a Cornelio, a Verena, a Rosaura y a Fabricio.

—Todavía no puedo creerlo —murmuró la reina Asteria, retorciéndose las manos con angustia—. ¿Cómo has podido perder algo tan valioso?

—Yo no lo he perdido —puntualizó el rey—: me lo han robado.

—Disculpad, pero seguimos sin saber qué había en el interior de ese cofre ni por qué era tan importante —intervino Verena.

Simón se volvió hacia Felicia.

—¿No se lo has contado?

—Ya te he dicho que no —replicó ella, enfurruñada—. Quinto y yo sabemos guardar un secreto. No es culpa mía si no crees nada de lo que digo.

—Felicia…

—¡Pregúntale a él! —barbotó ella, señalando a Fabricio—. Es incapaz de mentir. Te dirá todo lo que necesitas saber.

El aludido sacudió la cabeza con perplejidad.

—Eso no ha sido muy considerado por tu parte, Felicia —murmuró Rosaura.

Había localizado una mancha sobre la superficie de la mesa y la frotaba con un paño para hacerla desaparecer, sin ser apenas consciente de que lo hacía.

—Da igual —replicó Fabricio—, no tengo inconveniente en contar lo que sé de este asunto. Que es exactamente nada. No sé de qué cofre estáis hablando y es bastante posible que no lo haya visto en mi vida.

El rey plantó las palmas sobre la mesa y le dirigió una mirada inquisitiva.

—Pero conoces a Quinto, el soldado con una sola pierna. ¿Verdad? —interrogó.

—Yo no diría tanto —matizó Fabricio—. Fuimos compañeros de viaje hasta Mongrajo y parte del trayecto de vuelta, pero es un tipo muy reservado. Lo poco que sé de él es que pelea sorprendentemente bien, a pesar de su condición.

Simón miró de soslayo a su hija. Esta se encogió de hombros.

—Te lo he dicho —le recordó.

—¿Ninguno de vosotros vio nada extraordinario en él? —siguió preguntando el rey.

—No —respondió Verena, perdiendo la paciencia—. Lo único que me parece extraño de todo este asunto es que enviarais a vuestra hija por los caminos con la única compañía de un soldado cojo, como si en todo vuestro ejército…

—Verena —protestó Felicia.

—A Ren sí que le llamó la atención —evocó de pronto Rosaura, alzando la mirada—. De hecho, estuvo hablando con Felicia a solas un buen rato… acerca de él, creo. —Abrió mucho los ojos—. Dijo que era peligroso, pero no entiendo por qué. Quinto es un excelente compañero y siempre se mostró muy atento con Felicia.

—Ah, sí —añadió Fabricio—. El zorro insinuó que había otros como él. Lo llamó «cosa».

—Y eso tampoco fue muy considerado por su parte —señaló Felicia, ceñuda.

Los reyes de Vestur cruzaron una mirada significativa.

—Ah, por favor —resopló Verena—. Si sospecháis que Quinto pudo haber robado ese cofre, fuera lo que fuese lo que contenía, os sugiero que descartéis esa idea. Él jamás haría nada que pudiese disgustar a Felicia, y mirad lo afectada que está, la pobre.

Ella se ruborizó.

—No es eso lo que... —empezó, pero Cornelio intervino entonces por primera vez:

—No hemos visto a Quinto desde que regresamos del castillo de la bruja. ¿Alguien sabe acaso dónde se encuentra?

Los Buscadores se volvieron hacia la familia real de Vestur con curiosidad, pero ellos rehuyeron su mirada. Felicia tragó saliva.

—Quinto ha... desaparecido —respondió—. Probablemente la persona que se ha llevado el cofre sepa también dónde está. Pero no estoy diciendo que sea él quien lo ha robado —se apresuró a aclarar.

Cornelio movió la cabeza, despacio.

—Había una figurita de madera —recordó—. Un soldadito al que le faltaba una pierna.

Felicia ahogó una exclamación de sorpresa. Fabricio la miró con curiosidad, pero Verena se limitó a pestañear, perpleja. Por su parte, Rosaura, centrada en la mancha de la mesa, que se negaba obstinadamente a desaparecer, apenas les estaba prestando atención.

—Tú sabías lo de la figura —dijo Felicia, poniéndose en pie—. Me viste usarla en el castillo de los espinos y estabas presente cuando se la devolví ayer al rey. Es imposible que no hayas encajado todas las piezas.

—Es posible que aún no las haya reunido todas, Felicia —replicó él con frialdad—, porque nadie me cuenta nunca nada. Algunos de vosotros insistís en tratarme como a un mueble o, incluso peor, como si todavía fuese una estatua de piedra.

—¿Y por eso has robado el cofre? —lo acusó Felicia—. ¿Para ver si así volvía a hacerte caso? Tal vez debería haberte dejado petrificado en el sótano del castillo para siempre.

—Auch —murmuró Fabricio.

—¡Felicia! —exclamaron sus padres al mismo tiempo, escandalizados.

—Eso —murmuró Verena, ligeramente divertida— sí que no ha sido *nada* considerado.

Cornelio se había puesto pálido, pero no replicó enseguida al dardo envenenado de Felicia. Ella resopló y volvió a sentarse, aún temblando de ira.

—Yo no he robado ese cofre —declaró entonces el príncipe, despacio—. Pero, si es eso lo que piensas de mí...

—Disculpad —lo interrumpió Verena—. Es muy entretenido todo este drama de celos y desamores, pero aún no nos ha contado nadie qué tiene de especial ese cofre que ha desaparecido. ¿Las joyas de la corona, tal vez?

—Si no sabemos qué es, no podemos ayudaros a encontrarlo —apuntó Rosaura, levantando brevemente la mirada de su labor de limpieza.

Simón suspiró.

—Lo que contenía el cofre… —empezó, pero Asteria lo interrumpió:

—… Era un arma fundamental para vencer en la guerra contra las hadas —concluyó en su lugar.

El rey se volvió para mirarla. Ella asintió, y él prosiguió:

—Un arma sin la cual Vestur está perdido. Si no recuperamos ese cofre antes de dos días…, no podremos hacer frente al ejército de la reina Crisantemo.

Las leyes del reino

Los Buscadores cruzaron una mirada.

—Por esta razón rechazasteis su oferta de ayer —comprendió Fabricio—. Estabais muy seguro de vuestra victoria y debo admitir que vuestra actitud me pareció... peligrosamente soberbia.

—Cuida tus palabras —le advirtió la reina, pero a Simón no le molestó.

—Por supuesto —dijo—. No estoy tan loco como para condenar a mi pueblo por pura vanidad. Sabía que seríamos capaces de vencer en esta guerra. Sabía que podíamos salvar Vestur. Hasta hoy.

Hundió el rostro entre las manos con un suspiro, agotado. Los demás se quedaron mirándolo, sin saber cómo reaccionar.

—Pero, si no podéis defender el reino —señaló entonces Verena—, corremos un gran peligro aquí. Deberíamos huir todos, evacuar el castillo...

Simón alzó la mirada y negó con la cabeza.

—Yo me quedaré para guiar a mis tropas en la batalla. Estoy dispuesto a sacrificar mi vida, si con ello consigo salvar a mi pueblo, y lucharé hasta el final por defenderlo. Pero vosotros debéis marcharos de aquí, ahora que aún podéis. También vosotras —añadió, volviéndose hacia su esposa y su hija.

Asteria apretó los dientes.

—Simón… —murmuró.

—Podéis venir conmigo a Zarcania —ofreció Verena—. Allí estaréis a salvo las dos. Y, si Vestur cae…, en fin…, tal vez podáis iniciar una nueva vida en nuestra corte. —Felicia alzó la mirada hacia ella, aún incapaz de asimilar lo que estaba sucediendo—. Vamos, no pongas esa cara. No voy a abandonarte. Somos amigas, ¿no?

La muchacha pestañeó, con los ojos llenos de lágrimas. Sacudió la cabeza.

—¡Pero ha de haber algo que podamos hacer! —exclamó.

—Ese cofre tiene que ver con los doce guerreros que debían unirse hoy al ejército, ¿no es verdad? —planteó entonces Cornelio. Simón alzó la cabeza para mirarlo, pero no respondió—. Nadie los ha visto a todos juntos aún, pero… uno de los soldados sigue aquí. No es Quinto —se apresuró a aclarar—, porque conserva las dos piernas.

—Ah, sí, su gemelo idéntico —dijo Verena—. ¿Pelea tan bien como él?

El rey cruzó una mirada con su esposa.

—Tercero, el escolta de la reina —confirmó—. Todavía lo conservamos, sí. Y nos acompañará en la batalla. —Inclinó la cabeza, pensativo—. Podría defender la puerta principal de la muralla él solo, pero no será suficiente. No puede estar en todas partes.

Cornelio reflexionó.

—Pero, si contamos con él… y trazamos una buena estrategia…, tal vez sí podamos rechazar al ejército de las hadas, después de todo. Necesitaríamos refuerzos, sin embargo. Si reclutamos también a esa joven…, Arla… Tengo entendido que se ofreció a unirse a nuestro ejército. ¿Tenéis idea de cuántos hombres luchan bajo su mando?

Simón iba a responder, pero Felicia habló en su lugar:

—Arla ya no está aquí. Se marchó ayer, antes del amanecer. Dijo que regresaba a Corleón porque no la necesitábamos en Vestur —trató de imprimir a su voz un tono neutro, pero no pudo evitar que el reproche impregnara sus palabras.

El rey suspiró.

—Sí, lo sé. Se despidió de mí antes de marcharse. Si yo no me hubiese mostrado tan obstinado…

—A Corleón —repitió entonces Verena con cierta perplejidad.

—Sí, eso dijo —confirmó Felicia—. ¿Por qué?

—¿Qué se le ha perdido allí? ¿Quiere ofrecerse a luchar por el futuro rey? Tenía entendido que ya había controlado ese enojoso asunto de la rebelión.

—Corleón es su tierra natal. La que está luchando por liberar.

Verena la miró fijamente.

—¿Estás segura de que fue ese el reino que mencionó?

—Sí. ¿Por qué?

—Hay una disputa por el trono de Corleón —explicó Asteria—. La reina Ifigenia dio a luz a dos mellizos, niño y niña. Las leyes del reino daban prioridad al varón, pero la princesa había nacido un poco antes, creo, y hay algún precedente... Corleón tuvo una o dos reinas en tiempos remotos, de modo que la cuestión no estaba del todo clara...

—¿Y qué pasó? —se atrevió a preguntar Felicia.

—Los dos príncipes fueron conscientes de esta circunstancia desde niños. Al principio se trataba de una rivalidad más o menos amistosa, pero, por alguna razón, los corleoneses preferían al príncipe Arnaldo antes que a su hermana. Empezaron a discutir, a pelearse, a desafiarse el uno al otro. Hasta que, a los quince años, la princesa tuvo que exiliarse del reino porque la descubrieron conspirando para asesinar a su propio hermano.

Felicia dejó escapar una pequeña exclamación de horror.

—Y se dedicó durante años a reunir una fuerza rebelde para acabar con el príncipe heredero —prosiguió Verena, encogiéndose de hombros—. Hace ya tiempo que el ejército de Corleón terminó con ellos, pero a la princesa nadie ha podido echarle el guante todavía. No obstante, los reyes fallecieron hace poco, primero ella, después él, así que la coronación del príncipe Arnaldo es inminente. Además, va a casarse con una de las hijas del emperador de Haimán.

—Ah, ¿de verdad? —preguntó Asteria con interés—. ¿Se ha decidido por fin?

—Sí, eso parece; aunque no es extraño que haya tardado tanto, porque tenía muchas candidatas para elegir.

—El emperador de Haimán tiene diecisiete hijas —aclaró Asteria a los demás.

—Es verdaderamente singular que ninguna de sus cinco esposas lograse dar a luz a un hijo varón —reflexionó Verena—. Me pregunto...

—Pero Arla no puede ser la princesa rebelde de Corleón —interrumpió Felicia—. Ella nos contó que su reino había sido conquistado por un usurpador. Yo creía que…

No completó la frase. Había dado por hecho que Arla luchaba contra algún sanguinario caudillo bárbaro, un malvado hechicero o tal vez incluso un ogro o un gigante.

Pero lo cierto era que ella nunca había compartido demasiados detalles sobre su misión.

—La gente miente a menudo —comentó Fabricio, encogiéndose de hombros.

Asteria sacudió la cabeza con desconcierto.

—Conocí a la princesa Arlinda de Corleón cuando era niña: una criatura mimada y caprichosa, completamente incapaz de hacer nada por sí misma, si conseguía que otra persona lo hiciese en su lugar. Pero ha pasado mucho tiempo desde entonces. No me sorprende que no haya sido capaz de reconocerla, con el cabello corto y esa ropa masculina…

—Hablé con ella ayer por la noche —dijo de pronto el rey—. De hecho, cuando guardé a Qui…, quiero decir, cuando abrí el cofre para guardar… la figura…, Arla estaba allí.

Los demás tardaron un poco en reaccionar. Fue Felicia quien formuló finalmente en voz alta lo que todos estaban pensando:

—¿Insinúas… que fue ella quien lo robó? Pero ¿por qué haría una cosa así?

—Bueno, si conspiró para asesinar a su propio hermano… —le recordó Verena.

—Y la rebelión de Corleón estaba prácticamente sofocada —añadió Asteria—. No obstante, si Arla…, o Arlinda…, pudiese contar con… nuestra arma secreta…

El corazón de Felicia se detuvo un breve instante.

—Pero no es posible. Ella no sabía nada acerca de… lo que contenía el cofre. Nunca le conté…

—Pudo haberse enterado de otras maneras —apuntó su padre.

—¿Hablaste de ese tema con el zorro? —preguntó entonces Fabricio.

Felicia trató de hacer memoria.

—Bueno…, sí, porque Ren ya sabía…

—Cuando encontramos al zorro en el bosque, Arla se separó de nosotros mientras tú te ibas a conversar con él a solas —prosiguió Fabricio—. Dijo que iba a «aliviar la vejiga».

Verena torció el gesto ante semejante vulgaridad.

—Sí que lo dijo —recordó—. Se alejó del carro y se metió por el bosque, y regresó poco antes de que volvieses tú.

—Y desde ese momento perdió todo interés en encontrar a Camelia —añadió súbitamente Rosaura—. Entonces creí que fue por lo que nos dijo Ren, pero lo cierto es que me pareció extraño que alguien como ella se rindiese tan deprisa.

Felicia paseaba la mirada de unos a otros, desolada.

—Pero eso fue hace muchos días —murmuró—. No solo me estáis diciendo que Arla nos ha... traicionado..., sino también que lo había estado planeando todo este tiempo...

Aquello significaba que todo lo que Arla había hecho..., todo lo que había dicho..., incluido su generoso ofrecimiento de poner su espada al servicio de Vestur..., no habían sido más que mentiras. Si, en efecto, había espiado su conversación con Ren..., si había descubierto entonces el secreto de los soldados de madera y se había propuesto arrebatárselos..., tenía un motivo poderoso para acudir a Vestur, y no era precisamente prestar ayuda a Felicia y su familia.

—No tenemos pruebas —concluyó por fin, con voz temblorosa.

—No nos podemos arriesgar —declaró Simón—. Si Arla ha robado el cofre..., hay que ir a buscarla y recuperarlo cuanto antes. El tiempo corre en nuestra contra.

—Pero nos lleva un día de ventaja —objetó Cornelio—. Y no podemos enviar hombres de armas tras ella. Los necesitamos a todos para la batalla.

—Tampoco podemos confiar en que seremos capaces de encontrarla a tiempo —añadió Asteria—. Debemos iniciar la evacuación del castillo y de la ciudad. Felicia: te irás a Zarcania con la princesa Verena.

—¿Qué? Pero no puedo...

—O te envío a casa de mi hermana. Tú misma. —La muchacha calló—. Sabía que te mostrarías razonable —asintió la reina, satisfecha—. En cuanto a vosotros... —Se volvió hacia los Buscadores, pero su mirada se detuvo en Rosaura, que seguía frotando la mesa con entusiasmo—. ¿Quieres dejar de hacer eso? —la regañó—. Esa mancha lleva ahí desde los tiempos de mi bisabuelo. Nunca conseguirás…

—Ya lo he hecho —anunció ella con una sonrisa triunfal.

Retiró el paño para mostrarles la superficie de madera, tan impoluta y reluciente que podían ver su rostro reflejado en ella.

Botas

Felicia salió al patio trasero sintiéndose muy miserable. Era ya noche cerrada y el castillo estaba en silencio. Todo el que quería marcharse lo había hecho ya, a lo largo del día. Ella, por su parte, partiría por la mañana, a primera hora. Un carruaje la llevaría junto con sus amigos hasta Zarcania, donde hallaría refugio en la corte de Verena y su esposo, el príncipe Alteo.

La muchacha suspiró. No era así como había esperado que acabase su aventura. Arla, que había fingido ser su amiga, la había traicionado, arrebatándole no solo a su preciado compañero, sino también todo lo que su reino necesitaba para salvarse. Su padre se enfrentaba a una muerte segura y, probablemente, también su madre: la reina Asteria permanecería junto a su esposo hasta el final, pero Simón le había dicho que contaba con que pudiese huir ella también, en el último momento, antes de que las hadas tomasen el castillo.

El rey era consciente de que iba a morir. Lo había aceptado, porque consideraba que era su obligación sacrificarse por su pueblo. Sin embargo, Felicia sentía que era en parte culpa suya. Si no se hubiese escapado de casa, si no se hubiese unido a los Buscadores..., no habría conocido a Arla y, por tanto, la princesa rebelde no habría descubierto el secreto de los extraordinarios soldados de maese Jápeto. Y el cofre seguiría en su sitio y su padre podría hacer frente al ejército de las hadas.

Se sentó sobre el escalón de la entrada y contempló las losas del patio con los ojos arrasados en lágrimas. Aquel era el mismo lugar donde, semanas atrás, había devuelto a la vida a sus soldados de madera por primera vez.

Añoraba muchísimo a Quinto. No podía dejar de preguntarse si Arla lo utilizaría para su campaña o si, por el contrario, optaría por mantenerlo en el cofre debido a la pierna que le faltaba. ¿Qué pensaría su leal escolta cuando lo reviviesen de nuevo y no hallase ante él a Felicia..., sino a Arla? ¿La echaría de menos?

«Probablemente no», pensó con amargura. Después de todo, los soldados de maese Jápeto estaban hechos para obedecer las órdenes de su general, fuera quien fuese.

Quizá, si Arla lograba derrocar a su hermano y obtener el trono..., ya no necesitase a las figuritas del cofre después. O tal vez sí, pero pudiese permitirse prescindir de Quinto.

A Felicia todavía le dolía la traición de su compañera, pero una parte de ella deseaba creer que, en efecto, había sido ella quien se había apoderado del cofre. Porque eso significaba que había un modo de localizar a Quinto... y tratar de recuperarlo, algún día.

Pero, antes de eso, tendría que asistir a la destrucción de Vestur.

Hundió el rostro entre las manos y se echó a llorar.

Sintió de pronto algo cálido y peludo que se refrotaba contra ella, ronroneando. Dio un respingo y alzó la mirada.

—Anímate —dijo el Gato—. Nadie ha conseguido nunca nada lloriqueando. Bueno, yo sí —añadió, tras un instante de reflexión—, pero eso es porque los humanos sois incapaces de resistiros a mi encanto.

—¿Qué haces...? ¿Cómo has llegado...? ¿Por qué...? —balbuceó Felicia, incapaz de concretar ninguna pregunta. Tenía tantas que plantearle que no sabía por dónde empezar.

El Ancestral suspiró de forma teatral.

—Es una lástima que tu buen gusto por el calzado no venga acompañado del don de la elocuencia —comentó—. Salta a la vista que las hadas no se esmeraron contigo.

Ella cerró los ojos un momento y trató de ordenar sus pensamientos.

—Me dijiste que fuese al encuentro de otras personas que buscaban a Camelia.

—¿Sí? Y las encontraste, ¿verdad? Yo estaba allí, lo recuerdo muy bien.

—Pero no pudimos contactar con las hadas, y ahora van a destruir nuestro reino. Y Arla..., Arla ha robado el cofre con las figuritas de madera y no podemos hacer nada...

—¿No? —El Gato pestañeó con perplejidad—. Bueno, soy consciente de que no posees los recursos de un Ancestral como yo, pero no eres completamente inútil. De lo contrario, no perdería mi tiempo hablando contigo.

—Gracias..., supongo.

—Aunque confieso que no esperaba que te las arreglases para perder el cofre tan pronto. Es un objeto muy valioso.

—Lo sé —murmuró Felicia, sintiéndose muy miserable.

El Gato no dijo nada. La muchacha alzó la cabeza para mirarlo y lo vio sentado ante ella, mirándola con fijeza.

—¿Y bien?

—¿Bien? —repitió Felicia sin comprender.

—¿Qué haces aquí sentada? ¿Por qué no has ido a buscar el cofre aún?

—¿Qué? Pero... Arla, si es que es ella la que se lo ha llevado, debe de estar ya muy lejos de aquí.

—Ah, bueno, si es por eso...

El Gato sacudió la cabeza y se transformó. Fue tan rápido que a Felicia apenas le dio tiempo a asimilarlo; un instante después, ya no era un animal, sino un joven que la miraba con aquellos desconcertantes ojos felinos y una amplia e inquietante sonrisa.

Felicia se puso en pie de un salto y retrocedió.

—Creo... que prefiero que seas un gato, si no te importa.

—Me pasa muy a menudo —admitió el Ancestral.

Se sentó en el suelo y empezó a quitarse las botas.

—¡¿Qué estás haciendo ahora?! —se alarmó Felicia.

—Te estoy echando una pata. —Aún desde el suelo, el Gato le tendió las botas—. Ten, cógelas. No se las presto a cualquiera, ¿sabes?

Felicia no las tocó. Eran muy grandes para ella y, además, estaban muy usadas y despedían un aroma sospechoso.

Lo miró a los ojos con perplejidad.

—¿Me estás tomando el pelo?

—Bueno, tenía entendido que necesitas desplazarte muy deprisa porque te han robado un objeto mágico vital para la supervivencia de tu reino —replicó el Ancestral, ofendido—, pero a lo mejor no es tan urgente, después de todo, y puedes apañártelas perfectamente sin mis fabulosas botas de siete leguas.

—¿Botas de siete...?

—Eso he dicho, y no voy a repetirlo. ¿Las quieres o no?

Felicia se las arrebató de las manos, temblando.

—¿Son auténticas? —le preguntó—. ¿Pueden realmente... llevarme muy lejos en un instante?

—Sí y sí —respondió el Gato—. Vamos, pruébatelas. Con cuidado. No empieces a andar sin atender a mis instrucciones primero, ¿me oyes?

Felicia se sentó de nuevo para calzarse. Empezó a quitarse las zapatillas, pero cambió de idea y se las dejó puestas. Introdujo un pie en una de las botas del Gato con una mueca de aprensión.

Por dentro estaban llenas de pelos grises.

—Estoy de muda, ¿vale? —se defendió el Ancestral.

Felicia alzó la cabeza y vio que se había transformado de nuevo en gato, sin que ella se diese cuenta. Optó por no hacer ningún comentario.

Terminó de calzarse la bota derecha. Era demasiado grande y no se le ajustaba bien. Además, le llegaba muy arriba, hasta la mitad de la pantorrilla.

Hizo de tripas corazón y se enfundó también la bota izquierda.

No percibió nada especial, salvo una desagradable sensación de humedad en las piernas.

—¡No te pongas en pie todavía! —la previno el Gato, justo cuando ya se incorporaba—. Escúchame: cuando comiences a caminar vas a ir muy muy rápido, ¿me oyes? Es probable que te den vahídos, porque los humanos no estáis acostumbrados a estas cosas. Es importante que intentes avanzar despacio, poco a poco. Y que no pierdas la dirección. ¿Sabes ya a dónde vas?

Felicia asintió.

—A Corleón.

—Ah, muy bien. Es por allí. —El Ancestral le indicó el camino con un gesto—. No te desvíes, porque todo lo que avances tendrás que desandarlo después. Ah, y lo más importante: no abuses de las botas. A los mortales no os sientan bien. Utilízalas para encontrar a la ladrona, recupera el cofre y vuelve. ¿De acuerdo? Esto es un préstamo, no un regalo.

—Pero… ¿y si tardo en encontrar a Arla? Sé que se dirige a Corleón, pero…

—Tienes unas botas de siete leguas —le recordó el Gato con impaciencia. Pero sacudió la cabeza y suspiró—. Está bien, te doy dos días. Me marcharé de Vestur en cuanto llegue la reina Crisantemo, así que asegúrate de habérmelas devuelto para entonces. De lo contrario, sufrirás las consecuencias.

Pronunció estas últimas palabras en tono neutro, pero, por alguna razón, a Felicia se le puso la piel de gallina.

—Entendido —murmuró.

Se puso en pie, pero no se atrevió a moverse del sitio. El Gato la observaba con aprobación.

—Muy bien. ¿Lista? Acuérdate de no desviarte. ¿Tienes clara la dirección? De acuerdo, pues ya puedes echar a andar. Recuerda: despacio, un pie delante del otro. Así, muy bien. ¿Ves cómo sabes hacer bien las cosas cuando te tomas la molestia de escuchar?

Felicia estaba dispuesta a iniciar la marcha; pero, cuando había levantado ya un pie, recordó de pronto que no había compartido sus planes con nadie.

—¡Espera! —dijo—. Quizá debería avisar a mis padres…

—¡Demasiado tarde! —oyó la voz del Gato muy lejos.

Porque, en cuanto puso un pie en el suelo, el mundo se volvió loco a su alrededor.

Paso a paso

El paisaje se desplazaba a velocidad de vértigo, y Felicia lanzó un grito de miedo. Puso el pie en tierra sin saber cómo ni dónde, perdió el equilibrio y cayó al suelo.

Aterrizó de bruces sobre un campo sembrado. Había tropezado con uno de los surcos y ahora tenía las manos y las rodillas llenas de tierra.

Se incorporó con cierta torpeza, se sacudió la falda y miró a su alrededor, desorientada. El paisaje no le resultaba familiar… hasta que distinguió, a lo lejos, la silueta del castillo de Vestur, del que acababa de partir hacía apenas unos instantes.

—¡Ya he llegado tan lejos! —murmuró con sorpresa.

Con aquellas botas extraordinarias, realmente podría alcanzar Corleón en un paseo. Se puso en pie con precaución, temerosa de pronto de haber perdido la dirección. Alzó la cabeza hacia el cielo para situar la luna. El Gato le había señalado el camino correcto, pero, si se despistaba, podía alejarse mucho de su destino en solo un par de pasos.

Se colocó en la posición adecuada, inspiró hondo y alzó de nuevo el pie.

El mundo volvió a moverse a su alrededor. Felicia vio pasar árboles, granjas, caminos y colinas enteras antes de pisar el suelo otra vez. En esta ocasión fue capaz de mantenerse en pie. Se detuvo un instante para mirar atrás por encima del hombro. El castillo de Vestur era ya apenas un punto en la lejanía.

—Vamos bien —se dijo a sí misma.

Dio un paso más y atravesó un bosque en un parpadeo. Otro paso y dejó atrás media docena de pueblos. Un tercer paso y cruzó un enorme lago de una orilla a otra.

Y en ese punto se detuvo, jadeante. Tal como le había anticipado el Gato, se sentía bastante mareada. Por otro lado, le preocupaba la posibilidad de estar avanzando demasiado deprisa. ¿Y si adelantaba a Arla sin darse cuenta?

Reflexionó, tratando de calcular cuánta distancia podría haber recorrido su objetivo desde que había partido de Vestur el día anterior. Montaba un buen caballo, fuerte y resistente. Podía haber alcanzado ya las fronteras de Corleón.

Cerró los ojos, tratando de visualizar el mapa de Vestur que adornaba uno de los salones del palacio. Estaba bastante segura de que sería capaz de localizar en él el lago que acababa de cruzar.

—He llegado hasta aquí en cuatro pasos —se dijo a sí misma—. Hasta las fronteras del reino deberían quedar… dos más. Quizá tres.

Se irguió, decidida, y levantó el pie una vez más.

Y otra.

Y se quedó quieta.

Echó de nuevo un vistazo alrededor. Descubrió al sur la silueta dentada de una cadena de montañas. Frunció el ceño.

—Eso no debería estar ahí —murmuró con inquietud.

Rememoró los detalles del mapa, lamentando no haberle prestado más atención. Fue capaz por fin de recordar la ubicación de aquella cordillera y comprendió que se había desviado un poco de su ruta. La buena noticia era que estaba bastante segura de saber en qué dirección debía moverse para corregirla. Modificó su orientación, inspiró hondo y dio un último paso.

Se encontró de pronto en un paisaje de suaves colinas, entre las que serpenteaba un ancho camino que tenía todo el aspecto de ser una carretera principal.

«Esto debe de llevar a alguna parte», pensó Felicia.

Si no había calculado mal, tenía que haber llegado ya a Corleón. Miró a su alrededor. ¿Cómo iba a encontrar a Arla en un sitio tan grande? Además, como proscrita en su propio reino, era poco probable que utilizase un camino principal. Con toda probabilidad, ella y su grupo de rebeldes se moverían por bosques y zonas despobladas.

Suspiró con inquietud. Empezaba a arrepentirse de haber seguido las indicaciones del Gato sin preocuparse por trazar primero un plan de acción.

Su mirada se detuvo en una colina cercana. Tal vez...

Alzó el pie. El paisaje se desplazó tan deprisa a su alrededor que la colina quedó atrás en un instante.

—No, no —murmuró ella.

Trató de recoger el pie, de retroceder un poco, pero solo logró caer de bruces otra vez. Se incorporó, dolorida. La colina quedaba ya muy lejos, a su espalda. Giró sobre sus talones e intentó alcanzarla de nuevo, con un paso más corto.

Le costó un par de intentos, pero finalmente puso los pies, enfundados en las botas mágicas, en la cima de la colina. Desde allí se dominaba un amplio territorio, por lo que miró a su alrededor en busca de señales sospechosas.

Todo estaba tranquilo. Un poco más lejos había un pueblecito que dormía bajo la luz de la luna. El camino que conducía hasta allí se veía desierto.

Felicia sacudió la cabeza y se dispuso a saltar a la siguiente colina.

Se desplazó así, paso a paso, de loma en loma, durante un rato. Habría deseado poseer la vista del extraordinario cazador del cuento, capaz de ver una mosca posada en un árbol a tres kilómetros de distancia. Pero tendría que conformarse con sus torpes sentidos humanos. Por fortuna, la luna brillaba clara aquella noche. Con un poco de suerte...

Cuando estaba a punto de perder la esperanza, detectó por fin un movimiento en una floresta. Había algo que se desplazaba por debajo de las ramas de los árboles. Era un grupo numeroso, y sus siluetas le parecieron demasiado grandes como para tratarse simplemente de una manada de ciervos. Desde su atalaya, Felicia las observó con atención. Cuando atravesaron un claro, comprobó que se trataba de jinetes a caballo.

Se le aceleró el pulso. Podría tratarse de Arla y sus hombres, pero también podrían ser bandidos.

Valía la pena intentarlo.

Clavó la mirada en su objetivo, tratando de calcular la distancia que los separaba. Levantó el pie...

Y se encontró enredada en una maraña de arbustos. Trató de liberarse, irritada. Solo fue consciente del ruido que hacía cuando oyó voces muy cerca de ella.

—¿Habéis oído eso? ¿Qué es?

—¡Allí, en el matorral!

—Será algún animal…

—Los animales no usan ropa.

Felicia comprendió, aterrorizada, que la habían descubierto. Su intención había sido acercarse sin que se dieran cuenta, pero estaba claro que no lo había conseguido.

No tenía pensada una historia que justificase su presencia allí. Se dio cuenta de que Arla, si es que se trataba de ella, se fijaría en sus extrañas botas y ataría cabos de inmediato. Y, si había dado con un grupo de ladrones, tampoco podía arriesgarse a que se las arrebatasen sin más.

Se apresuró a descalzarse y ocultó las botas entre los arbustos. Después salió al descubierto para alejarse del lugar donde las había escondido, con la esperanza de que los desconocidos no las encontraran.

Le salieron al paso de inmediato. Un grupo numeroso: más de veinte hombres robustos y demasiado bien pertrechados como para tratarse de simples proscritos.

Uno de los jinetes avanzó hasta situarse ante ella.

—Felicia —exclamó con asombro una voz femenina que la muchacha conocía muy bien—. ¿Cómo has llegado hasta aquí?

Ella tragó saliva.

Había encontrado a Arla y a los rebeldes de Corleón.

Nada de especial

—¡Arla! —exclamó Felicia, entre inquieta y aliviada.

Una parte de ella deseaba confiar aún en la princesa guerrera. El hecho de que no le hubiese contado la verdad sobre sus circunstancias personales y la «misión» que debía llevar a cabo no implicaba necesariamente que fuese la persona que se había llevado el cofre con los soldados de maese Jápeto. Había indicios, en realidad, pero ninguna prueba concluyente.

—¿Qué estás haciendo aquí? ¿Me has seguido? —siguió interrogándola Arla—. ¿Estás sola? —preguntó por fin, mirando a su alrededor con desconfianza.

Uno de sus hombres hizo una seña a otros dos para que inspeccionasen los alrededores. Ellos se alejaron del grupo en silencio para cumplir la orden.

Felicia inspiró hondo.

—He venido a buscar un cofre que desapareció ayer del palacio real de Vestur —dijo de sopetón.

Arla entornó los ojos.

—Ya veo —dijo con tono neutro.

—No estoy diciendo que te lo llevases tú —se apresuró a añadir Felicia—. Pero estamos intentando... descartar todas las posibilidades y..., si pudiésemos..., es decir...

Se aturulló con las palabras. La princesa de Corleón y sus hombres la observaban en silencio, y eso solo conseguía ponerla más nerviosa. Tragó saliva y alzó la cabeza para mirarla a los ojos.

—Sé que eres Arlinda de Corleón —soltó—. Y que el contenido de ese cofre te resultaría muy útil para tu... misión. Pero, a pesar de todo, creo que te conozco, y sé que tú nunca harías algo así.

—¿De verdad? —murmuró Arla.

La observaba con expresión dura, casi indiferente, y Felicia temió haberla ofendido.

—Si tú no lo tienes, no pasa nada. Volveré a casa y seguiremos buscando, pero lo cierto es... que lo necesitamos desesperadamente. Si no lo recuperamos, Vestur...

—¿Te refieres a este cofre? —cortó Arla con brusquedad.

Abrió su alforja y le mostró lo que contenía. El corazón de Felicia se detuvo un breve instante.

—Sí que has sido tú —susurró.

Arla le dedicó una sonrisa burlona.

—¿Sorprendida? Y, ahora, regresa por donde has venido. Porque no tengo la menor intención de devolverlo.

—¿Qué? Pero...

Felicia avanzó hacia ella, pero Arla desenvainó su espada e interpuso el filo entre ambas.

—No te acerques más —le advirtió—. Pareces una niña frágil y llorona, pero sé muy bien que es un error bajar la guardia contigo. Después de todo, las hadas te han colmado de dones desde que naciste —dijo, y Felicia detectó con sorpresa los celos que impregnaban su voz.

—¿De qué estás hablando? Camelia fue tu hada madrina también.

—¡No vuelvas a mencionar su nombre en mi presencia! —ordenó Arla con gesto torvo—. Esa criatura traicionera me abandonó cuando más la necesitaba. A ti, en cambio, te protegió hasta el final. Te acogió en su casa. Te trató como a su propia hija. —Sacudió la cabeza con desdén—. ¿Y por qué? No tienes nada de especial.

Felicia se quedó mirándola con perplejidad, incapaz de asimilar sus crueles palabras.

—Lárgate —culminó Arla con desprecio—. No nos hagas perder más el tiempo.

Felicia inspiró hondo y se esforzó por centrarse en su propósito.

—No voy a marcharme sin el cofre —declaró.

En aquel momento regresaron los exploradores. Arla los interrogó con la mirada, y ellos negaron con la cabeza. Ella sonrió.

—¿Tú y quién más? —le espetó a Felicia—. Has cometido la imprudencia de venir sola. ¿Pensabas acaso que te lo devolvería si lloriqueabas un poquito?

Felicia tenía un nudo en la garganta y luchó con todas sus fuerzas para que los ojos no se le llenaran de lágrimas. Tragó saliva y alzó la barbilla con orgullo.

—Ese cofre pertenece a la casa real de Vestur —declaró—. Nuestro reino está en grave peligro y lo necesitamos para defendernos. Aspiras a gobernar Corleón un día; sin duda comprenderás lo importante que es...

—Lo comprendo perfectamente —cortó Arla con indiferencia—, pero me importa un rábano.

Los demás sonrieron, burlones. Felicia no supo qué decir.

—No perdamos más el tiempo —susurró entonces una voz—. Ya os habéis divertido bastante, alteza. Ahora debemos proseguir nuestro camino.

Un individuo avanzó desde las sombras. Los hombres de Arla se volvieron hacia él con cierto sobresalto. Los que estaban más cerca hicieron recular sus caballos para cederle el paso.

El recién llegado no iba a caballo como los demás y Felicia se preguntó si formaría parte del grupo. No parecía ser un desconocido para ellos, pero actuaban como si no esperasen verlo allí, como si se hubiese presentado sin avisar. Arla, por el contrario, no se mostraba sorprendida. Se limitó a observarlo con indiferencia.

—Soy yo quien toma las decisiones aquí —le recordó.

El desconocido sonrió.

—Por supuesto —asintió con suavidad.

Cuando se acercó un poco más, la luz de la luna hizo brillar las plumas negras que adornaban su estrafalaria capa. Felicia lo reconoció entonces.

—¡Mork! —exclamó.

Él la observó con curiosidad.

—¿Nos conocemos, acaso?

Se habían cruzado en el jardín del palacio de Mongrajo, aunque Mork no le había prestado atención en aquel momento. Felicia había aprovechado para escuchar a escondidas su conversación con la reina Afrodisia, pero, obviamente, no pensaba decírselo.

—Mi padre me habló de ti —respondió—. Acudiste a Vestur hace quince años, el día de mi bautizo. Le entregaste al rey el cofre con los soldados de madera como regalo para mí.

Mork entornó los ojos y ladeó la cabeza en un gesto curiosamente similar al de un pájaro.

—¿De veras? Tu padre tiene buena memoria.

Arla se volvió hacia él, irritada.

—¿Me estás diciendo que tú también le otorgaste un don encantado *a ella*? —protestó.

Mork dejó escapar una breve carcajada.

—Eran otros tiempos, alteza. Pero digamos que el carácter de la princesa Felicia no... se desarrolló como yo esperaba.

Ella, no obstante, agarró la ocasión al vuelo.

—¡Me diste el cofre a mí! Así que me pertenece.

Mork se encogió de hombros con indiferencia.

—Es evidente que ya no está en tu poder. No insistas; no vas a recuperarlo.

—¡Pero las hadas arrasarán Vestur!

—Sí. —Los ojos ambarinos de Mork relucieron de forma siniestra en la penumbra—. ¿No te parece divertido?

—¡Por supuesto que no! ¡Arla! —Felicia se volvió de nuevo hacia su antigua amiga, en un último esfuerzo por hacerla entrar en razón—. ¡Sabes muy bien lo que llevas ahí! No son simples figuras de madera. Tampoco son solo... armas. Tú conoces a Quinto. Él ha sido también tu compañero de viaje. No puedes...

—Vámonos —interrumpió la princesa de Corleón, hastiada.

Se dispuso a volver grupas, indiferente a la angustia de Felicia, que se arrojó sobre ella, tratando de alcanzar la alforja. Arla tiró de las riendas y obligó a su caballo a alzarse de manos amenazadoramente. Felicia retrocedió y cayó de espaldas al suelo.

—¿Quieres tu soldado cojo? —le preguntó Arla desde lo alto de su montura.

Se sacó del bolsillo la figurita rota y la mostró a Felicia, manteniéndola lejos de su alcance.

Ella abrió la boca para pronunciar las palabras que devolverían a Quinto a la vida, pero Arla no le dio tiempo: echó el brazo atrás y, con todas sus fuerzas, arrojó al soldadito de madera bien lejos de allí. La figura voló por los aires, dando vueltas sobre sí misma, y se perdió entre la maleza.

Felicia ahogó un grito y se puso en pie como pudo.

—¿Estás segura de eso? —preguntó Mork.

—No es más que un pobre lisiado —respondió Arla con indiferencia—. Pelea bien, sí, pero entorpecerá al resto. Iba a echarlo al fuego de todos modos, por eso lo había separado de los otros.

Felicia echó a correr hacia el lugar donde le parecía que había aterrizado la figura. El grupo de Arla le permitió marchar y reanudó su camino a través del bosque, dejándola atrás sin prestarle mayor atención.

La muchacha se abrió paso entre la maleza, buscando al soldado de madera con desesperación. Pero estaba muy oscuro y aquella zona del bosque se hallaba cubierta de vegetación. Por otro lado, como tampoco lo había visto caer, no tenía muy claro por dónde empezar a buscar.

—¡Soldado, tu general te llama a las armas! —exclamó entonces.

Cuando Quinto se materializó entre los arbustos, un poco más allá, mirando a su alrededor con desconcierto, Felicia corrió hacia él para arrojarse a sus brazos, derramando lágrimas de alivio.

Por una causa noble

Llamaban «letargo» al periodo de tiempo que transcurría entre invocaciones, mientras los soldados permanecían transformados en figuritas de madera. No obstante, ellos no conservaban ningún retazo de conciencia en esas condiciones ni experimentaban nada similar a los sueños humanos. Para ellos, el mundo se apagaba por completo en el momento en que su general pronunciaba las palabras mágicas y solo volvían a ser conscientes de su propia existencia cuando los invocaba de nuevo. El denominado «letargo» se asemejaba, por tanto, mucho más a la muerte que al sueño.

Así que lo último que recordaba Quinto era haber visto a Felicia petrificada en el sótano del castillo de los espinos, haberla besado para deshacer el hechizo y haber contemplado con horror cómo la estatua revivía... para transformarse en una bruja cruel y vengativa. Él le había suplicado a la reina Asteria que lo llevase junto a Felicia... y después su conciencia se había extinguido una vez más.

Había despertado ahora al aire libre, en medio de un bosque, al parecer. La propia Felicia se había arrojado sobre él y lo abrazaba con fuerza sin dejar de llorar.

Quinto la contempló con sorpresa. «Besa a mi hija y tráela de vuelta», había dicho la reina, y él lo había hecho y el contraconjuro había funcionado porque...

Su corazón latía fuerte y dolorosamente. Pero sus sentidos estaban sumidos en una profunda confusión.

—¿Cómo...? ¿Qué ha pasado? —murmuró—. ¿Dónde estamos?

Felicia hizo un esfuerzo por calmarse. Respiró hondo, se secó los ojos y se separó un poco de él.

—En Corleón —respondió por fin—. Es una larga historia.

Lo miró con curiosidad. Los soldados vivificados nunca perdían el tiempo tratando de ubicarse cada vez que los invocaban ni mostraban interés por conectar con el presente las últimas vivencias que recordaban. Se limitaban a esperar las instrucciones de su general sin cuestionarse nada más.

Quinto clavó sus ojos en ella.

—Pero tú estás bien, ¿verdad? ¿La bruja no te ha hecho daño?

—No, todos estamos... ¡Espera! ¿Cómo sabes lo de la bruja?

—¿Que ha regresado, quieres decir? —Quinto suspiró—. Yo estaba allí cuando... sucedió. Pero ¿cuánto tiempo ha pasado?

Felicia tenía muchas preguntas; no obstante, y por mucho que la preocupase el retorno de la bruja, no era lo más urgente en aquel momento.

—Apenas un par de días —respondió—. Pero han sucedido muchas cosas desde entonces.

Procedió a hablarle de su regreso a Vestur, de la llegada inminente del ejército de las hadas, de la traición de Arla y de cómo había llegado ella hasta allí, gracias a las botas que le había prestado el Gato. Quinto la escuchó con atención hasta el final.

—Así que ahora todos mis hermanos están en poder de Arla —concluyó a media voz.

—No todos; en Vestur queda un soldado bajo las órdenes de mi madre, que no estaba en el cofre cuando Arla se lo llevó. Se llama Tercero.

Quinto la observó con cierta curiosidad, pero no hizo ningún comentario.

—Y esas botas que has traído... ¿las conservas todavía?

—Sí. Espera un momento, voy a buscarlas.

Felicia se internó entre la maleza y regresó unos momentos después con las botas del Gato entre las manos.

—Con esto, podemos alcanzar a Arla enseguida —le dijo—. Estoy segura de que podrías enfrentarte a ella y a sus hombres sin problemas, pero... ¿y si recurre al resto de los soldados del cofre?

Quinto negó con la cabeza.

—No podría derrotarlos a todos, Felicia.

Ella comprendió de pronto que sería cruel pedirle que luchara contra sus propios hermanos. Entre otras cosas, porque ellos se verían obligados también a pelear, aunque no lo desearan.

—Ya no podremos recuperar el cofre, ¿verdad? —susurró con tristeza.

—Supongo que no.

Felicia alzó la cabeza para mirarlo.

—¿Habrías preferido quedarte con el resto de tus hermanos? —le preguntó en voz baja—. Soy consciente de que te he separado de ellos, quién sabe por cuánto tiempo.

—Prefiero estar contigo —respondió él al punto—. Es decir..., dado que tú eres ahora mi general —se apresuró a añadir.

Pero Felicia descubrió, con sorpresa, que se había ruborizado ligeramente. Se le aceleró el pulso. «No, no, no», se riñó a sí misma. «Recuerda la regla número diez».

Evocó también las palabras de Ren: «Ese es el problema con estas cosas. Que parecen reales..., pero no lo son. Sin embargo, los sentimientos que pueden llegar a despertar en las personas... sí son de verdad».

Sacudió la cabeza. No podía permitirse el lujo de distraerse con aquellas extrañas emociones. Su reino estaba en peligro. Debía centrarse en el problema y hacer todo lo posible por encontrar una solución.

—Cornelio dijo que tal vez logremos resistir el ataque de las hadas, porque contamos con Tercero —recordó.

Quinto frunció el ceño, pensativo.

—Dependerá de la estrategia de defensa —respondió—. Con un general hábil e inteligente al frente de las tropas y si yo me uno al ejército también... ¿Qué sucede? —preguntó al ver que Felicia había bajado la mirada con tristeza.

—La verdad es que preferiría que tú no tuvieses que combatir —confesó ella a media voz.

—¿Por qué dices eso? ¿Es porque... me falta una pierna?

—No, no. Creo que me sentiría igual aunque tuvieses las dos. Se debe a que eres mi... mi escolta particular. Y, claro está, te tengo aprecio. Y no me gustaría que sufrieses ningún daño.

—Felicia, soy un soldado. Me fabricaron para luchar.

Ella se estremeció.

—Por favor, no vuelvas a pronunciar esa palabra.

—¿Cuál? ¿«Soldado»?

—No. —Felicia tragó saliva—: «Fabricaron».

—Así sucedió —le recordó él con suavidad. Ella no dijo nada, y Quinto continuó—: Tal como están las cosas, el ejército de Vestur no puede permitirse prescindir de nosotros, aunque solo seamos dos. Si no peleamos, las hadas destruirán el reino. Los primeros que sucumbirán serán los hombres de armas que traten de defenderlo. Entre ellos..., tu padre. Y Cornelio. A ellos también les tienes aprecio, ¿verdad?

—Sí —respondió Felicia a media voz—. Por eso te pediré que te unas al ejército, aunque no lo desee.

—Es por una causa noble.

—Supongo que sí. Y por eso no podemos perder más tiempo.

Suspiró y se puso en pie. Tendió la mano a Quinto para ayudarlo a levantarse.

—No he traído tu muleta —se disculpó—. Me temo que se quedó en el castillo encantado.

—No pasa nada, buscaremos alguna rama. ¿Sabes cómo regresar a Vestur?

—Sé usar las botas con bastante soltura, creo. Si vamos en la dirección correcta, llegaremos enseguida. El problema es orientarnos desde aquí. Si nos desviamos del rumbo, podemos aparecer en cualquier parte. Por otro lado... —Se quedó mirándolo, un poco apurada—. Solo cuento con un par de botas. Así que tendré que transportarte bajo tu otra forma.

—No me importa —le aseguró Quinto.

—Pero a mí, sí —replicó Felicia.

El oso

Camelia no había dejado de correr hacia el corazón de la floresta, saltando entre los arbustos y los troncos de los árboles, buscando atajos ocultos entre la maleza. Allí, en el último Bosque Ancestral, Ren y ella se habían sentido a salvo de los humanos durante las últimas semanas. Sabían, por descontado, que sus límites no eran tales para otras criaturas inmortales, como las hadas... o como las brujas. Pero habían dado por sentado que ninguna de ellas los buscaría en su refugio.

Se detuvo un momento, jadeante. Tenía sed, porque ya no se atrevía a beber en los arroyos por miedo a que Magnolia volviese a localizarla.

Siempre se había sentido intimidada por el vasto poder que había adquirido su antigua amiga desde que ya no era una de ellas. Camelia sabía bien que no podía hacerle frente, ni siquiera cuando contaba con todos sus poderes de hada. ¿Cómo iba a vencerla ahora que ya no los tenía?

—Pareces perdida, pequeña —dijo entonces una voz grave por encima de ella, sobresaltándola.

Camelia alzó la cabeza y descubrió que un enorme oso negro la miraba con fijeza. Se mantenía sobre sus patas traseras, porque había apoyado las delanteras sobre el tronco de un árbol, con lo que parecía aún más inmenso y amenazador.

La zorra dio un salto atrás, alarmada. Pero el oso no hizo ningún gesto agresivo. Se limitó a dejarse caer de nuevo al suelo y, una vez que volvió a tener las cuatro patas bien plantadas, le dirigió una mirada pensativa.

—Pareces nueva, pero no eres ningún cachorro —observó—. ¿No dices nada? Tal vez me haya equivocado contigo, después de todo.

Camelia recuperó el habla por fin.

—Sí —logró decir—. Es verdad, yo… no soy de por aquí.

—Ya veo. —El oso la recorrió con la mirada. Frunció el ceño al darse cuenta de que el pelaje de su cola era de un color diferente al del resto de su cuerpo—. Hacía mucho tiempo que no veía a nadie como tú.

Camelia se relajó un poco. No todos los Ancestrales eran amigables, pero aquel en concreto sí lo parecía. Se dio cuenta, por la mirada serena y apacible de sus ojos castaños, de que debía de ser muy anciano. No a la manera de los osos corrientes, por supuesto. Aunque su cuerpo era joven y robusto, aquel Ancestral había vivido cientos de años, tal vez un millar, o tal vez dos.

—Estás asustada —observó el oso—. ¿De qué huyes? ¿Te persigue alguien?

Camelia dudó un instante. «Busca la protección de Ancestrales poderosos», había dicho Ren. Tomó una decisión.

—Una bruja va tras mis pasos —le confesó—. Se mueve a través de los espejos y me está buscando.

El oso alzó una ceja.

—¿Qué le has hecho? Sé bien que los zorros tendéis a irritar a la gente más allá de lo razonable, pero sois lo bastante sensatos como para no entrometeros en los asuntos de las brujas, por lo general.

—La derrotamos, hace tiempo. Mi amigo y yo. Y sí, él es un zorro, pero, en aquel entonces, yo… no lo era aún. Mis poderes de Ancestral no han despertado por completo, así que no sé… no sé qué voy a hacer, si me encuentra —confesó.

El oso no dijo nada en un principio, pero volvió a clavar la mirada en la cola roja de Camelia.

—Sígueme —le indicó entonces.

Dio media vuelta y se internó en el bosque. La zorra permaneció quieta un momento; finalmente, optó por ir tras él.

Caminaron en silencio durante un buen rato. El oso avanzaba lento y pesado, pero sin pausa; parecía estar sumido en profundos pensamientos y Camelia llegó a pensar que se había olvidado de ella. Sin embargo, un poco más tarde, se detuvo por fin junto a una rocalla por la que caía un fino reguero de agua que se perdía después entre las piedras. Se volvió hacia su compañera.

—Bebe —le dijo.

Ella lo miró sin comprender.

—¿Por qué…?

—Has dicho que la bruja que te persigue se mueve por los espejos. Vas con la lengua fuera; tienes sed porque no quieres beber de ninguna poza o remanso que pueda reflejar tu imagen. ¿Es así?

—Así es —respondió Camelia, impresionada.

El oso asintió.

—Puedes beber de esta fuente, entonces. Y yo, en tu lugar, lo haría; aún tenemos un buen trecho por delante.

Ella no necesitó que se lo dijera más veces. Cuando hubo aplacado su sed, reanudaron el camino. La zorra caminaba más ligera ahora, casi animada, trotando entre los arbustos y sobre las raíces de los árboles. El oso la miró de reojo y sonrió.

Un mal bicho

Felicia se había perdido. Debía de haber avanzado en la dirección equivocada con las botas de siete leguas, porque se vio en un paraje completamente desconocido y, cuando trató de volver atrás, ya no fue capaz de encontrar el bosque donde se había topado con Arla. Dio varios pasos de gigante, en una y otra dirección, adelante y atrás, hasta que se sintió tan mareada que fue incapaz de continuar. Se detuvo cerca de un pequeño pueblo y volvió a invocar a Quinto.

—¿Dónde estamos? —preguntó él, mirando a su alrededor—. ¿Hemos llegado ya a Vestur?

—No tengo ni idea —confesó ella, un poco avergonzada—. Me parece que he estado dando vueltas y no he llegado a ninguna parte. Con algo de suerte, seguiremos en Corleón. Se me ha ocurrido que, antes de seguir avanzando al azar, quizá sería buena idea preguntar por el camino que seguir —añadió, señalando las casitas que se veían al final del camino.

—Me parece bien —asintió Quinto.

Felicia le tendió el bastón que habían improvisado aquella mañana, en el bosque. Pero tuvo que sentarse de inmediato sobre la hierba porque se mareaba.

—¿Estás bien? —le preguntó el soldado con preocupación.

—Sí, es solo... que creo que he llevado las botas demasiado tiempo.

Se las quitó con un suspiro de alivio. Cuando se puso en pie y pudo caminar por fin a su propio ritmo, se sintió mucho mejor.

Llegaron a la aldea poco después. Les sorprendió comprobar que estaba bastante vacía y silenciosa a pesar de la hora: apenas se veía gente trabajando en los campos y las pocas personas que divisaron por la calle caminaban presurosas, como si llegasen tarde a alguna parte. No había niños jugando junto a las casas ni muchachas cantando mientras realizaban sus tareas.

—¿Qué está pasando? —murmuró Felicia—. No es un pueblo abandonado, aquí vive gente.

—Tienen miedo —observó Quinto.

La princesa se preguntó si no habrían llegado a Vestur, después de todo. Tenía entendido que en muchos lugares temían la llegada del ejército de las hadas y se estaban preparando para defenderse o para huir a un sitio más seguro.

—Vamos a preguntar —propuso.

Llamó a la puerta de una casa cuya chimenea despedía una fina columna de humo.

—¿Sí? ¿Quién es? —se oyó una voz femenina al otro lado.

—Somos dos viajeros que estamos de paso —explicó Felicia—, pero nos hemos perdido. ¿Podrías darnos algunas indicaciones?

La puerta se abrió solo un poco y un rostro desconfiado los estudió a través de la rendija. Pareció encontrarlos de su agrado, porque les abrió del todo y se asomó para recibirlos.

—¡Oh, pero si sois muy jóvenes! Pasad, pasad. Es peligroso estar fuera.

Se trataba de una anciana de cabello gris, recogido en una trenza, y mejillas redondas y rosadas como manzanas. Sus ojos eran amables, aunque miraban de un lado a otro con inquietud.

—Muchas gracias, pero no es necesario —se apresuró a contestar Felicia—. Vamos de camino a Vestur. Nos marcharemos en cuanto sepamos en qué dirección debemos seguir.

—Vestur está muy lejos de aquí —dijo la anciana, confirmando los peores temores de Felicia—. Vamos, entrad; estoy preparando el almuerzo para mis hijos, que están trabajando en el campo, y siempre hago de más. ¿No tenéis hambre?

—En realidad… —empezó Felicia, pero sus tripas resonaron con fuerza antes de que pudiese terminar la frase.

Se sonrojó. Lo cierto era que no había comido nada desde la noche anterior, y lo que fuera que estaba cocinando aquella buena mujer olía deliciosamente bien.

De modo que, agradeciendo la invitación, ambos entraron en la casa.

Una vez allí, Quinto dijo que no tenía hambre; Felicia, en cambio, dio buena cuenta del plato de guiso, sencillo pero sabroso, que le sirvió su anfitriona.

—Entonces, ¿nos encontramos todavía en Corleón? —preguntó el soldado mientras su compañera terminaba de comer.

—Sí, sí, muy cerca de la frontera —respondió la anciana—. En tierra de nadie, para nuestra desgracia.

—¿Por qué? —preguntó Felicia—. ¿Sucede algo malo en este lugar?

—Hemos notado que sus habitantes no parecen muy... felices —comentó Quinto con prudencia.

—Ay, pero lo éramos —suspiró la señora—. Con el rey anterior, todo iba mucho mejor. Pero ahora sus hijos pelean por el trono y han descuidado el reino. ¿Habéis oído hablar del príncipe Corleón? Pacificó estas tierras hace quinientos años. Antes, todo esto no era más que un nido de ogros, brujas y diablos. Él los expulsó a todos y fundó un nuevo reino, pero sus descendientes deben seguir defendiéndolo, porque esas horribles criaturas están deseando volver. —Se estremeció—. Hace unos meses, una de ellas, un ogro feroz y espantoso, se instaló en las colinas cercanas. Desde entonces, aparece cada cierto tiempo por el pueblo y se lleva a alguien a su guarida para devorarlo. —Enterró el rostro entre las manos, muy angustiada—. Y no hay nadie que pueda ayudarnos. La capital del reino está muy lejos de aquí y el príncipe Arnaldo está ocupado organizando su coronación y batallando contra su hermana.

—Pero no puede dejaros en la estacada —opinó Felicia, impresionada—. Es su responsabilidad defender a sus súbditos. ¿Está informado de lo que ocurre aquí?

—Sí, enviamos mensajeros hace tiempo. Y él nos mandó un grupo de hombres de armas para acabar con el ogro, pero... no pudieron derrotarlo. Y desde entonces no ha venido nadie más.

—¿Tan poderosa es esa criatura? —preguntó Quinto, frunciendo el ceño.

La anciana negó con la cabeza.

—Oh, no, no es más que un ogro del montón, de talla pequeña, para los de su clase, y no demasiado listo. Pero tiene un objeto mágico, un gorro viejo y andrajoso. Cuando lo lleva puesto, nadie es capaz de verlo. ¿Comprendéis?

—¡Oh! ¿Quiere decir eso que puede volverse invisible? —inquirió Felicia, muy interesada.

—Eso es, sí. —La mujer se encogió de hombros—. Los soldados no tuvieron ninguna oportunidad contra él. ¿Cómo iban a enfrentarse a un enemigo que no podían ver? Tal vez por esta razón el príncipe no ha enviado refuerzos. O quizá ha terminado por olvidarse de nosotros. Después de todo, tiene muchas otras cosas en las que pensar.

«Un gorro con la capacidad de volver invisible al que lo usa», pensó Felicia. Cruzó una mirada significativa con Quinto, que parecía haber tenido la misma idea.

—¿Dónde dices que vive ese ogro? —quiso saber ella.

La anciana se quedó mirándolos, alarmada.

—¡No estaréis pensando en ir a su encuentro! Es un mal bicho, niña. Y le gustan especialmente las jovencitas como tú. Las devora con tanto apetito que no deja ni los huesos.

—¡Oh, no, en absoluto! —se apresuró a responder Felicia—. Solo queremos saber por dónde anda…, para no acercarnos allí por error.

—Si vais en dirección a Vestur, no deberíais tropezaros con él. Pero yo en vuestro lugar procuraría estar bien lejos de aquí cuando se ponga el sol.

Nunca más

Se despidieron de la anciana y se ofrecieron a llevar a sus hijos el perol con el almuerzo para que ella no tuviese que caminar hasta los campos de labranza. Siguiendo sus indicaciones, llegaron al lugar donde los dos hombres se afanaban arando bajo el sol.

—¿El ogro, decís? —respondió uno de ellos cuando le preguntaron al respecto—. Vive entre aquellas dos colinas. ¿Las veis? Por suerte, no tenéis que pasar por allí para ir a Vestur.

Quinto y Felicia les dieron las gracias por la información, dejaron el perol con la comida y se alejaron del pueblo.

—¿Crees que podrías derrotar a un ogro? —preguntó entonces la joven, pensativa.

—Sin lugar a dudas —respondió el soldado.

—¿Incluso a uno que es capaz de volverse invisible?

—Muy probablemente. Pero será peligroso para ti, de todos modos.

—¿Qué es lo que propones? ¿Ir a su encuentro tú solo? —Felicia negó con la cabeza—. Te verá llegar y se pondrá el gorro, y entonces ya no podrás saber dónde está.

Quinto la miró con curiosidad.

—¿Tienes un plan?

—Sí. He pensado que podemos tenderle una trampa. La anciana ha dicho que le gustan las muchachas, ¿verdad? Voy a hacer de cebo. Pensará que estoy indefensa y vendrá a capturarme, y entonces te invocaré y lo pillaremos por sorpresa.

—¿Pretendes enfrentarte a él tu sola? —Quinto sacudió la cabeza con una mezcla de desaprobación e incredulidad.

—No voy a enfrentarme a él. Y no estaré sola, te tendré a ti.

—No podré protegerte si soy un simple pedazo de madera.

Había amargura y cierta angustia en sus palabras. Felicia se quedó mirándolo con emoción contenida.

—No eres un simple pedazo de madera —le dijo con ternura—. Viajarás conmigo de incógnito. Podré invocarte en cualquier momento y el ogro no lo verá venir.

Quinto desvió la mirada. Podía hablarle del «letargo», de lo que suponía para él que su conciencia se extinguiese como una llama bajo el mar. Podía decirle que, pese a todo, lo peor no era la incertidumbre de no saber si volvería a despertar…, sino que, tal vez, cuando lo hiciese…, estaría bajo las órdenes de un general diferente, ignorando cuánto tiempo había pasado desde la última vez, qué había sucedido desde entonces y, lo más importante…, si Felicia seguía a salvo.

Pero no había gran cosa que pudiese hacer al respecto, de modo que se limitó a murmurar:

—Como ordenes, mi general.

—No —protestó Felicia—. Quinto, no seas así. No es una…

—¿No es una orden? —terminó él con suavidad.

Se miraron a los ojos.

—No quiero que lo sea —respondió ella—. Sé que es un plan arriesgado, pero estoy segura de que puede salir bien. Necesito que confíes en mí —insistió—, porque nadie más lo hace.

Finalmente, Quinto inclinó la cabeza.

—Como ordenes, Felicia —dijo; pero en esta ocasión le dedicó una media sonrisa, y ella sintió que su corazón latía un poco más deprisa.

Siguiendo las indicaciones de la gente del pueblo, enfilaron un sendero que los condujo hasta un arroyo. Había un puente de madera para cruzar al otro lado, donde comenzaba un bosquecillo que se extendía hasta la falda de la colina en la que habitaba el ogro.

Quinto y Felicia cruzaron una mirada: había llegado el momento.

—Soldado, tu general te da licencia —pronunció ella con un nudo en la garganta.

De inmediato, el joven volvió a transformarse en una figurita de madera. Felicia la recogió del suelo y la estrechó un instante contra su pecho antes de guardarla cuidadosamente en su faltriquera. Cargada con las botas del Gato, que todavía llevaba a cuestas, inspiró hondo y cruzó el puente.

Detectó una fina columna de humo un poco más allá. Caminó un rato por el bosque en aquella dirección hasta llegar a una choza que se alzaba en un claro. Parecía haber sido construida por humanos mucho tiempo atrás, tal vez leñadores o cazadores; pero ahora la ocupaba alguien de mayor tamaño, que había agrandado el hueco de la puerta y lo había vuelto a cubrir de cualquier manera con cuatro tablones. La casa estaba muy descuidada: la maleza crecía salvaje junto a los muros, había tejas sueltas en el techo cubierto de musgo y todo el lugar en general despedía un hedor nauseabundo.

Felicia tragó saliva. Miró a su alrededor, pero no vio al ogro en ninguna parte. De modo que, tras esconder las botas entre unos matorrales, se acercó con sigilo.

Rodeó la casa con cuidado, buscando señales de la monstruosa criatura que habitaba allí. Pero todo estaba tranquilo y en silencio.

Se puso de puntillas para asomarse a la ventana. El interior de la casa estaba tan sucio y desordenado como todo lo demás. Felicia vio un enorme y mugriento jergón en un rincón, una jaula al fondo de la sala y una chimenea en la que ardía un potente fuego.

Frunció el ceño. Por supuesto; había llegado hasta allí siguiendo el humo que salía de la chimenea, por lo que el ogro debía…

—Vaya, vaya —la sobresaltó de pronto una voz profunda justo detrás de ella—. ¿Qué tenemos aquí?

Felicia se dio la vuelta de inmediato, pero no vio a nadie. Rápidamente, se llevó la mano a la faltriquera…, pero algo la aferró con fuerza, impidiendo que se moviera. Entonces el ogro apareció ante ella. Era una criatura enorme y velluda, con ojillos negros de mirada cruel y estúpida, nariz bulbosa y una mata de pelo sucio en lo alto de la cabeza. Acababa de quitarse un mohoso gorro gris, que sujetaba ahora en la mano izquierda. Con la derecha atenazaba férreamente a la muchacha, manteniéndole los brazos pegados al cuerpo. Ella pataleó, desesperada. No podía alcanzar la figurita de madera.

—Ja, ja, ja —rio el ogro, y una vaharada de aliento fétido golpeó a su presa, que arrugó la nariz con repugnancia—. Ya no tengo que ir a cazar. ¡La cena viene directa al puchero!

Se rio de nuevo a carcajadas, como si acabase de decir algo muy divertido. Después, ignorando los gritos y forcejeos de Felicia, se la llevó al interior de la choza.

Allí colgó el gorro mágico en un gancho de la pared y arrojó brutalmente a su presa al interior de la jaula que ella había visto antes a través de la ventana.

Felicia evocó los recuerdos de un sótano oscuro y de la mujer que, sonriendo con exquisita dulzura, la había encerrado allí con la intención de engordarla para devorarla más tarde. El terror le acuchilló las entrañas, pero luchó por regresar al presente. Porque por fin estaba libre de la manaza del ogro y podía volver a moverse.

Con dedos temblorosos, sacó la figurita de su faltriquera.

—¿Qué es lo que tienes ahí? —preguntó entonces el ogro.

Felicia alzó la figura para interponerla entre ambos.

—¡Soldado...! —empezó, pero la criatura se la arrebató de un manotazo y la examinó, bizqueando—. ¡No! —chilló Felicia, presa del pánico—. ¡Devuélvemelo!

El ogro cerró la puerta de la jaula de un golpe y, con una nueva risotada, lanzó al soldado de madera hacia el fuego.

—¡Soldado, tu general te llama a las armas! —gritó Felicia.

Habló tan deprisa que apenas separó las palabras.

Pero la magia funcionó. Quinto se materializó de pronto frente al fogón, con la espada ya desenvainada. El ogro, sorprendido, retrocedió con un traspié.

—¿Quién...? ¿Cómo...? —barbotó.

Nunca llegó a terminar la frase. De un poderoso mandoble, Quinto le segó la garganta. Cuando la criatura cayó al suelo de rodillas, aún con una expresión de estúpida incomprensión grabada en sus facciones, el soldado le hundió la espada en el corazón y lo remató.

El ogro se desplomó de bruces en el suelo, muerto.

Quinto se quedó contemplándolo un momento con gesto indescifrable. Se había apoyado en la pared para mantener el equilibrio y sostenía en la otra mano la espada ensangrentada. Alzó entonces la mirada hacia Felicia, que seguía acurrucada en el interior de la jaula, con los ojos llenos de lágrimas.

—Deduzco que tu plan no ha salido exactamente como esperabas —comentó él, con tono neutro.

Felicia no respondió. Se apoyó contra los barrotes de la jaula y cerró los ojos con cansancio.

Quinto descubrió un enorme garrote apoyado contra la pared y lo cogió para utilizarlo como muleta. Con su ayuda, avanzó hasta la jaula y liberó por fin a Felicia.

Ella lo abrazó con fuerza.

—Lo siento muchísimo —susurró, hundiendo los dedos en el cabello castaño del joven—. No volveré a transformarte en figurita de madera nunca más.

Él dirigió una breve mirada a las llamas que ardían en la lumbre.

—Tal vez en algún momento resulte de utilidad…

—Nunca más —insistió Felicia.

Invisible

Felicia tocó con el pie el cuerpo del ogro, que yacía de bruces en un charco de sangre espesa y oscura, solo para asegurarse de que ya no se movía.

Dejó escapar un suspiro de alivio.

—Ya no volverá a hacer daño a nadie. La aldea está a salvo.

—¿Crees que deberíamos ir a decírselo? —preguntó Quinto.

—Deberíamos, sí. Para que puedan respirar tranquilos, y porque eres un héroe y todo el mundo ha de saberlo —añadió ella, sonriéndole con afecto—. Pero no hay tiempo: mañana las hadas atacarán Vestur, y nosotros todavía tenemos que recuperar el cofre y regresar antes de que comience la batalla.

Descolgaron el gorro mágico del gancho de la pared; no era más que un trapo mugriento que olía tan mal como su anterior propietario, y Felicia lo sostuvo con la punta de los dedos con reparo, alejándolo todo lo posible de su cuerpo.

—Esto es asqueroso —declaró—. Me niego a ponérmelo en la cabeza.

—Podemos intentar lavarlo primero —sugirió Quinto.

Felicia suspiró, pero asintió porque no tenían alternativa.

Salieron de la choza por fin, con gran alivio por su parte; recuperaron las botas de siete leguas y, cargados con ambas prendas mágicas, se dirigieron al río. Una vez allí, Felicia se arrodilló en la orilla y hundió el gorro del ogro en el agua. Un reguero de color marrón afloró de él; la muchacha dejó escapar un gruñido de disgusto y lo retorció y refrotó todo lo que pudo. Estuvo un buen rato lavándolo con energía, hasta que ya no salió más suciedad. Solo entonces se atrevió a sacarlo del agua.

Lo olisqueó con la nariz arrugada. Todavía apestaba un poco.

—No creo que se le vaya nunca el olor —se quejó.

Pero no podían perder más tiempo. Escurrió bien el gorro para secarlo un poco y después, sin poder reprimir un gesto de repugnancia, cerró los ojos y se lo puso en la cabeza, conteniendo el aliento.

Le venía tan grande que le tapaba media cara. Felicia abrió los ojos con una exclamación ahogada, pero comprobó con sorpresa que podía ver sin problemas a través del fieltro. Contempló a Quinto, que miraba en su dirección con los ojos muy abiertos... pero sin enfocarla, como si no la viera.

—¿Felicia? —la llamó—. ¿Sigues... sigues aquí?

—Sí —se apresuró a responder ella—. Sigo aquí, o eso creo.

Alzó las manos para ajustarse el gorro, pero no se las vio. Dejó escapar un grito de alarma.

—¡Felicia! —exclamó Quinto, preocupado.

—¡Estoy bien! —se apresuró a tranquilizarlo ella—. Es solo que...

Se palpó los brazos, sorprendida. Sabía que su cuerpo estaba allí, pero era incapaz de verlo. Alargó las manos para tocar a Quinto. Este dio un respingo al notar el contacto.

—Sigo siendo yo —dijo ella.

Él la buscó a tientas y, cuando halló sus manos, se las estrechó con fuerza. Felicia sonrió.

—Esto es... raro —comentó—. No sé si seré capaz de arreglármelas.

—Puedo usarlo yo, si quieres —se ofreció Quinto.

Ella negó con la cabeza. Recordó entonces que él no podía verla.

—La magia del gorro no funcionará contigo —objetó—. No te preocupes; se me da bien moverme sin que nadie me oiga.

Evocó las noches recorriendo el castillo de su niñez, en dirección al sótano de las estatuas encantadas, esforzándose por caminar con sigilo para que Camelia no la descubriera. Sintió una punzada de nostalgia y se preguntó si alguna vez volvería a ver a su hada madrina.

Apartó aquellos pensamientos de su mente. Se quitó el gorro húmedo de la cabeza y se volvió visible de nuevo, para alivio de Quinto, que la contempló con una sonrisa.

—Bien, pues parece que te has hecho con un alijo interesante —comentó—. Un sombrero que te vuelve invisible, unas botas de siete leguas...

—También se me da bien conseguir objetos mágicos, al parecer —respondió ella, sonriendo a su vez—. Hoy mismo recuperaremos el cofre con los soldados encantados y algún día conseguiré que mi madre me devuelva la llave que me quitó.

—Y, entonces, serás invencible.

—Por supuesto. Y conquistaré el mundo.

Cruzaron una mirada divertida y se echaron a reír. Felicia estaba agotada porque no había dormido nada, pero se sentía optimista por primera vez desde su llegada a Vestur.

—¿Cómo encontraremos a Arla? —preguntó entonces Quinto—. Con las botas puedes viajar muy lejos, pero deberías saber primero en qué dirección desplazarte.

Ella recordó su exploración de colina en colina de la noche anterior. Estaba bastante segura de que podría reconocer aquel paisaje.

—Creo que sería capaz de regresar al lugar donde di con ella anoche —respondió—, pero ya no estará allí.

El soldado asintió, reflexionando.

—Desde ese punto, no debería ser demasiado difícil seguirla. Aunque quizá nos lleve un poco de tiempo. Vamos; transfórmame y pongámonos en marcha ya.

—Ni hablar —se negó Felicia. Recordó el momento en que el ogro había lanzado la figurita de madera hacia el fuego y lo cerca que había estado de caer en él. Se estremeció—. Mientras de mí dependa, no volverás a ser un soldado de madera. Es demasiado peligroso.

Él la miró con perplejidad.

—Pero... eso no puede ser así. Yo no puedo ser siempre... un soldado de carne y hueso.

Ella le sostuvo la mirada, desafiante.

—¿Por qué no? —le espetó.

Quinto no fue capaz de responder al principio.

—Porque no es lo que soy en realidad —dijo por fin, con suavidad.

Ella apartó la mirada.

—Me da igual —insistió—. No voy a volver a pronunciar esas palabras nunca más. Ya he tenido suficientes sustos, muchas gracias.

Él la contempló un instante con ternura antes de responder:

—Pero así no puedo acompañarte en tu viaje, Felicia. Solo tienes un par de botas.

—Te llevaré de la mano —replicó ella—. Si te sujeto con fuerza, no te quedarás atrás.

Quinto la miró, dubitativo.

—¿Crees que funcionará?

—No lo descubriremos si no lo intentamos.

Para que nuestra luz no se extinga

Caía ya la tarde cuando Camelia y el oso llegaron a su destino, una grieta en la base de una montaña tan rodeada de vegetación que solo se veía al acercarse. El oso husmeó en torno a la entrada de la cueva y dijo:

—Podéis salir ya. No hay ningún peligro.

Camelia observó con curiosidad y cierto asombro a los tres oseznos que asomaron tímidamente por el agujero. Dos de ellos eran castaños y el tercero tenía el pelaje casi tan oscuro como su padre.

El más atrevido de los tres, una hembra parda, se acercó con cautela a Camelia para olfatearla.

—¿Qué es esto, padre? ¿Por qué lo has traído? ¿Se puede comer?

—Yo sé qué es —dijo el otro cachorro de pelaje castaño, desde la seguridad de la cueva—. Es un zorro, ¿verdad?

—Entonces, ¿no se come?

—Claro que no, boba. —La hembra de color negro salió de la cueva detrás de su hermana—. Los osos no comemos zorros. ¿Verdad que no, padre?

El enorme oso Ancestral sonrió con indulgencia.

—No lo hacemos, en efecto. Hijos, portaos bien con nuestra invitada. Que no se diga que no habéis aprendido buenos modales.

—¿Invitada? —repitió la osezna parda. Volvió a olisquear a Camelia—. ¿Quién es, y por qué ha venido? ¿Acaso tienes nombre, invitada?

—Sí —respondió ella con desconcierto—. Me llamo Camelia.

Los tres cachorros cruzaron una mirada rebosante de alegría.

—¡Tiene nombre! ¡Tiene nombre! —exclamaron, y comenzaron a dar brincos alrededor de la zorra.

—Yo soy Bod —se presentó el macho.

—Y yo, Bila —dijo la hembra de color negro.

—Yo me llamo Bada —se apresuró a añadir su hermana.

—Ah, bueno, me doy cuenta de que no me había presentado todavía —suspiró el oso Ancestral—. Mi nombre es Arto.

—Encantada de conoceros... a todos —contestó Camelia, aún perpleja.

Volvió a fijarse en el oso adulto. Era, en efecto, un macho, tal como ella había advertido desde el principio. Miró a su alrededor con disimulo, pero no vio a la madre por ningún sitio.

—¿Qué nos has traído para comer? —preguntó Bada, metiéndose entre las poderosas patas de su padre.

—Nada todavía —respondió Arto—. Me he encontrado con Camelia justo cuando trataba de alcanzar un panal.

Los tres oseznos protestaron a la vez, pero él los hizo callar con un gesto.

—Voy a acercarme al arroyo a pescar —anunció—. ¿Me acompañas? —le dijo a Camelia.

—¿No te quedas a jugar? —preguntó Bod, desilusionado, cuando la zorra aceptó con un asentimiento.

—Volveremos enseguida —le aseguró Arto.

De modo que él y Camelia se alejaron de la cueva juntos, dejando atrás a los oseznos. Caminaron un rato en silencio, hasta que el oso dijo:

—Seguramente te estarás preguntando qué ha sido de su madre.

—Yo... Lo cierto es... —balbuceó ella. Arto la miró de reojo con una media sonrisa, y Camelia concluyó—: Sí, es verdad. Tengo entendido que los machos de tu especie no suelen cuidar de las crías.

—Los osos corrientes no lo hacen, es verdad. Pero la madre de mis cachorros ya no está. Salió un día a buscar alimento y nunca volvió. —Hizo una pausa y prosiguió, pensativo—: Estaban condenados a morir de hambre y de sed, o devorados por los depredadores. No obstante, los Ancestrales no somos solo animales y no estamos encadenados a nuestros instintos. Sabes de qué estoy hablando, ¿verdad?

—Supongo que sí, pero... tampoco puedo estar segura. Después de todo, las hadas no tenemos hijos.

Se preguntó por primera vez si no sería aquella la razón de ser de las hadas madrinas. ¿Sería posible que su deseo de proteger a los hijos de los mortales naciese de la imposibilidad de poder cuidar de sus propios vástagos?

Se dio cuenta entonces de que Arto la miraba con fijeza.

—Un hada, ¿eh? —Sacudió la cabeza—. Bueno; ahora que has dejado de serlo, tú también podrás criar a tus propios cachorros.

Camelia se detuvo en seco. Llevaba ya un tiempo conviviendo con Ren en el bosque, pero en ningún momento se le había ocurrido aquella posibilidad.

—¿Cachorros? Pero…

Pensó en los tres oseznos y en lo mucho que les había llamado la atención el hecho de que ella tuviese nombre.

—Ellos son Ancestrales también —musitó—. ¿Vivirán cientos de años? ¿Serán capaces de adoptar forma humana? Si Ren y yo…, si tenemos hijos…, ¿serán zorros corrientes o…?

Arto se rio, con una risa grave y profunda que hizo temblar su poderoso pecho.

—¿No te lo habías planteado todavía? Sin duda, haces honor a tu origen feérico.

Ella se ruborizó.

—Es una cuestión de la que nunca me había preocupado en más de trescientos años —señaló—. Las que daban a luz y criaban a sus niños… eran siempre mujeres humanas. Yo me limitaba a otorgar a los bebés mis dones y mi protección hasta que se hacían mayores.

Constató con sorpresa que no había nostalgia en sus palabras. Apenas llevaba unas semanas como Ancestral, pero no añoraba la vida que había dejado atrás.

—En tiempos remotos, los Ancestrales nos buscábamos y nos encontrábamos —dijo Arto, pensativo—. Y teníamos crías, y todas ellas eran listas y sabían sus nombres. Después crecían y se hacían adultas, y casi todas desarrollaban los poderes Ancestrales y vivían después cientos de años.

Camelia irguió las orejas.

—¿Casi todas?

—Otras iban perdiendo la conciencia Ancestral a medida que se hacían mayores. Se volvían entonces animales corrientes. Olvidaban sus nombres, perdían la capacidad de hablar, envejecían y morían cuando llegaba el momento. En tiempos remotos, eran la excepción. —Alzó la cabeza para contemplar las primeras estrellas que tachonaban el firmamento, más allá de los árboles—. Ahora son la norma.

Camelia tardó unos instantes en comprender lo que implicaban sus palabras.

—¿Quieres decir que Bod, Bila y Bada...?

—Serán osos corrientes cuando sean adultos, sí. Quizá alguno de ellos conserve el conocimiento Ancestral. Yo apostaría por Bila. No porque se parezca más a mí —se apresuró a aclarar—, sino porque es la más espabilada. Pero luego nunca se sabe. —Sacudió la cabeza con pesar—. Podría ser ella, podría ser cualquiera de los otros dos o podría no ser ninguno. El Alma Ancestral es una cosa bastante aleatoria, en verdad.

La zorra permaneció un momento en silencio, rumiando aquella información.

—¿Y la madre de tus oseznos...?

—Era una osa corriente, sí. —Camelia no dijo nada, y Arto continuó—: Si no tenemos crías, nuestra luz se extinguirá del todo. Desde luego, seguirá habiendo osos, y zorros, y lobos. Pero no serán Ancestrales. Tú eras un hada —añadió, mirándola de reojo—, y tu zorro tiene nombre. Tal vez vuestros hijos sean Ancestrales también, o, al menos, la mayoría de ellos.

—¿Quieres decir que debemos... reproducirnos... para que nuestra luz no se extinga?

—No. —El enorme oso sacudió la cabeza—. Hemos de hacerlo porque es lo que está escrito en el corazón del mundo. Y todos formamos parte de él. Los animales, los humanos, los Ancestrales...

Camelia no supo qué decir.

—Las hadas son otra cosa —prosiguió el oso—. Vienen de un lugar donde no transcurre el tiempo. Que es cambiante y a la vez eterno. Pero no sigue los ciclos naturales, como el nuestro.

—Eso es verdad —murmuró la zorra.

—Y por eso, al final —concluyó Arto, reflexivo—, no importa en el fondo si mis cachorros resultan ser osos corrientes, cuando crezcan. —Clavó la mirada en ella y sus ojos parecieron sonreír—. También ellos tienen derecho a vivir, aunque sea por poco tiempo. Y son valiosos por sí mismos, con nombre o sin él. Igual que lo serán los tuyos.

—¿Los míos? Pero…

—Hemos llegado —anunció entonces Arto, animado.

Se había detenido a orillas de un rumoroso regato y Camelia estuvo a punto de chocar contra él.

—¿Qué tal se te da pescar? —le preguntó el Ancestral.

Pero ella retrocedió con la cola entre las patas.

—No lo he hecho nunca, y no voy a intentarlo ahora. Hay una bruja que me persigue y que puede verme a través de los espejos, ¿recuerdas?

—Ah, es cierto. —El oso la contempló, pensativo—. No puedes estar siempre huyendo, ¿sabes?

—No tengo modo de enfrentarme a ella, Arto.

—Es posible. Pero la oscuridad solo puede avanzar por los lugares de donde la luz se ha retirado. Cuanto más corras, más terreno le cederás.

Camelia no respondió y tampoco se atrevió a acercarse al arroyo. Se limitó a contemplar al enorme oso mientras este pescaba la cena para sus cachorros.

Cuando yo ya no esté

El rey Simón de Vestur entró en los establos cuando la luna ya estaba en lo alto. La mayoría de los caballos estaban dormidos, de modo que se esforzó por caminar en silencio para no despertarlos.

Uno de ellos, sin embargo, seguía mascando heno en su pesebre. Simón sonrió. A medida que se hacía mayor, su querido Niebla dormía cada vez menos horas.

—Buenas noches —lo saludó en voz baja.

El caballo lo miró brevemente sin dejar de masticar, pero no respondió.

—He venido a despedirme.

Niebla no reaccionó.

—Mañana me voy a la guerra —siguió contando Simón—. Pero no voy a llevarte conmigo. Montaré un corcel de batalla adiestrado para ello. Sé que no te importa, en realidad, pero lo mejor para ti es que te quedes aquí. Porque vamos a perder esta contienda y seguramente me matarán, a mí y a todos los hombres que sean tan valientes o tan locos como para luchar bajo mis órdenes —se le quebró la voz y no pudo continuar.

Niebla se volvió para mirarlo con cierta curiosidad. Simón sonrió con amargura.

—¿Te acuerdas de los viejos tiempos? Cuando yo no era más que un mozo de cuadra que soñaba con ganar el corazón de una princesa.

¡Cuántas horas pasé cepillándote a ti y a todos los demás, y limpiando el suelo del establo «hasta que el caballerizo mayor pueda ver su rostro reflejado en él»! —imitó con voz de falsete—. ¿Qué habrá sido de ese hombre, por cierto? ¿Recuerdas aquella vez que me obligó a frotar las baldosas con un cepillo de dientes?

—No me caía bien —dijo Niebla, pensativo.

—Ya, a mí tampoco —asintió el rey.

Contempló al caballo con cariño. Mucho tiempo atrás, su hada madrina le había concedido el don de comunicarse con él. Pero lo cierto era que Niebla no era un poderoso Ancestral, sino un simple caballo doméstico. Así que nunca tenía gran cosa que decir. Con el paso de los años, además, la edad y la rutina lo iban volviendo cada vez más perezoso, de manera que ya rara vez hablaba. Simón trataba de conversar con él a menudo, pero la mayor parte de las veces no eran más que monólogos sin respuesta.

Acarició con afecto el cuello del animal.

—Hasta siempre, amigo —se despidió.

Niebla no respondió. Había vuelto a hundir el morro en el pesebre.

—¿Sigues tratando de hacer hablar a ese viejo cascarrabias? —oyó la voz de Asteria tras él.

Simón se volvió. La reina se había recogido el bajo de la falda y avanzaba desde la puerta del establo.

—Asteria, ¿qué haces aquí a estas horas? —El corazón se le aceleró—. ¿Hay noticias de Felicia? —preguntó, esperanzado.

Ella se situó a su lado.

—Nada. Verena y sus compañeros se han marchado ya, sin ella. Han esperado hasta el último momento, por si volvía. Pero no podían quedarse más tiempo.

—Han hecho bien. —El rey le dirigió una mirada severa—. Y tú deberías haberte ido con ellos.

Asteria negó con la cabeza.

—Este es mi hogar. Es el castillo de mi familia. El mismo que mi esposo va a defender con su vida. Mi lugar está aquí, a tu lado. Hasta el final.

Simón la contempló con afecto y le acarició la mejilla. Ella cerró los ojos un momento, pero los abrió enseguida.

—¿Dónde estará Felicia? —se preguntó—. Nadie la vio salir anoche. Las puertas estaban bien vigiladas y ella ya no tiene su llave mágica. ¿Cómo ha podido escaparse esta vez?

—Ha ido en busca de Arla, no tengo la menor duda. Para recuperar el cofre de los soldados mágicos.

—No lo conseguirá. Si se ha marchado sola...

—No me consta que nadie la acompañara. Y en esta ocasión tampoco se ha llevado a su soldado cojo —añadió con remordimiento—, porque nosotros se lo quitamos. Así que está indefensa.

—Estaba a salvo en el castillo. Se iba a marchar a Zarcania, con la princesa Verena. ¿Por qué insiste en ponerse en peligro una y otra vez?

—No llegará muy lejos. Arla le llevaba mucha ventaja. Con un poco de suerte, nuestra hija encontrará un lugar seguro donde refugiarse cuando las hadas ataquen. —Asteria no dijo nada, y Simón añadió—: ¿Aún crees que Camelia puede volver a llevársela? ¿O temes que sea la bruja de los espejos quien vaya en su busca?

—No. Ninguna de ellas es ya un peligro para Felicia —respondió la reina.

Simón la miró con curiosidad, pero no dijo nada. Ella echó un vistazo alrededor y suspiró.

—Recuerdo cuando nos veíamos aquí a escondidas. Luchamos tanto para poder estar juntos a pesar de todo... ¿Cómo han podido torcerse así las cosas?

Ambos se habían hecho muchas veces aquella pregunta, y la respuesta siempre era: «Es por culpa de Camelia». Todavía lo pensaban, en el fondo. Pero Simón también era consciente de que había osado soñar con cosas imposibles.

Y las cosas imposibles nunca se obtienen a cambio de nada.

—Vamos —instó a su esposa, pasándole un brazo por los hombros—. Deberías intentar descansar un poco. Mañana será un largo día.

«Mañana será nuestro último día», pensó, pero no lo dijo en voz alta.

Ella percibió un tono sombrío en su voz y alzó la cabeza para mirarlo.

—¿No vas a dormir un poco?

—No. Voy a pasar la noche en el campamento, con mi ejército. Debemos estar listos para cuando ataquen las hadas.

Asteria suspiró. Todo aquello le parecía una pesadilla de la que no conseguía despertar.

—Iré contigo —decidió.

Pero Simón negó con la cabeza. Se habían detenido en el patio, ya al aire libre. Él colocó las manos sobre los hombros de su esposa para mirarla a los ojos.

—Tienes que mantenerte a salvo —le dijo—. Para cuando Felicia regrese. Tienes que cuidar de ella… cuando yo ya no esté.

Los ojos azules de la reina estaban llenos de lágrimas. Sostuvo la mirada de Simón durante un instante… y ambos se fundieron en un largo y último abrazo.

Como el roce de una mariposa

Hallaron el campamento de los rebeldes antes de lo que pensaban, combinando la destreza de Felicia con las botas de siete leguas, con las que había aprendido a saltar de colina en colina, y la excelente vista de Quinto. Se las habían arreglado bastante bien a la hora de viajar con el calzado mágico; agarrados de la cintura, habían avanzado a la par, con el paisaje moviéndose a velocidad de vértigo a su alrededor. Por fin se habían detenido en un bosque, ya no muy lejos de la capital de Corleón; Quinto había visto los tejados de los edificios a lo lejos la última vez que habían oteado el horizonte desde lo alto de una loma.

Arla y los suyos habían instalado varias tiendas al abrigo de una montaña. El campamento estaba en silencio, pero había dos hombres montando guardia.

Quinto y Felicia los espiaron desde una prudente distancia, ocultos entre los matorrales.

—Esa debe de ser la tienda de Arla —susurró ella—. Su caballo está atado justo al lado, separado de los demás.

—Bien visto —aprobó el soldado—. ¿Estás segura de que no quieres que te acompañe? Si me llevas contigo como figurita de madera, puedes...

—No —cortó Felicia—. Solo espérame aquí, ¿de acuerdo? Gritaré pidiendo ayuda si me encuentro en peligro. Y sé que serás capaz de escucharme y de acudir a rescatarme —añadió, sonriéndole con dulzura.

Cruzaron una intensa mirada. Llevada por un impulso, la muchacha alzó la mano para acariciarle la mejilla. Él pareció sorprendido, pero se dejó hacer.

«No son humanos de verdad, sino simples instrumentos. Por tanto, recomendamos encarecidamente NO ENCARIÑARSE CON ELLOS».

Felicia retiró la mano y se aclaró la voz antes de hablar de nuevo:

—Estoy lista. Espérame aquí. Te prometo que no tardaré.

Se puso el gorro del ogro sobre la cabeza y desapareció de inmediato de la vista.

—Ten mucho cuidado —murmuró Quinto con preocupación.

—Lo tendré.

Él se sobresaltó ligeramente, porque la voz de Felicia había sonado muy cerca de su oído. Y se sorprendió todavía más al sentir un cálido contacto en su mejilla, breve y ligero como el roce de una mariposa.

Después oyó el rumor de las pisadas de ella alejándose sobre la hierba… y luego ya nada más.

En la penumbra

La princesa Arlinda de Corleón se encontraba profundamente dormida, envuelta en una manta en un rincón de la tienda. Sus armas reposaban cerca de ella; la alforja que contenía sus pertenencias más preciadas estaba justo a su lado y la joven la había rodeado con el brazo, con gesto posesivo.

Felicia se detuvo un momento. No había ninguna lámpara que iluminase el interior de la tienda y la poca luz que entraba desde el exterior no bastaba para apreciar los detalles. Tendría que actuar a tientas.

Se acercó en silencio, conteniendo el aliento. Había pasado junto a los guardias sin que se percatasen de su presencia, pero, si Arla se daba cuenta de que había alguien en la tienda con ella, reaccionaría en consecuencia, aunque no pudiese verla.

Se inclinó junto a la joven y le apartó el brazo muy despacio. Cuando lo depositó sobre la manta, ella murmuró algo en sueños. Felicia se quedó congelada en el sitio.

Arla se limitó a cambiar de postura, sin despertarse. La intrusa exhaló aire poco a poco. Cuando se aseguró de que no había peligro, abrió la alforja y buscó a ciegas el cofre de maese Jápeto. Lo encontró y lo sacó lentamente, sin hacer ruido. Por fin, cuando lo tuvo en sus manos, se puso de nuevo en pie y se quedó quieta un momento, aguzando el oído.

Arla no reaccionó. Felicia empezó a moverse en silencio hacia la entrada de la tienda.

De pronto, tropezó con algo. Se detuvo, con el corazón desbocado.

Percibió un movimiento con el rabillo del ojo y se volvió con rapidez. Reprimió una exclamación de sorpresa.

Arla seguía completamente dormida, pero había algo vivo posado en su silla de montar, que había dejado en el suelo, al fondo de la tienda. Felicia distinguió la silueta de un enorme pájaro oscuro y captó el brillo de sus ojos redondos en la penumbra. Parecían fijos en ella, y la muchacha se preguntó con inquietud si sería capaz de verla, a pesar del gorro del ogro.

Después se dio cuenta de que, aunque ella se hubiese vuelto invisible, el cofre con los soldaditos mágicos no lo era, de modo que parecía que flotaba suspendido en el aire sin que nadie lo sostuviera.

El ave ladeó la cabeza. Felicia se movió con lentitud hacia la salida, llevándose el cofre con ella.

El pájaro graznó con todas sus fuerzas. Arla se despertó.

—¿Qué ha sido eso? ¿Qué pasa?

Felicia echó a correr, sujetando el cofre con fuerza contra su pecho. A su espalda oyó un segundo graznido y Arla gritó:

—¡El cofre! ¡El cofre! ¡Se llevan el cofre!

Felicia huyó de allí a toda velocidad. Pasó junto a los guardias, que no la vieron, aunque uno de ellos se volvió para contemplar con asombro la caja de madera flotante.

—¡Eh! ¿Qué es eso?

—¡Atrapad al ladrón! —ordenó Arla.

—Pero... ¿dónde está el ladrón?

Felicia estaba a punto de alcanzar la sombra protectora de los árboles cuando oyó un aleteo sobre ella, unas garras que arañaban su cabeza y un fuerte tirón.

Y de pronto volvió a ver su propio cuerpo; sorprendida, tropezó y cayó al suelo, aún con el cofre entre los brazos. Desde allí pudo divisar a un gran cuervo negro que se elevaba en el aire. Llevaba entre las garras el gorro mágico que le acababa de arrebatar.

—No —susurró ella.

—¡Allí! ¡Allí! ¿La veis?

Felicia se puso en pie a duras penas.

Entonces algo salió disparado desde la espesura, y la muchacha lo reconoció: era el garrote que Quinto se había llevado de la choza del ogro para utilizarlo como muleta. El bastón voló en dirección al cuervo, girando sobre sí mismo. El ave, que había dado media vuelta en el aire para regresar a la tienda con su botín, tuvo que hacer un movimiento brusco para esquivarlo.

No pudo apartarse a tiempo. El proyectil lo golpeó en un ala y lo hizo precipitarse hacia el suelo con un graznido de dolor. El gorro mágico se le escurrió de entre las garras.

Felicia ya corría hacia los árboles, seguida muy de cerca por los hombres de Arla. Pero cambió súbitamente de rumbo para sortearlos y se precipitó hacia el sombrero.

—¡Detenedla! ¡Detenedla! —gritaba Arla.

Con el rabillo del ojo, Felicia detectó con asombro que en el lugar donde había caído el cuervo había ahora una figura humana tendida en el suelo, cubierta por lo que parecía un manto de plumas negras.

No se entretuvo en cuestionarse sobre aquel enigma. Alcanzó el gorro y se agachó para recogerlo; pero, justo entonces, el primero de los guardias se le echó encima y la hizo caer de bruces al suelo.

—¡Ya la tengo!

Felicia se puso el gorro en la cabeza y desapareció de su vista. Aprovechando el instante de desconcierto del hombre, se revolvió para escapar de su presa. Se levantó y echó a correr de nuevo.

Los guardias miraron alrededor, confundidos. Uno de ellos localizó de nuevo el cofre flotante que se alejaba de ellos.

—¡Mirad! ¡Allí!

Felicia alcanzó por fin la sombra protectora de los árboles. Cuando ya se abría paso entre la maleza, algo la aferró de los hombros y tiró de ella hacia arriba. La muchacha lanzó un grito y pataleó para librarse.

—¡Shhh, Felicia, soy yo! —susurró la voz de Quinto en su oído.

Ella se quedó quieta, sorprendida. Las manos del soldado la izaron hasta la rama del árbol donde él se había refugiado. Felicia, aún invisible, se acomodó a su lado y aferró bien el cofre.

Los hombres de Arla pasaron bajo sus pies como una tromba.

—¿La habéis visto? ¿Dónde ha ido?

—¡Se ha puesto algo en la cabeza y se ha esfumado de repente! ¿Cómo vamos a encontrarla?

—El cofre que ha robado sí que puede verse…

—Pero será difícil distinguirlo entre los árboles. ¡Maldita sea!

—¡No perdáis el tiempo parloteando! —los reprendió Arla, que se había unido a la búsqueda—. ¡Peinad el bosque hasta que la encontréis! ¡Recuperad ese cofre, cueste lo que cueste!

Quinto y Felicia observaron en silencio a los rebeldes mientras registraban la maleza en su busca. Sabían que no serían capaces de ver a la muchacha si levantaban la vista, pero sí descubrirían al soldado oculto entre las ramas del árbol. Él alzó las cejas significativamente. Ella negó con la cabeza y le susurró: «Nunca más».

De modo que aguardaron, con el corazón en vilo, rogando a las hadas, a los Ancestrales o a quien tuviese a bien derramar sus dones sobre ellos para que a ninguno de sus perseguidores se le ocurriese levantar la cabeza para buscarlos arriba.

La suerte les sonrió y los rebeldes se alejaron sin descubrirlos. Quinto y Felicia esperaron un poco más, hasta que dejaron de oírlos. Entonces ella exhaló un suspiro de alivio y se quitó el gorro.

—¡Por fin! —dijo ella, aún en voz baja—. ¡Mira, Quinto! ¡He recuperado el cofre robado! ¡Y a tus hermanos!

Lo abrió para asegurarse de que, en efecto, los soldaditos se encontraban en su interior. A la luz del cielo nocturno comprobaron que estaban todos. Solo había dos espacios vacíos: los correspondientes a Tercero y al propio Quinto.

Felicia alzó la mirada hacia su compañero y descubrió que sonreía.

—Gracias —musitó él.

—No lo habría conseguido sin ti —le respondió ella—. Ahora todos estáis a salvo y nosotros vamos a defender Vestur.

Se miraron a los ojos con ternura. Fue Quinto quien rompió el contacto visual.

—Tenemos que marcharnos ya —la apremió—. Arla y los suyos volverán antes o después, y, además, Mork no tardará en venir a buscarnos.

«Mork», pensó Felicia, pero no dijo nada.

—¿Tienes las botas? —le preguntó al soldado.

Él alzó la mano para mostrárselas. Ella sonrió.

—No perdamos el tiempo, pues —concluyó—. Mi reino nos necesita.

Por propia voluntad

Sin embargo, solo pudieron dar tres pasos con las botas de siete leguas antes de que todo empezara a dar vueltas en torno a Felicia. Se aferró a Quinto, luchando por contener las náuseas.

—Espera, espera. Necesito parar.

El soldado la miró con preocupación.

—¿Te encuentras bien? ¿Te han hecho daño esos hombres?

—No, no. Creo que es...

Se sentía muy mareada y respiraba con dificultad. Quinto la ayudó a sentarse sobre la hierba con cuidado. Ella cerró los ojos y esperó a que se le pasara un poco el vértigo. Cuando se encontró mejor, los abrió de nuevo para mirar a su compañero.

—El Gato me lo advirtió —le explicó—. Me dijo que no debía abusar de las botas. Que a los humanos no nos sentaban bien.

—Comprendo —murmuró Quinto—. Deberías descansar por esta noche, entonces.

—¿Qué? ¡No! —Felicia trató de levantarse, pero le temblaban las piernas y tuvo que sentarse otra vez—. No puedo esperar tanto tiempo. He de volver a casa lo antes posible.

—¿Cuánto tiempo hace que no duermes, Felicia?

Ella no respondió a la pregunta. Aunque había dado una ligera cabezada al llegar a Vestur, no había dormido de verdad desde la noche del regreso de la bruja.

—Pero no puedo parar a echar una siesta —dijo; le temblaba la voz, y tragó saliva antes de continuar—: Están pasando demasiadas cosas, mi reino está en peligro. Tengo que estar de vuelta antes del amanecer para que los soldados mágicos puedan hacer frente al ejército de las hadas. Y he de devolverle las botas al Gato. El plazo también termina mañana.

Quinto la contempló un momento, pensativo. Después volvió la vista atrás. Habían dado solo tres pasos con las botas de siete leguas, pero estaban tan lejos del campamento de Arla que ni siquiera se veía ya la montaña junto a la que lo habían instalado.

—Creo que podemos permitirnos el lujo de descansar un rato —opinó—. Los rebeldes de Corleón no van a alcanzarnos y ni siquiera sospechan que podamos desplazarnos tan rápido. Nos buscarán cerca del lugar donde hemos recuperado el cofre. —Felicia se relajó solo un poco—. Y en tres o cuatro pasos más alcanzaremos Vestur —prosiguió él—. Tenemos tiempo de parar hasta que te recuperes, y aun así llegaremos a nuestro destino antes del amanecer. De todos modos, no puedes continuar en estas condiciones —concluyó, antes de que ella pudiese seguir protestando.

Felicia lo pensó un momento y asintió finalmente, con un suspiro de resignación.

Se quitó las botas y buscaron un rincón donde acomodarse, entre las raíces de un enorme roble que crecía cerca de un arroyo. Tuvo que reconocer que estaba exhausta. Volvía a tener hambre, además, porque no había comido nada desde el plato de guiso que le había dado la anciana del pueblo. Miró de reojo a Quinto con cierta envidia. Él nunca se cansaba ni pasaba hambre ni sed.

—Si me quedo dormida —le dijo—, ¿me despertarás antes del amanecer?

—Por supuesto —respondió él.

—Porque tú no te vas a dormir, ¿verdad?

—Yo nunca duermo, Felicia.

—Sí, es lo que tenía entendido. —La muchacha apoyó la cabeza en el hombro del soldado y cerró los ojos, pero los abrió casi enseguida—. Escucha, hay algo que necesito hablar contigo, porque creo que es importante. Es sobre Mork.

—¿Sí?

—Él le entregó a mi padre la caja con todos los soldados. Pero ahora acompaña a Arla y creo que la ayudó a robar el cofre en Vestur. Aunque lo vi también junto a la reina Afrodisia, hablando con ella sobre asuntos importantes del reino. Y tú me contaste... que en otra época fue consejero del rey Osvaldo de Mongrajo.

—Es cierto —respondió Quinto con suavidad.

—Le he preguntado a Verena sobre el rey Osvaldo. Me ha dicho que no fue el padre de Afrodisia..., sino su bisabuelo.

—Ah. Entonces, ¿ha pasado todo ese tiempo? Es bueno saberlo.

Pero no parecía especialmente impresionado, y Felicia alzó la cabeza para mirarlo con fijeza.

—Mork es demasiado joven para haber sido vuestro general en tiempos del rey Osvaldo. Eso fue hace casi cien años. —Quinto no dijo nada, y ella prosiguió—: Así que al principio pensé que se trataba de otra persona que se llamaba igual y que se le parecía. Quizá este Mork era un descendiente del anterior. Pero hoy he visto... un cuervo en la tienda de Arla. Y creo que... creo que era él. —Se estremeció—. Pienso que es un Ancestral, como Ren o como el Gato. ¿Es eso posible?

El soldado la miró un momento, dubitativo. Después respondió:

—Sí que lo es. El cuervo, Mork... Son la misma criatura. —Sonrió—. Era inevitable que te dieses cuenta. No ha sido muy discreto, que digamos.

Felicia dejó escapar una exclamación de sorpresa.

—¿Quieres decir que tú ya lo sabías? —Quinto asintió—. ¿Y cuándo pensabas decírmelo? —se enfadó ella.

—En cuanto tú me lo preguntaras.

—¡Pero...! —Felicia se quedó sin saber qué decir. Inspiró hondo, tratando de ordenar sus pensamientos—. Sabes muchas cosas, al parecer —continuó, un poco más calmada—. Cosas que podrían resultar de vital importancia para el futuro del reino. Ese tal Mork... Tengo que descubrir quién es y qué pretende. Le dije que necesitábamos el cofre para defender Vestur. Y respondió que le parecía divertido... que el ejército de las hadas arrasara el reino. Anda intrigando por las cortes de los reyes desde hace cien años por lo menos con su cofre de soldaditos mágicos, y está claro que sus intenciones no son buenas. Quinto, debo saber quién es y qué pretende. Y, ya de paso, cuál es su relación con el cofre de maese Jápeto... y con vosotros. Así que cuéntamelo todo.

—¿Es una orden? —preguntó él a media voz.

Ella tardó un poco en responder.

—Te ordeno que me cuentes todo lo que sepas de Mork —dijo al fin—. Salvo aquello que tenga que ver con tu historia personal y que, por cualquier razón, no desees compartir conmigo. Si finalmente decides hacerlo…, que sea por propia voluntad.

Quinto le sonrió, y Felicia detectó un brillo de emoción en su mirada.

—Por propia voluntad —declaró él—, voy a contarte mi historia.

Ella no supo qué decir, de modo que le tomó la mano y se la oprimió con afecto, y después se acomodó a su lado para escuchar con atención.

Doce guerreros invencibles

Érase una vez un artesano extraordinario que vivía en un lejano país gobernado por un emperador amante de las artes, la ciencia y el comercio. Eran tiempos prósperos y pacíficos, y sus ciudadanos vivían felices. El artesano fabricaba objetos maravillosos y asombraba al mundo con su inigualable talento.

Pero entonces una horda de terribles gigantes invadió los territorios septentrionales del imperio, destruyendo todo cuanto hallaban a su paso. El emperador envió a su ejército para luchar contra ellos, pero no pudieron derrotarlos. Las tropas fueron arrasadas por los gigantes, que continuaron su imparable avance hacia el corazón del imperio.

Entonces el artesano se encerró en su taller para crear una obra extraordinaria: un juego de doce soldaditos de madera que serían capaces de vencer a los gigantes. Cuando los terminó, los guardó en un cofre y acudió al palacio para ofrecérselos al emperador.

En otras circunstancias, el soberano habría rechazado el regalo del artesano, convencido de que se trataba de un loco o de un estafador. Pero estaba desesperado, por lo que accedió a escucharlo. Y, en cuanto los vio en acción, comprendió que aquellos soldados podían salvar a su gente.

De modo que el emperador acudió al encuentro de los gigantes, armado con el cofre que contenía las figuritas de madera. Cuando pronunció las palabras mágicas, se transformaron en doce guerreros invencibles que derrotaron a los gigantes de forma fulminante. La mayoría de ellos fueron exterminados; los pocos que sobrevivieron huyeron por donde habían venido y nunca más volvieron a acercarse a las fronteras del imperio.

Una vez finalizada la batalla, el emperador quiso agasajar al artesano con grandes honores; pero, cuando preguntó por él, le dijeron que el misterioso maese Jápeto había abandonado la ciudad, llevándose consigo su maravilloso cofre.

Durante los años siguientes, el artesano viajó por el mundo ofreciendo su ejército de soldaditos de madera allá donde fuese necesario. Ganaron batallas, aniquilaron monstruos y salvaron reinos en todos los lugares donde tomaron las armas.

Hasta que, un día, llegaron a Mongrajo. El reino estaba amenazado por un pavoroso dragón, y maese Jápeto puso su pequeño ejército al servicio del soberano para que pudiese librarse de la bestia. Esto no le supuso un gran desafío: un único soldado vivificado bastó para acabar con ella. No obstante, el mayor peligro residía donde menos lo imaginaban. Porque el consejero del rey, un hombre siniestro llamado Mork, había puesto los ojos en el cofre de maese Jápeto y en los soldados de madera que contenía.

Así, cuando el artesano se dispuso a proseguir su viaje..., descubrió que su preciado cofre había desaparecido.

Mork se lo había llevado muy lejos de allí. Lo mantuvo oculto durante mucho tiempo, hasta que calculó que su legítimo dueño estaría ya muerto. Y entonces acudió al encuentro de un sanguinario caudillo de las estepas del norte, cuyas hordas arrasaban pueblos y ciudades en una interminable campaña de muerte y destrucción. Mork obligó a los soldados a luchar bajo sus órdenes. Y, así, los invencibles guerreros dejaron de ser héroes defensores para transformarse en despiadados mercenarios.

Otros clanes se unieron para detener el avance del cacique de las estepas. Se avecinaba una gran batalla que, sin embargo, todos sabían de antemano que tendría un claro vencedor.

Y, justo antes de que ambos ejércitos entrasen en combate..., Mork desapareció junto con el cofre de los soldados encantados.

El señor de la guerra, acostumbrado ya a vencer gracias a ellos, no pudo hacer nada frente a sus enemigos. Él y sus tropas fueron completamente exterminados.

Mork repitió estas acciones una y otra vez. Se presentaba ante los reyes y emperadores más violentos y ambiciosos, les endulzaba los oídos con promesas de grandes conquistas y eterna gloria, y les entregaba el arma definitiva para hacer cumplir sus sangrientos sueños. Los soldados vivificados luchaban en varias batallas y, cuando todos los enemigos de su señor unían fuerzas para enfrentarse a él..., entonces Mork se llevaba su magia a otra parte, abandonándolo a su suerte.

Los soldados nada podían hacer para escapar a su destino. Estaban obligados a obedecer las órdenes de su general sin cuestionarlas, y, además, Mork no era un hombre corriente, sino un cuervo Ancestral.

A lo largo de la historia, los Ancestrales se habían relacionado de diferentes formas con los humanos. Algunos los evitaban, otros los combatían, otros les ofrecían ayuda y consejo, y los había, incluso, que gustaban de vivir entre ellos, haciéndose pasar por animales corrientes.

Mork era un cuervo. Estaba en su naturaleza mantenerse cerca de los humanos, pero solo para arrebatarles cosas interesantes y alimentarse de sus restos y despojos. Mork disfrutaba viendo a los mortales aniquilándose entre ellos. Soñaba con un mundo del que los humanos habrían desaparecido para siempre, un mundo que los Ancestrales heredarían para apropiarse de todo lo que sus dueños anteriores habían dejado atrás. Algunos de ellos trabajaban más o menos abiertamente para que esto sucediera.

Pero Mork era el que más se recreaba en el proceso.

Pasado un tiempo, el cuervo y sus soldados regresaron a Mongrajo. Gobernaba allí entonces un rey cruel e insaciable, la víctima perfecta para las intrigas de Mork. Por descontado, el monarca aceptó encantado el regalo de su nuevo consejero. Y no solo utilizó a los soldados de madera como parte de su ejército, sino también como guardia personal.

Un día, un criado cometió un error que irritó al rey. Este indicó a Mork con un gesto que hiciese algo al respecto.

—Mátalo —ordenó el cuervo a su escolta.

Pero el mandato no había sido lo bastante explícito. Así que el soldado sacó la espada y, en lugar de descargarla contra el sirviente, le cortó la cabeza al rey desalmado de un solo tajo.

Mork lo miró a los ojos. Detectó una chispa de rebeldía en su mirada.

Y no le gustó.

Aquel soldado tardó décadas en volver a ser invocado. Y, cuando revivió de nuevo..., descubrió que le faltaba una pierna.

Su nuevo general era el príncipe Osmundo, descendiente de aquel monarca déspota al que él mismo había decapitado. Y le contó que, tras la muerte de este, la corona de Mongrajo había pasado a su hermano menor, poco inclinado a guerras y batallas. Por eso y por el abrupto final del rey anterior, Mork había optado por abandonar el reino junto con sus soldados.

Pero antes había regalado uno de ellos a los hijos del nuevo monarca. Dado que los niños nunca supieron que se trataba de uno de los soldados mágicos ni conocían las palabras para vivificarlo, lo trataron como un juguete más. Cuando se hicieron mayores, lo conservaron para sus propios hijos. Y así habían pasado tres generaciones, hasta que Mork había regresado a Mongrajo con la esperanza de que el nuevo príncipe heredero cayese en la red de intrigas que pensaba tejer en torno a él.

—Nos enseñó la caja con las figuras de madera —le explicó Osmundo a su soldado cojo—. Nos mostró cómo funcionaba su magia. Y entonces me acordé de un soldadito con el que yo solía jugar de niño. Era muy antiguo, pues había pertenecido a mi abuelo. Y le faltaba una pierna, aunque ya estaba así cuando me lo dieron a mí. Pensé que se parecía mucho a los soldados de Mork. Y que en el cofre donde los guardaba había un hueco vacío. Y empecé a hacerme preguntas... Así que te busqué en el baúl donde guardo mis viejos juguetes. Y te encontré. Y ahora te he devuelto a la vida.

Y entonces el soldado cojo hizo algo que no había hecho jamás, ni él ni ninguno de sus hermanos: inclinó la cabeza y lloró.

Sueños de grandeza

El reino de Mongrajo no estaba en guerra con ningún otro país en aquella época, y el príncipe Osmundo no tenía intención de iniciar una nueva. Mucho menos su padre, el rey, que era ya anciano. No obstante, aceptó incorporar a los soldados mágicos al ejército, en previsión de lo que pudiese suceder en el futuro.

Todos ellos seguían bajo las órdenes de Mork..., salvo el soldado cojo que el príncipe había rescatado del fondo del baúl de su infancia. Mantuvo en secreto su existencia, porque tenía la sospecha de que el consejero trataría de recuperarlo si descubría que lo tenía. De modo que lo escondía de su vista, transformado en figurita de madera, y lo vivificaba solo cuando se encontraba a solas.

Osmundo era un príncipe reflexivo, aficionado a los libros, especialmente a la literatura y la filosofía. Encontró en su nuevo escolta un oyente atento e interesado, que lo escuchaba cuando leía en voz alta, cuando reflexionaba sobre cuestiones metafísicas o cuando se planteaba dudas o preguntas para las que no podía hallar respuesta.

El soldado cojo, por su parte, aprendió muchísimo. Por primera vez se le presentaba la oportunidad de instruirse en algo que no estuviese relacionado con las armas, las guerras y las batallas. Por primera vez se relacionaba con un ser humano de una forma diferente, no para luchar contra él o para obedecer sus órdenes.

Cuando el anciano rey murió, el príncipe Osmundo ocupó su lugar en el trono. Mork trató de convencerlo de que los reinos vecinos tenían envidia de la grandeza de Mongrajo y estaban más que dispuestos a ir a la guerra contra él. Pero Osmundo no se dejó engañar. Conocía las maquinaciones del cuervo, porque su soldado cojo le había prevenido contra ellas. Probablemente lo más sensato habría sido despedirlo con cualquier excusa y perderlo de vista cuanto antes; pero Mork todavía conservaba el cofre con el resto de los soldados, y Osmundo sabía que aquel ejército mágico sería vital para la protección del reino en el caso de que algún peligro lo amenazase. Por otro lado, temía despertar las iras de su consejero, que podía optar por utilizar su ejército contra él. Por tanto, fingía que lo escuchaba y que valoraba sus sugerencias, aunque en el fondo no tuviese la menor intención de cumplirlas.

Era, no obstante, un juego peligroso. Porque la paciencia de los Ancestrales es grande, pero no infinita.

Y porque el rey Osmundo tenía un hermano menor, el príncipe Osvaldo, que siempre se había sentido celoso de su lugar prominente en la línea sucesoria y que estaba más que dispuesto a arrebatárselo. Mork no tardó en detectar aquellos sentimientos y decidió, por tanto, cambiar de objetivo y alimentarlos con discreción. Comenzó a pasar más tiempo con el joven príncipe, alentando sus sueños de grandeza y el rencor que sentía hacia su hermano mayor, a espaldas de este y del resto de los cortesanos.

Así, cuando Osvaldo puso en marcha una conspiración que tenía por objetivo derrocar al rey, ni él ni su fiel soldado lo vieron venir.

Osmundo murió asesinado a traición, a manos de su propio hermano. Dado que no se había sentido en peligro en ningún momento, no tuvo tiempo de invocar a su escolta encantado para que lo protegiera.

Osvaldo fue coronado nuevo rey de Mongrajo. A sus súbditos les dijo que su hermano había sido asesinado por espías procedentes de Vestur, motivo más que suficiente para declarar una guerra.

En cuanto al soldado cojo…, Mork lo halló al fin entre las pertenencias del malogrado rey Osmundo y lo devolvió al cofre, con los demás.

Y se reinició el ciclo. Todos los soldados mágicos, incluyendo el que tenía una sola pierna, lucharon bajo el estandarte de Mongrajo en docenas de batallas contra los reinos vecinos. Hasta que estos se unieron contra el agresor… y Mork se esfumó, llevándose el cofre consigo, justo antes de la contienda decisiva, para que Mongrajo fuese arrasado por sus enemigos. Así, el desleal Osvaldo fue traicionado a su vez, vendido por la misma criatura que lo había elevado hasta la gloria.

Mucho más

El resto, ya lo conoces —concluyó Quinto—. Nos devolvieron al cofre tras aquella batalla en la que nunca llegamos a combatir y la siguiente persona en invocarnos fuiste tú.

Felicia tardó un poco en hablar, aún reflexionando sobre la historia que él acababa de contarle. Había resuelto algunas de sus dudas, pero ella todavía tenía muchísimas preguntas que hacerle.

Y no solamente eso. Si lo que Quinto le había relatado era cierto, y no tenía ningún motivo para dudarlo, su atento escolta había sido tiempo atrás un luchador sanguinario que había cometido grandes atrocidades bajo las órdenes de Mork. No parecía arrepentido por ello, sin embargo, y aquello era algo que inquietaba a la muchacha: el hecho de que había narrado aquella parte de su historia con total indiferencia, como si no tuviese nada que ver con él. Probablemente se debía a que, como soldado vivificado, estaba obligado a obedecer las órdenes de su general y, por tanto, no era responsable de las crueldades ejecutadas en su nombre. Después de todo, Quinto era solo una herramienta. El autor de aquellos crímenes era la criatura que la había manejado entonces.

Aun así, a Felicia la turbaba su actitud. Porque se había obstinado en ver en él algo más que un objeto animado mediante la magia. Sabía que Quinto era también amable y sensible. Que tenía criterio propio, e incluso... sentimientos. Quizá, tal como maese Jápeto afirmaba, el soldado careciera de alma; pero al menos sí contaba con algo que, desde luego, se le parecía mucho.

Era, de hecho, un joven muy amable y considerado. Si fuese real...

Se ruborizó un poco sin poder evitarlo y se recordó a sí misma, con severidad, que debía evitar que el afecto que sentía hacia él evolucionara en algo más profundo. Con alma o sin ella, Quinto no era una persona de verdad y ni siquiera tenía voluntad propia.

¿Habría podido rebelarse contra su destino? ¿Estaba en sus manos la posibilidad de elegir?

Felicia no tenía respuesta para aquellas preguntas y, además, se sentía demasiado agotada como para enfrentarse a las consecuencias. Trató de centrarse en otros detalles de la historia de Quinto que aún se le escapaban.

—Entonces, si Mork no ha vuelto a vivificaros desde aquella batalla, ¿qué ha estado haciendo todo este tiempo? —se preguntó—. Han pasado casi cien años. ¿Por qué dejaría el cofre en Vestur, si volvía a ser consejero de los reyes de Mongrajo? ¿Por qué no se lo entregó a Afrodisia?

—Por lo que conozco de su forma de actuar, siempre escoge a reyes y príncipes ambiciosos, dispuestos a hacer cualquier cosa por el poder. Tal vez Afrodisia no cumplía sus expectativas.

—Y tampoco yo, al parecer —musitó Felicia, pensativa—. Y por eso ayudó a Arla a robar el cofre para su guerra particular.

Quinto asintió, pero no dijo nada. La muchacha se estremeció, y él la envolvió entre sus brazos para ayudarla a entrar en calor. Ella suspiró y apoyó la cabeza sobre su hombro.

—Acerca de ese rey..., Osmundo... —empezó con cierta timidez.

—¿Sí?

—¿Lo considerabas... tu amigo?

Quinto tardó un poco en responder.

—Sí —confesó por fin.

—Pero no pudiste protegerlo. Porque eras una figurita de madera cuando su hermano lo atacó.

Quinto inclinó la cabeza, pero no dijo nada.

—Dime una cosa —prosiguió ella—. Se supone que tus hermanos y tú no sentís afecto hacia vuestros generales, ¿verdad? Os limitáis a obedecerlos, porque fuisteis creados para eso. Pero tú... sí que lamentaste su muerte. ¿No es cierto?

—Sí —susurró él.

Felicia suspiró para sus adentros.

—¿Cómo supiste después... lo que había sido él? —siguió preguntando—. Osvaldo dijo a todo el mundo que a su hermano lo había matado un asesino pagado por Vestur, ¿no es así?

Quinto esbozó una sonrisa amarga.

—Así fue —confirmó—. Pero Mork se encargó de que yo descubriera la verdad. Me vivificó solamente a mí para contármelo. Y después —añadió con un atisbo de rabia asomando a su voz— me puso bajo las órdenes de Osvaldo. Me obligó a luchar para él. Para que no olvidase nunca cuál era mi lugar y que debía obedecer a mi general, quienquiera que fuese, bajo cualquier circunstancia.

Felicia lo abrazó con fuerza.

—Lo siento muchísimo, Quinto.

Pero él sacudió la cabeza.

—No tiene importancia —respondió—. Soy lo que soy, y no tiene sentido imaginar que pueda convertirme en otra cosa que no sea un simple pedazo de madera fabricado para cumplir órdenes.

Las palabras de Quinto rompieron el corazón de Felicia, pero no tanto por su significado sino por el tono desapasionado con el que él las había pronunciado, como constatando una verdad universal e inmutable.

—Para mí eres mucho más —susurró en voz baja.

El soldado la miró con cierta sorpresa.

—¿Cómo dices?

Ella se sentía tan adormilada que apenas podía ya mantener los ojos abiertos, pero repitió:

—Para mí eres mucho más que eso. Muchísimo más.

No se atrevió a desarrollar aquella afirmación, y Quinto no osó tampoco preguntarle al respecto. Permaneció en silencio unos instantes, luchando por controlar los sentimientos que florecían en el interior de su pecho. Por fin fue capaz de contestar:

—Gracias, Felicia. Tú también eres… muy importante para mí.

Pero ella no lo oyó, porque se había quedado dormida.

Responsabilidad

El rey Simón de Vestur no podía conciliar el sueño. La tienda que le habían reservado en el campamento no era tan confortable como la alcoba real, pero a él no le importaba, en realidad. Había dormido en sitios peores.

Eran sus propios pensamientos los que no le permitían pegar ojo. Había hablado con sus tropas, les había confesado que los refuerzos con los que habían contado finalmente no llegarían. Se había obligado a sí mismo a mirar a los ojos a aquellos hombres, a sus rostros demudados, a sus expresiones de angustia. Sabía que muchos de ellos habrían desertado a lo largo de la noche. No podía reprochárselo.

Suspiró y salió de la tienda. La luna brillaba aún en el cielo, pero se adivinaban en el horizonte las primeras luces de la aurora.

—Majestad.

La voz de Cornelio lo sobresaltó ligeramente. El rey se volvió para observar al joven príncipe con cierta sorpresa. Su rostro estaba pálido, casi rivalizando con el color de sus ropas, pero mostraba una expresión seria y resuelta.

—Sigues aquí.

—Por supuesto. No soy un cobarde. Estoy dispuesto a luchar y a morir, si es preciso, por la libertad de Vestur.

Simón inclinó la cabeza.

—Debes saber… que mi hija ya no desea casarse contigo —dijo.

Cornelio sonrió.

—Lo sé, pero eso no cambia nada. Vos me habéis confiado un ducado, y yo tengo la responsabilidad de defenderlo y de pelear a vuestro lado cuando sea necesario. Soy leal a Vestur, con o sin Felicia. —Simón no supo qué decir—. También lucharé para protegerla —añadió el joven con suavidad—, aunque ella no me escoja a mí al final.

—Tu compromiso te honra, Cornelio. —El rey reprimió un suspiro de cansancio—. Pero me temo que nuestro sacrificio será inútil. Mira, ya está a punto de salir el sol. En breve partiremos para la batalla... y, probablemente, nunca regresaremos.

Cornelio apretó los puños.

—Si esa bruja diera la cara... —murmuró—, podríamos acabar con esto de una vez por todas. Pero presiento que se ocultará tras su ejército y no se atreverá a luchar.

—La reina de las hadas no tiene razones para esconderse. Es mucho más poderosa que todos nosotros juntos. —El príncipe no dijo nada, y Simón añadió—: Hemos de prepararnos. Hay que pasar revista a las tropas y asegurarnos de que todo el mundo esté ya armado y dispuesto.

El príncipe inclinó la cabeza y se apresuró a cumplir la orden.

Simón se quedó allí unos instantes, reflexivo. Las palabras de Cornelio le habían dado en qué pensar. Entró de nuevo en la tienda y extrajo un soldadito de madera de su saquillo.

Era Tercero. Asteria se lo había entregado para que se uniese al ejército defensor de Vestur. Y haría un gran papel, sin duda. Pero el rey no creía que pudiese derrotar él solo a todos sus enemigos.

Ahora, no obstante, tenía una idea mejor.

Lo depositó en el suelo y pronunció las palabras mágicas:

—Soldado, tu general te llama a las armas.

Tercero se materializó ante él, invocado por el hechizo.

—A vuestras órdenes, general —dijo.

Simón lo contempló un momento, pensativo.

—Voy a encargarte una misión —le reveló por fin—. Cuando comience la batalla contra el ejército de las hadas, quiero que avances entre las filas enemigas sin entretenerte y que busques a su líder, la reina Crisantemo. Te ordeno que la encuentres y que...

Se detuvo, vacilante. Había pensado en pedirle que acabara con la vida de la soberana de las hadas, pero quizá con ello solo conseguiría enfurecer más a sus enemigos, que arrasarían el reino de todas maneras.

—Te ordeno que la encuentres y que la hagas prisionera. Y que no la liberes bajo ninguna circunstancia, a no ser que yo te lo mande. ¿Ha quedado claro?

—Sí, mi general —respondió el soldado.

Arcaico y salvaje

Clareaba ya el horizonte cuando Magnolia se detuvo ante los lindes del Bosque Ancestral. Inspiró hondo, satisfecha. Era liberador poder sentir de nuevo el aire llenando sus pulmones, la brisa acariciando su piel, la luz rozando sus pupilas. Se alegraba de haber recuperado por fin su castillo, pero, después de tantos años transformada en piedra, sin duda le hacía falta salir al exterior.

Contempló, pensativa, la espesura que se extendía ante ella. Aquel lugar era muy antiguo, anterior incluso a los seres humanos. Allí se habían ocultado los últimos Ancestrales, huyendo de un mundo que cada vez tenía menos espacio para ellos. Era el signo de los tiempos, no obstante. Los mortales prosperaban y daban forma al mundo para convertirlo en el escenario que contemplaría las nuevas maravillas que estaban por llegar. Las últimas hadas habían comprendido que aquel ya no era su lugar y lo habían abandonado para regresar al reino encantado del que procedían. Los Ancestrales habían hallado refugio en aquel bosque, por el momento. Pero ¿quién sabía lo que sucedería en el futuro?

A Magnolia no le había sorprendido que Camelia se hubiese escondido allí. Después de todo, y a diferencia de los humanos, a las hadas no se les había prohibido rebasar sus fronteras. No obstante, sí la había desconcertado comprobar en qué se había convertido. Para ello tenía que haber contado necesariamente con la ayuda de Ren.

«Viejo zorro», pensó, divertida. «Al final te las arreglaste para llevártela a tu terreno. Exactamente donde la querías».

Bajo aquella forma, sin embargo, los poderes de Camelia se habrían reducido, porque aún no habría tenido tiempo de desarrollar por completo su espíritu Ancestral. Tanto mejor para Magnolia.

Respiró hondo de nuevo, sintiéndose embriagada por el aroma arcaico y salvaje del bosque. Sonrió.

La cacería estaba a punto de empezar.

Inquietud

Camelia abrió los ojos con un nudo de angustia en el estómago. En un primer momento, no supo dónde estaba. Miró a su alrededor, desorientada, para encontrarse en el interior de una cueva que olía intensamente a oso. Recordó entonces a su anfitrión.

No lo vio por ninguna parte, ni a él ni a sus oseznos, pero oyó algarabía en el exterior. De modo que se incorporó sobre sus cuatro patas y, sacudiendo la cabeza para despejarse, salió de la cueva.

Encontró a Arto tendido en el suelo con aire perezoso. Sus hijos jugaban a trepar por su enorme corpachón, subían hasta su lomo y forcejeaban para desalojar de allí a sus hermanos.

Camelia se acercó a ellos. El Ancestral abrió un ojo.

—Ya te has despertado —comentó.

—¡Buenos días, Camelia! —la saludó Bila.

—¡Buenos días, Camelia! —corearon los otros dos.

Ella había observado que les encantaba pronunciar su nombre.

—Buenos días —respondió.

Arto alzó la cabeza.

—Tienes mal hocico. ¿No has dormido bien?

—No, es solo que... —Camelia se estremeció—. He tenido un sueño extraño.

Aquella sensación de malestar no desaparecía. Se había enquistado en su interior, retorciéndole las entrañas y llenando de inquietud su corazón.

—Creo que Magnolia está aquí —respondió—. Creo que ha venido a buscarme. Y que no tardará en encontrarme.

Arto se incorporó del todo y sus oseznos cayeron de su lomo en cascada, entre risas y exclamaciones emocionadas.

—¿Y qué vas a hacer?

Camelia reflexionó. Ren había partido en busca de la reina de las hadas para pedirle ayuda. Pero no sabía cuánto tardaría en encontrarla, y ella no podía simplemente sentarse a esperar.

—Tengo que marcharme —dijo por fin—. No quiero poneros en peligro ni a ti ni a tus cachorros.

Arto la miró con fijeza. Los oseznos se habían sentado junto a él en silencio.

—¿Hasta cuándo vas a seguir huyendo, Camelia? —interrogó el Ancestral.

Ella sintió de pronto ganas de llorar.

—No lo sé. No lo sé.

Remolinos de niebla

Un zorro sin cola corría sin descanso, siguiendo la orilla del río. Le habían informado de que muy cerca de allí estaba a punto de comenzar la batalla entre las huestes de la reina de las hadas y el ejército defensor de Vestur. Había visto las tropas de Simón apostadas un poco más allá, río arriba.

No le preocupaba el resultado de la contienda, en realidad. Sabía que el rey contaba con doce soldados mágicos que lucharían bajo sus órdenes y harían retroceder al ejército invasor hasta que la reina Crisantemo se viese obligada a pedir una tregua.

Frunció el ceño. Felicia no había llegado a explicarle cómo había caído aquel cofre en manos de la familia real de Vestur. Había mencionado un regalo de bautizo, pero ¿de parte de quién?

Ren sabía muy bien que aquellos soldados habían sido utilizados en el pasado por reyes ambiciosos y por crueles señores de la guerra. Como las herramientas que eran, podían ser empleados para fines perversos... o, por el contrario, para realizar gestas heroicas..., como salvar Vestur de la cólera de la reina Crisantemo.

Por esa razón no había insistido demasiado en el tema. Pero le inquietaba, en el fondo, más allá del hecho de que Felicia hubiese escogido a una de aquellas cosas como escolta personal, porque intuía que había una mano siniestra detrás de las últimas apariciones de los soldados mágicos. No obstante, y como nunca había investigado aquel asunto en serio, sus sospechas no pasaban de ahí.

«Tal vez pueda enterarme de algo más después de la batalla», pensó.

Pero ahora tenía otras cosas más urgentes de las que preocuparse. Magnolia había regresado, y él debía informar a la reina de las hadas cuanto antes.

Fue entonces cuando detectó los finos remolinos de niebla que se formaban entre sus patas. Se detuvo y alzó la cabeza, expectante. Toda la llanura estaba ya cubierta por una fina neblina que se iba espesando por momentos. El zorro sonrió para sí.

Las hadas no tardarían en llegar.

A las armas

El ejército de Vestur aguardaba al enemigo en perfecta formación. El rey Simón paseó la mirada por sus tropas. Todos sus hombres esperaban en silencio. Muchos de ellos tenían el rostro pálido y algunos de los más jóvenes temblaban de miedo. Pero lucharían hasta el final, no tanto por lealtad a su rey ni por amor al estandarte de Vestur, sino, sobre todo, por defender sus tierras, sus casas y, muy especialmente, a sus familias.

Simón se sentía responsable. Aún pensaba que habían hecho lo correcto con respecto a Camelia. Pero a él se le había concedido la oportunidad de rendirse, de sacrificarse a sí mismo y a su familia a cambio del perdón para el resto del reino..., y la había rechazado. Si había sido tan estúpido, tan vanidoso o tan loco como para creer que podía hacer frente a un adversario tan formidable..., la realidad, desde luego, no había tardado en demostrarle lo equivocado que estaba.

Percibió cierta inquietud en sus tropas y escudriñó el horizonte. Con las primeras luces del alba, una niebla sobrenatural se había alzado en la llanura y se había ido condensando hasta que apenas se veía nada más. Y entonces habían comenzado a adivinarse siluetas que avanzaban hacia ellos desde el corazón de la bruma.

—A las armas —ordenó el rey, y todos sus hombres adoptaron una posición de combate.

Habían reforzado espadas, lanzas y flechas con puntas de hierro puro, porque sabían que ese material anulaba los poderes de las hadas. No obstante, lo más difícil sería llegar a alcanzarlas. No solo contaban con armaduras mágicas, sino que, además, los guerreros feéricos eran extraordinariamente ágiles y escurridizos y empleaban sus poderes para confundir los sentidos de los mortales. Por lo que Simón sabía, aquellas figuras que marchaban hacia ellos bien podían ser solo una ilusión.

—A las armas —se oyó entonces a lo lejos la voz de la reina Crisantemo, pura y limpia como cristal de hielo.

Todos los caballeros feéricos desenvainaron sus espadas a la vez. Simón respiró hondo.

La niebla se fue aclarando poco a poco y los mortales empezaron a ver con claridad a los caballeros feéricos. Cabalgaban corceles que no parecían de este mundo, ligeros como mariposas, centelleantes como rayos de luna, blancos como espuma de mar. Se cubrían con armaduras plateadas que relucían bajo las luces de la aurora con todos los colores del arcoíris. Portaban armas tan afiladas que parecían agujas de diamante.

Los soldados de Vestur, intimidados por el aura sobrenatural que envolvía a sus enemigos, retrocedieron un par de pasos.

Simón también se había sentido sobrecogido ante los guerreros feéricos. Pero reaccionó y, alzando la espada en alto, gritó:

—¡Al ataque! ¡Por Vestur!

—¡Por Vestur! —corearon sus hombres.

Picaron espuelas y se lanzaron contra las huestes de las hadas. Sus contrarios respondieron con un unánime grito de guerra y acudieron a su encuentro.

Los dos ejércitos colisionaron en la llanura mientras las últimas volutas de niebla se disolvían bajo los cascos de los corceles de guerra.

Una guerra más

Ren se detuvo en lo alto de una loma para contemplar la batalla desde allí. Aún no había sido capaz de localizar a la reina de las hadas; suponía que o bien se encontraría en primera fila, liderando a sus tropas, o bien en la retaguardia, en un punto elevado, para poder contar con una visión general de la contienda. El zorro observó el choque de los dos ejércitos con curiosidad. Daba por sentado que los soldados mágicos estarían en la vanguardia de las tropas humanas, pero no vio ninguno de ellos.

Frunció el ceño, extrañado. ¿Acaso Simón había planificado una estrategia diferente? Si era así, desde luego, no le estaba funcionando. Ren contempló, consternado, cómo el ejército feérico se abría paso entre las líneas enemigas como un cuchillo a través de la mantequilla. Los soldados de Vestur luchaban con valentía, pero no tenían nada que hacer contra sus adversarios. Sus escudos se partían contra las relucientes espadas feéricas y sus armas, sencillamente, nunca llegaban a dar en el blanco. Las huestes de la reina de las hadas se movían con tal velocidad y contundencia que hasta los guerreros humanos más diestros se mostraban lentos y torpes cual tortugas en comparación.

Poco a poco, el ejército de Vestur comenzaba a retroceder. Ren divisó a Simón en la retaguardia. Luchaba como podía y los caballeros que lo rodeaban se esforzaban lo indecible por protegerlo. Pero también ellos iban cayendo, uno tras otro. En cuanto las hadas llegasen hasta el rey, la batalla terminaría.

—¿Qué estás haciendo, Simón? —se preguntó Ren en voz alta—. ¿Dónde están tus soldados mágicos?

Alzó la mirada hacia la ciudad que defendía el ejército humano. El objetivo de la reina Crisantemo era el castillo que se erguía más allá. Pero las hadas arrasarían también la población a su paso, sin la menor consideración.

Recordó lo que él mismo le había dicho a Felicia al respecto: que, para las hadas y para los Ancestrales, la caída de un reino humano no era algo tan importante. «Una guerra más», habían sido sus palabras. «Los viejos reyes serán sustituidos por otros nuevos».

Y, no obstante, no podía contemplar la aplastante derrota de los soldados de Vestur sin que un nudo de angustia le encogiera el estómago.

Sacudió la cabeza.

«No es asunto mío», se dijo. «Además, cuanto antes termine aquí la reina Crisantemo, antes podrá ir a detener a Magnolia».

Al despertar

Hacía frío, y Felicia se estremeció entre los brazos de Quinto. Se arrimó un poco más a él, buscando su calor. Sus párpados se abrieron apenas un poco, pero fue suficiente para que entrase a través de ellos la luz de la mañana. Pestañeó, molesta. Cerró los ojos con fuerza y buscó una posición más cómoda.

Fue consciente de pronto de la claridad que había y se despejó de golpe. Se incorporó, alarmada.

Seguía entre las raíces del roble bajo el que se habían refugiado la noche anterior. No era un lugar particularmente cómodo para dormir, y Felicia estaba helada y entumecida, pero al menos había sido capaz de conciliar el sueño... y se había despertado mucho más tarde de lo que pretendía.

—¡No puede ser, ya es de día! —exclamó.

Se volvió hacia Quinto para reprenderlo por no haberla despertado antes... y descubrió con sorpresa que el soldado estaba profundamente dormido.

Se asustó en un principio, al verlo inmóvil y con los ojos cerrados, hasta que detectó su respiración, pausada y regular. Lo sacudió sin contemplaciones.

—¡Quinto! Quinto, ¿qué te pasa? ¿Estás bien?

El joven abrió los ojos con sobresalto. Se incorporó un poco y la miró, aturdido.

—¿Felicia? —murmuró—. ¿Qué ha pasado? ¿Por qué...? —Frunció el ceño, muy confuso—. No me has... transformado otra vez, ¿verdad? Me siento...

—¡Claro que no! —casi gritó ella—. ¡Te has dormido! ¡Me dijiste que tú nunca duermes! ¡Que me despertarías antes del amanecer!

Quinto pestañeó, aún incapaz de pensar con claridad. Felicia ya no le prestaba atención. Miraba a su alrededor en busca de sus tesoros y respiró, aliviada, al comprobar que todo seguía en su sitio: el gorro del ogro, las botas del Gato y la caja de maese Jápeto.

—Vamos, espabila —urgió—. Tenemos que llegar a Vestur cuanto antes, es cuestión de vida o muerte.

Se sentó de nuevo para calzarse las botas. Quinto se esforzó por centrarse.

—Estoy... atontado —confesó. Cerró los ojos con fuerza y los volvió a abrir—. No recuerdo lo que ha pasado esta noche. Estaba aquí..., pero no estaba. Y había imágenes en mi cabeza...

—Eso se llama «soñar». —Felicia se detuvo y lo miró fijamente—. ¿En serio es la primera vez que duermes?

—Sí —respondió él. Estaba asombrado y un poco asustado, incluso, y la muchacha empezó a preocuparse también—. Pasaban cosas... Estaba en mitad de una batalla, y también estabas tú... —Sacudió la cabeza con frustración—. Ya no me acuerdo. ¡Lo he visto con tanta claridad...! Pero ahora apenas soy capaz de recordarlo.

—Es lo que sucede con los sueños, al despertar —lo tranquilizó Felicia con suavidad—. No pasa nada.

—Pero yo no debería..., no debería... dormir. Ni soñar. Ni...

Se llevó la mano al estómago, que emitió un sonido delator.

—¿Tienes hambre? —preguntó Felicia, divertida.

—¿¡Qué me está pasando!? —casi gritó Quinto, aterrorizado.

—Cálmate. Es algo normal. Nos pasa a todos los...

—¿... Humanos? —completó él.

Cruzaron una mirada llena de incertidumbre.

—Hablaremos de esto, te lo prometo —dijo ella entonces, acariciándole la mejilla—. Descubriremos qué está sucediendo. Pero ahora debemos volver a Vestur cuanto antes.

Quinto asintió con decisión.

—Por supuesto. Disculpa.

—No tienes por qué pedir perdón, Quinto. Vamos, ponte en pie. No tenemos tiempo que perder.

Corre, Camelia

Camelia atravesaba el bosque a toda velocidad. Había algo que le pisaba los talones, un soplo de aire gélido, una amenaza inminente. En su precipitación, topó con un regato; como no pudo detenerse a tiempo, se limitó a saltar por encima del agua hasta la otra orilla.

De inmediato, oyó la risa de Magnolia en algún rincón de su mente.

«Ya te veo», canturreó.

Camelia se estremeció, maldiciéndose a sí misma por ser tan descuidada. Siguió corriendo sin rumbo fijo, siempre adelante, sin la menor intención de detenerse.

Hasta que, de pronto, una sombra alta y oscura le cortó el paso. La zorra retrocedió con el rabo entre las piernas, asustada.

Magnolia se había materializado ante ella, tan hermosa y temible como la recordaba, con su cabello de fuego, sus ojos dorados y sus tenues alas cubriendo su espalda. Sonreía con una dulzura siniestra cuando centró la mirada en su presa.

—Vaya, vaya. Cuánto tiempo sin vernos, Camelia. Estás... muy cambiada.

—¿Qué es lo que quieres? —replicó ella, aunque lo sabía de sobra.

Magnolia ladeó la cabeza.

—¿Disculpa? ¿Irrumpes en mi castillo para robarme, me conviertes en piedra, te apropias de mis espejos encantados, ocupas mi hogar durante quince años... y aún tienes la osadía de preguntar qué es lo que quiero de ti?

Camelia no dijo nada. Miraba de reojo a su alrededor en busca de una vía de escape. Pero lo cierto era que le temblaban tanto las patas que apenas podía moverse.

—Mírate —dijo la bruja con desprecio—. Dedicaste siglos enteros a ayudar y proteger a los mortales… ¿para qué? ¿Para acabar escondida en un bosque como un animal cualquiera? Dime, ¿dónde están ahora todos tus ahijados? Te han olvidado, ¿no es así? Algunos, incluso, te buscan para matarte. Si supiesen que sigues viva…, si llegaran a encontrarte…, no serían contigo mucho más clementes de lo que voy a serlo yo.

Camelia agachó la cabeza.

—Acaba ya de una vez, Magnolia —murmuró.

—Oh, por supuesto que lo haré, querida —respondió ella con una sonrisa cruel.

Alzó la mano. Entre sus dedos caracoleaban espirales de magia oscura.

Y entonces algo se interpuso entre las dos, una mole tan inmensa que el suelo tembló ligeramente bajo sus patas. Magnolia retrocedió unos pasos, alarmada.

—Déjala en paz —gruñó Arto.

Le mostraba los dientes, amenazante, y tenía el pelaje erizado. Magnolia respondió con un bufido de frustración.

—Apártate de en medio, oso. Esto no te incumbe.

—Yo decidiré lo que me incumbe y lo que no —replicó el Ancestral.

Se alzó sobre sus patas traseras, alcanzando una envergadura de más de tres metros. La bruja retrocedió un poco más. Le arrojó el hechizo que tenía preparado para Camelia, pero, cuando su magia impactó en el cuerpo del oso, este se limitó a sacudir un poco la cabeza y clavó la mirada en ella.

—Quieres jugar, ¿eh?

Se volvió hacia Camelia, que observaba la escena, atemorizada.

—Si no vas a enfrentarte a ella ahora —le dijo—, huye hasta que estés preparada para hacerlo.

Ella retrocedió un poco.

—Pero…

—¡Hazlo! —la apremió él.

—Ah, no, ni hablar —intervino Magnolia, colérica—. No permitiré…

No pudo terminar la frase. Arto se dejó caer pesadamente sobre sus cuatro patas y el suelo tembló bajo su peso. Magnolia tuvo dificultades para mantener el equilibrio.

Camelia ya corría con todas sus fuerzas, alejándose de allí. Sintió que la tierra se convulsionaba bajo sus patas, una, dos, tres veces.

A su espalda, el inmenso oso seguía golpeando el suelo. De pronto, una sima se abrió a los pies de Magnolia... y la bruja se precipitó por ella con un alarido.

Arto se detuvo, jadeante. Magnolia no volvió a aparecer, pero el Ancestral sabía que no estaba derrotada.

—Esto no la detendrá por mucho tiempo —dijo. Alzó la cabeza hacia el lugar por donde había escapado la zorra, que ya había desaparecido entre la maleza—. Corre, Camelia —murmuró—. No dejes que te alcance.

Un simple soldado

Simón no veía gran cosa en el fragor de la batalla. Lanzaba mandobles a diestro y siniestro, tratando de mantener a raya a los enemigos que luchaban por alcanzarlo. Sus propios caballeros lo rodeaban, defendiéndolo con valentía.

Cornelio situó su caballo a su lado.

—¡Majestad! —exclamó—. No hacemos más que retroceder. Si seguimos así, nos aplastarán. —Simón no dijo nada, y el joven añadió—: Tal vez sería más prudente… retirarnos, por ahora.

Pero el rey negó con la cabeza.

—Todavía no. Esperemos un poco más.

Uno de los caballeros cayó de su montura con un alarido, golpeado por una espada feérica.

—¿A qué hemos de esperar? —preguntó Cornelio, cada vez más preocupado.

Simón no respondió.

Había visto a Tercero avanzando entre las filas del ejército de las hadas al principio de la batalla. Sus adversarios trataban de detenerlo, pero el soldado vivificado se deshacía de ellos con facilidad. Era simplemente más rápido, más diestro y más fuerte que cualquiera de los guerreros feéricos, cuyos encantamientos, además, resbalaban sobre él sin afectarlo. Muchos cayeron muertos bajo los mandobles del soldado, sin tiempo para asimilar lo que estaba sucediendo. Los más avispados aprendieron pronto a mantenerse fuera de su alcance.

Por fortuna para ellos, Tercero no estaba interesado en detenerse a pelear. Seguía abriéndose paso entre sus enemigos, como una flecha disparada hacia su objetivo.

Simón lo había perdido de vista hacía rato, así que no tenía modo de saber si estaba o no cerca de cumplir su misión. Pero quería creer que lo lograría y necesitaba que su ejército aguantara en pie hasta que aquello sucediera.

Sin embargo, sus hombres seguían cayendo a su alrededor. Se preguntó si no habría sido mejor mantener a Tercero en primera línea de la batalla para defenderlos. ¿Y si la reina de las hadas no se encontraba allí? ¿Y si el soldado mágico no era capaz de llegar hasta ella? ¿Y si...?

—Majestad —lo llamó Cornelio, y el rey volvió a la realidad.

—Solo un poco más —murmuró.

El príncipe apretó los dientes y asintió con decisión.

—Sea. ¡A la carga! —exclamó, y clavó los talones en los flancos de su caballo para lanzarlo de nuevo contra el enemigo.

Simón lo siguió a lomos de su propia montura. Cornelio se enfrentaba ahora a un guerrero feérico que cabalgaba un corcel rápido y ligero como la brisa. El joven ponía en juego todo su esfuerzo para devolver sus golpes, pero apenas conseguía detenerlos. Estaba tan concentrado en su adversario que no se dio cuenta de que otro enemigo se abalanzaba sobre él.

—¡Cornelio! —advirtió el rey.

Se interpuso entre el príncipe y el segundo atacante, pero este lo golpeó con tanta fuerza que le arrebató la espada. Simón se halló de pronto desarmado ante el guerrero feérico. Cornelio seguía defendiéndose como podía del primero, al que aún no había logrado rechazar.

El caballero alzó su arma para descargarla sobre el rey de Vestur.

Pero no llegó a hacerlo. De pronto, la punta de una espada asomó por su pecho, y una mancha de sangre floreció sobre su reluciente armadura de plata. El guerrero abrió mucho los ojos, sorprendido, y cayó de bruces al suelo desde el lomo de su caballo, muerto.

Simón contempló la escena, boquiabierto. Ninguno de sus hombres había logrado hasta el momento atravesar las armaduras de sus enemigos. Las armas que empuñaban, forjadas por simples mortales, no eran capaces de superar las defensas creadas por las hadas. Alzó la mirada desde el cuerpo caído de su enemigo hasta la figura de su salvador, un simple soldado vestido con un uniforme blanco y azul que, a pesar del caótico escenario que lo rodeaba, mantenía una expresión imperturbable.

—¿Tercero? —farfulló el rey, confuso.

Pero el soldado no le prestó atención. Avanzó hasta el caballero contra el que se batía Cornelio y lo derribó también de un solo golpe, ante el asombro de este. Después continuó su camino entre las filas enemigas, blandiendo su espada con mortífera destreza.

—¡Tercero! ¡Espera! ¡Vuelve aquí! —lo llamó Simón—. ¿Y tu misión?

Pero el soldado no lo escuchó.

Fue entonces cuando el rey de Vestur localizó otro exactamente igual a él, combatiendo con ferocidad contra un grupo de guerreros feéricos que, con gran sorpresa por su parte, estaban perdiendo espectacularmente la batalla. El corazón se le aceleró cuando atisbó otro uniforme azul en medio de la multitud. Y otro más. Y otro.

Los soldados mágicos de maese Jápeto habían acudido por fin en auxilio del ejército de Vestur.

Simón parpadeó. Tenía los ojos húmedos de puro alivio y emoción. Alzó la cabeza para mirar alrededor en busca del artífice de aquel milagro y descubrió, en lo alto de una loma, una figura femenina que sostenía una caja entre las manos. A su lado se erguía un joven con una sola pierna, apoyado en una muleta.

La cólera de la reina

La reina Crisantemo había estado contemplando la contienda desde una colina elevada, no lejos de allí. Había observado con satisfacción cómo sus tropas barrían a aquellos insolentes mortales, que agitaban con torpeza sus espadas en un inútil intento por alcanzar a los deslumbrantes guerreros del país de las hadas.

Había dado por hecho que la batalla sería corta, y su victoria, rápida y contundente. Pero, justo cuando sus tropas habían logrado rodear al rey de Vestur y sus caballeros, algo había cambiado.

La reina de las hadas no fue capaz de comprenderlo al principio. Sus guerreros estaban comenzando a caer en combate sin ninguna razón aparente. El rey humano no contaba con magos, brujas ni monstruos de ninguna clase en su ejército. Solo mortales, como él, aunque había entre ellos una tropa de soldados que parecían especialmente hábiles.

Cuando se dio cuenta de que justo eran aquellos los que estaban derrotando a sus caballeros, la reina Crisantemo se enfureció.

—¿Qué está pasando aquí? —demandó—. ¿Quiénes son esos soldados? ¿Por qué mis guerreros no pueden con ellos?

—No lo sabemos, majestad —respondió una de sus consejeras con preocupación—. Han aparecido de repente… y ni siquiera estamos seguras de que obedezcan las órdenes del rey humano.

—¿Cómo es eso posible? ¿Quién los dirige, entonces?

—Lo ignoramos, majestad.

—¡Pues averiguadlo ahora mismo! ¡Encontrad la manera de acabar con esos soldados, antes de que ellos acaben con nosotros!

—Sí, majestad.

Las consejeras alzaron el vuelo y se alejaron de ella, temerosas de la cólera de la reina.

Ren las vio marchar. Las había divisado hacía un rato, a ellas y a su soberana, y ahora trepaba por la colina para alcanzarlas. Desde allí se había dado cuenta también de que algo sucedía en el campo de batalla, abajo, en la llanura, pero no le había prestado atención.

Ahora, sin embargo, lamentó no haberlo hecho. En cuanto vio a la reina Crisantemo, detectó la ira que escapaba por todos los poros de su piel de porcelana. Los acontecimientos no se estaban desarrollando como ella había previsto, y eso no era bueno. Si la soberana de las hadas no estaba de buen humor, no atendería a su petición.

Se detuvo en la cima de la colina para echar un vistazo a lo que sucedía entre los dos ejércitos. Sorprendentemente, el del país de las hadas estaba teniendo problemas. Habían dejado de atacar y, avasallados por las tropas de Vestur, comenzaban a retroceder.

El zorro observó la situación con interés. Había varios individuos, no más de una docena, que progresaban en la vanguardia, arrasando a los caballeros feéricos como si estos no fuesen rival para ellos. Vestían todos igual y peleaban con una fuerza y habilidad sobrehumanas. En segunda línea avanzaba el resto del ejército de Vestur.

Ren reconoció a los soldados. «De modo que, por fin, Simón se ha decidido a sacar esas cosas del cofre», pensó. Se preguntó por qué se lo había pensado tanto. Después decidió que no era asunto suyo. Sacudió la cabeza y prosiguió su camino.

Se detuvo junto a la reina de las hadas. Ningún humano habría visto en él otra cosa que un zorro corriente, pero ella lo miró de reojo y preguntó:

—¿Qué buscas tú aquí? Si has venido a disfrutar del espectáculo, me temo que tendrás que esperar un poco más. Estos humanos se están defendiendo mejor de lo que esperaba —reconoció a regañadientes.

Ren tardó un poco en contestar. Naturalmente, Crisantemo pensaba que los reyes de Vestur habían ejecutado a Camelia y que, por tanto, el zorro debería de estar furioso con ellos también. Recordó la petición de Felicia: la princesa estaba segura de que, si la reina de las hadas se enteraba de que su súbdita seguía viva, detendría la guerra que había desencadenado contra su pueblo. Ren lo dudaba, en el fondo. Pero, de todos modos, no tenía la menor intención de permitir que más gente rencorosa encontrase la forma de llegar hasta Camelia. Con una bruja había suficiente, muchas gracias.

—El destino de estos humanos no me importa lo más mínimo, majestad —replicó—. Pero traigo otras noticias que podrían ser de vuestro interés.

Ella suspiró.

—¿Buenas o malas noticias?

—Buenas no son —reconoció el zorro—. Se trata de vuestra súbdita Magnolia. Sin duda sabréis que se convirtió en una bruja y fue transformada en...

—Ahora no es el mejor momento para entretenerme con historias del pasado, Ren —lo interrumpió ella con impaciencia. Seguía con la vista clavada en el campo de batalla, donde su ejército luchaba desesperadamente por derrotar, sin éxito, a aquellos asombrosos soldados—. ¿Cómo es posible? —murmuró—. ¿Quiénes son esos hombres? O, mejor dicho..., ¿qué son?

Ren se sintió tentado de contárselo. Después de todo, aunque lo hiciera, el resultado final de la batalla no cambiaría gran cosa.

—Pues, en realidad... —empezó.

Pero se detuvo a mitad de frase porque había detectado un movimiento entre los árboles, a espaldas de la reina Crisantemo. Ella percibió su vacilación y se volvió para mirarlo.

—¿Qué es? —preguntó con suspicacia—. ¿Qué pasa?

Advirtió la dirección de su mirada y comenzó a darse la vuelta.

Demasiado tarde. En aquel momento, uno de los soldados encantados se arrojó sobre ella.

Bajo ninguna circunstancia

La reina de las hadas esquivó a su atacante con un grácil movimiento.

—¿Cómo te atreves...? —empezó, pero el soldado contraatacó a la velocidad del relámpago y ella apenas pudo alzar el vuelo para evitarlo—. ¡Detente! —le ordenó, suspendida en el aire por encima de él.

Cualquier humano se habría arrojado a sus pies sollozando, suplicando su perdón. Pero Tercero no lo era y, por tanto, el encanto de las hadas no podía afectarlo. Tomó impulso y saltó.

Ren contempló, francamente admirado, el prodigioso salto del soldado, que, sin apenas esfuerzo, se elevó varios metros por encima del suelo y aferró a la reina Crisantemo entre los brazos. Ella chilló, debatiéndose. Todo su cuerpo resplandecía, irradiando magia defensiva que debería haber hecho arder en llamas a su atacante. Pero Tercero no se inmutó.

El hada y el soldado cayeron de nuevo y rodaron por tierra. Él la aprisionó bajo su cuerpo, inmovilizándola. Crisantemo se revolvió todo lo que pudo, pero se vio incapaz de liberarse.

—¡Ayúdame! —le gritó al zorro.

Ahora había más miedo que cólera en su voz, y Ren reconsideró sus opciones. No recordaba que la reina de las hadas se hubiese visto nunca en circunstancias tan comprometidas. Probablemente, ella tampoco.

—No puedo hacer nada —confesó—. Si vos no podéis derrotarlo, yo, todavía menos.

Crisantemo siguió revolviéndose, cada vez más furiosa... y más asustada.

—¿Quién es este hombre? ¿Qué me ha hecho?

Ren se sentó sobre sus cuartos traseros. Empezaba a encontrar divertida la situación, ahora que parecía evidente que el soldado no tenía intención de herir a la reina de las hadas, pero procuró no dejarlo traslucir.

—Es uno de los soldados encantados de maese Jápeto —le explicó—. No son humanos en realidad, sino objetos animados gracias a la magia. Son guerreros invencibles. Muy efectivos también contra criaturas sobrenaturales, como las hadas.

Crisantemo dejó escapar un gruñido de frustración muy poco majestuoso.

—¿Maese Jápeto? —repitió—. Me suena ese nombre...

—A mí también, pero nunca tuve el placer de conocerlo, a decir verdad —admitió Ren—. Solo he oído hablar de él.

El hada trató de liberarse una vez más.

—¡Suéltame! —exigió al soldado—. ¡Suéltame o...!

—No os liberaré bajo ninguna circunstancia —se limitó a responder Tercero con voz monocorde—, a no ser que mi general, el rey Simón de Vestur, me ordene lo contrario.

Crisantemo gimió, derrotada.

«Jaque mate», pensó el zorro. Pero no se atrevió a decirlo en voz alta.

Una tregua

Felicia se abrió paso entre la retaguardia del ejército, buscando a su padre con el corazón en un puño. Soldados y caballeros yacían en el suelo, muertos o heridos. Estos últimos empezaban ya a ser atendidos por los supervivientes, porque los guerreros mágicos habían hecho retroceder a las hadas y las habían alejado de allí. Felicia sabía que seguirían luchando hasta que ella les ordenase que se detuviesen, pero, por el momento, no tenía prisa por hacerlo.

A su lado avanzaba Quinto, manejándose sin problemas con la muleta. Nada más llegar al campo de batalla, cuando ella había abierto el cofre para invocar a sus soldados, él se había ofrecido a luchar en el frente también. Pero la muchacha se había negado.

—Necesito un consejero, Quinto —le había dicho—. Soy el general de este ejército, pero no entiendo de armas ni de batallas. ¿Te quedarás a mi lado para asesorarme?

El soldado intuía que no era esa la razón por la que no quería que se separasen. No obstante, Felicia tenía razón, después de todo, por lo que él asintió y aceptó permanecer junto a ella.

Muchas vidas se habían perdido en la contienda hasta aquel momento. Pero los soldados encantados habían entrado en acción, por fin, a tiempo de luchar por la salvación de Vestur.

Y lo estaban haciendo. Felicia se sintió asombrada ante la facilidad con la que estaban venciendo al ejército de la reina Crisantemo. Sabía que, con ellos, Vestur tenía posibilidades de sobrevivir, que serían una pieza fundamental en la batalla. Pero hasta entonces no había sido capaz de comprender hasta qué punto.

—¡Felicia!

Ella se volvió. Divisó a Cornelio, que avanzaba hacia ella cojeando y con la sien ensangrentada. La muchacha corrió hacia él y ambos se fundieron en un abrazo.

—¡Estás vivo! Cuánto me alegro de haber llegado a tiempo. ¿Y mi padre? ¿Se encuentra...?

—Se encuentra bien, sí —la tranquilizó él. Respiró hondo, todavía sin terminar de asimilar aquel sorprendente giro de los acontecimientos—. Has conseguido encontrarlos —le dijo—. A los soldados extraordinarios. Y ellos... están venciendo la batalla. Es... —Sacudió la cabeza, aún perplejo—. Es asombroso. Acabas de salvar Vestur, Felicia.

Ella sonrió, con los ojos llenos de lágrimas. Cruzó una mirada con Quinto, que sonreía también.

Se reunieron con Simón un poco más allá. El rey estrechó a su hija entre sus brazos, maravillado.

—Has sido tú —susurró—. Nos has salvado a todos. ¿Cómo...?

—Encontré a Arla —respondió ella—. Sí que fue ella quien robó el cofre con los soldados. Lo he recuperado..., pero no lo habría conseguido yo sola. He tenido mucha ayuda.

—Ah, ¿sí? —preguntó el rey, interesado—. ¿De quién?

Ella rio, pensando en el Gato, pero también en Quinto. Su mano buscó la del soldado y la estrechó con suavidad.

—Es una larga historia.

—¿Su majestad, el rey Simón de Vestur? —se oyó de pronto una voz cantarina.

El grupo descubrió entonces a un trío de hadas que se acercaban a ellos, muy apuradas. No se asemejaban mucho a los imponentes emisarios que habían acudido a Vestur para declararles la guerra, semanas atrás. Estas vestían túnicas alegres y coloridas, iban descalzas y, si se pasaban por alto sus alas vibrantes y sus etéreas facciones, parecían más bien niñas que volvían de jugar en el jardín.

Los humanos, no obstante, no confiaban en ellas. Cornelio, Quinto y Simón se llevaron de inmediato la mano al pomo de la espada.

Las hadas se percataron de que el soldado era idéntico a los que estaban causando estragos en su ejército y retrocedieron, alarmadas.

—¡Venimos en nombre de la reina Crisantemo! —exclamó, sin ceremonia, la que parecía mayor—. ¡A ofrecer una tregua! ¡Entre las hadas y los humanos!

El rey entornó los ojos con recelo.

—¿Una tregua? ¿Cómo podemos estar seguros de que no se trata de una trampa?

La más pequeña de las hadas parecía a punto de echarse a llorar.

—Nuestra reina desea parlamentar. —Inspiró hondo y añadió—: Y solicitar a vuestra majestad, si no es molestia, que tenga a bien retirar al soldado que la mantiene prisionera y que dice que solo la liberará si vos se lo ordenáis.

Quinto, Felicia y Cornelio se volvieron hacia Simón, con sorpresa. Él sonrió.

La verdad

El ejército de las hadas se retiraba del campo de batalla. Lideradas por el príncipe Cornelio, las tropas de Vestur hicieron lo propio, replegándose hacia la ciudad. Felicia ordenó a sus soldados que los acompañasen para protegerlos y también para disuadir a sus enemigos de atacarlos mientras se recogían. Mantuvo a su lado a dos de ellos, aparte de Quinto, a los que también preguntó sus nombres. Resultaron ser Octavo y Undécimo.

Los cuatro, junto con el rey Simón, acudieron a reunirse con la reina Crisantemo en la cima de la colina donde se encontraba retenida. Ella les dirigió una mirada sombría. Hacía rato que había dejado de debatirse entre los férreos brazos de Tercero. Había comprendido que era completamente inútil.

A su lado se erguía un joven pelirrojo que mostraba un cierto aspecto salvaje, subrayado por el hecho de que lucía un par de orejas de zorro en lo alto de la cabeza. Simón y Felicia lo reconocieron de inmediato.

—¡Ren! —se sorprendió ella.

—Ren —gruñó él.

El Ancestral les dirigió una sonrisa de disculpa.

—Parece que las circunstancias vuelven a reunirnos… —empezó, pero la reina de las hadas lo interrumpió:

—Haz el favor de ahorrarnos tu cháchara, zorro. —Se dirigió a su interlocutor—. ¿Sois vos Simón, rey de Vestur?

Él inclinó levemente la cabeza.

—Yo soy. ¿Tengo el honor de dirigirme a su graciosa, magnífica y espléndida majestad la reina Crisantemo, soberana del país de las hadas? —preguntó a su vez, reproduciendo el título que le había dedicado el emisario.

Felicia carraspeó para disimular una risita. La interpelada alzó la barbilla con altanería, pero ignoró la pulla.

—Ordenad a vuestro bruto que me quite las manos de encima —exigió.

Simón se cruzó de brazos.

—Lo haré con gusto, si vos estáis dispuesta a negociar los términos de vuestra rendición.

Ella apretó los dientes.

—No negociaré ninguna tregua en estas circunstancias. Soltadme, y entonces hablaremos.

Simón estaba a punto de negarse, pero Felicia llamó su atención.

—Haz lo que pide —le recomendó—. Tercero ha logrado reducirla él solo, y ahora contamos con tres soldados más —le recordó, señalando a Quinto, Octavo y Undécimo—. No podría hacer nada contra nosotros, por mucho que lo intentara.

El rey consideró su argumento.

—¿Quién es esta niña? —quiso saber la reina Crisantemo.

—«Esta niña» es la princesa Felicia de Vestur, mi hija —respondió Simón con orgullo— y el general que ha dirigido en la batalla a los soldados que acaban de derrotar a vuestro ejército.

La reina clavó su mirada en la joven, pero no dijo nada.

—También es la misma princesa que el hada Camelia secuestró durante quince años, motivo por el cual nos vimos obligados a juzgarla y a castigarla por sus crímenes —añadió el rey con frialdad.

Felicia dio un respingo. Ren desvió la mirada, chasqueando la lengua con disgusto, y Crisantemo entornó los ojos y replicó:

—No pienso hablar con vos de Camelia ni de ningún otro asunto hasta que me liberéis.

Simón suspiró.

—Sea. Tercero, puedes soltar a la reina.

El soldado obedeció de inmediato. Crisantemo le lanzó una mirada de odio y se apartó de él, frotándose los brazos con gesto irritado.

Felicia sintió que Quinto se tensaba a su lado. Pero la reina de las hadas cumplió su palabra y se limitó a detenerse ante ellos, sin amenazarlos de ninguna manera.

—No culpéis a las hadas si los mortales hacéis promesas que no estáis dispuestos a mantener —amonestó a Simón—. Por otro lado, diría que vuestra hija goza de buena salud. Mi súbdita, Camelia, no le hizo ningún daño, al parecer. Vos, por el contrario, se lo pagasteis condenándola a la hoguera.

Simón frunció el ceño.

—¿Y qué hay de todos los héroes y caballeros que perecieron entre los endiablados espinos de su castillo, mientras trataban de salvar a la princesa?

Crisantemo se encogió de hombros.

—Eso no fue culpa de Camelia; era la magia del pacto, que lo protegía de aquellos que intentaban romperlo. Los espinos desaparecieron en cuanto Felicia renunció a la tutela de su madrina, ¿no es así?

Simón, sin saber qué decir, se volvió hacia su hija.

—Así es —murmuró ella. Alzó la cabeza para añadir—: Sin embargo, tengo algo que decir con respecto a este asunto. —Miró fijamente a la reina y declaró—: Sé que Camelia no está muerta. Que se salvó de la hoguera. Y Ren lo sabe también —acusó, señalando al Ancestral.

Él se cruzó de brazos y le devolvió una mirada imperturbable.

—No tengo ni la más remota idea de lo que estás hablando —soltó.

Felicia reprimió un gruñido de frustración.

—Me dijiste que el Gato y tú salvasteis a Camelia de la hoguera sin que nadie se diera cuenta. Y que ella sigue viva y a salvo en el Bosque Ancestral.

Crisantemo miró al zorro con curiosidad.

—¿Eso es verdad?

—No —respondió él con total descaro—. Es mentira.

Simón sacudió la cabeza.

—No importa, en el fondo, si Camelia sobrevivió o no...

—A mí sí me importa —terció la reina con frialdad.

—... Porque lo cierto es que ya hemos batallado por esta cuestión, y vos habéis perdido. Y estamos aquí para negociar los términos de vuestra rendición —le recordó.

Ella le devolvió una mirada terrible.

—Las condiciones de la *tregua* —lo corrigió.

Simón iba a responder, pero en aquel momento se presentó un caballero feérico que traía a rastras a un hombre a quien a todas luces acababa de hacer prisionero. Se detuvo a una respetuosa distancia de la delegación vesturense e inclinó la cabeza ante su soberana.

—Majestad, disculpad la interrupción. Hemos capturado un espía tratando de infiltrarse en nuestras filas.

Ella observó al prisionero con suspicacia, pero no era uno de aquellos formidables soldados mágicos. Parecía un hombre corriente; en su rostro, no obstante, destacaba una nariz descomunal.

—¡Fabricio! —exclamó Felicia al reconocerlo.

—¿Habíais visto antes a este individuo? —quiso saber la reina—. ¿Es realmente un espía?

—No lo creo —respondió Simón—. Pensaba que te habías marchado con Verena y con Rosaura —le dijo a Fabricio.

Ren alzó las orejas con interés cuando mencionó a su amiga.

—Ellas se fueron en dirección a Zarcania, sí —asintió el interpelado—. Pero yo decidí quedarme. —Alzó la cabeza para mirar a la reina—. Majestad, estoy buscando a un hada llamada Dalia. Necesito hablar con ella. Si tuvieseis la bondad…

Crisantemo lo interrumpió con un gesto de impaciencia.

—Ahora no tenemos tiempo para eso, inoportuno mortal. ¿No ves que estamos negociando una tregua? Tus ridículas tribulaciones no son asunto mío.

De pronto, a Felicia se le ocurrió una idea.

—¡Esperad! Fabricio es uno de mis testigos —anunció—. Solicito que esté presente durante las conversaciones. Creo, de hecho, que podremos aclarar este asunto precisamente gracias a él.

Ren entornó los ojos con cierto recelo, pero no dijo nada.

También la reina sentía curiosidad. Se volvió hacia su caballero y le indicó con un gesto que podía soltar al prisionero. En cuanto se vio libre, Fabricio se incorporó y se sacudió la ropa, pero no hizo ademán de escapar. Por el contrario, se limitó a mirar a Felicia, intrigado.

Ella avanzó hasta situarse junto a él.

—Este hombre —empezó— fue ahijado del hada Dalia cuando era niño. Ella le impuso un castigo que jamás llegó a levantarle. Desde entonces, Fabricio no puede mentir.

Crisantemo alzó una ceja.

—¿De verdad? ¿Y cómo es eso posible?

—Os lo mostraré.

Se volvió hacia Fabricio, pero este dio un paso atrás.

—No me metas en esto, Felicia —protestó.

—Será solo una vez. Te lo prometo. Creo que puedo solucionarlo todo: la guerra, tu problema..., puede que incluso el de Verena también. Por favor, confía en mí —suplicó.

Fabricio le sostuvo la mirada un momento. Al fin asintió, con un suspiro resignado.

—Adelante.

—Muy bien —dijo ella. Se aclaró la garganta y comenzó—: Vamos a hacer una demostración. ¿Cuál es tu nombre?

—Fabricio —se limitó a responder él.

—¿Y si te pidiera que... faltases a la verdad?

Él la miró casi con odio, pero no dijo nada.

—¿Cuál es tu nombre? —volvió a preguntar Felicia.

Fabricio suspiró de nuevo.

—Fulgencio —respondió de mala gana—. Fortunato. Filomeno. ¿Qué más da?

Y, ante los asombrados ojos de los presentes, su nariz empezó a aumentar de tamaño.

—¡Fabricio! —se apresuró a corregirse—. Me llamo Fabricio.

Y la nariz dejó de crecer.

—Verdaderamente singular —comentó Simón, maravillado.

—El caso es —prosiguió Felicia, dirigiéndose a la reina— que él estaba presente cuando hablé con Ren acerca de Camelia.

Los ojos del zorro se abrieron de pronto, alarmados.

—No sé —intervino, con prudencia—. No me acuerdo.

—Yo sí —sonrió Felicia, saboreando de antemano su victoria—. ¿Recuerdas lo que nos dijo Ren con respecto al hada Camelia, Fabricio?

—Sí que lo recuerdo. En realidad —matizó, rascándose la cabeza, pensativo—, habló solo contigo. Yo no escuché lo que te dijo, pero después... nos contaste que el zorro te había confirmado que Camelia estaba viva, pero que ya no era un hada. Y él estaba delante y dijo que eso era verdad.

Ren palideció. Crisantemo paseó la mirada entre los tres.

—¿Esto que cuenta el humano sucedió exactamente así? —quiso saber.

—No —respondió Ren.

—Sí —confirmó Fabricio.

Todos se fijaron en su nariz, pero no hubo ningún cambio.

—Pude haber mentido entonces —se apresuró a insinuar el zorro—. Quizá solo les dije a estos mortales lo que estaban deseando escuchar para librarme de ellos. En tal caso, si este hombre se limitase a repetir mis palabras de entonces, no estaría mintiendo.

Felicia vaciló, insegura. Pero Fabricio negó con la cabeza.

—Estuvimos hablando contigo un buen rato. Te hicimos saber que habíamos descubierto que Camelia estaba viva y que tú mismo la habías salvado de la hoguera. Y no lo negaste en ningún momento.

La reina Crisantemo ladeó la cabeza y se quedó mirando fijamente al zorro.

—Si mentiste a estos humanos, ¿por qué les dijiste que Camelia ya no era un hada? —Él abrió la boca para contestar, pero no le salieron las palabras—. ¿Ren? —insistió ella—. ¿Qué has hecho con mi súbdita? ¿En qué la has convertido?

Él esbozó una sonrisa de disculpa.

—Las cosas no son tan sencillas… —empezó.

—¿Lo veis? —interrumpió Felicia—. ¡Camelia no está muerta! Y, en ese caso, no hay ninguna afrenta que vengar.

—Los reyes humanos la condenaron a muerte de todos modos —le recordó Crisantemo— y, por otro lado, aún tengo que comprobar con mis propios ojos que es cierto eso que decís. Ren —ordenó—, me conducirás hasta Camelia, si sabes dónde se esconde. Y después…

El zorro retrocedió un par de pasos.

—¿Por qué no la dejáis en paz? —estalló—. ¡Ya os lo ha dado todo! ¿Por qué no os olvidáis de ella para que viva tranquila de una vez?

Todos se quedaron mirándolo en silencio. Ren resopló y desvió la mirada, irritado.

Finalmente, la reina suspiró con cansancio.

—Muy bien —dijo—. Con esto, las hadas declaramos el fin de la guerra contra Vestur. Hablemos, pues, de los términos… de nuestra rendición.

Condiciones

Exigimos que el ejército de las hadas se retire de Vestur —empezó Felicia— y que no regrese nunca más.

—Sea —concedió la reina—. De todos modos, no tengo el menor interés en volver a cruzarme con vosotros —añadió, dirigiendo una mirada temerosa a los soldados vivificados que escoltaban a los humanos.

—Nosotros tampoco —se apresuró a replicar Simón.

Los dos intercambiaron una mirada desafiante. Felicia carraspeó.

—Mi segunda condición —continuó— es que el hada Dalia libere a mi amigo Fabricio del castigo que le impuso.

Crisantemo alzó las cejas.

—Hablaré con ella —prometió.

Fabricio inspiró hondo, emocionado. Pero fue incapaz de pronunciar palabra. Felicia le dirigió una sonrisa alentadora.

—Mi tercera condición...

—Un momento —interrumpió la reina—. ¿Cuántas peticiones hay en tu lista? ¿Me has tomado acaso por el genio de la lámpara?

—Solo una más —le aseguró la muchacha—, y es esta: quiero una manzana de oro del país de las hadas.

Crisantemo se cruzó de brazos con un resoplido de irritación.

—Esto es increíble —masculló—. ¿Una manzana de oro? ¿Cómo te atreves a exigir...?

—Es mi última condición —reiteró Felicia con firmeza—, pero no renunciaré a ella. Si no me la otorgáis, el ejército de Vestur no depondrá las armas.

La reina de las hadas volvió a mirar de reojo a los soldados.

—Sea —aceptó por fin, a regañadientes—. Tendrás una manzana de oro. —Hizo una pausa y añadió—: Te la haré llegar cuando estén maduras.

Pero Felicia negó con la cabeza.

—A mí, no. La manzana deberá entregarse a la princesa Verena de Rinalia.

—Así se hará. Y, ahora, ¿podemos dar por concluida esta enojosa guerra?

Felicia tardó un instante en contestar. Había muchas otras cosas que quería preguntarle y dones que podía solicitarle. Pero temía enfadar a la soberana del país de las hadas si se mostraba demasiado avariciosa. Y no podía correr el riesgo de que ella cambiase de idea y no le concediese ninguna de sus demandas. Sus amigos necesitaban desesperadamente que aquello saliese bien.

Suspiró para sus adentros.

—Por mí, si cumplís estas tres condiciones, estaremos en paz. ¿Padre?

—Sea —respondió Simón.

Tendió la mano a la reina Crisantemo para estrechársela, pero ella se limitó a dirigirle una mirada de advertencia y a inclinar la cabeza en señal de aceptación. El rey de Vestur retiró la mano y asintió a su vez.

—Muy bien —intervino entonces Ren, sin poder esperar más—. ¿Hemos solucionado por fin este asunto con los humanos? ¿Podemos ocuparnos ya de Magnolia?

—Magnolia —repitió la reina de las hadas, volviéndose hacia él—. Sí, la has mencionado antes. Según tengo entendido, fue golpeada por uno de sus propios hechizos petrificadores. ¿Cuál es el problema?

—El problema es... que ya no es una estatua de piedra. Se ha liberado del hechizo y ahora busca venganza, y eso me resulta muy inconveniente porque..., en fin, porque fui yo quien la petrifiqué.

La reina lo observó con los ojos entornados.

—Es imposible que se haya liberado ella sola. ¿Cómo sé que no me estás mintiendo otra vez?

—Es cierto —confirmó Felicia inesperadamente—. Magnolia ha revivido: yo la he visto. Volvió a tomar posesión de su castillo y nos echó a todos de allí.

—¿De verdad? —Crisantemo centró su atención en ella—. ¿Y cómo fue capaz de romper el hechizo, si puede saberse?

Felicia vaciló.

—Yo... no lo sé. No estaba presente cuando... sucedió. Pero Quinto, sí —recordó, volviéndose hacia su escolta—. Y lo presenció todo, ¿verdad?

Él se mostró inseguro de pronto.

—Yo... no sé si...

—Es lo que me dijiste —insistió ella.

—Tal vez tu soldado también tenga por costumbre faltar a la verdad. Como hacen ciertos zorros —dejó caer el hada, disparando una mirada irritada hacia Ren.

Felicia negó con la cabeza.

—Por su propia naturaleza, los soldados vivificados están obligados a obedecer las órdenes de su general. Quinto...

—Espera, Felicia...

—... Te ordeno que nos cuentes cómo logró despetrificarse Magnolia.

Justo en aquel momento, la muchacha se dio cuenta de que acababa de cometer un error, porque el soldado parecía francamente incómodo. Pero ella ya había pronunciado las palabras y, antes de que pudiera retirarlas, Quinto habló.

—Fue la reina Asteria —confesó—. Confundió mis sentidos con un espejo mágico y me hizo creer que la estatua de la bruja era en realidad la princesa Felicia y que había sido petrificada. Me dijo que solo un beso de amor podría salvarla. De modo que la besé en los labios..., pero, cuando volvió a la vida, resultó que no se trataba de ella, sino de Magnolia.

Sobrevino un silencio horrorizado. Felicia se había puesto roja como una cereza y lo contemplaba con estupor. Quinto, muy avergonzado, clavó la mirada en la punta de su bota.

Simón fue el primero en hablar. Pasando por alto el asunto del beso, preguntó, despacio:

—¿La reina Asteria... hizo todo eso... para traer de vuelta a la bruja? ¿Por propia voluntad?

Felicia estaba tan aturdida que no tuvo ánimos para ordenarle a Quinto que respondiese a su pregunta. Pero él alzó la mirada y lo hizo de todos modos.

—Sí —dijo.

—Por eso quería mi llave mágica —musitó la muchacha—. Para entrar en el sótano de las estatuas y revivir a Magnolia.

—Pero… ¿por qué? —susurró Simón, desolado.

Ren dejó escapar un bufido de impaciencia.

—Bueno, es evidente, ¿no? Descubrió que Camelia seguía viva en alguna parte. Probablemente se lo dijiste tú —añadió, mirando a Felicia con gesto hosco—, porque te lo había contado ese Gato bocazas. Y, dado que no tenía modo de alcanzarla, se le ocurrió despertar a una bruja vengativa para que hiciese el trabajo sucio en su lugar.

—Mi madre…, mi madre no haría eso… —balbuceó la muchacha.

—¿El qué? ¿Buscar la forma de acabar con la «malvada bruja» que había criado a su hija? ¡Vaya! Yo juraría que ya lo había hecho. Pero está claro que no le gusta dejar las cosas a medias.

—¡Basta! —interrumpió la reina Crisantemo, llevándose las manos a las sienes—. Me dais dolor de cabeza, todos vosotros. Volved a vuestro reino, mortales, y dejad de enredar con las criaturas mágicas de una vez por todas. Yo me ocuparé de Magnolia y resolveré los asuntos pendientes, y después de eso me aseguraré de que ninguna de nosotras, hada o bruja, vuelva a poner los pies en vuestro mundo. ¿Ha quedado claro?

Ren cerró los ojos y exhaló un suspiro de alivio.

Nada bueno

Camelia se detuvo en lo alto de un talud para recuperar el aliento. A sus pies se extendía el Bosque Ancestral. El sol doraba ya las copas de los árboles, desterrando las brumas matinales y alcanzando los últimos recovecos sombríos para bañarlos en su luz.

Evocó las palabras del oso: «La oscuridad solo puede avanzar por los lugares de donde la luz se ha retirado».

Suspiró. «Ojalá fuese todo tan sencillo», pensó.

Pero lo cierto era que estaba cansada de huir. Ren no había regresado aún y tampoco había rastro de la reina de las hadas. Camelia se había alejado deliberadamente del cubil de Arto para no poner en peligro a sus cachorros. Sabía que el oso no se separaría de ellos y, por tanto, ella no esperaba que la siguiese hasta allí para volver a defenderla de la bruja.

Estaba sola.

—¿Te has cansado ya de jugar, Camelia? —oyó la voz de Magnolia a sus espaldas.

La zorra no respondió. Lo más sencillo sería rendirse y dejar que la bruja la petrificase, si es que era ese el destino que tenía reservado para ella.

Pero empezaba a estar harta de Magnolia y de sus aires de grandeza. Y, si tenía que morir, al menos esperaba poder clavarle las uñas en la cara para borrarle aquella estúpida sonrisa de suficiencia.

Camelia se dio la vuelta, erizó el pelaje y gruñó. La bruja se echó a reír.

—¡Qué enternecedor! Ya te comportas como un animal de verdad. Ay, Camelia, ¿cómo has podido caer tan bajo?

Ella no se molestó en replicar. Tomó impulso y saltó sobre Magnolia.

Sintió el oscuro poder de la bruja y esquivó su hechizo por muy poco. Notó que se le endurecía el pelaje superficial de la pata delantera izquierda y temió por un instante que la hubiese alcanzado, pero, por fortuna, no pasó de ahí.

Con las zarpas por delante, aterrizó sobre el hombro de Magnolia y le mordió el cuello con todas sus fuerzas. Ella chilló y trató de sacudírsela de encima. Camelia saltó al suelo con agilidad y desapareció entre la maleza.

—¡Te lo haré pagar! —oyó que gritaba la bruja tras ella—. No conseguirás escapar de mí. Ni tampoco tu zorro.

Camelia se detuvo en seco.

—No metas a Ren en esto —masculló entre dientes.

—Oh, de modo que quieres seguir jugando, ¿verdad? —sonó la voz de Magnolia muy cerca de ella.

La zorra se dio la vuelta y plantó las patas en el suelo.

—Vete —le advirtió a la bruja—. Vete y déjanos en paz. De lo contrario…

—¿De lo contrario…?

Camelia bajó la cabeza y dejó escapar un gruñido que hizo vibrar todo su pecho.

Y de pronto sintió el poder de la tierra bajo sus patas. Bullía como una fuente de aguas termales, burbujeante, ansiosa por salir a la superficie. Camelia irguió las orejas, atenta.

Saltó a un lado de forma instintiva para esquivar otro de los hechizos de Magnolia. Cuando aterrizó de nuevo en el suelo, el poder seguía ahí, aguardando a que ella lo reclamase.

Volvió a saltar. Una, dos, tres veces. La magia de Magnolia la perseguía, pero ella la evitaba sin apenas ser consciente de que lo hacía, pendiente de la fuerza que acababa de descubrir. Permitió que aquel conocimiento la inundase poco a poco mientras se preparaba para utilizarlo por primera vez.

—¡No podrás evitarme para siempre! —le gritó Magnolia, que empezaba a perder la paciencia.

Camelia se detuvo.

—No tengo la menor intención de hacerlo —respondió.

Emitió un ladrido corto y agudo que resonó con las voces de todos los zorros Ancestrales que la habían precedido. Después saltó por última vez hacia la bruja y se dejó caer justo delante de ella.

Cuando sus patas tocaron el suelo, la vegetación acudió a su llamada. Y las plantas brotaron de la tierra con furia salvaje, volviéndose contra Magnolia.

Ella, sorprendida, trató de esquivarlas. Destruyó algunos tallos, pero enseguida nacieron más.

Camelia la observó mientras luchaba contra las plantas, molesta, pero no particularmente asustada. Aunque aquello la retrasaría, no la detendría y ni mucho menos lograría derrotarla. Probablemente por esa razón Ren había dado por supuesto que ellos no eran rivales para la bruja.

Camelia recordó cómo la habían vencido la última vez, utilizando su propia magia contra ella.

Se concentró y volvió a buscar el poder que dormía en el subsuelo. Hizo crecer nuevas plantas y en esta ocasión las guio para que rodearan a Magnolia, envolviéndola como un capullo. Ella se deshizo de los tallos con impaciencia; pero estos la atacaron con mayor saña, y la bruja gritó, irritada, y lanzó su hechizo petrificador contra ellos.

Algunas de las plantas se convirtieron en piedra y quedaron completamente inmóviles. Las otras continuaron hostigándola. Se enredaban en sus tobillos, trepaban por sus piernas, ceñían su cintura, atrapaban sus brazos y buscaban su cuello, tratando de asfixiarla.

Y entonces ocurrió lo que Camelia estaba esperando: Magnolia perdió el control de su magia y, al lanzar un hechizo a ciegas, acertó a los mismos tallos que la retenían.

De inmediato, la bruja se vio atrapada en una prisión de piedra.

Luchó por moverse, pero estaba inmovilizada. Lanzó un grito de furia.

—¿Piensas que vas a poder detenerme con esto, Camelia? ¿Qué harás cuando me libere? ¿Crees acaso que serás capaz de vencerme?

—Ella, no —dijo entonces una voz entre la espesura—. Pero yo, sí.

Camelia dio un salto atrás, alarmada, y miró a su alrededor.

La reina Crisantemo emergió de entre los árboles, hermosa y radiante como la estrella de la mañana. Su cabello color miel caía en ondas por su espalda. Llevaba las alas erguidas y sus pequeños pies descalzos avanzaban sobre la hierba sin apenas rozarla.

—Majestad —murmuró Camelia, impresionada.

Inclinó la cabeza ante ella hasta posarla en tierra. Hacía trescientos años, lustro arriba, lustro abajo, que no se hallaba ante su soberana. Pero tenía la impresión de que ella no había cambiado en absoluto.

Crisantemo la contempló con curiosidad.

—Camelia. ¿En qué te has convertido?

—Mi reina…

Le falló la voz y no fue capaz de continuar. Bajó la mirada, avergonzada.

—Si te has unido al pueblo de los Ancestrales —prosiguió el hada—, yo ya no soy tu reina.

Pero no había reproche en sus palabras. Camelia se atrevió a alzar la cabeza y descubrió que Crisantemo le sonreía con dulzura.

No obstante, el hada no se entretuvo con ella. Avanzó un poco más hasta situarse ante Magnolia, que seguía luchando por librarse de su prisión.

—Buen trabajo —comentó Crisantemo, contemplando las plantas petrificadas con admiración—. Sin duda, los poderes Ancestrales están ya despertando en ti, Camelia. Mucho antes de lo que esperabas, ¿no es así? Y tú —añadió, clavando en Magnolia su mirada de aguamarina—, ¿qué has estado haciendo todo este tiempo? Muchas maldades, según me han dicho.

Ella le dirigió una mirada repleta de odio.

—No es asunto vuestro, mi reina —replicó—. Nos abandonasteis hace mucho tiempo en el mundo de los humanos, a mis compañeras y a mí. Y esta era la única forma de sobrevivir: tomando el poder que nos pertenecía por derecho.

Pero Crisantemo movió la cabeza con pesar.

—Ay, Magnolia. Ya no queda nada bueno ni bello en tu corazón, ¿verdad? Solo odio y rencor.

—Es lo que me da fuerza. El amor solo me volvió más vulnerable.

La reina de las hadas se rio.

—¿Eso es lo que piensas? Bueno, no te envié al mundo mortal para que te enamorases, de todas formas. Aunque supongo que era inevitable, en cierto modo. ¿No es así, Camelia?

La zorra desvió la mirada, turbada.

Crisantemo suspiró.

—En fin, no tiene sentido alargar esto: pasemos a los asuntos desagradables.

Alzó las manos, y en ellas se materializó un espejo de mano, labrado delicadamente en plata. Magnolia abrió mucho los ojos, alarmada.

—¿Qué es lo que...? —empezó, pero no pudo terminar la frase.

La reina de las hadas levantó el espejo frente a la bruja y, en cuanto esta vio su imagen reflejada en él, desapareció de pronto en una voluta de humo.

Camelia pestañeó, desconcertada.

—¿Cómo...? ¿Qué ha sido de ella?

La reina Crisantemo se rio de nuevo.

—Magnolia no es la única que sabe jugar con los espejos —le confió, y se lo mostró.

En él estaba atrapado, nuevamente, el espíritu de la bruja. Camelia la vio golpear el cristal, luchando por escapar. El hada contempló a la prisionera con indiferencia y entonces estrelló el espejo contra una roca.

El cristal se rompió en pedazos, y la imagen de Magnolia desapareció.

—¿Qué ha sucedido? —preguntó Camelia con inquietud—. ¿A dónde ha ido?

—Ya no está —replicó Crisantemo—. Ni volverá jamás.

Pisó los fragmentos de cristal con sus pies descalzos. Le causaron cortes y heridas en su piel delicada, pero ella no dejó de aplastarlos hasta que los redujo a polvo.

La zorra contempló la escena en silencio, anonadada. Por fin, el hada alzó la cabeza hacia ella. Había algo inquietante en su expresión, serena e insondable como la de una esfinge, cuando dijo:

—Las brujas deben morir. Porque, si los mortales piensan que luchar contra ellas es una tarea inútil...

—... Dejarán de hacerlo —completó Camelia—. Sí, es lo que dice Ren también.

—Tu zorro es una criatura sabia. A veces —añadió, tras pensarlo un poco.

Camelia desvió la mirada.

—A mí... también me consideraban una bruja. Por eso no puedo volver.

Crisantemo la contempló con expresión insondable.

—¿Sabes lo que te diferencia de ella y de las demás? —preguntó entonces, señalando los restos del espejo—. Que, a pesar de todo, tú nunca dejaste de amar. Querías a esa niña, la princesa a la que criaste. Y a tu zorro. Y a tus amigas, aunque te hubieses alejado de ellas. Y esa es una luz... que jamás llegó a apagarse en tu corazón.

La zorra no respondió, pero inclinó la cabeza ante la reina de las hadas.

—No volverás a ser un hada, sin embargo. Ni podrás regresar jamás a nuestro mundo. Y, por tu propio bien, te recomiendo que tampoco te relaciones demasiado con los mortales.

Ella sacudió la cabeza.

—No tenía intención de hacerlo.

—A medio plazo, tal vez no. Pero tengo una última tarea para ti. Es decir..., si estás dispuesta a cumplirla.

—¿Podría negarme, acaso?

—Por supuesto. Después de todo, ya no soy tu reina. Pero tengo la certeza de que esta petición en concreto no querrás rechazarla.

—¿De qué se trata? —preguntó la zorra, intrigada.

—Lo sabrás pronto. Nos veremos entonces, Camelia.

Y desapareció.

Las consecuencias

Una noche, Felicia soñó con Camelia. Al principio le costó reconocerla, porque estaba muy cambiada. Llevaba el pelo corto y rebelde, y su habitual tono castaño se veía ahora salpicado de reflejos cobrizos. Había cambiado su vestido verde por unos pantalones de cuero y una camisa suelta de color pardo. Y sus alas... habían desaparecido.

A cambio, había algo que se agitaba tras ella con inquietud. Felicia tardó unos instantes en darse cuenta de que se trataba de una cola de zorro.

«¿Madrina?», la llamó la princesa. Pero ella solo sonrió, dio media vuelta... y desapareció.

Lo último que atisbó Felicia en su sueño fue una silueta de orejas puntiagudas que caminaba a cuatro patas arrastrando una larga y esponjosa cola tras ella.

Abrió los ojos, aturdida, y le pareció ver que aquella misma silueta se recortaba contra la ventana, bañada por la luz del día. Parpadeó y trató de mirar con mayor atención.

Pero el animal que la observaba acomodado en el alféizar no era un zorro, sino un gato.

Mejor dicho, un Gato.

—¡Por fin! Llevabas mucho tiempo durmiendo —observó el Ancestral—. ¡Y luego dicen de nosotros!

Felicia luchó por despejarse.

—¡Has vuelto! —exclamó, incorporándose un poco.

—Evidentemente. —El Gato saltó y aterrizó con elegancia sobre su cama. Felicia se apresuró a sentarse para dejarle espacio, pero el animal caminó por el edredón y se acomodó en su regazo con total descaro—. Bueno, ¿me has echado de menos? —ronroneó.

—Sí..., en cierto modo. Te busqué el otro día, después de la batalla. Para devolverte tus botas, ¿recuerdas? Pero no te encontré por ninguna parte y di por sentado que ya te habías ido.

—Ah, sí, claro, las botas. He venido por ellas, por supuesto.

—Dijiste que vendrías a buscarlas antes de que llegaran las hadas —le recordó Felicia—. Pero hubo complicaciones, llegamos tarde... y llevo desde entonces queriendo contactar contigo, porque...

—¿De verdad? —El Gato la miró con sorpresa.

—... Porque me dijiste que, si me retrasaba, tendría que atenerme a las consecuencias —terminó ella, mirándolo con reproche.

—Hum —murmuró el Ancestral, dubitativo—. Sí, es verdad. Puede que lo dijera.

Felicia se quedó mirándolo, entre irritada y atemorizada. Quizá no había sido buena idea recordárselo, pensó. Aguardó a la reacción del Gato, que examinaba su pata derecha con gran atención, como si fuese lo más interesante del mundo. De pronto, sacó las uñas y le lanzó un zarpazo sin previo aviso.

—¡Ay! —protestó Felicia, retirando la mano. Contempló con incredulidad las tres líneas rojas paralelas que decoraban ahora su piel. El arañazo escocía, pero ni siquiera sangraba.

—Ahí las tienes: las consecuencias —declaró el Gato, muy ufano.

Felicia clavó la mirada en él, parpadeando con desconcierto.

—¿Y... ya está?

—Y agradece que hoy no me había afilado las garras todavía —añadió él—. Pero lo haré y volveré a castigarte entonces, si no me devuelves mis botas de inmediato.

—Por supuesto —replicó ella; ya no estaba asustada, pero se sentía dividida entre la risa y la indignación.

Se levantó de la cama, y el Gato se vio obligado a saltar de su regazo. Ignoró la mirada de reproche que le lanzó el felino y fue a arrodillarse ante el arcón donde guardaba todos sus tesoros. Era un cofre especial que carecía de llave, porque ella misma se había encargado de hacerla fundir. Sacó, pues, la llave dorada que pendía de su cuello y la contempló, pensativa.

Después de la batalla, Simón y Felicia se habían reunido con la reina Asteria. El reencuentro había sido emotivo, porque hasta muy poco antes los tres habían temido que no volverían a verse. Pero era inevitable que acabasen hablando del retorno de la bruja Magnolia y del papel que la madre de Felicia había jugado en aquel asunto.

Hubo palabras duras y momentos de tensión. Simón le había recordado a su esposa que Vestur se había salvado gracias a su hija y a sus soldados mágicos, que habían sido robados precisamente cuando estaban bajo la custodia de los reyes. Había apoyado a Felicia en sus demandas y por fin su madre había accedido, de mala gana, a devolverle la llave mágica.

La muchacha sonrió y la utilizó ahora para abrir el arcón. En su interior no solo se encontraban las botas de siete leguas que le había prestado el Gato, sino también el gorro del ogro, convenientemente desinfectado a aquellas alturas, y la caja con once soldaditos mágicos.

Antes de sacar las botas, Felicia utilizó la llave para abrir el cofre y asegurarse, una vez más, de que todos seguían en el interior.

—¿Qué ha pasado con el que falta? —preguntó entonces el Gato muy cerca de ella, sobresaltándola.

Felicia se dio cuenta entonces de que se había puesto a dos patas para asomarse al interior del arcón. Movía la cola blandamente y contemplaba los objetos mágicos con curiosidad.

—Ese… no va a volver a la caja nunca más —respondió ella.

—Comprendo —maulló el Gato, pero la muchacha no estaba segura de que lo comprendiese, en realidad.

Pensó en Quinto, que en aquellos momentos debía de estar durmiendo en su propia alcoba. Como héroe de la batalla de Vestur, lo habían recibido en el castillo con todos los honores. Y, dado que Felicia se había negado a transformarlo de nuevo, pronto habían descubierto con asombro que, cuanto más tiempo pasaba vivificado…, más necesidades humanas desarrollaba.

Así, Quinto dormía ahora. Y dormía mucho. También bebía y comía. Con gran apetito, por cierto. Y visitaba el baño en consecuencia, cosa que lo avergonzaba profundamente.

Ni él ni Felicia comprendían el significado de aquellos cambios ni las consecuencias que acarrearían en el futuro para Quinto.

Ella tampoco tenía a quién preguntar al respecto.

Había hablado con el resto de los soldados mágicos después de la batalla. Les había ofrecido la posibilidad de mantenerlos vivificados, igual que a Quinto, o de volver al cofre como figuritas de madera, si así lo preferían.

Ante su sorpresa, los once habían cruzado una mirada y Primero había respondido:

—Si nuestro general ya no precisa de nuestros servicios, solicitamos que se nos dé licencia.

—¿Estáis... seguros? —quiso cerciorarse Felicia, un tanto decepcionada.

—Sí, mi general —contestaron los once como un solo hombre.

Y Felicia, con el corazón encogido, había pronunciado las palabras mágicas.

Llevaba preguntándose desde entonces por qué Quinto era diferente al resto de sus hermanos. ¿Lo habría «fabricado» así maese Jápeto? ¿Sería que las experiencias que había vivido lo afectaban a él de una forma distinta? ¿O se trataba precisamente de las vivencias que no compartía con los otros? El castigo de Mork, su etapa como juguete infantil, la pérdida de su pierna, el tiempo que había pasado junto al príncipe Osmundo, aprendiendo de él y de la sabiduría de los libros de su ingente biblioteca...

No obstante, en el fondo lo que más le preocupaba no era lo que distinguía a Quinto de los demás soldaditos del cofre, sino lo que lo asemejaba a ellos.

No habían hablado en profundidad del asunto del beso a la estatua de Magnolia. Felicia era muy consciente de que, si el hechizo había funcionado, se debía a que el de Quinto no había sido un beso cualquiera. Y eso tenía implicaciones. Pero Felicia no estaba segura de querer que tuviese también consecuencias.

—Quinto —le dijo un día en que los dos estaban sentados en el jardín, contemplando el atardecer—. Dijiste ante la reina de las hadas que besaste aquella estatua porque un espejo mágico te mostró que se trataba de mí.

—Sí, en efecto —respondió él, con tono cuidadosamente neutro.

—Pero a ti... no te afecta la magia —prosiguió ella—. ¿Cómo es posible que ese espejo pudiese confundirte?

Él pestañeó un par de veces.

—No lo sé, Felicia —se limitó a responder.

Y eso era todo lo que habían comentado al respecto.

Eran demasiadas preguntas, demasiadas incógnitas, demasiadas cosas que no entendía. Felicia era consciente de que Quinto albergaba sentimientos hacia ella, pero se esforzaba por actuar como si no existiesen en absoluto.

¿Qué otra cosa podía hacer, de todos modos? La naturaleza de Quinto lo obligaba a obedecer todas las órdenes de su general. Si se estaba enamorando de Felicia..., ¿no se debía, quizá, a que en el fondo ella deseaba que lo hiciera? Porque ¿cómo podían ser auténticas las emociones de una figurita de madera vivificada que no tenía alma en realidad?

Bajo las órdenes de generales sanguinarios, Quinto se había convertido en un asesino despiadado. Ahora, como escolta de la princesa, era un protector caballeroso, valiente y leal. Se había transformado, en definitiva, en lo que ella necesitaba que fuera.

Si Felicia se enamoraba de Quinto, él la correspondería, era así de sencillo. Pero no lo haría por voluntad propia, puesto que aquel era un lujo que los soldados vivificados no podían permitirse.

Apartó aquellos pensamientos de su mente y cerró la caja de maese Jápeto. Ante la mirada expectante del Gato, sacó las botas del baúl y volvió a echarle la llave.

—Toma, aquí las tienes —le dijo—. Te agradezco mucho que me las hayas prestado, pues, sin ellas, Vestur habría estado condenado.

—No tiene importancia —ronroneó el Ancestral; pero entornó los ojos, complacido ante las palabras de la princesa—. Me gusta Vestur. Habría sido una lástima que la reina Crisantemo lo destruyese por una rabieta. —Felicia lo miró sorprendida y él se apresuró a aclarar—: Me gustan todos los reinos humanos, en general. Unos más que otros, claro. Pero todos tienen cosas interesantes.

La muchacha ladeó la cabeza, pensativa. Recordó que Quinto le había contado que no todos los Ancestrales se relacionaban con los mortales de la misma manera. El Gato podía ser enigmático a veces e irritante la mayoría de las ocasiones, pero no cabía duda de que se trataba de uno de los más amistosos.

Y entonces se acordó de que había sido el primero en advertirle acerca del cofre de maese Jápeto, antes incluso de que ella misma hubiese descubierto su poder.

Obviamente, aquel felino *sabía cosas*.

—Escucha…, Gato —lo llamó entonces.

El Ancestral ya había saltado de nuevo a la cama y se dirigía hacia la ventana, llevando las botas en la boca con el rabo en alto. Pero se volvió para mirarla.

—¿Sí? —maulló.

—Tú conocías antes… el cofre de maese Jápeto. El que guardo en mi baúl.

El Gato dejó caer las botas sobre el edredón para contestar:

—Ciertamente. Su contenido ha causado muchos estragos en los últimos siglos, por todo lo largo y ancho del Antiguo Reino.

—¿Y sabes… de dónde salió exactamente? ¿Conoces la naturaleza de los soldados? ¿Podrías explicar…?

—Ah, ya veo —interrumpió el Gato—. Es por el soldado que falta, ¿verdad? El que no quieres devolver a su caja. —Felicia enrojeció un poco, pero asintió—. Yo en tu lugar no le daría muchas vueltas ahora mismo —dijo—. Porque pronto volverá el cuervo a reclamarlos a todos y se los llevará.

El corazón de Felicia se detuvo un breve instante.

—¿Cómo dices? ¿Mork… volverá… a buscar el cofre?

—Eso he dicho.

—Pero… ¿cuándo…?

—¿Cómo voy a saberlo? No ha tenido a bien comunicarme sus planes. Pero no te preocupes —añadió alegremente—, porque tú y yo nos veremos otra vez ese mismo día. ¿No te parece maravilloso?

—No estoy segura —musitó ella, cada vez más asustada—. Pero… si Mork pretende… Entonces…

—Otra vez farfullas cosas incomprensibles, y yo ya te he dedicado demasiado tiempo hoy —declaró el Gato, imperturbable. Volvió a tomar las botas entre los dientes y se despidió—: ¡Hasta la próxima!

Saltó al alféizar…

—¡Espera!

… Y se marchó.

Los Ancestrales

Felicia se quedó sola en su habitación, aún tratando de asimilar la noticia. La última vez que había visto a Mork, Quinto lo había derribado en el aire con su muleta para que ella pudiese recuperar el gorro del ogro, que el cuervo acababa de arrebatarle. Había dado por sentado que permanecería junto a Arla para ayudarla a triunfar en su rebelión, pero, ahora que lo pensaba, era poco probable que la princesa de Corleón tuviese éxito sin la ayuda de los soldados encantados. Tal vez Mork tratase de recuperarlos para ella, o quizá no le había perdonado su fracaso y se llevaría el cofre muy lejos de allí, a cualquier rincón del mundo donde pudiese hallar otro mortal ambicioso a quien ofrecérselo.

Felicia estrechó con fuerza la llave de oro. El cofre de maese Jápeto estaba bien protegido, pero... ¿lo bastante como para detener al Ancestral? Ella lo dudaba mucho. Por otro lado, si el cuervo regresaba, ¿trataría también de arrebatarle a Quinto? ¿Sería él capaz de defenderse? Quizá sí; había demostrado ya que Mork no lo intimidaba. En tiempos pasados se había visto obligado a obedecerlo, porque era su general. Pero ahora el Ancestral ya no tenía poder sobre él.

Inclinó la cabeza, cavilando. ¿Existía alguna forma de derrotar a Mork definitivamente? ¿Hasta dónde llegaban sus poderes? Felicia sabía que era capaz de transformarse en animal. No, se corrigió: era un animal capaz de adoptar aspecto humano. Pero todos los males que había causado, hasta donde ella sabía, los había llevado a cabo a través de la caja de maese Jápeto. ¿Qué sería capaz de hacer sin ella?

Repasó sus conocimientos acerca de los Ancestrales. Sabía que podían vivir miles de años, pero no eran inmortales; después de todo, su propio padre había matado a un Lobo tiempo atrás. ¿O había sido Camelia? Frunció el ceño; lo cierto era que no tenía muy claros los detalles.

Ella misma había tratado con Ancestrales. Con Mork, brevemente. Con el Gato, también. Y con Ren, el zorro.

Se irguió, recordando algo.

El día de la batalla, tras las negociaciones, la reina Crisantemo había partido en busca de Magnolia y su gente se había marchado también. Pero Ren se había quedado unos momentos más para hablar con Felicia a solas.

Un consejo

Debo pedirte disculpas —le había dicho él—. Estaba seguro de que esos soldados de madera no os traerían más que problemas a ti y a tu familia, pero he de reconocer que tu reino se ha salvado gracias a ellos.

Ella se había cruzado de brazos, ceñuda.

—Gracias a ellos y no a ti, precisamente —le espetó—. No nos has ayudado en nada. Estoy bastante segura de que, si la reina de las hadas hubiese arrasado Vestur, tú ni siquiera habrías levantado una ceja.

Ren ladeó la cabeza, considerando en serio aquella posibilidad.

—En cualquier caso —prosiguió Felicia—, los soldados mágicos no son malos de por sí. Es cierto que fueron creados para luchar. Pero pueden ser héroes también.

El zorro movió la cabeza, no muy convencido.

—Si hubieses oído las mismas historias que yo…

—Las conozco. Pero no fue culpa de ellos, sino del general que los estuvo comandando todas aquellas veces.

—¿Durante doscientos años? —se rio Ren.

—Doscientos años no son gran cosa para un Ancestral —replicó ella con sequedad.

El zorro dejó de reírse.

—¿Cómo has dicho?

—¿Has oído hablar de un tal Mork? ¿Te resulta familiar?

Ren enderezó las orejas.

—¿Mork? ¿El cuervo? —Felicia asintió—. ¿Quieres decir que él estaba detrás de...? ¿Y de...? ¿Y también de...? —Sacudió la cabeza con perplejidad—. Pensándolo bien, no me sorprende en absoluto.

—Fue él quien le dio el cofre a mi padre, el día de mi bautizo —prosiguió ella—. Como regalo para mí.

El zorro frunció el ceño, desconcertado.

—Qué raro. ¿Por qué se desprendería de una cosa así por propia voluntad?

Felicia no olvidaba que Arla había robado los soldados, alentada por el cuervo. Pero aún no confiaba del todo en Ren y decidió que no tenía por qué compartir todos los detalles con él.

Se encogió de hombros.

—Nos hemos cruzado en un par de ocasiones después de eso. Parece que sigue enredando por ahí. Pero el cofre de maese Jápeto ya no le pertenece.

—No te recomiendo que tengas tratos con él, de todos modos. No es de fiar.

—¿Y tú, sí? —replicó ella.

El zorro se llevó una mano al pecho, ofendido.

—¡Oye! Yo puedo ser de fiar. A veces. —Felicia se quedó mirándolo con los ojos entornados, y Ren añadió—: Lo único que sucede es que tú no eres la única que tiene seres queridos a los que proteger. —La princesa no respondió—. Sé que apreciabas a Camelia, a pesar de todo —concluyó él—, y por eso te voy a regalar un consejo: si vuelves a toparte con Mork..., adúlalo.

—¿Que lo... adule? —repitió ella, pasmada—. ¿De qué estás hablando?

—Hazme caso, es su punto débil. Es tan estúpidamente vanidoso que, si le regalas los oídos, conseguirás de él todo lo que quieras. Yo lo engañé así una vez —recordó, con una amplia sonrisa—. Le dije que tenía una voz maravillosa... ¡y el muy idiota se puso a cantar! —Se carcajeó—. Nunca creerás lo que pasó después...

Felicia seguía mirándolo con total desconcierto, y el zorro carraspeó.

—¡Ejem! Supongo que no te interesan estas viejas historias. —Echó un vistazo al rey Simón y a los soldados, que aguardaban con paciencia a Felicia un poco más allá—. Además, tenéis muchas cosas que hacer aquí. Y a mí también me esperan en otra parte —añadió, y una súbita sombra de inquietud oscureció sus ojos castaños—. Hasta siempre, Felicia. Guarda bien esos soldados. Sigo pensando que lo mejor que puedes hacer con ellos es destruirlos, pero, dado que han salvado tu reino y que tú ya le has tomado aprecio a alguno de ellos —insinuó, dirigiendo una rápida mirada a Quinto—, quizá baste con devolverlos a su caja, guardarlos a buen recaudo y no volver a sacarlos de allí nunca más.

Felicia desvió la vista, pero no dijo nada. Ren se despidió con una inclinación de cabeza y... desapareció. La muchacha se volvió hacia todas partes, desconcertada, y llegó a divisar la silueta de un zorro sin cola que desaparecía entre los arbustos.

Tan cruel y tan sutil

Adúlalo», había dicho el zorro.

Felicia sacudió la cabeza. No parecía un consejo particularmente útil y ahora lamentaba no haberle preguntado más con respecto al cuervo.

Pero quizá aún pudiese hacerlo.

Se levantó con presteza, se vistió, se lavó la cara y salió de su cuarto. Sabía que debía presentarse en el salón para desayunar con su familia, pero el Gato la había despertado bastante temprano y calculaba que todavía tenía tiempo. Se detuvo un momento ante la puerta cerrada de la habitación de Quinto y aguzó el oído. No se escuchaba nada al otro lado, salvo el suave sonido de la respiración del joven, que seguía dormido.

Felicia decidió no despertarlo. Después de todo, su escolta (¿compañero? ¿amigo?) tenía un sueño atrasado de más de doscientos años.

Continuó su camino hasta llegar a la alcoba de Rosaura. La joven se había presentado allí un par de días después de la batalla. Finalmente había decidido que no acompañaría a Verena hasta Zarcania y había regresado a Vestur para asegurarse de que Felicia estaba bien.

Ella llamó a la puerta con suavidad, temiendo que estuviese dormida también.

Pero, por supuesto, se trataba de Rosaura.

—Adelante —respondió ella desde dentro, y Felicia sacó su llave mágica y abrió.

Porque Rosaura estaba encerrada en aquella estancia por propia voluntad. Era un cuarto muy pequeño y sencillo, con pocos muebles. De todos modos, lo mantenía perfecto e impoluto, y si no seguía limpiándolo era, simplemente, porque no quedaba allí nada más que limpiar.

Pero sí había una rueca. Y una cesta que a aquellas alturas ya estaba llena de ovillos de lana. Y una mecedora mullida y confortable, donde Rosaura pasaba las horas trabajando con las agujas de tejer… o, al menos, intentándolo.

Felicia le dirigió una mirada repleta de preocupación. Era muy evidente que a su amiga le costaba mucho hacer aquello. Le estaba dedicando muchas horas y, aun así, apenas había logrado tejer un minúsculo cuadrado informe y deslavazado, lleno de puntos sueltos. Y Rosaura sufría, no solo porque era muy consciente de que aquello no se le daba bien, sino, sobre todo, porque no soportaba la idea de elaborar algo tan horrible e imperfecto.

Por eso estaba recluida en un lugar donde no podía hacer otra cosa que tejer la prenda que debía salvarla.

Si la teoría de Felicia era acertada, por supuesto.

Suspiró para sus adentros. Había estado tentada de pedir una solución para Rosaura a la reina Crisantemo, pero no se había atrevido. No solo porque ella parecía impacientarse con cada condición que se añadía a la lista, sino también porque la muchacha tenía la sensación de que tampoco las hadas habrían sido capaces de arreglar aquello. El mal de Rosaura era algo tan cruel y tan sutil al mismo tiempo que ni siquiera Ren o Camelia habían sido capaces de detectarlo.

—¿Sucede algo, Felicia? —quiso saber ella—. ¿Por qué me miras así?

La princesa negó con la cabeza.

—No, no, todo está bien. Solo me preguntaba…

Clavó la mirada en el silbato que aún pendía del cuello de su amiga. Había entrado allí para pedirle que volviese a llamar a Ren, pero ahora se daba cuenta de que, para ello, Rosaura tendría que abandonar el castillo y buscar un bosque apropiado. Y le estaba costando mucho centrarse en la tarea que llevaba entre manos. Si Felicia la distraía con otras cosas, tal vez ya no fuese capaz de retomarla.

—Nada —concluyó por fin—. Solo venía a ver cómo estabas.

Rosaura seguía concentrada en su labor, pero levantó la cabeza por fin, con un suspiro de frustración.

—¡Esto es muy difícil! —se quejó—. No consigo mover las agujas como a mí me gustaría, la lana se me enreda constantemente... Soy consciente de que nunca había aprendido a hacer esto, pero no es posible que sea tan torpe, ¿verdad? Es como si mis dedos no me obedecieran.

—Creo que es una buena noticia, Rosaura —opinó Felicia, un poco más animada—. Significaría que hay una razón para que esto se te dé tan mal. No te rindas; no hace falta que tejas algo perfecto. No importa cómo quede, al final. Bastará con que lo hayas hecho tú.

—Aun así, voy demasiado lenta. Me encantaría haberlo terminado para tu presentación, pero, a este ritmo, no creo que sea posible. ¿Te importa si yo no asisto? De todos modos, no encajaría con el resto de los invitados y lo cierto es que preferiría quedarme aquí, encerrada, porque, si salgo...

—Mi presentación —repitió Felicia.

Rosaura le dirigió una mirada curiosa.

—Se celebrará dentro de tres días, según tengo entendido. No lo habías olvidado, ¿verdad?

—No, por supuesto que no —se apresuró a responder Felicia—. Es solo que... he tenido otras cosas en que pensar.

La presentación

Felicia de Vestur había desaparecido a los pocos días de su nacimiento y nadie había vuelto a verla desde entonces. Había pasado tanto tiempo perdida, en realidad, que muchos habían dado por hecho que no regresaría nunca más.

Pero lo cierto era que, finalmente, sus padres habían logrado rescatarla. Al principio, la habían mantenido encerrada en el castillo, lejos de todas las miradas, quizá por miedo a que las hadas se la llevasen otra vez. Corrían rumores de que habían estado preparando su boda con el nuevo Duque Blanco, un apuesto príncipe que nadie sabía muy bien de dónde había llegado, aunque se decía que había jugado un papel importante en el rescate de la princesa. Después, todo se había mantenido en suspenso debido a la amenaza de la reina de las hadas.

Pero Vestur había vencido en aquella guerra, el peligro había pasado y los ciudadanos evacuados comenzaban a regresar a sus casas, dispuestos a retomar sus vidas bajo la promesa de un futuro mejor para el reino.

Por ese motivo, los reyes Simón y Asteria habían decidido que había llegado el momento de celebrar el regreso de su hija y presentarla de nuevo al mundo para que todos tuviesen la oportunidad de conocerla.

A ella le parecía bien; entendía que era un paso lógico y necesario, y parte de sus obligaciones como heredera al trono. Pero, dado que serían sus padres los encargados de organizarlo todo, no se había preocupado mucho por ello.

Por esa razón, aún se mostraba un poco desconcertada cuando, tres días más tarde, recibía a los invitados a su propia ceremonia, vestida con sus mejores galas. Había reyes y reinas, príncipes y princesas y aristócratas llegados de todos los reinos para la presentación de la heredera de Vestur. Ella no conocía a casi nadie, pero el chambelán se había encargado de anunciarlos a todos a medida que iban entrando, y Felicia se esforzó por memorizar sus nombres y sus títulos…, a pesar de que, en el fondo, sus pensamientos estaban muy lejos de allí.

Ahora disfrutaba de un pequeño descanso mientras el resto de los invitados rondaban por el salón para saludarse entre ellos y presentar sus respetos a los reyes de Vestur. Otros bailaban al son de la orquesta que tocaba en el rincón; algunos príncipes, incluso, se habían atrevido a acercarse a Felicia para solicitarle una danza, pero ella había declinado con cortesía todas las veces, alegando que le dolían los pies.

Lo cierto era que no quería separarse de Quinto, que se alzaba a su lado en silencio. El joven ya no vestía el uniforme blanco y azul de los soldados de maese Jápeto; Felicia se había encargado de que le buscaran un traje de gala acorde a las circunstancias y a su condición de escolta personal de la princesa. Ambos sabían que mucha gente los miraba con curiosidad, tal vez intuyendo el sentimiento que los unía, a pesar de que ninguno de los dos lo había manifestado aún abiertamente. Pero, después de todo lo que habían pasado, ni a Quinto ni a Felicia les importaba lo que pensaran de ellos.

—Es todo muy extraño —murmuró ella al fin—. Hay demasiada gente que no conozco y todos son muy amables, pero… echo de menos a mis amigos.

Quinto la miró de reojo.

—Sé que Rosaura sigue encerrada, tejiendo —dijo—. ¿Fabricio tampoco ha querido venir?

Felicia negó con la cabeza.

—Dice que teme decir algo inconveniente, así que se ha quedado en la biblioteca. —Suspiró—. Sigue sin tener noticias de Dalia ni de la reina Crisantemo. Y ya han pasado dos semanas. ¿A qué están esperando?

—El tiempo transcurre de forma diferente en el país de las hadas, o eso tengo entendido.

—Sí, eso dicen. También he recibido una carta de Verena, desde Zarcania. Dice que no va a venir tampoco porque ella ya me conoce y no ve necesario que me presente otra vez. —Se rio sin alegría—. Es típico de Verena, claro, pero creo que hay algo más. Parece muy... alicaída. Pienso que, si no ha venido, no ha sido por indolencia, sino porque... no se encuentra demasiado animada. Creo que ya se ha rendido del todo. —Quinto no respondió, pero siguió escuchándola con atención—. Había pensado en hablarle de la manzana de oro cuando le responda, pero... ¿y si la reina de las hadas no cumple su promesa? ¿Y si le doy esperanzas en vano? Eso sería peor, ¿no crees?

—Es posible. ¿Piensas que te engañó para poder salirse con la suya?

Felicia se retorció las manos con nerviosismo.

—No lo sé —dijo—. Ay, ya no lo sé. Quizá fui demasiado ingenua. Creí que podía fiarme de su palabra, pero...

—No te preocupes —la consoló él con una sonrisa, colocando una mano sobre su hombro—. Ten paciencia. No dudo que la reina Crisantemo se tome las cosas con calma, pero eso no quiere decir que haya olvidado sus promesas o que no tenga intención de cumplirlas.

Felicia asintió, un poco más calmada. Paseó la mirada por los invitados, tratando de recordar sus nombres. Vio a Cornelio, que había llegado desde la Torre Blanca para asistir a la ceremonia y que ahora conversaba con una joven que se mostraba encantada con sus atenciones. Ella se había presentado a su llegada como la princesa Miranda, hija del rey Aldemar y la reina Marcela de Velonia. Le había contado a Felicia que sus padres se habían casado precisamente gracias a la intervención de Camelia.

—Yo no llegué a conocerla —había añadido—, pero mi madre recuerda con mucho afecto a su hada madrina.

Felicia la había escuchado con una sonrisa cortés, aunque algo tensa, mientras se preguntaba si acaso en Velonia estaban al tanto de lo que los vesturenses le habían hecho al hada madrina de la reina Marcela. Pero Miranda no lo mencionó, así que probablemente no lo supiera.

Apartó la mirada de la pareja y siguió observando a los invitados con inquietud. Sabía que, en el fondo, lo que temía era distinguir una capa de plumas negras entre la multitud.

—¿Aún piensas que puede presentarse aquí? —preguntó Quinto con suavidad.

Felicia se maravilló, una vez más, de la forma que él tenía de leer su estado de ánimo como en un libro abierto.

—El Gato dijo que volvería —respondió—. Vino a entregarme el cofre el día de mi bautizo. No sería de extrañar que pretendiese reclamarlo precisamente hoy, que celebramos mi retorno. ¿No te parece?

Quinto inclinó la cabeza.

—Quizá deberías vivificar al resto de los soldados, para que monten guardia —comentó, pensativo—. Sabes que dentro del cofre son vulnerables.

Habían hablado de ello con anterioridad. Felicia sabía que estaba siendo irracional, pero no podía evitarlo.

—No quiero llamar la atención sobre ellos. Si van paseando de aquí para allá, será muy evidente que los sigo teniendo yo, ¿no te parece?

—¿Y quién iba a tenerlos, si no? —planteó Quinto.

Felicia no supo qué responder. Lo cierto era que solo había pensado en esconder el cofre de maese Jápeto y había dado por hecho que sería más fácil hacerlo si los soldados eran pequeñas figuras de madera.

—He hablado con mi padre —dijo por fin—. Le he advertido sobre Mork. Sus tropas patrullan la ciudad en su busca y todas las puertas están vigiladas. —Respiró hondo—. Me estoy preocupando por nada, ¿verdad? Los guardias no lo dejarán pasar.

Quinto ladeó la cabeza, reflexivo.

—Las puertas —repitió. Alzó la mirada para clavarla en Felicia—. ¿Y qué hay de las ventanas?

Ella abrió mucho los ojos, horrorizada.

Dedos ensangrentados

Se excusó como pudo y corrió de regreso a su habitación con el corazón desbocado, seguida de Quinto. Sabía que las doncellas tenían por costumbre dejar abierta la ventana de su alcoba para ventilarla, y ella no les había dado instrucciones para que la cerrasen. Recordaba perfectamente que el Gato se encaramaba hasta allí sin la menor dificultad, a pesar de que se trataba de un segundo piso.

Por descontado, la altura tampoco sería obstáculo para un cuervo.

«¿Cómo he podido ser tan estúpida?», se preguntó, abochornada.

Quizá estaba exagerando. Probablemente el Gato se equivocaba y, en todo caso...

Alcanzó por fin su habitación y abrió la puerta de golpe. Y se quedó congelada en el sitio.

Había un enorme cuervo negro posado sobre el baúl donde guardaba el cofre de maese Jápeto. Tenía la cabeza inclinada sobre la cerradura y la examinaba con curiosidad.

—No —susurró Felicia.

El ave alzó la cabeza y clavó en ella su mirada ambarina.

—Justo a tiempo —graznó—. ¿No tendrás la llave de este arcón, por casualidad?

—No —repitió ella—. Vete de aquí, Mork. No voy a entregarte lo que buscas.

—Ah, ¿no? No importa, en el fondo. Lo tomaré yo mismo.

Introdujo el pico en la cerradura, pero Felicia no estaba dispuesta a permitir que intentara abrirla siquiera.

—Quinto... —empezó, pero él ya se estaba moviendo.

Desenvainó la espada y se precipitó contra el cuervo. Felicia tuvo la sensación de que sus gestos eran más lentos que de costumbre, quizá hasta un poco torpes; pero no tuvo tiempo de pensar mucho en ello, porque Mork alzó el vuelo y, suspendido en el aire, exclamó:

—¿No vais a colaborar? Muy bien, vosotros lo habéis querido.

Esquivó el primer envite de Quinto, se elevó un poco más y batió las alas con fuerza.

Un súbito vendaval se desató en el interior de la habitación. Sacudió las cortinas con violencia y arrojó al suelo la jofaina, que se rompió en pedazos. También lanzó por los aires a Quinto y a Felicia. A ella la estampó contra la puerta, que se cerró de golpe. Él cayó de bruces sobre el canto de la cómoda y se desplomó en el suelo.

El huracán se detuvo de pronto, y Felicia fue capaz de volver a respirar por fin.

—¿Habéis aprendido ya la lección o no? —graznó el cuervo.

Felicia se deslizó hasta el suelo, tratando de recuperar el aliento. Se volvió hacia su compañero.

—¿Quinto...? Quinto, ¿estás bien?

El soldado se incorporó con dificultad. Estaba muy pálido, y se le había abierto una brecha en la frente.

Una brecha que sangraba.

El joven se llevó la mano a la cabeza, se palpó la herida y se miró los dedos ensangrentados con incredulidad.

—¿Qué me está pasando? —exclamó, con una nota de pánico en su voz.

—Parece que lo has dejado demasiado tiempo fuera del cofre, muchacha —comentó Mork, divertido. Había vuelto a posarse sobre el baúl y observaba la escena con curiosidad.

Felicia se arrastró hasta Quinto y lo sostuvo con cuidado. Él se aferró a ella; sus dedos dejaron manchas de sangre en el vestido de gala de la princesa, pero a ninguno de los dos le importó. Quinto le dirigió una mirada llena de incomprensión, puso los ojos en blanco... y se desvaneció entre sus brazos.

Ella lo llamó por su nombre, asustada, pero Quinto no reaccionó.

—Lo mantienes en un estado lamentable —opinó el cuervo—. Espero que hayas cuidado mejor de los otros.

Hurgó con el pico en la cerradura hasta que se oyó un «clic». Satisfecho, abrió el baúl. Aún abrazando a Quinto, Felicia contempló, impotente, cómo el Ancestral saltaba al interior en busca del cofre de maese Jápeto. Cuando salió, lo llevaba agarrado por el asa.

—Me los llevo —anunció—, pero puedes quedarte con ese. Podría volver a ponerlo en forma, pero ¿para qué? Todo lo que le has metido en la cabeza ya no lo voy a poder arreglar.

«Esto no puede estar pasando», pensó Felicia. Se preguntó, desesperada, qué podía hacer para impedir que Mork escapase con el cofre.

—¡Espera! —exclamó entonces—. Antes de que te vayas..., me gustaría decirte que... me has impresionado —soltó, sin saber muy bien cómo iba a continuar.

En el fondo, dudaba que el consejo de Ren fuese a funcionar. Pero el cuervo se detuvo y la miró de soslayo.

—¿Sí?

—Es decir... —prosiguió ella—, sabía que eras un Ancestral y que podías... cambiar de forma, pero no tenía ni idea de que fueses capaz de controlar el viento.

Mork entornó los ojos.

—Es evidente que hay muchas cosas que no sabes —replicó.

Había dejado el cofre en el suelo para posarse sobre la tapa. Observaba a Felicia con la cabeza ladeada, prestándole toda su atención.

—Es cierto, y ahora comprendo que eres mucho más poderoso de lo que imaginaba. Al principio no lo creía, ¿sabes?, porque utilizas a los soldados para tus propósitos, en lugar de hacer las cosas por ti mismo.

Mork abrió el pico, molesto, y Felicia comprendió que no iba por buen camino.

—Pero me doy cuenta de que eso es, en realidad, una muestra de poder —se apresuró a continuar—. Después de todo, esas figuritas de madera fueron obra de maese Jápeto, y no se conoce nada igual. Debió de ser un hombre extraordinario...

—¿Ese mequetrefe? —se burló el cuervo con desdén—. Por favor, no me hagas reír.

—Aun así, creó los soldados del cofre y seguro que les tenía mucho aprecio. Pero tú se los quitaste, y él nunca consiguió recuperarlos. Y apuesto a que lo intentó.

—Ya lo creo que lo intentó —confirmó Mork, y sus ojos brillaron, divertidos.

Ella no sabía qué hacer a continuación. En realidad, estaba tratando de ganar tiempo hasta que Quinto recobrase la conciencia, pero no sabía cuánto tardaría ni si sería capaz de recuperarse sin ayuda. Estaba a punto de rendirse, de dejar que el Ancestral se marchase con los soldaditos, cuando de pronto atisbó un movimiento en la ventana, justo detrás de él.

—¡Y... y... seguro que era un hombre de recursos! —continuó, deprisa—. Pero tú eres mucho más ingenioso, ¿verdad? —Le pareció ver con el rabillo del ojo un par de orejas de suave pelaje gris que asomaban por la ventana, pero no se atrevió a apartar la mirada del cuervo—. ¿Cómo lograste arrebatarle el cofre? ¿Y cómo hiciste para mantenerlo lejos de su alcance durante tanto tiempo?

El cuervo esponjó las plumas con afectación.

—No fue tan complicado —respondió—. Pero es una larga historia y no creo que te interese.

—¡Oh, claro que sí! Solo soy una niña ignorante que apenas sabe nada del mundo. Mi madrina ya no está y no hay nadie que pueda enseñarme. Sería un gran honor aprender de alguien tan sabio, astuto y poderoso como tú, gran Mork.

Nada más pronunciar esas palabras comprendió que se había pasado de la raya. El Ancestral ladeó la cabeza y la miró con suspicacia.

—Me estás adulando, ¿verdad?

Ella abrió la boca para negarlo... pero, justo en ese momento, algo peludo y lleno de zarpas saltó sobre el cuervo y lo derribó.

Respuestas

Todo pasó tan deprisa que Felicia apenas fue capaz de asimilarlo. Hubo un confuso revoltijo de patas y plumas, aderezado con algún maullido... y, cuando todo acabó, el Gato se detuvo, jadeante, con el cuervo bien sujeto entre los dientes.

Mork trató de debatirse..., pero su captor cerró la mandíbula con firmeza, se oyó un chasquido desagradable... y el cuervo sucumbió entre sus afilados dientes.

El Gato miró a Felicia sonriendo, aún con el ave en la boca. Ella estaba tan atónita que no supo cómo reaccionar.

—¿Qué has hecho? —logró decir por fin, con una nota de pánico en su voz.

—Cazar —respondió el Ancestral, todavía sonriendo—. He de decir que es algo que se me da bastante bien, ¿sabes?

—Pero..., pero... ¿está muerto? ¿Muerto... de verdad?

Él parpadeó con lentitud y escupió el cuerpo del cuervo a los pies de la muchacha. Ella reprimió un chillido.

El ave no se movió. El Gato avanzó con parsimonia y la tocó con la pata un par de veces.

—Yo diría que sí —respondió por fin.

Pero apoyó la zarpa sobre el cadáver de Mork, solo por si acaso.

Felicia respiró hondo, tratando de calmarse. Cuando se hizo a la idea de que el cuervo ya no iba a moverse, pudo centrarse por fin en Quinto. Le sostuvo el rostro entre las manos y estudió sus facciones, profundamente preocupada.

Comprobó, aliviada, que el joven parecía estar volviendo en sí. Felicia le acarició la mejilla con ternura.

—¿Cómo te encuentras?

Él abrió los ojos, parpadeando.

—Felicia —murmuró—. ¿Qué está pasando? ¿Estoy...?

Trató de levantarse, pero ella se lo impidió.

—Tómatelo con calma. Estás herido.

Quinto le dirigió una mirada repleta de confusión.

—Eso es... imposible.

—No, no lo es. —Como él insistía en incorporarse, ella lo sostuvo, con cuidado—. Están pasando muchas cosas que no comprendemos. Pero todo se arreglará, te lo prometo.

Él apenas la escuchaba. Acababa de reparar en el Gato y el cuervo.

—¿Ese es... Mork? —preguntó con incredulidad.

—Eso parece —respondió Felicia—. ¿Qué vas...? ¿Qué vas a hacer con él? —le preguntó al Gato, que volvía a sujetarlo entre los dientes.

Él la miró con extrañeza.

—Pues cenármelo, por supuesto. ¡Oh! —exclamó, creyendo comprender—. Lo quieres tú, ¿verdad? Te lo regalo, pues. En compensación por tu inestimable ayuda. Ya ves que puedo ser generoso con los mortales que me caen bien —añadió con una encantadora sonrisa.

—¡No, no! —se apresuró a contestar ella—. Es decir..., te agradezco la oferta, pero... puedes quedártelo tú.

El Gato respondió con una inclinación de cabeza y dio media vuelta para marcharse, con la cola en alto y el cuervo entre los dientes.

—¡Espera! —suplicó Felicia—. Por favor, no te vayas. Necesito respuestas.

El Ancestral se detuvo.

—¿Todavía tienes más preguntas? ¿Nunca te cansas de no entender las cosas?

—Dime lo que necesito saber y te prometo que después ya no te molestaré más. Puedes marcharte y no volver a visitarme, si quieres. Pero respóndeme ahora. Por favor.

El Gato pareció considerarlo. Por fin, ante el alivio de Felicia, se sentó sobre sus cuartos traseros y dejó caer el cadáver de Mork ante él (colocando, de nuevo, una pata sobre el cuerpo).

—Habla, pequeña mortal. El Gato te escucha —dijo entonces, magnánimo.

Ella respiró hondo. Tenía tantas preguntas que no sabía por dónde empezar.

Su mirada se detuvo en el cadáver del cuervo.

—Dijiste que volverías cuando Mork regresara —recordó—. ¿Ya tenías intención de cazarlo?

—Oh, sí —respondió el Gato—. Llevaba mucho tiempo persiguiéndolo, pero es muy escurridizo. Yo sabía que estaba detrás de algunas de las guerras más devastadoras de los últimos siglos, y, bueno..., alguien tenía que detenerlo —añadió, con una sonrisa repleta de falsa modestia.

—¿Y por qué... tú? —se atrevió a preguntar Felicia—. Quiero decir..., ¿no sois los dos... Ancestrales?

—De especies distintas y con objetivos distintos —matizó el Gato—. Verás, este cuervo llevaba mucho tiempo trabajando para destruir a los humanos. Y, como ya te he contado en alguna ocasión, resulta que a mí los humanos me caéis bien. Oh, ¿te sorprende? ¿Crees acaso que no soy capaz de valorar una buena chimenea, una cálida manta o un sillón bien mullido? La mayoría de los Ancestrales añoran los tiempos antiguos, pero, en mi opinión, el bosque está muy sobrevalorado.

—Comprendo —murmuró Felicia—. Entonces, ¿por eso rondabas por aquí? ¿Porque sabías que Mork... acabaría por volver? —El Ancestral asintió—. Pero ¿por qué me regaló el cofre de maese Jápeto?

—Felicia... —empezó Quinto.

—Silencio —le cortó ella, porque el Gato respondió:

—Ah, bueno, ¿quién sabe qué puede pasarle por la cabeza a un pájaro? Pero, en fin, yo tengo alguna idea con respecto a ese asunto en concreto: creo que fue por las hadas.

—¿Las hadas?

—Eso he dicho. Las hadas madrinas llegaron al mundo para ayudar a los jóvenes humildes a buscar fortuna. Y resulta que el trabajo se les dio muy bien. Así, sus ahijados, que partían de casa precisamente porque no tenían dónde caerse muertos, acababan desposando a las hijas de los reyes. Con las chicas sucedía lo mismo: las hadas las salvaban de una vida miserable y conseguían que algún apuesto príncipe se fijase en ellas. ¿Sabes lo que eso significa? —Felicia negó con la cabeza—. Pues que los «ahijados humildes» pasaron a ser reyes y reinas a su vez..., y a tener hijos..., que eran príncipes y princesas. Y las hadas madrinas también cuidaban de ellos, por afecto y lealtad hacia sus padres.

El Gato hizo una pausa para mirar a Felicia con expectación. Pero ella seguía sin entenderlo.

—Mork se dedicaba a recorrer las cortes de los reyes en busca de almas sedientas de poder —le recordó el Ancestral, con cierta impaciencia—. Pero las hadas empezaron a dejarse ver también por allí, y él sabía que lo desenmascararían, si se cruzaba con ellas. Con el paso del tiempo, cada vez más casas reales contaban con un hada madrina para sus herederos. Así que Mork optó por desaparecer durante una temporada. Supongo que imaginaba que las hadas acabarían por cansarse del mundo mortal y regresarían a su tierra. Él no tenía prisa, de todos modos. Era un Ancestral.

Felicia asintió, pensativa. Pero el Gato no había terminado.

—¿Entiendes ahora por qué reapareció un siglo después, justo en Vestur, el día de tu bautizo? —preguntó entonces, dedicándole una deslumbrante sonrisa.

Ella no vio la relación, al principio. Hasta que las piezas encajaron.

—Por Camelia —respondió—. Mis padres temían que viniese a buscarme y, cuando organizaron el bautizo..., no invitaron a las hadas.

—¡Naturalmente! Las hadas eran siempre bienvenidas en todas partes..., salvo en Vestur. Mork comprendió que la princesa crecería libre de la influencia de un hada madrina... y por eso te eligió.

—Pero..., pero al final sucedió justo al contrario, porque Camelia me llevó con ella...

—Cierto. No obstante, tus padres podrían haber tenido más hijos. Y todavía odiaban a las hadas.

Felicia guardó silencio, asimilando toda aquella información. El Gato hizo ademán de levantarse.

—Bueno, pues si no tienes más preguntas...

—¡Sí que las tengo! —se apresuró a exclamar la muchacha, y el Ancestral volvió a sentarse, con un suspiro resignado—. Háblame de los soldados de maese Jápeto. ¿Qué son exactamente? ¿Pueden llegar a convertirse en humanos? ¿Qué les pasa si no los devuelven a la caja?

—¿Cómo quieres que lo sepa? Yo no los fabriqué. —El Gato reprimió un bostezo—. Deberías preguntarle al artesano. Estoy seguro de que él podrá responder mejor que yo a esa clase de cuestiones. —Se encogió de hombros—. Soy un felino muy sabio, pero no lo sé absolutamente todo.

—¿Cómo podría preguntarle a maese Jápeto? Vivió hace mucho tiempo...

—Ah, pero todavía vive. Aunque hace ya mucho que renunció a recuperar su cofre perdido, según me han contado.

Ella lo miró con los ojos muy abiertos.

—¿Maese Jápeto... vive?

—Eso he dicho. Vuelves a no prestar atención, Felicia. Y empieza a ser francamente irritante.

—Pero... ¡ha pasado muchísimo tiempo! Ningún hombre corriente...

—Es que él no es un hombre corriente.

El Gato comenzaba a levantarse de nuevo, y Felicia se apresuró a preguntarle:

—¿Dónde está? ¿Cómo puedo llegar hasta él?

—No tengo ni la menor idea. Pero hay un hada que sí lo sabe.

—¿Un hada? —repitió Felicia. Y añadió de inmediato—: ¿Quién?

—No sé cómo se llama. Amapola, Diente de León o alguno de esos nombres de comida para herbívoros que usan ellas. Pero no deberías tener problemas para reconocerla: es la única hada que envejece, lo cual no deja de ser un hecho verdaderamente notable.

El corazón de Felicia se detuvo un breve instante.

—¡La conozco! La vi una vez. Es amiga de Camelia. O lo era, al menos.

El Gato se volvió para mirarla con interés.

—¿De verdad? ¿Y te otorgó algún don?

Felicia hizo memoria.

—¡Sí! Me dio... una varita mágica.

—Ah, pues ya está. Sabes que puedes utilizar esa varita para invocarla, ¿verdad?

—No. —Ella lo miró con extrañeza—. ¿Qué quieres decir?

—Si te otorgó un don, es tu hada madrina también —le explicó el Ancestral con impaciencia—. Si el vínculo se ha debilitado porque no habéis vuelto a veros desde entonces, puede que no te oiga cuando la llames, pero lo hará sin duda si la invocas a través de cualquier objeto que ella te haya dado. ¿Es que Camelia no te enseñó nada?

—No lo sabía. Pero… el caso es que ya no tengo la varita. La usé para enfrentarme a mi madrina, cuando quise abandonar su castillo…, y la dejé allí. Y ya no estaba cuando regresé.

El Gato suspiró.

—Mala suerte.

Felicia bajó la cabeza con tristeza. Evocó al hada de cabello cano y la varita que le había regalado justo después de que Rosaura y ella acabasen con la bruja de la casita de dulce. Había llegado acompañada por otras dos hadas, también amigas de Camelia. Una era pelirroja y le había otorgado una pócima para curar todas las heridas, que tiempo más tarde había salvado la vida de Cornelio. La tercera hada, la rubia, le había entregado…

Sus dedos rozaron la llave mágica que llevaba colgada al cuello.

—Gato —llamó, con la voz temblando de emoción.

El felino estaba a punto de saltar a la ventana, pero se volvió por última vez.

—¿Sí?

—Otras dos hadas me hicieron regalos. ¿Son mis madrinas también?

—Deberían serlo, sí.

—Todavía conservo uno de esos regalos. ¿Podría invocar a través de él al hada que me lo entregó?

—Podrías, sí. Pero tienes que darte prisa: cuando la reina Crisantemo cumpla su parte del pacto, las fronteras entre el mundo humano y el país de las hadas se volverán infranqueables…, y ya no podrás llamar a ninguna de ellas, aunque cuentes con uno de sus dones. Todos los vínculos que queden entre las hadas madrinas y sus ahijados se romperán para siempre. ¿Has entendido?

Felicia asintió, radiante.

—Sí. Gracias, Gato.

Él le dedicó un largo parpadeo antes de saltar al alféizar, con el cuervo entre los dientes. La muchacha se volvió hacia su compañero.

—Iremos a ver a maese Jápeto, Quinto —le prometió—. Encontraremos al hada que lo conoce. Invocaremos a su amiga y… ¿Quinto? ¿Por qué no dices nada?

El soldado permanecía inmerso en un silencio desdichado, con gesto decaído y la mirada perdida.

—Le has mandado callar hace un buen rato —informó el Gato desde el alféizar—, pero aún no has revocado la orden.

—Oh, no —musitó Felicia, horrorizada—. ¡Lo siento muchísimo, Quinto! Habla, por favor.

Él despegó los labios por fin. Se aclaró la garganta y dijo:

—Gracias, Felicia.

Pero parecía profundamente abatido, y ella no sabía cómo solucionar aquello.

Invocación

La celebración terminó muy tarde aquel día y Felicia tuvo que esperar a que se retirasen los últimos invitados para volver a reunirse con Quinto. Sus padres no habían llegado a enterarse de lo que había sucedido entre el cuervo y el Gato ni de lo cerca que habían estado de volver a perder el cofre de maese Jápeto. Felicia decidió que se lo contaría más adelante, tal vez..., cuando todo se hubiese solucionado.

Regresaron a la habitación y ordenaron un poco los estragos del huracán generado por Mork. Había daños que no pudieron reparar, no obstante, y Felicia sabía que el ama de llaves se llevaría un buen disgusto en cuanto lo descubriera.

Curó después la herida de Quinto. Una herida de verdad, con sangre de verdad.

Él aún se sentía avergonzado por haberse desmayado.

—Es la primera vez que me pasa —confesó.

—Es la primera vez que sangras —hizo notar ella.

—¿Me estoy volviendo... vulnerable? —Felicia tardó un poco en responder—. Si ya no soy invencible, no podré protegerte —insistió Quinto, preocupado.

Ella sacudió la cabeza.

—Tenemos que encontrar a maese Jápeto. No podemos tomar ninguna decisión hasta que comprendamos qué está pasando exactamente.

Por fin, cuando ya estaban preparados para iniciar su búsqueda, Quinto le preguntó:

—¿Sabes cómo invocar al hada?

Felicia sostuvo la llave de oro entre las manos y le dirigió una mirada apurada.

—No estoy segura de cómo hacer una invocación —confesó—. ¿Debería llamarla por su nombre? Ni siquiera sé cómo se llama.

—Los otros Buscadores tampoco conocían el nombre de sus hadas madrinas —le recordó él—. Y ellas acudían de todas formas cuando las necesitaban.

—Es verdad —respondió ella, más animada—. Vale la pena intentarlo.

Sujetó la llave con ambas manos, cerró los ojos y trató de evocar el rostro del hada que se la había entregado. Habían pasado muchos años, pero Felicia había pensado mucho en ella cuando era niña. Sabía que tenía el cabello rubio y las alas resplandecientes, y vestía un traje digno de cualquier princesa.

—Hada madrina —susurró—. Hada madrina, por favor. Acude a mi llamada.

En cuanto pronunció esas palabras, se sintió un poco tonta. ¿Cuánto tiempo había pasado? ¿Nueve años, diez…? Era muy poco probable que…

Y justo entonces hubo un estallido de luz y pétalos de flores…, y Orquídea se materializó en el centro de la habitación, muy desorientada.

Felicia la contempló con asombro. El hada miró a su alrededor, aturdida y francamente alarmada.

—¿Dónde estoy? ¿Quiénes sois vosotros? —preguntó, con un acento de pánico en su voz.

La muchacha reaccionó entonces.

—¡No te asustes! Te he invocado yo. ¿Te acuerdas de mí? —preguntó con cierta timidez.

Orquídea la examinó de arriba abajo.

—Pues no, no me suenas. Pero, si lo que pretendes es capturarme, insolente mortal, te advierto de que…

—¡No quiero capturarte! Eres mi hada madrina y yo soy tu ahijada. Mira.

Y le mostró la llave de oro. Orquídea la contempló con sorpresa.

—¿Cómo has conseguido…? ¡Oh! ¡Tú eres la niña de Camelia! —comprendió por fin—. ¡La del castillo de los espinos!

—¡Sí, eso es! —respondió ella, encantada—. Me diste esta llave, que me ha sido muy útil y por la que te estaré agradecida el resto de mi vida, y acabo de descubrir que puedo invocarte a través de ella y...

—Sí, ¡ejem! —carraspeó Orquídea, incómoda—. Me alegra ver que te encuentras bien y todo eso, pero debes saber que..., en fin, ya no ejerzo como hada madrina. Estaba segura de que había roto todos mis vínculos antes de regresar al país de las hadas y, la verdad, no esperaba...

—No te preocupes —la tranquilizó ella—. No quiero que seas mi hada madrina y puedes romper el vínculo después, no me importa. Solo necesito que me ayudes a encontrar a alguien.

—¡Oh! —murmuró el hada, entre aliviada y decepcionada—. En ese caso, he de informarte de que no me dedico a...

—¡Pero es que la conoces! Es un hada, igual que tú. No sé cómo se llama, pero es una anciana. —Orquídea la miró con los ojos entornados—. Es la que estaba contigo y con el hada pelirroja cuando lo de la casita de dulce. Ahora necesito preguntarle algo. Es muy muy importante. Por favor.

Ella tardó un largo rato en responder.

—Sé de quién hablas, por descontado —admitió por fin—, pero lamento comunicarte que no vale la pena preguntarle nada. No está..., no está muy bien de la cabeza, ¿sabes? La mayoría de las veces ni siquiera es capaz de recordar qué ha desayunado.

Felicia respiró hondo, tratando de no dejarse arrastrar por el pánico.

—Pero tengo que intentarlo. Por favor.

Orquídea la miró con fijeza.

—Quieres que te conduzca ante Gardenia —dijo. No era una pregunta.

—¿Se llama Gardenia? —Felicia atesoró el nombre en su memoria, con la intención de no olvidarlo jamás—. Sí, necesitamos hablar con ella. Es urgente. Antes de que mi mundo y el tuyo se separen para siempre.

El hada se mostró sorprendida.

—¿Cómo sabes...?

—Por favor. Solo por hoy, y solo un momento. Y después ya no volveremos a molestaros nunca más.

Orquídea exhaló un suspiro teatral.

—Muy bien; por la memoria de Camelia, lo haré. Aunque no es

agradable que la invoquen a una nada menos que en Vestur, el único reino donde las hadas no somos bienvenidas —le recordó con severidad—. Pero supongo que tú no tienes la culpa de eso. —Hizo una pausa y concluyó—: Me reuniré contigo esta noche, en tu jardín, cuando la luna esté en lo alto. Y llevaré conmigo a Gardenia.

Felicia abrió la boca para darle las gracias, pero no llegó a pronunciar palabra: Orquídea se esfumó en medio de un chisporroteo y solo dejó tras de sí un exótico aroma floral.

Tres hadas

Unas horas después, Quinto y Felicia aguardaban en el jardín, sentados en el mismo banco en el que, días atrás, habían hablado acerca de la estatua de Magnolia. En esta ocasión, sin embargo, permanecían en silencio. La luna brillaba en el cielo nocturno, sobre sus cabezas, pero las hadas no habían llegado aún.

—¿Y si me he dejado engañar otra vez? —dijo Felicia por fin, verbalizando el temor que anidaba en su corazón—. ¿Y si todas ellas me han hecho promesas que no están dispuestas a cumplir? La reina Crisantemo, el hada rubia... —Cayó en la cuenta de pronto de que ni siquiera le había preguntado su nombre y hundió el rostro entre las manos, muy preocupada—. ¿Crees que debería intentar llamarla otra vez? ¿Se molestará si lo hago?

—Cálmate —respondió Quinto—. Solo se está retrasando un poco. Seguro que aparecerá.

Le tomó de la mano para infundirle ánimos, y ella se la estrechó, agradecida.

No retiró la mano después, y a su escolta no pareció importarle.

Cuando Felicia comenzaba a inquietarse otra vez, un círculo de luz apareció de pronto ante ellos. Los dos se pusieron en pie, maravillados..., para encontrarse con tres hadas que los miraban con cierta suspicacia.

Felicia las conocía: eran las amigas de Camelia, las mismas que le habían entregado sus dones encantados cuando era niña.

El hada de la llave dorada había cumplido su promesa. Porque entre ellas se encontraba Gardenia, la anciana despistada que parecía tener la clave para resolver el enigma de la existencia de Quinto y sus hermanos.

—¿Dónde está la fiesta? —estaba preguntando, perpleja—. ¿Hemos llegado tarde otra vez?

—No venimos a una fiesta, Gardenia —le respondió el hada de los rizos pelirrojos; se volvió hacia Quinto y Felicia con una sonrisa de disculpa—. Ya no le sientan bien estos viajes —les explicó.

—No deberíamos estar aquí, de todos modos —replicó su compañera de cabello dorado—. Ya sabéis lo que opina la reina de esto. Y, si no regresamos a tiempo...

—No os entretendré mucho —les prometió Felicia—. Muchísimas gracias por venir. A las tres.

Ellas se mostraron un poco sorprendidas, como si no estuviesen acostumbradas a recibir palabras de gratitud. La muchacha dio un paso para situarse ante ellas.

—Me llamo Felicia, princesa de Vestur. Fui la última ahijada de Camelia.

—Ah, Camelia —dijo entonces Gardenia, pensativa—. Hace mucho que no sé nada de ella. ¿Qué andará haciendo estos días?

—No sabes nada de ella porque la quemaron en la hoguera, Gardenia —replicó Orquídea con sequedad—. Y los responsables fueron los padres de esta mortal que pretende solicitar nuestra ayuda.

—¡Pero yo no tuve nada que ver! —se apresuró a aclarar Felicia—. Por otra parte... —vaciló un momento antes de revelarles—: Ren dice que Camelia sigue viva.

Las hadas cruzaron una mirada significativa.

—Hemos oído los rumores... —empezó Lila, con precaución.

—No sé —objetó Orquídea, dubitativa—. Todo el mundo sabe que no te puedes fiar de la palabra de ese zorro...

—Son mucho más que rumores —les aseguró Felicia—. De lo contrario, la reina Crisantemo no habría retirado sus tropas de Vestur.

—¡Oh! —exclamó Orquídea—. Tenía entendido que nos retiramos porque estábamos perdiendo. Aunque no es algo de lo que se pueda hablar en voz alta en el país de las hadas, no sé si me entiendes —le confió—. Se supone que nuestro ejército no puede ser derrotado por simples mortales. ¿Cómo lo conseguisteis? —inquirió con curiosidad.

—Se habla de unos guerreros invencibles... —añadió Lila.

—Es por ellos por lo que os he convocado hoy —respondió Felicia. Dirigió una rápida mirada a Quinto, que se mantenía a su lado, en silencio. Él asintió, mostrándole su apoyo, y ella prosiguió—: Es cierto que existen y que pertenecen al ejército de Vestur. Pero aún no comprendemos del todo su origen y su naturaleza. Estoy tratando de investigarlo, y me han dicho... que Gardenia puede responder a algunas de mis preguntas.

Lila y Orquídea se volvieron para mirar a su compañera, no muy convencidas.

—¿Qué puede saber ella sobre guerras y soldados? —se preguntó la primera con cierto asombro.

Gardenia las contempló con placidez.

—Las guerras no merecen la pena —aseguró, muy convencida—. Es mucho mejor celebrar bodas. Y bautizos.

Felicia se situó ante ella.

—Gardenia —comenzó—, estoy buscando a alguien llamado maese Jápeto. ¿Acaso... lo conoces? —inquirió, conteniendo el aliento.

Ella pestañeó.

—No —respondió, y a Felicia se le cayó el alma a los pies.

—¿Estás segura? —insistió—. Se trata de un artesano. Talla cosas... en madera. O al menos lo hacía, hace mucho tiempo.

Gardenia frunció el ceño, pensativa.

—Es inútil, Felicia —le dijo Orquídea—. No vale la pena que sigas preguntándole, porque...

—¡Oh! —exclamó entonces Gardenia, con una sonrisa radiante—. ¡Ya sé! Te refieres a Jape, ¿verdad? ¡Haber empezado por ahí!

Felicia y las hadas se volvieron para mirarla, con sorpresa.

—¿Jape?

—Así lo llamo, sí. —La anciana hizo un gesto vago con la mano—. Maese por aquí, maese por allá... Suena muy pretencioso y se lo dije muchas veces, pero él nunca...

—Espera —la interrumpió la princesa, con el corazón desbocado—. Dices que conoces a maese Jápeto..., o Jape..., o como prefieras llamarlo. ¿Es así? —Gardenia asintió—. ¿Y sabes también... dónde vive?

—Oh, por supuesto. Antes viajaba mucho, ¿sabes? Pero, de un tiempo a esta parte, se ha vuelto un poco ermitaño y apenas sale de casa. ¿Por qué lo preguntas, jovencita?

—Necesito hablar con él —explicó ella—. Acerca de unas figuras de madera que talló hace mucho tiempo.

Gardenia le dirigió una mirada pensativa.

—Bueno, lo cierto es que no le gustan mucho las visitas...

—Es muy importante —insistió Felicia.

El hada la observó un momento en silencio. La muchacha sostuvo su mirada mientras buscaba la mano de Quinto y la estrechaba con fuerza.

—Si pudieses decirnos dónde podemos encontrarlo —añadió—, te estaríamos muy agradecidos. No volveremos a molestarte después. Lo prometo.

—Oh, pero si no me molestáis en absoluto. —Gardenia les dedicó una amplia sonrisa—. ¿Sabes qué? Se me ocurre que hace bastante tiempo que no veo a Jape, así que haré algo mucho mejor que daros indicaciones: os conduciré yo misma hasta él. ¿Qué os parece?

Quinto y Felicia cruzaron una mirada radiante.

—Eso sería maravilloso —respondió ella.

—Disculpad —intervino entonces Orquídea—. No es que no nos alegremos de... lo que quiera que esté sucediendo aquí. Pero no entendemos nada. ¿Quién es ese tal... maese Jápeto?

Felicia seguía sonriendo cuando contestó:

—Eso es exactamente lo que vamos a descubrir.

Humanizado

El taller de maese Jápeto era más grande de lo que parecía, pero estaba tan repleto de objetos diversos que apenas había espacio para moverse. Quinto, Felicia y las tres hadas aparecieron de pronto en medio de la habitación, sobresaltando al hombrecillo que, inclinado sobre la mesa de trabajo, manipulaba un mecanismo lleno de engranajes a la luz de un candil. Dio un brinco con un grito de alarma, y una nube de tuercas, ruedas y tornillos salió volando por los aires.

—¿Quiénes sois vosotros? —preguntó a los intrusos con voz temblorosa—. ¿Qué estáis haciendo aquí?

Felicia se adelantó, un tanto avergonzada, para dar las explicaciones pertinentes.

Maese Jápeto la observó con desconfianza a través de sus anteojos. Era un anciano encorvado de cabello blanco y ropas gastadas, protegidas por un mandil de trabajo. No se parecía mucho al extraordinario personaje que ella había imaginado, y por un momento se preguntó si Gardenia los habría conducido al lugar equivocado. Pero, antes de que pudiese pronunciar palabra, la anciana se abrió paso entre ellos y se plantó ante el artesano, con los brazos abiertos y una sonrisa de oreja a oreja.

—¡Sorpresa, Jape! —exclamó—. ¿A que no esperabas volver a verme tan pronto?

Él pestañeó un par de veces y después dijo:

—¿Madre? ¿Qué haces aquí? ¿Cómo has…?

Probablemente formuló algunas preguntas más, pero nadie prestó atención. Porque todos se volvieron hacia Gardenia para mirarla con la boca abierta.

—¿Madre? —repitió Lila, pasmada.

—¡Gardenia! —la riñó Orquídea, escandalizada—. ¿De qué habla este hombre? ¿No estará insinuando...?

—Sí, sí, muy bien —interrumpió ella con un suspiro de resignación—. Ya sabía yo que os lo ibais a tomar a la tremenda. No importa, os presentaré: Jape, estas son mis amigas, Lila y Orquídea; estoy segura de que te he hablado de ellas alguna vez. La niña es una princesa, pero no recuerdo su nombre y tampoco sé cómo se llama su guapo acompañante. Y este mocetón —añadió, dirigiéndose a sus compañeros— es Jápeto, mi hijo.

—Ese es... el asunto —farfulló Orquídea—. Se supone que las hadas... no tenemos hijos. ¿Cómo has podido...?

—¡Oh! —Las mejillas de Gardenia se tiñeron de color—. Bueno..., no es tan complicado, en realidad... Pero estoy segura de que no necesitas conocer los detalles, ¿verdad, querida?

—¡No! No queremos conocer los detalles —se apresuró a aclarar Lila.

—¡Maravilloso! Pues prescindiremos de ellos. Jape, ¿qué haces ahí parado? ¿No vas a ofrecernos una taza de chocolate?

Pero él no la escuchaba. Había clavado la mirada en Quinto y lo contemplaba, boquiabierto.

—No puede ser —musitó—. ¿Eres... realmente tú?

El soldado había desviado la vista, incómodo. Al oír sus palabras, sin embargo, alzó la barbilla para devolverle la mirada.

—Maese Jápeto —respondió con una respetuosa inclinación de cabeza.

Él le sujetó el rostro entre ambas manos para examinarlo de cerca, con gesto emocionado.

—Quinto —murmuró, y Felicia reprimió una exclamación—. Eres tú de verdad.

Contempló la única pierna del soldado y la muleta sobre la que se apoyaba y preguntó, desolado:

—Pero ¿qué te ha pasado?

—Él es la razón de que estemos aquí —intervino la muchacha.

El artesano se volvió para mirarla.

—¿Eres tú su general? —inquirió.

—Sí.

—¿Cómo has conseguido...? —Se detuvo y optó por formular una pregunta más urgente—: ¿Dónde están los demás? ¿Siguen en poder del cuervo?

—No —respondió ella, contenta de poder compartir buenas noticias—. Están todos a salvo, en su cofre, y los tengo yo, guardados a buen recaudo. En cuanto al cuervo..., está muerto. Ya no podrá manipularlos nunca más —le aseguró con una sonrisa.

Maese Jápeto cerró los ojos y exhaló un suspiro de alivio.

—Por fin —musitó.

A Felicia se le ocurrió entonces que tal vez pretendiese recuperar el cofre con los soldados. Se planteó si ella podría negarse a devolverlo, llegado el caso. Pero el artesano había vuelto a centrarse en Quinto. Alargó la mano hacia la herida que exhibía la frente del joven, sin llegar a tocarla. Dirigió después una mirada de reproche a la muchacha.

—¿Cuánto tiempo ha pasado desde la última vez que lo transformaste?

Ella desvió la mirada con incomodidad.

—No... no llevo la cuenta —confesó—. Un par de semanas, tal vez.

Maese Jápeto sacudió la cabeza y chasqueó la lengua con disgusto.

—Prefiero... prefiero que esté así..., vivificado —trató de justificarse ella—. Creo que es peligroso mantenerlo bajo su otra forma, porque no puede defenderse. Fue así como perdió la pierna, en realidad. Si se queda...

—¿Eres consciente de que, si no lo devuelves al cofre, no puede recuperarse? —interrumpió maese Jápeto—. Si permanece demasiado tiempo vivificado, dejará de ser invulnerable de todos modos. Probablemente hayas notado que ya no pelea igual que antes, ¿verdad? Ya pueden herirlo —añadió, señalando la marca en la frente de Quinto—. Y eso significa que podrían matarlo también.

Felicia se quedó mirándolo, horrorizada.

—No lo sabía —murmuró—. ¿Hay alguna manera de... solucionarlo?

—Naturalmente. Norma número ocho: devuélvelo a la caja para

que se renueve su magia y volverá a ser un soldado invencible la próxima vez que lo invoques. El proceso de humanización no es irreversible, todavía. Pero, si esperas un poco más...

—¿Humanización? —repitió ella.

También Quinto había alzado la vista con interés.

—¿Significa eso que me estoy volviendo... humano?

Maese Jápeto los miró alternativamente y suspiró.

—Ay, muchacha. ¿No has leído las instrucciones de uso?

Ella se sonrojó.

—Sí que las leí. Pero no decían nada acerca de la... humanización.

—Norma número diez.

Felicia frunció el ceño, haciendo memoria.

—Pero esa parte solo dice que no conviene encariñarse...

No concluyó la frase, porque no deseaba pronunciarla delante de Quinto. Pero maese Jápeto lo entendió igualmente, y asintió.

—Es un círculo —le explicó—. Le tomas afecto a tu soldado y lo mantienes vivificado más tiempo del que deberías. Él se va humanizando y tú empiezas a considerarlo una persona y no una herramienta. De modo que cada vez te cuesta más devolverlo al cofre. Y llega un momento en que es demasiado tarde: lo has humanizado por completo, y él ha perdido sus poderes... y su capacidad para transformarse de nuevo.

—Pero eso no es... tan malo, ¿verdad? —se atrevió a preguntar Felicia.

El artesano sacudió la cabeza.

—Es lo peor que le puede pasar a uno de estos soldados, muchacha. Puedes hacerles creer que son humanos, puedes pensarlo tú también. Pero su naturaleza es otra bien distinta. Son herramientas y siempre lo serán. Y ellos lo saben. Y se darán cuenta también de que están perdiendo el poder que necesitan para llevar a cabo su tarea con eficacia.

Sus palabras se clavaron en el corazón de Felicia como crueles agujas, pero ella no estaba dispuesta a aceptarlas.

—Quinto es diferente —argumentó—. Tiene pensamientos propios, y tiene sentimientos, y...

—Y por eso mismo —replicó maese Jápeto—, lo único que puede aportarle la humanización es angustia y sufrimiento.

—Pero...

—Déjalo, Felicia —cortó el propio Quinto, y la tristeza que se adivinaba en su voz la hirió todavía más que lo que maese Jápeto había dicho—. Tiene razón. Lo mejor será que vuelvas a transformarme.

No le sostuvo la mirada, sin embargo, cuando ella se volvió hacia él. La muchacha respiró hondo y dijo, con voz tensa:

—Bien. Si es lo que quieres...

Pero no fue capaz de pronunciar las palabras.

Hubo un silencio largo e incómodo. Entonces, Orquídea carraspeó.

—Bueno..., he de decir que sigo sin entender nada de lo que está pasando. Pero, si ya hemos terminado...

Gardenia pareció despertar entonces de un letargo.

—¿Terminado? ¡Oh, no, ni hablar! Ya que estamos aquí, ¿qué os parece si tomamos un refrigerio?

Hizo un pase con la varita y todas las piezas desparramadas por la mesa desaparecieron por arte de magia. En su lugar se materializó un coqueto mantel con un diseño floral y una vajilla compuesta por seis platos, seis tazas y seis juegos de cubiertos. En el centro había una jarra que rebosaba chocolate humeante. En torno a la mesa habían aparecido seis cómodos taburetes.

—¡Pues ya está! —exclamó el hada, satisfecha—. ¡Podemos empezar!

Maese Jápeto la contempló con incredulidad, echó un vistazo al «refrigerio» y suspiró.

—Sabes que no me gusta que hagas eso —la reprendió.

Gardenia le quitó importancia con un gesto.

—Oh, solo es para ahorrarte trabajo. Y tú sabes que después volveré a dejarlo todo como estaba.

—Eso espero. —El artesano se volvió hacia sus invitados—. En fin; podéis tomar asiento, supongo.

Las hadas aceptaron el ofrecimiento, claramente aliviadas por haber cambiado de tercio. Tras un instante de vacilación, Felicia ocupó también uno de los taburetes.

—Puedes sentarte a mi lado, Quinto —murmuró.

Él no se movió, y ella suspiró y dijo:

—Siéntate a mi lado, por favor.

El soldado obedeció, pero no le sostuvo la mirada. Ninguno de los dos dijo nada mientras la jarra de chocolate, animada por la magia de

Gardenia, les llenaba las tazas a todos. Quinto se limitó a contemplar la suya con gesto inexpresivo. Felicia había perdido el apetito.

Ajenas al drama que se desarrollaba en los corazones de la pareja, las hadas se centraron en el asunto que verdaderamente despertaba su curiosidad.

—¿Cómo es posible que tengas un hijo, Gardenia? —planteó Orquídea, contemplando a maese Jápeto con incredulidad.

—Bueno, no es algo tan extraordinario —replicó ella, un poco a la defensiva—. Mucha gente tiene hijos.

—Las hadas, no.

—Las hadas, también. ¿O es que nadie se acuerda de Flor de Avellano?

Sus amigas cruzaron una mirada.

—Tú la conocías bien —dijo Lila con prudencia—. Fuiste la madrina de su hija. Pero Flor de Avellano se enamoró de un mortal y se volvió humana. Tú, en cambio..., sigues siendo un hada.

—Sí, eso es —respondió Gardenia con placidez.

Las hadas aguardaron a que les ofreciera una explicación, pero ella no añadió nada más.

—Nunca nos lo habías contado —le reprochó Orquídea—. ¿Cuánto tiempo hace que..., en fin...? —concluyó, señalando con un gesto ambiguo a su anfitrión.

—¡Huy! —La anciana se encogió de hombros—. Mucho, en realidad. Tanto, que ya no lo recuerdo. ¿Tú lo sabes, Jape?

Él se rio.

—Tengo doscientos cuarenta y siete años, si es lo que estáis preguntando.

Lila y Orquídea los miraron a ambos con incredulidad.

—¡Pero eso no es posible! —exclamó la primera—. Recuerdo a la niña de Flor de Avellano. Era una humana corriente. Vivió... el tiempo que se supone que tienen que vivir los humanos.

—La niña de Flor de Avellano no nació en el país de las hadas —replicó Gardenia.

Sobrevino un silencio sorprendido.

—¿Quieres decir...? —empezó Lila.

Dejó la frase a mitad, esperando que Gardenia la completara. Pero ella le devolvió una mirada repleta de incomprensión.

—¿Qué?

—¿Quieres decir que Jápeto…?

—¿Sí?

—¿Que él…?

—Que él… ¿qué? —Gardenia parpadeó con desconcierto—. No tengo la menor idea de lo que intentas decirme, querida.

—Es realmente complicado comunicarse contigo —se quejó Orquídea, resoplando con impaciencia.

—No se lo tengáis en cuenta —intervino maese Jápeto—. No lo hace a propósito, aunque a veces pueda parecer lo contrario —añadió, dirigiendo una mirada afectuosa a su madre—. Yo os contaré nuestra historia, si estáis dispuestas a escucharla.

Sangre mestiza

Había una vez un hada cuya misión consistía en auxiliar a los mortales para que viesen cumplidos sus deseos y hallasen su camino hasta un destino repleto de amor, felicidad y muchas perdices. Su primera protegida había sido la hija de una amiga suya, un hada que había sacrificado su magia y su inmortalidad por el amor de un muchacho humano. Gardenia, que había seguido de cerca aquella historia, no lamentaba, como las demás, el triste final de Flor de Avellano. Sabía que su felicidad, aunque breve, había sido intensa y completa, de una forma que las otras hadas jamás serían capaces de comprender.

En tiempos remotos, las relaciones entre los mortales y los habitantes del país de las hadas habían sido bastante más frecuentes. Pero causaban muchos conflictos, y la existencia de niños mestizos, que no pertenecían a ninguno de los dos mundos, resultaba también problemática. De modo que la reina Crisantemo había optado por promulgar leyes para limitar los vínculos entre las hadas y los humanos. Después de todo, ellas nacían en las flores, en el corazón de los manantiales o en los rayos de luna y, además, eran inmortales, por lo que no necesitaban engendrar descendencia. Y los jóvenes humanos podrían volver a pasear por los bosques sin temor a que bellísimas y misteriosas doncellas los atrajeran hasta un mundo de ensueño del que, con suerte, tardarían cien años en regresar.

Para cuando las hadas madrinas comenzaron a tender su varita a los mortales, la idea de que pudiesen relacionarse sentimentalmente con cualquiera de ellos les parecía absurda e incluso de mal gusto. Flor de Avellano había sido una lamentable excepción y lo había pagado con creces.

Gardenia, no obstante, era muy consciente de que aquello no había supuesto un gran sacrificio para su amiga, que prefería mil veces una breve vida mortal junto a su familia que toda una eternidad sin ella. No podía comprenderlo entonces, por descontado. Pero sabía que era posible.

Tal vez por eso, cuando, varias décadas después, los versos de un apuesto poeta hicieron vibrar su corazón, Gardenia no rechazó aquel sentimiento. No al principio, al menos. Quizá sentía curiosidad por descubrir el origen de la locura de Flor de Avellano, por experimentar siquiera un poco del sentimiento por el que ella lo había entregado todo.

Y se enamoró de su juglar, y fue feliz a su lado, y consideró también la posibilidad de seguir los pasos de su amiga, por él. Pero, cuando ya se había hecho a la idea de abrazar la humanidad para vivir su historia de amor..., esta se truncó trágica e inesperadamente, y mucho antes de lo que ninguno de los dos habría imaginado.

Porque el joven cayó gravemente enfermo, y Gardenia, cuyos poderes habían ido menguando poco a poco, no fue capaz de sanarlo. Acudió entonces al país de las hadas, a suplicar ayuda a su reina..., demasiado tarde: su amado murió durante su ausencia.

Gardenia, rota de dolor, no vio la necesidad de volver al mundo de los mortales en aquel momento. Resultó que llevaba en su vientre al hijo de ambos, al que dio a luz en el país de las hadas, sin saber qué sería de aquel niño de sangre mestiza que nacía ya sin padre.

La reina Crisantemo fue generosa con los dos y ayudó a Gardenia a criar a su bebé en secreto. Sospechaba que el niño desarrollaría dones extraordinarios, porque la transformación de su madre no se había completado cuando lo engendró, y ella conservaba, por tanto, su magia y su inmortalidad.

Pero él no era un hada, y Gardenia sabía que, tarde o temprano, tendría que devolverlo al lugar al que pertenecía.

Al cabo de un tiempo, ambos regresaron al mundo mortal. Sin embargo, ella no retomó de inmediato sus obligaciones como hada madrina, sino que se retiró a una casa apartada para criar a su propio hijo.

El joven Jápeto creció siendo muy consciente de su origen, y pronto comenzó a manifestar habilidades singulares. No podía hacer magia, como su madre..., pero se le daba extraordinariamente bien crear objetos.

Eso no tenía nada de particular, puesto que era en parte humano. Así, los Ancestrales tenían poder sobre los elementos; las hadas trabajaban con objetos y criaturas ya existentes, y podían encantarlos y transformarlos. Pero solo los mortales poseían la capacidad de inventar cosas nuevas.

La destreza de Jápeto, no obstante, iba mucho más allá. Sus objetos nacían ya vivos, con una magia intrínseca que les proporcionaba capacidades asombrosas. Cualquier cosa que imaginaba cobraba vida entre sus dedos. Y no se trataba de simples encantamientos, como los de las hadas, sino de un aliento que formaba parte de sus obras desde el mismo momento en que su creador les daba forma.

Había otros detalles insólitos relacionados con el hijo de Gardenia. El más notable era que, una vez que alcanzó la edad adulta, Jápeto dejó de envejecer...

... Al contrario que su madre, que descubrió con alarma que los años sí pasaban por ella, como si de una mortal cualquiera se tratase.

Al principio, Gardenia trató de ignorar aquel hecho; hasta que, una mañana, mientras peinaba su larga melena negra, halló en ella un cabello blanco.

Y acudió a visitar a la reina de las hadas para consultarle al respecto.

—¿Qué me está sucediendo, majestad? —preguntó, muy angustiada—. ¿Acaso me he vuelto mortal yo también?

La reina Crisantemo estudió el asunto y llegó a la conclusión de que, en efecto, Gardenia no había salido indemne de su relación con el joven poeta. Los rescoldos del amor que había sentido por él y el afecto que profesaba hacia el hijo de ambos estaban consumiendo poco a poco su inmortalidad.

—Parece un proceso muy lento, sin embargo —comentó—. Tal vez consigas detenerlo por completo si regresas al reino de las hadas.

Pero Gardenia no deseaba abandonar a Jápeto, quien, por otro lado, parecía destinado a vivir una larga vida. Por esa razón, optaron por una solución intermedia: como él ya era un hombre adulto, se fue a residir a otra parte, y su madre volvió a ejercer como hada madrina.

Con el tiempo, descubrieron que Jápeto no era inmortal, después de todo, sino un humano extraordinario e increíblemente longevo. Gardenia, por su parte, tampoco había perdido por completo su esencia feérica. Conservaba su magia y, aunque seguía envejeciendo, lo hacía a un ritmo mucho más pausado que cualquier mortal.

Siguieron reuniéndose de vez en cuando para compartir historias y noticias ante una taza de chocolate caliente. Jápeto cambiaba de casa a menudo para poder llevar a todo el mundo sus maravillosas invenciones, y también porque estaba buscando un misterioso cofre que le habían robado, pero Gardenia siempre se las arreglaba para reunirse con él. Al fin y al cabo, y por muchos ahijados mortales que tuviese, ningún vínculo era tan fuerte como el que la unía a su propio hijo.

Libertad

Así que, si no he entendido mal..., eres una especie de carpintero —concluyó Orquídea.

—No, no, no, mi hijo no es un simple carpintero —replicó Gardenia al punto—. Es un artesano de múltiples talentos, ¿sabes? Se ha dedicado a la joyería, a la costura, a la cerámica... incluso ha escrito libros, ¿verdad, Jape? Hubo una época en que trabajaba con espejos. Y ahora se entretiene con los relojes.

—Es cierto —confirmó él—, pero he de decir que, además, estoy empezando a experimentar con la luz. Tengo algunas ideas para lámparas incandescentes que no puedo esperar a probar.

—¿Y qué haces con... esas cosas? —preguntó Lila—. No las guardas todas en tu taller, ¿verdad?

Echó un vistazo alrededor. La estancia estaba salpicada con objetos que, a todas luces, eran restos de las obsesiones pasadas de maese Jápeto. Una mesa de madera con una ridícula cantidad de cajones. Una armadura que relucía misteriosamente bajo la luz de los candiles. Un espejo cuyo cristal parecía negro como la tinta. Una vitrina que contenía una interesante colección de tazas de porcelana, cada una de un estilo diferente.

—La mayor parte de mis creaciones las regalo o las vendo a bajo precio —respondió el inventor—. No las fabrico para usarlas yo ni tampoco para acumularlas, sino... para descubrir cómo funcionan. Una vez que están acabadas, simplemente las dejo marchar, porque ya no me interesan.

—Pero… ¿y si caen en malas manos? ¿No sería peligroso?

Maese Jápeto sacudió la cabeza.

—La gente solo aspira a mejorar sus vidas, y mis objetos contribuyen a ello. Hay algunas excepciones, sí…, pero no son la norma.

Felicia había escuchado a medias la historia de maese Jápeto. A diferencia de las hadas, ella sentía más curiosidad por la parte correspondiente a las prodigiosas creaciones del inventor, porque deseaba comprender con mayor profundidad cuál era la naturaleza de Quinto con la esperanza de encontrar una solución para ambos. Pero nada de lo que acababa de oír había contribuido a mejorar su estado de ánimo.

—Y este es uno de tus soldados de madera, ¿no es así, Jape? —dijo entonces Gardenia, pensativa—. Te llevaste un buen disgusto cuando te los robaron.

Las otras hadas se volvieron hacia Quinto con cierto asombro. El joven sorbía el chocolate de su taza despacio, saboreándolo.

—A mí no me parece que esté hecho de madera —comentó Orquídea.

Él alzó la cabeza. Se dio cuenta de que todos lo miraban y volvió a depositar la taza en el plato, azorado.

—Disculpad —murmuró—. Nunca había probado el chocolate. Está muy bueno —añadió.

Gardenia se mostró complacida ante el elogio. Maese Jápeto observó al soldado con aire reflexivo.

—Esto es… interesante —comentó.

Felicia no pudo más.

—Tiene que haber algo que podamos hacer —insistió—. Quinto no es un soldado de madera, yo sé que es una persona como cualquiera de nosotros. No sé si es humano y no me importa. Pero sí sé que no debería ser tratado como un simple objeto.

El inventor frunció el ceño, y ella temió haberse excedido. No obstante, él se limitó a responder:

—Está en su naturaleza. Lo siento mucho, pero yo no puedo cambiar eso.

—Oh, no, no eres tú quien debe hacerlo, Jape —dijo Gardenia—. No es algo que esté en tu mano. Es cierto que nadie puede cambiar lo que somos. Pero podemos transformarnos. Por muchos motivos. Por amor, por ejemplo. Flor de Avellano era un hada y dejó de serlo. Y yo también estuve a punto, creo —añadió, pensativa—. ¿No lo ves? Este muchacho ya no tiene un cerebro de serrín. Se está transformando él solo, por voluntad propia. Y seguirá haciéndolo, si le dejan.

Quinto le dirigió una mirada sorprendida.

—¿Eso significa que podría ser... humano... de verdad? —preguntó, y su tono esperanzado conmovió el corazón de Felicia.

Maese Jápeto no respondió enseguida, y Quinto prosiguió:

—Si fuese posible..., a mí no me importaría renunciar a mis habilidades. Estoy dispuesto a ser vulnerable, incluso mortal. Prefiero convertirme en un ser humano..., si así puedo vivir una vida junto a Felicia. La amo —concluyó.

Ella se llevó una mano a los labios, conmovida. Durante mucho tiempo, había dudado acerca de los sentimientos de Quinto. Estaba convencida de que, debido a la naturaleza del soldado vivificado, sus emociones no podían ser reales, sino solo un reflejo de las suyas propias. Se había esforzado por fingir que no estaba enamorada, pues tenía la certeza de que lo que fuera que Quinto sentía por ella había nacido en su interior únicamente porque la propia Felicia así lo deseaba.

Pero no podía negar que la cálida confesión del soldado le había llegado al corazón.

—¡Oh! —dijo Gardenia, encantada—. ¡Qué romántico! ¿No te parece que este chico ya es bastante humano, Jape?

—Bueno, claro que sí —replicó él por fin, un poco molesto—. Razona perfectamente y es capaz de comer y de dormir, y está claro que ya no es indestructible... Y encima se ha enamorado. —Resopló con irritación—. Ahí lo tienes, un muchacho corriente y moliente, y todo por no devolverlo a la caja cuando debías. Supongo que estarás satisfecha —le espetó a Felicia.

—Pero... ¿por qué es tan malo que sea humano? —se defendió ella—. De todos modos, no tiene por qué volver a luchar. Mi reino ya está en paz, y, además, con una sola pierna...

—No se trata de sus poderes —interrumpió maese Jápeto con impaciencia—, sino de su *libertad*.

Sus palabras causaron un largo silencio mientras todos asimilaban sus implicaciones.

Felicia desvió la mirada, turbada. El artesano se dio cuenta.

—Sabes muy bien de qué hablo, ¿verdad? —prosiguió, más calmado—. Los soldados mágicos fueron creados para obedecer órdenes. Son herramientas y no les importa. Les satisface, de hecho, poder cumplir su función. Pero, aunque los humanices..., no podrás cambiar el hecho de que están encadenados a la voluntad de su general. Así que lo único que le has regalado a Quinto es una miserable vida de esclavo.

Felicia lo sabía, por supuesto que sí. Recordó la expresión abatida de Quinto cuando, aquella misma tarde, lo había mandado callar sin darse cuenta. Ella no había tenido la intención de imponerle su voluntad de aquella manera. Pero había sucedido de todas formas, lo quisiera o no.

Y él no tenía forma de escapar de aquello.

—Ahora, tu soldado tiene un alma —concluyó maese Jápeto a media voz—. Pero no es un alma libre y nunca lo será. —Sacudió la cabeza—. Yo creé herramientas útiles. Nunca fue mi intención transformarlas en hombres sometidos a los caprichos de otras personas. Soy un inventor, no un esclavista.

—Comprendo —murmuró Felicia, destrozada. Suspiró y alzó por fin la cabeza hacia Quinto—. Yo también te quiero —confesó—. Pero te quiero libre. ¿Qué puedo hacer? —le preguntó a maese Jápeto—. Si lo transformo de nuevo en una figurita de madera..., ¿volverá a ser como antes?

—No lo creo —respondió él—. El letargo le devolverá sus capacidades de batalla, pero no va a hacer que olvide todo lo que ha aprendido.

«Todo lo que le has metido en la cabeza ya no lo voy a poder arreglar», había dicho el cuervo.

—Pero, al menos, podrá volver a ejercer la función para la que había sido creado —prosiguió el inventor—. Que es más de lo que le queda ahora. Puesto que está obligado a obedecer las órdenes de su general..., al menos que sea con un propósito.

Felicia asintió, abatida, pero bajó la cabeza, incapaz de seguir sosteniendo la mirada de Quinto.

—¿Así que este joven obedece órdenes sin rechistar? —intervino entonces Orquídea, que estaba siguiendo la historia a medias—. Eso es bastante útil, en mi opinión. ¿Puedo probarlo? Quinto —dijo en voz alta, antes de que nadie pudiese responder—, masajéame los pies. Estos zapatos de cristal son ridículamente incómodos.

El joven miró al hada con perplejidad. Después se volvió hacia Felicia, interrogante.

—Por supuesto que no —replicó ella con irritación. Reflexionó sobre ello un momento y añadió—: A no ser, claro, que de verdad desees darle a Orquídea un masaje en los pies.

Quinto se detuvo a pensarlo.

—Lo cierto es que no —concluyó por fin, sacudiendo la cabeza.

—¡Oh! —exclamó Orquídea, desencantada—. ¿Por qué dices eso? ¿No se supone que deberías seguir cumpliendo órdenes, aunque seas humano?

—No obedece a cualquiera, solo a su general —aclaró Lila, que sí que había estado prestando atención—. Es decir: a Felicia, ¿verdad?

—Bueno, en ese caso, la solución es evidente —comentó entonces Gardenia. Revolvía el contenido de su taza con la cucharilla, con aire distraído; pero alzó la cabeza para clavar la mirada en Quinto y añadió, con una sonrisa—: Solo tienes que cambiar de general.

Problemas de memoria

Porque ese es el inconveniente, ¿verdad...? ¿Cuál era tu nombre? —prosiguió Gardenia, volviéndose hacia Felicia—. Te preocupa la posibilidad de que el chico te ame solo porque tú deseas que lo haga.

La joven se sonrojó al punto.

—Me llamo Felicia —le recordó—. Y, sí, ese es uno de los inconvenientes —admitió—, pero no es el único. No me gusta que Quinto tenga que obedecerme en contra de su voluntad, y por eso intento no darle órdenes directas. Pero tampoco puedo consentir que esté bajo la autoridad de otra persona..., que podría obligarlo a hacer cualquier cosa, aunque él no quisiera.

Se atrevió por fin a volverse hacia el soldado, inquieta por su reacción. Pero él la contemplaba con tanta ternura que la muchacha sintió que se derretía. Le sonrió, tratando de transmitirle una entereza que ella no sentía en absoluto.

—Tiene que haber alguna manera de liberarlo —suspiró Lila, conmovida ante el dilema de la pareja.

Maese Jápeto negó con la cabeza.

—Humanizados o no, mis soldados necesitan un general. Y están obligados a obedecerlo.

—No entiendo por qué estableces reglas tan estrictas, Jape —se quejó Gardenia—. A veces, no pasa nada por ser un poco más flexible, ¿no? Mira qué disgusto le has dado a la muchacha... ¿Cómo has dicho que te llamabas? —volvió a preguntarle a Felicia.

Ella iba a responder, pero se quedó mirándola de pronto, pensativa, mientras la semilla de una idea comenzaba a germinar en su mente.

—Tienes problemas de memoria, ¿verdad?

—Por supuesto que no —respondió el hada, a la defensiva—. Mi memoria sigue siendo excelente, muchas gracias.

Felicia dirigió a los demás una mirada interrogante.

—Es cierto que su cabeza ya no es lo que era —admitió maese Jápeto.

—¡Por favor! —exclamó Orquídea con desdén—. Sabes que te tenemos aprecio, Gardenia, pero debes reconocer que tu memoria tiene más agujeros que un colador.

—Entonces, si yo compartiese con ella las palabras para vivificar a Quinto —prosiguió Felicia, reflexionando—, ¿creéis que las recordaría después?

Maese Jápeto y las hadas cruzaron una mirada.

—Probablemente las olvidaría —opinó Lila, con prudencia—. Conserva bastante intactos los recuerdos de tiempos pasados, pero le cuesta mucho aprender cosas nuevas. ¿Verdad? Y pierde el hilo de sus pensamientos con facilidad.

—No es cierto —protestó Gardenia.

—Sí lo es, y no conseguirás hacernos cambiar de idea al respecto —replicó Orquídea.

—¿En qué estás pensando exactamente, Felicia? —preguntó maese Jápeto.

Ella iba a contestar, pero cambió de idea y se dirigió primero a Quinto.

—Si te transformo ahora —le dijo con suavidad, mirándolo a los ojos— y pedimos a Gardenia que pronuncie las palabras para vivificarte..., ella sería tu nuevo general, ¿verdad?

Él ladeó la cabeza y la miró con curiosidad.

—Sí —respondió.

—Y quizá después no recordase los detalles con claridad —prosiguió ella—. Ni las palabras para devolverte a la caja. Si tu general olvidase la fórmula..., nadie más podría transformarte.

—Pero sí podría darle órdenes —apuntó maese Jápeto.

—No, si no vuelven a verse nunca más —comprendió entonces Lila—. Las fronteras entre el mundo mortal y el país de las hadas están a punto de cerrarse. Nosotras regresaremos a nuestro hogar y ya no volveremos.

El inventor dirigió a su madre una mirada de sorpresa.

—¿Es eso verdad?

—¿El qué? —preguntó ella a su vez.

—Sí, lo es —respondió Lila, entendiendo al punto el problema—. ¡Oh! Si Gardenia regresa al mundo de las hadas, ella y Jápeto tendrán que separarse para siempre.

—¿Regresar al mundo de las hadas? —repitió la anciana, desconcertada—. ¿Para siempre, dices? Por supuesto que no. ¿Cómo íbamos a tomar chocolate, entonces?

Lila y Orquídea cruzaron una mirada.

—Pero, si te quedas aquí —empezó Orquídea—, te transformarás en humana por completo.

—¿Sí? Ah, pues muy bien.

—Pero... —Lila hizo una pausa para escoger bien las palabras antes de continuar—: Pero ya tienes una edad respetable, Gardenia. Tu vida como mortal no sería... muy larga. Lo entiendes, ¿verdad?

—Bueno —respondió ella, encogiéndose de hombros, como si no tuviese la menor importancia.

Los demás la miraron en silencio. Jápeto la tomó de las manos.

—No sé si lo has pensado bien, madre... —empezó, pero ella lo interrumpió:

—¿Qué hay que pensar? ¿O es que acaso no quieres acoger a tu anciana madre en tu casa? —se le ocurrió de pronto—. ¡Oh! Te parece que soy un estorbo, ¿verdad?

—¡No, no, en absoluto! Eres bienvenida aquí, y lo sabes. Pero creo que debemos... meditarlo con calma.

—Medítalo todo lo que quieras; no vas a hacerme cambiar de opinión —replicó ella, ceñuda, cruzándose de brazos.

—Supongo que no —murmuró su hijo.

—Oh, no, Gardenia —dijo Lila, conmovida.

Se levantó para darle un abrazo. Orquídea dejó escapar un suspiro exasperado.

—Bien, supongo que este es uno de esos momentos sentimentales de los que una no puede escapar —se rindió, y se incorporó también para unirse a sus compañeras.

Felicia contemplaba la escena en silencio. Cuando las hadas terminaron de despedirse, Lila se volvió para mirar a la pareja.

—¿Y qué hay de ellos? —preguntó a maese Jápeto—. Creo que Felicia contaba con que Gardenia regresaría al país de las hadas y, por tanto, ya no podría imponer su voluntad a Quinto, aunque fuese su general. ¿No es así?

—Es verdad —asintió ella.

—Pero, aunque Gardenia se quede en el mundo de los mortales, ella y Quinto no tienen por qué volver a encontrarse —prosiguió Lila, pensativa—. Por otra parte, tal vez llegase a olvidar que posee ese poder sobre él.

—Lo olvidaría seguro —opinó Orquídea— y, aunque no fuese así, lo máximo que haría si volvieran a verse sería pedirle que le preparase una taza de chocolate.

—Hum —murmuró maese Jápeto—. Podría funcionar.

Felicia se quedó mirándolos, entre esperanzada y dubitativa. Contempló a Gardenia, que se entretenía examinando los objetos del taller de maese Jápeto, como si nada de aquello fuese con ella. Después, la muchacha tomó a Quinto de las manos y lo miró a los ojos.

—¿Estarías dispuesto a cambiar de general? —le preguntó con suavidad.

Él se mostró sorprendido.

—¿Me lo preguntas... a mí?

—Claro. ¿A quién, si no, se lo voy a preguntar?

El soldado inclinó la cabeza.

—No estoy acostumbrado a que se tenga en cuenta mi opinión —murmuró—. Si crees que Gardenia debe ser mi nuevo general, la decisión es tuya.

—No —replicó ella—. Es cierto que creo que puede ser lo mejor para ti. Si esto sale bien..., podrás ser libre y no estarás obligado a obedecer órdenes nunca más. Pero debe ser tu elección, y no la mía.

Se miraron largamente a los ojos. Por fin, Quinto asintió.

—Estoy dispuesto —anunció.

Pero parecía dubitativo, y la joven leyó en su expresión que no deseaba ser transformado de nuevo, después de tanto tiempo, en un soldadito de madera.

—Gardenia te traerá de vuelta del letargo, y yo estaré aquí, esperándote —le aseguró—. Y, si no lo hace, volveré a invocarte. No voy a separarme de ti esta vez, Quinto. Te lo prometo.

Él le devolvió la mirada y, finalmente, asintió.

Felicia tragó saliva.

—Soldado, tu general te da licencia —dijo, con la voz tomada por la emoción.

Y Quinto, su querido Quinto, desapareció de su vista para verse reemplazado por una humilde figurita de madera. Felicia la recogió, con los ojos llenos de lágrimas.

—Sí que estaba hecho de madera, después de todo —comentó Orquídea a sus espaldas—. Qué cosa tan curiosa.

—No es una «cosa» —replicó la muchacha, estrechando al soldadito contra su pecho—. Es el alma más dulce, generosa y valiente que he conocido jamás.

Te recuerdo

Maese Jápeto prestó a su madre sus propios anteojos para que ella pudiese leer con claridad la frase escrita en el pedazo de papel que acababa de entregarle. Ella bizqueó un poco.

—Qué cosa tan absurda —comentó.

—Léelo en voz alta, por favor —pidió él.

Gardenia suspiró.

—Muy bien, si insistes... «Soldado, tu general te llama a las armas» —recitó.

De inmediato, un manto de chispas doradas envolvió la figurita de madera que reposaba sobre el taburete. Y, bajo la atenta mirada de Felicia, de maese Jápeto y de las tres hadas, el objeto se transformó en un joven con una sola pierna.

—¡Oh! —exclamó Gardenia, encantada—. ¡Qué truco tan bueno! Deberías hacerlo más a menudo.

El soldado se puso en pie ante Gardenia.

—A vuestras órdenes, general —pronunció con voz inexpresiva, y a Felicia se le encogió el corazón.

—Qué chico tan educado —comentó la anciana.

Quinto paseó la mirada por la habitación. Sus ojos se suavizaron cuando se detuvieron en la princesa de Vestur.

—Felicia —dijo.

Ella avanzó hasta situarse frente a él, lo tomó de las manos y lo miró a los ojos.

—¿Me recuerdas?

—Por supuesto que te recuerdo —respondió él.

Felicia tragó saliva.

—Dime… dime que no me quieres —le ordenó.

Las cejas de Quinto se fruncieron en un leve gesto de extrañeza.

—No puedo hacer eso, porque no es verdad —respondió—. Por supuesto que te quiero.

Felicia reprimió un sollozo y le echó los brazos al cuello. El joven la estrechó entre los suyos a su vez, sonriendo, y los dos fueron conscientes entonces de que sus corazones latían al mismo son.

—¡Qué romántico! —comentó Gardenia tras ellos—. ¿Creéis que nos invitarán a la boda? —les preguntó a sus amigas en voz baja—. Me han dicho que en algunos sitios ya no invitan a las hadas.

Fabricio

Le faltaba muy poco para terminar el volumen que estaba leyendo, pero Fabricio no tenía prisa por acabarlo. Tampoco tenía especial interés en la información contenida en él. Lo había empezado simplemente para pasar el tiempo. Para no pensar.

Le gustaban los libros, porque le planteaban preguntas y a veces le ofrecían alguna respuesta, pero no le exigían a él que respondiera. No obstante, ya había leído la mayor parte de los volúmenes de la biblioteca del castillo de Vestur y sabía que, cuando terminase, tendría que empezar a pensar en partir.

No había nada que lo retuviese allí, en realidad. Felicia y Quinto estaban tan centrados el uno en el otro que apenas eran conscientes de nada más, y Rosaura continuaba encerrada en su cuarto de costura, tejiendo una camisa espantosa con la que pretendía vestirse después, al parecer. Había pasado casi un mes desde el final de la guerra contra las hadas, pero la reina Crisantemo aún no había cumplido su promesa.

Y Fabricio empezaba a sospechar que ya nunca lo haría. Esa era otra de las razones por las que estaba planeando partir. Pensaba que a su hada madrina le resultaría más fácil localizarlo en Vestur, cuando se dignara a presentarse. Pero, si no tenía intención de hacerlo, entonces tampoco tenía sentido que él la esperase allí.

Cerró el libro sin terminar de leerlo. Cuando se disponía a levantarse de su asiento para devolverlo a su lugar, percibió de pronto un aroma peculiar, que le evocaba a los arándanos y al bosque nevado en invierno y que no había sentido desde su niñez.

Alzó la cabeza con sorpresa.

Ante él se encontraba su hada madrina, que ahora sabía que se llamaba Dalia. Ella seguía exactamente como la recordaba: tan joven, casi niña, con el cabello de un azul intenso, la piel de porcelana y los ojos fríos como témpanos.

—Madrina —murmuró.

No supo qué más decir. De hecho, temía que, si seguía hablando, ella se desvanecería sin más, como solía hacer en sus sueños.

—Fabricio —dijo Dalia. No sonreía, pero había un brillo de curiosidad en su mirada—. Has crecido mucho.

—Han pasado muchos años desde que te fuiste —se limitó a observar él, con la voz ronca.

—Ya veo. ¿Me has echado de menos?

—No —respondió él—. Porque fuiste severa conmigo y mc impusiste un castigo cruel cuyas consecuencias me han perseguido desde entonces. Pero te he estado buscando, porque necesito que reviertas la maldición que me aqueja.

—No es una maldición, sino un correctivo —matizó ella. Centró su mirada en la prominente nariz de su ahijado—. Y ya veo que te hacía falta, por cierto. —Fabricio alzó la cabeza, alarmado, pero ella continuó—: No obstante, parece que has aprendido la lección. Así que ha llegado la hora de levantarte el castigo.

Levantó su varita e hizo un pase mágico con ella, irradiando una estela de gélidas chispas azules. Fabricio sintió un cosquilleo en la nariz y se la tocó, con nerviosismo. Después ya no notó nada más.

—¿Ya está? —se atrevió a preguntar.

El hada asintió.

—Haz la prueba —lo invitó—. Dime, ¿me has echado de menos? —volvió a preguntarle.

Fabricio inspiró hondo.

—Sí —mintió.

Cerró los ojos con fuerza..., pero, por primera vez en muchos años, no experimentó la desagradable sensación de que su nariz comenzaba a alargarse como los ojos de un caracol desperezándose bajo el sol. Se la palpó, sorprendido.

Seguía en su sitio. No se había reducido hasta su tamaño original, pero, por lo menos, tampoco se había agrandado.

—Gracias —le dijo a Dalia, aún sin acabar de creerlo.

Ella respondió con una breve inclinación de cabeza y alzó la varita de nuevo, dispuesta a marcharse sin mayor ceremonia.

—Espera, madrina —la detuvo él—. ¿Puedo preguntarte una cosa? —Dalia asintió—. ¿Por qué has venido ahora, después de tanto tiempo? ¿Ha sido porque te lo ha ordenado la reina de las hadas?

—Por supuesto que no —replicó ella con dignidad—. Lo he hecho porque he considerado que ya habías aprendido la lección.

Fabricio sonrió.

—Parece que no soy el único capaz de mentir con soltura —comentó.

El rostro del hada se ensombreció, y él temió haber ido demasiado lejos. Pero Dalia se limitó a responder:

—Adiós, Fabricio.

Y desapareció.

Él se quedó quieto un momento, todavía sin saber con certeza si aquello había sido un sueño o si había sucedido de verdad.

—No me importa —dijo en voz alta—. No me importa en absoluto.

Y esperó, conteniendo el aliento. Pero su nariz no cambió.

Sonriendo ampliamente, Fabricio salió de la biblioteca.

Verena

Caía ya la tarde sobre el jardín del castillo y la brisa era fría y desapacible, pero Verena de Rinalia no se había movido del banco en el que llevaba varias horas sentada.

—¿No quieres entrar todavía? —le preguntó Alteo.

Había salido a buscarla porque sabía que la encontraría allí, como todos los días, con la mirada perdida y sus pensamientos vagando lejos, en un mundo donde las cosas fuesen diferentes y su futuro no se hubiese torcido quince años atrás.

A Alteo no le gustaba verla así. Sabía que había emprendido un viaje para encontrar una solución al mal que la aquejaba. Ahora había regresado a casa, derrotada y sin esperanza, y su esposo no sabía qué hacer para levantarle el ánimo.

Se sentó a su lado.

—Ya hemos hablado de esto, Verena —le dijo—, pero no me importa repetirlo: no pasa nada si no podemos tener hijos. No es tan importante, al final. —Ella no reaccionó—. Podemos nombrar heredero a alguno de tus primos, ¿qué te parece? Al menos insoportable. A los nobles de Zarcania no les hará gracia, pero que se fastidien. —Verena sonrió débilmente, y Alteo, animado, continuó—: O quizá podamos renunciar a todo y marcharnos lejos de aquí, sin decírselo a nadie. Empaquetamos cuatro cosas y huimos a donde nadie nos conozca, para ser felices a nuestra manera, sin guerrear, sin mantener un reino, sin preocuparnos por cuestiones dinásticas. Solo nosotros dos, holgazaneando todo el día. No importa que no tengamos hijos. Porque estaremos juntos y no necesitamos a nadie más. ¿Qué me dices?

Verena suspiró.

—Es muy considerado por tu parte, mi dulce Alteo, pero no se trata solo de la herencia. —Alzó la cabeza para fijar en él la mirada de sus ojos tristes—. Realmente me gustaría tener hijos, ¿sabes? No solo... un príncipe que pueda sucedernos en el trono, sino... un bebé al que criar. Nuestro.

Él la miró con cierta sorpresa.

—No lo sabía —confesó. Calló un momento y después prosiguió, pensativo—: Supongo que hemos dado por hecho que era lo que debíamos hacer, pero nunca... nunca habíamos hablado sobre si lo deseábamos de verdad. No creía que tú... —Ella asintió en silencio, y Alteo dejó escapar un suspiro pesaroso—. Lo siento mucho, Verena.

—He pensado mucho en el bebé —continuó ella, con los ojos llenos de lágrimas—. El que perdimos por culpa de ese melocotón envenenado. Desde entonces, me he preguntado muchas veces... cómo habría sido, si hubiese llegado a nacer. Lo echo de menos —gimió; se cubrió la cara con las manos y se echó a llorar.

Alteo la abrazó y permaneció a su lado en silencio, acariciándole el cabello mientras ella se desahogaba.

Se quedaron allí un buen rato, abrazados, hasta que ella se calmó. Entonces él suspiró y propuso:

—Deberíamos volver. Ya está anocheciendo, y empieza a hacer frío.

—Adelántate tú. Me gustaría quedarme aquí un poco más.

—Como quieras.

Verena no respondió. Cuando Alteo se marchó, se maldijo a sí misma por enésima vez por no haber tenido la valentía de permanecer en Vestur ante la inminente llegada de las hadas. Había tenido la intención de presentarse ante su reina y suplicarle su ayuda; pero entonces alguien había robado el arma secreta del ejército de sus anfitriones, y a ella le había entrado el pánico y se había marchado. Después se había enterado de que Vestur había resistido a pesar de todo y de que Felicia y su padre incluso habían pactado con la reina de las hadas. Si ella se hubiese quedado allí, tal vez...

Cerró los ojos, apartando aquellos pensamientos de su mente. No tenía sentido torturarse por aquello. Los acontecimientos se habían desarrollado así, y ya no los podía cambiar.

Oyó un rumor en los arbustos y abrió los ojos. Detectó entonces un animal que avanzaba hacia ella: un extraño zorro de dos colores que llevaba algo en la boca.

Verena lo observó con curiosidad, preguntándose qué estaría buscando allí. El gallinero estaba en otra zona del castillo. Se le pasó por la cabeza que pudiese tratarse de Ren, el Ancestral que era amigo de Rosaura. Pero, si no recordaba mal, carecía de cola.

El zorro se detuvo ante ella y dejó caer el objeto que portaba en la boca. Este rodó hasta los pies de Verena, que se inclinó para recogerlo, intrigada. Parecía una manzana o un fruto similar, pero tenía un color extraño.

Cuando lo examinó a la menguante luz del crepúsculo, descubrió que, en efecto, se trataba de una manzana. Pero parecía estar hecha de oro puro.

Sorprendida, alzó la cabeza para mirar al zorro. Este se alejaba ya por la vereda, pero se detuvo un momento para devolverle la mirada… y le sonrió.

Verena ignoraba que los zorros pudiesen sonreír. Abrió la boca para llamarlo, pero no se atrevió.

Entonces el zorro inclinó la cabeza en señal de despedida… y desapareció entre la maleza.

Rosaura

Era ya de noche cuando Rosaura completó el último punto. Desenganchó las agujas, anudó el hilo y alzó la prenda para examinarla a la luz de las velas. Sintió que se le caía el alma a los pies.

Solo con mucha imaginación y buena voluntad podría alguien calificar aquella cosa como «camisa». Estaba llena de agujeros que eran puntos perdidos, tenía una manga más corta que otra y la hechura era informe y poco homogénea.

Pero la había tejido ella.

«Tendrá que servir», pensó. Después de todo, se dijo, si aquello no funcionaba, siempre podría tratar de elaborar una camisa nueva. Con un poco de suerte, le saldría mejor al segundo intento.

Sacudió la cabeza con un estremecimiento. En el fondo, lo único que deseaba en aquel momento era no tener que volver a tocar las agujas nunca más.

Se echó la camisa por la cabeza e introdujo los brazos por las mangas. Tenía la sensación de que acababa de adoptar el aspecto de un triste saco de patatas, pero no le importó. Se limitó a esperar, temblando, a que la magia hiciera su efecto.

No sintió absolutamente nada.

—Tal vez no esté terminada aún —se dijo en voz alta—. Necesito una segunda opinión.

Tomó entonces la campanilla que reposaba sobre su mesa (y que ella mantenía reluciente como un espejo) y la agitó con fuerza.

No esperaba que Felicia acudiese a su llamada de inmediato. Al parecer, la princesa estaba muy ocupada en los últimos días, organizando alguna cosa importante junto con Quinto. Pero se dio la circunstancia de que se encontraba en su alcoba en aquellos momentos y la oyó, y corrió enseguida a comprobar si su amiga necesitaba algo.

Abrió la puerta con su llave mágica y le preguntó:

—Rosaura, ¿qué sucede? ¿Estás...? ¡Oh! ¿Qué es eso que llevas puesto? ¿No será...?

—¡La he acabado, Felicia! —respondió ella, radiante—. O, al menos, eso creo. ¿A ti te parece que está terminada? ¿Debería intentar arreglar los puntos sueltos?

—Pues... —empezó ella, insegura.

—¡Oh, no! ¡Es casi la hora de la cena! —exclamó Rosaura de pronto—. ¡Y yo aquí, perdiendo el tiempo! Discúlpame.

Y, antes de que Felicia pudiese responder, la joven la esquivó hábilmente, salió de la habitación y huyó pasillo abajo a paso ligero.

La princesa fue tras ella, con un suspiro de resignación.

Hacía varias semanas que Rosaura no entraba en las cocinas y, cuando lo hizo de nuevo, la sorprendió el caos que reinaba allí. Contempló, perpleja, los cacharros sucios que estaban por lavar, el pan que empezaba a quemarse en el horno, el guiso que necesitaba con urgencia que alguien lo removiera, los charcos de salsa que manchaban las baldosas del suelo y la cesta de los huevos, que alguien había depositado imprudentemente en medio de la estancia y que no tardaría en recibir un puntapié accidental.

La cocinera se percató de su presencia.

—¡Rosaura! ¿Has vuelto por fin? ¡No te quedes ahí parada! Hay mucho trabajo que hacer. —Ella se quedó mirándola, con semblante inexpresivo—. ¿Qué te pasa? ¿No me has oído? ¡No nos vendría mal una mano aquí! Saca el pan del horno, revuelve el puchero o friega los cacharros, como prefieras, ¡pero empieza a moverte ya! ¿Y qué es esa cosa que llevas encima?

Rosaura cerró los ojos un momento. Cuando volvió a abrirlos, sonreía.

—No —respondió.

La cocinera se detuvo y se volvió para mirarla, perpleja.

—¿Cómo has dicho?

—He dicho que no —repitió ella—. Que no me apetece ahora mismo.

Y, ante el asombro de todos, se echó a reír, con una risa limpia y salvaje que era pura felicidad.

Del color de la sangre

Con cuidado, con cuidado! —exclamó Felicia.

Supervisaba a los soldados vivificados mientras estos cargaban las estatuas en los carros; sabía, en el fondo, que ellos no las dejarían caer, porque les había ordenado que las llevasen a Vestur de una pieza, pero no podía evitar preocuparse de todos modos. Al fin y al cabo, aquellas esculturas habían sido personas alguna vez. Y quizá algunas de ellas volviesen a serlo, en el futuro.

Los soldados también habían acarreado hasta allí todos los libros de Camelia, que muy pronto formarían parte de la biblioteca del castillo de Vestur, pues Felicia era consciente de que contenían una sabiduría que debía ser recordada, aunque ya solo se conservase en las historias para niños.

Ella, no obstante, había optado por dejar atrás sus muñecas. Ya no las necesitaba y tampoco deseaba llevárselas a su nuevo hogar.

Inquieta, se reunió con Quinto, que la esperaba junto a la puerta del castillo. Traía novedades.

—Ya han terminado de destruir todos los espejos —informó él—. Se han asegurado de que no quede ninguno.

Felicia asintió. Había mandado a sus soldados que inspeccionaran el castillo de Magnolia porque sabía que, fuera cual fuese el poder de los espejos que había acumulado allí, a ellos no podría afectarlos. Tenía entendido que la bruja había sido derrotada definitivamente por la reina de las hadas, pero ella no quería arriesgarse. Sabía, por otro lado, que, si mantenían allí aquellos espejos, su madre acabaría por sucumbir a la tentación de acercarse a echarles un buen vistazo.

Los soldados vivificados tenían otra misión: la de recuperar todas las estatuas del sótano y llevarlas a Vestur. Felicia había mandado habilitar en el castillo una gran sala para ellas. Tenía la intención de averiguar quién había sido cada una para tratar de contactar con sus familiares, si todavía los tenían. Con un poco de suerte, algunas volverían a la vida. Entre ellas, la última doncella a la que Magnolia había petrificado, cuyos parientes la aguardaban en Vestur con impaciencia. Otras serían entregadas a las personas que todavía las recordaban, aunque no las amasen lo suficiente como para poder romper el hechizo.

Lo había hablado con Cornelio y a él le había parecido la mejor solución.

—Además —había añadido el príncipe, pensativo—, es posible que haya esperanza incluso para las estatuas olvidadas. Quién sabe si no existen en el mundo más jovencitas soñadoras dispuestas a regalar un beso de amor a una estatua de piedra.

Ella se había ruborizado, pero no se lo había tenido en cuenta. Porque sabía, en el fondo, que tenía razón.

—Son más de cuatrocientas —le dijo aquella mañana a Quinto, mientras contemplaba con preocupación los carros cargados—. Tendremos que hacer varios viajes.

—Eso no será problema para ellos —respondió él.

—Sí, pero… ¿podremos salvarlas a todas algún día?

Él la miró con ternura y la tomó de las manos.

—Encontraremos la manera —le aseguró.

Ella le devolvió la sonrisa, perdida en su mirada. Entonces Quinto comentó:

—Hay algo que quiero enseñarte. Vamos, ven conmigo.

Felicia, intrigada, lo acompañó hasta el muro del castillo. Allí descubrió con temor que había un espino trepando heroicamente hacia el sol, extendiendo sus ramas sobre los sillares cubiertos de musgo.

—¡No puede ser! —exclamó—. ¿Siguen… vivos? ¿Qué significa esto?

Pero Quinto sonrió.

—No exactamente. Mira mejor.

Felicia se acercó, temerosa. Fue entonces cuando descubrió que no se trataba de un espino, en realidad. Sus tallos estaban cubiertos de pinchos, pero culminaban en pequeños capullos que aún no terminaban de abrirse.

Uno de ellos, no obstante, lo había hecho ya, regalando al mundo una magnífica y fragante rosa del color de la sangre.

Felicia sonrió, emocionada.

—Es preciosa —susurró.

Quinto alargó la mano.

—No la cortes —le pidió ella.

Pero él no la obedeció. Cogió la rosa y se la ofreció con una reverencia.

—Se abrirán muchas más —le aseguró—, pero esta ha sido la primera y debía ser para ti.

Felicia le sonrió con cariño. Tomó la rosa que él le ofrecía, se puso de puntillas y lo besó dulcemente en los labios.

Más perdices

Ren se coló por la entrada de la madriguera con su presa entre los dientes. Halló allí a Camelia, hecha un ovillo en el fondo.

—Despierta —le dijo—. Os he traído el desayuno.

Ella alzó el morro, adormilada, y husmeó el regalo.

—¿Más perdices? Aún son demasiado pequeñas para comerlas, ya te lo he dicho.

El zorro depositó su ofrenda ante ella, con devoción casi reverencial.

—Pues las compartiremos tú y yo —replicó, tumbándose a su lado.

Camelia bostezó e inclinó la cabeza para examinar a sus cachorros. Eran siete, y mamaban de ella con entusiasmo.

—No sé si las voy a compartir —dijo, sin embargo—. Es agotador alimentar a estas criaturas. Son insaciables, ¿sabes?

Ren pareció algo decepcionado, pero se rehízo enseguida.

—Cómetelas tú, entonces. Voy a buscar más.

Ella lo retuvo cuando ya se levantaba.

—Quédate, no seas bobo. Era una broma.

Ren volvió a sentarse y la recompensó con un lametón.

—Traigo noticias de tus otros niños. Los humanos —aclaró.

Camelia alzó las orejas.

—¿De veras? ¿Y cómo les va?

—A algunos mejor que a otros. Arlinda fue capturada por las fuerzas de Corleón. Su hermano podría haberla condenado a muerte, acusada de alta traición, pero lo cierto es que no deseaba que un asunto tan desagradable empañase los fastos de su coronación. Aun así, pasará una buena temporada entre rejas.

—Eso le bajará los humos un poco —murmuró Camelia, con cierta tristeza—. Qué lástima. Supongo que fue culpa mía que se torciese de esa manera.

—Los mortales toman sus propias decisiones —le recordó Ren—. Y, por tanto, deben asumir las consecuencias. Pero traigo también buenas noticias —se apresuró a añadir—: Alteo y Verena han tenido un bebé por fin.

Camelia alzó la cabeza para mirarlo. Él prosiguió:

—Es varón, así que la sucesión está asegurada, aunque sé de buena tinta que no les habría importado en absoluto que fuese niña y que, de hecho, piensan tener muchos más.

—¡Así que la manzana de oro funcionó!

Ren asintió.

—Fue cosa de Felicia. Es una muchacha muy lista. Se va a casar con su soldado, por cierto. —Inclinó la cabeza, pensativo—. Sigo sin estar seguro de que sea buena idea. Antes no era humano, ¿sabes?

—Bueno —murmuró ella perezosamente—, y yo antes era un hada y ahora soy una Ancestral. Tú, en cambio, siempre serás un pícaro —declaró, dedicándole una sonrisa afectuosa.

—Es parte de mi encanto —replicó él.

Camelia permaneció en silencio unos instantes, y Ren le preguntó:

—¿Los echas de menos? Podemos acercarnos a verlos, si quieres, cuando los zorritos sean un poco más grandes.

Pero ella negó con la cabeza.

—Estoy donde debo estar. Ellos ya no me necesitan, y yo he de criar a mis propios cachorros —añadió con una sonrisa, recordando las enseñanzas de Arto.

Ren dejó caer la cabeza entre las patas, reflexivo. Ella lo empujó suavemente con el morro.

—¿Qué es lo que te preocupa?

—Las hadas han vuelto a su mundo y ya no regresarán nunca más, pero tú sigues aquí.

—¿Y? ¿Esperabas que me desvaneciera de pronto en cuanto se alzaran las fronteras?

—No —se apresuró a responder él.

Pero Camelia lo conocía demasiado bien.

—Ya no soy un hada, y no lo echo de menos. Y a ellas también les irá bien, sin mí.

Ren emitió un sonido parecido a un arrullo y se acurrucó junto a ella. Camelia sonrió.

Hacía tiempo que su propio cuento de hadas había acabado. Pero se abría ante ella otra historia, tan clara como la luna llena, tan brillante como la aurora, tan repleta de promesas como los siete cachorros que se apiñaban a su lado.

Aquella era la magia más poderosa, pensó, justo antes de quedarse dormida.

Todos los hombres del rey de Laura Gallego
se terminó de imprimir en el mes de marzo de 2024
en los talleres de Diversidad Gráfica S.A. de C.V.
Privada de Av. 11 #1 Col. El Vergel, Iztapalapa,
C.P. 09880, Ciudad de México.